Blut ist dicker als Wasser

Die Autorin

Lisa Gardner gehört zu den erfolgreichsten amerikanischen Thrillerautoren der Gegenwart, jeder ihrer Romane schaffte es in die Top Ten. Die Autorin lebt mit ihrer Familie und zwei Hunden in New Hampshire.

Lisa Gardner

Blut ist dicker als Wasser

Thriller

Aus dem Englischen von
Michael Windgassen

Weltbild

Die amerikanische Originalausgabe erschien unter dem Titel *Touch & Go*.

Besuchen Sie uns im Internet:
www.weltbild.de

Genehmigte Lizenzausgabe für Weltbild GmbH & Co. KG,
Ohmstraße 8a, 86199 Augsburg
Copyright der Originalausgabe © 2013 by Lisa Gardner, Inc.
Copyright der deutschsprachigen Ausgabe © 2014 by
Rowohlt Verlag GmbH, Hamburg
Übersetzung: Michael Windgassen
Umschlaggestaltung: *zeichenpool, München
Umschlagmotiv: www.shutterstock.com (© Vladimirkarp, Yeti studio)
Satz: Datagroup int. SRL, Timisoara
Druck und Bindung: CPI Moravia Books s.r.o., Pohorelice
Printed in the EU
ISBN 978-3-98507-347-4

Kapitel 1

Es gibt etwas, das ich im Alter von elf Jahren gelernt habe: Schmerzen haben einen Geschmack. Es stellt sich eigentlich nur die Frage, welchen.

An diesem Abend schmeckte mein Schmerz nach Apfelsinen. Ich saß meinem Mann gegenüber in einer Ecknische des Restaurants Scampo in Beacon Hill. Diskrete Kellner schenkten uns wortlos Champagner ein. Für ihn war es das zweite Glas, für mich das dritte. Wir hatten frisch gebackenes Brot und eine Auswahl von der Mozzarella-Bar vor uns auf dem weißen Leinentischtuch. Als Nächstes würden uns handgeschnittene Nudeln mit Erbsen, knusprigen Pancetta-Streifen und einer leichten Sahnesoße serviert werden. Justins Lieblingsgericht. Er hatte es vor zwanzig Jahren auf einer Geschäftsreise nach Italien für sich entdeckt und bestellte es jedes Mal, wenn wir bei einem guten Italiener waren.

Ich hob mein Glas. Nippte daran. Setzte es ab.

Justin lächelte. In den Augenwinkeln kräuselten sich Fältchen. Seine hellbraunen, kurzgeschnittenen Haare wurden an den Schläfen grau, was ihm aber gut stand. Er hatte diesen smarten Outdoor-Look, der nie aus der Mode kommt. Frauen taxierten ihn, wenn er eine Bar betrat. Männer auch, neugierig auf dieses unverkennbare Alphatier, das abgetragene Arbeitsstiefel mit zweihundert Dollar teuren Hemden von Brooks Brothers kombinierte und gut aussehen ließ.

»Willst du nichts essen?«, fragte mein Mann.

»Ich warte auf die Pasta.«

Er lächelte wieder, und ich dachte an weiße Sandstrände, an salzige Meeresluft. Ich erinnerte mich an das Gefühl der weichen Bettlaken, in denen sich meine nackten Beine verfangen hatten, als wir am zweiten Morgen unserer Flitterwochen immer noch nicht aus unserem Hotelbungalow herausgekommen waren. Justin hatte mich mit Orangenstücken gefüttert, während ich ihm den klebrigen Saft von den Fingern leckte.

Ich nahm noch einen Schluck Champagner, behielt ihn diesmal noch eine Weile im Mund und konzentrierte mich auf das Prickeln.

Ob sie hübscher war als ich, fragte ich mich. Aufregender? Besser im Bett? Aber womöglich zählte so etwas gar nicht. Vielleicht liefen solche Sachen ganz anders ab. Männer betrogen, weil sie halt betrogen. Und wenn sich einem Mann die Gelegenheit bot, nutzte er sie.

So gesehen wäre dieser Seitensprung, für sich betrachtet, nicht unbedingt persönlich zu nehmen.

Ich nahm einen weiteren Schluck und schmeckte statt Champagner wieder Orangen.

Justin verputzte den Rest seiner Appetithappen, nippte an seinem Glas und legte geistesabwesend das Besteck zurecht.

Er hatte mit siebenundzwanzig Jahren das Bauunternehmen seines Vaters geerbt. Geschätztes Betriebsvermögen: fünfundzwanzig Millionen Dollar. Die meisten Söhne hätten eine so erfolgreiche Firma sich selbst überlassen. Nicht Justin. Als wir uns kennenlernten, war er vierunddreißig und hatte den Wert des Unternehmens auf fünfzig Millionen verdoppelt. In zwei Jahren wollte er die Fünfundsiebzig-

Millionen-Marke erreicht haben. Und nicht etwa von irgendeinem Schreibtisch aus. Justin brüstete sich damit, Meister fast aller Gewerke zu sein. Installateur, Elektriker, Trockenbauspezialist, Betonverarbeiter. Er packte mit an, verbrachte viel Zeit mit seiner Truppe und den Subunternehmern, war immer der Erste auf der Baustelle und der Letzte, der ging.

Anfangs war es genau das, was ich am meisten an ihm schätzte. Dass er ein echter Kerl war, einer, der sich in holzvertäfelten Vorstandsbüros ebenso sicher bewegte wie auf Basketballplätzen und auch gern mal mit seiner Magnum auf Zielscheiben ballerte.

Unser allererstes Date hatte auf einem Schießplatz stattgefunden, wo er sich mit seinem großen, kräftigen Körper von hinten an mich schmiegte, mir eine relativ kleine Zweiundzwanziger in die Hände legte und zeigte, wie man das Ziel anvisierte. Meine ersten Versuche gingen völlig daneben. Trotz Gehörschutz erschreckten mich die Detonationen so sehr, dass ich zusammenzuckte. Ich feuerte in den Boden oder traf, wenn ich Glück hatte, den Rand der Zielscheibe.

Justin war überaus geduldig. Er hielt mich von hinten umfasst, brummte aufmunternde Worte und hielt mir die Hände.

Die Besuche auf dem Schießplatz wiederholten sich. Manchmal endeten sie in der Besenkammer des Clubgebäudes oder auf dem Rücksitz seines SUV. Er grub mir dann seine Finger in die Hüften und ließ seiner Leidenschaft freien Lauf. Und ich der meinen. Ich hatte noch den Geruch von Schießpulver in der Nase und war außer mir vor Lust, überwältigt von seiner Kraft.

Salz. Schießpulver. Orangen.

Justin entschuldigte sich und ging zur Toilette.

Als er fort war, verteilte ich die Nudeln auf meinem Teller, damit es so aussah, als hätte ich davon gegessen. Dann öffnete ich unter dem Tisch heimlich meine Handtasche und zauberte vier weiße Pillen hervor, die ich mit einem halben Glas Wasser hinunterspülte.

Dann nahm ich wieder meine Champagnerflöte und wappnete mich für den Höhepunkt des Abends.

Der Heimweg dauerte mit dem Wagen nur fünf Minuten. Justin hatte das Haus in der Bostoner Innenstadt an dem Tag gekauft, an dem meine Schwangerschaft bestätigt worden war. Von der Arztpraxis ging er auf direktem Weg zum Immobilienmakler. Nach der mündlichen Zusage zeigte er mir das Haus wie ein Großwildjäger seine Trophäe. Eigentlich hätte ich an seiner Eigenmächtigkeit Anstoß nehmen müssen. Stattdessen lief ich mit offenem Mund durch viereinhalb Etagen mit edelstem Parkett, drei Meter hohen Decken und wunderschönen Stuckverzierungen.

Das also war der Gegenwert von fünf Millionen Dollar. Helle, sonnendurchflutete Räume, eine herrliche Dachterrasse, und das alles inmitten altehrwürdiger, prächtig renovierter Klinkerbauten, die wie alte Freunde Schulter an Schulter beieinanderstanden.

Unsere Straße, die Marlborough Street, war von Bäumen gesäumt und nur ein paar Schritte von der schicken Newbury Street entfernt; natürlich lag auch der Stadtpark ganz in der Nähe. Die weniger wohlhabenden Nachbarn fuhren Saabs, und wer Kinder hatte, engagierte ein Kindermädchen mit französischem Akzent. Selbstverständlich wurde der Nachwuchs schon in der ersten Woche nach seiner Empfängnis an einer Privatschule angemeldet.

Justin gab mir eine Carte blanche. Möbel, Kunst, Draperien, Teppiche. Wie sie aussahen und ob sie mit oder ohne Beratung eines Innenarchitekten ausgewählt wurden, interessierte ihn nicht. Richte das Haus nach deinem Geschmack ein, Geld spielt keine Rolle, Hauptsache, wir fühlen uns wohl darin.

Das tat ich dann auch. Wie in dieser Szene aus *Pretty Woman*, nur dass ich außerdem mit Anstreichern, Dekorateuren und Antiquitätenhändlern zu tun hatte, die mir ihre Waren und Leistungen aufdrängten, während ich mich mit immer größer werdendem Bauch auf diversen Diwanen fläzte und mit lässig-eleganter Handbewegung dieses oder jenes verlangte. Um ehrlich zu sein, ich genoss es. Endlich konnte ich mein künstlerisches Talent zur Entfaltung bringen. Statt immer nur Schmuck aus Silberknete zu entwerfen, richtete ich nun ein Bostoner Stadthaus ein.

Es war eine aufregende Zeit. Justin arbeitete an einem größeren Projekt, dem Bau eines Wasserkraftwerks. Er war fast nur noch mit einem Hubschrauber unterwegs, machte aber immer wieder Zwischenstation in Boston. Ich zeigte ihm dann, was es in unserem Zuhause Neues zu sehen gab, während er mir den Rücken massierte und die Haare zur Seite strich, um an meinem Hals zu knabbern.

Schließlich kam Ashlyn und mit ihr jede Menge Glück und Freude. Justin strahlte. Er machte Fotos und gab mit seinem kostbaren Baby schrecklich an. Seine Arbeiter tappten durch unser Haus, nachdem sie ihre lehmverschmierten

Stiefel in der glänzenden Eingangshalle abgestellt hatten. Auch eine Abordnung von Justins ehemaligen Mitstreitern der Navy SEALs sowie etliche Ex-Marines begafften unsere schlafende Tochter in ihrer pinkfarben gefütterten Wiege. Sie überboten sich gegenseitig mit praktischen Ratschlägen zum Thema Windelwechseln und machten sich daran, dem Säugling das Abc in Rülpslauten beizubringen.

Justin informierte sie darüber, dass seine Tochter für ihre Söhne tabu sei, was sie gutmütig akzeptierten. Statt des Säuglings begafften sie nun mich. Ich sagte, sie könnten von mir haben, was sie wollten, vorausgesetzt, sie erklärten sich bereit, auch um zwei Uhr nachts Windeln zu wechseln. Mein Angebot wurde so lebhaft kommentiert, dass Justin seine Truppe abkommandierte.

Aber er war glücklich, ich war es auch, und wir freuten uns des Lebens.

Das ist Liebe, nicht wahr? Man lacht, man weint, mal gibt der eine, mal der andere dem Kind das Fläschchen, und wenn man dann auch wieder miteinander schläft, tut man das sehr behutsam und stellt fest, dass sich zwar einiges geändert hat, aber man im Großen und Ganzen doch mehr als zufrieden sein kann. Justin überschüttete mich mit Geschenken. Ich nahm die üblichen Yogastunden und kaufte in unverschämt teuren Läden Babykleidung. Nun ja, mein Mann war viel unterwegs, aber ich zählte nicht zu jenen Frauen, die sich allein zu Hause grämten. Ich hatte meine Tochter und stellte schließlich Dina ein, damit ich wieder in mein Atelier zurückkehren konnte, um kreativ zu sein, Schmuck zu entwerfen und mich zu verwirklichen.

Justin bremste den Range Rover ab und suchte nach einer

Parklücke. Zu unserem Haus gehörte zwar eine Kellergarage, die die Grundsteuer fast verdoppelte, aber sie war natürlich mir und meinem Auto vorbehalten.

Als wir an unserem Haus vorbeifuhren, blickte ich unwillkürlich hinauf zum Fenster von Ashlyns Zimmer. Es war dunkel, was mich verwunderte, weil sie doch den Abend hatte zu Hause verbringen wollen. Vielleicht saß sie vor ihrem Laptop und hatte einfach nur darauf verzichtet, Licht zu machen. Fünfzehnjährige Mädchen konnten, wie ich wusste, auf diese Weise viele Stunden verbringen. Mit eingepfropften Ohrenstöpseln, gläsernem Blick und zusammengepressten Lippen.

Justin fand schließlich eine Lücke. Ein kurzes Rangiermanöver, rückwärts, ein kleines Stück nach vorn, und er war drin. Er stieg aus, ging um das Fahrzeug herum und öffnete mir die Tür.

Meine Hände lagen im Schoß, so fest zu Fäusten geballt, dass die Knöchel weiß waren. Ich zwang mich, ruhig zu atmen. Ein. Aus. War nichts weiter dabei. Immer schön mit der Ruhe.

Wie würde er es anfangen? Mit einem Kuss auf die Lippen? Oder hinters Ohr, wo ich es, wie er festgestellt hatte, besonders gern hatte? Oder würden wir uns einfach ausziehen, ins Bett gehen und die Sache hinter uns bringen? Im Dunkeln und mit geschlossenen Augen? Vielleicht würde er die ganze Zeit an sie denken. Vielleicht sollte ich mir nichts daraus machen. Schließlich war er bei mir. Ich hatte gewonnen. Er, der Vater meines Kindes und mein Gatte seit achtzehn Jahren, hielt zu mir.

Er reichte mir die Hand und half mir aus dem Wagen. Wortlos gingen wir auf unser Haus zu.

Justin hatte die Haustür erreicht. Er streckte die Hand aus, um den Zahlencode einzutippen, hielt inne und runzelte die Stirn. Er warf mir einen flüchtigen Blick zu.

»Sie hat die Anlage ausgeschaltet«, murmelte er. »Die Tür ist ungesichert, wieder einmal.«

Ich schaute auf die Tastatur neben der Tür und sah, was er meinte. Justin hatte das System selbst installiert und ein Schloss eingebaut, das elektronisch gesteuert wurde. Gab man den richtigen Code ein, ließ sich die Tür öffnen. Falscher Code, kein Zutritt.

Dieses System hatte sich als elegante Lösung für eine halbwüchsige Tochter empfohlen, die häufig ihren Schlüssel irgendwo liegenließ. Aber damit es funktionierte, musste es aktiviert werden, und damit schien Ashlyn ein bisschen überfordert zu sein.

Justin drehte den Knauf, und tatsächlich: Die Tür öffnete sich lautlos ins Dunkel.

Jetzt runzelte ich die Stirn. »Sie hätte wenigstens Licht brennen lassen können.«

Meine Highheels klapperten laut, als ich den Eingangsbereich durchquerte, um den Lüster unter der Decke einzuschalten. Ohne Justins stützenden Arm war ich wacklig auf den Beinen. Ich fragte mich, ob es ihm auffiel. Oder ob es ihn überhaupt interessierte.

Ich fand den Schalter an der Wand und drückte ihn. Nichts. Ich versuchte es erneut, mehrmals hintereinander. Nichts.

»Justin?«, rief ich verstört.

Ich hörte ihn nur noch sagen: »Libby ...«

Dann machte es Peng wie aus einer kleinkalibrigen

Waffe. Ein Pfeifen. Justin bäumte sich auf. Wie vom Donner gerührt sah ich, wie er fast auf den Zehenspitzen stand und den Rücken wölbte, während sich kehliger Schmerzenslaut durch seine zusammengebissenen Zähne presste.

Ich roch versengtes Fleisch.

Dann sah ich den Mann.

Er war groß. Größer noch als mein Eins-achtundachtzig-neunzig-Kilo-Gatte, der im Baugewerbe arbeitete. Eine riesige Gestalt in Schwarz lauerte auf der anderen Seite des Flurs und hielt eine seltsame Pistole mit eckigem Lauf gepackt. Grünes Konfetti, dachte ich geistesabwesend. Hellgrüne Partikel regneten auf mein Parkett, während mein Mann einen makaberen Tanz aufführte und der gesichtslose Mann einen Schritt nach vorn machte.

Er senkte die Waffe. Justin hörte mit seinen Verrenkungen auf und sackte keuchend in sich zusammen. Der Mann drückte wieder ab. Vier, fünf, sechs Mal ließ er Justins Körper spastisch zucken, während ich mit offenem Mund danebenstand, die Arme ausgestreckt, weil um mich herum alles ins Wanken geriet.

Ich hörte meinen Mann etwas sagen, konnte ihn aber im ersten Moment nicht verstehen. Doch dann entnahm ich seiner gequälten Miene die Aufforderung davonzurennen.

Ich wandte mich der Treppe zu und blickte flehend nach oben, betete, dass meine Tochter wohlbehalten in ihrem Bett lag, die Stöpsel ihres iPods im Ohr, ohne von dem, was sich hier unten abspielte, etwas mitzubekommen.

Der riesige Mann fuhr herum und nahm mich ins Visier.

Mit einem Schlenker aus dem Handgelenk ließ er eine eckige Hülse aus der Waffe springen, in der ich jetzt einen Taser erkannte. Er sprang auf mich zu, presste mir den Lauf seitlich auf den Oberschenkel und drückte ab.

Ein unerträglicher Schmerz durchfuhr mich. Noch mehr verbranntes Fleisch. Schreie. Wahrscheinlich meine eigenen.

Zweierlei nahm ich wahr: den akuten Schmerz und das Weiße in den Augen des Angreifers. Er trug eine Maske, wie ich am Rande registrierte. Eine schwarze Skimütze, die Nase und Mund verhüllte. Er war kein Mensch, sondern ein gesichtsloses Monster mit weißen, weißen Augen, wie aus einem Albtraum in mein Haus gekommen.

Justin hatte sich wieder aufgerafft. Er wankte von hinten herbei und ließ die Fäuste fliegen, doch es waren nur schwache Schläge, die auf den Rücken des Eindringlings tropften. Die maskierte schwarze Gestalt drehte sich um und hackte mit der Handkante auf Justins Hals ein.

Mein Mann röchelte fürchterlich und ging zu Boden.

Mein linkes Bein gab unter mir nach. Ich stürzte, wälzte mich auf den Bauch und erbrach Champagner.

Überwältigt von Schmerzen, Schrecken und Panik dachte ich nur noch: Er darf Ashlyn nicht finden.

Doch dann hörte ich sie mit einem schrillen, entsetzten Ruf. »Daddy. Mommy. *Daddy!*«

In meiner letzten wachen Sekunde gelang es mir, den Kopf zu drehen. Ich sah zwei weitere schwarze Gestalten, die meine Tochter in ihre Mitte genommen hatten und sie mit Gewalt die Treppe herunterzerrten.

Ganz kurz trafen sich unsere Blicke.

Ich liebe dich, wollte ich sagen.

Aber die Worte kamen mir nicht über die Lippen.

Die maskierte Gestalt hob wieder ihren Taser. Lud ihn in aller Ruhe neu. Zielte, feuerte ab.

Meine fünfzehnjährige Tochter schrie.

Schmerzen haben einen Geschmack. Es stellt sich eigentlich nur die Frage, welchen.

Kapitel 2

Das Piepsen ihres Handys weckte sie auf. Es überraschte sie aus zwei Gründen. Zum einen, weil sie beruflich nicht mehr zur Unzeit angerufen wurde; zum anderen, weil sie offenbar eingeschlafen sein musste und nicht wie seit Monaten – zumindest gefühlt – die halbe Nacht wach gelegen hatte.

Tessa Leoni lag auf der linken Seite. Der Klingelton wurde lauter und brauste zu einer Kaskade von Klängen auf. Ihr Arm war ausgestreckt, wie ihr auffiel. Nicht etwa in Richtung Handy, sondern über die leere Betthälfte. Selbst zwei Jahre nach seinem Tod griff sie immer noch dorthin, wo ihr Mann geschlafen hatte.

Das Handy zwitscherte hartnäckig. Sie wälzte sich auf die andere Seite, zum Nachttisch hin, und meinte, noch benommener zu sein, als wenn sie nicht geschlafen hätte.

Sie nahm den Anruf an, kurz bevor sich die Voicemail einschaltete, und schon wieder gab es eine Überraschung für sie, denn es meldete sich ihr Chef, der noch nie von sich aus in Kontakt mit ihr getreten war. Endlich lichtete sich der Nebel in ihrem Kopf, und ihr jahrelanges Training gewann die Oberhand. Sie nickte, stellte die nötigen Fragen und war wenige Minuten später fertig angezogen.

Ein kurzes Zögern noch. Waffe, ja oder nein? Früher, als sie noch für die Polizei von Massachusetts gearbeitet hatte, war sie unverzichtbar gewesen. Sie ließ sich die Informationen ihres Chefs durch den Kopf gehen – Situation, Zeitrahmen, Anzahl der bekannten Unbekannten – und traf eine

Entscheidung. Ihre Waffe lag im Safe. Licht zu machen brauchte sie nicht, um das Kombinationsschloss zu öffnen. Sie holte die Glock heraus und steckte sie in das Schulterholster.

Samstagmorgen. 6:28 Uhr. Sie war startklar.

Sie steckte ihr Handy in die Jackentasche und ging durch den Flur, um die Concierge/Kinderfrau/langjährige Freundin zu wecken.

Mrs. Ennis war schon wach. Wie viele ältere Frauen besaß sie die geradezu übernatürliche Fähigkeit, im Voraus zu wissen, wann sie gebraucht wurde, und darauf vorbereitet zu sein. Sie saß aufrecht im Bett, hatte die Nachttischlampe eingeschaltet und hielt einen Notizblock in der Hand, um sich letzte Instruktionen diktieren zu lassen. Das knöchellange, rot-grün karierte Flanellhemd, das sie trug, hatte sie letztes Jahr von Sophie zu Weihnachten geschenkt bekommen. Hätte die kleine weiße Nachtmütze nicht gefehlt, wäre Mrs. Ennis ein Abziehbild von Rotkäppchens Großmutter gewesen.

»Ich bin aus dem Bett geklingelt worden«, erklärte Tessa, was ohnehin offensichtlich war.

»Was soll ich ihr sagen?«, fragte Mrs. Ennis. Mit »ihr« war Sophie gemeint, Tessas achtjährige Tochter. Nach dem Verlust ihres Vaters, der vor zwei Jahren einer Gewalttat zum Opfer gefallen war, mochte Sophie ihre Mutter nicht mehr aus den Augen lassen. Ihr zuliebe und auch auf eigenen Wunsch hin hatte Tessa nach Brians Tod ihren Polizeidienst quittiert. Ihre Tochter brauchte Stabilität und sollte zumindest halbwegs sicher sein können, dass wenigstens ein Elternteil abends nach Hause zurückkehrte. Tessas neuer Job in der Detektei nahm sie von neun bis siebzehn Uhr in Anspruch. Es gab allerdings Ausnahmen ...

Sie zögerte. »Die Sache scheint dringend zu sein«, gab sie zu. »Könnte sein, dass ich erst morgen oder übermorgen zurück bin. Hängt davon ab, wie schnell wir zum Zug kommen.«

Mrs. Ennis nickte nur.

»Sophie kann mir ja simsen«, sagte Tessa schließlich. »Vielleicht bin ich nicht immer für sie zu sprechen, aber auf eine Textnachricht werde ich so schnell wie möglich antworten.«

Tessa wusste, wie wichtig es für Sophie war, mit ihr Kontakt zu halten. Ob sie nun die Hand nach ihr ausstreckte oder ihre Kurzwahltaste drückte, Hauptsache, das Mädchen konnte seine Mutter jederzeit erreichen.

Einmal hatte Sophie vergeblich nach ihr verlangt, und darunter litt sie schon seit zwei Jahren.

»Sie hat den Vormittag über Gymnastik«, sagte Mrs. Ennis. »Vielleicht bringt sie anschließend eine Freundin mit nach Hause. Dann hätte sie Ablenkung.«

»Danke. Ich versuche, noch vor dem Abendessen anzurufen, spätestens vor dem Zubettgehen.«

»Mach dir um uns keine Sorgen«, erwiderte Mrs. Ennis forsch. Sie kümmerte sich um Sophie seit ihrer Geburt einschließlich der vielen Jahre, in denen Tessa in Nachtschicht Streife gefahren war. Es gab nichts in ihrem Haushalt oder was Sophie anbelangte, womit Mrs. Ennis nicht umzugehen vermochte, und das wusste sie.

»Geh jetzt«, sagte sie und machte eine entlassende Handbewegung in Richtung Tür. »Wir kommen schon klar.«

»Danke.« Tessa meinte es so.

»Pass auf dich auf.«

»Immer.« Auch das meinte sie so.

Tessa ging den Flur entlang, langsamer als beabsichtigt. Vor der offenen Tür zum Zimmer ihrer Tochter blieb sie stehen. Einzutreten und das schlafende Mädchen zu wecken wäre allzu eigennützig gewesen. Also begnügte sie sich damit, einen Blick in den dunklen Raum zu werfen, bis sie den Wust der braunen Haare ihrer Tochter auf dem hellgrünen Kissen erkennen konnte.

Zwei kleine Lichter brannten, weil Sophie völlige Dunkelheit nicht ertragen konnte. Ihre Hände umfassten ihre Lieblingspuppe namens Gertrude, eine Stoffpuppe mit Haaren aus braunem Garn und dunklen Knopfaugen. Nach Brians Tod hatte Sophie Gertrude einen Verband um die Brust gewickelt, weil ihr, wie sie sagte, das Herz weh tue, und Tessa hatte verständnisvoll genickt.

Nicht nur Sophie litt seit zwei Jahren. Jedes Mal, wenn Tessa das Haus verließ, sei es, weil sie zur Arbeit musste, eine Runde joggen oder einkaufen wollte, kam ihr die Trennung von ihrer Tochter vor, als würde es sie in zwei Hälften zerreißen, die erst dann wieder zusammenfänden, wenn sie zurückgekehrt wäre. Und manchmal träumte sie noch von Schnee und Blut, davon, dass sie die Hand nach ihrem stürzenden Mann ausstreckte. Ebenso häufig sah sie sich im Traum die Pistole halten und abdrücken.

Sie machte kurz in der Küche halt, um eine Nachricht auf einen Zettel zu schreiben, den sie auf den Stuhl ihrer Tochter legte. *Ich liebe dich. Bin bald wieder zurück ...*

Dann holte sie tief Luft und verließ das Haus.

Polizistin zu werden war für Tessa kein Kindheitstraum gewesen. Ihr Vater hatte seine Brötchen als Mechaniker verdient und mehr Interesse an seinem täglichen Quantum Jack Daniels gezeigt als an seiner einzigen Tochter. Ihre Mutter hatte ein Schattendasein geführt und nur selten das Schlafzimmer verlassen. Sie war früh gestorben und hatte Tessa eine wehmütige Vorstellung davon hinterlassen, was sie ihr hätte sein können.

Auf sich allein gestellt, war Tessa einen Weg gegangen, der sie einsam, schwanger und bettelarm gemacht hatte. Und plötzlich war sie erwachsen gewesen. Sich selbst vernachlässigt zu haben machte ihr nichts aus, aber nie hätte sie ihr Kind vernachlässigt. Also hatte sie – Punkt eins der Geschäftsordnung – einen Beruf angestrebt, der sich für eine ledige Mutter mit abgeschlossener Abendschule eignete. Während der sechs Monate auf der Polizeiakademie lernte sie zu schießen, zu kämpfen und Strategien auszuhecken. Zu ihrer eigenen Verwunderung stellte sie fest, dass ihr alle drei Disziplinen lagen.

Mehr noch, sie fand Gefallen daran. Am Job, der Uniform, den Kollegen. Vier Jahre lang fuhr sie auf Massachusetts' Highways Streife, nahm Betrunkene in Gewahrsam, entschärfte Schlägereien und sorgte für häuslichen Frieden. In dieser Zeit hatte sie das Gefühl gehabt, etwas zu bewirken und Sinnvolles zu tun. Sie war glücklich gewesen.

Sie verließ sich ganz auf ihre Ausbildung, als sie nun in der Bostoner Innenstadt nach einem Parkplatz suchte und die ersten Gedanken um den Tatort kreisen ließ. Die Denbes wohnten in Back Bay, einem der vornehmsten Viertel Bostons, wie es sich für den Vorstandsvorsitzenden eines

Hundert-Millionen-Dollar-Unternehmens gehörte. Die Gegend bestand aus Straßenzügen stattlicher Einfamilienhäuser, die zwar dicht beieinanderstanden, aber wahrscheinlich so gut schallisoliert waren, dass sich ihre Bewohner einbilden konnten, auf einer Insel zu leben, umgeben vom Meer des städtischen Treibens.

Ein Rettungsfahrzeug oder eine mobile Kommandozentrale waren nicht zu sehen, was Sinn ergab, weil ihr Einsatzbefehl einem einfachen B- beziehungsweise E-Ruf entsprach. Allerdings zählte sie über sechs Streifenwagen sowie mehrere nicht gekennzeichnete Dienstfahrzeuge. Ein großes Aufgebot für einen Einbruch. Und all die Detectives ... offenbar hatte man nach einer ersten Einschätzung der Situation Verstärkung angefordert.

Tessa bog von der Marlborough Street in eine kleine Seitengasse ein, in der nur Anlieger parken durften. Sie fand eine Lücke und nahm sie in Beschlag, natürlich unberechtigterweise, aber sie war gewiss nicht die erste Ermittlerin, die sich über Verkehrsregeln hinwegsetzte. Es würde zwecklos sein, dass sie ihren Dienstausweis unter die Windschutzscheibe aufs Armaturenbrett legte, denn ein Protokoll würde er ihr nicht ersparen. Sei's drum.

Sie stieg aus ihrem Lexus, schlang den langen, schokoladenbraunen Wollmantel um sich und zögerte plötzlich wieder.

Ihr erster Impuls drängte sie, die Glock im Handschuhfach zu deponieren. Die Detectives würden sich daran stoßen, dass sie bewaffnet am Tatort erschien, aber das war ihr egal. Cop-Regel 101: Lass niemanden sehen, dass du schwitzt.

Das Kinn nach oben gereckt und die Schultern gestrafft, schnallte sich Tessa das Holster mit der Glock um, für die sie einen Waffenschein hatte, und machte sich auf den Weg.

Die Sonne ging gerade auf und warf einen goldenen Schein über die Stadthäuser aus rotem Ziegel und cremefarbenen Verblendungen. Zurück in der Marlborough Street, folgte sie dem gepflasterten Gehweg in Richtung der Denbe'schen Residenz und bestaunte die Erntedankdekorationen aus Getreidegarben und anderen Feldfrüchten, die die überdachten Eingänge schmückten. Den meisten Häusern waren kleine Gärten vorgelagert, begrenzt von schmiedeeisernen Zäunen in Schwarz. Zu dieser Jahreszeit beschränkte sich die Bepflanzung auf Buchsbaum-Miniaturen und immergrünes Gesträuch. Zum Glück war es nicht allzu kalt, und die Sonne versprach sogar steigende Temperaturen. Ihre Kraft nahm allerdings mit den kürzer werdenden Tagen weiter ab, und je näher es auf den Dezember zuging, desto schärfer wurden die frostigen Winde.

Ein junger Polizist in Zivil stand allein vor dem Haus der Denbes. Er trat von einem Fuß auf den anderen, vielleicht um sich warm zu halten, vielleicht um wach zu bleiben. Vom Gehweg aus betrachtet deutete an dem gepflegten Äußeren des Hauses nichts auf ein Verbrechen hin. Es war kein Absperrband gespannt worden, und vor den Eingangsstufen stand keine fahrbare Krankentrage in Bereitschaft. Alles wirkte völlig ruhig und so unverfänglich, dass sich Tessa fragte, was die Polizei der Öffentlichkeit wohl zu verheimlichen versuchte.

Laut Auskunft ihres Chefs hatte die Haushälterin der Denbes kurz nach 5:30 Uhr die Polizei alarmiert und gemeldet, dass allem Anschein nach eingebrochen worden sei. Es war sofort ein Detective losgeschickt worden, der im Haus eine Entdeckung gemacht hatte, die auf mehr schließen ließ als auf einen gewöhnlichen Einbruch und mehrere Anrufe nach sich zog, einschließlich den aus Justin Denbes Firma bei Tessas Arbeitgeber.

Eklig, hatte Tessa während der Schilderungen ihres Chefs gedacht, und als sie nun durch die geöffnete Walnusstür ins Haus blickte, änderte sie ihren ersten Kommentar um in »kompliziert«. Sehr kompliziert.

Sie zeigte dem jungen Officer ihren Dienstausweis, der erwartungsgemäß den Kopf schüttelte.

»Das hier ist 'nc Privatparty«, erklärte er. »Nur für Cops.«

»Ich bin aber eingeladen worden«, entgegnete Tessa. »Vom Familienunternehmen höchstselbst, Denbe Construction. Eine Firma, die sich auf sündhaft teure Projekte spezialisiert hat, in Auftrag gegeben von Senatoren und hochrangigen Insidern Washingtons. Also Leuten, die unsereins besser nicht verärgert.«

Der Officer schaute sie verständnislos an. »Was für Insider?«

»Einflussreiche Lobbyisten, dank derer Justin Denbe ein gerngesehener Gast im Weißen Haus ist. Solche Insider.« Sie übertrieb ein wenig, war aber zuversichtlich, sich klar genug ausgedrückt zu haben.

Der Officer verlagerte sein Gewicht vom linken auf den rechten Fuß. Er schien ihr die Beziehungen zum Weißen Haus nicht abzukaufen, aber die Adresse hier war einfach zu vornehm, um so etwas ganz auszuschließen.

»Hören Sie«, drängte Tessa. »Diese Familie, diese Nachbarschaft. Mensch, wir spielen in einer ganz anderen Liga. Deshalb hat Denbe Construction meine Agentur eingeschaltet. Eine Privatfirma, die Privatinteressen schützt. Ich behaupte nicht, dass das richtig ist und dass Sie es toll finden müssen. Aber wir wissen doch, dass in solchen Kreisen entschieden wird, wie sich die Welt dreht.«

Sie sah dem jungen Mann an, dass sie damit durchkam. Doch in diesem Moment tauchte – wie hätte es anders sein können? – Detective Sergeant D.D. Warren auf.

Die kantige, blonde Frau trat durch die Eingangstür, pellte sich ihre Latexhandschuhe von den Fingern und grinste, als sie Tessa sah.

»Hab schon gehört, dass Sie sich jetzt als Rent-a-Cop verdingen«, sagte die Ermittlerin vom Morddezernat. Ihre kurzen blonden Locken wippten in der Morgensonne, als sie die Stufen heruntersprang. D.D. trug verwaschene schwarze Jeans, ein hellblaues Herrenhemd und eine karamellfarbene Lederjacke. Die dazu passenden Schuhe hatten zehn Zentimeter hohe Absätze, die sie aber nicht aus dem Takt kommen ließen.

»Hab schon gehört, dass Sie Mom geworden sind.«

»Verheiratet bin ich auch.« D.D. zeigte einen blau funkelnden Ring und wandte sich dann dem uniformierten Kollegen zu, der nach links und rechts schaute, als suchte er nach einer Fluchtmöglichkeit.

Das letzte Mal waren sich D.D. und Tessa vor zwei Jahren in einem Krankenhauszimmer begegnet. D.D. und ihr Partner Bobby Dodge hatten sie zu den Schüssen auf ihren Mann vernommen, mit denen er zwei Tage zuvor getötet worden war. Tessa hatte sich an D.D.s Fragen gestört und mit ihren Antworten die gute Frau geärgert. Anscheinend waren sie sich immer noch nicht grün.

D.D. deutete mit dem Kinn auf den Wulst unter Tessas aufgeknöpftem Mantel. »Man lässt Sie tatsächlich eine Waffe tragen?«

»Das kommt davon, wenn das Gericht einen von allen Anklagepunkten freispricht. Meine Unschuld ist also gewissermaßen verbrieft.«

D.D. verdrehte die Augen. Sie hatte ihr die Geschichte von damals immer noch nicht abgenommen. »Was wollen Sie hier?«, fragte sie scharf.

»Ihren Fall an mich reißen.«

»Das können Sie nicht.«

Tessa sagte nichts. Schweigen demonstrierte Stärke.

»Im Ernst«, fuhr D.D. fort. »Sie können meinen Fall nicht an sich reißen, weil es gar nicht meiner ist.«

»Was?«, platzte es aus ihr heraus, verwirrt über diese Nachricht, denn D.D. stand schließlich an der Spitze der Bostoner Supercops.

D.D. fuhr mit dem Kopf herum und blickte in Richtung Hauseingang. »Der leitende Detective ist Neil Cap. Wenn Sie sich mit ihm anlegen wollen, nur zu …«

Tessa musste eine Weile in ihrem Gedächtnis kramen. »Augenblick. Dieser fuchsige Jungspund? Der ständig in der Pathologie rumhängt? *Den* Neil meinen Sie?«

»Ich habe ihn großgezogen«, erklärte D.D. bescheiden. »Und ganz nebenbei bemerkt, ist er vier Jahre älter als Sie. Als Jungspund bezeichnet zu werden gefällt ihm ganz und gar nicht. Wenn Sie an seinem Fall mitarbeiten wollen, sollten Sie sich bessere Manieren zulegen.«

»Nicht nötig. Meine Mitwirkung wird vom Eigentümer des Hauses ausdrücklich gewünscht.«

Jetzt war es D.D., die überrascht schien. Ihre blauen Augen verengten sich zu Schlitzen. »Von der Familie? Haben Sie mit Angehörigen gesprochen? Das würden wir nämlich auch gern tun. So schnell wie möglich.«

»Ich spreche nicht von der Familie. Als Eigentümer ist Justin Denbes Firma eingetragen. So regeln das viele erfolgreiche Unternehmer, wie ich mir habe sagen lassen.«

Detective Warren schaltete schnell. »Mist!«

»Heute Morgen gegen sechs«, klärte Tessa sie auf, »wurde meine Agentur, Northledge Investigations, von Denbe Construction beauftragt, sich um alles zu kümmern, was mit dieser Immobilie zu tun hat. Ich bin autorisiert, das Haus zu betreten und unabhängige Ermittlungen durchzuführen. Wir könnten nun alle miteinander darauf warten, dass Sie in Ihrem Büro ein bestätigendes Fax vorfinden, oder aber Sie lassen mich endlich meine Arbeit tun. Wie ich schon diesem jungen Kollegen hier erklärt habe, hat Familie Denbe recht beeindruckende Beziehungen. Mit anderen Worten, Sie wären gut beraten, mich durchzulassen. Wir hätten Zeit gewonnen, und Sie könnten einfach mir die Schuld geben, wenn etwas schieflaufen sollte.«

D.D. schwieg und schüttelte den Kopf. Den Blick auf die Ziegelfassade gerichtet, schien sie sich um Fassung zu bemühen. Vielleicht holte sie aber auch nur zu einem neuen Angriff aus.

»Wie lange waren Sie bei der Polizei, Tessa?«, fragte sie. »Vier, fünf Jahre?«

»Vier.«

D.D. blickte auf. Spöttisch wirkte ihre Miene nicht, vielmehr offen und unverstellt. »Und Sie sind ausschließlich Streife gefahren, nicht wahr? Das qualifiziert nicht unbedingt für einen solchen Fall«, erklärte sie geradeheraus. »Oder haben Sie schon einmal Spuren gesichert, dazu noch an einem Tatort, der aus fünf Etagen besteht? Oder Verantwortung in einer vergleichbaren Situation übernommen? Wir haben es hier nicht mit Radarfallen oder Alkoholtests zu tun. Hier ist eine ganze Familie verschwunden.«

Tessa zeigte sich unbeeindruckt. »Ich weiß.«

»Wie geht es Sophie?«, fragte D.D. unvermittelt.

»Gut, danke der Nachfrage.«

»Übrigens, mein Sohn heißt Jack.«

»Wie alt?«

»Elf Monate.«

Tessa lächelte unwillkürlich. »Er ist Ihnen wahrscheinlich schon so sehr ans Herz gewachsen, wie Sie es vorher nicht für möglich gehalten hätten, nicht wahr? Und mit jedem neuen Tag lieben Sie ihn mehr.«

D.D. hielt ihrem Blick stand. »Ja.«

»Habe ich Ihnen doch gleich gesagt.«

»Ich erinnere mich, Tessa. Und wissen Sie was? Ich bin immer noch der Meinung, dass Sie sich täuschen. Es gibt Grenzen, die man nicht überschreiten darf. Das hätten gerade Sie als Cop wissen müssen, und trotzdem haben Sie einen Menschen kaltblütig erschossen. Ob aus Liebe oder Hass – zu morden ist nie richtig.«

»Mutmaßlich«, entgegnete Tessa kühl. »Ich habe mutmaßlich einen Menschen erschossen.«

D.D. krauste die Stirn. Mit weicher Stimme fuhr sie fort:

»Aber ... Sie haben Ihre Tochter zurück. Und wie Sie vorhergesehen haben, gibt es Tage, an denen ich meinen Sohn anschaue und ... Ich weiß nicht. Wenn er in Gefahr geriete und ich um sein Leben fürchten müsste ... Nun, ich will mich mit Ihnen nicht darüber streiten, ob das, was Sie getan haben, richtig oder falsch war. Sagen wir, ich kann Sie heute besser verstehen.«

Tessa blieb ungerührt. Bei einer Frau wie D.D. Warren kam so ein Statement fast einer Entschuldigung gleich. Umso mehr war Tessa auf der Hut vor dem, was von der Bostoner Polizistin jetzt noch kommen mochte.

Und tatsächlich: »Schön und gut, ich kann Sie nicht davon abhalten, das Haus zu betreten und *unabhängige* Ermittlungen durchzuführen, denn Sie haben offenbar die Erlaubnis des Eigentümers«, konstatierte D.D. »Aber Sie werden doch hoffentlich unsere Arbeit respektieren, oder? Neil ist ein tüchtiger Detective und hat erfahrene Kollegen im Rücken. Und was die Spurenanalyse angeht, haben wir schon einen kleinen Vorsprung. Wenn zutrifft, was wir vermuten, hängt das Schicksal der Familie davon ab, dass wir den Fall so schnell wie möglich lösen.«

Tessa wartete einen Herzschlag lang ab. »So ein freundlicher Ton sieht Ihnen gar nicht ähnlich.«

»Und es sähe Ihnen nicht ähnlich, wenn Sie sich dumm verhielten.«

»Da haben Sie wohl recht.«

»Sind wir handelseinig?«

Die Sonne war ein gutes Stück gestiegen. Sie wärmte den gepflasterten Gehweg, beleuchtete die Fassade mit den cremefarbenen Fensterlaibungen und tastete mit ihren

Strahlen durch die offene Eingangstür. Was für eine schöne Straße, dachte Tessa, und ausgerechnet hier hatte ein so scheußliches Verbrechen stattgefunden. Aber sie wusste besser als die meisten anderen, was selbst unter privilegierten Umständen, sogar in der Bostoner Elite, hinter verschlossenen Türen alles möglich war.

Sie setzte sich in Bewegung. »Ich komme Ihnen nicht in die Quere.«

»Ich sagte bereits, dass —«

»Ich will nur die Computer.«

»Warum?«

»Das erkläre ich Ihnen, wenn ich sie gefunden habe. Wir sollten keine Zeit mehr verlieren. Die Uhr läuft. Glückwunsch zu Ihrer neuen Familie, D.D.«

Detective Sergeant Warren folgte ihr. »Danke. Und Sie beglückwünsche ich zu Ihrem neuen Job. Ich nehme an, Sie schwimmen jetzt im Geld.«

»So ist es.«

»Dafür werden Sie wahrscheinlich jede Menge Überstunden machen müssen.«

»Zum Abendessen bin ich immer pünktlich zu Hause.«

»Aber Sie werden uns doch wohl vermissen, oder?«

»Oh, eigentlich nur meistens.«

Kapitel 3

Der weiße Lieferwagen fuhr nach Norden, über den Storrow Drive auf die 93 und dann weiter auf der 95. Es war fast ein Uhr, und auf den Highways kam man am schnellsten voran.

Ein weißer Lieferwagen, der mit rund hundert Stundenkilometern durch Massachusetts fuhr, fiel nicht weiter auf. Der Fahrer entdeckte zwei Streifenwagen der Staatspolizei und tippte kurz auf die Bremse, wie es jeder vorsichtige Verkehrsteilnehmer tat, und beschleunigte dann wieder etwas. Nichts, worüber man sich wundern würde.

Um drei Uhr wurde zum ersten Mal haltgemacht, neben einer alten Autobahnraststätte, die schon seit Jahren geschlossen war. In der Mitte von nirgendwo gab es hier einen großen Parkplatz mit Schotterbelag, wie geschaffen für Trucker, die ein kurzes Nickerchen einlegen oder die Sträucher bewässern wollten. Vor allem war es ein Ort, der unbeachtet blieb, weil hier, so weit draußen, nichts Aufregendes passierte.

Das jüngste Mitglied der Mannschaft, ein Bursche, den sie Radar nannten, wurde nach hinten geschickt, um nach der Ladung zu sehen. Er ging um den Wagen herum und öffnete die Hecktür. Das Mädchen und die Frau rührten sich nicht, wohl aber der Mann. Er öffnete ein trübes Auge und richtete es benommen auf Radar. Plötzlich kam Bewegung in ihn. Es schien fast, als wollte er den Burschen angreifen. Aber die Spritze, die ihm gesetzt worden war, wirkte offenbar immer noch. Er kippte nach vorn, landete mit dem

Gesicht auf der Gummimatte und blieb reglos liegen. Radar zuckte mit den Achseln und fühlte seinen Puls, holte dann eine bereits aufgezogene Spritze aus seinem Bereitschaftskoffer und stach sie dem Mann in den Oberarm. Er würde jetzt noch eine Weile still bleiben.

Radar vergewisserte sich bei allen dreien, dass sie noch gefesselt und die Klebestreifen auf den Münder nicht verrutscht waren.

So weit, so gut. Er klappte seinen Koffer zu und machte sich daran, die Tür zu schließen, hielt aber inne. Warum, wusste er selbst nicht genau. Vielleicht, weil er wirklich gut war in seinem Job und über einen untrüglichen sechsten Sinn verfügte, dem er seinen Spitznamen verdankte. Er trug ihn seit seinem ersten Feldeinsatz, der etliche Länder, Jahre und Einheiten zurücklag. Aus welchem Grund auch immer stellte er den Koffer wieder ab, obwohl Z vom Fahrersitz aus laut zur Eile drängte. Unbeirrt setzte Radar seine Inspektion fort.

Handys, Autoschlüssel, Brieftaschen, Taschenmesser, iPods, iPads – alles, das zu irgendetwas hätte taugen können, war, zu einem kleinen Berg aufgehäuft auf der Kochinsel in der Küche des Bostoner Stadthauses, zurückgelassen worden. Radar fand die Vorsichtsmaßnahmen ein bisschen übertrieben, zumal sie sich lediglich um zivile Zielpersonen kümmern mussten, doch Z hatte ausdrücklich darauf bestanden. Der Mann, so war ihnen gesagt worden, sei durchaus ernst zu nehmen. Natürlich habe er nicht annähernd so viel drauf wie sie, aber er könne »sich ganz gut behaupten«. Nur Idioten unterschätzten andere, und sie waren keine Idioten.

Gerade deshalb ... Radar nahm sich zuerst das Mädchen vor. Sie stöhnte leise, als er sie abtastete, und er wurde rot, weil er sich wie ein Perversling vorkam, der ein minderjähriges Mädchen begrapschte. Kompartmentalisieren, verlangte er von sich, nicht denken, handeln! Als Nächstes kam die Frau an die Reihe. Es war ihm unangenehm, sie zu durchsuchen, doch er tröstete sich mit dem Gedanken, dass es für die Frau besser war, er filzte sie und nicht Mick. Als hätte Mick seine Gedanken erraten, drehte er sich auf dem Rücksitz um und richtete seine unheimlichen, hellblauen Augen auf ihn. Sie waren immer noch geschwollen und blutunterlaufen, was mit Sicherheit auf seine Laune abfärbte.

»Wird's bald?«, bellte Mick. »Was fummelst du an denen rum?«

»Da stimmt was nicht«, murmelte Radar.

»Wie kommst du darauf?« Z, der Riese am Steuer, merkte auf. Sofort öffnete er die Tür, um auszusteigen.

»Ich weiß nicht«, antwortete Radar und suchte weiter mit.

Mick, der Blonde, hielt den Mund. Er konnte den Jungen nicht leiden, kannte ihn aber lange genug, um zu wissen, dass seine Ahnungen ernst zu nehmen waren. Wenn Radar einen Verdacht hatte, lag er meistens richtig.

Z kam auf Radar zu. Trotz seiner massigen Gestalt bewegte er sich erstaunlich schnell, und in der mondlosen Nacht wirkte Z, immer noch ganz in Schwarz gekleidet, umso beängstigender.

»Was ist?«, wollte er wissen.

Die Antwort lag auf der Hand, als sich Radar den Mann vorknöpfte. Ihre Mission hatte erst vor sechs Stunden begonnen, und schon war ihnen ein Fehler unterlaufen, einer, der sie teuer zu stehen kommen konnte. Er überlegte noch, was zu tun sei, als Z schon zur Tat schritt.

Bevor Radar mit den Augen blinzeln konnte, hatte der Riese ein Messer in der Hand. Er sprang zur Seite, um nicht über den Haufen gerannt zu werden, und schaute unwillkürlich weg.

Blitzschnell stach Z dreimal zu. Dann trat er einen Schritt zurück und betrachtete sein Werk. Er grunzte zufrieden und kehrte auf den Fahrersitz zurück. Radar, der Letzte in der Rangordnung, war selbstredend für die Entsorgung zuständig.

Mit flachem Atem schickte er sich an zu tun, was von ihm verlangt worden war. Nur gut, dass er dafür plädiert hatte, diesen entlegenen Rastplatz anzusteuern, und dass es stockdunkel war. Zum Glück sah er nicht einmal selbst, was er tat.

Als er fertig war, nahm er seinen Koffer von der Ladefläche. Kompartmentalisieren, schärfte er sich ein. Es war die oberste Maxime in seinem Gewerbe. Er schloss die Hecktür und weigerte sich, noch einmal hinzusehen.

Dreißig Sekunden später saß er wieder auf seinem Platz neben Mick.

Sie setzten ihre Fahrt durch die Nacht fort. Weißer Lieferwagen, Richtung Norden.

Kapitel 4

Tessa betrat das Stadthaus mit gemischten Gefühlen. Sie war nervös und beklommen, weil zu befürchten war, dass ein Kind zu Schaden gekommen war, aber auch neugierig darauf zu erfahren, wie sich Multimillionäre in Boston so einrichteten. Um restaurierte alte Häuser in dieser Lage rankten sich Legenden, und auf den ersten Blick enttäuschte sie die Residenz der Denbes nicht. Tessa war beeindruckt von den zahllosen Quadratmetern polierten Parketts, den hohen Decken mit ihren Original-Zahnfriesen aus Gips und den schmuckvollen Holzarbeiten, die etliche Schreiner ein ganzes Jahr lang beschäftigt haben mochten.

Wie die meisten Bostoner Stadthäuser hatte das der Denbes einen relativ schmalen, aber dafür umso tieferen Grundriss. Das zwei Stockwerke hohe Foyer bildete die Bühne für einen riesigen Lüster – venezianisches Glas, wie sie vermutete – und einen elegant geschwungenen Treppenaufgang dahinter. Auf der linken Seite öffnete sich ein großer Raum mit einer prächtigen historischen Feuerstelle. Von diesem Raum ging in Richtung Hinterhaus eine Küche ab, die mit ihren Arbeitsflächen aus Granit, ihren Einbauschränken und High-End-Geräten auf dem allerneuesten Stand zu sein schien.

Kleinlich kann man das nicht nennen, dachte Tessa. Allerdings auch nicht ultramodern. Unerwartete Farbflecke setzten Akzente in der Gestaltung aus vornehmlich neutralen warmen Tönen. Zeitgenössische Kunst mischte sich auffällig mit antiken Möbeln. Die Einrichtung sollte nicht überwältigen, aber durchaus beeindrucken.

Weshalb die Szene im Foyer umso mehr verstörte.

Vor der rechten Wand, drei Schritte vom Eingang entfernt, hatte sich eine große, wässrige Pfütze aus Erbrochenem ausgebreitet. Konfetti. Hellgrüne winzige Teilchen, millionenfach, von denen jedes die Seriennummer des Tasers trug, der hier abgefeuert worden war. Eine Mordsarbeit, so etwas sauber zu machen, wusste Tessa aus Erfahrung, denn sie hatte in ihrer Ausbildung auch mit solchen Waffen zu schießen gelernt und war sogar selbst einmal Zielscheibe gewesen. Brandnarben an der Hüfte und am Fußgelenk zeugten davon.

Gelbe Beweismittelschildchen wurden gerade vor den Konfettiniederschlag, den Auswurf und vor dunkle Striemen auf dem Parkett gestellt, die darauf schließen ließen, dass jemand mit schwarzen Schuhabsätzen darüber geschleift worden war. Tessa bückte sich, um das Konfetti und die Schleifspuren zu inspizieren. Mit den Seriennummern auf den grünen Partikeln würde wahrscheinlich nichts anzufangen sein. Über sie ließ sich zwar, wie anhand der Spurrillen eines Geschosses, nachweisen, welche Waffe der Täter abgefeuert hatte, doch in Massachusetts waren Taser für den zivilen Gebrauch verboten. Der hier zum Einsatz gekommene musste also auf dem Schwarzmarkt und mit gefälschten Papieren erworben worden sein.

Die Schleifspuren interessierten sie mehr, obwohl sie nicht viel hergaben. Sie vermutete jedoch, dass sie von Halbschuhen mit schwarzer Sohle oder von Arbeitsstiefeln herrührten. Denen von Justin Denbe? Von seinen Angreifern?

Der Katalog von Fragen, die sie sich stellte, wuchs an, und mit ihm ein Gefühl von Grauen.

Und plötzlich sah sie sich in ihre eigene Küche zurückversetzt, noch in Uniform und mit umgelegtem Dienstkoppel, den Trooper-Hut tief in die Stirn gezogen. Sie hatte ihre Sig Sauer langsam aus dem Holster gezogen und sie zwischen sich und ihrem Mann an der Hand baumeln lassen ... *Wen liebst du?*

»Die Alarmanlage ist auf dem neuesten Stand der Technik«, erklärte D.D. »Laut Auskunft der Haushälterin war sie allerdings nicht aktiviert, als sie heute Morgen um halb sechs ihre Arbeit antreten wollte. Statt durch den Haupteingang kommt sie immer von der Seite durch die Garage ins Tiefparterre. Justin Denbe ist angeblich sehr auf Sicherheit bedacht. Das Garagentor lässt sich nur öffnen, wenn man den richtigen Zahlencode eingibt. Ständig gesichert ist die Tür zum Keller. Das Garagentor war verschlossen, aber die Kellertür stand offen. Als sie die Treppe heraufkam, sah sie als Erstes die Kochinsel.«

Vorsichtig durchquerte D.D. den Eingangsbereich, achtete darauf, nicht in das Konfetti am Boden zu treten, und steuerte auf die Küche zu. Tessa folgte ihr ebenso behutsam.

Ihr eigenes Heim, das sie am frühen Morgen verlassen hatte – ein Dreihunderttausend-Dollar-Einfamilienhaus in einem Bostoner Arbeiterviertel –, wirkte eher bescheiden. Doch was damals in ihrer schlichten Küche passiert war und nun hier in dieser großbürgerlichen Pracht ...

Gewalt, der große Gleichmacher. Sie scherte sich nicht um Geld und Status und suchte einen eines Tages einfach heim.

Die große Küche erstreckte sich bis zur Rückseite des Hauses. Sie war tipptopp in Ordnung und überraschend leer. Tessa warf D.D. einen flüchtigen Blick zu. Auf der Straße standen fünf bis sechs Polizeifahrzeuge, doch hier im Haus waren sie beide allein.

Doch dann musste sich Tessa korrigieren. Im *Parterre* waren sie allein. Unwillkürlich schaute sie nach oben unter die Decke. Was sie im Eingangsbereich gesehen hatte, war schlimm genug. Wie mochte es erst in den oberen Stockwerken aussehen, die all die Bostoner Detectives, die angerückt waren, in Beschlag nahmen?

»Schauen Sie mal.« D.D. zeigte auf die große Kochinsel.

Sie war mindestens zweieinhalb Meter lang und bestand aus grüngoldenem Granit, durch den sich wellengleich dunkelgraue Adern zogen. Mitten auf der blankpolierten Oberfläche häufte sich ein Durcheinander aus verschiedenen Gegenständen.

Tessa trat näher heran und zog ein paar Latexhandschuhe aus ihrer Manteltasche.

Sie identifizierte eine Handtasche aus braunem Leder, anscheinend ein italienisches Fabrikat. Smartphone. iPod. Eine Herrenbrieftasche. Ein weiteres Smartphone, zwei Schlüsselanhänger, der eine mit einem Mercedesstern, der andere zu einem Range Rover gehörig. Ein rotes Schweizer Taschenmesser, zusammengeklappt. Schließlich einen Lippenstift, hellrosa, ein Bündel Geldscheine und einen verbogenen Kaugummistreifen, noch eingewickelt in Silberpapier.

Die Handtasche gehörte der Frau. Dem Mann waren wohl die Brieftasche, das Taschenmesser und wenigstens eines der Smartphones zuzuordnen. Der eine Schlüsselbund ihrem Wagen, der andere seinem. Alles andere stammte wahrscheinlich von Ashlyn: iPod, Handy, Lippenstift, Geld, Kaugummi. Ziemlich genau das, worauf moderne Teenager nicht verzichten konnten.

Tessa hatte das Sammelsurium aus den Taschen einer wohlhabenden Familie vor Augen, wie als Opfergaben auf einem Altar zurückgelassen, nur dass es sich bei diesem Altar um eine Kochinsel handelte.

Wieder richtete sie ihren Blick auf D.D. und sah sich von ihr beobachtet.

»Die beiden Handys?«, fragte Tessa.

»Drei. In der Handtasche ist noch eins. Von Libby. Mit dem Betreiber haben wir schon Kontakt aufgenommen. Er stellt eine Liste aller Anrufe und Textnachrichten zusammen, die während der letzten achtundvierzig Stunden ein- und abgegangen sind. Vorläufiges Ergebnis: Von der Familie hat niemand nach 22:00 Uhr vergangener Nacht angerufen. An Ashlyn sind nach diesem Zeitpunkt noch mehrere SMS von Freundinnen mit zunehmend besorgten Nachfragen gesendet, aber von ihr nicht beantwortet worden. Ihre letzte SMS wurde um 21:48 Uhr abgeschickt. Die letzte an sie gerichtete kam kurz nach Mitternacht; es war die vierte ihrer besten Freundin Lindsay Edmiston, die auf eine Antwort drängte.«

»Die Täter haben die Familie überrascht«, sagte Tessa und stellte sich das Szenario vor. »Anderenfalls hätte jemand um Hilfe gerufen. Das Konfetti im Foyer lässt darauf schließen, dass Eltern und Tochter mit einem Taser außer Gefecht gesetzt wurden. Man hat sie wahrscheinlich gefesselt und ihnen die Taschen leer geräumt.«

»Raubüberfall?«, fragte D.D.

»Nein«, antwortete Tessa spontan. »Gewöhnliche Einbrecher hätten dieses Zeug nicht dort liegenlassen.«

Tessa fragte sich, ob die Opfer des Überfalls zu diesem Zeitpunkt bei Bewusstsein gewesen waren. Höchstwahrscheinlich. Von einem Taser getroffen zu werden war äußerst schmerzhaft. Ein Stromstoß durchzuckte den Körper des Geschädigten, befeuerte jedes einzelne Nervenende. Jedoch nur so lange, wie der Abzugshebel gedrückt gehalten wurde. Ließ man ihn los, versiegte der Energiefluss, und die Schmerzen klangen ab. Das Opfer war zwar noch eine Weile kampfunfähig, mochte aber noch auf den Beinen stehen.

Die meisten Polizisten zogen deshalb solche Waffen dem Einsatz von Pfefferspray vor. Pfefferspray machte selbst aus einem Riesen ein sabberndes Häufchen Elend, das der Officer dann in den Streifenwagen hieven musste. Mit einem Taser hingegen hatte man schon nach zwei oder drei kurzen Stromimpulsen die meisten Widersacher davon überzeugt, dass es für sie besser war, freiwillig im Streifenwagen Platz zu nehmen.

Eltern und Tochter waren also aller Wahrscheinlichkeit nach bei Bewusstsein gewesen. Gefesselt und ruhiggestellt, während die Täter ihre Taschen durchsuchten und alles, was sie darin fanden, auf die Kochinsel legten. Zumindest die Eltern waren sich wohl über das Ausmaß und die Folgen des Übergriffs im Klaren gewesen.

Definitiv kein Raubüberfall.

Es ging um etwas Persönliches, sehr viel Bedrohlicheres.

»Schön, dass Sie so genau hinschauen und nichts anfassen«, lobte D.D. »Zum Dank möchte ich Sie in ein kleines Geheimnis einweihen.«

Tessa wartete. D.D. deutete auf die gefilzten Gegenstände.

»Darunter haben wir auch Familienschmuck gefunden. Einen Verlobungsring, Eheringe, Diamantenklunker, Goldreifen, zwei Ketten, eine Rolex. Meiner sehr konservativen Schätzung nach würde man für dies alles in jeder Pfandleihe mindestens hundert Riesen kriegen.«

»Scheiße«, entfuhr es Tessa.

»So viel zum Thema Raubüberfall.«

»Na schön, erzählen Sie mir doch was über die elektronische Anlage, mit der das Haus gesichert ist.«

»Denbes Firma baut unter anderem Gefängnisse. Ein ähnliches System wie das, womit die Zellen gesichert werden, hat er in seinem Haus einbauen lassen. Die Türschlösser haben mehrere Stahlriegel und werden zentral gesteuert. Über einen Zahlencode verschließt oder öffnet man sämtliche Ein- und Ausgänge. Ich schätze, es lassen sich auch über bestimmte Codes einzelne Türen ansteuern, aber Genaueres weiß ich nicht. Natürlich sind auch alle Fenster und Türen alarmgesichert. Ein Wach- und Schließdienst ist in kürzester Zeit zur Stelle, wenn jemand einzudringen versucht.«

»Und diese Anlage war ausgeschaltet, als die Haushälterin um fünf Uhr dreißig kam?«

»Ja. Was ziemlich ungewöhnlich ist. Justin Denbe hat großen Wert darauf gelegt, dass die Anlage jederzeit funktioniert, egal, ob jemand zu Hause ist oder nicht.«

»Verständlich, in der Stadt kann man nie vorsichtig genug sein«, kommentierte Tessa trocken. Sie kam zur nächsten logischen Frage: »Wer kannte die Codes?«

»Die Familienmitglieder, die Haushälterin und die Wach- und Schließgesellschaft.«

»Wie oft wurden sie gewechselt?«

»Monatlich.«

»Kann man die Anlage außer Kraft setzen? Indem man Drähte durchtrennt oder dergleichen?«

»Die Wachgesellschaft versichert, dass jeder Manipulationsversuch sofort Alarm auslöst. Es gibt sogar für den Fall einer technischen Panne zusätzliche Sicherheitsvorkehrungen. Doppelt ausgelegte Bewegungssensoren. Justin Denbe kennt sich aus und nutzt sein Know-how nicht zuletzt für seinen privaten Bereich. Wie dem auch sei, bei der Wachgesellschaft ist kein Alarm eingegangen. Wer sich Zutritt zum Haus verschafft hat, wusste offenbar genau, was zu tun ist.«

»Sie sagten, die Haushälterin betrete das Haus immer durch die Garage«, erinnerte Tessa. »Wie ist es mit der Familie?«

»Wenn sie zu Fuß unterwegs sind, nutzen sie den Haupteingang. Kommt Libby mit dem Wagen, stellt sie ihn in der Garage ab und geht auf geradem Weg durch den Keller. Die Eheleute hatten sich laut Auskunft der Haushälterin zum Dinner verabredet, und in solchen Fällen fährt immer er.«

»Er parkt seinen Wagen aber nicht in der Garage, stimmt's?«

»Nein. Da haben sie nur einen Stellplatz, den er, wie ich vermute, galanterweise ihr überlässt. In der Nähe gibt es noch einen reservierten Platz an der Straße, gleich um die Ecke, doch den nutzt immer die Haushälterin. Weil er oft unterwegs ist, stellt er seinen Wagen meist in der Parkgarage seiner Firma ab und lässt sich bringen oder abholen. Manchmal versucht er wie jedermann sonst auch, eine Lücke vorm Haus zu finden.«

»Und das Mädchen, Ashlyn? Wo war sie?«

»Hier, im Haus. Sie hatte sturmfreie Bude.«

Tessa dachte nach. »Sie war also zu Hause. Die Eltern kommen zurück, kommen zur Tür herein … Der Angreifer erwartet sie bereits und fällt im Eingangsbereich über sie her.«

»Der oder die Angreifer?«

»Vermutlich mehrere. Für einen dürfte es kaum möglich sein, mit einem Taser die ganze Familie in Schach zu halten. Und Justin ist ein Bär von Mann. Mein Chef sagt, er weiß anzupacken.«

»Ja«, bestätigte D.D. »Er ist groß und sehr fit.«

»Also Angreifer im Plural. Mindestens zwei, die im Eingangsbereich die Eltern überrascht haben. Fragt sich, wo das Mädchen war.«

»Um wen würden Sie sich als Kidnapper als Erstes kümmern, um die Eltern oder das Kind?«

»Das Kind«, antwortete Tessa sofort. »Mit ihm haben Sie auch die Eltern in Ihrer Gewalt.«

»Genau. An der Stelle haben die Einbrecher ihren ersten Fehler gemacht. Das Zimmer des Mädchens liegt im zweiten Stock. Kommen Sie.«

Kapitel 5

Mein Vater starb an meinem elften Geburtstag. Sooft ich an ihn denke, liegt mir der Geschmack von Duncan Hines' Yellow Cake mit Buttercreme und bunten Schokostreuseln im Mund. Ich rieche das heiße Wachs der Kerzen, die, dicht gedrängt auf den runden, schiefen Kuchen gesteckt, zwei Einsen bildeten. Und ich höre, um ganz genau zu sein, die Melodie von »Happy Birthday«, einem Lied, das ich nie für mein Kind oder meinen Mann gesungen habe und nie singen werde.

Es war ein Motorradunfall, wie sich herausstellte. Mein Vater hatte keinen Helm getragen.

Meine Mutter sprach von gerechtem Schicksal, aber ihre blauen Augen waren schon zu diesem Zeitpunkt stumpf, ihre Gesichtszüge von einer tiefen Traurigkeit geprägt. Sie bot mir das erste Beispiel dafür, dass man jemanden hassen und gleichzeitig fürchterlich vermissen konnte.

Einen Elternteil zu verlieren bringt große finanzielle Probleme mit sich. Mein Vater hatte als Elektriker gearbeitet, meine Mutter als Teilzeitkraft in einer chemischen Reinigung. Ihr Einkommen sicherte uns einen bescheidenen Lebensstandard. Wir bewohnten ein nettes kleines Apartment in einem Arbeiterviertel von Boston. Meine Mutter fuhr einen klapprigen Gebrauchtwagen, mein Vater leistete sich sein Wochenend-Motorrad. Unsere Kleidung kauften wir bei J. C. Penney oder, wenn meine Mutter in verschwenderischer Laune war, bei T. J. Maxx. Darüber, nichts zu essen oder kein Dach über dem Kopf zu haben, brauchte ich mir keine Sorgen zu machen. Meine Freundinnen stammten aus demselben Milieu, und wenn ich auch nicht viel hatte, hatte ich doch immerhin so viel wie sie.

Leider reicht das Einkommen von kleinen Leuten gerade mal zur Deckung der monatlichen Grundkosten. Ein bisschen was auf die hohe Kante zu legen ist natürlich nicht drin. Ganz zu schweigen von dem Luxus einer Lebensversicherung.

Mit dem Tod meines Vaters büßten wir, meine Mutter und ich, siebzig Prozent des verfügbaren Geldes ein. Die Sozialversicherung zahlte eine kleine Witwen- und Waisenrente, die aber bei weitem nicht ausreichte. Meine Mutter musste Vollzeit arbeiten und nebenbei auch noch putzen gehen, damit wir genug auf dem Tisch hatten. An zwei Abenden in der Woche und an den Wochenenden half ich ihr beim Staubsaugen von Büroetagen.

Von unserem hübschen kleinen Apartment mussten wir uns trotzdem trennen und vorliebnehmen mit einer Zweizimmerwohnung in einer großen, seelenlosen Mietskaserne, für die es einen staatlichen Zuschuss gab und als Bonus rund tausend Kakerlaken pro Bewohner. Abgefeuerte Schusswaffen gehörten zur nächtlichen Geräuschkulisse. Freitagabends drehte meine Mutter den Gasherd hoch, und ich stand mit einer Dose Insektenspray in Bereitschaft. Zwei bis drei Dutzend Kakerlaken blieben jedes Mal auf der Strecke, und danach feierten wir unseren Erfolg vor einem kleinen Schwarz-Weiß-Fernseher mit einer weiteren Folge von *Seinfeld*.

Gute Zeiten im Rahmen der neuen Weltordnung.

Ich hatte Glück. Meine Mutter hielt sich wacker. Nie überließ sie sich der Hoffnungslosigkeit, jedenfalls nicht vor meinen Augen. Manchmal aber hörte ich sie nachts im Bett schluchzen – sozialer Wohnungsbau hat bekanntlich dünne Wände. Kummer, Erschöpfung, Stress. Sie hatte die volle Dreierpackung zu verkraften, schaffte es aber jeden Morgen, aufzustehen und klaglos den Kampf ums Überleben fortzusetzen.

In der High School entdeckte ich die Kunst für mich. Meine Kunstlehrerin Mrs. Scribner war eine tolle Frau, die bunte Schlabberröcke und jede Menge Silber- und Goldreifen an den Handgelenken trug, eine Zigeunerin, die sich nach Boston verirrt zu haben schien. Die Schüler lästerten ständig über sie. Aber wer ihren Unterrichtsraum betrat, fühlte sich sofort in eine andere Welt versetzt. Die kalkweißen Wände hingen voller Seerosen nach Monet, Sonnenblumen nach van Gogh, Pollock'schen Drippings und schmelzenden Dalí-Uhren. Farben, Blumen, Formen, Muster. Die schäbigen Flure, verbeulten Spinde und stockfleckigen Decken einer unterfinanzierten öffentlichen Schule waren vergessen. Ihr Klassenzimmer wurde zu unserem Refugium, und wir fanden darin tatsächlich den Mut, befeuert von ihrer Begeisterung, auf die Suche nach Schönheit zu gehen in einer Realität, die für die meisten von uns sehr bitter und für viele tragisch kurz war.

Als ich meiner Mutter sagte, dass ich gern Kunst auf dem College studieren würde, rechnete ich damit, auf herbe Ablehnung zu stoßen. Kunst, was soll man damit anfangen? Mach doch lieber was Praktisches, eine kaufmännische Lehre. Damit verdienst du später Geld, kannst dieses Elend hier hinter dir lassen. Oder wie wär's mit einem Job in der Werbung, wenn du unbedingt kreativ sein möchtest. Werbegrafikerin, das wäre doch was. Du willst dich doch nicht ein Leben lang fragen müssen, ob du dir einmal in der Woche Pommes leisten kannst?

Aber Mrs. Scribner redete ihr gut zu. Nicht etwa, indem sie mir Talent bescheinigte, das gefördert werden müsse, oder von Träumen sprach, die verwirklicht werden sollten. Stattdessen machte sie sie auf eine Anzahl von Stipendien aufmerksam. Geschenktes Geld war zu diesem Zeitpunkt der Schlüssel zum Herzen meiner Mutter. Ich studierte also, versuchte mich an Gemälden und an Bildhauerei, lernte die unterschiedlichsten Techniken und Materialien kennen und kam dann irgendwann zufällig mit Silberknete zum Herstellen von Schmuck in Berührung, womit ich Kunst und Gewerbe unter einen Hut bringen konnte. Das gefiel auch meiner Mutter, denn Schmuck war etwas, das sich gut verkaufen ließ, nicht zuletzt an die Leute, für die sie putzte.

Ich war noch nicht lange auf dem College, als bei meiner Mutter Krebs diagnostiziert wurde. Gerechtes Schicksal, murmelte sie und blickte traurig, aber sehnsuchtsvoll auf ihre Zigarettenpackung. Von den Therapiemöglichkeiten, die sich anboten, ließ sie sich auf keine ernsthaft ein. Ich glaube, sie trauerte immer noch um meinen Vater. Ich glaube, sie wollte ihn nach neun Jahren endlich wiedersehen.

In meinem zweiten Studienjahr musste ich sie beerdigen. Ich war zwanzig Jahre alt und plötzlich ganz auf mich gestellt, ausgestattet mit einem Stipendium und dem unwiderstehlichen Drang, der Welt, wie sie war, etwas Schönes abzugewinnen.

Ich kam zurecht. Wenn meine Eltern mir etwas beigebracht hatten, dann die Härten des Lebens mit Fassung zu ertragen. Dann lernte ich Justin kennen. Er staunte über meine Belastbarkeit und Ausdauer, sah aber auch, wie verletzlich ich war. Ich arbeitete fleißig, ließ mir aber von ihm helfen. Dass er selbst offenbar das Verlangen hatte, hundert Stunden in der Woche zu arbeiten, akzeptierte ich, denn auch er ließ mich arbeiten, so viel ich es wollte, so viel ich es brauchte. Nie hätte ich auch nur im Traum darauf gehofft, von einem Märchenprinzen gerettet zu werden, an dessen Seite ich ein unbeschwertes Leben würde verbringen können.

Und doch ... Ich verliebte mich bis über beide Ohren. Und wenn mir dieser starke, gut aussehende, unglaublich hart arbeitende Kerl die Welt zu Füßen legen wollte – wieso hätte ich das ablehnen sollen?

Es stimmte einfach alles zwischen uns. Wir liebten uns, hatten Respekt für- und jede Menge Lust aufeinander. Bald bezogen wir unser Bostoner Stadthaus und pflegten einen Lebensstil, der alles übertraf, was ich mir bis dahin hatte vorstellen können.

Und dann hatten wir Ashlyn.

Noch verrückter als auf meinen Mann war ich auf unsere Tochter. Mir schien es, als hätte sich mein ganzer Lebensweg auf diesen Moment hin entwickelt, auf mein Meisterwerk, meine größte Leistung, dieses winzige, überaus kostbare Bündel Mensch.

Als sie nach der Entbindung eingewickelt auf meiner Brust lag, streichelte ich ihre runden Wangen und versprach ihr alles Glück der Welt. Es sollte ihr an nichts mangeln, nicht an Nahrung, Kleidung, Sicherheit und Liebe. Sie sollte nicht ihr Leben lang verfolgt werden vom Geschmack eines Geburtstagskuchens und dem Geruch schmelzenden Kerzenwachses. Sie sollte auch niemals nachts mit dem Geräusch von Schießereien einschlafen oder vom Schluchzen ihrer Mutter geweckt werden.

Für sie sollte immer die Sonne scheinen, versprach ich ihr, sollten der Horizont unendlich weit und die Sterne in greifbarer Nähe sein. Ihre Eltern würden sie bedingungslos lieben und ihr jeden Wunsch erfüllen.

Dies und mehr versprach ich meinem Kleinod an seinem ersten Tag auf der Erde.

Damals, als mein Mann und ich uns noch liebten, war ich überzeugt davon, dass wir, wenn nötig, Berge versetzen konnten.

Kapitel 6

Im ersten Obergeschoss setzte sich der elegant geschwungene Aufstieg als einfache U-Treppe fort. D.D. und Tessa stiegen hinauf in den zweiten Stock.

Auch dort waren keine Detectives zu sehen, nur eine Unmenge gelber Schildchen, von denen die meisten Schuhspuren zu markieren schienen. Sie mussten, wie Tessa glaubte, von den Einbrechern stammen, denn eine gute Haushälterin hätte sie längst entfernt oder sogar von Anfang an verlangt, dass man Schuhe mit schwarzen Sohlen am Eingang auszieht.

»Es gibt einen Fahrstuhl«, sagte D.D.

»Tatsächlich?«

»Von der Tiefgarage bis rauf zum Dachgarten. Versteckt hinter den schönen Holztüren, die man auf jedem Treppenabsatz sieht. Das sind Attrappen, die zur Seite gleiten, wenn man den Knopf drückt. Ich wette, Mrs. Denbe nutzt ihn, wenn sie vom Yoga nach Hause zurückkommt.«

Tessa sagte nichts. Klar, dass ein Hundert-Millionen-Dollar-Unternehmen seine Vorzüge hatte.

»Übrigens befinden sich im Keller außerdem ein beachtliches Weinlager, ein eingebauter Waffenschrank und eine kleine Einliegerwohnung für das Au-pair-Mädchen. Weinlager und Waffenschrank sind verschlossen, die Wohnung nicht, scheint aber ebenfalls nicht betreten worden zu sein.«

»Haben die Denbes ein Au-pair-Mädchen?«

»Nicht mehr. Sie hatten wohl eins, als Ashlyn jünger war.

Zurzeit gibt es nur die Haushälterin, Dina Johnson, aber die wohnt nicht im Haus. Hat ihre eigene Wohnung.«

»Ordentlich Platz für drei Personen«, bemerkte Tessa. »Ich würde sagen, auf jedes Familienmitglied kommen mindestens zweihundert Quadratmeter. Wie finden die da noch zueinander?«

D.D. zuckte mit den Achseln. »Vielleicht sind weite Wege gut für den Haussegen.«

»Sophie kommt immer noch zu mir ins Bett gekrochen«, hörte sich Tessa sagen.

»Wirklich? Ich wäre froh, wenn Jack überhaupt schlafen würde. Anscheinend erfüllt er einen Fünfjahresplan.«

»Keine Sorge. Wenn er erst einmal in der Vorschule ist, wird das besser. Die Kleinen halten sich gegenseitig so auf Trab, dass sie danach im Stehen einschlafen.«

»Schön. Bis dahin sind's nur noch zwei Jahre.«

»Wenn Sie denn nur ein Kind haben wollen.«

»Ha, mit vierzig zum ersten Mal Mutter geworden zu sein, ist doch schon eine stolze Leistung. Das sollte reichen. Kinderkriegen ist für mich nicht mehr drin. Sie sind jung, Sie könnten noch ein zweites Kind bekommen. Ich würde es mir dann ausleihen.«

Sie erreichten den zweiten Stock und betraten einen breiten Flur mit Türen zu beiden Seiten. Neben einer lehnte ein schlaksiger, rothaariger Detective mit dem Rücken an der Wand und ließ den Blick über ein halbes Dutzend gelber Beweismittelschildchen am Boden schweifen.

»Neil«, rief D.D. »Ich habe einen Gast mitgebracht.«

Neil sah auf und blinzelte. Tessa fand, dass der Rotschopf immer noch wie ein Sechzehnjähriger aussah, entdeckte aber bei näherem Hinsehen Fältchen in den Winkeln der blauen Augen. Er schaute sie skeptisch an.

»Wie bitte?«

Sie trat vor und reichte ihm die Hand. »Tessa Leoni. Northledge Investigations. Der Eigentümer dieses Hauses, Denbe Construction, hat mich beauftragt, unabhängige Ermittlungen durchzuführen.«

»Der Eigentümer? Denbe Construction ... Augenblick. Tessa Leoni? *Die* Tessa Leoni?«

Es war zwei Jahre her, dass sie Schlagzeilen gemacht hatte. Tessa wartete geduldig.

Neil wandte sich D.D. zu. »Hast du sie reingelassen? Ohne mich zu fragen? Hätte ich mir das unter deiner Leitung erlaubt, wäre ich von dir ziemlich zusammengefaltet worden.«

»Sie hat mir geschworen, nichts zu berühren«, entgegnete D.D. mild.

»Ich interessiere mich nur für die Computer«, meinte Tessa beschwichtigend. »Und die nehme ich nicht einmal mit. Ich will nur etwas nachsehen. Sie können mir dabei über die Schulter schauen. Aber ...« Sie warf einen Blick auf D.D. »Jetzt müssen Sie versprechen, mir nicht dazwischenzufunken.«

Neil betrachtete die beiden mit kritischer Miene. »Es kommt auf jede Minute an.«

»Ich weiß.«

»Und wir haben es mit einem sehr komplexen Tatablauf zu tun.«

»Von wie vielen Tatbeteiligten gehen Sie aus?«, fragte Tessa.

»Mindestens zwei. Der eine hatte den Taser, von dem anderen stammen die Stiefelspuren. Moment. Wollen Sie mich etwa aushorchen? Ich muss nicht mit Ihnen zusammenarbeiten.«

»Zugegeben, aber Denbe Construction würde es schätzen, wenn Sie kooperierten. Man könnte sich entgegenkommend verhalten, wenn Sie Hilfe brauchen.«

Neil runzelte die Stirn und dachte nach. Tessa hatte recht. Er war darauf angewiesen, dass Justins Baufirma sich kooperativ zeigte, denn er musste Einblick in diverse Akten und Unterlagen nehmen dürfen. Das stand als Nächstes für ihn auf der Tagesordnung.

»Ich glaube, wir haben es mit drei bis vier Tätern zu tun«, sagte Neil nun schon etwas leutseliger. »Ist nur so ein Gefühl. Die Wahrheit versuche ich gerade herauszufinden, indem ich die Wände anstarre. Vielleicht erbarmen die sich ja und sprechen mit mir.«

Tessa verstand. Genauso fühlte sich Polizeiarbeit manchmal an. Und manchmal redeten Wände tatsächlich, zumindest in kriminaltechnischen Begriffen.

Sie zeigte auf einige gelbe Schildchen, die offenbar eine Spur von Wassertropfen markierten. »Ist da was ausgelaufen?«

»Urin.« Er deutete auf eine Tür am Ende des Flures. »Das Badezimmer des Mädchens. Sieht aus, als sei es dort überrascht worden. Vielleicht sind die Täter durch Geräusche aufmerksam gemacht worden. Keine Ahnung. Aber es scheint gerade gepinkelt zu haben. Das Klo wurde nicht abgezogen. Und Toilettenpapier ist nicht benutzt worden.«

»Und wenn es einer der Eindringlinge war, der mal pinkeln musste?«, fragte D.D.

»Natürlich werden wir eine Probe untersuchen lassen. Aber ich befürchte, dass wir es nicht mit einer Horde Vollidioten zu tun haben«, brummte Neil, offenbar immer noch ein wenig verärgert über seine Mentorin. »Logischer wäre folgendes Szenario: Ashlyn Denbe war auf dem Klo. Sie hörte etwas und bekam Angst. Jedenfalls kam sie nicht mehr dazu abzuziehen. Stattdessen schnappte sie sich ihr Haarspray und ging zum Gegenangriff über.«

»Tatsächlich?« Tessa merkte auf. »Kann ich das sehen?«

»Sehen ja, aber rühren Sie nichts an.«

Tessa ging den Flur entlang, gefolgt von D.D. Sie kamen an einer Doppeltür vorbei, hinter der sich das Elternschlafzimmer zu befinden schien. Eine andere Tür stand offen und erlaubte Einblick in ein Arbeitszimmer. Ein älterer Detective saß dort vor einem Computer, für den sich eigentlich Tessa zuständig fühlte. Ein paar Schritte weiter ging auf der linken Seite ein Raum ab, ganz klar das Mädchenzimmer: rosa gestrichene Wände, mit Fanpostern zugekleistert. Auf dem langflorigen Teppich lagen Kleidungsstücke herum. Drei Detectives – und so viele waren wohl auch nötig – versuchten zu unterscheiden, welche Sachen für die Ermittlungen relevant sein könnten und was einfach nur Teenager-Kram war.

Tessa erreichte das Badezimmer. Wie zu erwarten, auch hier alles vom Feinsten – zwei Waschbecken, italienische Terrakottafliesen, gläserne Duschkabine und Armaturen aus gebürstetem Nickel, die Tessa bislang nur aus der Werbung kannte. Allein die Dusche kostete nach ihrer Schätzung so viel wie ein Kleinwagen. Ashlyn Denbe hatte diese Pracht allerdings wohl wenig beeindruckt: Die goldgeäderte Granitkonsole über den beiden Waschbecken war mit einem Chaos aus Haarklammern, Bürsten, Lotionen, Sprays, Make-up-Sets, Pickelcremes und anderen Kosmetika bedeckt.

Die Oberseite des eingebauten Spülkastens war ähnlich vollgestellt.

Tessa starrte auf den Toilettensitz, dann auf die Granitkonsole und schließlich zurück auf die offene Tür.

»Waren die Lichter eingeschaltet?«, fragte sie Neil.

»Technisch?«

Sie nickte, obwohl ihr nicht klar war, was er damit meinte.

»Technisch«, wiederholte er, »haben die Täter den Hauptsicherungsschalter umgelegt mit dem Ergebnis, dass es im gesamten Parterre keinen Strom gab. Der Lichtschalter im Eingangsbereich stand allerdings auf An. Vermutlich haben die Eltern, als sie nach Hause gekommen sind, Licht zu machen versucht. Das tut man ja automatisch.«

Tessa ließ sich Neils Ausführungen durch den Kopf gehen. Sie ergaben Sinn. Erstens würde Mr. oder Mrs. Denbe den Lichtschalter betätigt haben; zweitens war davon auszugehen, dass die Täter, die offenbar clever genug waren, die Alarmanlage außer Betrieb zu setzen, auch dafür gesorgt hatten, dass kein Licht brannte. »Und hier oben?«

»Hier fließt Strom. Die Eindringlinge wussten vielleicht, wo sich das Mädchen aufgehalten hat, und wollten ihm keine Angst einjagen. Wenn es plötzlich dunkel geworden wäre, hätte es womöglich seine Eltern oder sonst jemanden angerufen.«

»Verstehe. War das Flurlicht ein- oder ausgeschaltet?«

»Eingeschaltet.«

»Und das Licht im Badezimmer?«

»Aus.«

»Versetzen wir uns in Ashlyns Lage«, sagte Tessa. »Ihre Zimmertür steht offen. Sie ist allein zu Hause. Sie hat sich ins Bett gelegt, aber wahrscheinlich noch nicht geschlafen. Es ist ja erst zehn Uhr am Freitagabend. Sie trägt bequeme Sachen. Dann muss sie aufs Klo. Kommt hierher und setzt sich. Der Kidnapper taucht auf und jagt ihr einen Heidenschreck ein. Sie sitzt im Dunkeln, blickt auf und sieht diesen Typ in der Tür stehen.«

»Nichts für schwache Nerven«, murmelte D.D.

»Sie greift zum Haarspray auf der Konsole«, fuhr Tessa fort. »Sehen Sie, ich wette, genau hier hat die Dose gestanden. Ashlyn springt auf und drückt auf das Ventil. Der Kidnapper, ein ausgewachsener Mann, hat wahrscheinlich nicht mit dem Widerstand eines Kindes gerechnet und bekommt den Sprühnebel ins Gesicht. Er weicht zurück, worauf Ashlyn losrennt.«

Neil musterte Tessa und nickte versonnen. »Sie lief auf das Schlafzimmer zu«, murmelte er.

Tessa schluckte. Eine Fünfzehnjährige, außer sich vor Angst, rannte unwillkürlich zu ihren Eltern. Sie dachte gar nicht daran, dass sie möglicherweise nicht das Geringste für sie tun konnten.

Die beiden Frauen folgten Neil in den Flur hinaus und zur geschlossenen Doppeltür. Nach dem Durcheinander des Mädchenzimmers wirkte die Suite der Eltern in ihren Beige- und Schokoladentönen wie eine Oase der Ruhe. Das Kopfende des riesigen Betts war ledergepolstert und mit Ziernägeln beschlagen. Die Vorhänge vor den Fenstern reichten von der Decke bis zum Boden. Vor einer offenen, von italienischem Marmor eingefassten Feuerstelle stand eine zierliche Chaiselongue.

An einem großen Schreibtisch in der linken Ecke waren Spuren eines Kampfes zu erkennen. Neben dem umgekippten Chefsessel lag eine schwere goldene Tischlampe am Boden. Eine Schublade war herausgezogen und offenbar eilig durchsucht worden.

»Ein Brieföffner«, sagte Neil. »Das muss man dem Mädchen lassen, es schaltet schnell. Mit diesem Brieföffner ist Ashlyn auf ihn losgegangen.«

»Blut?«

»Fehlanzeige. Aber immerhin hat sie es geschafft, ihm ein zweites Mal zu entwischen. Sie ist nun in ihr Zimmer geflohen.«

Schweigend kehrten die drei in den Flur zurück. Vor dem Zimmer des Mädchens waren keine Urintropfen zu sehen, woraus Neil gefolgert hatte, dass Ashlyn zuerst ins Elternschlafzimmer gerannt war. Sie hatte inzwischen offenbar ihre Sachen in Ordnung gebracht und die Blase wieder unter Kontrolle. Zeit, sich vielleicht ein paar strategische Gedanken zu machen und nicht nur in Panik zu reagieren.

Tessa blieb stehen. »Warum zurück in ihr Zimmer? Warum ist sie nicht zur Treppe gelaufen?«

»Wenn ich sie finde, frag ich sie gern«, antwortete Neil. »Vorläufig vermute ich mal, dass sie zu ihrem Handy wollte.«

Tessa nickte. »Natürlich, die Rettungsleine für jeden Teenager. Sie rennt instinktiv zu den Eltern, besinnt sich und versucht, eine Freundin anzurufen oder eine SMS zu schreiben.«

Im Zimmer des Mädchens herrschte Chaos. Bei näherer

Betrachtung bemerkte Tessa, dass es nicht nur seine Sachen auf den Boden fallen gelassen, sondern auch damit um sich geworfen hatte. Unter anderem mit Büchern, einer Tischlampe, einem Wecker.

Der Eindringling musste Ashlyn sehr nahe gewesen sein, vielleicht unmittelbar auf den Fersen. Sie war von ihm um das Bett herumgejagt worden und hatte Gegenstände zu Boden gerissen, um ihn aufzuhalten.

Am Rand des zerwühlten Betts entdeckte Tessa den Brieföffner aus stumpfem Messing und mit Kristallgriff. Schick, dachte sie. Er sollte sich gut machen auf einem Schreibtisch und war nicht als Waffe gedacht, mit der man einem Einbrecher an den Hals ging.

»Sie schaffte es bis hierhin«, sagte Tessa leise und betrachtete den Rest der Geschichte. Eine zerbrochene Lampe, einen angeknacksten Laptop, eine zersplitterte Schneekugel. »Jedenfalls hat sie sich ordentlich gewehrt.«

»War aber schließlich unterlegen«, kommentierte Neil.

»Und ich möchte gar nicht erst wissen, was sie dieser Kampf gekostet hat«, fügte D.D. hinzu.

Die Schneide des Brieföffners war sauber. Ashlyn hatte sich mit ihm bewaffnet, aber nicht zustechen können.

»Ich vermute, sie wurde schließlich von zwei Leuten überwältigt«, meinte Neil. »Wahrscheinlich kam dem ersten Angreifer der zweite mit den schwarzen Schuhen zu Hilfe. Im Badezimmer und im Elternschlafzimmer sind nämlich keine Sohlenspuren zu sehen. Nur im Treppenhaus und hier. Kidnapper Nummer zwei kam also erst später hinzu.«

Neil warf einen Blick auf D.D., die offenbar stolz auf ihren Musterschüler war und übers ganze Gesicht strahlte.

»Während meine geschätzte Kollegin«, sagte er, »einer Privatermittlerin die Tür aufgemacht hat, habe ich im Scampo angerufen, denn dort waren die Denbes laut Auskunft der Haushälterin am Abend zu Gast. Wir werden noch die Aufnahmen der Überwachungskameras auswerten müssen, wissen aber bereits von einem Hotelangestellten, dass er gegen zehn Justin Denbes Wagen aus dem Parkhaus geholt hat. Das Ehepaar ist beim Personal bestens bekannt. Vom Hotel bis hierhin sind es mit dem Auto gut fünf Minuten. Demnach waren die beiden ungefähr um Viertel nach zehn zu Hause.«

»Die erste unbeantwortete SMS auf Ashlyns Handy ist um halb elf eingegangen«, warf D.D. ein.

»Ja«, meinte Neil. »Ich glaube, zu diesem Zeitpunkt waren die Kidnapper im Haus. Mindestens zwei von ihnen waren mit dem Mädchen beschäftigt. Wenigstens einer wird hinter der Eingangstür auf das glückliche Ehepaar gewartet haben. Sie spazieren herein, und er tasert als Erstes Justin Denbe, denn er stellt die größte Bedrohung dar. Die Frau dürfte kein Problem gewesen sein.«

»Hat er sich erbrochen?«, fragte Tessa stirnrunzelnd.

»Nein, die Frau.«

»Und woran sieht man das …?«

»Vom Kellner des Restaurants wissen wir, dass nur er etwas gegessen hat. Die Frau hat einiges getrunken und war, als sie gegangen sind, ziemlich wacklig auf den Beinen. Das Erbrochene am Boden ist, wie Sie bemerkt haben werden –«

»Flüssig. Es kann also nur von der Frau stammen«, ergänzte Tessa.

Neil fasste zusammen: »Der Ehemann wird mit einem Taser schachmatt gesetzt, die Frau übergibt sich, und die Tochter kämpft wie verrückt und beschäftigt nicht nur einen, sondern zwei Kidnapper, die sie mit Gewalt aus dem Schlafzimmer holen.«

»Wir haben es also mit mindestens drei Typen zu tun.«

»Mit jemandem wie Justin Denbe würde ich mich allein nicht anlegen wollen«, sagte D.D.

»Okay, dann waren es wohl eher vier«, korrigierte Tessa. »Warum wurde wohl die ganze Familie verschleppt? Was glauben Sie?«

Weder Neil noch D.D. wussten eine Antwort darauf.

»In Denbes Firma ist noch keine Lösegeldforderung eingegangen; die Kidnapper haben nicht einmal Kontakt aufzunehmen versucht«, stellte Tessa fest.

D.D. zog eine Braue in die Stirn und schaute zu Boden. Sie und Neil hatten auch dazu nichts zu sagen.

Tessa ahnte, was ihnen durch den Kopf ging. Sie war zwar weniger erfahren als die beiden, hatte aber zumindest ein achtwöchiges, von Northledge Investigations gesponsertes Intensivtraining in Sachen Kriminologie absolviert. An zwei Tagen war ihr das Einmaleins von Entführungsdelikten eingetrichtert worden, sowohl auf häusliche als auch auf außerhäusliche Situationen bezogen. Wenn es um Lösegeld ging, hatten es Kidnapper besonders eilig, Kontakt aufzunehmen. Und das nicht etwa, weil sie den gestörten Familienfrieden möglichst schnell wiederherstellen oder die Polizeiarbeit erleichtern wollten. Ausschlaggebend war die äußerst komplizierte Logistik einer Entführung. Erstens musste das Opfer überwältigt, zweitens an einen sicheren Ort gebracht und drittens versorgt werden.

Je länger sich eine solche Aktion hinzog, desto schwieriger war sie zu managen. Das Risiko, entdeckt zu werden, nahm von Tag zu Tag zu; außerdem musste vermieden werden, dass der Entführte zu Schaden kam oder sogar starb, womöglich bevor ein Lebenszeichen übermittelt werden konnte, das zur Voraussetzung für eine Lösegeldzahlung gemacht worden war. Eine ganze Familie zu entführen verkomplizierte alles noch sehr viel mehr.

Wenn die Kidnapper der Denbes auf Lösegeld aus gewesen wären, würden sie sich längst gemeldet haben, und sei es über eine geschriebene Nachricht, unübersehbar hinterlegt auf dem Altar der persönlichen Gegenstände. Oder über einen Anruf in der Firma, vielleicht auch auf den Festnetzanschluss des Hauses, damit ihn praktischerweise gleich einer der Detectives am Tatort entgegennehmen konnte.

Doch – Tessa warf einen Blick auf ihre Uhr – es war inzwischen fast Mittag und die Familie seit über zwölf Stunden verschwunden.

Und niemand hatte sich gemeldet.

»Ich glaube«, sagte Tessa ruhig, »ich sollte mir jetzt endlich einmal den Familien-PC vornehmen.«

Kapitel 7

Die drei Männer schliefen im weißen Lieferwagen. Die beiden großen vorn auf Fahrer- und Beifahrersitz hatten die Lehnen zurückgestellt; der kleinere lag eingerollt im Laderaum mit seinem schwarzen Matchbeutel unter dem Kopf. Nicht besonders bequem, aber sie hatten schon unbequemer geschlafen. In Gräben in fernen Ländern, ausgestreckt wie Leichen und die Arme über der Brust verschränkt, während eine heiße Wüstensonne gnadenlos auf ihre Augenlider brannte. Unter dichtem Gesträuch hockend, den Kopf auf die Knie gelegt, während sich sintflutartige Regenschauer auf das hohe Laubdach des Dschungels ergossen. Im riesigen Laderaum von Militärflugzeugen, auf einer Bank in aufrechter Position angeschnallt und von Turbulenzen durchgeschüttelt, sodass die erschöpften Köpfe auf und ab nickten, auf und ab. Und keiner hatte auch nur mit der Wimper gezuckt.

Diese Männer waren darauf trainiert, auf Kommando zu schlafen und aufzuwachen, kein Raum für persönliche Befindlichkeiten.

Die kurze Ruhepause war ein unerwartetes Geschenk. Vorbereitung, Reise und Einsatz hatten bislang sechsunddreißig Stunden in Anspruch genommen, und es waren lange Stunden gewesen, voller Anspannung und konzentrierter Manöver, die nur im Schutz der Nacht hatten durchgeführt werden können.

Nach dem erfolgreichen Abschluss der ersten Phase ihrer Mission hatten sie schon achtzig Prozent der Fahrt zum

Zielort zurückgelegt, waren gut vorangekommen und konnten zufrieden mit sich sein. Dass es hell geworden war, brauchte sie nicht weiter zu kümmern. Sie waren weit im Norden, der kanadischen Grenze näher als der von Massachusetts, inmitten von Wäldern, wo ihnen eher ein Bär als ein Mensch begegnen würde. Und selbst die Bären hatten sich vermutlich schon zum Winterschlaf zurückgezogen.

Z hatte eigentlich Mick oder Radar beauftragen wollen, auf die Gefangenen aufzupassen, aber da sie mit einer frischen Dosis ruhiggestellt waren, bestand hier keine Notwendigkeit. Gut so. Jede Mission hatte ihre eindeutigen Vorgaben, und eine der wichtigsten in diesem Fall verlangte, dass die Frau und das Mädchen unbeschadet blieben, insbesondere während des Transports.

Am Zielort angekommen, würden sie neue Instruktionen für die nächste Phase der Operation erhalten.

Vielleicht würde man dann die Geiseln zu Freiwild erklären, vielleicht nicht.

Was auch immer, es gehörte nicht zu ihren Aufgaben, Fragen zu stellen.

Sie hatten einen Auftrag zu erfüllen, und zwar nach höchsten professionellen Standards. Dafür winkte ihnen in diesem Fall ein derart dicker Batzen Geld, dass Radar bereits darüber nachdachte, den wohlverdienten Ruhestand einzuläuten. Weiße Sandstrände, süße Rum-Drinks und Frauen mit ordentlichen Kurven, so stellte er sich seine nähere Zukunft vor. Vielleicht würde er sogar eine davon heiraten. Warum nicht? Ein paar Kinder in die Welt setzen und das Paradies genießen. Tagsüber angeln und nachts dann Sex bis zum Morgengrauen. Ein Plan ganz nach seinem Geschmack.

Als sie auf den von dichten Nadelhölzern abgeschirmten alten Campingplatz abgebogen waren, hatte Radar den Geiseln als Erstes frische Spritzen gesetzt. Eine extragroße Dosis, damit er ungestört schlafen und von vollbusigen Frauen träumen konnte.

Er hatte seine Sachen zusammengepackt und war in Gedanken bereits jenseits der drei Stunden, die sie schlafen wollten, als sein innerer Sensor sich wieder meldete. Die Frau. Irgendetwas war mit der Frau.

Er musterte sie genauer. Ihr Gesicht war bleich und von einem dünnen Schweißfilm überzogen. Die Lider waren nicht nur geschlossen, sondern schienen zusammengepresst zu sein und zuckten, während ihr Atem flacher wurde. Sie fing zu hecheln an.

Das sah nicht gut aus. Vielleicht lag es an dem Beruhigungsmittel, obwohl es eigentlich gut verträglich war. Er fühlte ihren Puls, lauschte ihrem Herzschlag. Nichts Ungewöhnliches. Trotzdem machte sie einen schlechten Eindruck. War ihr vom Fahren übel geworden? Hatte sie eine Grippe? Stand sie immer noch unter Schock?

Vielleicht träumte sie auch nur, dachte er. Dem schnellen Herzschlag nach zu urteilen war es kein schöner Traum.

Nicht sein Problem.

Radar nahm seine Tasche, stieg in den Laderaum und war wenige Minuten später weggedöst.

Drei Männer in einem weißen Lieferwagen, schlafend.

Dann öffnete der erste die Augen, richtete die Sitzlehne auf und startete den Motor.

Samstagvormittag, elf Uhr. Ein weißer Lieferwagen fuhr auf einer kurvenreichen Bergstraße Richtung Norden. Nichts Ungewöhnliches. Ein ganz normaler Tag.

Kapitel 8

Seit jenem Tag vor sechs Monaten vermied ich es zu schlafen. Im zweiten und dritten Monat hatte ich phasenweise eine fast panische Angst vor dem Abend. Wenn es mir gelang, wach und in Bewegung zu bleiben, ließ sich der nächste Tag irgendwie auf Abstand halten. Ich mochte gar nicht erst daran denken, denn mit jeder Nacht lief eine unausgesprochene Frist ab, kostbare Stunden verrannen bis zu dem Moment, wo ich Entscheidungen würde treffen müssen. Über meine Ehe, meine Familie, meine Zukunft. Allein die Vorstellung dieses Moments hatte etwas unendlich Tristes. Es war eine Drohung, die nach sozialem Wohnungsbau roch, dünnwandig und von Kakerlaken bevölkert.

Also verzichtete ich für eine Weile auf Schlaf. Ich streifte durchs Haus. Fuhr mit der Hand über die Granitoberflächen in der Küche und dachte an den Tag zurück, als Justin und ich zum Steinbruch hinausgefahren waren und uns ein Musterstück nach dem anderen angeschaut hatten. Wir trafen unabhängig voneinander dieselbe Wahl und lachten wie Schulkinder, die plötzlich feststellten, dass sie dieselbe Lieblingsfarbe hatten oder Fan derselben Mannschaft waren.

Von der Küche trieb es mich dann in den Weinkeller hinunter, den ich mit sorgfältig ausgesuchten Flaschen bestückt hatte, um Justin, seine Geschäftspartner und Mitarbeiter zu beeindrucken. Sie würden staunen, wie viele Connaisseurs es unter Bauschreinern, Klempnern oder Elektrikern gibt. Wer Erfolg hat, kultiviert seinen Geschmack, und am Ende weiß selbst der vierschrötigste Baggerfahrer einen wohlausgewogenen Pinot Noir aus Oregon oder einen robusteren spanischen Rioja zu schätzen.

Justin übernachtete zu dieser Zeit in der Kellerwohnung, der sogenannten Au-pair-Suite, obwohl wir nie ein Kindermädchen hatten, weil wir selber ganz für unsere Tochter da sein wollten. Die Tür zu dieser Wohnung befand sich gegenüber vom Weinlager. Während meiner nächtlichen Streifzüge stand ich oft davor, geschützt durch die undurchdringliche Dunkelheit des fensterlosen Korridors. Ich legte dann meine Hand auf das warme Holz und fragte mich, ob er tatsächlich im Bett lag und schlief. Oder ob er wieder bei ihr war. Oder – und dieser Gedanke kam einer grauenvoll schmerzhaften Vergiftung gleich – ob er sie womöglich mit ins Haus gebracht hatte.

Die Tür öffnete ich nie. Ich klopfte auch nie an oder versuchte, durchs Schlüsselloch zu spähen. Stattdessen stand ich einfach nur da und dachte, dass in einer anderen Phase unserer Ehe meine bloße Gegenwart ausgereicht hätte, ihn, wie von einem magischen Band gezogen, die Tür aufreißen, mich in den Arm nehmen und mit heißen Küssen bedecken zu lassen.

Doch nach achtzehn Ehejahren hatte der Magnetismus eindeutig an Kraft verloren. Ich konnte Nacht für Nacht im Dunkeln vor seiner Tür stehen, ohne dass er mich auch nur bemerkte.

Ich ging schließlich wieder nach oben, zum Schlafzimmer meiner Tochter. Auch an ihre Tür klopfte ich nicht an. Ich hütete mich, eine Privatsphäre zu betreten, in der ich nicht mehr willkommen war. Stattdessen setzte ich mich im Flur auf den Boden, lehnte meinen Kopf an die Wand und stellte mir das weiß lackierte Regal auf der anderen Seite vor. Mit geschlossenen Augen konnte ich jeden einzelnen Gegenstand benennen, der sich darin befand. Die Spieldose mit der Ballerina, die wir ihr nach dem ersten Besuch einer Aufführung der *Nussknacker-Suite* geschenkt hatten. Ihre liebsten Kinderbücher – *Wo der rote Farn wächst*, *Laura in der Prärie*, *Die Zeitfalte* –, die, durcheinandergeworfen, auf den sorgfältiger geordneten gebundenen Büchern der Harry-Potter- und Twilight-Reihe lagen.

Aus ihrer Pferde-Phase, die ja fast alle Mädchen durchmachen, stammte die Herde der Breyer-Pferde, die aber jetzt auf das unterste Bord ganz nach hinten verbannt waren. Wie ihre Mutter hatte sie einen Blick für das Schöne und einen ausgeprägten Gestaltungswunsch; dafür sprachen die hübsch arrangierten und mit Strandroggen kunstvoll ausgestellten Muschelschalen, die sie an unserem Feriensitz am Cape gesammelt hatte.

Auf der Kommode standen zwei edle Porzellanpuppen. Eine hatte Justin aus Paris mitgebracht, die andere hatten wir in einem Antiquitätenladen gefunden. Es waren sehr teure Stücke, die sie früher wie einen Schatz gehütet hatte. Nunmehr waren sie bloß noch Schmuckständer für Perlenarmreifen und abgelegte, kaum mehr beachtete Goldketten. Zu ihren Füßen häuften sich seidene Haarbänder und bunte Spangen.

Manchmal hätte ich gern ein brennendes Streichholz in das schrecklich unaufgeräumte Zimmer meiner Tochter geworfen und es in Flammen aufgehen lassen. Dann wiederum hätte ich es gern fotografiert, um dieses heillose Durcheinander von Kleinkindträumen, Backfischobsessionen und Teenagerphantasien zu dokumentieren.

Aber ich tat nichts davon. Ich hockte bloß auf dem Boden, im Dunkel der Nacht, zählte die einzelnen Dinge ab, immer und immer wieder. Wie einen Rosenkranz. Auf diese Weise versuchte ich mir einzureden, dass die vergangenen achtzehn Jahre einen Wert gehabt hatten und nicht umsonst gewesen waren. Dass ich geliebt hatte und geliebt worden war. Dass nicht alles eine Lüge gewesen war.

Was die Tage, Wochen und Monate anging, die vor mir lagen … Ich wollte auf keinen Fall, dass aus mir das Klischee einer mittelalten Frau wurde, die, von ihrem Mann betrogen und verlassen, sich auch noch ihrer heranwachsenden Tochter entfremdet hatte und nur noch ein Schatten ihrer selbst war, ohne Selbstwert und ohne eigene Ziele.

Ich war stark. Unabhängig. Eine Künstlerin.

Mit diesem Gedanken raffte ich mich dann auf und ging nach oben in den Dachgarten. Im schwachen Schein der Stadtlichter schlang ich mir die Arme um den Leib, um mich zu wärmen, und trat bis zum äußersten Rand vor …

Eine ganze Nacht wach zu bleiben ist mir nie gelungen.

Halb sechs war, glaube ich, das Äußerste. Irgendwann fand ich mich, wie eine Katze eingerollt, auf dem Laken des großen Ehebettes wieder. Ich schaute dann in die Dämmerung und sah, wie sich mir der nächste Tag nun doch wieder aufdrängte. Bis ich die Augen schloss und vor einer Zukunft kapitulierte, die, ob ich es wollte oder nicht, auf mich zukommen würde.

Irgendwann im Verlauf des zweiten Monats meines selbstverordneten Schlafmangels öffnete ich den Arzneischrank und starrte auf ein Fläschchen Vicodin. Justin hatte es im Vorjahr wegen starker Rückenschmerzen verschrieben bekommen. Er hatte es kaum angerührt, weil er es sich nicht leisten konnte, in benommenem Zustand zu arbeiten. Außerdem führte es zu Verstopfung, was er, wie er sich ausdrückte, ziemlich scheiße fand.

Es stellte sich für mich heraus, dass die Nacht über wach zu bleiben den nächsten Tag nicht auf Abstand halten konnte.

Aber das richtige Mittel kann der Angst die Schärfe nehmen, der Sonne ihren Glanz. Es kümmert einen nicht mehr, wo und mit wem der Ehemann schläft oder dass sich die heranwachsende Tochter in eine Art Zeitkapsel eingehüllt und die Tür hinter sich verriegelt hat oder dass das Haus viel zu groß und man selbst unendlich einsam ist.

Die Pillen versprachen eine Linderung des Schmerzes.

Und sie hielten ihr Versprechen, zumindest eine Weile lang.

Kapitel 9

Den Detective, der sich im Arbeitszimmer am PC zu schaffen machte, erkannte Tessa von einer früheren Begegnung wieder: ein älterer Mann mit einigen Kilo zu viel auf den Hüften. Phil, wie sie sich zu erinnern meinte. Er war damals bei ihr zu Hause gewesen – wie fast alle Bostoner Cops und die Hälfte der Staatspolizei von Massachusetts.

Auch er schien sich zu erinnern, denn als er sie sah, setzte er sofort das Pokerface des erfahrenen Cops auf, der sich nichts anmerken ließ, auch wenn es im Innern brodelte.

Das konnte sie auch.

»Jetzt bin ich an der Reihe«, sagte sie forsch und steuerte auf den Computer zu.

Ohne auf sie zu achten, wandte er sich Neil und D.D. zu.

»Geht in Ordnung«, sagte Neil, der leitende Ermittler. »Die Eigentümerin des Hauses, Denbe Construction, hat sie beauftragt, den Fall einzuschätzen.«

Tessa registrierte, dass Phil die Erklärung seines Kollegen in ihren sämtlichen Nuancen verstanden hatte, denn auf seiner Stirn fing eine Linie zu pulsieren an. Wenn Denbe Construction die Eigentümerin des Hauses war, gehörte ihr auch das gesamte Inventar einschließlich des Computers, auf den sich dieser tüchtige Bostoner Detective unerlaubterweise gestürzt hatte.

»Haben Sie schon eine Vermisstenanzeige aufgegeben?«, fragte Phil Tessa mit scharfer Stimme.

»Nach dem, was ich hier gesehen habe, wird das wohl der nächste Schritt des Unternehmens sein.«

Eine Verkomplizierung der laufenden Ermittlungen. Bevor die Polizei nach einer vermissten Person suchen konnte, musste von dritter Seite eine Anzeige aufgegeben worden sein, und eine solche Anzeige wurde in der Regel erst dann entgegengenommen, wenn die vermisste Person seit mindestens vierundzwanzig Stunden verschwunden war.

Mit anderen Worten, zu diesem Zeitpunkt, da noch keine Anzeige vorlag und noch keine vierundzwanzig Stunden verstrichen waren, konnten D.D. und ihr Team, obwohl sie zum Tatort geschickt worden waren, im Grunde nichts anderes tun als Däumchen drehen.

»Hat sich jemand gemeldet?«, fragte Phil zum wiederholten Mal, dem Tonfall nach verunsichert.

»Von der Familie? Nein.«

»Und die Kidnapper?«

»Auch nicht.«

Wieder schwoll die Stirnader. Wie Neil und D.D. wusste Phil, dass der ausbleibende Kontakt nichts Gutes bedeutete. Lösegelderpresser waren interessiert daran, ihre Geiseln am Leben zu halten. Bei Entführungen aber, bei denen es nicht um Geld ging ...

»Haben Sie schon was Interessantes auf dem Computer gefunden?« Tessa hatte sich an Phil gewandt, der immer noch vor der Tastatur saß.

»Ich habe mir den Browser angesehen. Die Familie steht auf Facebook, Fox News und *Home and Garden*. Ich glaube, die iPads könnten aufschlussreicher sein. Der Computer wird für eine dreiköpfige Familie auffällig selten genutzt. Wahrscheinlich macht jeder sein eigenes Ding auf seinem eigenen Gerät.«

Anzunehmen, dachte Tessa. Sie deutete auf die Tastatur. »Darf ich mal?«

Widerwillig machte ihr Phil Platz. Tessa griff in die innere Manteltasche und holte einen kleinen Notizblock hervor. Sie hatte sich den Namen eines Softwareentwicklers darauf notiert. Es dauerte nicht lange, und sie fand auf dem Desktop die Verknüpfung zu dem Programm, nach dem sie gesucht hatte.

»Na bitte. Justin Denbe hat ein neues Spielzeug«, sagte sie und klickte auf das Icon. »Im vergangenen Herbst geschenkt bekommen von seinen Mitarbeitern. Es sollte eine Art Scherz sein, aber er liebt es. Seine Baustellen – Gefängnisse, Krankenhäuser, Kraftwerke – sind offenbar ziemlich groß. Und als Chef, der mit anpackt, ist Justin mal hier, mal dort. Das heißt, seine Mitarbeiter müssen ihn ständig suchen, und viele der Baustellen, auf denen er sich herumtreibt, befinden sich in entlegenen Gebieten mit beschissenem Handyempfang. Also –« Sie legte eine Pause ein und scrollte ein Fenster abwärts, das auf dem Bildschirm aufgetaucht war. »Also haben ihm seine Leute eine Jacke gekauft.«

»Eine Jacke?«, fragte D.D. stirnrunzelnd.

Neil schaltete schneller. »Eine GPS-Jacke? Sie haben ihm eine dieser schicken Wetterjacken geschenkt, mit denen man nie verlorengeht?«

»Exakt. Nicht gerade billig; kosten fast tausend Tacken. Aber wirklich praktisch, und er trägt seine Jacke überall. Hoffentlich auch gestern Abend zum Dinner.«

»Das Scampo ist ein Edelschuppen«, sagte D.D.

»Die Jacke ist dunkelblau und mit hellbraunem Wildleder abgesetzt. So was kann man durchaus im Scampo tragen. Es heißt, dass er ständig in Arbeitsstiefeln herumläuft. Also warum nicht auch in einer schicken Wetterjacke?«

Tessa bearbeitete die Tastatur. »Das GPS-Gerät steckt in einer Tasche im Futter«, erklärte sie. »Man kann es leicht herausnehmen, denn der Akku hält nur fünfzehn Stunden und muss dann wieder aufgeladen werden.«

»Muss man das Gerät aktivieren oder ist es immer eingeschaltet?«, fragte D.D.

»Es muss aktiviert werden. Dafür gibt es, wie ich hier lese, zwei Möglichkeiten: entweder per Hand oder über diese Software hier, die man auch auf einem Smartphone installieren kann. Verrückt«, murmelte Tessa. »Damit wird jedes Smartphone zu einem digitalen Spürhund. Such! Such Justin Denbe!«

Auf dem Computerbildschirm öffnete sich eine Karte. Sie schaute konzentriert, sah aber nichts.

»Ist das Ding nun eingeschaltet oder nicht?«, fragte D.D. ungeduldig und schaute Tessa über die Schulter.

»Wir sehen hier die ganzen Vereinigten Staaten vor uns, aber da ist nichts. Es scheint, Justin hat es ausgeschaltet.«

»Pingen Sie es doch mal an«, schlug Neil vor.

»Wäre ich nicht draufgekommen.«

Sie fuhr mit dem Mauszeiger auf einen grünen Schalter am unteren rechten Rand des Menüs. »Aktivieren« stand darauf. Wie eine Bombe. Oder den Schlüssel zur Rettung einer verschleppten Familie.

Mit einem Klick vergrößerte sich der Maßstab der Landkarte, die gleichzeitig nach links wegglitt, bis nur noch ein Ausschnitt an der Ostküste zu sehen war. Dort, nördlich von ihnen, blinkte ein roter Punkt auf.

»Bingo.«

Vor ihr piepte etwas leise. Sie blickte auf und sah, wie Phil an seiner Armbanduhr hantierte. »Fünfzehn Stunden«, sagte er. »So lange hält der Akku, wenn Sie sich erinnern.«

»Richtig.«

»Ranzoomen, ranzoomen«, drängte D.D. und gab Tessa einen Klaps auf die Schulter, um sie zur Eile anzutreiben. Tessa tat ihr den Gefallen.

Aus der Ostküste wurde New England. Massachusetts breitete sich vor ihren Augen aus. Dann New Hampshire. Schließlich zwinkerte ihnen der Sender in Justin Denbes schicker Wetterjacke ziemlich genau oberhalb der Grenze zwischen beiden Staaten zu.

Tessa rückte vom Computer ab, drehte sich um und schaute zu D.D. auf. »Wenn Justin Denbe seine Jacke trägt, hält er sich nicht mehr im Commonwealth von Massachusetts auf ...«

»Habe ich mir doch gedacht«, grummelte D.D.

»Sie sind also nicht mehr zuständig.«

»Jetzt sind die verdammten Feds am Zug«, zischte Neil. Dennoch ließen sich die Bostoner Detectives Zeit, ihre Sachen zusammenzupacken und nach Hause zu gehen.

Die Zuständigkeiten waren geregelt und nicht zuletzt von strafrechtlicher Konsequenz. Allgemein galt, dass die Föderation drastischer durchgriff als ein Staat; mit anderen Worten: Die Bundesanwaltschaft schlug härter zu als der Anklagevertreter von Suffolk County, besonders bei Entführungsfällen.

Weil es dem allgemeinen Interesse entsprach, dass Straftäter eine möglichst schwere Gesetzeskeule traf, war zu erwarten, dass der Staatsanwalt von Suffolk County die übergeordnete Behörde, also die für Massachusetts zuständige Bundesanwaltschaft, einschaltete, zumal in der zu verfolgenden Strafsache eine Staatsgrenze überschritten worden war. Der Bundesanwalt beauftragte Ermittler seiner Wahl, nämlich das FBI. Es war also damit zu rechnen, dass FBI-Agenten des Bostoner Büros in Kürze vor dem Stadthaus der Denbes aufkreuzten – in zehn Minuten etwa, wenn sie einen Wagen nahmen, oder aber in spätestens zwanzig Minuten, falls sie einen Spaziergang machten.

Den Bostoner Detectives bliebe nichts anderes übrig, als das Feld zu räumen. Die Feds würden höflich, aber bestimmt alle sichergestellten Spuren – Urinproben, Auswurf, Taser-Konfetti, Sohlenabrieb – von der Bostoner Kriminaltechnik an das FBI-Labor umdirigieren und dann eine abteilungsübergreifende Sonderkommission einrichten, zu deren Kopf sie sich aufschwingen und der Polizei von Boston die Plackerei überlassen würden.

Tessa stand vom Schreibtisch auf und machte noch eine Runde durch die oberen Etagen, während sich D.D. bei den uniformierten Kollegen nach deren bisherigen Bemühungen erkundigte. Phil suchte derweil nach Bekannten und Verwandten der Denbes, und Neil hängte sich ans Telefon. Weil alle beschäftigt waren, konnte Tessa unbemerkt in die Küche zurückkehren, wo sie die eingesammelten Handys nacheinander einschaltete und die Namen und Nummern aus den diversen Anruflisten notierte. Sie hätte natürlich auch den Amtsweg einschlagen können, aber so ging es auch.

Dann fanden sich auch die Cops wieder in der Küche ein,

um die auf der Kochinsel aufgehäuften Gegenstände zu inventarisieren. Im Stillen zollte Tessa dem jungen Leiter des Teams Respekt. Neil leistete gute Arbeit und hatte dafür gesorgt, dass in kürzester Zeit eine Vielzahl vorläufiger Ergebnisse zusammengetragen worden waren:

In der Nachbarschaft hatte am vergangenen Abend niemand die Denbes gesehen. Alle bekannten Angehörigen, Freunde oder Geschäftspartner waren angerufen worden, doch über den Verbleib der Familie oder eines ihrer Mitglieder wusste niemand etwas. Nachfragen in den Geschäften, Krankenhäusern oder öffentlichen Einrichtungen der Umgebung waren ebenfalls ohne Ergebnis geblieben.

Justin Denbes Fahrzeug war vier Straßenecken weiter vorgefunden worden, leer. Der Mercedes seiner Frau stand in der Tiefgarage. Bargeld, Kredit- und Geldautomatenkarten schienen vollzählig auf der Kochinsel versammelt zu sein. Laut Auskunft der Bank war auf den Konten der Familie letztmals am Freitag um 16:00 Uhr Bewegung zu verzeichnen gewesen. Zu diesem Zeitpunkt hatte jemand am Geldautomaten am Copley Square (die Auswertung der Überwachungsvideos stand noch aus) zweihundertfünfzig Dollar abgehoben. Außerdem war festgestellt worden, dass seit 22:00 Uhr niemand von der Familie von einem der Handys aus angerufen beziehungsweise eine Textnachricht verschickt hatte (ob gefaxt wurde, musste noch geklärt werden).

Seit vierzehn Stunden waren alle drei Mitglieder der Familie Denbe verschwunden. Der einzige Anhaltspunkt für die Ermittler: Justin Denbes Wetterjacke, die momentan ein GPS-Signal aus der Wildnis von New Hampshire sendete.

Tessa wunderte sich über die fast aggressive Heftigkeit, mit der Neil Cap plötzlich sein Handy aus der Tasche zog und die auf dem Computerbildschirm angegebenen GPS-Koordinaten an die Zentrale durchgab.

Ohne auf den Segen des FBI zu warten, unternahm er daraufhin etwas, das ihn womöglich den Teamleiterposten kosten würde: Er rief das Sheriffbüro von New Hampshire an und bat darum, dem Signal aus der Jacke auf die Spur zu gehen. Ein schneller, effizienter Schritt, der in kürzester Zeit möglichst viel an Informationen einzubringen versprach. Das FBI würde es ihm definitiv verübeln, dass er ihnen die Show stahl. Aber das war ihm reichlich egal.

Tessa verstand den Anruf als ihr Stichwort für den Abgang von der Bühne.

Sie hatte gesehen, was es zu sehen gab. Der Tatort war gesichert. Irgendwelche Cops weiter oben im Norden würden in den nächsten Stunden nach der Familie suchen. Sie selbst beschäftigte sich nur noch mit der zentralen Frage: Wer hatte ein Interesse daran, die Denbes zu entführen und/oder ihnen zu schaden?

Sie fand, dass es an der Zeit war, mehr über ihre neue Klientin, Denbe Construction, in Erfahrung zu bringen.

Kapitel 10

Wyatt Foster war ein Polizist, der nebenbei als Schreiner arbeitete, oder ein Schreiner mit einer Nebenbeschäftigung bei der Polizei. Er wusste das selbst nicht so recht zu entscheiden, was ihm aber nicht sonderlich zu schaffen machte. In Zeiten immer neuer Budgetkürzungen reichte das Gehalt eines Gesetzeshüters in North County, New Hampshire, nicht aus, und so hatte sich Wyatt wie die meisten seiner Kollegen nach einem Zweitjob umschauen müssen. Manche versuchten sich als Schiedsrichter, andere zapften an den Wochenenden Bier, und dann gab es eben auch solche wie ihn.

An diesem wunderschönen Samstagmorgen – die Sonne schien, und die spätherbstliche Luft hatte schon einen leicht frostigen Biss – starrte er auf einen Stapel Kiefernbretter aus dem Abriss der hundertjährigen Scheune seines Nachbarn und versuchte, sich im Kopf den Entwurf für ein rustikales Bücherregal anzufertigen. Oder einen Küchentisch mit Bänken drum herum. Oder einen Weinschrank. Für Weinschränke gab es gutes Geld. Nun denn, es sollte also ein Weinschrank sein.

Entschlossen griff er nach dem ersten Brett, als sein Pager plötzlich piepte.

Anfang vierzig und mit bereits ordentlich Grau in seinem sonst dunkelbraunen, kurzgeschnittenen Haar, diente Wyatt nunmehr seit zwanzig Jahren dem Sheriffbüro seines Countys, inzwischen als leitender Sergeant der Abteilung für Ermittlungen. Das Beste an diesem Posten war die Arbeitszeit. Montags bis freitags von 8:00 bis 16:00 Uhr. Geregelter konnte es kaum zugehen in einem Dienst, der nicht gerade für seine Regelmäßigkeit bekannt war.

Natürlich musste er sich wie jeder Officer auch ein paarmal in der Woche in Bereitschaft halten. Denn sogar in der Wildnis von New Hampshire passierte manchmal etwas. Drogen, Alkohol, häusliche Gewalt, manchmal auch Fälle von Veruntreuung und Unterschlagung, wenn etwa ein Angestellter neue Möglichkeiten ausprobierte, um sein Drogen- oder Alkoholproblem finanzieren zu können. In letzter Zeit hatte die Statistik für schwere Straftaten eine ungemütliche Rekordmarke erreicht. Totschlag mit einem Fleischerbeil. Dann war ein verärgerter Arbeitnehmer mit seinem Sportbogen an seinem früheren Arbeitsplatz, einer Baustofffirma, aufgekreuzt. In letzter Zeit hatte es auch mehrere Verkehrsdelikte mit Todesfolge gegeben. Da war zum Beispiel eine achtzigjährige Frau, die Stein und Bein schwor, ihren vierundachtzigjährigen Ehemann aus Versehen überfahren zu haben, und das gleich dreimal. Wie sich herausstellte, hatte er sie mit der siebzigjährigen Nachbarin betrogen, einem Flittchen, wie die Angeklagte meinte, was sich allerdings wie »Fischchen« anhörte, weil sie es nicht für nötig befunden hatte, ihr Gebiss einzusetzen.

Langweilig wurde es in seinem Job nie, was Wyatt zu schätzen wusste. Er war von Natur aus ein stiller Mann und liebte knifflige Rätsel, vorausgesetzt, sie ließen sich lösen. Und er mochte Menschen, auch wenn man ihm das nicht so ohne weiteres abnahm. Immer war er fasziniert von denen, die er vernahm, auf Herz und Nieren prüfte oder verhaftete.

Er freute sich, wenn er zur Arbeit gehen konnte, war aber nicht weniger froh, wenn die Schicht vorüber war. Ob er einen Fall bearbeitete oder einen Wandschrank schreinerte – er fand jedes Projekt auf seine Art interessant und wurde an guten Tagen mit handfesten Ergebnissen belohnt.

Jetzt warf Wyatt einen Blick auf seinen Pager, seufzte leise und ging in seine Holzhütte, um zu telefonieren. Vermisste Familie aus Boston. Wetterjacke mit eingebautem GPS-Gerät, das von einem Ort vierzig Meilen südlich Signale sendete. Er kannte sich aus in der Gegend. Reich an Bäumen, arm an Bewohnern.

Wyatt stellte ein paar Fragen und bereitete sich auf seinen Einsatz vor. Der Weinschrank musste warten. Stattdessen trommelte er ein paar Männer zusammen und machte sich mit ihnen auf die Suche.

An Wyatts erstem Tag als County Officer hatte ihm der Sheriff einen groben Überblick über seinen Amtsbezirk zu vermitteln versucht. Genau genommen gab es zwei New Hampshires: eines im Süden von Concord und eines nördlich davon. Das New Hampshire im Süden war im Grunde nichts anderes als ein Zuzugsgebiet Bostons. Seine Ortschaften bestanden aus Farmhäusern aus den Fünfzigern, die überwiegend von einfachen Leuten bewohnt wurden, und moderneren McMansions für bessergestellte leitende Angestellte aus Boston. Dieses New Hampshire war flächenmäßig relativ klein, aber so dicht besiedelt, dass sich seine Bewohner fast gegenseitig auf den Füßen standen. Darum hatte es ein Anrecht auf eine gut ausgestattete Polizei mit einem Personalschlüssel, der eine flexible Einsatzbereitschaft rund um die Uhr erlaubte. Wenn nötig, konnte innerhalb kürzester Zeit Verstärkung mobilisiert werden, und auch die Kriminaltechnik, die ihnen zur Verfügung stand, war modern und mehr als ordentlich.

Ganz anders das New Hampshire im Norden von Concord, wo sich das restliche Drittel der Bevölkerung auf zwei Dritteln des Staatsgebietes verlor. Wo viele Ortschaften so klein waren, dass sich eine eigene Polizei nicht hätte rechtfertigen lassen, und es selbst in den etwas größeren Städten in der Regel nur eine Handvoll Officer gab, die meist allein auf den unendlich langen Straßen durch Feld und Wald Streife fuhren. Angeforderte Unterstützung ließ dreißig bis sechzig Minuten auf sich warten. Und Himmel hilf, wenn eine kompliziertere Ermittlung auf kriminaltechnische Werkzeuge angewiesen war. Die mussten dann von einer anderen Dienststelle ausgeborgt oder, was häufiger der Fall war, von mehreren Dienststellen zusammengesammelt werden.

Das New Hampshire des Südens hatte Stadtpolizisten. Im Norden herrschten Wildwestverhältnisse. Stadtpolizisten traten in Rudeln auf, und so mancher Officer ging in Pension, ohne jemals genötigt worden zu sein, seine Dienstwaffe zu ziehen. Wildwest-Cops standen nicht selten mutterseelenallein im Kreuzfeuer und mussten mindestens zweimal im Jahr selbst zur Waffe greifen. Wyatt war nach seiner Anstellung gerade einmal vier Stunden im Dienst gewesen, als er zum ersten Mal hatte schießen müssen. Er war an einen Tatort häuslicher Gewalt gerufen worden und, kaum dass er den Streifenwagen verlassen hatte, von einem bekifften Berserker mit einem Messer angegriffen worden. Wyatt hatte ihn in den Bauch getreten und vor lauter Schreck vergessen, dass er ein Cop war, bewaffnet mit einem Taser, Pfefferspray und, oh ja, einer Sig Sauer P229 Halbautomatik, Kaliber .357.

Der Angreifer hatte sich sofort wieder berappelt, und das war das Problem mit vollgedröhnten Gegnern – sie empfanden einfach keine Schmerzen. Immerhin war Wyatt inzwischen wieder voll auf dem Posten und zog seine Waffe. Der Typ starrte in die Mündung, wurde schlagartig nüchtern und ließ das Steakmesser fallen.

Als endlich Verstärkung anrückte – erstaunlicherweise schon nach dreißig Minuten –, hatte Wyatt seinen ersten Delinquenten auf der Rückbank seines Streifenwagens in Verwahrung, dazu einen zweiten, der aus dem Haus gekommen war und abzuhauen versucht hatte. Außerdem hatte er die Zeugenaussage der Hauseigentümerin zu Protokoll genommen, der Mutter der beiden Duffies, die lauthals erklärt hatte, ihre beiden Söhne nie wieder sehen zu wollen, weil es missratene Miststücke seien, die ihr mindestens zwanzig Dollar schuldeten als Gegenwert für das Tütchen, das sie sich unter den Nagel gerissen hätten.

Nun ja, in der Wildnis von New Hampshire wurde es nie langweilig.

Das Amt eines Sheriff-Deputys verlangte natürlich mehr als die Kunst des schnellen Griffs zur Pistole. County-Officer waren ermächtigt, Durchsuchungs- und Haftbeschlüsse auszustellen, was aus logistischen Gründen unumgänglich war, weil der nächste Richter womöglich fünfzig Meilen weit entfernt wohnte. Junge Polizisten waren meist schwer beeindruckt von dieser beispiellosen Vollmacht. Die unausweichlichen Folgen wurden ihnen erst später bewusst. Wer rechtskräftige Papiere ausstellte, musste so etwas wie ein Mini-Anwalt sein. Klar, man konnte natürlich schreiben, was man wollte, Häuser durchsuchen oder Verdächtige festnehmen, aber wenn ein Richter den betreffenden Bescheid unter die Lupe nahm und der formalrechtlich nicht auf Punkt und Komma korrekt war, gab es nur einen Schuldigen, nämlich den Officer, der den Bockmist gebaut hatte.

Wyatt studierte darum nicht nur Anleitungen zur Holzverarbeitung, sondern auch juristische Fachliteratur.

Eine weitere Besonderheit der hoheitlichen Stellung eines Sheriffbüros lag in der Regelung von Zuständigkeiten. Während sogar die Staatspolizei von New Hampshire nur mit ausdrücklicher Genehmigung auf bestimmten Stadt- oder Landstraßen Streife fahren durfte, konnten Sheriffs überall patrouillieren. Zugegeben, ein Großteil von Wyatts weiträumigem Amtsbezirk war fast ausschließlich von Bären und Elchen bevölkert, die sich davon nicht beeindrucken ließen. Trotzdem verschafften ihm diese Möglichkeiten ein gutes Gefühl. Seine Befugnisse waren beträchtlich, seine Anwendungsoptionen der Gesetze beneidenswert und sein Einflussgebiet riesengroß.

Damit konnte er gut schlafen. Vorausgesetzt, sein Pager piepte nicht.

Wyatt machte sich auf den Weg zum Sheriffbüro. Normalerweise hätte er sich diese Strecke gespart. Doch das Navi in seinem Streifenwagen lotste ihn immer nur bis zur nächsten Straße. Es war allerdings anzunehmen, dass sich Entführer mit ihren Geiseln eher auf unwegsamem Terrain fortbewegten, in dichten Wäldern etwa. Darum wollte er sich einen GPS-Tracker besorgen und ein paar uniformierte Kollegen mit auf die Suche nehmen.

Im Büro erwarteten ihn bereits drei Männer und eine junge Frau.

Er schilderte ihnen kurz, worum es ging. Eine Familie aus Boston, vermisst seit gestern, 22:00 Uhr, allem Anschein nach mit Gewalt aus ihrem Haus verschleppt; wichtigste Spur: ein GPS-Sender in der Jacke des Ehemanns mit einem Akku-Vorrat von höchstens dreizehn Stunden.

Wyatt gab die GPS-Koordinaten in seinen Computer ein und versammelte seine Leute um sich, damit sie auf den Monitor schauen konnten. Gute Detectives schätzten die Fahndungsmöglichkeiten des Internets wie jeder Straftäter auch, und mit einigen wenigen Klicks holte Wyatt Satellitenbilder des Zielgebietes ran. Er zoomte auf eine Landstraße, dann auf einen großen Parkplatz, der von Wald umgeben war und in dessen Mitte ein kleines verfallenes Gebäude stand. Die von dem Sender gelieferten Koordinaten stimmten haargenau mit einer Stelle am Rand dieses Parkplatzes überein.

»Wenn ich mich nicht irre, ist das der alte Stanley's Diner«, sagte Wyatt.

Gina, eine der neuen Deputys, nickte. »Ja, Sir. Bin erst vor ein paar Tagen dran vorbeigefahren. Die Hütte ist mit Brettern zugenagelt.«

»Zum Verstecken von Geiseln gut geeignet«, kommentierte Jeff. Der fünfundvierzigjährige zweifache Vater zählte zu den tüchtigsten Detectives des Countys; sein Spezialgebiet war die Aufklärung von Wirtschaftsdelikten. »Kommt man gut hin. Liegt nah an der Straße, ist aber gleichzeitig ziemlich abgelegen. Weit und breit kein Wohnhaus in der Gegend.«

»Komisch nur, dass das GPS-Signal nicht direkt aus dem Gebäude kommt«, meinte Gina. Es gefiel Wyatt, dass sie sich einbrachte. Junge Officer, insbesondere weibliche, taten sich schwer damit, den Mund aufzumachen. Gina schien sich behaupten zu können.

»Die Ortungsgenauigkeit solcher Systeme liegt bei plus/minus dreißig Metern«, entgegnete Jeff. »Sie könnten also durchaus im Gebäude sein.«

Gina nickte und hakte die Daumen hinter ihr Dienstkoppel.

»Wir stehen vor drei Möglichkeiten«, sagte Wyatt. »Entweder wir finden nur eine Jacke oder eine Jacke und ein bis drei Mitglieder der verschwundenen Familie, hoffentlich lebend, aber vielleicht auch tot. Oder wir finden nicht nur sie, sondern auch die Kidnapper. Es könnten bis zu vier Mann sein, und die sind mit Sicherheit noch ziemlich lebendig. Wir treffen also auf insgesamt bis zu sieben Personen, sind aber selbst nur zu fünft. Legen wir uns eine Strategie zurecht.«

Er schaute Kevin an, den zweiten Detective, von dem bis jetzt noch nichts zu hören gewesen war. Kevin hatte ein paar Kurse zu den Themen Gewalt am Arbeitsplatz und Verhandlungen mit Geiselnehmern absolviert. Er wurde von seinen Kollegen »Brain« genannt, nicht nur, weil er aussah wie ein Gelehrter, sondern tatsächlich auch Spaß hatte am Lernen. Ihm überließen sie es deshalb gern, neue Rechtsvorschriften, kriminaltechnische Methoden und Polizeiberichte zu studieren. Er kannte sich auch bestens mit Eishockey aus und konnte die Statistiken jedes einzelnen Spielers sämtlicher Mannschaften scheinbar jeder beliebigen Spielzeit herunterbeten. Und, nein, er schaffte es meist nicht, sich für freitagabends mit einem Mädchen zu verabreden.

»Wir schleichen uns an und peilen die Lage«, schlug er vor. »Wenn die Kidnapper vor Ort sind, wollen wir sie schließlich nicht aufschrecken.«

»Mit fünf Streifenwagen auf dem Parkplatz aufzukreuzen wäre wohl nicht das Richtige«, grinste Wyatt.

»Zwei Fahrzeuge müssten reichen«, sagte Jeff.

»Bringt das was?«, zweifelte Gina. »Ich finde, auch zwei Fahrzeuge sind zu viel. Damit gleichzeitig auf einen verlassenen Parkplatz einzubiegen …«

»Erst mal nur mit einem. Das andere fährt vorbei, Richtung Süden«, sagte Kevin. »Wenn es außer Sichtweite ist, geht es zu Fuß zurück. Bei dem einen sieht es so aus, als würde es zufällig haltmachen. Der Fahrer will sich vielleicht die Beine vertreten. Irgendwas in der Art wäre durchaus plausibel. Vor allem, wenn du in dem Wagen sitzt, Gina. Ein Pärchen ist für die Kidnapper weniger bedrohlich als zwei Cops. Es könnte sich in aller Ruhe ein Bild von der Lage machen.«

Wyatt fand den Vorschlag gut. Auch die anderen stimmten zu.

»Habt ihr eure Schusswesten?«, fragte er zur Sicherheit.

Das Team war eingespielt. Jeder hatte an alles gedacht. Besser noch, sie freuten sich darüber, dass es etwas Sinnvolles zu tun gab.

Wyatt griff nach seinem GPS-Tracker und gab die Koordinaten ein.

Es konnte losgehen.

Wyatt war verheiratet gewesen. Mit Stacey Kupeski, einer schönen Frau. Ihr ansteckendes Lachen hatte ihn auf sie aufmerksam gemacht. Buchstäblich quer durch den Raum einer überfüllten Bar hatte er sie lachen hören und sofort gewusst, dass er mehr davon hören wollte. Sechs Monate waren sie miteinander ausgegangen. Dann hatten sie sich zusammengetan. Sie besaß eine vornehme Boutique, spezialisiert auf teure Westerngürtel, glitzernde Tops und modische Accessoires für besondere Anlässe. Um sich über Wasser zu halten, musste Stacey auch an Feiertagen und Wochenenden arbeiten, was gut zu seinem Job zu passen schien, besonders da die Polizei an Feiertagen und Wochenenden immer am meisten zu tun hatte.

Bis es dann doch zum Problem wurde. Sie arbeitete, er arbeitete, und ihre Wege kreuzten sich eigentlich nur montagabends. Ihr stand dann der Sinn danach, »irgendwas zu unternehmen«, während er ein Stück Holz lackieren und dem Lack beim Trocknen zusehen wollte. Achtzehn Monate lang gaben sie sich zufrieden. Sie unternahm schließlich was und ging mit dem Mann einer ihrer besten Kundinnen aus. Dessen Frau drehte durch, randalierte in Staceys Laden und nahm ihren Mann an die Kandare. Wyatt stieg aus der Ehe aus. Ihm war klar geworden, dass er Dramen nur in seinem Job liebte, nicht in seinem Privatleben.

Außerdem musste er sich eingestehen, dass er Stacey gegenüber keinerlei Groll empfand, was ihm erst richtig zu denken gab. Es musste einem Mann doch was ausmachen, wenn seine Frau mit einem anderen ins Bett ging. Wie dem auch sei, er und Stacey blieben Freunde, vor allem, weil sich Wyatt aus der Trennung nichts machte.

Eigentlich bedauerte er nur, keine Kinder zu haben. Jedenfalls nicht mit Stacey. Das war ausgeschlossen. Nichtsdestotrotz hätte er gern Kinder, egal ob Jungen oder Mädchen. Kinder, für die er ein Baumhaus bauen oder mit denen er sich Bälle zuspielen könnte. Vielleicht eine kleine Version seiner selbst, der er ein paar Dinge beibringen konnte, bevor sie eine Teenager-Version seiner selbst wäre, die ihm vorwerfen würde: Du verstehst mich nicht! Aber selbst das fände er gut. Generationenwechsel. Das, was die Welt im Schwung hielt.

Aber weil er inzwischen zu alt war, um selbst Vater zu werden, borgte er sich die Kinder von Freunden aus und half ihnen, Uhren- und Schmuckschatullen zu bauen, einmal sogar eine Schatztruhe. Hübsche Beschäftigungen für einen Samstagnachmittag. Die Kleinen waren stolz, mit eigenen Händen etwas zustande gebracht zu haben, und ihm gefiel es, dass es jenseits seiner Polizeiarbeit Dinge gab, die er mit anderen teilen konnte.

Seine Mutter drängte seit kurzem darauf, dass er sich einen Hund anschaffen sollte. Einen älteren Rettungshund vielleicht. Er habe ein Händchen für Tiere, redete sie ihm ein. Im Grunde aber wollte sie ihm zu verstehen geben, dass sie seinen Lebenswandel bedenklich fand, der ihrer Meinung nach geradezu mönchisch war.

Bei Gelegenheit wollte er sich wieder einmal mit einer Frau verabreden. Aber der Weinschrank hatte Priorität, und an diesem Tag galt es, eine Bostoner Familie zu retten.

Sie erreichten den alten Diner. Er und Gina hatten sich bereit erklärt, mit ihrem Wagen vorzufahren. Von der größten Undercover-Operation aller Zeiten konnte beim besten

Willen nicht die Rede sein. Sie saßen zwar in einem nicht markierten Fahrzeug, trugen aber beide Uniform. Immerhin hatten sie ihre Mützen abgelegt, und so sahen sie wenigstens von den Schultern aufwärts aus wie Zivilisten. Wyatt nahm den Fuß vom Gaspedal und setzte den Blinker.

Der Parkplatz wirkte verlassen. Der Diner war, wie Gina gesagt hatte, verbrettert. Er fuhr auf die linke Seite zu, weg vom blinkenden GPS-Ziel, weil er noch ein wenig Abstand halten und einen Blick hinter das Gebäude werfen wollte.

Aber auch dort stand kein Fahrzeug. Es war auch nirgends eine aufgebrochene Tür oder ein eingeschlagenes Fenster zu sehen.

Er wendete den Wagen in einem großen Bogen, als wollte er auf die Straße zurückkehren.

Gina hatte den Tracker auf ihrem Schoß liegen und schaute aufs Display. »Fünfzehn Meter, ziemlich genau nördlich«, flüsterte sie.

Wyatt blickte in die angegebene Richtung und machte Bäume aus, dicht umwuchert von Gesträuch. Außerdem entdeckte er frische Spuren eines Fahrzeugs mit Doppelbereifung, tief eingegraben unmittelbar vor den Bäumen. Sie führten nach einem Wendemanöver zurück zur Straße.

»Scheiße«, murmelte er.

Gina sah ihn an.

»Sie waren hier. Haben offenbar da vorn kurz haltgemacht und sind dann weiter.« Er brauchte nicht hinzuzufügen, dass es ihnen offenbar darum gegangen war, etwas loszuwerden. Eine Jacke vielleicht oder womöglich sogar eine Jacke samt Träger.

Gina griff nach ihrer Mütze und setzte sie wortlos auf,

während er sich mit den Kollegen per Funk in Verbindung setzte. Kevin meldete, dass sie in fünf Minuten da sein würden.

Knapp verfehlt, dachte Wyatt. Die Aktion konnte abgeblasen werden. Er sah es nicht nur an den Spuren, sondern spürte auch, dass sie zu spät gekommen waren. Parkplatz und Diner waren schlicht und einfach verlassen.

Er und Gina stiegen aus und blieben eine Weile hinter den geöffneten Türen stehen, die ihnen halbwegs Deckung boten. Für alle Fälle. Als sich nichts rührte – weder Schüsse fielen noch verdächtige Personen aus dem vernagelten Haus herausstürmten –, gingen sie los.

Wyatt holte eine Digitalkamera aus seiner Tasche. Gina hatte immer noch den Tracker in der Hand.

»Pass auf, wo du hintrittst«, sagte er. »Möglichst nicht auf Reifenspuren oder Fußabdrücke. Die Feds werden uns die Hölle heißmachen, wenn wir hier Mist bauen.«

Sie nickte.

Ihrer Miene war nichts anzusehen, aber ihre Hand, in der sie den Tracker hielt, zitterte ein wenig. Wahrscheinlich nicht aus Angst, dachte er, oder vielleicht doch. Jedenfalls stand sie unter Strom. Wie er. Er spürte förmlich das Adrenalin durch den Kreislauf spülen und das Herz einen Takt zulegen, als er nach vorn zum Waldrand spähte. Irgendetwas wartete dort. Vielleicht auch irgendjemand.

Er ging voran, Gina folgte im Abstand von zwei Schritten, durch ihn abgeschirmt. Ein Ziel reichte schließlich. Zwei Ziele anzubieten wäre einfach nur töricht.

Ein Windstoß fuhr durch die Bäume und raschelte im Laub der Sträucher. Es war helllichter Tag, die Sonne schien.

Hier und da zwitscherte ein Vogel. Auf der Straße fuhr ein Auto vorbei, den Geräuschen nach mit gut siebzig Stundenkilometern unterwegs.

»Viereinhalb Meter«, flüsterte Gina.

Er legte seine Hand auf die geholsterte Waffe.

»Drei Meter.«

Dann brauchte sie nichts mehr zu sagen. Wyatt sah es klar und deutlich. Ein dunkles Bündel im grünen Dickicht. Keine Leiche, Gott sei Dank, aber ein Stofffetzen, zusammengeknüllt im Gestrüpp dünner Zweige.

Er trat näher heran und streckte die Hand aus, die Stirn tief gefurcht. Auch Gina hatte das blaue Tuch gesehen und zielte mit dem Tracker darauf. Über Funk informierte sie die Kollegen über ihre Entdeckung.

Beide hielten sich noch zurück und betrachteten das anscheinend achtlos weggeworfene Bündel.

»Sieht nach nicht viel aus«, sagte Gina. »Es ist nicht einmal die ganze Jacke.«

Wyatt streifte Latexhandschuhe über und zog das Tuch vorsichtig an einem Zipfel zwischen den Ästen hervor. Er hielt es in die Höhe. Netter Stoff, dachte er. Aus einer dieser Hightechfasern gemacht, die einen warm und trocken hielten und auch noch gut aussehen ließen auf den Fotos, die auf dem Gipfel gemacht wurden. Definitiv nicht billig, schätzte er, passend zu einem reichen Bostoner.

Er befingerte den Fetzen und ertastete unter einer leicht abgewetzten Stelle einen flachen Gegenstand, den GPS-Sender. Die Ränder des Tuchs waren ausgefranst.

»Die Kidnapper haben das Ding entdeckt«, sagte er und schaute sich um. Kevin, Jeff und der andere Deputy kamen zu Fuß über den Parkplatz. »Entweder Justin Denbe hat sich verraten, oder die Kidnapper sind selbst darauf gekommen. Jedenfalls haben sie es herausgeschnitten – mit einem gezahnten Messer, wie es scheint.«

»Warum haben sie es herausgeschnitten?«, fragte Gina. »Warum nicht gleich die ganze Jacke wegwerfen?«

Wyatt dachte darüber nach und fand eine Antwort. »Denbe ist gefesselt. Wahrscheinlich an den Händen. Um die Jacke auszuziehen, hätten sie ihn vorher befreien müssen. Es heißt, er ist ein kräftiger Kerl. Ich schätze, die Kidnapper wollten kein Risiko eingehen.«

Er suchte auf dem Stofffetzen nach Blutspuren. Aus irgendeinem Grund, vielleicht weil er aus New Hampshire stammte, stellte er sich ein Jagdmesser vor, mit dem die Jacke aufgeschlitzt worden sein könnte. Wahrscheinlich auf die Schnelle. Zwei Längsschnitte, einer quer. Zack, zack, zack.

Aber da war kein Blut. Wer immer sich an der Jacke zu schaffen gemacht hatte, konnte schnell und präzise mit einem Messer umgehen. Diszipliniert.

Die Kidnapper hatten einen Fehler gemacht, waren aber nicht in Panik geraten. Sie hatten ihn einfach umgehend und gründlich korrigiert.

Wyatt war nicht wohl bei diesem Gedanken. Er betrachtete wieder die Reifenspuren. Sie waren nicht besonders breit, schienen also nicht von einem dieser aufgemotzten SUV zu stammen, von denen es in dieser Gegend etliche gab. Um Winterreifen, die die meisten schon aufgezogen hatten, handelte es sich definitiv auch nicht. Es musste allerdings ein größeres Fahrzeug sein, ein Lieferwagen etwa, denn es waren drei Geiseln und drei bis vier Entführer damit unterwegs, also bis zu sieben Personen.

Im Schutz der Nacht hatte man auf diesem Parkplatz haltgemacht, die Jacke aufgeschlitzt und den Fetzen mit dem GPS-Sender in die Büsche geworfen. Warum aber waren sie von der Straße abgebogen? Wegen des Senders? Kaum anzunehmen, dass Justin Denbe sie mit der Nase darauf gestoßen hatte. Die Jacke war vielleicht ihre einzige Rettung. Wahrscheinlich hatte es einen anderen Grund dafür gegeben, dass sie auf den Parkplatz gefahren waren. Vielleicht hatte einer pinkeln müssen. Möglich auch, dass sie sich anhand einer Straßenkarte orientieren oder einfach nur ein Nickerchen machen wollten. In dieser Gegend war nicht viel los, zu keiner Tageszeit und erst recht nicht in aller Herrgottsfrühe. Ein geeigneter Platz, um eine Rast einzulegen. Vielleicht hatten sie sich bei der Gelegenheit die Geiseln noch einmal vorgeknöpft, sie verhört und gefilzt.

Wyatt wandte sich an Kevin.

»Ich sehe hier nur Spuren eines Fahrzeugs. Und du?«

Der Detective drehte eine Runde über den Parkplatz und ließ sich Zeit. »Ein Fahrzeug«, bestätigte er schließlich.

»Fußspuren?«

Bei der Suche beteiligten sich nun auch die anderen. Besonders gründlich schauten sie am Rand des Dickichts nach. Vielleicht hatten die Kidnapper nicht nur den Jackenfetzen weggeworfen, und dass der Sender so leicht zu finden gewesen war, bedeutete nicht, dass nicht noch andere Entdeckungen zu machen waren. »Das könnten Fußspuren sein«, rief Kevin, der zwischen zwei Reifenspuren kauerte. »Jedenfalls wurde hier der Boden aufgescharrt. Sieht so aus, als hätte jemand eine Pirouette gedreht.«

»Ich glaube, sie sind mit einem Lieferwagen gekommen«, erklärte Wyatt.

»Könnte hinhauen. Sie haben da vorn geparkt. Mindestens einer ist ausgestiegen und um den Wagen herumgegangen. Vielleicht zur Hecktür. Die Spuren geben nicht viel her. Der Boden ist zu hart.«

»Nehmen wir also an, da hat einer die Hecktür aufgemacht«, knüpfte Wyatt an. »Wahrscheinlich, um nach den Geiseln zu sehen. Vielleicht wollte er sich davon überzeugen, dass sie noch sicher verschnürt sind. Er entdeckt den GPS-Sender. Schneidet die Jacke auf und wirft das Ding in die Büsche. Anschließend fahren sie weiter.«

Kevin hob den Kopf. »Weiter Richtung Norden«, fügte er hinzu und zeigte auf die Spuren in der Ausfahrt.

»Scheint so.« Wyatt betrachtete wieder den Stofffetzen. »Aber warum werfen sie das Ding weg? Es funktioniert schließlich noch. Warum haben sie es nicht untauglich gemacht?«

»Vielleicht wussten sie nicht, wie«, meinte Kevin. »Oder es war ihnen zu dem Zeitpunkt schon egal, ob wir es finden oder nicht. Diese Gegend hier«, er beschrieb mit der Hand einen Kreis, »ist für sie und ihr Ziel ohne Belang.«

»Aber sie lassen uns wissen, dass sie in New Hampshire sind«, sagte Wyatt.

»In New Hampshire *waren*«, präzisierte Kevin. »Sie könnten inzwischen in Kanada sein. Oder nach Maine oder Vermont weiterfahren.«

Wyatt zuckte mit den Schultern. Kevins Erklärung überzeugte ihn nicht. Wenn er einer der Kidnapper wäre, hätte er auf jeden Fall den GPS-Sender unschädlich gemacht. Kein Problem. Dafür brauchte man nur einen dicken Stein. Stattdessen aber hatten sie eine Spur hinterlassen, zwar einen Krümel nur, aber immerhin. Wieso? Das ergab keinen Sinn, zumal dieser Krümel bewies, dass sie eine Staatsgrenze überquert hatten. Sie brachten damit das FBI ins Spiel. Wieder so ein unnötiges Risiko, das mit einem dicken Stein und einem Zeitaufwand von dreißig Sekunden hätte vermieden werden können. Wyatt konnte nicht glauben, dass die Entführer so kurzsichtig und dumm sein sollten. Immerhin hatten sie es geschafft, eine dreiköpfige Familie von ihrem Bostoner Wohnsitz zu verschleppen, in aller Schnelle und trotzdem mit großer Präzision.

Nein, dumm waren sie nicht. Im Gegenteil, sie schienen verdammt ausgefuchst zu sein. Sie handelten nach Plan, und es konnte ihnen egal sein, dass die Polizei zweihundert Kilometer nördlich vom Entführungsort eine Spur von ihnen aufnahm.

Der Gedanke an die Unverfrorenheit und Präzision, mit der eine tausend Dollar teure Jacke ohne Kollateralschaden aufgeschlitzt worden war, beunruhigte Wyatt.

Kevin richtete sich aus seiner Hockposition auf. »Fest steht, die verschleppte Familie war hier. Fragt sich nur, wo sie jetzt ist.«

Beide blickten nach Norden, den Reifenspuren nach, die sich vor der Einmündung verliefen.

Zu dieser Jahreszeit waren alle der zahllosen Campingplätze, Unterkünfte und Notquartiere im Norden New Hampshires verwaist. Je weiter man nach Norden kam, desto größer wurde die Wahrscheinlichkeit, keiner Menschenseele zu begegnen.

Die Kidnapper brauchten sich keine Sorgen wegen eines Stofffetzens an einem entlegenen Ort mitten in New Hampshire zu machen. In einem so weiten, wilden, gebirgigen Teil der Welt drei verschleppte Personen aufzuspüren ...

Wyatt war clever, sein Engagement als Polizist beispielhaft und sein Revier riesengroß.

Er wandte sich seiner versammelten Truppe zu, bestehend aus zwei Detectives und zwei Deputys. Ein kleines Häuflein, mit dem sich allerdings ordentlich was auf die Beine stellen ließ.

»Also los«, hob er kurz und bündig an. »Kevin, du nimmst Kontakt zu den Medien auf und bietest ihnen eine Kurzbeschreibung der Geiseln. Die Kidnapper müssen tanken und essen. Das heißt, sie werden an irgendwelchen Raststätten und Tankstellen haltmachen, und sei es nur für wenige Minuten. Du, Jeff, leitest die Fahndung nach einem verdächtigen Lieferwagen ein und lässt dir von allen relevanten Mautstellen die Überwachungsbänder aushändigen. Der Rest von uns trommelt Verstärkung zusammen. Wir haben nur noch drei Stunden, denn dann wird es dunkel. Beeilen wir uns.«

»Immerhin können wir davon ausgehen, dass die Geiseln noch leben«, meinte Gina hoffnungsvoll.

»Ja«, erwiderte Wyatt. »Bis hierher.«

Kapitel 11

»Weck sie auf!«

»Das versuch ich ja.«

»Woran liegt es? Hast du ihr zu viel gespritzt?«

»Nein –«

»Dann weck sie auf!«

»Ich ... Scheiße!«

Schmerzen. Unablässig. Ich schwebte über einem Abgrund. Im nächsten Moment verkrampfte sich mein Magen. Ich schreckte hoch. Würgte. Versuchte, mich zur Seite zu drehen, sackte aber in mich zusammen. Meine Hände, meine Arme, meine Schultern brannten ... Sie ließen sich nicht bewegen, und ich wusste nicht, warum. Mein Magen rebellierte. Im Wagen. Ich war in einem Fahrzeug, hingeworfen auf eine Ladefläche. Instinktiv reckte ich den Hals, um nach Luft zu schnappen, wälzte mich an den Rand des Ausstiegs und erblickte eine Stoßstange, schwarze Turnschuhe und Asphalt.

Dann bemerkte ich ... Mein Mund war zugeklebt. Oh Gott, oh Gott. Ich musste mich übergeben und drohte an meiner eigenen Kotze zu ersticken. Von Panik geschüttelt, biss ich die Zähne aufeinander und versuchte, den Auswurf zurückzuhalten. Ich schaffte es nicht. Die Kehle schnürte sich mir zu. Ein unerträglicher Druck baute sich in meiner Brust auf.

Die Hand eines Mannes schnellte auf mich zu, riss mir einen Klebestreifen vom Mund.

Ich stieß einen Schrei aus und erbrach einen wässrigen Schwall aus Champagner und Galle, der sich über die schwarzen Turnschuhe und auf den grauen Asphalt ergoss. Jemand fluchte. Die Turnschuhe sprangen zurück.

»Warum kotzt sie?«

»Keine Ahnung. Scheiße. Meine Schuhe. Gerade erst gekauft.«

»Kommt das von dem Beruhigungsmittel?«

»Nein, glaub ich nicht. Wer weiß, was dahintersteckt. Könnte alles Mögliche sein. Schock. Reisekrankheit. Auspuffgase. Mensch, wir haben sie getasert, betäubt und vierzehn Stunden durch die Gegend kutschiert. Kein Wunder, dass einem davon schlecht wird.«

Für eine Weile war es still. Ich öffnete meinen Mund, würgte, doch mein Magen war leer. Dann verließ mich auch der letzte Rest Kraft. Ich fiel auf die Seite, spürte eine Gummimatte unter mir und blickte zu einem blauen Himmel auf.

Doch es war nicht nur Himmel, was ich sah. Stacheldraht. Der ganze Horizont war mit Spiralen aus NATO-Draht verhängt.

»Steh auf«, sagte jemand.

Ein Mann blickte von oben auf mich herab. Breite Schultern. Kahlrasierter Kopf mit einer tätowierten Kobra in Grüntönen. Sie schlängelte sich vom Hals über den Schädel. Das weit aufgerissene Maul mit seinen Giftzähnen umrahmte das linke Auge. Ich starrte auf dieses seltsame Schuppengebilde und glaubte fast, dass es sich bewegte.

Plötzlich sah ich alles wieder vor mir, diesen riesigen Kerl. Den Taser. Justins schreckliche Zuckungen. Ich spürte den brennenden Schmerz im Bein, hörte meine Tochter schreien. Sie brüllte unsere Namen.

Ich richtete mich auf. Vor meinen Augen drehte sich alles, aber darauf achtete ich nicht. Ich musste meine Tochter finden. Ashlyn, Ashlyn. Wo war sie?

Meine Hände waren gefesselt. Zu spät bemerkte ich, dass ich auch die Beine nicht bewegen konnte. Ich kippte über den Rand der Ladefläche und prallte auf dem Boden auf, so hart, dass mir die Luft wegblieb und mein Magen wieder zu krampfen anfing. Es schüttelte mich, bis der Brechreiz endlich nachließ.

»Wird ihr öfter schlecht vom Fahren?« Der tätowierte Mann. Kein Zweifel. Diese Stimme passte zu der angsterregenden Erscheinung.

Ein Ratschen war zu hören, von einem Klebestreifen, der abgerissen wurde. Ein schluchzender Aufschrei. Und dann die Stimme meiner Tochter, dünn, brüchig, unsicher. »Nein ... eigentlich nie. Mommy?«

Der Mann bewegte sich. Ich hörte seine beschlagenen Stiefel auf dem Asphalt. Mein Kopf schmerzte. Mein Magen, mein Rücken, meine Hüfte. Zu einer Kugel zusammengerollt, schloss ich die Augen und wünschte mir inständig, erneut in Ohnmacht zu fallen, um dann in meinem eigenen Bett wieder aufzuwachen, neben meinem schnarchenden Mann und nur wenige Schritte vom Zimmer meiner Tochter entfernt.

Meiner Tochter zuliebe öffnete ich die Augen. Ich hob den Kopf und nahm zum ersten Mal meine Umgebung wahr.

Ich lag hinter einem großen weißen Lieferwagen, der mit

offenen Hecktüren unter einem Vordach stand. Dahinter erstreckte sich ein Zaun, vielleicht fünf, sechs Meter hoch und gekrönt von NATO-Draht.

Mit weit aufgerissenen Augen suchte ich meine Tochter und sah sie schließlich neben dem kleineren der drei Männer stehen. Voller Angst hatte sie die Schultern eingezogen und das Kinn auf die Brust gesenkt. Ihre langen blonden Haare verschleierten ihr Gesicht; es schien, als versteckte sie sich dahinter. Sie trug die Sachen, in denen sie sich zu Hause am wohlsten fühlte: eine weite Pyjamahose und den Waffelstrick-Pullover mit langem Arm. Ihre Füße waren nackt. Meine erste Sorge war, dass sie womöglich fror. Dann fiel mir ein dunkler Fleck an der Schulter des blassblauen Pullovers auf. Blut? Blutete meine Tochter, war sie verletzt …?

Und Justin? Was war mit Justin? Nervös schaute ich mich um und sah seine Füße über den Rand der Ladefläche hinausragen. Sie steckten noch in seinen Arbeitsschuhen und waren mit Kabelbindern gefesselt.

Der tätowierte Kerl, der schwarze Kampfmontur trug, wandte sich an den jüngeren Mann, der neben meiner Tochter stand.

»Pass auf sie auf«, sagte er und zeigte auf mich. Was glaubte er wohl? Dass ich mich, gefesselt am Boden liegend, auf magische Weise befreien und davonlaufen könnte?

Er winkte einen dritten Mann zu sich, der ebenfalls schwarz gekleidet war und nicht weniger bullig und furchterregend wirkte, nur dass seine kurzgeschnittenen Haare schachbrettartig blond und schwarz gefärbt waren. Zusammen zogen sie Justin aus dem Lieferwagen und stellten ihn auf die Füße. Sofort fing mein Mann an, sich zu wehren.

Der Kobramann riss ihm den Klebestreifen vom Mund.

Justin schrie nicht. Er brüllte und versuchte, dem einen, der ihm am nächsten stand, eine Kopfnuss zu versetzen.

Der Tätowierte sprang zurück, zog seinen Taser und drückte ab. Justin fiel wie ein Baum und zuckte am ganzen Körper. Er brüllte nicht länger. Stattdessen stieß er kehlige Laute zwischen seinen zusammengebissenen Zähnen hervor.

Meinen Mann so in Schmerzen zu sehen war unerträglich. Unwillkürlich schaute ich weg.

Ashlyn weinte.

Der Taser knisterte noch ein paarmal, bis der Tätowierte davon überzeugt zu sein schien, dass Justin bedient war. Dann nickte er kurz, worauf der andere meinen Mann wieder auf die Füße hievte. Von seinem Körper hingen die beiden Drähte des Elektroschockers herab.

»Jetzt reden wir ein paar Takte miteinander«, knurrte der Tätowierte. Ashlyn schluchzte und biss sich auf die Unterlippe. Auch sie war an den Händen gefesselt.

Ich schloss wieder die Augen und stellte mir Farben vor, Blumen, schmelzende Uhren.

Ich roch Apfelsinen und schmeckte gelben Geburtstagskuchen.

»Du kannst mich Z nennen. Ich bin dein neuer Boss, und solange ich dich nicht zum Sprechen auffordere, hältst du den Mund. Du wirst essen, wenn ich es dir sage, und das Gleiche gilt für alles andere auch. Wie ist mein Name?«

Stille. Ich öffnete die Augen und sah, dass der Mann mich anstarrte. »Wie ist mein Name?«, brüllte er.

»Z.« Meine Stimme war wohl kaum zu hören. Ich leckte

mir die Lippen und fragte mich, ob ich es noch einmal versuchen sollte, aber er wandte sich schon von mir ab.

Diesmal versuchte ich, meine Tochter auf mich aufmerksam zu machen, ihren Blick kraft meines Willens auf mich zu lenken, als würde es uns besser gehen, wenn wir einander in die Augen schauten.

»Das ist Mick.« Der Tätowierte zeigte auf den Mann mit dem Schachbrettmuster auf dem Kopf. »Und das ist Radar.« Gemeint war der kleinere junge Mann, der neben meiner Tochter stand. Er trug keine schwarze Kampfmontur, sondern Jeans und die schwarzen Turnschuhe, über die ich mich erbrochen hatte. Er nickte, was so wirkte, als freute er sich, unsere Bekanntschaft zu machen. Dann errötete er leicht.

»Und das hier«, Z deutete mit großer Geste auf etwas, das hinter mir lag, »ist euer neues Zuhause.« Der Mann strahlte und machte einen sehr selbstzufriedenen Eindruck. Ich zwang mich zu einer schmerzhaften Bewegung und blickte auf einen weitläufigen Gebäudekomplex. Viergeschossige Häuser mit schmalen Fensterschlitzen, umgeben von hohen Zäunen mit NATO-Draht.

Welche Häuser hatten solche winzigen Fenster? Wozu war so viel NATO-Draht nötig? Dann dämmerte es mir. Ein Gefängnis.

Diese Männer hatten uns aus unserem Heim entführt und in ein Gefängnis gebracht. Allerdings … war es unheimlich still. Keine bewohnte Einrichtung, sondern menschenleer. Vielleicht verlassen.

»Ich gebe euch Geld«, sagte Justin plötzlich. »So viel ihr wollt. Doppelt, nein, dreimal so viel, wie man euch geboten hat.«

Z antwortete mit dem Taser. Wieder führte mein Mann einen schrecklichen Veitstanz auf. Sein Gesicht verzerrte sich zu einer schrecklichen, zähnefletschenden Grimasse.

Er gab keinen Laut von sich, litt aber sichtlich große Schmerzen.

Als Z endlich den Finger vom Abzug nahm, sackte Justin in sich zusammen, wurde aber von dem anderen Mann auf den Beinen gehalten.

»Du machst erst dann den Mund auf, wenn ich es dir sage«, wiederholte Z. Er starrte Justin ins Gesicht. »Wann machst du den Mund auf?«

Mein Mann hob den Kopf. Seine Augen brannten vor Wut. Ich sah, wie sich seine Kiefermuskeln bewegten. Er ließ sich nicht kleinkriegen. Es war eine der Eigenschaften, die ich von Anfang an an ihm bewundert hatte. Auch wenn er am Boden lag, gab er sich nicht geschlagen. Jetzt wünschte ich für ihn, dass er aufgab, dass er den Mund hielt und kein Wort mehr sagte ...

»Daddy«, flehte Ashlyn leise.

Justins Miene wechselte. Aus seiner Wut wurde Panik, die ich sofort nachvollziehen konnte, als Z herumwirbelte und unsere Tochter ins Auge fasste.

»Nein!«, schrie ich und wälzte mich auf ihn zu. Ich hörte Justin stöhnen. Er schien sich zu wehren, sich von seinen Fesseln zu befreien.

Zu spät erkannte meine Tochter, dass sie einen Fehler gemacht hatte. Sie sah Z auf sich zukommen. Ihr Schluchzen wurde hysterisch. Sie hob die gefesselten Hände vors Gesicht ...

Der junge Mann trat vor und stellte sich Z entgegen.

»Hey«, sagte er, »ist das nicht ein Streifenwagen?«

Er zeigte mit dem Finger auf einen Punkt, und plötzlich waren alle in Bewegung.

»In Deckung«, schnappte Z. »Du kümmerst dich um die Frau und du um Denbe.«

Der mit dem Schachbrettmuster hatte ein riesiges Messer gezogen. Blitzschnell durchschnitt er Justins Fußfesseln und zerrte ihn auf eine Tür zu.

Radar fummelte an den Fesseln meiner Tochter herum, befreite dann auch mich von meinen und half mir auf die Füße. Ich versuchte, ihm einen dankbaren Blick zuzuwerfen, um ihn wissen zu lassen, dass ich seinen Einsatz für Ashlyn sehr zu schätzen wusste, doch er schaute mich nicht an. Stattdessen führte er uns beide an den Ellbogen durch die Tür, hinter der Justin mit dem anderen schon verschwunden war.

Hinter mir hörte ich den Motor des Lieferwagens starten. Er sollte wohl versteckt werden. So wie wir. Und niemand würde Notiz von uns nehmen.

Türen schlossen sich hinter uns. Eine nach der anderen.

Der Junge und die Nummer zwei in der Kommandofolge führten uns immer tiefer durch einen weiten, leeren Raum. Wenn es sich tatsächlich um ein Gefängnis handelte, in dem wir uns befanden, waren wir hier wohl in einer Art Sammelstelle. Ich sah weiße Wände aus Betonbausteinen, einen schmutzig gelben Linoleumboden und vor mir so etwas wie einen Befehlsstand hinter dickem Glas.

Ein oder zwei Leuchtstoffröhren unter der Decke sorgten für ein bisschen Licht. Ich hatte das Gefühl, dass dies ein Vorteil für uns sein könnte. Wenn alle Lampen brannten, wäre es wohl unerträglich hell. Ich versuchte wieder, einen Blick von meiner Tochter zu erhaschen. Sie stand mit gesenktem Kopf, herabhängenden Haaren und zitternden Schultern neben Radar. Z war nirgends zu sehen. Trotzdem wagte ich es nicht, auch nur einen Mucks von mir zu geben. Erst jetzt fiel mir auf, dass Ashlyn ihre goldenen Kreolen nicht an den Ohren trug, wie sonst immer, auch nicht den kleinen Diamantanhänger, den Justin ihr zum dreizehnten Geburtstag geschenkt hatte.

Als ich auf meine Hände blickte, stellte ich fest, dass mir mein Verlobungsbrilli und der Ehering weggenommen worden waren. Ich warf einen Blick auf das Handgelenk meines Mannes. Auch seine Rolex war weg. Als ich zu ihm aufschaute, sah ich, dass er mich und Ashlyn beobachtete. Sein Gesicht war voller Kummer.

Wenn ich gekonnt hätte, hätte ich meine Hand nach ihm ausgestreckt.

Zum ersten Mal seit sechs Monaten verspürte ich tatsächlich den Wunsch, meinen Mann zu berühren.

Stattdessen standen wir einfach nur da, wortlos und in Erwartung der schrecklichen Dinge, die auf uns zukommen sollten.

Wenig später tauchte Z wieder auf. Seine Schritte hallten durch den Raum, als er sich aus einer anderen Richtung näherte. Seine Untergebenen hatten während seiner Abwesenheit kein Wort von sich gegeben. Die Spielregeln schienen genau festgelegt zu sein. Z hatte das Sagen, die anderen gehorchten.

Der Junge in Jeans und Turnschuhen machte mir weniger

Angst. Er zog häufig den Kopf ein, krümmte die Schulter und machte einen befangenen Eindruck. Es schien fast, als schämte er sich, da zu sein.

Den mit dem Schachbrettmuster fürchtete ich schon sehr viel mehr. Seine Augen waren erschreckend hell, fast neonblau und von einem Ausdruck, den ich mit Drogenabhängigen oder Psychopathen in Verbindung brachte. Er hielt Justins Arm so fest gepackt, dass seine Handknöchel weiß waren, und starrte ihm dabei mit unausgesprochener Drohung ins Gesicht. Ein Schlägertyp, der Streit suchte.

Mir fiel auf, dass der Junge Ashlyn und mich auf Abstand von seinem Partner hielt und dass Justin keine Anstalten machte, die Lücke zu schließen.

Als Z zurückkehrte, nahmen beide, der Junge und das Schachbrettmuster, Haltung an. Es schien, als warteten sie auf ein Kommando. Ich wollte innere Kraftreserven mobilisieren, doch es gab keine.

Mir war schlecht. Ich hatte Kopfschmerzen.

Wo war meine Handtasche?

Um Himmels willen, ich brauchte meine Pillen.

»Wollt ihr wissen, wo ihr seid?« Zs Frage konnte nur zynisch gemeint sein. Er hatte keinen von uns zum Sprechen aufgefordert, also schwiegen wir.

»Wir haben hier eine Zwölfhundert-Betten-Einrichtung mittlerer Sicherheitsstufe«, erklärte Z. »Auf dem neuesten Stand, fertiggestellt erst im vergangenen Jahr und für unsere Zwecke wie gemacht. Wurde kürzlich eingemottet.«

Ich blickte auf. Meine Verwirrung war mir wohl ins Gesicht geschrieben, denn er sagte nun: »Willkommen im Grab eurer Steuergelder. Private Bauherren haben mit der

Bereitstellung ihren Schnitt gemacht, und die öffentliche Hand kommt für die laufenden Kosten auf. Dummerweise hatte der Haushalt keine Mittel mehr dafür, weshalb diese Einrichtung nicht in Betrieb genommen werden konnte. So haben wir hier eine teure Bauruine mitten in den Bergen von New Hampshire. Perfekt für uns.«

Er drehte sich auf dem Absatz um und ging denselben Weg zurück, den er gekommen war. Seine Befehlsempfänger führten uns hinterher.

»Wusstet ihr«, fuhr er fort, »dass Gefängnisausbrüche in achtzig von hundert Fällen nur deshalb gelingen, weil sich der Flüchtige nicht in seiner Zelle befindet, sondern irgendeinen Gefängnisjob verrichten muss beziehungsweise in einem Krankenzimmer liegt? Mit anderen Worten, aus den Zellen ist in einem modernen Gefängnis kein Rauskommen. Die Wände sind dreißig Zentimeter dick aus Stahlbeton mit einer Rohdichte von hundert Kilo pro Quadratmeter gegossen. Die Fensterscheiben bestehen aus Panzerglas und sind zusätzlich mit ein Zoll starken Gitterstäben aus gehärtetem Stahl im Abstand von zwölf Zentimetern gesichert. Das heißt –«, er sah mich an, »du kannst eine kleinkalibrige Pistole darauf abfeuern, und die Scheibe zeigt allenfalls ein paar Risse, aber brechen wird sie nicht.

Die Türen bestehen aus zwei mal drei Millimeter dickem Stahlblech und werden elektronisch gesteuert; den Verschluss zu manipulieren ist so gut wie unmöglich. Außerdem liegen zwischen dir und der Freiheit mindestens sieben Schlösser, zuerst das der Zellentür, dann wäre da die Tür im Aufenthaltsbereich, die in die Sicherheitsschleuse mit zwei Türen führt, von denen jeweils nur eine geöffnet werden kann. Der Korridor dahinter endet vor dem Eingang zum Hauptflügel, wo es eine zweite Sicherheitsschleuse gibt. Zwei weitere Türen, zwei Schlösser.

Hast du es bis nach draußen geschafft, musst du nur noch einen fünf Meter hohen Doppelzaun überwinden, der unter Strom steht. Der achteinhalb Meter große Korridor zwischen den beiden Zäunen ist mit NATO-Draht ausgelegt. Sollte es dir irgendwie gelingen, den Strom auszuschalten und dieses Hindernis zu überwinden, stehst du inmitten von zweihundertfünfzigtausend Hektar der wildesten Wildnis, die der Norden zu bieten hat. Zurzeit liegen die Nachttemperaturen übrigens unter dem Gefrierpunkt. Oh, die Gegend ist bekannt für ihre Vielzahl an Bären und Luchsen.«

Z blieb stehen. Auch wir wurden zurückgehalten.

Er starrte meinen Mann an. »Habe ich was vergessen?«

Justin schwieg. Ich schaute ihn verwirrt an. Er und Z schienen sich eine Art Wettkampf in der Disziplin »Wer zuckt als Erster mit der Wimper?« zu liefern.

»Nicht, dass es irgendeinen Grund gäbe, das Gefängnis zu verlassen«, sagte Z, ohne Justin aus den Augen zu lassen. »Es ist gemäß den Bauvorschriften ausgestattet. Mit Hochbetten, Freizeiteinrichtungen, medizinischen Geräten und einer Zahnarztpraxis, die modernsten Ansprüchen genügt. Zwei Cafeterien, außerdem ein eigener, abgeschlossener Bereich zur Herstellung von laktose- und glutenfreien Produkten. Es wäre schließlich nicht hinnehmbar, wenn Insassen an einer Lebensmittelallergie versterben würden, nicht wahr? Für die Heizungsanlage hat man übrigens einen Zweistoff-Brenner installiert, in dem entweder Erdgas oder

Dieselöl zum Einsatz kommen. Außerdem verfügt die Anlage über einen eigenen Wasserturm, ein eigenes Abwassersystem und ein kleines Kraftwerk. Sie ist völlig autark. Und mehrfach redundant ausgelegt. So nennt man das doch, oder? Damit das ein oder andere System nicht komplett ausfallen kann. Wir könnten uns hier jahrelang ohne fremde Hilfe aufhalten und ohne dass irgendjemand etwas davon erfährt.«

Z starrte Justin immer noch an. Justin sagte kein Wort.

Meine Tochter, die rechts von Radar stand, schluchzte wieder.

»Ich habe acht Jahre als Soldat gedient«, sagte Z unvermittelt. »So gut, wie es denen gehen wird, die hier später einmal einsitzen, hatte ich es nie.«

»Meine Firma –«, hob Justin an.

Doch Z fiel ihm ins Wort. »Habe ich dir erlaubt, den Mund aufzumachen? Bekommst wohl nicht genug vom Taser, was?«

»Tun Sie, was Sie nicht lassen können. Aber sagen Sie mir endlich, was Sache ist, und hören Sie auf, meine Familie zu terrorisieren.«

Ashlyn und ich suchten verrückterweise ausgerechnet hinter dem jungen Kidnapper Schutz, der reglos zwischen uns stand.

Z taxierte meinen Mann und schien eine stumme Frage an ihn zu richten. Sein Blick war nicht aggressiv, aber irgendwie klinisch. Er vermaß sein Gegenüber. Vielleicht dachte er darüber nach, wie er ihm und uns am meisten weh tun konnte.

»Bitte«, hörte ich mich flüstern. »Wir haben Geld …«

»Darum geht's nicht.«

Justin schnaubte. »Darum geht's letztlich immer.« Er richtete seinen Blick auf Zs Kohorte, den Jungen und das Schachbrettmuster mit den neonblauen Augen. »Ihr zwei könntet doch einen zusätzlichen Batzen bestimmt gut gebrauchen, oder? Mein Unternehmen ist rund hundert Millionen wert. Ich weiß nicht, wie er bezahlt, aber ich bezahle besser.«

»Wenn Sie bloß unsere Tochter freiließen«, fügte ich leise hinzu.

Der Junge rührte sich nicht. Das Schachbrett lächelte, was aber nicht freundlich aussah.

Ashlyn zitterte am ganzen Leib.

»Das Mädchen bleibt«, entschied Z. »Du bleibst«, sagte er an meine Adresse und, den Blick auf Justin gerichtet: »Und du bleibst. Warum und wie lange, braucht euch nicht zu interessieren. Aber vielleicht solltest du wissen, Justin, dass ich dich kenne. Ich weiß ziemlich genau, wie du tickst. Du bist der geborene Problemlöser. Auch jetzt gerätst du nicht etwa in Panik, nein, du wartest ab und versuchst dir zu erschließen, was Sache ist. Denn nach deiner Erfahrung ist Wissen Macht.

Umso mehr Gefallen werde ich daran haben, dich zu brechen. Fangen wir doch gleich damit an.«

Z stieß die Tür, vor der er stand, zu einer Kammer auf, in der orangefarbene Overalls hingen.

»Eure Umkleide«, erklärte er. »Zieht euch um. Ihr seid von jetzt ab Gefängnisinsassen. Dies ist euer neues Zuhause.«

Kapitel 12

Strafverfolger wie die Bostoner Detectives und die Agenten des FBI gingen in aller Regel sehr viel massiver vor. Im vorliegenden Fall hätten sie sich mit großem Aufgebot über das Bauunternehmen hergemacht und sich jeden einzelnen Mitarbeiter vorgeknöpft.

Da aber Tessa kein Cop mehr war, ermittelte sie wie ein Privatdetektiv. Sie erkundigte sich nach dem Namen von Justin Denbes rechter Hand, rief ihn auf dessen Privathandy an und verabredete sich mit ihm zu einem Gespräch in einem Café, das mehrere Kilometer weit vom innerstädtischen Stammsitz des Unternehmens entfernt war. Denn zum einen hoffte sie, vom engsten Mitarbeiter des Chefs am meisten über ihn in Erfahrung zu bringen; zum anderen wollte sie mit ihm an einem Ort reden, an dem er nicht zu fürchten brauchte, von Bekannten oder Kollegen beobachtet zu werden.

Chris Lopez wartete bereits auf sie, als sie das Starbucks betrat. Sie erkannte ihn sofort, denn seine Aufmachung schrie nach Bau. Abgetragene Jeans, ein rot kariertes Hemd mit aufgerollten Ärmeln über einem weißen T-Shirt; schwere, lehmverschmierte Arbeitsstiefel. Er trug seine schwarzen Haare kurz, und unter dem Shirtkragen war der Rand eines dunkelblauen Tattoos zu erkennen.

Ein typischer Ex-Militär, wie er da mit seinem Bürstenschnitt, den muskulösen Unterarmen und dem stämmigen Körper auf dem Holzstuhl saß und die Beine ausstreckte.

Er musterte sie so unverhohlen wie sie ihn. Was sie nicht verwunderte. Ehemalige Uniformträger zogen sich irgendwie an. Wahrscheinlich gab es ein inneres Radarsystem, das schon auf den ersten Blick erhöhte Alarmbereitschaft auslöste.

Sie ließ sich Zeit, als sie den Raum durchquerte. An dem sonnigen Samstagnachmittag war der Laden voller Gäste, die sich auch so spät noch einen Milchkaffee und Muffins gönnten. Dass sie Lopez mit ihrem Anruf von der Arbeit weggelockt hatte, glaubte Tessa ausschließen zu können. Nicht von ungefähr standen Soldaten und Männer vom Bau in dem Ruf, leidenschaftlich zu arbeiten und noch leidenschaftlicher zu spielen. Wahrscheinlich hatte sie ihn aus dem eigenen oder irgendeinem Bett geholt, in dem er irgendwann am frühen Morgen eingeschlafen war.

Es musste wohl, wie Tessa aus den Arbeitsklamotten schlussfolgerte, ein fremdes Bett gewesen sein.

Er behielt sie im Auge, als sie auf ihn zuging, hielt ihrem Blick stand und verzog den Mundwinkel zu einem kleinen Lächeln. Ganz schön keck für einen Mann, der vermutlich noch das Parfüm einer anderen Frau auf der Haut hatte.

Trotzdem schmeichelhaft. Frauen wie sie ernteten nicht allzu häufig bewundernde Blicke in einem vollbesetzten Raum. Sie wirkte meist ein wenig zu steif, irgendwie immer auf der Hut, und vermittelte wohl eher den Eindruck, dass sie auf Komplimente nicht so leicht ansprang. Nach den Ereignissen vor zwei Jahren … Nun, an manchen Tagen erkannte sie sich im Spiegel selbst nicht wieder. Ihre blauen Augen und das Gesicht wirkten finster.

Auf der überfüllten Plattform einer U-Bahn-Station rückten die Menschen von ihr ab. Sie fand es gut, dass man Abstand hielt, auch wenn sie manchmal selbst ein wenig darunter litt.

Ihr Mann war getötet worden, und seitdem lebte sie auf einer Insel. Gäbe es ihre Tochter Sophie nicht, würde sie sich noch mehr isolieren. Deren Zuneigung war ihr umso wichtiger, doch dass sie eine so enge, fast exklusive Beziehung zu einer Achtjährigen pflegte, erschien ihr selbst nicht gerade gesund. Sophie würde irgendwann selbständig werden müssen.

Und von ihr selbst verlangen, dass sie losließ.

Sie erreichte den Tisch für zwei und zog ihren langen Mantel aus, denn es war warm in dem sonnendurchfluteten Gastraum, und sie hatte nichts zu verbergen. Ihre Pistole lag im Handschuhfach ihres Wagens. Mit betont langsamen Bewegungen hängte sie den Mantel über die Stuhllehne und nahm Platz.

Die beiden schwiegen sich eine Weile an. Chris Lopez grinste.

»Wie heißt sie?«, fragte Tessa schließlich.

Sein Lächeln verschwand. »Wie bitte?«

»Die Frau. Von vergangener Nacht. Oder haben Sie sich einander etwa nicht vorgestellt?«

Er verzog das Gesicht.

Sie streckte ihre Hand aus. »Tessa Leoni. Die sich mit Ihnen verabredet hat.«

»Sie sind die ehemalige Polizistin«, stellte Lopez fest. Er klang ein wenig eingeschnappt. »State Trooper, genauer gesagt. Sie haben auf Ihren Mann geschossen und ihn getötet.«

»Angeblich«, korrigierte sie. Die Geschichte ihres Lebens.

»Was fehlt Ihnen am meisten? Uniform, Dienstwaffe oder Streifenwagen?«

»Das problemlose Parken. In welcher Funktion arbeiten Sie für Denbe Construction?«

Während des kurzen Telefonats hatte sie das Wesentliche bereits erklärt. Justin Denbe und seine Familie wurden vermisst. Lopez wusste schon Bescheid. Er war wahrscheinlich entweder von einem Mitarbeiter oder von der Polizei informiert worden, vielleicht auch von beiden Seiten. Lopez hatte angegeben, Justin das letzte Mal am Freitagnachmittag gegen drei im Büro gesehen zu haben. Er hatte danach auch nicht mehr mit ihm gesprochen. Im Haus der Denbes war er schon seit Monaten nicht mehr zu Besuch gewesen, weil er sich aus beruflichen Gründen in der letzten Zeit fast ausschließlich im Süden aufgehalten hatte.

Tessa erwartete nicht, dass Chris Lopez ihr verraten konnte, wo die Denbes zu finden waren. Es ging ihr bei dem Gespräch mit ihm vielmehr darum, Opferforschung zu betreiben. Wer war Justin Denbe? Wer mochte von seinem Verschwinden profitieren?

»Kennen Sie sich im Baugewerbe aus?«, fragte Lopez.

Sie schüttelte den Kopf, zog ihr Handy aus der Tasche und bat darum, das Gespräch aufzeichnen zu dürfen. Er nickte mürrisch, worauf sie die Aufnahme-App aufrief und das Handy auf den Tisch legte.

»Denbe Construction gehört zu den führenden Bauunternehmen. Wir befassen uns mit Projekten, die nicht selten mehrere hundert Millionen Dollar schwer sind. Wir bauen Gefängnisse, Seniorenheime, Kasernen, was auch immer in dieser Größenordnung. Ein riskantes Geschäft, weil viel Geld im Spiel ist und enge Fristen gesetzt sind.«

Tessa war an anderen Fragen interessiert. Sie zückte ihr Notizbuch und schob es aufgeschlagen zu Lopez hin. Diesen Trick hatte sie nicht auf der Polizeiakademie gelernt, sondern während einer Schulung ihrer Detektei.

»Ich hätte gern ein Organigramm«, sagte sie. »Mit den Namen der Hauptverantwortlichen.«

Lopez verdrehte die Augen, nahm aber den von ihr gereichten Stift entgegen und zeichnete ein erstes Kästchen an den oberen Rand der Seite. Justin Denbe, Vorstand. Wie nicht anders zu erwarten. Darunter drei Kästchen in einer Reihe: Ruth Chan, Finanzen; Chris Lopez, COC; Anita Bennett, Betriebsleitung. Letztere war diejenige gewesen, die Tessas Chef am frühen Morgen angerufen hatte. Unter die Namen der Managementspitze setzte Lopez nun zwei kleinere Kästchen: Tom Wilkins, Organisation, und Letitia Lee, Verwaltung.

»COC steht für Chief of Construction«, erklärte Lopez und tippte auf das Kästchen mit seinem Namen. »Ich arbeite eng mit Anita Bennett zusammen. Sie managt die geschäftlichen Abläufe, während ich mich um Baustellen kümmere und zwischen Geschäftsführung und Subunternehmern vermittle.«

Er legte den Stift ab. Tessa runzelte die Stirn.

»Eine sehr überschaubare Struktur für ein so großes Unternehmen«, bemerkte sie.

Er zuckte mit den Achseln. »Liegt in der Natur der Dinge. Bei uns dreht sich alles um die Subs. Größere Projekte kann man nicht allein stemmen. Daran sind jede Menge Unternehmen beteiligt, mit denen wir befristete Partnerschaften eingehen. Stellen Sie sich Denbe Construction als Kopf eines Tausendfüßlers vor. Wir nehmen an Ausschreibungen teil und entwickeln den RFP –«

»RFP?«

»Den Request for Proposal. Unser Angebot. Damit beginnt jeder größere Job, insbesondere solche, die von der Regierung finanziert werden. Die involvierte Behörde –«

»Involvierte Behörde?«

Lopez stöhnte. Er beugte sich vor und legte beide Unterarme auf den kleinen Tisch. »Angenommen, wir beteiligen uns an der Ausschreibung für neue Navy-Kasernen. In dem Fall wäre der Auftraggeber natürlich das Militär. Krankenhäuser werden von der öffentlichen Hand oder Privatinvestoren in Auftrag gegeben. Und für den Bau von Gefängnissen ist das Justizministerium verantwortlich.«

»Das heißt, Ihr Geschäft besteht hauptsächlich aus Lobbyarbeit. Verstehe ich das richtig?«

»Könnte man so sagen. Die meisten Firmen in unserer Branche haben sich spezialisiert, auf größere Hotelprojekte, Konferenzzentren, Casinos et cetera. Sie sind sozusagen in der Gastronomieindustrie tätig. Wir stehen am anderen Ende des Spektrums: in der institutionellen Industrie, wenn man so will.«

»Wie darf ich das verstehen?«

»Wer mit der Regierung ins Geschäft kommen will, muss über entsprechende Beziehungen verfügen, und Justin hat Beziehungen und kann Beziehungen knüpfen. Das ist eine seiner großen Stärken. Er weiß sich in Szene zu setzen. Wenn man sich unter Dutzenden von Mitbietern an einer größeren Ausschreibung beteiligt, ist es von Vorteil, denjenigen, der letztlich die Auswahl trifft, persönlich zu kennen. Soll ein neues Gefängnis gebaut werden, wäre es zum Beispiel nicht schlecht, wenn man den Leiter des Bundesamtes für Gefängnisse schon einmal in seinem Haus zu Gast gehabt hat. Manche Firmen beschäftigen sogar ausgewiesene Lobbyisten. So ist es auch bei uns. Wir schicken sie zu allen größeren Konferenzen, damit sie die wichtigsten Entscheidungsträger kennenlernen und mit ihnen Kontakt aufnehmen. Justin kümmert sich um alles Weitere.«

»Sie lernen also die wichtigsten Personen kennen, die über die Vergaben entscheiden. In New England?«

»Wir bauen nicht nur hier.«

»Okay. Wie lange sind Sie mit einem solchen Großprojekt beschäftigt?«

»Die eigentlichen Bauarbeiten sind relativ schnell abgeschlossen, nach ein, zwei Jahren«, antwortete Lopez. »Aber nehmen wir dieses Gefängnisprojekt, das wir vor kurzem fertiggestellt haben. Vom Zuschlag bis zur Schlüsselübergabe hat es zehn Jahre gedauert. Vergessen Sie nicht, unser Kunde ist die Regierungsverwaltung. Und die bewegt sich sehr langsam.«

»Verstehe. Sie ziehen sich also Projekte im Umfang mehrerer hundert Millionen Dollar an Land und arbeiten dann bis zu zehn Jahre daran. Das ist viel Geld in einem Spiel, das hohe Risiken birgt, wie Sie selbst sagten. Aber Denbe Construction ist nun schon in zweiter Generation in Familienbesitz, nicht wahr? Gegründet wurde es von Justins Vater. Ganz schön langlebig, oder?«

»Wir sind halt nicht neu auf dem Markt«, entgegnete Lopez. »Was nicht heißt, dass wir uns auf unseren Lorbeeren ausruhen könnten. Seit Justin die Geschäfte leitet, legt er Wert auf Expansion. Er ist regelrecht versessen darauf, das Unternehmen wachsen zu lassen. Als er seinen Vater nach dessen Tod ablöste, sah er die Industrie an einem entscheidenden Wendepunkt. Seiner Meinung nach würden nur die großen Unternehmen Erfolg haben, während die kleineren einzugehen drohten. Deshalb wollte er nicht klein bleiben. Die große Herausforderung besteht in unserem Gewerbe natürlich darin, trotz Expansion dafür zu sorgen, dass einem die Dinge nicht über den Kopf wachsen. Mal boomt unsere Industrie, mal geht's steil bergab. So mancher hat sich im Aufschwung übernommen. Darum schwört Justin auf sein Tausendfüßlermodell. Denbe Construction liefert in jeder Bauphase die besten Projektmanager und Zulieferer und garantiert einen reibungslosen Ablauf. Mit anderen Worten, wir bilden den Generalstab, und unsere Subs sind die Truppen. So können wir uns mit relativ geringem Personalaufwand an der Spitze unserer Branche behaupten.«

»Wenn ich richtig verstanden habe, sind Sie eine Art Polier auf hohem Niveau«, sagte Tessa. »Wenn Ihre Leute die Besten der Besten sind, wären Sie also der Oberaufseher der Besten.«

Lopez verdrehte wieder die Augen. »Vielleicht bin ich auch nur der Hartnäckigste. Glauben Sie mir, je größer ein Projekt, desto größer die Kopfschmerzen. Es fängt alles damit an, dass ich Dutzende von Subs zusammenbringe und mit ihnen eine Ausschreibung zu konzertieren versuche. Das hat viel mit einer politischen Kampagne gemeinsam. Alle Subs geben sich von ihrer besten Seite und machen Ihnen die größten Versprechungen, weil sie mit ins Boot geholt werden wollen. Es kann durchaus vorkommen, dass das für

Heiz- und Belüftungsanlagen zuständige Ingenieurbüro den Mund zu voll nimmt und das Kleingedruckte der Ausschreibung überliest. Oder er liest eine Sieben, wo siebzig steht, und kalkuliert entsprechend niedrig. Die meisten Subs werden sich, wenn abgerechnet wird, aus solchen Fehlern herauszuwinden versuchen. Mein Job ist es, das zu verhindern. An einem guten Tag bin ich allenfalls gezwungen, sie für einen Irrtum von mehreren zehntausend Dollar haften zu lassen – was nicht viel ist bei einer Vertragssumme von, sagen wir, fünfzig Millionen. An einem schlechten Tag jedoch, wenn es um sechs- bis siebenstellige Haftungssummen geht, die der Sub nicht mehr verkraften kann, geht die Sache vor Gericht. Es ist auch schon vorgekommen, dass sich ein Sub in einer solchen Situation das Leben genommen hat.«

Tessa war beeindruckt. »Sie wären also der böse Cop. Spielt Justin den guten?«

»So ungefähr. Er ist der Stratege. Wenn uns ein Sub zwanzig Arbeiter auf die Baustelle schickt, obwohl wir unter Zeitdruck stehen und eine doppelt so große Mannschaft nötig hätten, sorgt er für Nachschub. Er hängt sich ans Telefon, wenn die Elektriker Mist bauen, und unterhält sich freundlich mit den Mitgliedern eines Ausschusses, wenn sie ihre Entscheidung über eine Ausschreibung immer länger vor sich herschieben. Justin ist nicht nur clever, sondern auch in seiner Cleverness konstruktiv. Er schafft es, dass Dinge ins Rollen kommen und alle Beteiligten glücklich darüber sind. Jemand wie ich hat großen Respekt davor.«

»Jemand wie Sie?«

Lopez zuckte mit den Achseln. »Ich war bei den Gebirgsjägern.«

»Stehen bei Ihnen viele Ehemalige auf dem Gehaltszettel?«

»Kann man so sagen.« Er ließ sich von ihr das Notizbuch zurückgeben und trug vier weitere Kästchen ein, die er über einen Strich mit seinem Namen verband. Planungsleiter, Bauingenieur, Sicherheitsbeauftragter, Qualitätsmanager.

»Das ist der Kern unserer Bautruppe«, erklärte er. »Der Planungsleiter beaufsichtigt die Arbeit der Architekten. Das macht Dave. Er ist der Einzige, der seinen Start ins Berufsleben nicht beim Barras vertrödelt hat. Jenkins, unser Bauingenieur, war bei der Air Force. Er sitzt meist vor einem Berg aus Zeichnungen. Wahrscheinlich träumt er auch in Blaupausen. Ich kenne keinen menschenscheueren Typ als ihn und vermute, dass er unter einem Asperger-Syndrom leidet. Aber der Kerl ist unheimlich gescheit und weiß im Übrigen ganz gut mit einer Fünfundvierziger umzugehen. Guter Mann. Wen haben wir noch? Ah ja, Paulie. Er managt den Werkschutz, der im Wesentlichen aus zwei Komponenten besteht: Elektrotechnik und handfesteren Mitteln. Paulie beherrscht beides virtuos. War bei den Navy-SEALs und ist ein Hitzkopf sondergleichen. Wie Justin es immer wieder schafft, dafür zu sorgen, dass Paulie die vorgeschriebenen Sicherheitsüberprüfungen besteht, ist mir ein Rätsel. Vor allem nach der letzten Episode. Als Paulie das letzte Mal Randale machte, waren gleich zwei Bars betroffen und Dutzende von Polizisten gefordert. Immerhin besucht er regelmäßig seinen verordneten Kurs in Sachen Aggressionsbewältigung. In nüchternem Zustand ist er eigentlich ganz friedlich. Justin und ich kümmern uns darum, dass er nichts trinkt. Tja, und dann hätten wir da noch Bacon, der für

Qualitätsprüfung zuständig ist. In Wirklichkeit heißt er Barry, aber wer ihn so nennt, bekommt Ärger. Bacon war in einem Aufklärungsbataillon bei den Marines. Er trägt einen Löffel um den Hals und behauptet, damit einen Mann getötet zu haben. Ich lege keinen Wert darauf, mit ihm zu diskutieren.« Lopez schaute Tessa in die Augen. Seinem Tonfall nach meinte er es ernst. »Jetzt kennen Sie das Team, das Justin um sich geschaffen hat. Wir arbeiten eng zusammen, bringen gute Ergebnisse zustande und haben sein vollstes Vertrauen.«

»Interessanter Haufen.«

»Die Projekte, mit denen wir uns befassen, sind nichts für Waschlappen. Wir leisten Schwerstarbeit, sind ständig auf Achse, hausen häufig monatelang in einem Trailer und pinkeln in eine Kanne. Aber als Ex-Militärs sind wir daran gewöhnt und nicht angewiesen auf fließend Kalt- und Warmwasser. Zum Kochen reicht uns ein einziger Topf. Und über unser Gehalt brauchen wir auch nicht zu meckern. Justin ist großzügig und respektiert uns. Das Baugewerbe erlebt gerade harte Zeiten. Der Pleitegeier geht um, aber Justin hält seinen Laden am Leben und sichert Arbeitsplätze. Selbst ein so grobgestrickter Kerl wie ich weiß das zu schätzen.«

»Justin ist also ein guter Chef«, fasste Tessa zusammen.

»Ja. Und wir, die Angestellten, sind ein übler, versoffener, klugscheißender Haufen. Das besagt einiges.«

»Im Zusammenhang mit Hitzkopf Paulie sprachen Sie von vorgeschriebenen Sicherheitsüberprüfungen. Muss die jeder, der Ihre Baustellen betritt, über sich ergehen lassen?«

»Wenn es sich um größere Projekte handelt, ja. Die verlangt der Bauherr. Es handelt sich dabei um eine Regelanfrage bei den Polizeibehörden«, antwortete Lopez. »In manchen Fällen wird aber darauf verzichtet. In unserem Gewerbe nimmt man es nicht so genau. Es hat sich sogar bis in die Regierung herumgesprochen, dass, wenn zu hohe Sicherheitsstandards festgelegt werden, am Ende keiner übrig bleibt, der auf der Baustelle arbeiten könnte.«

»Eine raue, zusammengewürfelte Truppe, angeführt von einem Managementteam, das ganz ähnlich gestrickt ist?«

»Jungs eben, die sich darauf verstehen, einem Mädchen zu gefallen«, versicherte Lopez. Er lächelte wieder.

Tessa schaltete in einen anderen Gang: »Justin ist also bei den Angestellten von Denbe Construction sehr beliebt. Wer könnte ihn hassen?«

»Jeder Konkurrent, den er abgehängt hat. Und jeder Sub, der bei uns unter Vertrag stand und dann sein letztes Hemd verloren hat, weil er seinen Verpflichtungen nicht nachgekommen ist. Jemand, der statt mit siebzig nur mit sieben multipliziert, Sie erinnern sich. Es ist mehr als einmal vorgekommen, dass ein Sub auf einer Baustelle aufkreuzte und seinem Ärger Luft zu machen versuchte. Aber Sie können sich wohl vorstellen, dass wir uns nicht alles gefallen lassen. Und wenn ich von Wir spreche, schließe ich Justin mit ein. Mindestens einmal in der Woche führt er uns auf den Schießplatz, wo er genauso oft ins Schwarze trifft wie alle anderen.«

Tessa blinzelte. »Sie sind wirklich eine verrückte Truppe.«

»Wie gesagt, wir arbeiten in einem verrückten Gewerbe. Darf ich Ihr Notizbuch vollschreiben? Ich hätte da nämlich eine lange Liste von potenziellen Feinden.«

Erst eine Stunde später verabschiedete sich Tessa von Lopez. Es hatte noch so lange gedauert, weil ihm immer weitere Konkurrenten und Subs eingefallen waren, die er für potenziell verdächtig hielt. Die komplizierten Verhältnisse der schillernden Branche, in der es ständig zu dubiosen Firmenübernahmen beziehungsweise -auflösungen kam, hatten die Auflistung zusätzlich erschwert. Zwei Firmen waren von Lopez hervorgehoben worden: ASP Inc. und Pimm Brothers, über viele Jahre Erzfeinde von Denbe. Die Pimm Brothers waren zwei Söhne eines anderen Familienunternehmens, die, als sie die Geschäfte übernahmen, davon ausgegangen waren, dass Justin sich mit ihnen zusammentun würde. Dass er sie abblitzen ließ, konnten sie ihm nicht verzeihen.

Noch so eine Seifenoper, dachte Tessa und fühlte sich an Mafia-Geschäfte erinnert.

Was sie auf ein neues Thema brachte – das Privatleben von Justin Denbe. Als sie auf seine Ehe zu sprechen kam, stellte sich Lopez, der so viel über die Verwicklungen der Branche wusste, plötzlich dumm.

Zu erfahren war von ihm lediglich, dass er Mrs. Denbe schätzte und eine Schwäche für Ashlyn hatte. Offenbar kannten alle, die zum Management von Denbe Construction gehörten, Justins Tochter von Kindesbeinen an. Sie war erst drei Jahre alt gewesen, als Justin sie zum ersten Mal mit auf eine Baustelle gebracht und sie auf einem Bagger hatte herumspielen lassen. Für Justin stand fest, dass sie eines Tages den Laden schmeißen würde. Warum nicht?, hatte Lopez achselzuckend gesagt. Das Mädchen hatte definitiv das Zeug dazu.

Gründe für ein von der Familie eventuell selbst inszeniertes Verschwinden konnte sich Lopez nicht vorstellen. Die Kapitaldecke des Unternehmens war vielleicht ein bisschen dünn, doch das traf auf die meisten Firmen der Branche zu. Und, nein, Justin hatte sich in letzter Zeit nicht besonders gestresst, geschweige denn verzweifelt gezeigt. Sie arbeiteten Hand in Hand an einer größeren Ausschreibung, bei der es um die Sanierung eines alten Atomkraftwerks ging, Justin war wie immer voll bei der Sache gewesen. Ja, Lopez wusste vom Restaurantbesuch des Ehepaars am Freitagabend. Justin schien in bester Laune gewesen zu sein und sich darauf gefreut zu haben. Das Scampo, nicht wahr? Todschick, genau das Richtige, um die Gattin zu beeindrucken.

Wer die ganze Familie entführt haben könnte ...

Lopez war irgendwie fahriger geworden. Er saß aufrecht auf seinem Stuhl und trommelte mit den Händen auf die Oberschenkel. Es war wohl, wie Tessa vermutete, weniger Justin, um den sich Lopez Sorgen machte, sondern vielmehr dessen Frau und Kind. Jemand, der sich an Frauen vergriff, schien ihm Angst zu machen.

Tessa rechnete ihm das hoch an.

»Ich werde mich selbst ein bisschen umhören«, sagte er schließlich. »Es ist zwar kaum anzunehmen, dass jemand aus unserer Firma dahinterstecken könnte, aber ... Mal sehen, wie unsere Leute so drauf sind. Wenn mir etwas auffällt, gebe ich Ihnen Bescheid. Wir könnten zusammen zu Abend essen.«

»Ich halte Berufliches und Privates strikt getrennt«, gab sie zurück.

»Warum? Sie sind doch keine Polizistin mehr. Wer schreibt Ihnen irgendetwas vor?«

»Ich bin Profi und mache mir meine Regeln selbst.«

»Sie sind also von der knallharten Sorte.«

»Habe ich nicht angeblich meinen Mann erschossen?«

Lopez lachte. Anscheinend fand er sie als mutmaßliche Mörderin umso attraktiver.

Interessante Typen, die auf dem Bau arbeiten, dachte sie.

Tessa war gerade von ihrem Platz aufgestanden, als ihr Handy klingelte. Sie wollte aber erst aus dem Café raus, bevor sie ranging. Es war wahrscheinlich Sophie, die sie zu erreichen versuchte, und Tessa hatte wieder ein schlechtes Gewissen, weil sie sich noch nicht bei ihr gemeldet hatte. Aber der Anruf kam nicht von zu Hause. Er kam von D.D. Warren.

»Der Adler ist gelandet«, sagte sie, ohne vorher gegrüßt zu haben. Tessa vermutete, dass sie damit die Ankunft des FBI meinte.

»Und stutzt Ihnen wohl die Flügel, was?«

»Mit einem rostigen Rasiermesser«, entgegnete D.D. trocken. »Aber Neil wird zuletzt lachen. Cops von New Hampshire, Typen aus irgendeinem Sheriffbüro, haben sich den Ball geschnappt und dribbeln drauflos.«

»Sie sind dem GPS-Sender auf der Spur?«, fragte Tessa hoffnungsvoll.

»Sie haben ihn gefunden, leider nur das Ding. Anscheinend wurde es von den Kidnappern in der Jacke entdeckt. Sie waren auf einem Parkplatz vor einem verlassenen Diner, haben es aus der Jacke rausgeschnitten und in die Büsche geworfen. Den Reifenspuren nach zu urteilen, sind sie Richtung Norden unterwegs.«

Tessa krauste die Stirn und versuchte, eine Landkarte von

New Hampshire im Kopf aufzurufen. »Sie waren schon drei Stunden von Boston entfernt. Wie viel weiter geht's denn noch nach Norden?«

»Noch zwei Stunden bis Kanada. Nur zwanzig Minuten bis zur Grenze nach Maine. Es könnte sein, dass sie nach Osten abgebogen sind. Unser Suchgebiet besteht jedenfalls aus gebirgiger Wildnis, verlassenen Campingplätzen und entlegenen Ferienhäusern. Ansonsten …«

»Mist«, platzte es aus Tessa heraus. »Hat sich jemand gemeldet?«

»Nein. Das FBI hat eine Expertin für Vermisstenfälle mitgebracht. Sie meint, wenn es den Kidnappern um Lösegeld geht, werden sie sich spätestens heute Abend gemeldet haben. Wenn nicht, sieht's düster aus.«

»Es geht nicht um Lösegeld. Hinter der Entführung stecken persönliche Gründe.«

»Auch dazu hat diese Expertin eine Theorie«, erwiderte D.D.

»Und die wäre?«

»Wenn Rache im Spiel ist, neigen Straftäter dazu, Auge um Auge zu vergelten. Sie wollen dem Opfer genau das zufügen, was sie nach eigener Einschätzung selbst erlitten haben.«

»Möglich, dass jemand Justin Denbe irgendetwas mit gleicher Münze heimzahlen will. Aber warum wird dann die ganze Familie entführt?«

»Vielleicht ist das genau der Punkt. Auge um Auge. Familie um Familie.«

»Oh Mann, das wäre allerdings ein sehr persönliches Motiv«, meinte Tessa.

»Sollte auf jeden Fall in Erwägung gezogen werden«, meinte D.D. »Ausschließen können wir zu diesem Zeitpunkt noch nichts. Wie dem auch sei, wir haben jetzt das FBI hier.«

»Soll das heißen, Sie ziehen sich aus dem Fall zurück?«, fragte Tessa, die sich ihrerseits fragte, warum ihre Widersacherin von damals jetzt so freundlich war, sie überhaupt anzurufen.

»Uns – und damit meine ich die gesamte Bostoner Polizei – ist es letztlich egal, wer die Denbes rettet«, erwiderte D.D. »Hauptsache, sie werden ausfindig gemacht und in Sicherheit gebracht. Falls das irgendwelchen Ermittlern vor Ort gelingen sollte und nicht den Feds, die uns hier gehörig auf die Nerven gehen … nun, es wäre mir umso lieber.«

Nach diesen Worten war die Verbindung abgebrochen. Tessa stand vor ihrem Wagen und dachte über die Lage nach. Was, wenn es die Entführer nicht auf Lösegeld abgesehen hatten? Was, wenn zutraf, was die FBI-Expertin vermutete, dass nämlich nicht von einem finanziellen, sondern von einem persönlich motivierten Verbrechen auszugehen war?

Dass es um Vergeltung ging.

Tessa warf einen Blick auf ihre Uhr und ging dann die Anruflisten durch, die sie von den Handys der Denbes kopiert hatte. Justins rechte Hand behauptete, nur wenig über das Privatleben seines Chefs zu wissen. Aber was wusste der innere Kreis um Libby Denbe? Ihre Schwester, beste Freundin, engste Vertraute?

Tessa Leoni, ehemals im Polizeidienst, zurzeit Angestellte einer Detektei, wählte ihr nächstes Ziel.

Kapitel 13

Woran wird deutlich, dass man nicht mehr liebt?

Es gibt zahllose Lieder, Gedichte und Grußkarten, die sich dem Zustand des Verliebtseins widmen. Der Kraft des ersten Blicks quer durch einen überfüllten Raum. Dem Moment unmittelbar vor dem ersten Kuss, in dem du dich noch fragst, ob er will oder nicht, und du deinen Kopf hebst zur uralten Einladung.

In den ersten Tagen und Wochen schwindelnder Erregtheit denkst du nur an ihn. An seine Berührungen, seinen Duft und wie es sich anfühlt. Du investierst in hübsche Unterwäsche, nimmst dir mehr Zeit für deine Haare und kaufst dir einen figurbetonenden Pullover, weil du dir vorstellst, dass seine Hände über dieselben Linien streichen wie die weichen Maschen.

Sooft das Telefon klingelt, hoffst du, seine Stimme zu hören. Wenn die Mittagspause beginnt, rechnest du dir hastig aus, ob du es in der dir verbleibenden Stunde bis zu seinem Büro und wieder zurück schaffst. In einem Trenchcoat und nichts darunter.

Der geplante Restaurantbesuch fällt aus, und ihr schlagt stattdessen ein paar Eier in die Pfanne, die ihr dann auf seinem großen Bett verspeist, weil dein neuer Pullover seine Wirkung getan hat und keiner von euch beiden rechtzeitig zur Tür hinausgekommen ist. Und nun aalt er sich in seinen Boxershorts auf der Matratze; du trägst ein Oberhemd von ihm, bewunderst seine nackte Brust und seine muskulösen

Oberarme und denkst, mein Gott, wie kann man nur so viel Glück haben?

Dann verschleiern sich seine Augen, er streckt die Hand nach dir aus, und du denkst an gar nichts mehr.

Ich wusste genau, wann ich mich in Justin verliebt hatte, spürte es wie den sprichwörtlichen Blitz, von dem man aus heiterem Himmel getroffen wird.

Und genau an jenem Tag, als ich ihn zur Rede stellen wollte und in sein bleiches, verschlossenes Gesicht blickte, sah ich meine Liebe für ihn auf ähnlich dramatische Weise sterben. Ich hielt die Luft an und spürte, wie sich mir der Magen umdrehte.

Als er mir in die Augen schaute und leise sagte: »Ja, ich habe mit ihr geschlafen ...«

Ich schrie. Bewarf ihn mit allem, was mir in die Finger kam. Wütete und brüllte in zunehmender Hysterie. Ashlyn kam zu uns gelaufen. Justin drehte sich zu ihr um und schickte sie mit der schärfsten Stimme, die ich je von ihm gehört hatte, zurück auf ihr Zimmer, *sofort*. Sie machte buchstäblich auf dem Absatz kehrt und suchte Zuflucht bei ihrem iPod.

Er sagte mir, ich solle mich beruhigen. Daran erinnere ich mich.

Ich glaube, in diesem Moment schleuderte ich ihm die Nachttischlampe entgegen. Er fing sie in der Luft auf, riss mich dann mit seinen kräftigen Armen, die ich so sehr liebte, an sich und umklammerte mich von hinten, sodass ich ihm nicht mehr gefährlich werden konnte. Er hielt mich fest und flüsterte mir über meinen Kopf hinweg zu, dass es ihm leidtue. Sehr, sehr leid. Ich spürte Tropfen im Haar. Mein Mann weinte tatsächlich.

Meine Wut verebbte.

Ich ließ mich gegen ihn fallen und hing in seinen Armen.

Für eine Weile standen wir so beieinander, beide schwer atmend und tränenüberströmt. Ich weinte um den Verlust meiner Ehe, um mein Vertrauen in diesen Mann und war von dem schrecklichen Gefühl bedrängt, nicht nur betrogen worden zu sein, sondern auch selbst versagt zu haben. Dass es offenbar nicht genug gewesen war, meinen Mann von ganzem Herzen geliebt zu haben.

Und Justin? Was hatten seine Tränen zu bedeuten? Schämte er sich? Schmerzte es ihn, dass er mir Schmerzen zugefügt hatte? Oder bedauerte er einfach nur, ertappt worden zu sein?

Ich hasste ihn in diesem Augenblick. Mit allen Fasern meines Wesens.

Allerdings glaube ich nicht, dass ich meine Liebe für ihn verloren hatte. Ich wünschte es mir nur.

Ich warf ihn dann aus dem Haus. Er widersetzte sich nicht und packte wortlos seine Tasche. Ich sagte ihm, er solle nur ja nicht wieder zurückkommen, und beschimpfte ihn als mieses Stück, ließ ihn wissen, dass er mich zutiefst verletzt hatte, und warf ihm vor, ein verantwortungsloser Vater zu sein. Ich sagte Dinge, die überhaupt keinen Sinn ergaben, redete einfach drauflos, um meiner Wut und Verzweiflung Luft zu machen. Er hörte sich alles an, stand mit seiner schwarzen Tasche reglos vor mir und ließ sich von mir hassen.

Mir gingen am Ende die Worte aus. Schweigend starrten wir einander an, quer durch unser Schlafzimmer.

»Ich war ein Idiot«, sagte er schließlich.

Ich schnaubte gehässig.

»Mein Fehler.«

Ein weiteres Schnauben.

»Darf ich dich anrufen?«, fragte er. »In ein paar Tagen, wenn du den Schock verdaut hast. Wir könnten ... einfach miteinander reden.«

Er sah mir meine Ablehnung mit Sicherheit an.

»Du hast recht, Libby«, sagte er leise. »Es war unverantwortlich von mir, unsere Familie aufs Spiel zu setzen. Als ein solches Miststück möchte ich nicht gesehen werden. Ich wollte nie sein wie ...«

Er zögerte, aber ich wusste ohnehin, was er zu sagen vorhatte. Er wollte nicht so sein wie sein eigener Vater.

Ein erbärmlicher Versuch, irgendetwas zurechtzurücken. Justins Vater war ein typischer Vertreter der fünfziger Jahre gewesen, hart und frauenfeindlich, ein Mann, der seinen Sohn vergöttert und seine Frau durch seine fast legendäre Untreue in den Alkohol getrieben hatte. Der Apfel war nicht weit vom Stamm gefallen. Mehr konnte ich seiner abgebrochenen Erklärung nicht entnehmen.

Außer ... Ich erinnerte mich an etwas anderes. An wahrhaft intime Momente während der ersten Jahre unserer Liebe, in denen er sich mir offenbart hatte. An die Gespräche, die wir nach inniger Umarmung, nackt auf dem Bett ausgestreckt, miteinander geführt hatten, Justin meinen Arm streichelte und mir von diesem Mann erzählte, den er verehrte und gleichzeitig verachtete. Als seinen Vater hatte er ihn geliebt, doch davon, wie er sich als Ehemann verhielt, war er abgestoßen.

Den Geschäftssinn hatte Justin von seinem Vater, doch es

war ihm ernst gewesen mit dem Gelöbnis, nicht auch als Ehemann in seine Fußstapfen zu treten.

So wie ich mir im Rückblick auf meine eigenen Eltern immer wieder fest vorgenommen hatte, nie mit dem Rauchen anzufangen und immer einen Fahrradhelm aufzusetzen.

Das ist das Problem. Sich zu verlieben ist viel leichter, als diese Gefühle loszulassen. Ich konnte es mir kaum vorstellen. Mit diesem Mann teilte ich achtzehn Jahre Erinnerungen, Hoffnungen und Träume. Wir hatten uns tatsächlich eingebildet, aus dem Schatten unserer Eltern heraustreten zu können, uns aber keine Vorstellung davon gemacht, wie schwer es überhaupt und an sich schon ist, eine gute Ehe zu führen.

»Ich will dich nicht verlieren«, sagte mein Mann an diesem Tag. »So etwas wird nicht mehr passieren. Libby ... Ich liebe dich.«

Ich setzte ihn vor die Tür, nahm aber seine Anrufe entgegen. Und später, als er sich unten im Keller eingerichtet hatte, machten wir uns daran, an unserer Ehe zu »arbeiten«. Er war zwar geschäftlich so häufig unterwegs wie vorher, brachte mir aber jetzt häufiger Blumen mit. Und ich kochte seine Lieblingsgerichte, zog mich aber immer weiter zurück. Wir warteten wohl beide darauf, dass ein Wunder geschehen und unsere Ehe sich wieder normalisieren würde.

Zeit heilt doch alle Wunden, oder? Und wenn nicht, was soll's?

Ich redete mir ein, wegen Ashlyn an unserer Ehe festzuhalten. Nach achtzehn Jahren trennt man sich nicht so ohne weiteres, dachte ich.

Aber wie verhielt es sich in Wahrheit?

Ich liebte ihn immer noch. Mein Mann war fremdgegangen. Er hatte mich belogen. Er hatte einer anderen Frau SMS geschickt und ihr Komplimente gemacht, von denen ich glaubte, dass sie eigentlich für mich reserviert wären. Er war mit ihr im Bett gewesen. Wie ich herausgefunden hatte, war er manchmal von ihr zurück nach Hause gekommen, um mit mir zu schlafen.

Und trotzdem, mein Herz machte immer noch Sprünge, wenn er ins Zimmer kam. Sein Lachen verfing sich als Schmerz in meiner Brust. Seine langen, kräftigen Finger hatten immer noch die Kraft, mich zittern zu lassen.

Dafür hasste ich ihn. Dass er mir weh getan hatte und sich dann so verständnisvoll zeigte. Ich wollte seine Reue nicht. Ich wollte vielmehr, dass er sich auch wie ein Mistkerl verhielt. Denn dann hätte ich kurzen Prozess machen, das Schloss auswechseln und ihm den Rücken kehren können. Aber er versuchte es verdammt noch mal immer wieder. Er beendete seine Affäre, zog in den Keller, schlug sogar vor, eine Paartherapie zu machen. Davon wollte ich nichts wissen. Er ließ sich ständig nette kleine Gesten einfallen, die mir seine Liebe versichern und begreiflich machen sollten, dass er es ernst mit uns meinte. Doch sie bewirkten das Gegenteil. Ich fühlte mich nur noch schlechter.

Ob er sich wieder mit ihr tröstete, fragte ich mich. Ihr Orangenstücke in den Mund steckte? Sie anhimmelte, wenn sie vor ihm ausgestreckt auf dem Bett lag und nur sein Lieblingshemd anhatte? Flüsterte er ihr seine geheimsten Wünsche ins Ohr, die er früher nur mir anvertraut hatte?

Sie gab mir keine Ruhe. Dieses hübsche junge Ding hatte

sich zwischen uns gedrängt, und ich wusste nicht, wie ich sie aus unserer Ehe wieder hinausdrängen konnte. Also öffnete ich das orangefarbene Arzneifläschchen und schüttelte mir kalkweiße Pillen in die Hand, zuerst zwei, dann vier, schließlich sechs. Sie sollten diesen schmerzlichen Bildersturm in meinem Kopf zum Stillstand bringen.

Dabei war mir im Grunde klar, dass es nicht die Erinnerungen an diesen Tag waren, die ich mit den Pillen verdrängen wollte. Auch nicht der Schmerz darüber, betrogen worden zu sein.

Es war meine Liebe zu meinem Mann, die ich zu betäuben versuchte.

Denn wenn ich ihn weniger liebte, würde ich ihm vielleicht verzeihen können.

Es wunderte mich selbst, wie viele Pillen nötig waren, damit es dazu kam.

Wir wurden in eine Einzelzelle geführt. Ashlyn flüsterte mir ins Ohr, dass sie aufs Klo musste. Ich spürte sie an meiner Seite zittern und nickte kurz mit dem Kopf, als die Stahltür hinter uns ins Schloss fiel.

Wir waren unter uns, eine erbärmliche Party zu dritt, ausstaffiert mit orangefarbenen Gefängnisoveralls. Die kleinste Größe war zu groß für Ashlyn. Trotz hochgekrempelter Beine verlor sich ihre zarte Gestalt darin. Die Overalls waren kurzärmelig. Ich dachte, dass uns darin kalt werden würde. Doch es war drückend heiß, die Luft abgestanden, nicht nur in der Zelle, sondern im gesamten Trakt.

Z hatte uns darüber aufgeklärt, dass das Thermostat auf fünfundzwanzig Grad eingestellt sei. Sommers wie winters.

Jahreszeiten spielten in einem Gefängnis keine Rolle. Tageszeiten ebenso wenig. Das Licht unter der Decke brannte rund um die Uhr.

Unsere schäbige Zelle aus weißen Betonbausteinen war schmal und tief. Auf beiden Seiten standen cremefarbene Etagenbetten mit dünnen, von einer Kunststoffhaut überzogenen Matratzen, zu deren Farbe mir nur der Ausdruck schlumpfblau einfiel. Ein hohes, schmales Fenster in der Außenmauer war von einem einzigen Gitterstab zweigeteilt. Dahinter sah man nur braune Brache. Auch in der Tür gab es ein kleines Fenster, wahrscheinlich für das Wachpersonal zur Kontrolle der Insassen. Es zeigte einen kleinen Ausschnitt des weiten Tagesraums, wo sich die Gefangenen an Metalltischen miteinander unterhalten oder in offenen Duschkabinen Körperpflege betreiben konnten. Genau in der Mitte befand sich der Kommandoposten des Oberaufsehers, der von dort aus den ganzen zweigeschossigen Trakt mit all seinen Zellentüren im Blick hatte.

Ich suchte nach Z, Radar oder dem, der Mick genannt wurde, sah aber keinen von ihnen. Der Tagesraum war leer. Und wir waren allein. Von der Außenwelt trennten uns nicht weniger als sieben verriegelte Türen.

Ich machte Justin auf das Problem unserer Tochter aufmerksam. Er nickte, die Zähne fest aufeinandergebissen. Aus seinen Augen sprachen zu gleichen Teilen Ohnmacht und Wut. Doch als er sich Ashlyn zuwandte, wurden seine Gesichtszüge weicher, und seine Stimme klang fast normal.

»Kommen wir also zum ersten Teil unseres Lebens in Gefangenschaft.« Er sprach schnell, als beschriebe er eine Art

Abenteuer. »Eine Toilette, ein Waschbecken. Die müssen wir uns teilen.«

»Daddy –«

»Stell dir einfach vor, wir machen Ferien in einem Sommerlager.«

»Das kann ich nicht –«

»Ashlyn, hör auf. Du musst jetzt stark sein. Wir werden damit fertig.«

Ihre Unterlippe zitterte. Sie drohte wieder in Tränen auszubrechen.

Ich wollte sie in den Arm nehmen, tat es aber nicht. Was hätte das gebracht? Nicht weinen, Schätzchen, alles in Ordnung?

Wir waren von Wahnsinnigen aus unserem Haus verschleppt worden, trugen orangefarbene Overalls und Latschen an den Füßen und saßen in einer drei mal fünf Meter kleinen Zelle fest, mit Etagenbetten als einziger Sitzmöglichkeit auf den dünnsten Kunststoffmatratzen, die man sich vorstellen konnte. Nichts war in Ordnung. Wir waren in einer schrecklichen Lage, die sich womöglich noch verschlimmern würde.

Justin stellte sich mit dem Rücken zu uns vors Fenster, das er mit seinen breiten Schultern abdeckte. Ich trat an die Tür und hielt das Fenster zum Tagesraum zu, ebenfalls den Rücken meiner Tochter zugekehrt, die sich schon mit acht Jahren eine Privatsphäre erbeten hatte und nun mit fünfzehn alles Körperliche beschämend und peinlich fand.

Die Stille war unerträglich. Raschelnd nestelte Ashlyn an ihrem übergroßen Overall herum.

Ich summte leise vor mich hin, beherzigte Justins Vorschlag, so zu tun, als erlebten wir ein Campingabenteuer, und hörte mich plötzlich *Drei Chinesen mit dem Kontrabass* singen. Justin übernahm mit seiner knarzenden Stimme, völlig schief: *Dra Chanasan mat dam Kantrabass* ...

Dann war ich wieder an der Reihe mit dem E-Vers, Justin versuchte sich am I, worauf wir die Strophen O und U im Duett sangen. Wir waren gerade fertig, als Ashlyn hinter mir wie von Krämpfen geschüttelt zu schluchzen anfing. Ich drehte mich um und fing meine Tochter auf, die sich mir an die Brust warf. Justin kam vom Fenster herbei und nahm uns beide in die Arme. Eng umschlungen standen wir eine Weile auf der Stelle und schwiegen.

Die erste Familienumarmung seit Monaten.

Ich hätte am liebsten mit meiner Tochter geweint.

Schließlich legte sich Ashlyn auf die untere Matratze des einen Stockbettes. Eine Decke, in die ich sie hätte wickeln können, gab es nicht. Tröstende Worte ersparte ich mir. Ich saß einfach nur auf dem Rand der quietschenden Vinylmatte und streichelte ihre Haare.

Justin ging auf und ab wie ein Tier im Käfig und tastete sämtliche Holme und Querstreben der Betten ab. Dann inspizierte er das Fenster nach draußen, die Tür und die eigentümliche Edelstahlkombination aus Toilette und Waschbecken.

Ich schaute weg, als er sich selbst erleichtern musste. Zu singen brauchte ich nicht, schließlich hatten wir jahrelang dasselbe Bad benutzt. Nach ihm war ich an der Reihe. Anschließend spülte ich meinen Mund über dem Waschbecken aus, mit einem dünnen Wasserstrahl, der nach Galle und

Rost schmeckte. Was hätte ich nicht gegeben für eine Zahnbürste und Zahnpasta? Aber darüber schienen sich unsere Kidnapper keine Gedanken gemacht zu haben.

Justin setzte sich auf die untere Pritsche des anderen Etagenbettes und kehrte der Tür den Rücken zu. Er bedeutete mir, es ihm gleichzutun. Also kehrte ich an Ashlyns Seite zurück, den Rücken der Tür zugewandt und den Blick auf das schmale Fenster gerichtet.

»Verwanzt ist die Zelle jedenfalls nicht«, sagte er, als verkaufte er uns eine gute Nachricht. Ich starrte ihn nur ausdruckslos an. »Sehen können sie uns – da sind überall Videokameras –, aber nicht hören«, fuhr er fort. »Wenn wir ihnen den Rücken zukehren, können wir ganz ungezwungen miteinander reden.«

Die Feinheiten seiner Feststellungen wollten sich mir nicht erschließen, aber ich nickte. Es machte mir irgendwie Hoffnung, dass er versuchte, die Kontrolle zu bewahren.

»Unsere Zellentür wird wie in allen Staatsgefängnissen zentral gesteuert. Das heißt, wenn sie was von uns wollen, müssen sie sich aufteilen. Einer oder zwei kommen zu uns, während der Dritte im Kontrollraum zurückbleiben muss, um den Touchscreen zu bedienen.«

»Woher weißt du das?«

Er schaute mich verwundert an. »Libby, erinnerst du dich nicht an unser Projekt vergangenes Jahr im Norden von New Hampshire? An die Haftanstalt? Wir haben sie gebaut.«

Verblüfft blinzelte ich ihn an. Dass seine Firma schon etliche Gefängnisprojekte realisiert hatte, wusste ich, aber irgendwie war mir bislang nicht in den Sinn gekommen, dass …

»Dann bist du mit dieser Anlage bestens vertraut. Könntest du uns auch hier rausholen?«

Justin ließ sich mit einer Antwort Zeit. Seine Miene wurde ernst. »Ja, Schatz, ich kenne diese Anlage aus dem Effeff und weiß daher, dass es keinen Ausweg für uns gibt. Z hat recht. Sie entspricht in allem den neuesten Sicherheitsstandards, und diese Standards zielen darauf ab, dass niemand, wirklich niemand entkommen kann.«

Meine Schultern sackten nach unten. Ich lehnte mich an die Metallstütze hinter mir. Meine Hände flatterten. Ich sah sie auf meinem Schoß liegen – bleiche, ausgetrocknete, verkrampfte Hände, die jemand anderem zu gehören schienen.

»Ashlyn«, flüsterte ich. Ein einziges Wort, das alles besagte.

Justin presste die Lippen aufeinander. Sein Gesicht nahm einen Ausdruck an, den ich bestens kannte. Weil ich in den achtzehn Jahren unserer Ehe in jeder seiner Mienen zu lesen gelernt hatte, wusste ich, wie groß der Schmerz war, der sich hinter seiner Wut verbarg.

»Sie werden Geld von uns verlangen«, räusperte er sich. »Wenn Z etwas anderes behauptet, will er uns nur terrorisieren. Es geht um Geld. Früher oder später stellen sie ihre Forderungen. Denbe wird bezahlen. Und dann gehen wir nach Hause. Zusammen.«

»Aber warum haben sie uns ausgerechnet hierhergebracht?«, fragte ich. »Wenn es um Geld ginge, hätten sie sich doch den weiten Weg ersparen und uns irgendwo in der Nähe von Boston einsperren können.«

»Wo ließe sich eine dreiköpfige Familie besser verstecken? Das Gefängnis ist leer. Der Staat kann es sich nicht mehr leisten, diese Anlage zu unterhalten. Und sie ist völlig abgeschieden. Im Umkreis von zwanzig, dreißig Kilometern findest du kein einziges Haus. Die hiesige Polizei patrouilliert vielleicht ab und zu am Außenzaun entlang, was offenbar bei unserer Ankunft der Fall war, aber dann verzieht sie sich wieder.«

»Sie wird sehen, dass hier Licht brennt«, hoffte ich laut.

Justin schüttelte den Kopf. »Es sind draußen überall Bewegungsmelder angebracht. Sobald sich ein Cop nähert, erstrahlt der ganze Komplex wie am Nationalfeiertag. Darauf wird sich jeder eingestellt haben.«

»Sie sind zu dritt«, flüsterte ich. »Ein vollständiges ... Kommandoteam, bewaffnet und wahrscheinlich auf alles vorbereitet. Wenn sie es tatsächlich auf Lösegeld anlegen, werden sie eine Menge fordern. Und morgen ist Sonntag. Selbst wenn die Firma zu zahlen bereit ist ...«

Justin zog die Brauen zusammen. »Ich schätze, wir werden uns auf ein paar Tage Haft gefasst machen müssen«, sagte er.

Ich streichelte den Kopf meiner Tochter. Sie schlief, erschöpft von den schockierenden Ereignissen. »Wie lange ist es her, dass sie uns überfallen haben?«, fragte ich jetzt. »Vierzehn Stunden, sechzehn? Sie haben uns noch nicht einmal etwas zu essen oder zu trinken angeboten.«

»Trinken können wir aus dem Wasserhahn, und ohne Nahrung halten wir schon ein paar Tage durch.«

Ich beobachtete wieder meine zitternden Hände, spürte einen Krampf im Magen und wie sich im Kopf Druck aufbaute. Vielleicht hätte ich ihm sagen sollen, wie es mir ging, aber ich tat es nicht. Denn auch die vergangenen sechs Monate gehörten zu den achtzehn Jahren, die wir zusammen waren. Und die hatten alles verändert.

»Ich will sie nicht mit denen alleinlassen«, sagte ich, um Ashlyn wieder in den Mittelpunkt zu rücken.

Justin glaubte wohl, meine Bedenken mit einem Schulterzucken abschütteln zu können. »Sie haben uns in eine Zelle gesteckt. Eine nette Geste, mit der ich gar nicht gerechnet hatte.«

Er hatte recht. Es wäre noch viel schlimmer gewesen, wenn man uns getrennt und in separate Zellen weggeschlossen und uns auch noch um die Möglichkeit gebracht hätte, uns gegenseitig zu unterstützen. Wenn sie es in einem solchen Szenario auf Ashlyn abgesehen hätten … Wie hätten wir sie schützen können, Justin und ich? Wir hätten ohnmächtig geschehen lassen müssen, dass sie unsere Tochter wegführten …

»Was immer geschieht«, sagte ich und merkte, wie meine Gedanken mit mir davonliefen, »ich will nicht, dass diese Männer allein mit ihr sind. Vor allem nicht dieser Typ mit den Schachbretthaaren, dieser Mick. Hast du seine Augen gesehen? Mit dem stimmt was nicht.«

»Hab keine Angst, dazu wird es nicht kommen.«

»Wirklich nicht? Weil wir alles unter Kontrolle haben? Falls es dir noch nicht aufgefallen sein sollte, diese Typen sind Raubtiere und wir ihre Beute. Welches Beutetier hätte je die Chance gehabt, über sein Schicksal zu bestimmen?«

Ich bereute meine Worte, kaum dass ich sie ausgesprochen hatte. Meine Stimme klang hysterisch. Ich ballte meine Hände zu Fäusten und biss mir auf die Unterlippe, um die zunehmende Panik in Schach zu halten.

»Libby.« Justins Stimme klang sehr ernst. Ich blickte zu ihm auf und sah, dass er mich beobachtete. Was er sagen wollte, hielt er noch zurück. Ich kannte diese Intensität, die sein Blick annehmen konnte, was aber schon seit Jahren nicht mehr vorgekommen war. Doch ich erinnerte mich an sie.

»Mir ist bewusst, dass wir in einer Zwangslage sind, und ich weiß, wie sehr ich dich verletzt habe. Wenn ich die Uhr zurückdrehen könnte …« Er stockte und straffte seine Schultern, offenbar entschlossen, sich nicht kleinkriegen zu lassen. »Glaub mir bitte, Libby, ich werde dich und Ashlyn schützen, irgendwie. Verlass dich auf mich. Niemand wird meiner Familie ein Leid antun.«

Und ich glaubte ihm. Auf meinen Mann konnte man sich verlassen. Ich bezeichnete ihn manchmal als modernen Höhlenmenschen. Er würde für seine Tochter durchs Feuer gehen, auch wenn er sich ihre Lieblingsfarbe nicht merken konnte, und für mich würde er einen Drachen töten, gleichgültig, was er von Treue hielt.

Justin reichte mir seine Hand. Sie war groß, rau und voller Schwielen. Die Nägel waren immer kurz geschnitten. Insgesamt habe ich wohl Stunden damit zugebracht, sie zu bewundern. Es fiel mir nicht schwer, meine Hand in seine zu legen.

»Beschütze unsere Tochter, Justin. Das ist alles, was ich will. Sorge für ihre Sicherheit.«

Seine Finger schlossen sich um meine Hand. Er beugte sich vor. Ich schaute in seine ernsten Augen, und dann neigte sich sein Kopf, während ich meinen in den Nacken legte …

Die Stahltür schepperte. So laut, dass ich vor Schreck zusammenfuhr. Ich wirbelte herum.

Der mit den verrückten blauen Augen belauerte uns durch das kleine Fenster. Anscheinend hatte er uns schon eine Weile beobachtet und seinen Spaß an dem, was er sah.

Unwillkürlich schlang ich beide Arme um meine Tochter.

»Aufstehen«, bellte Mick von draußen. »Ihr glaubt doch nicht etwa, Urlaub zu haben. Raus mit euch. Es geht an die Arbeit.«

Kapitel 14

Wyatt meldete sich nicht bei den Feds. Wenn sie sich an der Party beteiligen wollten, wussten sie schließlich, wo sie ihn finden würden.

Landkarten. Er hatte ein Faible dafür. Klar, man konnte sich heutzutage auch alles auf dem Computer ansehen, aber es gefiel ihm einfach besser, eine große, maßstabsgerechte und mit Farbcodes gekennzeichnete Karte auseinanderzufalten. Der gebirgige Teil New Hampshires auf einen Blick. Mit seinen zahllosen Tintenflecken-Seen. Dem Liniengewirr der kurvenreichen Landstraßen.

New Hampshire war ein komischer Staat. Nach oben konisch zulaufend, unten breit. Wie ein Puzzlestein eingepasst in sein Gegenstück Vermont. Besonders groß war er nicht. Man konnte die Strecke von der Grenze zu Massachusetts im Süden bis zur kanadischen Grenze im Norden in weniger als vier Stunden mit dem Wagen schaffen. Dank der White Mountains waren die Querverbindungen etwas ganz anderes. Sie ragten ziemlich genau in der Mitte auf und zwangen die in westöstlicher Richtung verlaufenden Straßen zu einem Zickzack- und Wellenkurs.

Wyatt ging deshalb davon aus, dass die Kidnapper auf direktem Weg nach Norden gefahren waren. Denn das tat man für gewöhnlich in New Hampshire. Man fuhr entweder nach oben oder nach unten, denn seitlich abzubiegen war einfach zu anstrengend.

Aus einer Laune heraus hatte er Gina, eine seiner Deputys,

von dem Diner nach Norden fahren lassen mit dem Auftrag, verlassene Campingplätze oder stillgelegte Raststätten zu überprüfen, die sich für eine Erholungspause eigneten. Sie sollte auch an allen entlegenen Tankstellen und Lebensmittelgeschäften nachfragen, denn die Entführer mussten tanken, brauchten Wasser und etwas zu essen. Sie sollte Fragen stellen, Beschreibungen der Vermissten abgeben und die Anwohner zu erhöhter Wachsamkeit bewegen.

Es war ihr freigestellt, auch Polizeiposten größerer Ortschaften aufzusuchen und entsprechend zu informieren, doch glaubte Wyatt, dass die Verdächtigen dichter besiedelte Gebiete mieden. Es war nicht einfach, eine dreiköpfige Familie versteckt zu halten. Und warum sollte man das Risiko eingehen, an belebten Plätzen anzuhalten, wo der Norden des Landes doch sehr viel sicherere Alternativen bot?

Insgeheim hatte er Respekt vor den Kidnappern. Dass sie die Wildnis New Hampshires angesteuert hatten, sprach für sie.

Er beugte sich über die Karte und fuhr mit dem Finger die Route 16 am Ostrand des Staates ab, als plötzlich die Feds zur Tür hereinkamen.

Er erkannte sie als solche, ohne aufblicken zu müssen. Was er sah, reichte aus: ein Paar schwarze Pumps mit kleinen Absätzen und ein Paar polierte braune Herrenhalbschuhe. Damit tauchten nur Anwälte in dieser Gegend auf, und es kam selten vor, dass Anwälte an einem Samstagnachmittag das Sheriffbüro betraten.

Die Frau ergriff als Erste das Wort. »Wyatt«, sagte sie, worauf er innerlich spontan stöhnte.

Er kannte diese Stimme. Mist.

Wyatt richtete sich auf. Nahm den Finger von der Landkarte, bereit, dem Teufel Ehre zu erweisen.

Nicole Adams, kurz Nicky. Doch als er sie das letzte Mal so genannt hatte, war sie gerade in seinem Bett aufgewacht. Er hatte das Gefühl, dass er keine zweite Gelegenheit bekommen würde, diesen Namen zu verwenden. Oder vor ihrem strengen Blick überhaupt noch annähernd bestehen zu können.

»Special Agent Adams«, grüßte er. Erschien ihm sicherer so.

Sie lächelte. Aber das Lächeln erreichte ihre kühlen blauen Augen nicht.

Sie trug einen dunklen Bleistiftrock, dazu ein passendes Jackett und eine silbern changierende Seidenbluse. Groß, blond und mit hochgestecktem Haar, stand ihr der Eisprinzessinnen-Look ausgesprochen gut. In der Hand hielt sie eine schwarze, lederne Laptoptasche, die sie nun ziemlich unsanft neben sich auf dem Boden abstellte.

»Sergeant Wyatt Foster, Special Agent Edward Hawkes.« Sie stellte ihm ihren Partner vor.

Wyatt nickte und schüttelte ihm die Hand. Special Agent Hawkes hatte eine schwere Tasche bei sich. Anscheinend wollten die beiden länger bleiben.

»Wie uns mitgeteilt wurde, hast du einen Jackenfetzen des Vermissten gefunden«, sagte Nicole.

»Der inzwischen hübsch für dich in einen Beweismittelsack eingepackt wurde.«

»Du wusstest also, dass wir kommen?«

»Ich habe es geahnt.«

»Und warum hast du nicht mal angerufen, um uns auf dem Laufenden zu halten?«

»Auf dem Laufenden halten setzt Fortschritte voraus. Und die gibt es nicht. Es gibt zwar« – er tippte auf die Karte – »jede Menge Versteckmöglichkeiten. Aber keine Hinweise.«

Die beiden schienen sich mit seiner Antwort zufriedenzugeben. Sie traten vor die andere Seite des Tisches, über den Wyatt seine Karte ausgebreitet hatte.

»Schieß los«, sagte Nicole. »Wonach suchst du?«

Wyatt schluckte einen zweiten Seufzer hinunter, weil er sich daran erinnert sah, wie töricht es von ihm gewesen war, sich mit einer Kollegin von der Strafverfolgung einzulassen. Hätte er doch auf sein Bauchgefühl gehört. Aber damals, im Gericht von Concord, vor das er als Zeuge der Anklage geladen gewesen war, hatte er diese schöne Frau gesehen und den Verstand verloren. Warum, wusste er selbst nicht so genau. Ihr Lachen konnte es nicht gewesen sein, denn seines Wissens lachte Nicole Adams nie. Trotzdem hatte er sich in den Kopf gesetzt, diese Frau unbedingt wiederzusehen, was zu ein paar Drinks mit ihr führte und schließlich in ein Hotelzimmer. Daraus hatte sich, wahrscheinlich für beide überraschend, eine On-off-Affäre entwickelt, die mehrere Monate andauerte.

Bis ihm aufgefallen war, dass er das Fußvolk bevorzugte. Nichts gegen sie. Aber sie war eine FBIlerin durch und durch: karrierebewusst, stadtverbunden und absolut diszipliniert. Und er hatte, wie er ihr beim Abschied klarzumachen versuchte, ganz und gar nichts von diesen bewundernswerten Qualitäten.

Rückblickend wäre es wohl besser gewesen, noch eine Woche damit zu warten. Denn dann hätte sie ihm den Laufpass gegeben. Und er hätte darüber lachen können.

Er tippte auf der Karte auf eine Stelle im Mittleren Osten nahe der Grenze zu Maine. »Da haben wir den Jackenfetzen gefunden. Neben einem verlassenen Diner. Im Umkreis mehrerer Meilen gibt es dort kein einziges Haus oder Geschäft.«

»Zeugen?«, schaltete sich Hawkes ein.

»Da oben doch nicht. Wir sind hier im North Country. Aber wir konnten Reifenspuren sicherstellen, und die verraten uns, dass das Fahrzeug weiter nach Norden gefahren ist. Etwa in diese Gegend«, sagte er und beschrieb mit dem Zeigefinger einen großen Kreis um die Nordspitze des Staates. »Hunderte von Quadratkilometern absoluter Wildnis. Der perfekte Ort, um sich zu verstecken.«

Nicole runzelte die Stirn. »Sofern sie weiter nach Norden gefahren sind.«

»Yes, Ma'am.« Wyatt erklärte die Gründe für seine Annahme. Berge, die den Ost-West-Verbindungen im Weg standen, und so weiter. Gekommen waren die Kidnapper wahrscheinlich auf der 95 und dann auf die 16 abgebogen, die parallel zur Ostgrenze verlief. Hätte er als Kidnapper, so Wyatt, drei Geiseln im Wagen, würde er jedenfalls genau diese Route einschlagen und irgendwo im Norden ankommen, in einer Gegend, die eine Vielzahl möglicher Verstecke biete und trotzdem nur drei oder vier Stunden von Boston entfernt sei, was für den Austausch von Geiseln und Lösegeld relevant sein könnte.

Special Agent Nicole Adams schien seiner Logik zu folgen.

»Ziemlich großes Suchgebiet«, kommentierte sie und wanderte mit ihrem Finger auf der Karte darüber hinweg.

»Ja, und als ländliches Sheriffbüro steht uns nicht gerade viel Personal zur Verfügung. Wir könnten Verstärkung gebrauchen.«

»Verstärkung?«, hakte Hawkes nach. Er hatte einen Akzent. Vielleicht kam er aus Maine. Wyatt versuchte immer noch, ihn einzuordnen.

»Von der US-Forstverwaltung zum Beispiel oder dem Naturschutzbeauftragten. Kennen Sie Marty Finch, den Fahnder der Forstverwaltung?«

Beide Agents nickten. Finch war in Vermont stationiert. Zu seinem Revier zählten allerdings auch New Hampshire und Maine. In den von der Forstverwaltung kontrollierten Gebieten wurden seit einiger Zeit immer häufiger Drogen umgeschlagen, weshalb Wyatt und Finch schon in etlichen Fällen hatten zusammenarbeiten müssen. Und so ging er davon aus, dass das FBI-Büro in Concord gelegentlich ähnliche Kooperationsmöglichkeiten in Anspruch nahm.

»Ich habe ihn angerufen«, fuhr Wyatt fort. »Schätze, der Nationalpark der White Mountains dürfte mit seinen über dreitausend Quadratkilometern der größte unserer Heuhaufen sein. Für den ist Finch zuständig. Er trommelt gerade auf meine Bitte hin Forst-Ranger zusammen, die sich auf sämtlichen Park- und Campingplätzen umsehen sollen, und zwar mit besonderem Augenmerk auf Fahrzeuge, in denen mindestens sieben Personen Platz finden. Die Ranger werden auch möglichst viele Schutzhütten kontrollieren.«

»Sind sie erfahren genug für eine solche Aufgabe?«, fragte Nicole und ließ durchblicken, dass sie genau daran zweifelte.

Wyatt verdrehte die Augen. »Bitte. In New Hampshire

bekommen alle, die für Ordnung und Sicherheit sorgen, die gleiche Grundausbildung, also auch Forst-Ranger. Wir sind in der Hinsicht in aller Bescheidenheit vorbildlich.«

Nicole zog eine Braue in die Stirn, sagte aber nichts, weil es sich für sie offenbar von selbst verstand, dass die Ausbildung an der FBI-Akademie außer Konkurrenz stand. Wyatt rührte diesen strittigen Punkt nicht an.

»Was ist mit den Mautstellen?«, wollte sie nun wissen. »Hast du Videomaterial angefordert? Wenn du recht hast mit deiner Annahme, dass die Kidnapper von der Interstate 95 auf die 16 abgebogen sind, haben sie mindestens vier größere Mautstellen passiert.«

Wyatt zuckte mit den Achseln. »Darum kümmert sich einer meiner Detectives. Soll der sich die Finger verbrennen. Ihr kennt ja das Hickhack um Persönlichkeitsrechte und Datenschutzbestimmungen.«

»Sieht dir gar nicht ähnlich, dass du Streitereien aus dem Weg gehst.«

»Betrachte es als strategische Nutzung von Ressourcen. Ich habe zwei Detectives und vier Deputys. Es gibt also nur eine begrenzte Anzahl von Ermittlungsansätzen, die wir in Angriff nehmen können. Und weil die Zeit drängt, will ich meine Leute möglichst effektiv einsetzen, nämlich auf die Suche schicken. So, und jetzt bist du an der Reihe. Was habt ihr zu bieten?«

Nicole ließ sich Zeit. Hawkes sprang für sie ein.

»Die Bostoner Polizei hat die Spur der Taser-Marker verfolgt und einen Händler in Chicago ausfindig gemacht. Die Seriennummern stimmen mit einer Charge überein, die er einem anderen Händler für eine Waffenmesse in New Jersey verkauft hat. Dieser Händler sagt aus, dass er auf dieser Messe alle fünfzig Stück losgeworden ist. Wenn die Käufer ihre Taser nicht registrieren ließen, sei das nicht sein Problem.«

»Was war das für eine Messe?«

»Eine, zu der jedermann eingeladen ist, die aber hauptsächlich von Sicherheitsfanatikern und ehemaligen Militärs besucht wird.«

»Wir glauben, dass die Kidnapper Profis sind«, meinte Nicole.

Wyatt merkte auf. »Wie kommt ihr darauf?«

»Sie sind in ein Haus eingebrochen, das mit einer hochmodernen Alarmanlage gesichert ist, und haben es geschafft, zwei Erwachsene und ein halbwüchsiges Mädchen in ihre Gewalt zu bringen, ohne dass ein Nachbar etwas davon mitgekriegt hat. Darüber hinaus scheint Justin Denbe nach allem, was man über ihn hört, ein Mann zu sein, der sich und seine Familie sehr wohl zu schützen versteht. Außerdem kennt er sich mit Waffen aus. Den Spuren nach hat sich die Tochter heftig gewehrt. Trotzdem konnten sich die Täter behaupten und die Eltern überwältigen, ohne dass ein Tropfen Blut geflossen wäre. Eine derart kontrollierte Aktion verlangt Disziplin und ein gründliches Maß an Vorbereitung.«

»Ist eine Lösegeldforderung gestellt worden?«, fragte Wyatt stirnrunzelnd.

»Noch nicht.«

»Aber ihr rechnet damit?«

»Wir kennen bislang kein anderes Motiv.«

Wyatt konnte ihr folgen. Profis waren immer an Geld interessiert. »Wäre die Familie in der Lage zu zahlen?«

»Das Familienunternehmen Denbe Construction ist Hauptakteur der Show. Und, ja, die Mitarbeiter stehen in Kontakt mit der Bostoner Polizei und haben sich bereit erklärt, im Erpressungsfall alle nötigen Mittel bereitzustellen.«

»Aber größere Geldsummen können nicht vor Montag flüssig gemacht werden.«

»Genau.«

»Wenn also die Täter gut vorbereitet waren, wovon wir ausgehen können, werden sie sich darauf eingestellt haben, ihre Geiseln mindestens ein paar Tage lang versteckt halten zu müssen.«

»Ja, auch das werten wir als Hinweis darauf, dass es sich um Profis handelt. Die haben das Entführungsszenario genau durchdacht und überstürzen nichts. Das heißt, sie werden sich auch ein sicheres Versteck für die Geiseln gesucht haben. Im Grunde können wir nur abwarten, bis sie sich melden. Damit wären die Rollen schon verteilt. Sie befehlen, wir gehorchen.«

Wyatt schmeckte das ganz und gar nicht. Er widmete sich wieder der Landkarte und ließ sich die logistischen Probleme einer solchen Operation durch den Kopf gehen. »Sie sind hier«, sagte er und zeigte auf den Nationalpark. »Weitab vom Schuss, aber gleichzeitig nur wenige Stunden von Boston entfernt, Wildnis – aber nicht unpassierbar. Das ist, wie gesagt, unser Heuhaufen.«

»Okay, such du nach der Nadel. Wir fahren nach Boston und werden ein paar Gespräche führen. Justin Denbe leitet in zweiter Generation ein größeres Familienunternehmen. Er verdient viel Geld, hat sich aber auch viele Feinde gemacht. Und denen sollten wir auf den Zahn fühlen.«

Wyatt verstand die Botschaft wohl. Die Feds nahmen ernsthafte Ermittlungen auf, während er im Wald spielen durfte. Er beschloss, nicht näher darauf einzugehen.

»Schön«, sagte er. »An den zu führenden Gesprächen würden wir, das sind einer meiner Detectives und ich, gern teilnehmen. Gib uns eine halbe Stunde Zeit, und wir machen uns gemeinsam auf den Weg.«

Nicole bedachte ihn mit eisigen Blicken.

Er lächelte und griff nach seinem Hut. »Wusste ich doch, dass dir das gefällt.«

Kapitel 15

Aus Erfahrung wusste Tessa, dass wirklich relevante Informationen über das Leben einer Frau am ehesten von einer nahestehenden Vertrauensperson zu bekommen waren. Und zu solchen Personen zählten mit achtzigprozentiger Wahrscheinlichkeit Friseure. Ein Blick auf die Anrufliste des Handys von Libby Denbe reichte, um einen Salon in Beacon Hill mit Namen Farias & Rocha zu ermitteln. Tessa ging hin und wies sich aus. So machte sie Bekanntschaft mit James Farias, dem schönsten ledigen Mann, der ihr je zu Gesicht gekommen war. Puderblonde Haare, ein kräftiges Kinn mit kunstvollen Stoppeln, stechend blaue Augen und eine Schulterpartie mit Armen, wie man sie außerhalb von Hollywood nur selten fand.

Unglücklicherweise hatte sie das Gefühl, mit den ihr eigenen Attributen James' Aufmerksamkeit nicht gewinnen zu können. Noch ein Grund, warum Sophie ihr einziges Kind bleiben würde.

Schon auf den ersten Blick hatte James erkannt und festgestellt, dass sie sich einem sehr viel schwerer wiegenden Verbrechen widmen sollte, nämlich dem, das an ihren Haaren begangen worden war. Ob ihr denn noch nicht aufgefallen sei, dass dieser Braunton, den sie ja leider Gottes von Natur aus habe, viel zu stumpf sei und sich unvorteilhaft auf ihren Teint auswirke? Ganz zu schweigen von dem Pferdeschwanz, der ihr Gesicht schrecklich streng mache. Sie brauche mehr Weichheit, mehr Wärme, sprich: eine entschiedene Umgestaltung. Sie möge sich doch gleich einen Termin geben lassen.

Wie sich herausstellte, war erst in sechs Wochen eine kleine Lücke für sie frei. Tessa machte den Termin pflichtschuldig fest, worauf sich Farias einverstanden erklärte, ihre Fragen zu Libby Denbe zu beantworten.

»Der Ehemann steckt dahinter«, behauptete er prompt und führte sie durch eine Tür mit der Aufschrift *Nur für Experten*. Womit wohl das Personal gemeint war, wie Tessa annahm. »Glauben Sie mir, Honey. Justin taucht demnächst wie aus dem Nichts wieder auf, die süße kleine Ashlyn wird gefunden werden, doch Libby bleibt verschollen. Lesen Sie keine Zeitung? So läuft es doch immer ab. Ein Tässchen Mango-Granatapfel-Tee?«

»Ehm, nein danke.«

»Wirklich nicht? Reich an Antioxidantien. Täte auch einer Ermittlerin gut.«

Es schien ihm so wichtig zu sein, dass sie schließlich zustimmte. Nach der Blamage mit ihren Haaren wollte sie nicht auch noch unhöflich erscheinen.

»Liebt Libby ihren Mann?«, fragte Tessa und nahm an einem schwarz lackierten Tisch Platz, während Farias zwei Teebeutel aus einem hübsch dekorierten Behältnis hervorangelte.

»Er hat ihre Liebe gar nicht verdient«, erklärte er.

»Wie kommen Sie darauf?«

»Er ist doch die meiste Zeit über gar nicht zu Hause. Sein Job, seine Mannschaft, seine Baustellen. Ich *biiitte* Sie. Für alle anderen ist er da, nur für Libby nicht. Sie darf nur das Haus in Schuss halten, sich um das Kind kümmern und ihn freitagabends mit einem Lächeln begrüßen. Meiner Meinung nach hat sie ihm schon von Anfang an zu viel gegeben. Glauben Sie mir, Honey, Männer wissen gar nicht zu schätzen, was Frauen ihnen freiwillig zukommen lassen. Nach zigtausend Jahren Evolution sind sie immer noch auf der Jagd.« James legte eine Pause ein und griff nach einer Reihe von Bechern. »Wissen Sie, wie viele Libbys ich hier in meinem Salon sehe? Schöne, talentierte Frauen, jede einzelne von ihnen? Sie tun alles, was ihre reichen, egoistischen Göttergatten von ihnen verlangen, bis zu dem Moment, in dem sie wegen eines jüngeren, frischeren Modells von ihnen einen Tritt in den Allerwertesten kriegen. Es ist so, wie wenn sie Zeuge eines Verkehrsunfalls werden. Egal, wie oft so etwas schon der Fall war, sie denken immer, das passiert nur anderen.«

»Hat Justin ein jüngeres, frischeres Modell?«

»Na klar. Es hat Monate gedauert, bis Libby dahintergestiegen ist. Sie war wie vom Donner gerührt. Ich habe ihr sofort geraten, die Scheidung einzureichen, sich einen Top-Anwalt zu nehmen und dem Arsch, Pardon, die Hölle heißzumachen. Aber nein. Sie hat ja eine Tochter, auf die sie Rücksicht nehmen muss. Und achtzehn Jahre Ehe wirft man nicht so ohne weiteres weg. Wäre ihm seine Frau nicht auf die Schliche gekommen, würde er dieses Flittchen immer noch sehen, glauben Sie mir. Aber wer weiß, vielleicht trifft er sie ja immer noch heimlich. Der Kater lässt das Mausen nicht.«

»Wer ist diese Frau?«, fragte Tessa stirnrunzelnd.

James stellte zwei Becher duftenden Tees auf den Tisch und tippte ihr mit seinem ausgestreckten Zeigefinger auf die

Stirn. »Lassen Sie das. Wissen Sie von Ihrer Mutter nicht, dass sich diese Runzeln irgendwann einmal nicht mehr von allein glätten? Außerdem brauchen Sie keine Sorgenfalten. Ihre Miene ist ohnehin schon ernst genug.«

»Das bringt mein Job so mit sich.«

»Vielleicht sind Sie damit auf Verbrecherjagd erfolgreich, Honey, aber es hilft Ihnen gewiss nicht, einen Mann zu finden.«

»Mag sein. Libby weiß also von dem Flittchen?«

»Ja, eine Reisebürokauffrau. In seinen Diensten. Wie gesagt, er ist ja ständig unterwegs. Da ist es praktisch, wenn man als Unternehmer sein eigenes Reisebüro hat. Zumal eines, das rundum behilflich ist.«

»Kennt Libby diese Frau?«

»Frau? Mädchen trifft's wohl eher.« James nahm Platz und rückte näher heran. »Libby ist eines Nachmittags zu ihr hin. Nicht, dass sie mit ihr reden wollte, nein, sie hatte einfach nur das Bedürfnis, ihre Gegenspielerin in Augenschein zu nehmen. Sie hat nur kurz die Tür zu ihrem Büro geöffnet, einen Blick hineingeworfen und ist dann wieder gegangen. Sie sagt, das Mädchen könne keinen Tag älter sein als einundzwanzig. Ein junges Ding mit Sternchenaugen halt, das ihrem Mann an den Lippen gehangen hat.«

»Name?«

»Kate. Christy. Katie. Irgendwas in der Art. Libby hat sie nicht für voll genommen. Im Grunde tut sie ihr leid. Ein so junges Ding, das sich mit einem verheirateten Mann einlässt. Justin hat sie, wie Libby meint, nur ausgenutzt.«

»Wie großmütig von ihr«, bemerkte Tessa.

»Oh ja, das ist sie. Sie hat aber auch gar nichts Boshaftes

an sich, was ich von den meisten meiner wertgeschätzten Kundinnen nicht gerade behaupten kann.«

»Seit wann ist Libby Ihre Kundin?«

»Oh, Honey, solche Fragen beantworte ich prinzipiell nicht. Am Ende rechnen Sie sich noch aus, wie alt ich bin.«

»Okay. Aber sie kommt schon seit einiger Zeit zu Ihnen, nicht wahr?«

»Natürlich. Die Gute brauchte Hilfe. Sie hatte es schwer, ist in problematischen Verhältnissen aufgewachsen. Nun ja, Back Bay ist vielleicht nicht die schlimmste Gegend Bostons, aber glauben Sie mir, auch dort ist nicht alles Gold, was glänzt.«

»Sie passte nicht in ihr neues Milieu?«

»Der Mann ist vom Bau. Soll immer nur Arbeitsstiefel tragen. Kaum zu glauben.«

»Ja, und leitet ein Unternehmen, das hundert Millionen Dollar schwer ist.«

»Nun ja, unter solchen Voraussetzungen bekommt selbst der gröbste Klotz ein wenig Schliff. Vor allem, wenn man eine Frau wie Libby hat, die eine phantastische Künstlerin ist.«

»Sie entwirft Schmuck, nicht wahr?«

»Genau. Und der kommt auf ihren Lunchpartys sehr gut an. Kann sein, dass Libby nicht in Back Bay aufgewachsen ist, aber ihre künstlerische Ausbildung war schon ein Schritt in die richtige Richtung. Und wie geschmackvoll sie ihr Haus eingerichtet hat. Haben Sie es schon gesehen? Ich war mehrmals bei ihr, und mit Ausnahme des Kronleuchters im Foyer finde ich jedes Detail absolut perfekt.«

»Lädt Libby häufig zum Lunch ein?«, fragte Tessa. »Hat sie einen engeren Freundeskreis?«

Farias zögerte und überbrückte die Pause mit einem Schluck aus seinem Becher. »Libby … Libby ist eine Seele von Mensch. Ich habe sie noch nie ein schlechtes Wort über andere sagen hören. Und in feinen Gesellschaften verkehrt sie eigentlich weniger. Nun, sie lädt manchmal zum Essen ein, Nachbarn und mich, aber auch Justins Arbeitskollegen.« Farias fröstelte. »Eine prächtige Truppe, geradezu göttlich jeder Einzelne von ihnen, obwohl sie mir regelrecht Angst einjagen.«

»Libby kommt mit ihnen klar? Sie ist nett zu allen und wird von allen gemocht?«

»Libby ist nicht nett, sie ist authentisch.« Farias wiederholte das Wort und schien damit einverstanden zu sein. »Solche Menschen findet man heute kaum noch. Bis vor ein paar Monaten hätte ich sie wohl auch noch als glücklich beschrieben. Dass sie Justin nicht viel zu sehen bekommt, scheint sie nicht gestört zu haben. Sie liebt ihre Tochter und ihre Schmuckentwürfe. Und wenn ihr Mann weg ist, bleibt sie nicht etwa schmollend im Haus zurück. Sie geht aus, sagt sie jedenfalls, angeblich mit Freundinnen ins Kino oder in irgendwelche Restaurants, aber …« Er unterbrach sich wieder und legte seine Hände um den Becher. »Libby hat was von einer Insel. Ich kann es nicht anders sagen. Nachbarn, Vereine, Cliquen – ich glaube, sie legt auf solche Dinge keinen Wert, scheint auch mit niemandem näher befreundet zu sein. Ihre Welt besteht aus Justin und Ashlyn. Wenn es denen gut geht, geht es auch ihr gut. So war es jedenfalls.«

»Bis zu Justins Seitensprung. Der muss sie umso schwerer erschüttert haben.«

»Ach, mit Erschütterungen hat sie es nicht so. Sie zieht sich zurück. Als ich sie das letzte Mal sah ...« Farias seufzte schwer. »Glauben Sie mir, Honey, es gibt keine Frisur, die für ein gebrochenes Herz entschädigen könnte. Sie hat behauptet, sie und Justin würden sich wieder zusammenzuraufen versuchen. Sie sagte, sie werde so leicht nicht aufgeben. Aber ihre Haare und ihre Haut sagten etwas anderes. Die Frau war ein Wrack. Und in einer solchen Verfassung gewinnt man einen treulosen Ehemann wohl kaum zurück.«

»Es heißt, die beiden seien Freitagabend ausgegangen.«

Farias schnaufte. »Als hätte man mit dem Versuch, alte Zeiten aufleben zu lassen, jemals einen Schritt nach vorn getan. Die beiden haben ein gestörtes Verhältnis, sie sind verunsichert, und da wäre auch noch dieses Familienunternehmen, das alles andere als familienfreundlich ist. Wie ließen sich solche Probleme mit einem Restaurantbesuch aus der Welt schaffen?«

»Wenn Sie das sagen«, murmelte Tessa. Ihr Tee war endlich so weit abgekühlt, dass sie daran nippen konnte. Er schmeckte fruchtig. Lecker, fand sie.

»Wie schmeckt er Ihnen?«, fragte Farias.

»Die Antioxidantien wirken schon«, versicherte sie ihm.

»Hmm, ich empfehle mindestens zwei oder drei Tassen pro Tag. Und nicht mehr die Stirn runzeln. Sonst werden Sie spätestens in zwei Jahren auf Botox zurückgreifen müssen.«

»Gut zu wissen. Erzählen Sie mir was von Ashlyn.«

»Ein herziges Mädchen«, urteilte er spontan. »Ganz die Mutter.«

»Machen Sie ihr auch die Haare?«

»Selbstverständlich. Sehr feines, seidiges. Ihres ist gröber. Klingt vielleicht nicht so schön, aber glauben Sie mir, mit gröberem Haar lässt sich besser arbeiten. Das ist schnell gemacht.« Er musterte sie. »Bei Ashlyn legen wir vor allem Wert auf Haarpflege.«

»Wie ist sie? Still, aufgeschlossen, athletisch, kunstsinnig –«

»Still. Kunstsinnig. Ein bezauberndes Lächeln. Wie das von Mona Lisa. Man muss genau hinsehen, und weil der Ausdruck so flüchtig ist, fragt man sich hinterher, ob man ihn sich am Ende eingebildet hat. Süßes Kind. In der Schule spielt sie manchmal Theater, und sie interessiert sich wie ihre Mutter für Schmuck. Stellt mir gern Fragen, wie man Haare schneidet und einen Salon führt. Immer höflich, aber auch neugierig. Es scheint schon, dass sie sich für Mode interessiert, doch hat sie einen ganz eigenen Geschmack, und der ist … eklektisch. Nicht, dass sie rebellisch wäre oder gar ein verwöhntes Kind. Nun ja, sie ist fünfzehn. Man muss Geduld mit ihr haben.«

»Weiß sie, dass der Haussegen schief hängt?«

James dachte nach. »Wie viel ihr die Eltern gesagt haben, weiß ich nicht. Aber Ashlyn ist sehr sensibel. Kaum vorstellbar, dass ihr die Niedergeschlagenheit ihrer Mutter verborgen geblieben ist.«

»Ist Libby eine beschützerische Mutter?«

»Ab-so-lut! Libby wuchs ohne Vater auf. Vielleicht ist auch das ein Grund dafür, dass sie ihren treulosen Gatten nicht längst vor die Tür gesetzt hat. Wäre ja noch schlimmer, wenn auch ihr Kind ohne Vater auskommen müsste.«

»Wie ich hörte, will Justin, dass seine Tochter eines Tages das Familienunternehmen fortführt.«

»So ist es. Zu ihrem fünfzehnten Geburtstag hat er ihr pinkfarbene Elektrowerkzeuge geschenkt. Welcher Teenager würde sich davon nicht beeindrucken lassen?«

Tessa wunderte sich über James' schmallippigen Gesichtsausdruck. Was er von einem solchen Geschenk hielt, war seiner Miene deutlicher anzumerken als dem ironischen Ton seiner Worte. »Hat sich Ashlyn nicht darüber gefreut? Oder war Libby dagegen?«

»Das weiß ich nicht. Wahrscheinlich fanden sie es beide nicht besonders passend. Nicht besonders empathisch das Ganze, wenn Sie mich fragen. Dass er keinen Sohn hat, ist doch kein Grund, der Tochter einen Penis anzukleben.«

Tessa hatte den Eindruck, dass ihr Zeuge ein eigenes Problem ansprach. Vielleicht hatte er einen Daddy, der sich für seinen Sohn etwas anderes gewünscht hätte als ein Leben für die Haarpflege.

»Schneiden Sie auch Justin die Haare?«

»Nein. Dafür gibt's Herrensalons. Kann aber auch sein, dass seine Männer untereinander mit Haarschneidemaschinen Hand anlegen, nachdem sie sich entlaust haben. Würde mich nicht überraschen.«

»Wann haben Sie Libby oder Ashlyn das letzte Mal gesehen?«

»Vor drei Wochen. Sie waren zusammen hier.«

»Welchen Eindruck haben sie auf Sie gemacht?«

»Libby war bleich und sah aus, als hätte sie kaum geschlafen. Aber das war nicht ungewöhnlich. Ich habe ihr empfohlen, mehr Omega-3-Fettsäuren zu sich zu nehmen. Ihre Haare waren ein bisschen spröde. Trotzdem hielt sie sich tapfer, und wir haben viel miteinander gelacht. Außenstehenden wäre nie und nimmer aufgefallen, dass sie Probleme hat. Die äußerlichen Zeichen dafür sieht nur, wer sie wirklich gut kennt.«

»Was meinen Sie?«

»Zum Beispiel die Ringe unter Libbys Augen. Und Ashlyn war von ihrem iPod nicht zu trennen. Libby hat ihr immer wieder die Stöpsel aus den Ohren gezogen. Unterhalte dich doch mit uns, sagte sie jedes Mal. Darum geht es doch schließlich, wenn wir zusammen ausgehen. So still habe ich Ashlyn noch nie erlebt, so … zurückgezogen.«

»Hat Libby etwas über ihre Ehe gesagt?«

»Aber nein, doch nicht im Beisein ihrer Tochter. Aber sie waren einkaufen und hatten jede Menge Tüten dabei, unter anderem eine von Victoria's Secret. Ich versichere Ihnen, nichts sagt über eine betrogene Ehefrau mehr aus als neue Reizwäsche.« Farias langte plötzlich mit der Hand quer über den Tisch und befingerte ihre Haare im Nacken. »Vielleicht sollte ich gleich mal was daran machen, zumindest an den Spitzen.«

»Nicht heute.« Sie stellte ihren Becher ab. »Hab noch allerhand zu tun. Unter anderem muss ich nach einer verschwundenen Familie suchen. Aber ich komme wieder.« Sie machte Anstalten aufzustehen.

Farias musterte sie mit ruhigem Blick. »Ich glaube nicht, dass Sie wiederkommen.«

»Doch. Am zwanzigsten Mai, halb drei. Ist schon notiert.«

»Nein, Sie kommen nicht. Sie werden keine Zeit finden, viel zu beschäftigt sein mit Beruf und Kind. Und eines Tages werden Sie sich fragen, warum bin ich nicht mehr die schöne, stolze Frau von einst.« Er sprach mit weicher Stimme. »Ein guter Schnitt gilt nicht allein den Haaren, sondern vor allem auch dem Selbstgefühl. Wenn Sie darauf keine Rücksicht nehmen, werden Sie dafür die Quittung bekommen.«

Tessa musste lächeln. Er hatte recht, sie würde mit großer Wahrscheinlichkeit ihren Merkzettel wegwerfen, wenn nicht sofort, so doch spätestens in zwei oder drei Wochen, denn es käme mit Sicherheit ein Wunsch Sophies oder der nächste Job dazwischen ...

Sie fing an zu begreifen, warum Libby diesen Salon aufsuchte und ihre Tochter mitbrachte. James Farias war nebenberuflich als Seelentröster tätig.

»Ich komme wieder«, versprach sie.

Farias schnaufte nur.

»Finden Sie Libby«, bat er sie. »Was immer passiert ist und wo sie jetzt auch sein mag ... Sie ist eine gute Frau. Und davon gibt es nicht viele.«

»Noch eine Frage zu den Verkaufspartys in ihrem Haus«, sagte Tessa. »Kennen Sie jemanden, der hier mal zu Gast war?«

James seufzte und nahm einen Bleistift zur Hand, um eine Liste von Namen runterzukritzeln.

Tessa steckte den Zettel ein. Vier Uhr. Bald würde die Sonne untergehen, die Temperaturen waren schon zurückgegangen. Um sich vor der Kälte zu schützen, zog sie unwillkürlich die Schultern zusammen, als sie auf ihren Wagen zueilte.

Sie dachte an die Denbes und fragte sich, wie es ihnen jetzt, so unmittelbar vor einer zweiten bitterkalten Nacht in

Gefangenschaft, gehen mochte. Hatten sie zu essen, ein Dach überm Kopf, warme Sachen oder Wolldecken? Über Ja oder Nein entschieden ihre Entführer.

Und letztlich lief alles auf die Frage nach deren Motiv hinaus: War es persönlicher oder professioneller Art?

Wollte jemand Rache an ihnen nehmen? Fühlte sich ein Konkurrent durch Denbe Construction um einen größeren Auftrag betrogen? Oder hatte Justins Affäre irgendetwas mit der Entführung zu tun? Schlug die sitzengelassene Geliebte zurück, weil sich Justin für seine Familie entschieden hatte? Eine andere makabere Möglichkeit war auch nicht außer Acht zu lassen. Vielleicht hatte Justin die Entführung der ganzen Familie nur vorgetäuscht, um seine Frau aus dem Weg räumen zu können. Eine drohende Scheidung würde ihn teuer zu stehen kommen, und wenn nur ihr etwas zustieße, geriete er automatisch in Verdacht. Es sei denn, die ganze Familie war Opfer eines Verbrechens, das er und seine Tochter auf wundersame Weise überlebten, die Frau aber nicht ...

Aber warum zu diesem Zeitpunkt? Sechs Monate nach dem Auffliegen seiner Affäre? Nach der glaubhaften Auskunft ihres Hairstylisten hatte Libby an ihrer Ehe festhalten wollen. Auch wenn in ihrem emotional angeschlagenen Zustand die Erfolgsaussichten eher gering waren, schien sie es wenigstens zu versuchen.

Tessa schüttelte den Kopf. Im Interesse der Denbes hoffte sie, dass ihre Entführung nicht persönlich motiviert war. Denn Kidnapper, denen es um Lösegeld ging, hatten ein Interesse daran, für ihre Geiseln zu sorgen. Personen aber, die den Denbes nahestanden ...

Tessa konnte nicht anders, als sich an jenen Tag vor zwei Jahren und den Blick ihres Mannes zu erinnern, als er vor ihr in der Küche gestanden hatte. An sein Entsetzen, als der Schuss fiel. An das taube Gefühl in ihren blutbefleckten Fingerkuppen. Das leere Kinderzimmer.

Natürlich konnten einem auch Fremde weh tun. Aber Menschen, die man liebte, waren darin sehr viel besser.

Man frage bloß Libby Denbe.

Kapitel 16

Der mit den wahnsinnigen blauen Augen rief Ashlyn als Erste aus der Zelle.

»Nein«, sagte Justin.

Ashlyn war aufgewacht und saß aufrecht auf dem unteren Etagenbett. Benommen blickte sie auf ihren Vater, zur Stahltür und wieder zurück. Ich hatte mich vor sie gestellt, um sie abzuschirmen, was aber natürlich nichts nützte.

»Das Mädchen steht jetzt auf und steckt seine Hände durch den Schlitz«, wiederholte Mick. »Ich werde sie fesseln und aus der Zelle führen. So lautet der Befehl.«

»Nein«, sagte Justin. Er hatte sich in die Brust geworfen und seine Hände zu Fäusten geballt. »Ich gehe als Erster, dann kommt meine Tochter, dann meine Frau.«

Mick zeigte seinen schwarzen Taser hinter dem schmalen Ausschnitt in der Tür.

»Das Mädchen steht jetzt auf«, wiederholte er, und diesmal waren seine Worte voll drohender Gewalt.

Ich schaltete mit Verspätung und verstand erst jetzt, was Justin zu verhindern versuchte. Wenn Ashlyn die Zelle verließ, würde Mick die Tür zuwerfen können, und wir blieben allein darin zurück. Ashlyn wäre den anderen schutzlos ausgeliefert.

Ich trat vom Bett weg und stellte mich neben meinen Mann, Schulter an Schulter. Ich versuchte, Stärke und Entschlossenheit zu zeigen. Mein Magen rebellierte wieder. Ich spürte Schweißtropfen auf der Stirn und krallte meine Fingernägel in die Handballen, um einen Schmerz zu empfinden, der mich erden würde.

Mick klappte eine Metallplatte herunter und öffnete den Schlitz in der Mitte der Zellentür. Seine Augen waren leer, sein Gesicht ausdruckslos, als er den Taser durch die Öffnung steckte und auf Justins Brust zielte.

»Das Mädchen –«, zischte er.

»Nein!«, schnauzte Justin ihn an.

»Ich gehe. Mir ist egal –«

Beide Männer brachen ab und blickten auf Ashlyn, die sich vom Bett erhoben hatte.

»Hör auf.« Sie sprach nicht zu Mick, sondern zu ihrem Vater. »Was hast du vor, Daddy? Willst du mich beschützen? So tun, als wäre alles in Ordnung? Dass deiner kleinen Prinzessin nie etwas Schlimmes passieren wird? Dafür ist es ein bisschen spät, findest du nicht auch?«

Auf die Bitterkeit, mit der sie dies sagte, war ich nicht vorbereitet. Ich blickte zu Boden und schämte mich für meine Tochter, dafür, dass sie meinen Mann so kränkte. Er war sichtlich schockiert von ihrem Ausbruch.

»Ashlyn …«

»Hör auf, hör einfach auf. Du hättest gehen und zu dieser Frau ziehen sollen, mit ihr ein neues Leben anfangen. Aber nein, stattdessen hängst du bei uns rum und gibst vor, uns zu lieben und für uns da sein zu wollen. Du hast einen Fehler gemacht, der dir jetzt leidtut. Möchtest, dass wir dir eine zweite Chance geben. Fehlt nur noch, dass du anfängst zu heulen.«

Ashlyn drängte sich an ihrem Vater vorbei und steckte beide Hände durch den Schlitz. Justin stand wie angewurzelt da und starrte auf ihren Rücken.

Auf der anderen Seite der Zellentür brach Mick in schallendes Gelächter aus.

»Ganz schön kratzbürstig, die Kleine«, kicherte er und zog einen Kabelbinder aus der Tasche.

»Fick dich!«, blaffte ihn meine Tochter an, und ich erschrak ein zweites Mal. Solche Worte kannte ich von meiner Tochter nicht, und dass sich während der vergangenen Monate so viel Wut in ihr aufgestaut hatte, war mir vollkommen entgangen.

Mick lachte wieder.

Statt dass unsere Familie fest zusammenhielt, brach sie schon nach nur einer Stunde Gefangenschaft noch weiter auseinander.

Der Schachbrettmuster-Typ fesselte Ashlyns Hände. Es summte kurz, und die Tür glitt auf. Mick stand in der Öffnung und hielt den Taser auf Justin gerichtet.

Ich sollte mich zwischen die beiden stellen, dachte ich. Er war so auf meinen Mann fixiert, dass er mich kaum beachtete. Vielleicht könnte ich sogar über ihn herfallen, ihm einen wuchtigen Tritt vor die Knie versetzen, um Justin Gelegenheit zu geben ...

Aber es wären ja noch sechs weitere elektronisch gesteuerte Türen zu passieren. Wir hätten den Tagesraum des Gefängnisses erreicht und drei bewaffnete Männer gegen uns aufgebracht, von denen sich einer mit einer tätowierten Kobra schmückte.

Mich schauderte. Wieder summte es. Die schwere Stahltür schwang zu, und unsere Tochter stand auf der anderen Seite neben einem Psychopathen. Ängstlich wirkte sie nicht. Sie starrte nur voller Hass auf ihren Vater.

»Was bin ich für ein Arschloch«, flüsterte Justin.

Ohne ihm zu widersprechen, trat ich an die Tür und steckte meine Hände durch den Schlitz.

Mick befahl uns, der Reihe nach vor ihm Aufstellung zu nehmen. Die beiden anderen Männer ließen sich nicht blicken. Es war offenbar allein seine Aufgabe, uns aus dem Tagesraum und durch mehrere Korridore zu führen. Er zeigte keinerlei Nervosität, schien allenfalls ein wenig angespannt zu sein. Den Taser hielt er im Anschlag. Kein Zweifel, dass er abdrücken würde, wenn irgendeiner von uns eine falsche Bewegung machte.

Von uns dreien war ich wohl diejenige, die am ehesten schlappmachen würde. Meine Beine zitterten wie verrückt, jeder neue Schritt kostete mich noch mehr Anstrengung als der vorangegangene. Mir war, als hätte sich ein unsäglicher Druck aufgebaut, der auf mir lastete und mich in die Knie zu zwingen drohte. Ich kam mir vor wie eine Filmfigur in Zeitlupe.

Wie befürchtet, geriet ich plötzlich ins Stolpern und wankte nach rechts.

Mick drückte nicht ab. Er packte mich beim Arm und schob mich weiter.

Justin und Ashlyn waren mir schon mehrere Schritte voraus. Ich hatte eine Lücke zwischen uns aufreißen lassen, was sie aber nicht zu bemerken schienen. Keiner von ihnen schaute zurück.

Wir erreichten eine Schleuse. Summend ging die erste Tür auf. Big Brother beobachtete uns. Mick trieb uns zur Eile an. Als wir alle innerhalb des kleinen Portals waren, schloss sich die erste Tür hinter uns, und die zweite vor uns glitt zur Seite weg.

Justin schaute in die obere rechte Ecke. Ich folgte seinem Blick und entdeckte ein kleines elektronisches Auge. Fast hätte ich gewinkt, riss mich aber sofort zusammen.

Wir verließen die Schleuse und betraten eine lang gestreckte Halle, die mindestens zwei Stockwerke hoch war. Riesige, diagonal verlaufende Stahlträger bildeten zwei sich überschneidende Vs unter der Decke. Im Einklang mit dem Generalthema der Seelenlosigkeit eines Gefängnisbaus bestand der Boden aus grauem Estrich; die Wände waren kalkweiß und die Scheiben in den hohen Fenstern gespenstisch dunkel getönt. Auf der rechten Seite führten in regelmäßigen Abständen Betontreppen zu Galerien hinauf.

»Wir sind hinter den Zellenblocks«, flüsterte Justin und warf einen herausfordernden Blick auf Mick. »Das ist doch hier die Halle, in der sich alle Gefangenen versammeln müssen, falls irgendwo Feuer ausbricht«, sagte er zu ihm. »Sagen Sie mir einfach, wohin Sie uns bringen sollen. Ich kenne den Weg.«

»Mund halten und weitergehen«, entgegnete Mick.

Justin und Ashlyn übernahmen wieder die Führung. Sie hatten mich bald erneut abgehängt, ich war einfach zu schwach. Die Lichter waren gleißend hell und reflektierten von den weißen Oberflächen. Mein Schädel dröhnte, mein Magen krampfte. Am liebsten hätte ich mich an einen dunklen Ort verkrochen und, zusammengekauert am Boden, alles von mir abfallen lassen.

»Bewegung!«

Mick stieß mich voran. Ich stolperte, er fing mich auf, ich stolperte wieder.

Justin und Ashlyn waren wieder weit voraus. Ich sah, dass er ihr einen Arm über die Schulter gelegt hatte. Er flüsterte ihr etwas zu.

Mir wurde bewusst, dass ich das schwächste Glied in der Kette war. Mick musste sich um mich kümmern. Während er darauf achtete, dass ich nicht schlappmachte, würden Justin und unsere Tochter vielleicht die Flucht ergreifen können. Er wusste, wo er war, hinter den Zellenblocks, wie er sagte. Drei Türen lagen bereits hinter uns.

Ich stolperte wieder, ging fast zu Boden. Mick erwischte mich am Oberarm und wirbelte mich herum, sodass wir Brust an Brust und nur wenige Zentimeter voneinander entfernt zu stehen kamen. Ich starrte in seine irren blauen Augen.

»Verdammt, du stellst dich doch bloß an. Setz dich in Bewegung. Es geht an die Arbeit. Wenn du dich weigerst, mach ich dich fertig.«

Ich wünschte mir Justins Courage oder die Bitterkeit meiner Tochter. Weil mir nichts anderes übrigblieb, lächelte ich ihn aufreizend an und sah, wie seine Augen vor Verwunderung weit aufgingen.

Er quetschte mir mit seiner Pranke den Arm. Von der rechten baumelte, anscheinend vergessen, der Taser herab.

»Psst«, flüsterte ich.

»Was zum –«

»Psst.«

Und dann, so schnell, wie ich es selbst kaum für möglich gehalten hätte, jedenfalls schneller, als er reagieren konnte, hatte ich ihm mit meinen gefesselten Händen den Taser entrissen und abgedrückt.

Es stimmt, was man sagt: Je höher der Baum, desto schwerer der Fall.

Ich hätte diesen Moment gern ein bisschen länger genossen, aber vor mir fing meine Tochter zu schreien an.

Z war aufgetaucht. Der große Bruder, der immer ein Auge auf einen hatte.

Er hielt seinen Taser auf Justin gerichtet, der von Krämpfen geschüttelt am Boden lag. Ashlyn stand mit verzweifelt flehender Miene neben ihm.

»Du kannst dich noch so anstrengen«, sagte Z von der anderen Seite der Halle aus. »Was du auch anstellst, ich bin in allem besser. Und schneller.«

Er ließ eine Hülse aus dem Taser springen, fuhr mit der Waffe herum und feuerte einen Lichtbogen auf den nackten Unterarm meiner Tochter ab.

Sie schrie nun nicht mehr nur, sie kreischte.

Ihre Haut warf Blasen. Das wusste ich, weil ich eine ähnliche Brandverletzung am Oberschenkel hatte.

Ich ließ meinen Taser aus der Hand fallen und ging einen Schritt weg von Mick, der immer noch mit zuckenden Gliedern am Boden lag.

Z war rund sieben Schritte von mir entfernt. Er führte seine Waffe so langsam und lässig wie ein Pistolero. Fehlte nur, dass er die Lippen spitzte und den Rauch aus der Mündung blies.

Ashlyn tanzte heulend auf den Zehenspitzen und schien die Schmerzen von ihren gefesselten Armen abschütteln zu wollen. Justins spastische Zuckungen hatten sich gelegt, aber er kam nicht auf die Füße. Wie oft war mein Mann in den vergangenen vierundzwanzig Stunden schon getroffen worden? Konnten überhaupt noch Nervenzellen übrig sein, die nicht verschmort waren?

»Interessant.« Z musterte mich. »Im Hintergrundbericht wurde behauptet, du würdest keine Scherereien machen.«

Am liebsten hätte ich ihn aufs Übelste beschimpft, doch die lähmende Schwere war zurückgekehrt. Ich versuchte, mit meinen Füßen festen Halt zu finden, geriet aber ins Wanken.

»Ashlyn ...«, flüsterte ich stattdessen nur.

Mit ohrenbetäubendem Gebrüll sprang Mick plötzlich auf. Er hatte die Fäuste geballt, und sein Gesicht war wutverzerrt. Die wahnsinnigen Augen auf mich gerichtet, warf er sich mir entgegen.

Ich ließ mich zu Boden fallen, worauf er wie ein tobender Stier über mich hinwegtrampelte. Er brüllte, Ashlyn schrie, und ich hörte noch eine Stimme, vielleicht die von Z, die einen Befehl auszustoßen schien. Ich rollte mich zusammen und steckte den Kopf zwischen die gefesselten Arme, doch Mick riss an meinen Haaren, sodass ich fast vom Boden abhob, und stieß mich brutal wieder zurück.

Etwas knackte in mir. Vielleicht eine Rippe. Womöglich der Schädel.

Das Gebrüll und die Schreie wollten kein Ende nehmen. Dann knisterte es seltsam, und ich bemerkte, dass Mick von mir abließ. Er lag wieder wild um sich schlagend am Boden, doch diesmal stand Z über ihm, der mit der scheußlichen Kobra auf dem Kopf.

»Reiß dich verdammt noch mal am Riemen«, knurrte er und drückte wieder ab. Mick ächzte. »Hast du mich verstanden?«

»J-j-ja.«
»Ja was?«
»Ja, Sir.«
»Ich höre nichts.«
»Ja, Sir! Ja, Sir!«
»So ist es recht. Steh auf, und ab in den Kontrollraum mit dir. Ich übernehme.«

Mick mühte sich auf und wankte davon.

Als er die Halle fast durchquert hatte, kam Ashlyn zu mir gerannt und warf sich neben mir auf die Knie.

»Mom, alles in Ordnung mit dir? Mom? Bitte!«

Ich fühlte ihre langen Haare über meine Wange streichen, ihre Finger, die mir eine Strähne vom Gesicht wischten, damit sie mich sehen konnte.

»Ja, gleich … Ich brauche noch ein bisschen.«

Z schwieg. Nach ein paar Minuten schaffte ich es, mich aufzurichten. Ashlyn half mir auf die Füße. Auch Justin hatte sich wieder aufgerafft und lehnte, die Beine ausgestreckt, mit dem Rücken an einer Wand.

Unser erster Versuch zu rebellieren. Meine Rippen schmerzten, mein Kopf dröhnte, meine Schenkel brannten. Auf Ashlyns Unterarm zeigte sich ein Quadrat aus versengter Haut. Justin war immer noch nicht auf den Beinen. Familie Denbe hatte den Aufstand gewagt und war geschlagen.

Als hätte er meine Gedanken erraten, blickte Z auf mich herab und sagte: »Wenn du das noch mal machst, wird deine Tochter dafür büßen, doppelt und dreifach. Haben wir uns verstanden?«

Ich nickte, obwohl mir der Kopf zu zerspringen drohte.

»Ist schon gut, Mom«, sagte Ashlyn und überraschte mich wieder mit der Schärfe in ihrer Stimme. »Es macht mir nichts aus. Ich hasse Sie«, spuckte sie in Richtung Z aus. »Ich hasse, hasse, hasse Sie.«

»Vom Lösegeld werden Sie nichts mehr haben«, schaltete sich Justin ein. »Denn früher oder später fangen Sie sich eine Kugel ein, und ich werde es sein, der sie abgefeuert hat.«

Z lachte verächtlich.

»Bitte«, sagte er und bedeutete uns aufzustehen. »Mick macht sich schon Gedanken um eure Beisetzung, und Radar würde sogar seine Mutter umbringen, wenn der Preis stimmt. Hier bin ich der beste Freund, den ihr haben könnt. Hoch mit euch. Jetzt wird gearbeitet.«

Kapitel 17

Tessa telefonierte mit Anita Bennett, der Betriebsleiterin von Denbe Construction, um mit ihr ein Treffen zu vereinbaren. Sie fand, dass es an der Zeit war, die Firmenspitze kennenzulernen, denn die würde im Fall einer Lösegeldforderung zu entscheiden haben.

Und wenn sie schon einmal in der Firmenzentrale war, wollte Tessa auch gleich einen Blick auf die Reiseagentur werfen, die im Foyer des Bürogebäudes aus Stahl und Chrom untergebracht war. Wenn der Friseur recht hatte, musste dort eine Kate, Christy oder Katie anzutreffen sein.

Und tatsächlich – nur wenige Schritte vom gläsernen Portal entfernt saß hinter einem Rezeptionsschalter eine ausgesprochen hübsche Brünette, die einem Messingschild zufolge, das vor ihr auf dem Tisch stand, den Namen Kathryn Chapman trug. Eine jüngere Katie Holmes, dachte Tessa, was ihr geradezu absurd erschien, da Katie Holmes eigentlich jung genug war.

Tessa schätzte Kathryn auf zwanzig, einundzwanzig. Sie hatte eine perfekte Haut, braune Augen und ein Lächeln, das sich ohne Übertreibung als strahlend bezeichnen ließ.

Tessa warf einen Blick auf die Uhr. Bis zur Verabredung mit Anita Bennett, die ihr Büro im zwölften Stock hatte, blieben ihr fünfzehn Minuten Zeit. Sie trat auf die junge Frau zu.

»Kann ich Ihnen helfen?«, fragte Kathryn Chapman.

»Das hoffe ich. Ich bin hier im Auftrag von Denbe Construction und habe erfahren, dass Ihre Agentur die Geschäftsreisen des Managements organisiert.«

»So ist es. Sind Sie eine neue Mitarbeiterin?«

»Gewissermaßen. Meine erste Aufgabe besteht darin, den Chef ausfindig zu machen. Justin Denbe. Wissen Sie zufällig, wohin er verreist ist? Zu Hause scheint er jedenfalls nicht zu sein.«

Die Erwähnung von Justins Namen irritierte das Lächeln der jungen Frau nicht im Geringsten, auch wenn es ein wenig an Strahlkraft verlor. Sie wandte sich dem Monitor auf ihrem Schreibtisch zu und begann auf der Tastatur herumzutippen. »Wollen mal sehen. Wie ist Ihr Name?«

»Tessa Leoni.«

»Ich heiße Kate. Freut mich, Sie kennenzulernen, Tessa. Wenn Sie einen Moment Zeit haben, würde ich Sie bitten, ein kleines Formular auszufüllen – Name, Geburtsdatum, Vielflieger-Kennnummer, Sitzpräferenzen und so weiter. Es hilft uns, Ihre Reisearrangements zu treffen.«

»Schön zu wissen.«

Kate schaute wieder auf den Monitor und krauste die Stirn ein wenig. »Nein, Mr. Denbe ist am Wochenende nicht geschäftlich unterwegs gewesen. Vielleicht hat er einen persönlichen Ausflug unternommen.«

»Sie kümmern sich nur um seine Geschäftsreisen?«

»Natürlich.«

»Und Sie assistieren allen Mitarbeitern von Denbe? Oder anders gefragt: Wenn ich dienstlich verreisen muss, wende ich mich direkt an Sie und nicht etwa an Expedia.com oder dergleichen?«

»Ich weiß nicht, ob in Ihrem Fall Sonderregelungen getroffen wurden, jedenfalls kümmern wir uns um fast alle Geschäftsreisen, die in diesem Haus gebucht werden müssen. Nichts gegen Expedia, aber es ist schließlich ganz vorteilhaft, eine Nummer anrufen zu können, wenn etwas schiefläuft, und wir, das heißt unsere Agentur, schätzen uns glücklich, diese Nummer zu sein.«

»Könnte ich Sie denn auch anrufen, wenn ich privat verreisen möchte?«

»Durchaus. Das machen die meisten Mitarbeiter von Denbe.«

»Justin anscheinend nicht. Sie sagten, er habe an diesem Wochenende eigene Pläne verfolgt?«

»Ich ... Ich weiß nicht.«

»Sind immer Sie es, die ihm hilft? Oder manchmal auch ein Kollege beziehungsweise eine Kollegin?«

»Es gibt keine Zuständigkeiten, wenn Sie das meinen. Alle Agenturmitarbeiter kümmern sich mal um den, mal um jenen Mitarbeiter«, antwortete die junge Frau zurückhaltend, aber alles andere als schroff. Ihr Lächeln hatte aber sichtlich nachgelassen. Die Schultern unter dem dunkelblauen, enggeschnittenen Jackett strafften sich.

Über Justin Denbe zu reden war ihr unangenehm, und weil sie noch viel zu jung war, konnte sie diese Regung nicht komplett verbergen.

»Könnte es sein, dass er mit seiner Frau ein romantisches Wochenende verbringt?«, stocherte Tessa nach. »Es heißt, dass er Freitagabend mit ihr essen war. Rührend nach so vielen Ehejahren, wenn Sie mich fragen.«

»Sollen wir jetzt Ihr Reiseprofil erstellen?«

»Kathryn ... Kate?«
»Ja?«
»Justin Denbe wird vermisst. Zusammen mit Frau und Kind.«
Abrupt blickte das Mädchen auf. »Wie bitte?«
»Denbe Construction hat mich als Ermittlerin engagiert. Die Familie ist in der Nacht auf Samstag verschwunden. Wir versuchen, sie zu finden.«
»Ich verstehe nicht.«
»Seit wann kennen Sie Mr. Denbe?«
»Nun, seit ich hier zu arbeiten angefangen habe. Vor neun Monaten.«
»Man sagte mir, Sie seien sich sehr nahegekommen.«
Kathryn errötete und senkte den Blick. »Dann hat man Ihnen etwas Falsches gesagt«, entgegnete sie ruhig.
»Kate. Die Zeit drängt. Es geht jetzt nicht um Ihren guten Ruf oder Ihren Arbeitsplatz, auch nicht um den Zustand von Justins Ehe. Wir müssen die Familie finden, bevor ihr Schlimmeres passiert.«
Die junge Frau schien ihre mattgraue Tastatur eingehender studieren zu wollen und sagte schließlich: »Können wir nach draußen gehen?«
»Natürlich.«
Kate stand auf, ging um den Tisch herum und zielstrebig zum Ausgang. Sie war ungefähr so groß wie Tessa, an die eins fünfundsiebzig, aber zierlicher gebaut und üppiger gerundet. Sie wurde mit Sicherheit von vielen umschwärmt, und es wunderte Tessa nicht, dass Justin als einer der vielen bei ihr gelandet war. Das unwiderstehliche Alphatier.
Was für ein Trottel, dachte sie. Justin Denbe schien zwar

in vielerlei Hinsicht jenem starken, erfolgreichen Typen zu entsprechen, der auch für sie in Frage käme – aber was hatte seine Frau jetzt davon?

Kate wollte eine Zigarette rauchen. Sie führte Tessa um das Gebäude herum zur letzten Zuflucht für Nikotinabhängige: dahin, wo die Müllcontainer standen. Sie steckte sich eine an. Tessa setzte auf die Magie des Schweigens.

»Ich will nicht darin verwickelt werden«, sagte Kathryn plötzlich. »Ehemänner sind eigentlich für mich tabu. Aber haben Sie ihn schon kennengelernt?«

Tessa schüttelte den Kopf.

»Er sieht verdammt gut aus, und ... und ich fürchte, ich habe dummerweise eine Schwäche für ältere Typen. Unverarbeitete Probleme mit Daddy und so weiter, Sie verstehen.« Sie blies Rauch aus und versuchte ein Lächeln. Es misslang. »Es gab einmal Fragen wegen eines Flugtickets, und Justin kam persönlich, um die Sache mit mir zu klären, breitschultrig und, stellen Sie sich vor, mit Arbeitsstiefeln an den Füßen. Wann haben Sie das letzte Mal in einem Bürohochhaus der Bostoner Innenstadt einen Kerl in Stiefeln gesehen? Ich ... Ich war auf den ersten Blick hin und weg.

Trotzdem, ich hätte mich nie ...« Kathryn stockte. »Er war zuallererst mal ein Kunde und trug einen Ehering, wie mir auffiel. Außerdem wollte er das Flugticket umbuchen lassen, um schon Donnerstagabend wieder zu Hause bei seiner Familie sein zu können. Er fing sogar an, von seiner Frau und seiner Tochter zu reden. Voller Stolz und in aller Ausführlichkeit. Für mich war klar, dass er sie liebte. Und ich dachte nur«, fügte sie wehmütig hinzu, »warum begegnet mir nicht auch so einer?«

Tessa sagte nichts. Kate schaute sie an.

»Sind Sie verheiratet?«

»Nein.«

»Gehen Sie manchmal in Clubs? Um zu trinken und zu tanzen und in der Hoffnung, einen netten Mann zu treffen?«

»Schon lange nicht mehr.«

»Können Sie sich auch schenken. In Clubs und Bars wimmelt es nur von Idioten. Langweilern, die nur um sich selbst kreisen und Ihren Namen am nächsten Morgen schon wieder vergessen haben. Glauben Sie mir.«

»Okay.«

»Justin ... ist anders. Ein Mann mit Charakter. Wenn man ihm etwas sagt, hört er tatsächlich zu. Schaut einem sogar in die Augen und nicht woanders hin.«

»Und dennoch ...?«

»Eines Tages – ich hatte Mittagspause und ging nach draußen – stand er plötzlich neben mir«, flüsterte Kate. »Er fragte einfach nur: Was dagegen, wenn wir die Pause zusammen verbringen? Irgendwas in der Art. Und ich sagte nein. War doch alles ganz unverfänglich. Aber natürlich war mir klar, was kommen musste. Ich sah's ihm an. Und selbst wollte ich es auch. Ich weiß noch, dass ich mir einredete, du hast ihn dir verdient und im Augenblick nötiger als seine Frau oder sein Kind.«

»Wohin sind Sie gegangen?«

»Vier Jahreszeiten.« Sie errötete. »Er ging geradewegs zur Rezeption, ließ sich einen Schlüssel geben und ging mit mir nach oben. Wir werden auf dem Zimmer essen, sagte er. Aber dazu kam es nicht.«

»Klingt ziemlich abgebrüht«, meinte Tessa. »Als würde er seine Pausen häufiger so gestalten.«

»Nein. Er sagte ... Er sagte, es wäre für ihn das erste Mal. Er habe seine Frau noch nie betrogen, aber irgendetwas an mir ...«

»Sie waren für ihn etwas ganz Besonderes.«

»Genau.«

Tessa musterte die junge Frau mit kritischem Blick, bis sie wieder errötete und wegschaute.

»Na schön, vielleicht gab's auch andere«, sagte sie und tippte Asche von der Zigarette. »Dummerweise rechne ich damit nur in der Clubszene, da, wo man solche Sprüche ständig hört und sich entsprechend darauf einstellt. Aber an meinem Arbeitsplatz ... Zugegeben, ich habe ihm jedes Wort geglaubt, weil ich wirklich etwas Besonderes sein wollte, mehr als eine billige Angestellte, die sich mit dem Big Boss für einen Quickie in ein Hotelzimmer zurückzieht.«

Ihre Stimme wurde brüchig. Sie hörte zu rauchen auf und schlang sich die Arme um die Taille. Diese Geste hatte sie sich vielleicht in den Clubs angewöhnt, um dumme Anmache abzuwehren. Doch dafür war es jetzt zu spät.

»Wie lange ging das so?«

»Nicht lang. Vielleicht vier, fünf Monate.«

»Und endete warum?«

»Seine Frau kam dahinter. Wir hatten zu simsen angefangen. Er war schließlich viel unterwegs. Vier, fünf Tage in der Woche. Dann seine Familie ... Es war nicht leicht, uns abzusprechen, ein Zeitfenster für uns zu finden. Ich kann mir vorstellen, wie sich seine Frau gefühlt haben muss. Erst das

Business, Schatz, und wenn noch ein bisschen Restzeit bleibt, kannst du die haben. Und ich war noch eine Stufe unter ihr. Für mich blieb nur noch der Rest dieses kleinen Rests übrig. Das hat mir nicht gereicht.«

»Hat er Sie, wenn er auswärts zu tun hatte, mit dem Flieger nachkommen lassen?«

»Manchmal.«

»Würden Sie mir dieses Manchmal beziffern?«

»Fünf oder sechs Mal. Zu Anfang.«

»Dann waren Sie definitiv eine Sprosse über den Resten.«

Kate errötete wieder. »Nur im ersten Monat. Als alles noch neu war.«

»Die Beziehung kühlte also ab. Sie sahen sich nur noch selten. Stattdessen schickten Sie ihm SMS.«

»Er mochte das nicht. Wegen seiner Frau. So würden die meisten Affären auffliegen, sagte er. Aber dann ...« Kate blickte auf. Sie hatte sich wieder gefasst. »Ich wollte, dass sie auffliegt. Ich dachte –«, sie schluckte, und ihre Augen wurden feucht, »ich dachte, wenn es seine Frau erfährt, wird sie ihn vielleicht mit einem Tritt in den Hintern vor die Tür setzen, und dann kommt er zu mir gelaufen. Zu *mir*!«

Tessa wartete, bis sich das Mädchen beruhigt hatte. »Aber es ist anders gekommen, nicht wahr?«

»Er hat mir den Laufpass gegeben. Er rief an und sagte, dass er einen schrecklichen Fehler gemacht habe, seine Frau lieben würde und dass es mit uns vorbei sei. Ich solle ihm nicht wieder schreiben. Und das war's. Ich wartete. Hoffte, dass er doch irgendwann wieder anruft oder eine SMS schickt. Oder dass er sich wenigstens einmal unten bei mir blickenlässt. Aber nichts. Seine Sekretärin organisiert jetzt die Reisen für ihn. Aber ich war so dumm und naiv und ... Ich liebte ihn eben. Ich dachte, er würde vielleicht auch mich lieben.«

»Sind Sie schon mal in seinem Haus gewesen?«

Kate schüttelte den Kopf.

»Und seine Frau? Mal persönlich begegnet?«

»Nein. Ich hab sie nur ein- oder zweimal in der Lobby gesehen. Sie ist wunderschön. Hatte einen sehr ausgefallenen Rock an und ein enges türkisfarbenes Top. Sie weiß sich offenbar zurechtzumachen. Außerdem heißt es, dass sie eine nette Person ist.«

»Was hat Justin über sie gesagt?«

»Nichts. Er hat sie, wenn wir zusammen waren, mit keinem Wort erwähnt.«

»Und Sie haben ihm keine Fragen über sie gestellt? Zum Beispiel, warum er seine Mittagspausen mit Ihnen verbringt und nicht mit ihr?«

Die junge Frau hatte den Anstand, wieder zu erröten. »Er sagte nur, dass er schon lange mit ihr verheiratet sei. Und dass er viel von ihr hält –«

»Ernsthaft?«

»Aber, hmm, wie gesagt, als wir uns sahen, da hat es zwischen uns gefunkt. Da war etwas Magisches ...«

»Ich bitte Sie!« Tessa presste die Lippen aufeinander und bedauerte, sie zum wiederholten Mal unterbrochen zu haben. Es war immer besser, eine Zeugin aussprechen zu lassen.

Kate nickte bestätigend. »Ich weiß. Im Nachhinein verstehe ich selbst nicht, wie ich so unglaublich dumm sein konnte. Schließlich war mir klar, wie es ausgehen würde.

Aber er ist einfach ungemein attraktiv und hat diese Art ...
Ich fühlte mich wirklich als etwas Besonderes. Natürlich nur, wenn ich mir keine weiteren Gedanken darüber machte. Aber in diesen Momenten, wenn wir zusammen waren ...«

»Hat er Ihnen Geschenke gemacht?«

»Einen Armreif. Von Tiffany's. Ich wollte ihn eigentlich zurückgeben, hatte aber noch nicht die Gelegenheit dazu. Ich sehe ihn ja nie.«

»Weiß seine Frau davon? Von dem Armreif?«

»Keine Ahnung.«

»Und es hat nie eine Konfrontation gegeben? Nicht einmal ein Anruf?«

Kate schüttelte den Kopf. »Ich habe damit gerechnet und mir überlegt, was ich sagen könnte für den Fall, dass sie anruft oder, schlimmer noch, zu mir ins Büro kommt. Aber mir ist nichts eingefallen. Was soll man dann auch sagen?«

»Sie war da. Sie hat Sie gesehen, und ihr war klar, dass Sie, wenn es Justin drauf anlegt, keine Chance haben.«

Das Mädchen lächelte nicht mehr. Tessa konnte sich gut in sie einfühlen. Von der Frau des Geliebten gehasst zu werden ließ sich in Kauf nehmen, aber Gegenstand des Mitleids zu sein ...

»Werden sie tatsächlich vermisst?«, fragte Kate.

»Ja.«

»Das wusste ich nicht. Ich meine, ich habe Justin seit Wochen nicht gesehen und mit seiner Frau nie ein Wort gewechselt. Ich dachte, die beiden würden sich vielleicht wieder aufeinander zubewegen. Er hat schließlich Schluss mit mir gemacht und liebt seine Frau. Ich stand ihnen nicht mehr im Weg.«

»Und Sie haben ihn einfach gehen lassen?«, wollte Tessa wissen. »Keine Zettelchen unterm Scheibenwischer, Anrufe zu Hause, Baustellenbesuche?«

»Ja, ich habe angerufen. Drei Mal. Er hat sogar geantwortet und mich sehr entschieden aufgefordert, mich zurückzuziehen. Wie … wie ein *Vater* hat er mit mir geredet. Sein Entschluss stehe fest, seine Familie sei für ihn das Wichtigste, er sei egoistisch gewesen, und nun müsse er den Schaden, den er angerichtet habe, wiedergutmachen, bla bla bla.«

Kate merkte wohl selbst, dass sie sich im Ton vergriffen hatte, und zeigte sich verlegen. Erregt fügte sie hinzu: »Er sagte, wenn ich mich mit dem Abbruch unserer Beziehung so schwertäte, wäre es besser, wenn ich mir einen neuen Arbeitsplatz suchen würde. Nun, diese Botschaft war wohl klar und deutlich. Er drohte mir mit Kündigung. Ich habe nicht mal einen Collegeabschluss. Ich bin auf den Job angewiesen. Glauben Sie mir, dieser eine Wink hat mir gereicht. Ich habe mich nie wieder bei ihm gemeldet.«

Tessa betrachtete die junge Frau eingehend. Es schien ihr ernst zu sein. Allerdings mischten sich in ihre Ausführungen nach Tessas Geschmack allzu viele Gewissheiten. Sie wusste, dass Justin sie hatte haben wollen, und sie wusste, dass er sie zu feuern drohte. Tessa aber fragte sich, wie viel oder was eine Einundzwanzigjährige überhaupt wissen konnte, zumal eine, die offenbar schon viel Lehrgeld gezahlt hatte.

»Eine letzte Frage«, sagte Tessa. »Wenn Sie mit Justin zusammen waren, hat er also nie von seiner Familie gesprochen. Hat er stattdessen von seiner Arbeit erzählt? Von Problemen auf einer Baustelle oder von Projekten in Planung?«

Kate schüttelte den Kopf. »So häufig waren wir ja nicht zusammen. Und ich will es mal so sagen: Wir haben nie viel Zeit mit Gesprächen verloren.«

»Ich glaube, Sie sind ohne ihn besser dran.«

»Das versuche ich mir auch einzureden.« Kate ließ ihre Zigarette auf den Boden fallen und drückte sie mit dem Absatz aus. »Ich müsste jetzt wieder zurück an meinen Platz. Wie gesagt, ich bin auf meinen Job angewiesen.«

Tessa nickte und schaute auf die Uhr. Die Unterhaltung mit der jungen Frau hatte länger gedauert als erwartet. Kates Abwesenheit würde bemerkt werden, und außerdem war Tessa nun schon fünf Minuten zu spät für ihre Verabredung mit Denbe Construction. Aber eine Frage musste sie noch stellen, bevor sie die junge Frau freigab. »Kate, Sie sagten, dass Sie Justins Frau nie kennengelernt haben«, meinte sie und musterte ihr Gegenüber aufmerksam. »Aber wie steht es um seine Tochter?«

Kapitel 18

Die riesige Gefängnisküche war mit modernsten Geräten – Induktionsherden, voluminösen Knetmaschinen – und endlosen Reihen aus Edelstahlschränken und -anrichten ausgestattet. Hier sollte das Essen für Hunderte von Personen zubereitet werden. Alle notwendigen Utensilien dafür waren vorhanden, Töpfe, Pfannen, Backformen, Mixer, Messbecher und so weiter. Nur hatten Z und seine Männer offenbar die Messer gegen Plastikbesteck ausgetauscht.

Wir hätten unseren ersten Test zu bestehen, informierte uns der Teamleiter. Wenn wir essen wollten, müssten wir kochen. Und zwar für alle sechs. Z zerschnitt die Kabelbinder an unseren Händen, und zum ersten Mal seit unserer Entführung standen wir drei ungefesselt beieinander. Es gab zwar keine Metallmesser, dafür aber jede Menge Pfannen, Kasserollen, Kartoffelschäler und Nudelhölzer. Eine reiche Auswahl an Gegenständen, die sich auch für Gewaltakte eigneten, wenn wir es denn darauf anlegten.

Z sprach diese Möglichkeit unumwunden an. Er stand locker vor uns, mit dem Rücken zu einer Insel aus Edelstahl. Sein Taser steckte in einem Lederholster, das er sich um die Hüfte geschnallt hatte. Was in den schwarzen Taschen seines Gürtels steckte, wollte ich gar nicht erst wissen.

Wenn Z sprach, schien sich die dunkelgrüne Schlange auf seinem Kopf zu winden; ihre Schuppen schillerten unter der grellen Deckenbeleuchtung. Man hatte fast den Eindruck, als könnte die Kobra jeden Moment zuschnappen.

Mir war klar: Im Unterschied zu Mick, der kurzen Prozess machen würde, würde Z uns so lange quälen, bis wir darum bettelten, erlöst zu werden.

Und so drohte er uns für den Fall, dass wir Ärger machten, mit Sanktionen, die sich nicht darauf beschränken würden, dass wir für den Rest unserer Inhaftierung nichts zu essen bekämen.

Er sprach tatsächlich von Inhaftierung, als hätten wir eine Gefängnisstrafe abzusitzen, mit Sicherheit ohne auf eine vorzeitige Entlassung hoffen zu dürfen.

Fast hätte ich gelacht.

Die Kommandotruppe hatte für Vorräte gesorgt. Nicht etwa frische Lebensmittel, dafür aber eine beeindruckende Vielzahl an Konserven, Hülsenfrüchten und Trockenwaren – weshalb ich mich wieder fragte, ob man uns ein Lebenslänglich aufgebrummt hatte. Das Lager war voll davon. Ich verzichtete darauf, mir auszurechnen, welchen Zeitraum die Kidnapper eingeplant hatten, als ich mich im Lager umschaute und die Zutaten für ein glaubwürdiges Abendessen zusammensuchte.

Als unsere erste Mahlzeit im Gefängnis wollte ich Nudeln mit Tomatensoße auftischen. Dosentomaten, Olivenöl, getrocknete Kräuter und Knoblauch gab es *en masse*. Außerdem fand ich ein Glas Oliven, Perlzwiebeln, eingelegte Möhren und Minimaiskolben. Frische Produkte fand ich natürlich keine. Aber immerhin würde sich aus den Tomaten, Möhren und Minimaiskolben ein halbwegs nahrhafter Sugo kochen lassen, der sich mit den Oliven und Zwiebeln aufpeppen ließ. Ein goldener Kochlöffel war damit nicht zu gewinnen, aber vielleicht ein Trostpreis hinter Gittern.

Z zeigte sich beeindruckt von meinen Fähigkeiten. Dass ich sie während meiner Mädchenjahre in Armut erworben hatte, wollte ich ihm nicht auf die Nase binden. Er hätte sich gewundert, was ich sonst noch alles konnte, nämlich verstopfte Klos mit Cola freikriegen oder Mörtelflecken mit Bleiche und Backpulver entfernen.

Justin war für die Nudeln zuständig. Ein Kilo. Mein Mann kann kochen, sehr gut sogar, wenn ein Grill und ausgesuchte Fleischstücke im Spiel sind. Während er sich nun um die Spaghetti kümmerte, half mir Ashlyn bei der Soße. Sie öffnete die Dosen und würfelte mit einem Plastikmesser matschige Möhren und glitschige Zwiebeln. Ich hackte die Oliven. Konservengemüse hatte immerhin den Vorteil, dass es sich auch ohne scharfe Klinge mühelos zerkleinern ließ.

Wir arbeiteten, ohne ein Wort zu sagen, und es tat gut, etwas Sinnvolles zu tun, ein Ziel vor Augen zu haben. Ashlyn knurrte der Magen, als aus dem Nudeltopf duftende Schwaden aufstiegen. Wie viele Stunden hatten wir nichts mehr gegessen? Ich versuchte zu rechnen, aber mein Kopf weigerte sich. Also hackte ich klein, rührte alles zusammen, würzte mit Kräutern und ließ köcheln. Ich hatte in meinen jungen Jahren so oft am Herd gestanden, dass mir die Bewegungsabläufe in Fleisch und Blut übergegangen waren.

Problematisch wurde es, als Justin nach einem Löffel verlangte.

Er wollte prüfen, ob die Nudeln gar waren. Aber durfte ich ihm denn einen Löffel reichen?

Ich stand vor meiner Kasserolle voller Tomaten, starrte ihn an und konnte mich beim besten Willen nicht besinnen. Löffel, Löffel, Löffel …

»Libby«, sagte er.
Ich ließ ihn nicht aus den Augen und rätselte weiter.
»Mensch! Die Platte ist viel zu heiß!« Er griff an mir vorbei und drehte den Knopf zurück. Was ich durchaus nachvollziehen konnte. Der Knopf regelte die Temperatur, und ich wollte schließlich nicht, dass die Soße anbrannte.

Doch dieser klare Moment währte nicht lange, denn Justin bat mich wieder um einen Löffel.

»Ich habe keinen Föllef«, hörte ich mich sagen.
»Einen was?«
»Föllef.«
Das Wort klang nicht richtig. Ich runzelte die Stirn. Ashlyn blickte mich verwundert an. So auch Z. Meine Kopfschmerzen waren unerträglich. Ich schlug eine Hand vor die Stirn und geriet ins Wanken.

Z kam auf mich zu.
»Nenn mir deinen Namen«, forderte er mich auf.
»Kathryn Chapman«, antwortete ich müde.
Mein Mann wurde schlagartig bleich im Gesicht, was ich mir nicht erklären konnte.

»Mom?«
Z fasste mich an. Unwillkürlich wich ich zurück. Diese Kobra, diese Giftzähne und schillernden Schuppen …

Ich kippte rücklings gegen den heißen Topf.
»Libby!«
Justin riss mich vom Herd weg. Z drückte mir Daumen und Zeigefinger auf einen Augapfel und zog die Lider auseinander.

Ich glaube, ich wimmerte. Jedenfalls war ein Wimmern zu hören.

»Das Arschloch scheint verdammt hart zugelangt zu haben«, murmelte Z. »Zähl bis zehn!«

Ich starrte ihn fassungslos an und versuchte, mich hinter meinem Mann zu verstecken, der mir schützend seinen Arm um die Schulter gelegt hatte. Am liebsten wäre ich in ihm verschwunden. Zu Beginn unserer Romanze hatte ich es ungemein genossen, mich fest an ihn zu schmiegen und seine Formen zu spüren. Zwei Puzzleteile, die genau ineinanderpassten. Ich hatte mich sicher bei ihm aufgehoben gefühlt, und dieses Gefühl der Sicherheit wäre mir auch jetzt sehr willkommen gewesen.

Er schloss seine Hand um meine Schulter, und ich spürte an ihrem Druck, dass er zu seinem Versprechen stand. Er würde Ashlyn und mich beschützen. Das hatte er geschworen.

»Eins, zwei ...«, half mir Z auf die Sprünge.

»Acht?«, flüsterte ich.

»Scheiße.« Z trat zurück. »Ich glaube, sie hat eine Gehirnerschütterung.«

»Die verdankt sie dann wohl Ihrem Psychopathen. Haben Sie Ihre Männer eigentlich nicht im Griff?«

»So wenig, wie du deine Bagage im Griff hast. Sei's drum. Radar ist ein guter Sanitäter. Er wird sich um sie kümmern.«

Z winkte in eine der Kameras unter der Decke. Elektronisches Auge und Schlangenauge, das passte, dachte ich und sah meinen Verstand noch weiter schwinden. Justin setzte mich auf einen Stuhl und forderte Ashlyn auf, die Soße zu rühren. Dann ging er weg, und ich war wieder allein unter den grellen Lichtern, die sich auf endlosen Edelstahlflächen spiegelten. Ich glaubte, mich wieder übergeben zu müssen, aber was? Seit über vierundzwanzig Stunden hatte ich mehr herausgewürgt als zu mir genommen. Das versuchte auch ich meinem krampfenden Magen zu erklären, während ich Justin dabei zusah, wie er den schweren Nudeltopf zur Spüle brachte und über einer Seihe ausleerte. Ashlyn verkündete, die Soße sei fertig, hatte aber nicht ihre Kasserolle im Auge, sondern mich, und ihre Miene war voller Sorge, Wut und Angst, was mir zusätzlich auf den Magen schlug. Ich wollte nicht, dass mein Kind besorgt, wütend oder ängstlich war. Davor musste eine Mutter ihre Tochter doch bewahren, oder?

Mutter und Vater, Justin und ich gegen den Rest der Welt.

Justin drehte gerade den Herd aus, als Radar zur Tür hereinkam.

Er musterte mich von oben bis unten, schaute mir in die Augen und nickte dann.

»Kannst du dich auf den Beinen halten?«, fragte er.

»Föllef«, sagte ich.

»Ausgezeichnet. Wir gehen nämlich jetzt woandershin. Ich helfe dir.«

»Wir gehen alle zusammen«, protestierte Justin.

»Du bleibst hier«, stellte Z fest. »Und deine Tochter auch. Ihr esst jetzt. Eure letzte Chance. Radar, kümmere dich um sie.«

Der Junge stemmte seinen Nacken unter meine Achselhöhle und half mir vom Stuhl auf. Ich schwankte ein wenig, aber dann ging es sich wie von selbst, ganz ohne nachzudenken, Schritt für Schritt.

Nur dass ich mich immer weiter von meiner Familie entfernte. Mir war, als hätte ich etwas sagen müssen. Ein paar

Worte, die Hoffnung und Mut machten. Oder vielleicht sogar von Liebe sprachen. Das hätte mir doch nicht schwerfallen dürfen, oder? Am Vorabend unseres Untergangs müsste es schließlich möglich gewesen sein, laut und deutlich zu sagen, ich liebe euch, es tut mir leid, ich liebe euch.

Verzeiht mir.

Ich ließ meinen Mann und meine Tochter an der Anrichte aus Edelstahl zurück.

Und wie so oft in diesen Tagen sagte keiner von uns ein Wort.

Das eingemottete Gefängnis hatte nicht nur eine beeindruckende Großküche, sondern eine nicht weniger teuer und modern eingerichtete Krankenstation. Radar führte mich auf kürzestem Weg ins Untersuchungszimmer mit einem Edelstahlspülbecken und Schubladenschränken, gefüllt mit allen möglichen Instrumenten. Die Liege schien am Boden festgeschraubt zu sein. Damit man nicht wegtrieb wahrscheinlich.

Radar fühlte meinen Puls, maß den Blutdruck und leuchtete mit einem dünnen Lichtstrahl in meine Augen. Um nicht vor Schmerzen laut aufzuschreien, biss ich mir auf die Unterlippe. Dann griff er mir mit beiden Händen ins ungekämmte, schmutzig blonde Haar und befingerte meinen Schädel. Mir wurde ganz anders, als er eine bestimmte Stelle hinter dem linken Ohr berührte. Diesmal schrie ich auf, und er zog die Hände hastig weg.

»Sieht nach einer Gehirnerschütterung aus«, murmelte er. »Vielleicht ist es auch eine Prellung oder sogar ein kleiner Haarriss im Knochen. Schon mal von der Glasgow Coma Scale gehört?«

Ich antwortete nicht. Er schien ohnehin Selbstgespräche zu führen.

»Ich würde dir eine Zehn geben. Ist immerhin besser als Acht, aber trotzdem ... Um auf Nummer sicher zu gehen, müsste ich dich in die Röhre stecken, aber die gibt's hier nicht. Begnügen wir uns vorläufig mit einer Röntgenaufnahme.«

Ab in ein anderes Zimmer. Jetzt fiel es mir doch schwer zu gehen. Ich geriet ins Schwitzen und spürte meinen Puls flattern. Schmerz, Aufregung, Stress.

Ich wünschte ... Ich wünschte, Justin wäre bei mir gewesen und hätte mir seine Arme über die Schulter gelegt.

Röntgenapparat. Ich musste mich auf einem Tisch flach ausstrecken. Radar legte mir eine Bleischürze auf die Brust und deckte meine Augen ab.

»Nicht bewegen.«

Er ging. Irgendetwas summte, dann glaubte ich einen Blitz wahrzunehmen.

Radar war wieder da.

»Läuft alles digital«, erklärte er, als könnte ich damit etwas anfangen. »Trotzdem müssen wir eine Weile warten.«

»Wo haben Sie ... das gelernt?« Ich schaffte es, meine Hand im Kreis zu bewegen, um auf die Geräte zu deuten.

Er schaute mir ins Gesicht. »In der Ausbildung, ich hab mich richtig reingehängt.«

»Sie haben Medizin studiert?«

»Ach was, Ärzte sind Flaschen. Ich bin Sanitäter. Wir haben es drauf.«

»Bei der Armee?«

Der Junge sagte nichts mehr und starrte mich nur an.

»Sag mir, wie du heißt«, forderte er mich nach einer kurzen Pause auf.

Ich öffnete den Mund, doch es kam nichts heraus. Also schloss ich ihn wieder. »Er hat mich umzubringen versucht«, hörte ich mich sagen.

Radar verdrehte die Augen. »War aber auch ziemlich blöd von dir, einen Kerl zu tasern, der doppelt so groß ist wie du. Du solltest vielleicht mal an deinen Überlebenstechniken feilen.«

»Je höher der Baum, desto schwerer der Fall«, flüsterte ich.

»Ja, musst nur aufpassen, dass er nicht auf dich fällt.«

»Sind Sie Freunde?«

Der Junge zuckte mit den Achseln und trat von einem Fuß auf den anderen. »Wir kennen uns. Das reicht.«

»Mit ihm stimmt irgendetwas nicht.«

Erneutes Schulterzucken. »Was du nicht sagst.«

»Er hätte mich getötet. Dann meinen Mann und meine Tochter.«

»Z hat ihn gestoppt.«

»Ist er der Boss?«

»In jeder mehr als einköpfigen Gruppe gibt es einen Boss, so ist es nun mal.«

»Hat er Mick unter Kontrolle?«

»Z?« Radar nickte. »Z hat alles unter Kontrolle. Stellt sich nur die Frage, ob er das auch will.«

»Ich glaube, ich muss mich übergeben.«

»Ein Arzt würde sich jetzt verpissen. Ich dagegen halte dir den Kotzbeutel hin. Jetzt kennst du den Unterschied zwischen Mediziner und Sanitäter.«

Der Junge holte einen Plastikmülleimer. Ich wälzte mich zur Seite und würgte einen dünnen Wasserstrahl hervor. Benommen drehte ich mich wieder auf den Rücken und hielt mir den schmerzenden Bauch. Radar war wenig beeindruckt. »Du musst trinken. Sieh nur, deine Haut.« Er zwickte meinen Handrücken und schüttelte den Kopf. »Total dehydriert. Glaubst du, wir sind hier zum Vergnügen? Regel Nummer eins in kritischer Lage: Achte auf deine Gesundheit. Du brauchst Flüssigkeit und feste Nahrung.«

»Ich brauche meine Handtasche«, flüsterte ich unvermittelt und leckte mir die aufgesprungenen Lippen.

»Kommt nicht in Frage«, entgegnete der Junge gleichmütig. »Bei Kopfschmerzen kein Vicodin.«

»Woher wissen Sie …«

»Schmerztabletten, nicht wahr? Die vornehme Hausfrau von Back Bay traut sich an die harten Drogen noch nicht ran. Aber Percocet schlucken, Oxycodon, all das, was der Arzt verschreibt, ist ja halb so schlimm. Du bist jetzt seit vierundzwanzig Stunden clean … und verdammt müde. Kannst dich gerade noch über Wasser halten. Dabei ist dir klar, dass du dich zusammenreißen und an deine Familie denken müsstest. Aber leichter gesagt als getan, wenn man unter Depressionen, Magenkrämpfen, Aufregung, Verstopfung und Brechreiz leidet. Und dann auch noch diese Kopfnuss. Dafür scheinst du aber recht munter zu sein.«

Ich sagte nichts.

Er spreizte seine Finger. »Wie wär's, du erzählst mir alles? Wir sind hier unter uns und haben jede Menge Zeit. Je mehr du mir sagst, desto besser kann ich dir vielleicht helfen. Momentan bist du zu nicht viel nütze, um ehrlich zu sein.«

»Wasser«, krächzte ich.

Er ging an das Spülbecken und hielt einen Plastikbecher unter den Hahn. Ich spülte mir mit dem ersten Schluck den Mund aus und spuckte ihn in die Tüte.

Radar hatte, wie ich fand, tatsächlich Ähnlichkeit mit seinem Namensvetter aus dem Fernsehen. Er war noch so jung und klang schon so alt. Sein freundliches Gesicht stand im Widerspruch zu der Tatsache, dass er sich mit Typen wie Z und Mick zusammentat.

»Zehn«, sagte ich. »Ich nehme nie mehr als zehn am Tag.« Oder fünfzehn.

»Oxycodon oder Percocet?«

»Hydrocodon. Für meinen Nacken«, antwortete ich. Er korrigierte mich nicht.

»In welcher Dosierung?«

»Zehn Milligramm.«

»Was den opioiden Wirkstoff angeht. Dazu kämen dann pro Pille mindestens noch einmal fünfhundert Milligramm Acetaminophen. Mal zehn ... Seit wann?«

»Seit ein paar Monaten.«

»Blutet der Magen?«

»Er tut manchmal weh.«

»Und wenn du Alkohol trinkst?«

»Nehmen die Schmerzen zu.«

Radar blickte mich an. »Dann nimmst du eine andere Pille, nicht wahr?«

»Wenn ich einfach nur ... meine Handtasche ...«

Radar schüttelte den Kopf. »Du wohnst in einem schicken Haus, hast einen Mann, eine hübsche Tochter. Im Ernst, wovor willst du eigentlich fliehen? Du solltest vielleicht mal eine Weile in irgendeinen Slum ziehen. Oder in eine Kaserne. Da könntest du das eine oder andere lernen.«

Er verließ den Raum. Wahrscheinlich, um nach den Röntgenbildern zu sehen. Oder fand er mich so abstoßend, dass er Abstand nehmen musste? Wäre mir auch egal gewesen. Ich brauchte mich nicht zu rechtfertigen und zu erklären, aus welchen Verhältnissen ich kam, und, ja, ich wusste die Privilegien meiner neuen Stellung durchaus zu schätzen.

Vielleicht war ich hoffnungslos romantisch. Ich hatte mir damals nie ein großes Haus und eine Adresse in Back Bay gewünscht und nur meinen Mann gewollt.

Aber das entsprach wohl auch nicht mehr ganz der Wahrheit. Seit ich die erste Pille genommen hatte ...

Ich hatte in jungen Jahren meinen Vater verloren, und meine Mutter war ebenfalls zu früh gegangen. Damit hatte ich fertig werden müssen. Ich war stark. Bis zu diesem Tag, an dem ich erkennen musste, dass ich auch meinen Mann verlieren würde, der mir seine Affäre gestand, und dass meine Familie dem Untergang geweiht war ...

Eine riesige Leere tat sich auf. Ein tiefes, schwarzes, hässliches Loch, das die Verluste in meinem Leben in mir aufgerissen hatten. Ich traute mich gar nicht mehr nach draußen aus Angst, vom Wind einfach weggeweht zu werden.

Die Pillen wurden ein Anker. Ich nahm sie, obwohl ich es natürlich besser wusste, denn etwas besser zu wissen verändert nichts. Man bleibt sich ja gleich und braucht, was man braucht, tut, was man tun muss.

Ich fragte mich, ob Justin womöglich ähnlich dachte, als er mit diesem Mädchen ins Bett ging. Ob er deswegen ein ebenso schlechtes Gewissen hatte wie ich wegen der Pillen und sich trotzdem immer wieder darauf einließ. Immer wieder.

Ich hatte geglaubt, dass Liebe bessere Menschen aus uns macht. Was für ein Irrtum!

Ich rollte mich wieder ein, um die Magenkrämpfe abklingen zu lassen, und versuchte, den Kopfschmerzen zu begegnen, indem ich die Augen schloss.

Die Tür öffnete sich. Ohne aufzublicken, wartete ich auf Radars Diagnose. Hatte die Patientin noch eine Chance?

Doch es war nicht seine, sondern eine heisere Stimme, die mir ins Ohr flüsterte: »Ich mach dich kalt, du hübsche Schlampe. Aber zuerst nehme ich mir deine Tochter vor. Du kannst dich hier so lange verstecken, wie du willst. Ich habe Zeit. Ich habe Geduld und ein ganzes Gefängnis für mich, eines mit dreihundertzweiundvierzig Ecken, aus denen ich jederzeit hervorspringen und Buh machen könnte.«

Ich rührte mich nicht. Lag einfach nur da und tat, als schliefe ich. Mick verzog sich wieder. Radar kehrte zurück und erklärte, dass ich nur eine Gehirnerschütterung hätte. Ich solle mich ausruhen und viel trinken. Er gab mir zwei Fischölkapseln und sagte, Omega-3-Fettsäuren seien gut fürs Gehirn. Er werde mich jetzt zu meiner Familie zurückbringen, die mich die Nacht über unter Beobachtung halten könne.

Ich sagte nichts, schluckte die Kapseln und ließ mich von ihm durch den Korridor führen. An den Gerüchen merkte ich, dass wir uns der Küche näherten.

Was hatte Radar gesagt? Regel Nummer eins in kritischer Lage: Achte auf deine Gesundheit.

»Kann ich etwas essen?«

Er schaute mich zweifelnd an.

»Ein paar Nudeln vielleicht. Aber ohne Soße.«

Er zuckte mit den Achseln, als wollte er sagen: Die Konsequenzen hast du auszubaden.

Ich war damit einverstanden. Mir schien, als würde ich noch so manches andere auszubaden haben. Jetzt aber galt es, nicht nur über Wasser zu bleiben, sondern auch zu schwimmen, an meinen Mann und meine Tochter zu denken und ihre Sicherheit an die erste Stelle zu setzen.

Justin hatte geschworen, Ashlyn und mich zu beschützen. Es war allerdings daran zu zweifeln, dass er es mit einem Psychopathen wie Mick allein aufnehmen konnte. Wir würden zusammenhalten müssen, er, Ashlyn und ich. Ein bisschen weniger hassen, dafür etwas mehr lieben.

In einem überaus luxuriösen Stadthaus in Boston war unsere Familie auseinandergebrochen. Nun, zwischen kahlen Gefängnismauern aus Betonsteinen, musste sie wieder zusammenfinden.

Denn Mick kam mir ganz und gar nicht vor wie jemand, der seine Drohungen nicht ernst meinte. Er war ein Raubtier, und wir waren seine Beute. Ihm ausgeliefert, weil an Flucht kein Denken war.

Kapitel 19

Eine zuständigkeitsübergreifende Ermittlung bekam schnell etwas von einer höfischen Intrige. Und das war ganz und gar nicht das Parkett, auf dem sich Wyatt gern bewegte. Er war weder Intrigant noch Tänzer.

Er hatte Kevin im Wagen neben sich. Wenn man mit den Feds spielte, konnte es nicht schaden, einen cleveren Begleiter zu haben, und Kevin war so clever, wie man im Norden nur sein konnte.

Sie waren auf dem Weg zur Firmenzentrale von Denbe Construction in Boston, wo sie sich mit den Agenten Adams und Hawkes treffen wollten. Das FBI hatte, weil Samstag war, die Angestellten per Sondervollmacht vorladen lassen, um mit ihrer Vernehmung beginnen zu können. In einem Entführungsfall drängte die Zeit, und dafür hatten alle Verständnis.

Nicole hatte erwähnt, dass eine private Ermittlerin zugegen sein würde, eine von Denbe Construction beauftragte Sicherheitsexpertin, die eine unabhängige Untersuchung durchführen sollte.

Was die Sache ein wenig verkomplizieren würde. Kompetenzgerangel war zwar nicht zu befürchten, aber auch dazu konnte es kommen. Mit Schwierigkeiten war jedenfalls zu rechnen, und einfach zu behaupten, dass alle an einem Strang zögen, damit die Denbes wohlbehalten nach Hause gebracht werden konnten, war allenfalls ein frommer Wunsch. Die Firma drängte auf eine schnelle und finanziell möglichst unaufwendige Lösung der Angelegenheit. Das FBI wollte den Fall so lösen, dass erstens ein gutes Licht auf das Büro fiel und dass sich zweitens Nicole und ihre Partner Hoffnungen auf eine Beförderung machen konnten. Und Wyatt ... nun, er war auch nicht immun gegen die Aussicht, einen kleinen Anteil Ruhm und Ehre einzuheimsen. Er hatte sein Budget für Suchoperationen längst überzogen und würde nichts dagegen haben, wenn er am Ende trotzdem ganz gut dastünde. Ein Sheriffbüro musste wie alle anderen Einrichtungen ständig um finanzielle Mittel kämpfen, und ein ordentlicher Erfolg käme in diesem Zusammenhang sehr gelegen. Also los.

Sie fuhren auf der 93 nach Boston. Die Sonne war untergegangen, und die Stadt funkelte in samstagnächtlicher Lichtpracht. Als jüngerer Mann war Wyatt öfter mal nach Boston auf ein Konzert oder zu einem Red-Sox-Spiel gefahren. Aber wie die meisten Leute aus New Hampshire über vierzig mied er inzwischen die Stadt, so gut es ging. Die lange Anfahrt, der Verkehr, Parkprobleme, Menschenmassen ...

Ja, er war alt geworden und einverstanden damit.

Auf dem Navigationssystem versuchten rote Pfeile anzuzeigen, welche der vielen Ausfahrten die günstigste sein würde, doch dabei stifteten sie vor allem Verwirrung. Kevin half aus. Als Eishockey-Nerd fuhr er regelmäßig zu den Spielen der Bruins nach Boston.

Der Firmensitz von Denbe Construction war relativ schnell gefunden, und die Tiefgarage ersparte ihnen die lästige Suche nach einem Parkplatz. Sie zogen einen Parkschein, stellten den Wagen ab und schüttelten ihre Glieder aus. Beide trugen Uniform: sandfarbene Hosen mit dunkelbraunen Streifen, dunkelbraune Hemden, hellbraune Krawatten und Schulterriegel, denen abzulesen war, aus welchem County sie kamen und welchen Rang sie einnahmen. Dienstkoppel, gewichste Stiefel und Hüte mit kreisrunder Krempe.

Die Feds würden in ihren tristen Anzügen erscheinen. Wyatt und Kevin freuten sich schon auf ihren Auftritt.

Die Lobby des Bürohochhauses bestand vornehmlich aus Glas, Stahl und dunkelgrauem Schiefer. In einer solchen Architektur fühlte sich Wyatt mit seinem Schicksal als Hinterwäldler versöhnt. Er entdeckte einen Coffee-Shop und etwas, das offenbar ein Reisebüro sein sollte. Ansonsten gab es den üblichen Informationsschalter, zurzeit unbesetzt, und einen breiten Fahrstuhlblock mit einer riesigen Tafel, auf der die in diesem Gebäude niedergelassenen Büros verzeichnet waren.

Denbe Construction hatte, wie Kevin las, seinen Sitz in der zwölften Etage. Er drückte den Knopf, worauf sich der Aufzug folgsam in Bewegung setzte.

Oben angekommen, trafen sie auf einen schmalen Flur und jede Menge Glas, eine ganze Wand mit einer so raffiniert eingebauten Glastür, dass Wyatt eine Weile brauchte, bis er sie als solche ausgemacht hatte. Sie war verschlossen. Dahinter sah man einen Empfangsschalter aus Rosenholz mit einem Schild, das den Namen Denbe Construction in metallenen Lettern ausbuchstabierte. Sie waren also richtig. Sofern man sie denn reinließ.

Kevin fand eine Gegensprechanlage und drückte den Knopf.

Dreißig Sekunden später tauchte eine ältere Dame mit kurzgeschnittenem Silberhaar, dunkelgrauer Hose und weißem, seidenem Rollkragenpulli auf. Dem Aussehen nach stand sie unter großem Stress, dem sie aber standzuhalten vermochte.

Sie musterte die Uniformen der beiden und öffnete die Tür.

»Anita Bennett«, sagte sie. »Ich bin hier verantwortlich für die operativen Vorgänge. Und wer sind Sie?«

Wyatt stellte sich vor und reichte ihr die Hand. Dem Blick ihrer hellblauen Augen war anzusehen, dass sie schnell eins und eins zusammengezählt hatte.

»Dann sind Sie es, die den Fetzen von Justins Jacke gefunden haben und jetzt bei der Suche nach ihm und seiner Familie assistieren.« Sie trat zur Seite, damit die beiden eintreten konnten.

Wyatt war versucht, ein paar Anmerkungen zum Gebrauch des Wortes *assistieren* zu machen, ließ es aber bleiben. »Schön, Sie kennenzulernen, Mrs. Bennett –«

»Anita. Bitte nennen Sie mich Anita. Die anderen sind schon im Konferenzzimmer. Kaffee und Erfrischungen stehen auf dem Sideboard. Die Toiletten befinden sich am Ende des Gangs. Ich muss mich noch um ein paar kleine Details kümmern. Die Tagesordnung ist ein bisschen durcheinandergeraten. Sie werden verstehen, warum.«

Wyatt und Kevin nickten voller Mitgefühl. Anita führte sie in einen beeindruckend großen Konferenzraum, dessen Glasfront auf die Bostoner Innenstadt hinauswies. In einem Unternehmen, das mit Zigmillionen jonglierte, zählte wohl nicht zuletzt auch der passende Rahmen, denn nichts in diesem Raum war billig. Der riesige Tisch war aus Birkenholz, um den sich an die zwei Dutzend Ledersessel gruppierten. Großformatige Graphiken hingen an den Wänden. Wyatt ließ den Luxus auf sich wirken und fragte sich, wie es wohl erst im Haus der Denbes aussehen mochte.

Die Hälfte der Ledersessel war besetzt. Mit dem Rücken zur grandiosen Aussicht auf die Stadt hatten die beiden Feds Nicole Adams und Ed Hawkes am Tisch Platz genommen. Neben Nicole saß ein stämmiger Mann mit Bürstenschnitt, rot kariertem Hemd, dessen Ärmel hochgekrempelt waren, und einer Tätowierung, die im Nacken aus dem Hemdkragen zu kriechen schien. Offenbar gehörte er zur Firma wie auch die drei Kerle an seiner Seite, die ebenfalls verschlissenes Flanell trugen, derbe Cargo-Hosen und Stiefel. Sie waren nicht besonders kräftig gebaut, strahlten aber ganz klar aus, dass man besser daran tat, ihnen nicht auf die Füße zu treten. Ehemalige Militärs, dachte Wyatt. Interessant, dass Denbe ausgerechnet solche Typen rekrutierte, von denen man annehmen durfte, dass sie zum Beispiel Erfahrung im Umgang mit Tasern hatten. Unnötig zu erwähnen, dass sie ganz oben an der Nahrungskette zu stehen schienen und mit Sicherheit Kontakt mit noch interessanteren Militärleuten pflegten.

Er beendete seine Musterung der Denbe-Mannschaft ungefähr zur selben Zeit, als auch diese mit ihrer Einschätzung durch war. Beeindruckt schienen die Jungs nicht, und der mit dem Bürstenschnitt richtete seine Aufmerksamkeit auch schon wieder auf Nicole, die er offenbar viel interessanter fand. Wyatt hätte ihm gern alles Gute gewünscht, konnte sich aber gerade noch zurückhalten.

Auf der anderen Seite des Tisches saß – noch allein – eine erste Überraschung.

Weiblich, herzförmiges Gesicht, ausdruckslose blaue Augen, die ihm einen kleinen Schreck einjagten, weil die Person noch sehr jung zu sein schien. Aber diese Augen ... Sie begegneten seinem Blick völlig ungerührt.

Es handelte sich wohl auch um eine Ehemalige. Wahrscheinlich eine, die Uniform getragen hatte, jetzt aber in Zivil war. Das Gesicht kam ihm irgendwie bekannt vor, oder aber er saß einem Déjà-vu-Erlebnis auf.

»Tessa Leoni«, sagte sie. »Northledge Investigations. Denbe Construction hat mich beauftragt, unabhängige Nachforschungen anzustellen.«

Aha, die Privatdetektivin also.

Er ging um den Tisch herum und rückte sich neben ihr einen Sessel zurecht. Kevin nahm an seiner anderen Seite Platz.

Wyatt reichte ihr die Hand. »Sergeant Wyatt Foster. Und das ist Detective Kevin Santos. Wir haben den Jackenfetzen gefunden.«

»Und die Sache an die große Glocke gehängt, was?«, sagte Tessa.

Er nickte bescheiden. »Sagen Sie es nicht weiter, aber ich habe ein Faible für Öffentlichkeit. Man erfährt durch sie so manches Nützliche. Wenn man den Bullshit aussiebt, versteht sich. Und weil es nur wenige Spuren gibt und nur wenige brauchbare Informationen, dachte ich, es wäre gut, ein paar Tipps zu kriegen.«

»Und? Haben Sie schon welche bekommen?«, fragte Nicole Adams von der anderen Seite des Tisches aus.

»Leider nein. Wir haben nur Beschreibungen der Familienmitglieder, und ich bezweifle, dass sich die Kidnapper mit den Entführten blickenlassen. Eine Beschreibung des Fahrzeugs wäre hilfreich.«

Nicole nickte kurz. »Unsere Leute erkundigen sich immer noch in der Nachbarschaft. Fürs Erste aber haben wir mehr Theorien zum Fall als handfeste Hinweise.«

Wyatt wollte Näheres über die erwähnten Theorien wissen, doch in diesem Augenblick kam Anita Bennett zurück ins Zimmer.

Die Gastgeberin trug einen dicken Packen spiralgebundener Hefte unter dem Arm. Eine Präsentation von Denbe Construction, wie er sah, als ihm ein Exemplar vorgelegt wurde. Nun ging es zur Sache.

Das Management stellte sich vor. Als Erste Anita Bennett, die in Abwesenheit des Chefs nun kommissarisch die Geschäfte führte. (Wyatt notierte: Vom Verschwinden des Chefs profitiert unter anderem Anita Bennett.) Als Nächster erhob sich Chris Lopez von seinem Platz. Der stämmige Frauentyp betonte seine Funktion als Chief of Construction und ließ Nicole Adams dabei nicht aus den Augen. Dann war ein Trio an der Reihe, in dem Wyatt auf Anhieb die Handlanger ausmachte: Jenkins, Paulie und jemand, der sich allen Ernstes Bacon nannte. Das Kernteam an den jeweiligen Baustellen, erklärte Lopez. Sie arbeiteten eng mit Justin zusammen, kannten ihn gut und besaßen sein Vertrauen. Wenn es Probleme gab und Ellbogen gefragt waren, hatten sie ihren Auftritt.

Jenkins, ehemals bei der Air Force und inzwischen als Bauingenieur verpflichtet, hatte tatsächlich die Knöchel verbunden, und doch schien er der Feinsinnigere zu sein im Vergleich zu Bacon, der ständig einen kleinen, ramponierten Löffel streichelte, der an einer um seinen Hals gebundenen Lederschnur hing.

Wyatt übersetzte »Kernteam« mit »Truppe«. Justin Denbe hatte eine Truppe. Bestehend aus ehemaligen Militärs, die auf Wyatt einen gefährlichen und unberechenbaren Eindruck machten. Er und seine Kollegen würden sich also hüten und mit ihren Informationen zurückhalten müssen, denn diesen Typen war zuzutrauen, dass sie auf eigene Faust loszogen. Gewalt schien ihre beste Freundin und erste Wahl zu sein.

Notiz Nummer zwei: Mitglieder der Truppe einzeln vernehmen und einen gründlichen Hintergrundcheck machen. Sie kannten sich aus in der Welt und waren mit Sicherheit gut vernetzt, wohl auch mit Typen, für die es kein Problem war, eine Familie zu entführen.

Zum Kernteam gehörte noch ein viertes Mitglied, ein Architekt, der aber zurzeit eine Baustelle in Kalifornien betreute. Er würde morgen Vormittag einfliegen und ab 17:00 Uhr für eine Vernehmung zur Verfügung stehen. Nicht anwesend war auch die Chefin der Finanzbuchhaltung Ruth Chan. Sie machte Urlaub auf den Bahamas und konnte über die »gegenwärtige Situation«, wie sich Anita ausdrückte, noch nicht informiert werden.

»Nun denn«, sagte sie. »Wir stehen zu Ihrer Verfügung. Sie werden bestimmt Fragen haben, und wir sind natürlich bereit, alles in unserer Macht Stehende zu tun, um Sie in Ihren Ermittlungen zu unterstützen. Wie Sie sehen, habe ich den Finanzbericht des letzten Quartals für Sie kopiert. Die

Personalabteilung wird zudem jeden Mitarbeiter antreten lassen, mit dem Sie zu sprechen wünschen. Hier im Raum sind nur diejenigen, die am engsten mit Justin zusammenarbeiten, und ich glaube, ich spreche für uns alle, wenn ich sage, dass wir unsere Mitwirkung als Privileg und Ehre verstehen. Vor allem geht es uns natürlich um seine Sicherheit und um die Sicherheit seiner Familie.«

»Und bis zu dieser Stunde hat keiner von Ihnen von Justin oder seiner Frau beziehungsweise Tochter gehört?«, fragte Nicole, offenbar um sich die Position der Gesprächsführerin zu sichern.

Eine eher dämliche Frage, wie es schien. Aber Wyatt hatte schon mehr als einmal miterlebt, dass sich bei Ermittlungen, die schon ein paar Tage liefen, plötzlich jemand meldete und sagte: Hey, habe ich nicht erwähnt, dass mich XY vor einer halben Stunde angerufen hat? Diesmal hatten sie allerdings kein Glück. Alle am Tisch schüttelten nur den Kopf.

»Hat Mr. Denbe gegenüber irgendjemandem von Ihnen erwähnt, dass er über das Wochenende mit seiner Familie verreisen will?«

»Justin plant seine Reisen immer selbst. Ich habe mir deshalb erlaubt, einen Blick in seinen Bürocomputer zu werfen. Auf dem Kalender ist nichts eingetragen«, sagte Anita Bennett.

»Gibt es Probleme mit einem laufenden Projekt, oder muss er sich Sorgen machen, was die Zukunft des Unternehmens angeht?«

Es entstand eine längere Pause unter den leitenden Angestellten. Dann schüttelte einer nach dem anderen den Kopf. Interessant, dachte Wyatt. Gruppenantworten waren immer suspekt.

»Wie stehen die Finanzen?«, fragte er freiheraus und erntete dafür einen bösen Blick von Nicole. »Unterm Strich?«

»Wir machen gute Gewinne.« Bennett klang ein bisschen steif und stockte. »Nur der Cashflow lässt ein wenig zu wünschen übrig.«

Wyatt verspürte ein Kribbeln, als Anita erklärte, dass es bei einem der letzten größeren Projekte zu unerwarteten Mehrkosten gekommen sei, die ziemlich auf die Bilanz drückten. Der Verlust habe aus den Reserven gedeckt werden müssen, weshalb das laufende Projekt, ein Krankenhausbau in Virginia, ohne finanziellen Puffer abgewickelt werden müsse und die notwendigen Barmittel etwas knapp seien.

Im großen Ganzen war das Unternehmen also gut aufgestellt. Nachdem sie das geklärt hatte, scheute sich Bennett auch nicht, ins Detail zu gehen. Der Krankenhausbau lag im Zeitplan und versprach fünf Millionen Gewinn. Im letzten Quartal sah es, zugegeben, nicht gerade rosig aus, und, ja, es wurde eng. Aber Justin liebe Herausforderungen dieser Art, fügte sie schnell hinzu. Es mache ihm regelrecht Spaß, mit Banken, Zulieferern und Subs zu feilschen. Er sei definitiv niemand, der den Schwanz einzog, wenn es brenzlig wurde.

Wyatt fand das ziemlich interessant. Er notierte: Unterschlagung? Geldwäsche? Die Baubranche bot, wie er wusste, beste Möglichkeiten, die Finanzbehörden zu hintergehen. So gut, wie Justin im Betrieb vernetzt war, würde er allerdings vermutlich schnell dahinterkommen oder zumindest Verdacht schöpfen, wenn jemand krumme Dinger drehte. Und das würde sein Verschwinden für diesen Jemand unabdingbar machen.

Bennett sprach zuletzt noch von einer, wie sie sagte, guten Nachricht. Justin sei über Denbe Construction versichert, und zwar recht hoch. Zehn Millionen im Todesfall und zwei Millionen, sollte er entführt werden. Besser noch, die Kidnappingklausel deckte auch seine nächsten Verwandten ab. Eine Million für die Gattin, eine Million für jedes Kind.

Nicole bemerkte: »Das heißt, wenn Lösegeld gefordert werden sollte, könnten vier Millionen lockergemacht werden. Sehe ich das richtig?«

»Ja.« Bennett strahlte.

»Haben Sie die Versicherung schon davon in Kenntnis gesetzt?«

»Noch nicht. Es ist ja noch keine Forderung gestellt worden.«

»In welchem Zeitrahmen könnte die Versicherung eine solche Summe auszahlen?«, fragte Nicole.

Bennetts Strahlen trübte sich ein wenig ein. »Ich weiß nicht. Wir haben sie noch nie in Anspruch genommen.«

Wyatt fand etwas anderes wichtiger: »Entschuldigen Sie, aber wie viele Personen wissen, dass Justin gegen Kidnapping versichert ist? Genauer gesagt, dass sich mit der Entführung der ganzen Familie vier Millionen herausschlagen lassen? Mir scheint, die Firma könnte eine solche Summe nicht aufbringen, diese Versicherungspolice hingegen garantiert dafür.«

Es wurde still am Tisch. Die Denbe-Mitarbeiter warfen sich flüchtige Blicke zu. »Nun, ich glaube, die meisten von uns wissen davon«, antwortete Anita Bennett zögernd.

»Justin hat sich häufiger darüber amüsiert«, erklärte Lopez, der Oberpolier. »Wir sollten nie vergessen, dass er nicht nur tot einiges wert sei, sondern auch lebendig. Aber fürs Protokoll: Von der Familienklausel wusste ich nichts. Ich wusste nur, dass Justin versichert ist, was sich ja von selbst versteht. Und im Grunde kann sich jeder denken, dass ein Mann, dem ein so großes Unternehmen gehört, jede Menge Geld im Rücken hat, Versicherung hin oder her. Wer Justin entführt, dürfte sich ausgerechnet haben, dass hier leicht an Geld heranzukommen ist.«

Die anderen aus der Truppe nickten.

»Mir schmeckt das nicht«, meinte Lopez. »Das klingt ganz danach, als würden Sie uns nicht als Hilfe verstehen, sondern verdächtigen. Da sind Sie an der falschen Adresse. Wir gehen mit Justin mindestens einmal pro Woche auf den Schießplatz. Die meisten von uns waren auf seiner Hochzeit und haben Ashlyn schon die Windeln gewechselt. Er gehört zu uns, seine Familie ist unsere Familie. Wir sind hier nicht das Problem. Sie sollten woanders herumschnüffeln.«

Er lehnte sich zurück und verschränkte die Arme vor der Brust. Die Jungs neben ihm nickten.

Eins zu null für den Bautrupp, dachte Wyatt.

»Wir machen uns alle große Sorgen um Justin, Libby und Ashlyn«, warf Bennett diplomatisch ein. »Sie leiten die Ermittlungen. Können Sie schon etwas sagen, das uns Hoffnung macht?«

»Wir folgen einer Handvoll Spuren«, antwortete Nicole. »Zum Beispiel wären da die Taser-Marker, die am Tatort sichergestellt wurden und auf die von den Tätern benutzte Waffe zurückgeführt werden können.«

»Das wird nichts bringen«, sagte Bacon.

Aller Augen richteten sich auf ihn. »Taser sind in Mass

verboten.« Er war offenbar kein großer Redner und zuckte mit den Achseln. »Das Ding wird deshalb wahrscheinlich nicht registriert sein, will heißen: Zur Seriennummer auf dem Konfetti passt keine eingetragene Waffe.«

Nicole presste die Lippen aufeinander. Wyatt sah ihr an, dass sie das längst wusste. Aber warum sollte sie auch zugeben, dass es keine Spuren gab?

»In der Nachbarschaft hat niemand etwas gesehen oder gehört?«, fragte Wyatt.

»Nein. Aber auch das kann aufschlussreich sein.«

Guter Spruch. Vielleicht hatte Nicole deshalb beim FBI Karriere gemacht, während Wyatt einer Nebentätigkeit als Hobbyschreiner nachging.

»Wir haben es wahrscheinlich mit mindestens drei Tätern zu tun. Wenn ihnen nur ein Wagen zur Verfügung steht, wird es sich um ein entsprechend großes Fahrzeug handeln, um einen Lieferwagen oder SUV. Drei Geiseln, die wahrscheinlich gefesselt und geknebelt sind, aus dem Haus zu bringen, ohne Verdacht zu erregen, kann nur dann gelingen, wenn das Fahrzeug unmittelbar vor dem Haus steht. Oder in der Garage. Allerdings hat kein Nachbar gesehen, dass in der Nacht das Tor auf- und zugemacht worden wäre. Außerdem hätte man Libbys Wagen hinaus auf die Straße fahren müssen. Wir fragen uns deshalb, wie es den Kidnappern möglich war, ein großes Fahrzeug unmittelbar vorm Haus ins Parkverbot zu stellen, ohne Verdacht zu erregen.«

»Es könnte sich um einen Lieferwagen handeln.« Zum ersten Mal meldete sich Tessa Leoni zu Wort. Wyatt drängte sich die Vermutung auf, dass sie das, was hier am Tisch zur Sprache kam, längst wusste.

Nicole krauste die Stirn. Dass ihr eine Außenseiterin die Pointe wegschnappte, konnte ihr nicht gefallen. »Das entspricht auch unserer vorläufigen Theorie. Wir gehen davon aus, dass es sich um den Lieferwagen einer Catering-Firma handeln könnte, solche Fahrzeuge fallen in der Nachbarschaft kaum auf. Den Denbes steht ein Anliegerparkplatz auf der Straße zu, und zwei gleich hinter der Garageneinfahrt. Es wäre durchaus möglich, einen Lieferwagen dort abzustellen und die Geiseln im Schutz der Nacht unbemerkt aus dem Haus zu holen.«

»Wie sind sie ins Haus gekommen?«, fragte Wyatt, der sich von allen Anwesenden am wenigsten in der Bostoner Szene auskannte.

»Zuerst haben sie die Alarmanlage ausgeschaltet.«

»Nein«, widersprach Paulie, der Datenschutzbeauftragte. »Ich habe das System selbst installiert. Es lässt sich nicht ausschalten.«

Paulie erzählte etwas von Redundanzen und Zusatzsicherungen. Nicole, der Miene nach eher geduldig als überrascht, ließ ihn reden.

»Dann wurde sie eben außer Betrieb gesetzt«, erklärte sie, als er seine Ausführungen beendet hatte.

»Dazu müsste man den Code kennen«, hob Paulie wieder an.

»Exakt.«

»Und das bedeutet…«

»Exakt.«

Am Tisch wurde getuschelt. Die Botschaft war unmissverständlich.

Ein Insiderjob. Die Denbes waren von Personen verschleppt worden, die den Code kannten und womöglich auch von der Versicherungspolice wussten. Wahrscheinlich steckte nicht etwa ein Feind, sondern ein Freund hinter der Entführung. Da ein Mitarbeiter der Firma die Alarmanlage installiert und das ganze Team Kenntnis von Justins Versicherung hatte, saß dieser Freund an diesem Tisch.

Tessa Leoni beugte sich vor und ergriff zum ersten Mal die Initiative. »Wie würde sich eine Scheidung der Ehe von Justin und Libby auf die Firma auswirken?«

Das gesamte Denbe-Kontingent protestierte entschieden. Unmöglich, niemals, wie können Sie auch nur im Entferntesten ...

Wyatt lehnte sich mit verschränkten Armen zurück und genoss die Vorstellung. Kein Zweifel, man kam jetzt – Samstagabend, 21:00 Uhr – endlich zur Sache.

Ja, ja, in seinem Job wurde es nie langweilig.

Kapitel 20

Das Abendessen bekam mir nicht. Ich musste mich erbrechen, kaum dass wir in unsere Zelle zurückgekehrt waren. Ashlyn hielt mir die Haare aus dem Gesicht, während ich mich über die Edelstahlschüssel beugte. Danach spülte ich mir den Mund aus und trocknete mich, weil es keine Handtücher gab, mit dem Ärmel meines orangefarbenen Overalls ab.

»Alles okay?«, flüsterte Ashlyn fürsorglich, meine fünfzehnjährige Tochter, die seit Monaten kein Wort mehr mit mir gesprochen hatte.

»Muss mich nur ein bisschen ausruhen«, antwortete ich. »Morgen geht's mir bestimmt wieder besser.«

Sie nickte, obwohl auch ihr der Gedanke an morgen, an einen weiteren Tag in dieser überhellen Gefängniszelle, fremd vorkommen musste. Wie spät war es überhaupt? Ich schaute auf das Fenster, das auf die schmutzig braune Brache hinausging. Der Himmel war schwarz. Zu dieser Jahreszeit musste es demnach später als 17:00 Uhr sein. Vielleicht gegen acht oder neun, aber das war nur geraten.

Eingesperrt in der engen Zelle, starrten wir drei einander an, unschlüssig, wie wir die Zeit verbringen sollten. Justins Blick war voller Sorge. Als er meine Augen auf sich gerichtet sah, setzte er eine andere Miene auf.

»Ich schlage vor, wir besprechen die Lage und tragen zuerst einmal zusammen, was wir definitiv wissen.« Er entfernte sich von der Tür und nahm auf der Pritsche unten links Platz. Er stöhnte, als er sich setzte.

Ich konnte nicht anders: »Wie geht es dir?«

Er winkte ab. »Gut, gut.«

Mir fiel auf, dass er die Zähne zusammenbiss, offenbar vor Schmerzen. Wie oft war er von diesem Taser traktiert worden? Sechs-, acht-, zwölfmal? So häufig, dass er womöglich bleibende Schäden davongetragen hatte? Vielleicht war das Rückenmark verletzt. Bei Ashlyn und mir waren die Brandwunden an den Armen deutlich sichtbar. Justin hatte bestimmt ein Dutzend davon, ganz zu schweigen von seinem extrem überstimulierten zentralen Nervensystem. Natürlich tat ihm alles weh.

»Die Haustür war verschlossen«, sagte Ashlyn leise. Ich setzte mich neben sie auf das untere Bett zur Rechten. Sie nahm meine Hand und schaute mich flehend an. »Ehrlich, Mom, das habe ich auch schon Dad gesagt, als wir auf dem Weg in diese Küche waren. Nachdem ihr gegangen seid, habe ich die Alarmanlage nicht angerührt. Ich war die ganze Zeit auf meinem Zimmer, habe mit dem iPad gespielt und mit Lindsay gesimst.«

Ich blickte zu Justin. Er hatte die Anlage eingeschaltet, als wir aufgebrochen waren. Das tat er immer. Er war übertrieben auf Sicherheit bedacht. Ich glaubte mich sogar erinnern zu können, wie er den Code auf der Tastatur eintippte.

»Hast du irgendetwas gehört?«, fragte ich vorsichtig. In meinem Schädel hämmerte es, aber wenn Justin seine Schmerzen ertragen konnte, konnte ich es auch. Er hatte recht. Wir mussten uns um unsere Lage ein paar Gedanken machen.

»Nein.« Ashlyn errötete. »Ich war, hmm ... im Badezimmer, und da stand dieser Kerl plötzlich in der Tür. Der größere, Mick, glaube ich. Vor lauter Angst habe ich mir die Haarspraydose geschnappt und bin auf ihn los –«

»Gutes Mädchen«, lobte Justin.

Sie warf ihm einen Blick zu. »Dann bin ich in euer Schlafzimmer gerannt. Aber ihr wart ja weg, und ich ...«

Sie brach ab und starrte vor sich hin, den Tränen nahe. Sie hatte uns gebraucht, uns in unserem Zimmer aufgesucht, und wir waren nicht für sie da gewesen. Allein das sagte viel aus über den Zustand unserer Familie.

Ich drückte die Hand meiner Tochter, wortlos um Verzeihung bittend, war aber nicht überrascht, als sie sich mir entzog.

»Der jüngere Typ, dieser Radar, war plötzlich zur Stelle«, flüsterte sie. »Er und Mick ...« Sie blickte zu Justin auf. »Kurz danach habe ich euch unten im Flur gehört, wie die Tür aufging. Ich wollte schreien, euch warnen, aber Mick hat mir den Mund zugehalten. Ich habe versucht ... Aber da war nichts ...« Sie zog die Schultern in dem viel zu großen Overall ein und verstummte.

»Mach dir nichts draus«, sagte Justin. »Was hättest du schon tun können? Diese Kerle sind Profis, bestens ausgebildet. Und sie haben einen Plan. Wir dagegen waren völlig unvorbereitet.«

»Was wollen sie?«, fragte Ashlyn bekümmert.

»Geld.«

Ich hob so schnell den Kopf, dass ich vor Schmerzen wimmerte.

Er schien zu ahnen, dass ich zweifelte, und sagte: »Denk

doch mal nach. Sie überfallen uns mit einem Taser, nicht mit Feuerwaffen. Sie wollen uns in ihre Gewalt bringen, aber nicht verletzen. Tasern, mit Medikamenten ruhigstellen, fesseln – das macht man nur, wenn einem das Leben der Opfer etwas wert ist.«

»Aber dann kommt dieses Arschloch von Mick und vergreift sich an Mom«, wendete Ashlyn ein.

»Ich will solche Worte von dir nicht hören«, entgegnete Justin.

»Sie hat recht«, pflichtete ich meiner Tochter bei. »Dieses Arschloch hat sich an mir vergriffen.«

Justin kniff die Brauen zusammen. Es gefiel ihm nicht, dass wir Front gegen ihn machten. »Z, ihr Anführer, ist sofort eingeschritten, hat seinen eigenen Mann niedergestreckt und dich sofort medizinisch betreuen lassen. Warum hätte er das tun sollen, wenn sie uns physisch schaden wollen? Warum stellt er einen seiner Männer ab, damit er sich um dich kümmert, warum gibt man uns überhaupt zu essen? Weil er uns braucht, um Lösegeld erpressen und ein Lebenszeichen von uns dafür bieten zu können.«

»Ein Lebenszeichen?«, fragte Ashlyn.

»Als Druckmittel. Z kann nicht einfach Geld für uns verlangen. Er wird beweisen müssen, dass wir leben und dass es uns gut geht. Deshalb hat er eingegriffen, als Mick über deine Mutter hergefallen ist.«

»Entführung«, murmelte Ashlyn. »Lösegeld. Lebenszeichen.« Es schien, als versuchte sie, den Sinn dieser Wörter im Zusammenhang mit ihrem Leben abzuschmecken.

»Die Küche ist gut bestückt«, sagte ich und gab Justin mit

meinen Augen zu erkennen, worauf ich hinauswollte. Die Vorräte reichten für Wochen.

»Ja, es könnte eine Weile dauern«, erwiderte er. »Nicht zuletzt deshalb, weil eine Versicherungsgesellschaft involviert ist.«

Ashlyn und ich schauten ihn fragend an. Er erklärte, dass Denbe Construction nicht nur eine Lebensversicherung für ihn abgeschlossen hatte, sondern auch eine gegen Kidnapping. Das sei bei größeren Unternehmen heutzutage üblich, vor allem dann, wenn ihre Vertreter häufig nach Südamerika oder in den Nahen Osten müssten. Aber dahin reiste Justin doch nie, dachte ich. Trotzdem war er gegen Kidnapping versichert. Und mit ihm offenbar auch wir, Ashlyn und ich.

Ashlyn richtete sich auf. »Wie viel sind Mom und ich wert?«

Justin zögerte. »Eine Million. Jeweils.«

»Krass!« Unsere Tochter war sichtlich angetan. »Und du?«

»Ich weiß nicht ... Vielleicht das Doppelte.«

Ashlyn verdrehte die Augen. »Warum sind Männer immer mehr wert?«

»Man will potenziellen Entführern keinen allzu großen Anreiz bieten«, antwortete Justin ausweichend. »Mit einer Versicherung soll der schlimmste aller Fälle abgedeckt werden, ohne dass der Versicherte – sagen wir, du oder deine Mutter oder ich – diesen schlimmsten Fall provoziert.«

Er sah mich an, und wieder verständigten wir uns über das, was unausgesprochen blieb. Etwa dass sich die Entführung eines Einzelnen von uns für das dreiköpfige Kidnapperkommando wohl nicht gelohnt hätte. Aber als Familie waren wir vier Millionen wert – oder mehr, falls es die Kidnapper darauf anlegten, die Versicherungssumme zu überziehen. Vielleicht dachte Z, wenn die Versicherung vier Millionen zahlte, könnte Denbe Construction noch mindestens zwei drauflegen. Das hieße, er würde womöglich sechs Millionen Dollar für unsere sichere Rückkehr verlangen. Das wären zwei Millionen für jeden Entführer.

Justin schaute mich immer noch an, und ich entdeckte in seinen blauen Augen ein weiteres Puzzlestück, eine einleuchtende Erklärung dafür, warum er einen so selbstsicheren Eindruck machte. Derjenige, der den Entführungsplan ausgeheckt hatte, musste über uns bestens Bescheid gewusst haben, nicht zuletzt darüber, dass wir versichert waren. Das passte auch zu der Sache mit der Alarmanlage. Unsere Entführer hatten offenbar Zugriff auf den Sicherheitscode.

Hinter der Entführung steckte jemand aus unserer nahen Bekanntschaft. Jemand, dem wir vertrauten, den wir womöglich als Freund schätzten. Und der hatte Z und seine Knechte angeheuert, uns aufgelauert, das eingemottete Gefängnis aus Justins ins Portfolio für seine Zwecke ausgewählt und die Entführung Schritt für Schritt geplant. Wahrscheinlich würde dieser Jemand drei Millionen einstreichen und den Rest von Z aufteilen lassen. Immer noch genug Anreiz.

Um einen Freund zu verraten und dessen Familie aufs Spiel zu setzen.

Ich zitterte ein wenig. So missbraucht gefühlt hatte ich mich nicht mehr seit ... nun, seit mir die sexuell expliziten Texte auf dem Handy meines Mannes zu Gesicht gekommen waren.

»Es sind Profis«, murmelte ich.

Er nickte langsam.

»Mit militärischem Hintergrund«, sprach ich weiter. »Ich habe versucht, Radar auszuhorchen. Er war sehr vorsichtig mit seinen Antworten, sprach aber von Kasernen. Und wie sich diese Typen geben, wie sie auftreten ...«

Justin wirkte irritiert. »In unserer Branche arbeiten viele ehemalige Militärs«, sagte er, was wie ein Zugeständnis klang. Die Gefahr ging vielleicht nicht von seiner Firma aus, sehr wahrscheinlich aber von der Branche als Ganzes.

Ashlyn musterte uns und versuchte, aus unseren Andeutungen schlau zu werden. »Was?«

»Nichts«, antwortete Justin.

»Das ist doch Bullshit!«

»Junge Dame –«

»Hör auf! *Hör auf!*« Wutentbrannt sprang Ashlyn vom Bett. »Ich bin fünfzehn Jahre alt, Dad. Behandle mich nicht wie ein Kind. Ausgerechnet du willst mir Vorschriften machen? Ich war doch auf deinen Baustellen und weiß, wie die Typen da reden. Denen verbietest du doch auch nicht den Mund.«

»Hübschen jungen Frauen stehen solche hässlichen Wörter nicht.«

»Wer sagt, dass ich hübsch sein will? Vielleicht gefällt es mir, hässliche Wörter zu gebrauchen. Vielleicht sollte einer in unserer Familie endlich einmal rausschreien, was er wirklich fühlt. Zum Beispiel könnte Mom zur Abwechslung mal *fuck* sagen, statt immer alles perfekt machen und gefällig sein zu wollen. Wenn sie ab und zu mal *fuck* geschrien hätte, wärst du vielleicht gar nicht erst auf die Idee gekommen, eine andere Frau zu *ficken*. Denk mal darüber nach.«

Justin wurde bleich. Ich saß ihm reglos gegenüber und starrte auf meine Tochter, als wäre ihr ein zweiter Kopf gewachsen.

Justin hob die Hand und drückte ihr mit Daumen und Zeigefinger die Lippen zu. »Ich will dieses Wort aus deinem Mund nicht hören. Nie. Auch wenn du fünfzehn bist, ich bin immer noch dein Vater, und in unserer Familie werden bestimmte Standards gepflegt.«

Ashlyn sackte in sich zusammen. Ob aus Verzweiflung oder Scham, konnte ich nicht sagen. Sie ließ sich aufs Bett fallen, presste ihr Gesicht an meine Schulter und weinte. Hilflos streichelte ich ihre blonden Haare.

»Es ist so unfair«, wimmerte sie. »Du hast alles getan, um mich glücklich zu machen. Aber wozu? Männer sind Schweine, ja, sie sind *Schweine*.«

Wie sie das sagte, jagte mir einen Schauer über den Rücken. Mit solcher Heftigkeit verteidigte man nicht die Gefühle anderer, sondern die eigenen.

Ich schloss die Augen und fragte mich, wie er heißen mochte, wie lange das Unaussprechliche nun schon währte und seit wann wir als Familie auseinandertrieben. Noch vor neun Monaten hätte ich geschworen, dass wir eine intakte kleine Familie waren. Klar, Justin war viel zu stark eingespannt in seinen Job, aber ich hatte mir eingebildet, dass wir uns liebten, vertrauten und einander alles sagten.

Eine Familie kann nicht einfach so auseinanderbrechen. Nicht wegen eines Seitensprungs. Es musste vorher schon Risse gegeben haben, Schwächen im Fundament. Doch die hatte ich entweder nicht gesehen oder nicht sehen wollen. In einem hatte Ashlyn recht: Ich versuchte tatsächlich, immer alles perfekt zu machen und gefällig zu sein. Ich wollte, dass mein Mann und meine Tochter glücklich waren, und hätte nie gedacht, dass das etwas Schlechtes sein könnte.

Justin schwieg. Er sah zu, wie ich unsere Tochter tröstete, und wirkte eher ausgehöhlt als verärgert.

»Es wäre besser gewesen, du hättest ihr nicht so viel erzählt«, sagte er schließlich zu mir.

»Das habe ich auch nicht.«

»War gar nicht nötig«, mischte sich Ashlyn ein. »Ich bin keine Idiotin, Dad.«

Sie hatte ihm den Rücken gekehrt und drückte ihren Kopf noch fester an meine Schulter. Mechanisch streichelte ich ihre Haare.

»Wir sollten uns nicht länger streiten«, sagte er.

Ashlyn schluchzte.

»Wir müssen …« Er geriet ins Stocken, fasste sich aber wieder. »Wir müssen uns ausruhen. Es war ein langer Tag. Aber wenn wir Ruhe bewahren … Sie werden Lösegeld verlangen. Die Firma bezahlt, und dann fahren wir nach Hause. Morgen ist Sonntag. Es könnte also noch eine Weile dauern. Zwei, höchstens drei Tage, dann haben wir es hinter uns. Wir werden nach Hause zurückkehren, und alles ist gut.«

Ashlyn hatte ihren Kopf immer noch an mich gedrückt. Ich erwiderte Justins Blick und nickte, um anzudeuten, dass ich ihm zugehört hatte. Und dann, weil ich nicht anders konnte, lächelte ich ihn traurig an.

Armer Justin. Er hatte es geschafft, die Größe des Familienunternehmens zu vervierfachen, managte Dutzende von Hundert-Millionen-Dollar-Projekten und war eine der ersten Adressen in der Branche. Natürlich konnte er sich einiges darauf einbilden, und vielleicht glaubte er sogar jetzt noch, am längeren Hebel zu sitzen.

Doch daran zweifelte ich. In ein paar Tagen würde nicht alles wieder in Ordnung sein, unabhängig vom Ausgang unserer Entführung oder davon, ob Lösegeld gezahlt werden würde oder nicht.

Der Verfall unserer Familie hatte gerade erst begonnen.

Kapitel 21

Es war zehn Uhr am Abend. Das Treffen im Konferenzraum ging zu Ende, was aber nicht bedeutete, dass man sich jetzt auf die faule Haut hätte legen können. Bei solchen Ermittlungen war an Schlafen nicht zu denken.

In einem Vermisstenfall verringerten sich die Aussichten auf Aufklärung, je länger er sich hinzog. Nach achtundvierzig bis zweiundsiebzig Stunden schwanden sie dramatisch. Die Denbes waren nun seit fast genau vierundzwanzig Stunden verschwunden. Und die Polizei hatte so gut wie nichts in der Hand, keinen Kontakt zu den Entführten, keinen Hinweis aus der Nachbarschaft, geschweige denn einen Zeugen, der sie gesehen hätte.

Tessa schrieb ihrer Tochter eine SMS, mit der sie ihr eine gute Nacht wünschte. Sie hatte von Sophie den ganzen Tag nichts gehört, woraus entweder zu schließen war, dass Mrs. Ennis einen guten Job machte oder dass Sophie sich bereits einen Racheplan zurechtlegte. Tessa sah ihre Chancen gleichmäßig verteilt und ließ es dabei bewenden.

Wenn Sophie sauer war, würden sie später darüber reden können.

Die Denbes brauchten sie jetzt dringender.

Sie gesellte sich zu Nicole, der blonden FBIlerin, und dem stämmigen Sergeanten aus New Hampshire, Wyatt Foster. Gemeinsam wollten sie als Erste Anita Bennett vernehmen, die nicht nur Tessas zahlende Auftraggeberin war, sondern als Betriebsleiterin wohl auch am ehesten Bescheid wusste, ob das Unternehmen eventuell in Skandale verwickelt war.

Anita führte sie in ihr Büro, eine großzügige Eck-Suite mit heller Holzvertäfelung und einem Ledersofa, von dem sich ein überwältigender Blick auf Boston bot. Im Baugewerbe gab es definitiv Geld.

Tessa fragte sich, wie schwer Anita gearbeitet hatte, um als Topfrau in einem von Männern dominierten Geschäft ein solches Büro beziehen zu können. Sie hatte das Gefühl, dass an diesem Ort bei all seiner Opulenz vor allem schwer geschuftet wurde.

Sie setzte sich auf das schokoladenbraune Sofa. Die blonde FBI-Agentin nahm vor Anitas Schreibtisch auf einem Stuhl Platz, während der Detective aus dem Norden stehen blieb und sich lässig an die Wand lehnte. Fast zärtlich fuhr er mit der Hand über das edle Holz.

Ein durchaus ansprechender Typ, dachte Tessa. Sie schätzte ihn auf Mitte vierzig, dabei wirkte er weder vorzeitig gealtert noch jung geblieben. Kein Mann des Wortes, aber anscheinend recht nachdenklich und besonnen. Jemand, der sehr viel mehr auf dem Kasten hatte, als er erkennen ließ. Umgänglich und freundlich vielleicht nur, um andere beim Pokern umso besser ausnehmen zu können.

Sie nahm sich vor, sich auf kein Spielchen mit ihm einzulassen, aber ein Bier würde sie ihm wohl ausgeben. Möglich, dass über eine kollegiale Annäherung lohnenswerte Erkenntnisse zu gewinnen wären.

Special Agent Nicole Adams stellte allgemeine Fragen zur Person. Wann hatte Anita für Denbe Construction zu arbeiten angefangen? Wie kam es zu ihrer Beförderung ins Management?

Anita lächelte und legte die gefalteten Hände auf den Tisch. »Ob Sie's glauben oder nicht, ich bin schon seit fünfunddreißig Jahren für die Firma tätig. Gleich nach der Schule habe ich hier angefangen. Damit habe ich die zweifelhafte Ehre, die dienstälteste Mitarbeiterin zu sein. Abgesehen natürlich von Justin, aber der war, als ich anfing, noch ein Teenager.«

»Sie haben also noch für Justins Vater gearbeitet«, stellte Tessa fest.

»Richtig. Als seine Sekretärin. Die Firma war damals sehr viel kleiner und hatte ihren Sitz in einer alten Lagerhalle in Waltham. Aber Baugewerbe bleibt Baugewerbe, auch wenn sich in den Details unglaublich viel verändert hat.«

»Wann wurden Sie zum Chief of Operations befördert?«, fragte Special Agent Nicole. »Ein beachtlicher Karrieresprung.«

»Nach fünfunddreißig Jahren Betriebszugehörigkeit?« Anita lächelte wehmütig. Die guten alten Tage. »Dale – das war Justins Vater – war ein harter Brocken. Keine Frage. Und Justin hat viel von seinem Führungsstil übernommen. Schon der Alte war immer der Erste am Arbeitsplatz und der Letzte, der Feierabend machte. Er forderte viel von seinen Mitarbeitern, behandelte sie aber mit Respekt. Dale war bekannt dafür, dass er freitags immer Bier spendierte. Statt nach Hause zu gehen, blieben alle in der Lagerhalle zurück und leerten Sixpacks. So was ist heute natürlich nicht mehr möglich. Die Haftpflicht würde uns den Laden dichtmachen. Aber die Freibierabende vor dem Wochenende waren nicht nur eine Belohnung für die Mannschaft, sondern sorgten auch für Zusammenhalt. Die Angestellten fühlten sich wie Mitglieder einer Familie. Justin führt diese Tradition auf seine Weise fort. Er und Libby laden in regelmäßigen Abständen zu Dinnerpartys oder Barbecues ein. In meiner Position kann ich sagen, dass ich nie das Gefühl habe, *für* Justin zu arbeiten. Ich arbeite *mit* ihm für den Erhalt unseres Unternehmens.«

»Tolle Familie«, kommentierte Special Agent Adams. »Tolles Unternehmen. Tolles Familienunternehmen.«

Anita strahlte.

Special Agent Adams beugte sich vor und sagte frostig: »Stehlen Sie uns bitte nicht unsere Zeit.«

Tessa spürte, wie sich Anitas Augen weiteten. Der Detective an der Wand war bemüht, sein Grinsen zu verbergen.

»Wir sind keine Aktionäre. Wir sind nicht von der Aktion ›Unser Unternehmen soll schöner werden‹ und auch keine potenziellen Kunden. Unsere Aufgabe besteht darin, Justin, Libby und Ashlyn zu finden und uns um sie zu kümmern. Dafür bleiben uns rund vierundzwanzig Stunden, denn wenn wir das in dieser Zeit nicht schaffen, werden wir sie aller Wahrscheinlichkeit nicht mehr lebend finden. Haben wir uns verstanden?«

Anita Bennett nickte befangen.

»Na bitte. Um unseren Job erledigen zu können, brauchen wir Informationen«, fuhr Special Agent Adams fort. »Besser noch wäre die ungeschminkte Wahrheit. Sie sind vom Posten einer Sekretärin in einen der Chefsessel aufgestiegen. Wie erklären Sie sich diesen Erfolg, zumal als Frau in einer von Männern dominierten Branche?«

Anitas Lippen wurden schmaler. Sie schlug denselben harschen Ton an wie Adams und antwortete: »Damit, dass ich doppelt so hart gearbeitet habe wie alle anderen. Justins Vater war nicht gerade das, was man einen aufgeklärten Mann nennt. Er wollte eine hübsche Sekretärin um sich haben, und vor fünfunddreißig Jahren passte ich ganz gut ins Bild. Aber ich war nicht nur hübsch. Es dauerte nicht lange, und mir war klar, dass Dale Hilfe brauchte, die über das Entgegennehmen von Telefonaten hinausging. Büroarbeit lag ihm überhaupt nicht. Er verlegte ständig wichtige Unterlagen, und seine Buchführung war miserabel. Ich fing damit an, seine Termine zu organisieren, und brachte dann das Chefbüro auf Vordermann. Nebenbei telefonierte ich herum und fand Händler, die uns mit billigeren Büroartikeln beliefern konnten. Ich sorgte dafür, dass unsere Mitarbeiter besser gesundheitsversichert wurden, und führte eine Zeitausgleichsregelung ein. Dale war vielleicht ein Chauvinist, aber er erkannte, dass er dank meiner Arbeit jährlich sechsstellige Beträge sparte. Wie ich schon sagte, Dale behandelte seine Mitarbeiter mit Respekt, und das war ehrlich gemeint. Ich stellte meinen Wert unter Beweis und wurde entsprechend befördert. Als er starb, war ich für die ganze Verwaltung zuständig. Und weil unter Justins Leitung das Unternehmen sprunghaft expandierte und das operative Geschäft immer komplexer wurde, übernahm ich die Betriebsleitung.«

»Erzählen Sie uns von Justin. Wann übernahm er das Unternehmen?«

»Nach dem Tod seines Vaters. Er selbst war damals siebenundzwanzig.«

»Wie ist sein Vater gestorben?«

»Herzinfarkt. Er fiel in seinem Büro tot um. Dale hat nicht nur hart gearbeitet; er hat es sich auch gut gehen lassen. Viel rotes Fleisch und hochprozentige Drinks.«

»Frauen?«, schaltete sich Tessa ein.

Anita warf ihr einen flüchtigen Blick zu. Es schien, als wollte sie sich auf diese Frage nicht einlassen, doch dann sagte sie: »Dale hat selbst kein Geheimnis daraus gemacht. Ja, er pflegte etliche Kontakte jenseits seiner Ehe.«

»Wie ist Justins Mutter damit umgegangen?«, wollte Tessa wissen.

»Sie trank. Vor allem Martinis. Manchmal kam sie ins Büro und brüllte Dale an, weil sie hinter seine jüngste Affäre gekommen war. Er versprach ihr dann ein neues Auto, einen Pelzmantel oder eine Reise auf die Bahamas, um Abbitte zu leisten.«

»Sie scheinen über den Zustand der Ehe bestens informiert gewesen zu sein«, bemerkte Special Agent Adams.

Anita lächelte. »Auch daraus machte Dale kein Geheimnis. Ich schätze, ein Familienunternehmen bringt es mit sich, dass die Belegschaft auch die familiären Verhältnisse kennenlernt.«

»Ist Justin seinem Vater ähnlich?«, fragte nun wieder Tessa.

»Ja und nein. Schon in jungen Jahren wurde er von Dale auf die Geschäftsführung vorbereitet. In dem Sommer, als ich meine Anstellung bei Denbe Construction antrat und andere Sechzehnjährige sich am Strand vergnügten, arbeitete Justin für eine Trockenbaufirma, und das achtzig Stunden in der Woche. Dale wollte, dass sein Sohn das Handwerk von der Pike auf lernte. Er sagte immer, je mehr man lernt, desto besser ist man davor gefeit, dass andere einen über den Tisch ziehen.«

»Und Justin hat sich darauf eingelassen?«, fragte Special Agent Adams.

»Nicht nur das. Er hat es gern getan. Ja, in der Hinsicht ist er seinem Vater ähnlich. Er denkt praktisch wie Dale, ist genauso engagiert und fleißig, was ihm viel Sympathie bei den harten Jungs einbringt, die seine Mannschaft stellen.«

»Er hat also den Führungsstil seines Vaters übernommen«, meldete sich nun auch Wyatt zu Wort, der immer noch an der Wand lehnte. »In der Hinsicht ist er seinem Vater ähnlich?«

»Ja.«

»Und in welcher Hinsicht nicht?«

Anita zögerte wieder ein wenig. Tessa fiel ein Muster auf: Die Mitarbeiter von Denbe Construction waren durchaus gesprächig, wenn es um die Firma ging; Chris Lopez zum Beispiel hatte das Unternehmensmodell ausführlich beschrieben, Anita die Firmengeschichte. Aber sie machten plötzlich dicht, wenn das Privatleben ihres Bosses zur Sprache kam. Loyalität? Angst? Oder gab es ein unausgesprochenes Tabu, an das nicht gerührt werden durfte?

»Justins Eltern führten keine glückliche Ehe«, sagte Anita schließlich. »Als Dale gestorben war und Mary erfuhr, dass er die Firma seinem Sohn vermacht hatte – nun, das war wohl ein Schock für sie. Sie hat seitdem kein Wort mehr mit Justin gesprochen.«

»Dale hat seine Frau enterbt? Zugunsten seines Sohnes?«, fragte Special Agent Adams und krauste die Stirn.

»Ja, was sie natürlich persönlich genommen hat. Aber anstatt Dale dafür zu hassen, richtete sie ihre Wut auf Justin. Sie lebt jetzt in Arizona und will nichts mehr mit ihm zu tun haben. Auch nicht mit Libby oder Ashlyn.«

Es wurde still im Büro, als die drei Ermittler diese Nachricht zu verdauen versuchten.

»Mit anderen Worten«, fuhr Anita nach einer Weile fort, »Justins Familie besteht nur noch aus Libby und Ashlyn. Seine Tochter, Ashlyn … Die betet er an. Er hat sie schon häufiger mit zur Arbeit genommen und ihr beigebracht, wie man mit schwerem Werkzeug umgeht. Vor kurzem waren sie sogar zusammen auf dem Schießstand. Vater und Tochter ballern auf Zielscheiben, das muss man sich mal vorstellen.

Und von Libby spricht er nur in den höchsten Tönen. Er ist stolz darauf, wie sie den Haushalt führt, dass sie als Schmuckdesignerin Erfolg hat und ihm zuliebe diese Dinnerpartys gibt … Ich hatte immer den Eindruck, dass er sie wirklich liebt und sich glücklich schätzt, sie zur Frau zu haben. Daraus macht er auch kein Hehl. Was aber natürlich nicht heißen soll, dass er nicht auch Fehler gemacht hat.«

Anita richtete ihren Blick auf Tessa und erinnerte sich offenbar an deren Frage über die Zukunft der Firma im Fall einer Scheidung.

»Er hat Libby betrogen.« Tessa fragte nicht, sie stellte fest.

»Ja.«

»Sie wussten davon?«

»Wir alle haben es irgendwann erfahren. Im späten Frühling oder Frühsommer. Justin kam spät zur Arbeit, sah abgespannt aus und war wie ausgewechselt. Da kam es raus.«

»Was sagte er dazu?«, fragte Special Agent Adams.

»Nichts. Ich meine, er hat keine ... Ausflüchte gemacht, jedenfalls nicht mir gegenüber. Ihm war klar, dass er einen Fehler gemacht hatte. Er ist selbst in einer solchen Ehe aufgewachsen und hat aus der ersten Reihe mit ansehen müssen, wie sich Untreue auswirkt. Aber, natürlich ...«

»Ja?«, drängte Special Agent Adams.

Anita seufzte und schaute die beiden Ermittlerinnen hilfesuchend an. »Gleich danach kaufte er Libby eine Halskette aus Diamanten, um sie zu versöhnen. Besseres Wissen schützt vor Torheit nicht.«

»Wie hat Libby darauf reagiert?«, wollte Tessa wissen.

»Als Schmuckdesignerin stehen ihr diverse Werkzeuge zur Verfügung. Sie hat die Kette auseinandergenommen, Glied für Glied, und auf dem Fahrersitz seines Wagens zu einem kleinen Häufchen aufgeschüttet. Die Botschaft war nicht misszuverstehen.«

»Haben sie es mit Paartherapie versucht?«, fragte Wyatt.

»Keine Ahnung. Ich weiß nur, dass sie an ihrer Ehe gearbeitet haben. Justin ist ins Haus zurückgekehrt, und vergangenen Freitag hat er ununterbrochen von ihrer Verabredung am Abend im Scampo geredet. Er klang sehr aufgeregt.«

Tessa beugte sich vor. Das Gesicht der Betriebsleiterin wirkte offen und ehrlich. Es schien, dass sie sich wirklich ehrlich bemühte, zur Aufklärung beizutragen. Und doch ...

»Wann hat Justin seine Frau zum ersten Mal hintergangen?«

Anita zog die Brauen zusammen. »Wie meinen Sie das?«

»Ich bitte Sie, ein so gutaussehender Mann wie er. Geschäftlich ständig unterwegs. Und, wie Sie selbst sagen, aufgewachsen mit dem Vorbild eines Vaters, der sich nach schwerer Tagesarbeit abends zu amüsieren verstand. Ist Justin etwa ein treuer Gatte oder einfach nur geschickter im Heimlichtun?«

»Ich weiß nicht, worauf Sie hinauswollen –«

»Doch, das wissen Sie. Sie stehen an der Spitze eines Familienunternehmens, und nach Ihren eigenen Worten hat man es in dieser Position nicht nur mit dem Unternehmen zu tun, sondern auch mit der Familie. Vor sechs Monaten ist diese Familie zerbrochen. Libby hat erfahren müssen, dass Justin sie mit der jungen Reisebürokauffrau unten im Foyer betrügt. Was hat sie sonst noch spitzgekriegt?«

»Ashlyn«, sagte Anita unvermittelt.

»Was ist mit Ashlyn?«

»Sie ist vor drei Monaten hierher ins Büro gekommen und hat Justin wegen seiner Affäre zur Rede gestellt. Sie hat ihm eine Riesenszene gemacht.«

Anita hatte gerade das Gebäude betreten, als ein Tumult ausbrach. Ashlyn Denbe, noch in der grün-blau karierten Uniform ihrer Privatschule, brüllte die dunkelhaarige junge Frau von der Reiseagentur an und ließ Worte fallen wie *Nutte*, *Hure*, *Fotze*.

Die junge Frau war komplett geschockt. Anita ging dazwischen, nahm das Mädchen an der Hand und zerrte es hinauf in ihr Büro. Justin war zum Glück auf Geschäftsreise. Anita hatte kaum die Tür hinter sich geschlossen, als Ashlyn in Tränen ausbrach.

Sie hasste die junge Frau. Sie hasste dieses Gebäude. Sie hasste Denbe Construction. Aber vor allem hasste sie ihren

Vater, der, wie sie sagte, immerzu Moral predige und nun seine Frau hintergehe. Die Familie sei ein Scherbenhaufen, ihre Mutter am Boden zerstört, und sie wünschte, er wäre tot.«

Anita seufzte schwer. »Backfische«, murmelte sie. »Nur gut, dass ich Söhne habe.«

»Wie haben Sie reagiert?«, fragte Special Agent Adams.

»Ich habe sie über ein paar grundsätzliche Dinge aufgeklärt, unter anderem darüber, dass im Leben so manches geschieht, worauf man keinen Einfluss hat. Und dann sagte ich ihr, sie solle nach Hause gehen und dort bleiben, jedenfalls nicht noch einmal hierherkommen und Mitarbeiterinnen anbrüllen. Das sei Sache ihrer Eltern.«

»Und dann?«

»Sie hat mich nur misstrauisch angesehen.«

»Ist sie noch einmal wiedergekommen?«

»Nicht dass ich wüsste. Es könnte allerdings sein. Jedenfalls habe ich ihr damit gedroht, mit ihrer Mutter zu reden, wenn sie noch einmal hier auftaucht. Libby hatte es nicht verdient, zusätzlich unter Stress gesetzt zu werden, und das wusste Ashlyn. Sie ist ihrer Mutter gegenüber loyal. Und sie war einfach ... verletzt. Väter sind für Töchter in diesem Alter Heilige, insbesondere dann, wenn sie wie Prinzessinnen von ihnen hofiert werden.«

»Mir scheint, die Familie hat noch so manchen Streit vor sich«, bemerkte Special Agent Adams.

Anita ging nicht darauf ein und zuckte nur mit den Schultern.

Wyatts Frage war konkreter. »Sprechen wir über die Scheidung. Der Abend im Scampo kann die Ehe nicht kitten.

Libby ist entschlossen, sich zu trennen. Welche Folgen hat das für das Familienunternehmen?«

Anita reagierte sichtlich perplex. »Ich ... Ich weiß nicht. Justin ist der einzige Aktieninhaber. Er war schon vor der Heirat sehr vermögend; es wird wohl einen Ehevertrag geben. Wenn nicht, vermute ich, dass ihr fünfzig Prozent des Vermögens zustehen, also auch die Hälfte des Unternehmens.«

»Da kann ein kleiner Seitensprung ziemlich teuer werden«, bemerkte Tessa trocken.

»Wie man's nimmt«, entgegnete Anita ebenso lapidar.

»Wäre Justin bereit, die Hälfte seiner Firma abzutreten?«, hakte Wyatt ruhig nach.

»Ich ... kann darauf nicht antworten.«

Tessa glaubte ein Nein herauszuhören. Den Boss zu schützen schien für die Mitarbeiter von Denbe Construction oberstes Gebot zu sein. Mit anderen Worten, wenn sie auf eine Frage nicht antwortete, wollte sie mit etwas hinterm Berg halten.

»Und wenn er stirbt?«, setzte Wyatt nach. »Wenn wir Justin Denbe nicht mehr lebend auffinden?«

»In einem solchen Fall würde das Unternehmen auf seine engsten Familienangehörigen überschrieben werden. Zuerst auf Libby, dann auf Ashlyn.«

»Und falls sie die Entführung auch nicht überleben sollten?«

Anita ließ wieder erkennen, dass sie auf der Hut war. »Ich nehme an, Justin hat in seinem Testament alle Eventualitäten bedacht. Vielleicht sollten Sie sich bei seinem Anwalt Austin Ferland erkundigen. Er weiß bestimmt Näheres.«

»Und das Personal?«, fragte Special Agent Adams. »Hätten in diesem schlimmsten denkbaren Fall nicht – sagen wir: zumindest die Topmanager eine Art Vorkaufsrecht?«

Anita wich den Blicken der anderen aus.

Wyatt blieb am Ball. »Haben Sie bereits versucht, Anteile zu erwerben? Sie arbeiten für dieses Hundert-Millionen-Dollar-Unternehmen schließlich schon seit fünfunddreißig Jahren und haben ihm bestimmt viel Blut, Schweiß und Tränen geopfert. Warum sollte Justin all den Ruhm allein für sich haben?«

»Eine Übernahme wäre für uns ausgeschlossen.«

»Wer spricht denn von Übernahme? Es geht lediglich um mögliche Anteile. Darum, dass treue, schwer arbeitende Angestellte Aktien erwerben, um an den Profiten teilhaben zu können. Sie wollen mir doch nicht erzählen, dass das Thema nie auf den Tisch gebracht wurde?«

»Einmal«, antwortete Anita zähneknirschend. »Die Firma war knapp bei Kasse. Manche von uns, darunter auch ich, machten das Angebot, in die Firma zu investieren und somit Anteile zu erwerben.«

»Könnten Sie bitte Namen nennen?« Special Agent Adams schien der Verlauf der Vernehmung zu gefallen.

»Chris Lopez und Ruth Chan. Unser Vorschlag wäre für beide Seiten ein Gewinn gewesen. Aber Justin wollte davon nichts wissen. Er war überzeugt davon, dass es wieder bergauf gehen würde, und behielt recht.«

»Kurz, eine Beteiligung am Unternehmenserfolg blieb Ihnen versagt.«

»Unsere Boni waren in jenem Jahr besonders hoch«, entgegnete Anita kurz angebunden.

Tessa ließ sich nichts vormachen. Ein Bonus war natürlich etwas anderes als eine Anteilseignerschaft. Offenbar wollte Justin von seinen Spielsachen nichts abgeben. Umso interessanter war die Antwort auf die Frage, was im Fall einer Scheidung geschähe. Würde er mit der sitzengelassenen Exfrau wirklich teilen wollen?

»Übrigens bin ich an einer Partnerschaft nicht mehr interessiert«, fuhr Anita fort. »In den letzten Jahren hat es in unserer Branche große Verwerfungen gegeben. Wir sind ein klassisches Bauunternehmen, das hauptsächlich für die öffentliche Hand arbeitet, plant und baut. Die Zukunft aber gehört leider Firmen, die staatlich geförderte Großprojekte planen, bauen *und* im Auftrag des Bauherrn betreiben beziehungsweise instand halten – zum Beispiel ein Seniorenheim. Justin kann sich allerdings nicht vorstellen, dass dieses Modell Schule macht. Vielmehr glaubt er, dass die anfallenden Betriebskosten eine Privatfirma letztlich genauso in die Knie zwingen werden wie die Behörden, die bislang dafür verantwortlich sind. Er begründete seine ablehnende Haltung unter anderem damit, dass wir als der private Betreiber mit öffentlichen Sanktionen zu rechnen hätten, wenn es in einem von uns gebauten Staatsgefängnis zu einem Ausbruch käme oder in einem Seniorenheim ein Feuer ausbräche. Trotzdem, fest steht, dass wir in letzter Zeit eine Ausschreibung nach der anderen verlieren ...« Anita unterbrach sich und presste die Lippen aufeinander.

»Der Druck wächst also«, konstatierte Special Agent Adams.

»Zum Glück haben wir Reserven«, erwiderte Anita, was Tessa als Bestätigung des wachsenden Drucks deutete. Die

Zukunft von Denbe Construction sah also doch nicht so rosig aus, wie Anita noch vor einer Stunde im Konferenzraum vollmundig behauptet hatte. Tessa drängte sich ein Gedanke auf. Das sinkende Schiff wäre vielleicht zu retten, wenn der Kapitän vorzeitig von Bord ginge. Von Justins Tod könnten also vielleicht doch etliche profitieren.

»Aber selbst wenn unsere Firma Konkurs anmelden müsste«, fuhr Anita fort, als hätte sie Tessas Gedanken gelesen, »wäre für die meisten von uns gesorgt. Wir sind Oldtimer«, sagte sie ohne Ironie, »die über die Jahre ordentlich was in den Sparstrumpf gestopft haben. Und die Jüngeren wie Chris und seine Mannschaft würden leicht woanders Arbeit finden. Und darauf kommt es letztlich an.« Anita winkte mit der Hand ab. »Nein, bei uns suchen Sie vergeblich nach einem Motiv für die Entführung.«

Überzeugt war Tessa nicht.

»Soll ich Ihnen die eigentliche Paradoxie im Wesen der männlichen Vertreter der Denbes verraten?«, fragte Anita plötzlich.

»Nur zu«, munterte Tessa sie auf.

»Sie sind vielleicht nicht treu, aber immer loyal. Dale liebte Mary, und Justin liebt ganz offensichtlich seine Frau. Schon deshalb würde er sich nicht von ihr scheiden lassen. Unvorstellbar, dass er etwas täte, was seiner Familie schaden würde, speziell Ashlyn. Demjenigen gnade Gott ... Wenn nur Libby entführt worden wäre, würden Ihre Fragen vielleicht Sinn ergeben. Aber auch wenn Sie noch so hartnäckig nachhaken: Justin würde seiner Tochter kein Härchen krümmen. Und bedenken Sie bitte, dass wir Ashlyn vor unseren Augen haben aufwachsen sehen ... Auch wir würden ihr kein Härchen krümmen. Was immer geschehen ist, wir haben es nicht getan, am allerwenigsten Justin.«

»Wer dann?« Tessa konnte sich diese Frage nicht verkneifen.

»Ich weiß es nicht. Es muss jemand sein, der herzlos genug ist, eine ganze Familie zu verschleppen. Aus einem mir unerklärlichen Grund.«

»Wir interessieren uns aber gerade für eine Erklärung«, versicherte Tessa. War die Tat persönlich oder geschäftlich motiviert, ging es um Lösegeld oder Rache?

»Vielleicht noch … ein Letztes.«

Alle schauten Anita erwartungsvoll an. »Dass ich Libby das letzte Mal gesehen habe, liegt schon Wochen zurück. Sie kam wegen irgendwelcher Unterschriften und stand irgendwie neben sich. Sie erinnerte mich an Mary Denbe, an deren vier Martinis zum Mittagessen. Libby aber hatte keine Fahne.«

»Glauben Sie, sie hatte was genommen?«, fragte Special Agent Adams.

»Ja, um ihren Kummer zu betäuben. Ich wollte eigentlich mit Justin darüber reden, habe aber darauf verzichtet, weil die beiden ohnehin schon genug um die Ohren hatten. Wir, die Belegschaft, drücken ihnen jedenfalls die Daumen und hoffen, dass sich für sie alles wieder einrenkt. Sie waren einmal ein so großartiges Paar. Wir erinnern uns daran, auch wenn sie es vielleicht vergessen haben.«

Anita schienen die Worte ausgegangen zu sein. Weil keine neuen Erkenntnisse zu erwarten waren, ließen es die Polizisten bei dem wenigen, das sie hatten, bewenden und verließen das Büro. Es war schon nach Mitternacht. Die Kollegen hatten ihre Vernehmungen längst abgeschlossen. Sie versammelten sich im Konferenzraum.

Special Agent Adams ging an bis zur Hälfte mattierten Glaswänden entlang, um einen Blick in die angrenzenden Büros zu werfen.

»Die Bostoner Kollegen haben in Libby Denbes Handtasche ein Fläschchen Hydrocodon gefunden«, erklärte sie. »Vor zwei Tagen gekauft und schon fast halb leer.«

Wyatt griff den Faden als Erster auf. »Sie ist tablettenabhängig.«

»In nur zwei Tagen hat sie zwanzig Pillen geschluckt ...«

»So viel kriegt man nicht auf Rezept«, meinte Wyatt.

»Dann wird sie von einem Arzt zum anderen laufen«, sagte Tessa. »Ungewöhnlich wäre das nicht.«

Wyatt wandte sich Nicole zu. »Sie sagten, das Fläschchen habe in der Handtasche gesteckt?«

Sie nickte.

»Dann hat sie es nicht bei sich.«

»Sieht so aus«, erwiderte die blonde Frau. »Die persönlichen Gegenstände lagen alle auf der Kücheninsel.«

»Sie wird auf Entzug sein«, murmelte Tessa.

Der Detective aus New Hampshire nickte ihr anerkennend zu. »Und wie. Ich frage mich, wie die Entführer darauf reagieren. Dass eine ihrer Geiseln –«, er schaute auf seine Uhr, »ungefähr jetzt damit anfängt, extrem schmerzhafte Symptome zu entwickeln.«

Special Agent Adams sagte: »Womöglich braucht sie ärztliche Hilfe.«

»Das wäre ein Ansatzpunkt«, entgegnete Wyatt. »Vorausgesetzt, die Kidnapper sind bereit, das Risiko einzugehen, sie in ein Krankenhaus zu bringen. Ich werde jedenfalls alle Notfallstationen alarmieren und eine Beschreibung von Libby Denbe durchgeben.«

»Sie glauben, dass die Entführten noch leben?« Tessa schaute zuerst die FBI-Agentin, dann den Deputy aus New Hampshire fragend an. Beide zuckten mit den Achseln.

»Wer kann das schon sagen?«, antwortete Special Agent Adams. »Aber ich hoffe es sehr.«

»Ich glaube, zur Hoffnung besteht auch Grund«, warf Wyatt ein. »Wenn sie die Denbes umbringen wollten, hätten sie keine großen Umstände machen müssen und drei Leichen am Tatort hinterlassen. Auch der Einsatz von Elektroschockpistolen spricht für sich. Es geht in diesem Fall nicht einfach darum, eine Familie aus dem Weg zu räumen.«

Tessa nickte, vielleicht auch nur deshalb, weil es schon spät war, die Ermittlungen nicht wirklich vorankamen und sie an irgendetwas glauben wollte.

»Diese Belegschaft«, fuhr Wyatt fort und verzog das Gesicht, »ein Haufen Lügner ist das, wenn Sie mich fragen.«

Tessa musste an sich halten, um nicht zu lachen. »Wie kommen Sie darauf?«

»Jeder hält große Stücke auf Justin und stärkt ihm den Rücken – bis zur strittigen Frage der Anteilseignerschaft. Dem Unternehmen geht es supergut, abgesehen davon, dass es jetzt diese Mammutfirmen gibt, die ihm die Aufträge wegnehmen. Oh ja, und von den Familiengeheimnissen will keiner was wissen, auch die Person nicht, die selbst eines dieser Geheimnisse ist.«

»Wovon reden Sie?«, fragte Special Agent Adams irritiert.

»Von Anita Bennett. Ist Ihnen das nicht aufgefallen?«

»Was soll mir denn aufgefallen sein?«

Wyatt schaute beide Frauen abwechselnd an. »Ihr Gesichtsausdruck jedes Mal, wenn von Justins Vater die Rede war. Ich bin mir sicher, dass sie nicht bloß eine seiner Mitarbeiterinnen war. Was sollte sonst das Gerede von ›nicht treu, aber immer loyal‹? Dale war ihr gegenüber treulos, weil er an seiner Frau festhielt. Das heißt, beide fühlten sich von ihm betrogen.«

»Mary ging, aber Anita blieb«, murmelte Tessa. »Machte im Unternehmen Karriere, ist aber nach fünfunddreißig Dienstjahren immer noch bloß Angestellte und nicht etwa Miteigentümerin.«

»Darüber würde so mancher sehr verbittern«, bemerkte Wyatt.

Special Agent Adams zeigte zum ersten Mal ein kleines Lächeln. Es wirkte fast beängstigend. »Und so mancher könnte am Ende beschließen, sich das zu nehmen, was ihm vermeintlich zusteht.«

Kapitel 22

Sie führten Justin fort.

Ashlyn war eingeschlafen. Ich döste vor mich hin, mal mehr, mal weniger wach, vor Erschöpfung wie betäubt und von hartnäckigen Schmerzen immer wieder aufgeweckt. Ob sie von der Gehirnerschütterung herrührten oder vom Entzug, wer weiß das schon? Ich träumte von dunklen, aufgewühlten Meeren, von Ungeheuern mit gefletschten Zähnen und zustoßenden Kobras. Und wenn ich dann aufwachte, lag ich zusammengerollt, am ganzen Körper zitternd und mit unerträglichen Kopfschmerzen auf meiner Pritsche.

Ich glaube, Justin schlief überhaupt nicht. Sooft ich die Augen öffnete, sah ich ihn vor der Zellentür stehen, die Schultern gestrafft und die Lippen aufeinandergepresst. Er kam mir vor wie ein Tier in der Falle, das immer noch einen Ausweg sucht. Oder vielleicht wie ein Wachposten.

So oder so, ich konnte ihn nicht retten.

Die Tür explodierte. So kam es mir vor. Ich war wieder weggedöst, und plötzlich, *bamm*.

Die Stahltür flog auf, und zwei Gestalten betraten die Zelle. Beide trugen Matratzen wie Schutzschilde vor sich her. Helme mit Sichtschutz, die heruntergeklappten Visiere machten ihre Gesichter unkenntlich. Wie dunkle, gepanzerte Käfer sahen sie aus. Einer meiner verrückten Träume wurde Wirklichkeit.

Sie brüllten und schwangen Knüppel. Der Größere der beiden ging direkt auf Justin zu, stieß ihn zu Boden und schlug auf ihn ein. *Bamm, bamm, bamm.* Der Zweite nahm sich Ashlyn vor, die noch schlief. Ein tollwütiger Käfer ließ sie unter der mitgebrachten Matratze verschwinden.

Ich hörte ihre gedämpften Schreie und ließ mich von dem oberen Etagenbett auf den Rücken des Käfers fallen. Wie wild drosch ich auf ihn ein, doch alles, was ich traf, war gepolstert oder gepanzert. Meine Fäuste waren nutzlos. Meine Tochter schrie, und es machte keinen Unterschied, ob ich zuschlug oder nicht.

An der Tür brüllte Justin: »Ich komme mit, ich komme mit. Aber lasst meine Familie in Frieden. Lasst sie verdammt noch mal in Ruhe!«

Der Kerl, der sich über Ashlyn hergemacht hatte, richtete sich plötzlich auf und zog die Matratze von ihr weg. Ich tropfte von seinem Rücken ab und schaffte es zum Glück noch rechtzeitig, meinen Sturz mit den Händen abzufangen. Mein Kopf schmerzte ohnehin genug.

Justin stand wieder auf den Beinen und schleppte sich durch die geöffnete Tür. Seine Hände waren gefesselt, aus den Mundwinkeln quoll Blut.

Der Angreifer packte ihn bei den Handfesseln und zerrte ihn fort.

Der andere, der noch bei uns in der Zelle war, hob die Matratze wieder wie einen Schild und ging rückwärts zur Tür hinaus. Im letzten Moment klappte er das Visier zurück.

Mick grinste und warf uns einen Luftkuss zu. Es schien, als habe er sich schon lange nicht mehr so sehr amüsiert.

Dann fiel die Stahltür ins Schloss. Ashlyn und ich waren allein.

Wir weinten nicht. Wie in stummer Absprache legten wir uns auf das obere Bett, um nicht in unmittelbarer Reichweite dieser Raubtiere zu sein. Von meinem Platz aus konnte ich durch das schmale Fenster den dunklen, dunklen Himmel sehen. Es war Nacht, der neue Tag immer noch nicht angebrochen, und doch hatte ich das Gefühl, schon eine Ewigkeit in diesem Höllenloch zu stecken.

Meine Tochter lag auf der Seite mit dem Rücken zu mir. Ich legte meinen Arm um ihre Taille und drückte ihr die Stirn an den Hinterkopf.

Als kleines Kind war Ashlyn oft in unser Schlafzimmer geschlichen. Ohne ein Wort zu sagen, hatte sie wie ein kleines Gespenst am Bett gestanden und darauf gewartet, dass ich die Decke aufschlug, sodass sie zu mir kriechen konnte. Es war unser kleines Geheimnis, weil Justin etwas dagegen hatte.

Mir war es recht, obwohl ich schon damals unter Schlaflosigkeit litt. Ich wusste, dass es solche Momente später nicht mehr geben würde. Dass während ihrer ersten fünf Lebensjahre meine Tochter voll und ganz zu mir gehörte. Sie krabbelte, lernte zu gehen und würde schließlich Reißaus nehmen.

Umso mehr genoss ich es, sie an mich zu drücken, den Duft von Babyshampoo zu riechen. Diesen kleinen warmen Körper zu spüren.

Meine Tochter war nun nicht mehr klein, sondern mit ihren fünfzehn Jahren fast so groß wie ich. Trotzdem fühlte sich ihr Oberkörper zart und zerbrechlich an. Sie war wie ein Fohlen gewachsen und bestand scheinbar vor allem aus Armen und Beinen. Wenn sie nach Justin kam, würde sie mich im nächsten Jahr überragen. Mein kleines Mädchen wäre sie dann nicht mehr.

Ich fing wieder zu zittern an, mein Magen krampfte. Ich versuchte, den Tremor mit Willenskraft zu bezwingen, doch er wollte nicht hören.

»Mom?«, fragte meine Tochter. Ihre Stimme war sanft und verhalten.

Ich strich ihr das lange hellblonde Haar zurück und schämte mich zum ersten Mal seit langer Zeit für meine eigene Schwäche. Ich hätte diese Pillen nie anrühren sollen, mir nie gestatten dürfen, mich wegen der Affäre meines Mannes auf so törichte Weise gehenzulassen. Meine Ehe mochte in die Brüche gegangen sein, aber ich war immer noch Mutter. Wie hatte ich das vergessen können?

»Es ist nur eine Gehirnerschütterung«, versuchte ich mich vage zu entschuldigen.

Aber meine Tochter war nicht zu täuschen. Sie drehte sich um und musterte mich. Sie hatte meine Augen, das sagten alle. Nicht golden, nicht grün, sondern irgendwo dazwischen. Sie war schön und klug und wuchs zu schnell. Ich berührte ihre Wange, und diesmal wich sie nicht zurück.

»Es tut mir leid«, sagte ich. Auf meiner Stirn bildete sich Schweiß. Ich konnte die feuchten Perlen spüren, und in meiner Benommenheit kamen sie mir vor wie Blut.

»Du brauchst deine Pillen«, sagte sie.

»Woher ...« Nein, ich wollte es gar nicht wissen.

»Ich habe sie in deiner Handtasche gesehen«, erklärte meine Tochter unumwunden. »Eure Handys habe ich mir auch vorgenommen, deins und das von Dad. Ihr habt nicht nur gegenseitig auf stumm geschaltet, sondern auch mit mir nicht mehr gesprochen.«

Ich sagte nichts und suchte stattdessen mich selbst in ihrem unbeirrbaren Blick. »Wir lieben dich. Daran wird sich nie etwas ändern.«

»Ich weiß.«

»Auch Eltern sind nur Menschen.«

»Ich will keine Menschen«, entgegnete sie. »Ich will meine Mom und meinen Dad.«

Sie drehte sich wieder von mir weg. Dann musste ich mich plötzlich beeilen. Eine der Nebenwirkungen von Opiaten: Verstopfung. Wenn sie abgesetzt werden, hat der Körper einiges nachzuholen.

Ich schaffte es gerade noch rechtzeitig zum Klo.

Der Durchfall war heftig, genauso wie der Gestank. Ich hätte heulen können, aber meine Augen waren wie ausgetrocknet.

Ashlyn hielt sich diskret bedeckt, was mir allerdings auch nicht wirklich half.

Ich war, wie ich glaubte, am Ende und krallte meine Hände in den krampfenden Magen. Wie zu einem Tier zurückentwickelt kam ich mir vor. Von einer respektierten Ehefrau und Mutter, die einst ihren Platz in der Welt gekannt hatte, zu einer Frau, die womöglich in der Gosse enden würde.

Als schließlich die schlimmsten Krämpfe überstanden waren, blieben nur noch Schmerzen, Schweiß und tiefe Verzweiflung zurück.

Ich sank von der Kloschüssel auf den Boden und rollte mich zusammen.

Später erfuhr ich von Ashlyn, dass Radar gekommen war. Er hatte einen Krug Wasser, einen Stapel Handtücher und Medikamente mitgebracht. Ein Mittel gegen Durchfall, Paracetamol und ein Antihistaminikum. Gemeinsam hatten er und Ashlyn mir die Pillen verabreicht.

Radar war wieder gegangen und hatte Ashlyn mit der Aufgabe zurückgelassen, mir mit einem feuchten Handtuch das Gesicht abzuwischen. Es war ihm nicht gelungen, mich auf die Pritsche zu legen, und so hockte sie neben mir auf dem Boden.

Ich erinnere mich, irgendwann die Augen aufgeschlagen und gesehen zu haben, dass sie mich beobachtete.

»Es wird schon wieder«, murmelte sie. Dann: »Ich habe kein Mitleid, Mom. Du hast es nicht anders verdient.«

Später aber hörte ich sie weinen und zitternd schluchzen. Ich versuchte, die Hand nach ihr auszustrecken und sie zu trösten, konnte mich aber nicht bewegen. Mir war wieder, als versänke ich im tiefen, tiefen Wasser, immer weiter wegtreibend von meiner Tochter.

»Ich hasse dich«, sagte sie. »Verdammt, ich hasse euch beide. Ihr könnt mich doch nicht einfach so im Stich lassen.«

Und ich konnte es ihr nicht verübeln, im Gegenteil, ich verstand sie gut, was ich ihr gern gesagt hätte. Auch ich hasse meinen Vater, weil er keinen Helm hatte tragen wollen. Und ich hasste meine Mutter, die, obwohl wir uns kein anständiges Essen leisten konnten, immer eine frische Packung Zigaretten hatte. Warum waren Eltern so schwach, so fehlbar? Warum hatten meine Eltern nicht gesehen, wie sehr ich sie liebte und an meiner Seite brauchte?

Sie starben und hinterließen die Art von Leere, die nie gefüllt werden kann, einen unerbittlichen Schmerz, der ein verlassenes Kind sein ganzes Leben lang begleitet. Ich war auf mich allein gestellt gewesen, eine Säule brüchiger Kraft, bis mir Justin begegnete. Dieser wunderbare, hinreißende, überlebensgroße Mann. Der mich im Sturm eroberte, mir jenseits aller Vernunft das Gefühl vermittelte, schön, geliebt und begehrt zu sein. Und sie lebten fortan glücklich miteinander, der König und die Königin von Camelot.

Ich glaube, ich war kurz davor loszukichern. Vielleicht lachte ich tatsächlich, bevor ich anfing zu weinen, denn als ich wieder zu Sinnen kam und meinen Blick auf Ashlyn richtete, sah ich in ein entsetztes Gesicht und hörte sie unablässig sagen: »Bitte, Mom, bitte, Mom, bitte.« Und das beschämte mich wieder über alle Maßen.

Es war schließlich meine Pflicht, mich um meine Tochter zu kümmern, und nicht umgekehrt. Es lag an mir, dass sie sich sicher fühlen konnte.

Radar kam zurück. Er schaute mich nicht an, wechselte auch kein Wort mit Ashlyn.

Brachte nur eine weitere Handvoll Pillen.

Sie wirkten. Meine Schmerzen ließen nach. Die dunkle Leere verschwand. Ich keuchte, zitterte und schwitzte nicht mehr.

Mein Körper hatte sich beruhigt.

Ich schlief.

Meine Tochter hatte sich neben mir auf dem Boden ausgestreckt, und diesmal war es ihr Arm, der sich mir um die Taille legte, ihre Stirn war an meinen Kopf gedrückt.

Auch sie schlief.

Für eine Weile.

Die Zellentür flog auf. Der erste gepanzerte Käfer kam herein, brüllte und riss uns aus dem Schlaf.

»Aufstehen, aufstehen!«, schrie er und schlug uns mit seiner Matratze.

Meine Tochter umklammerte mich. Ich drückte ihre Hand.

Lass sie nicht los, lass sie nicht los. Sie ist das Einzige, was du hast.

Mick senkte seinen Schild. Mit der freien Hand packte er Ashlyn bei der Schulter und zerrte sie in die Höhe. Ich hielt an ihrer Hand fest, doch er zog und zog mit unwiderstehlicher Kraft.

Ashlyns Hand entglitt meinen Fingern.

Mick trug sie fort.

Ich mühte mich auf und versetzte ihm von hinten einen Tritt zwischen die Beine.

Er war auch dort gepolstert, aber offenbar nicht dick genug. Er gab Ashlyn frei und nahm mich ins Visier. Diesmal trat ich ihn gegen das Knie und trommelte mit meinen Fäusten auf ihn ein, obwohl ich völlig entkräftet war und mich kaum auf den Beinen halten konnte. Trotzdem trat ich aus wie wild und schlug um mich, während er sich mit der Matratze wehrte und Ashlyn auf das obere Etagenbett sprang. Sie kauerte sich an den Rand und schien sich auf ihn stürzen zu wollen.

Plötzlich war ein zweites Händepaar im Spiel, das mich mit brachialer Gewalt von den Füßen hob und mich in die Höhe stemmte. Vor Schreck sperrte Ashlyn die Augen weit auf.

Mit ruhiger Stimme, direkt neben meinem Ohr, ließ Z

verlauten: »Mick, du bist eine verdammte Verschwendung menschlicher DNA. Hör endlich auf herumzualbern und mach dich an die Arbeit.«

Mick verzog sich.

Z setzte mich wieder auf dem Boden ab, hielt mich aber gepackt. Sein nächster Befehl war an Ashlyn gerichtet: »Du setzt dich!«

Sie setzte sich.

Mick kam mit Justin zurück. Er stieß ihn in die Zelle. Mein Mann griff mit beiden Händen nach dem Bettgestell, um sich abzustützen.

Z ließ mich los, und so plötzlich, wie sie aufgetaucht waren, verschwanden die beiden Männer wieder.

Justin blickte auf. Sein hübsches Gesicht war fast bis zur Unkenntlichkeit zerschunden.

»Libby«, flüsterte er. »Libby. Ich habe mich geirrt. Wir müssen ... müssen irgendwie hier herauskommen.«

Dann kollabierte mein Mann und stürzte zu Boden.

Kapitel 23

Wyatt konnte nicht schlafen. Nicht etwa, weil er sich dagegen gesträubt hätte, aber nach den langen Vernehmungen wollte sich sein Gehirn einfach nicht abschalten lassen. Er und Kevin hatten sich in einem relativ günstigen Hotel einquartiert, und nun lag er im Bett und grübelte vor sich hin.

Es war zwei in der Nacht, und er hing der Frage nach: Warum eine ganze Familie?

Bislang zielten die meisten Theorien zu diesem Fall auf Habgier als Motiv. Justin Denbe war schließlich ein vermögender Mann an der Spitze eines großen Unternehmens. Geld fiel einem als Erstes ein, wenn jemand wie er mit einem Taser niedergestreckt und aus seinem vornehmen Bostoner Stadthaus entführt wurde.

Seine Lebensversicherung belief sich, wie aus der Firma zu erfahren gewesen war, auf die stattliche Summe von zwei Millionen. Und in Anbetracht der Firma selbst, die von außen durch Verwerfungen in der Branche und vielleicht auch von inneren Rangeleien bedroht war, drängte sich der Gedanke auf, dass dem einen oder anderen aktuelle Gewinne winkten, wenn Justin nicht mehr auftauchte. Wer dächte in dem Zusammenhang nicht an eine gute, altmodische Entführung, um einen Konkurrenten loszuwerden? Seinen Platz würde einer der Altgedienten oder ein Externer einnehmen und den Laden zu einer modernen Firma umgestalten, die nicht nur Pläne ausarbeitete und Gebäude in die

Höhe zog, sondern diese auch ihrem Zweck entsprechend betrieb.

Was auch immer.

Wyatt machte sich nichts aus Geschäften. Ihn interessierten Menschen. In einem Fall wie diesem, egal wie man ihn anpackte, würde es letztlich nicht auf Gewinn- und Verlustrechnungen hinauslaufen, sondern immer auf Personen, darauf, wie und inwiefern sie anders tickten.

Was ihn zu seinem ersten Gedanken zurückkehren ließ: Nach allem, was sie wussten, gab es ein paar lukrative Gründe für Justin Denbes Entführung. Aber wieso die ganze Familie?

Drei Leute zu kidnappen war eine heikle Sache. Zum einen musste man notgedrungen die Zahl der Tatbeteiligten erhöhen. Zum anderen steigerten sich die logistischen Anforderungen exponentiell. Allein der Transport. Es galt, mehrere Mittäter *und* mehrere Opfer von A nach B zu bringen, und dafür brauchte man ein regelrechtes Partyboot. Da hätte man sich gleich eine Stretchlimousine mieten und sich einen schönen Tag machen können.

Unterkunft. Wo ließen sich so viele Personen verstecken? Zugegeben, der Norden New Hampshires hatte in der Hinsicht einiges zu bieten, vor allem zu dieser Jahreszeit. Auf manchen Campingplätzen gab es geräumige Hütten. Die waren zwar in der Regel nicht für den Winter ausgelegt, aber wenn man gut heizte, wäre eine solche Hütte durchaus geeignet, einen Haufen Geiseln unauffällig zu beherbergen.

Und natürlich wollten alle auch zu essen haben. Klar, in einer Hütte hätte man vorsorglich Vorräte anlegen können, aber damit waren Mühen verbunden. Wyatt wusste, dass es in der Wildnis des Nordens gar nicht so einfach war, einen geeigneten Laden zu finden, geschweige denn irgendwo in unmittelbarer Nähe. Und dann vergaß man immer etwas, auch wenn es auf der Einkaufsliste stand. Oder etwas Unvorhergesehenes kam dazwischen, zum Beispiel ein Bostoner Luxusweibchen auf Entzug, das jetzt unbedingt Aspirin und Imodium und jede Menge Zuwendung brauchte.

Arbeit, Arbeit, nichts als Arbeit.

Risiken über Risiken.

Wenn es sich bei den Entführern tatsächlich um Profis handelte, warum hatten sie dann eine ganze Familie verschleppt und sich entsprechend großen Ärger aufgehalst? Vor allem, wenn nur einer, nämlich Justin, dicken Gewinn versprach?

Wyatt konnte sich keinen Reim darauf machen.

Es wurde drei, dann vier Uhr.

Und wo zum Teufel blieb, dreißig Stunden nach der Entführung, die Lösegeldforderung?

Um sechs wälzte sich Wyatt aus dem Bett. Er duschte, was ihn wieder halbwegs zum Menschen werden ließ, rasierte sich, wonach er sich definitiv besser fühlte, und zog schließlich eine frische Uniform an, die er für alle Fälle eingepackt hatte.

Für einen Anruf im Sheriffbüro war es noch zu früh. Wenn seine Leute etwas Neues über die Hotline oder von Zeugen vor Ort erfahren hätten, wäre er bestimmt schon darüber informiert worden. Auf seinem Handy war keine Textnachricht eingegangen, auch keine Mailbox-Nachricht, was darauf schließen ließ, dass man auch im North Country keinen Schritt weitergekommen war und noch in der Viel-Arbeit-für-nichts-und-wieder-nichts-Phase steckte. Sei es drum.

Er ging nach unten und fand ein Fax von der Bostoner Polizei an der Rezeption. Außerdem wartete Kevin bereits in der Lobby mit zwei großen Pappbechern Kaffee von Dunkin' Donuts.

»Danke«, sagte Wyatt und nahm dankbar den Kaffee entgegen. Er schaute sich um. Die Lobby war leer.

»Die servieren hier ein kleines Frühstück«, sagte Kevin. »Aber sonntags erst ab halb acht. Nicht zu fassen.«

Wyatt grunzte und trank einen Schluck. Er mochte das Gebräu von Dunkin' Donuts. Es war fast weiß vor lauter Sahne und ordentlich überzuckert. Genau richtig.

»Geschlafen?«, fragte Kevin.

»Wer hätte das nötig? Und du?«

»Ich habe mich vor die Glotze gehängt. Pay-TV, aber nicht, was du denkst. Ich weiß, in allen Hotels wird hoch und heilig versprochen, dass kein Filmtitel auf der Rechnung auftaucht. Aber damit steht man ja schon unter dem Generalverdacht, dass man sich Pornos reinzieht.«

»Gut zu wissen.«

»Du bist morgens nicht sehr gesprächig, oder?«

»Und du redest mir ein bisschen zu viel.«

Die Männer setzten sich im leeren Tagesraum an einen kleinen Tisch.

»Was steht für heute an?«, fragte Kevin.

»Wir bleiben, es sei denn, im Norden tut sich was Neues. Aber hier ist das Zentrum der Ermittlungen. Wir müssen die Familie besser kennenlernen. Jede Menge Gespräche führen, Hintergrundrecherchen vornehmen ... Wir bräuchten mehr Personal, aber das bekommen wir natürlich nicht.«

»Dem FBI wird nichts anderes übrigbleiben, als zusätzliche Kräfte zur Verfügung zu stellen«, sagte Kevin. »Die Familie ist jetzt seit über vierundzwanzig Stunden verschwunden, anderthalb Tage, und wir haben immer noch keine Spur, geschweige denn ein Lebenszeichen.«

»Das FBI wird eine Sonderkommission einrichten. Ich schätze, sie werden eine mobile Leitstelle vor das Stadthaus der Denbes stellen, Telefonleitungen anzapfen und darauf warten, dass sich die Kidnapper melden. Die Handys der Denbes haben sie bestimmt schon in Verwahrung.«

»Kann man eine Lösegeldforderung per SMS absetzen?«, fragte Kevin. »Komische Vorstellung.«

Er nippte an seinem Becher. »Was hältst du von Tessa Leoni? Sie hat doch an der Vernehmung von Anita Bennett teilgenommen, oder?«

Wyatt zuckte mit den Achseln. »Sie stellt gute Fragen. Mir ist allerdings ein Rätsel, in welchem Verhältnis sie zu Denbe Construction steht. Die Firma ist ihr Auftraggeber, aber sie scheint niemanden aus dem Management zu kennen. Schätze, sie ist das erste Mal vor Ort.«

»So ist es«, bestätigte Kevin. »Ich habe mich kundig gemacht. Northledge arbeitet seit sieben Jahren für Denbe, aber nur sporadisch, wenn es darum geht, Anwärter auf einen Job zu durchleuchten, so was in der Art, und darauf werden niedrigere Chargen angesetzt. Tessa Leoni wird von ihrem Chef mit wichtigeren Aufgaben betraut.«

Wyatt runzelte die Stirn. »Dafür erscheint sie mir eigentlich viel zu jung.«

»Neunundzwanzig. Sie ist jetzt seit zwei Jahren bei Northledge und war vorher vier Jahre als Trooper im Dienst der Staatspolizei von Massachusetts.«

»Neunundzwanzig? Als Ermittler ist man damit gerade erst raus aus den Windeln.«

»Sie scheint aber gute Arbeit zu leisten«, sagte Kevin. »Ihr letzter Leistungsbericht ist voll des Lobes.«

»Woher weißt du das? Im Ernst? Aus dem Internet etwa?«

»Tja, da staunst du, nicht?«

Wyatt schüttelte den Kopf und leerte seinen Becher. »Ich fahre jetzt zum Haus der Denbes. Bislang haben wir uns auf das verlassen, was andere berichten. Würde mir gern ein eigenes Bild machen.«

»Wir brauchen ein Zeichen der Entführer«, meinte Kevin. Auch er trank seinen Becher leer. »Eine Lösegeldforderung, etwas in der Art. Damit könnten wir was anfangen.«

»Nein, wir müssen nicht darauf warten, dass die Kidnapper uns finden. Es gibt schließlich auch noch gute alte Ermittlungstechniken. Fangen wir damit an, die Frage des Tages zu beantworten.«

»Und die wäre?«

»Wenn es um Geld geht, warum wird die komplette Familie entführt?«

»Oh, darauf weiß ich eine Antwort.«

»Tatsächlich? Dann klär mich auf, Schlauberger.«

»Aus Gründen der Wirtschaftlichkeit. Justin Denbe wird von seinen Mitarbeitern beschrieben als ein großer Kerl, der mit Waffen umzugehen versteht und hart im Nehmen ist.

Würdest du nur einen Handlanger losschicken, um ihn zu entführen?«

Wyatt konnte ihm folgen. »Vermutlich nicht.«

»Wenn aber mehrere beteiligt sind, muss der Kuchen entsprechend aufgeteilt werden. Ein Einzeltäter, der sich Justin Denbe schnappt, würde zwei Millionen kassieren. Sind drei im Spiel, kriegt jeder nur noch sechshundertsechsundsechzigtausend Periode. Vergleichsweise deutlich weniger. Wirfst du aber Frau und Tochter mit in den Topf, springen weitere zwei Millionen heraus, und dann wird die Sache auch gleich wieder attraktiver.«

»Wirtschaftlichkeit. Frau und Tochter erhöhen aber auch das Risiko. Drei Personen zu entführen, irgendwo unterzubringen und durchzufüttern dürfte nicht gerade einfach sein. Dafür braucht man wahrscheinlich noch mehr Personal, und das verwässert wiederum den Gewinn. Es sei denn ...«

Die ganze Nacht hatte sich Wyatt den Kopf zerbrochen. Warum die ganze Familie? Weil es letztlich in einem solchen Fall immer auf Personen hinauslief und nicht auf Gewinn- und Verlustrechnungen? Jetzt ging ihm ein Licht auf.

»Kontrolle«, sagte er und zweifelte selbst keinen Augenblick mehr daran. »Denk nach. Die Kidnapper werden Justin Denbe kennen oder zumindest wissen, in welchem Ruf er steht. Um ihn zu schnappen, braucht man mehr als einen, und selbst ein größeres Aufgebot wird nervös sein. Aber wenn man auch Frau und Kind verschleppt, sieht die Sache schon anders aus. Justin allein könnte zurückschlagen. Aber sind seine Lieben mit in Geiselhaft ... Er weiß, sie würden büßen müssen, wenn er den Aufstand wagt.« Wyatt stockte und schüttelte den Kopf. »Mann, die Täter sind gut.«

Um acht in der Früh erreichten sie das Sandsteinhaus der Denbes. Wyatt war kein Stadtmensch. Aber die hübsche, von Bäumen gesäumte Straße mit ihren aufwendig restaurierten historischen Stadthäusern gefiel ihm. Sie zeigte ein Gesicht von Boston, das zu sehen Touristen gutes Geld zahlten. So also wohnten Bessergestellte.

An diesem Sonntagmorgen war es ruhig im Viertel. Am Straßenrand reihte sich ein teures Auto ans andere. Porsche Carreras, Volvo-Kombis, Mercedes-Limousinen. Wyatt fragte sich, was sich wohl in den Garagen befand, wenn diese Schlitten draußen parkten.

Eine mobile Leitstelle des FBI war nirgends zu sehen. Hinweise auf Polizeipräsenz gab es auch nicht, obwohl anzunehmen war, dass das Haus observiert wurde. Für den Fall, dass die Denbes wieder auftauchten oder ein Kidnapper an den Tatort zurückkehrte.

Dass hier etwas Schlimmes vorgefallen war, sah man nur an einem relativ diskreten gelb-schwarzen Absperrband vor der Eingangstür. Die Nachbarschaft sollte wohl nicht allzu sehr beunruhigt werden. Wer so viel Geld für eine Immobilie ausgab, wollte natürlich nicht, dass sich Störungen der vorgefallenen Art wertmindernd auswirkten.

Kevin fuhr fünfmal um den Block, bevor er schließlich in einer abseits gelegenen öffentlichen Tiefgarage parkte. Der Fußweg zurück dauerte einige Minuten, aber es war ein angenehmer Spaziergang in frischer Luft, in der schon spätherbstlicher Frost hing. Die Sonne wärmte das rote Pflaster und ließ die farbigen Fassaden der Stadthäuser strahlen.

Die Eingangstür zum Haus der Denbes – dunkles Walnussholz, glaubte Wyatt – war geschlossen. Er versuchte es mit Klopfen.

Und die Tür öffnete sich.

Ihm fiel die Kinnlade herunter, als er die Tür aufschwingen sah, und dachte: Mein Gott, sie sind wieder da! Dann aber fiel sein Blick auf Tessa Leoni. Sie trug eine schwarze Hose und ein weißes Hemdkleid. Abgesehen von der ziemlich großen, an der Hüfte geholsterten Waffe hätte man sie für eine Immobilienmaklerin halten können.

»Dachte ich mir, dass Sie kommen«, erklärte sie ohne Präambel. »Ein guter Polizist macht sich immer ein eigenes Bild.«

Sie trat zur Seite und ließ Wyatt und Kevin ins Haus.

Wyatt verliebte sich auf Anhieb in das Treppenhaus. Es fehlte nicht viel, und er hätte das wunderschön gemaserte Holz bewundernd gestreichelt. Mahagoni, vermutete er. Frisch geölt und mit dunkler Patina. Die elegant geschwungenen Stufenwangen, der vorzüglich gedrechselte Antrittspfosten! Wie viel schwere, überaus präzise Handarbeit in dieser Treppe steckte!

Und als er dann in das vordere Wohnzimmer mit seinen eingebauten Bücherregalen blickte, dem prächtigen restaurierten Kaminsims und dem Originalstuckwerk unter der Decke … Nicht zu fassen. Er stand im Eingangsbereich inmitten von Beweismittelschildchen und all den anderen Hinterlassenschaften der Spurensicherung und wähnte sich im Wunderland der Schreinerei.

»Beeindruckend, nicht wahr?« Tessa war neben der Eingangstür stehen geblieben. Ihm fiel auf, dass sie offenbar Wert auf Abstand legte. Die dunklen Haare waren allzu strack nach hinten gebunden, was darauf schließen ließ, dass ihr Kontrolle vor Schönheit ging.

»Und wie«, erwiderte er.

Sie lächelte und nahm eine etwas lässigere Haltung ein. »Tja, Libby versteht was von Einrichtung. Sie hat irgendeinen künstlerischen Abschluss. Das sieht man, wie ich finde, allein schon an der Zusammenstellung der Farben. Sehr kreativ. In meinem Haus ist alles nur weiß.«

»Wo wohnen Sie?«

»In Arlington. Habe mir vor kurzem einen Bungalow gekauft. Nach New-Hampshire-Maßstäben vielleicht ein bisschen klein, aber mir reicht's.«

»Haben Sie Familie?«

»Eine Tochter.« Sie musterte ihn nachdenklich. »Mein Mann ist vor zwei Jahren gestorben.« Eine weitere, erwartungsgeladene Pause entstand. Wyatt schaute sich im Eingangsbereich um. Kevin war intensiv mit den Beweismittelschildchen beschäftigt. Wyatt war also auf sich allein gestellt.

»Tut mir leid«, entgegnete er höflich.

Sie lächelte wieder, aber diesmal unverkennbar ironisch. »Natürlich, Sie kommen aus New Hampshire«, sagte sie leise. »Manchmal vergesse ich, dass nicht alle die Nachrichten aus Boston zur Kenntnis nehmen. Soll ich Sie durchs Haus führen? Die Feds sind noch in ihrer mobilen Leitstelle, das heißt, wir sind hier noch eine Weile unter uns.«

Wyatt merkte auf. »Mobile Leitstelle? Wo?«

»Sie steht in der Gasse auf der Rückseite der Hausreihe. Da sind auch die Garagen und Stellplätze, all das, was weniger hübsch anzuschauen ist. So funktioniert Back Bay. Vorne hui, hinten pfui. Das FBI ist schon in der Nacht gekommen. Mit einem großen weißen Fahrzeug, wahrscheinlich vollgestopft mit elektronischem Gerät. Jetzt habe ich eine Frage an Sie: Hatten Sie schon einmal mit dieser blonden Agentin zu tun?«

»Nicole?« Wyatt ließ sich von Tessa in die Küche führen. »Kann man wohl sagen.«

»Ist sie gut?«

»Durchaus. Clever, einfallsreich, ambitioniert. Von ihr ließe ich mich gern vertreten.«

»Gut zu wissen.«

In der Küche fielen Wyatt als Erstes die persönlichen Gegenstände der Denbes ins Auge, die auf der granitenen Insel lagen. Das FBI habe sie unangetastet gelassen, erklärte Tessa, weil noch ein Profiler einen Blick darauf werfen wolle. Es sei nicht nötig gewesen, die Handys zu untersuchen, denn der Anbieter habe bereits alle notwendigen Informationen über Anrufe und Textnachrichten zur Verfügung gestellt.

Allerdings irritierte Wyatt die Anhäufung der Gegenstände an und für sich. Es musste zum Beispiel für die Fünfzehnjährige sehr demütigend gewesen sein, ihr geliebtes Smartphone abzugeben, eines mit ihren Initialen auf der Rückseite der Hülle im Orange-Metallic-Look. Als Geste der Erniedrigung war wohl auch zu verstehen, dass die Ehefrau Verlobungs- und Ehering hatte abgeben müssen. Das Schweizer Taschenmesser hatte Justin vermutlich immer in der Tasche.

Wyatt ging um die Insel herum und betrachtete die Gegenstände von allen Seiten. Dabei drängte sich ihm so etwas wie ein Déjà-vu-Erlebnis auf. Natürlich ...

»Das ist wie die Aufnahmeprozedur in einer Haftanstalt«, sagte er.

Tessa schaute ihn fragend an.

»Gefangenen werden bei ihrer Einlieferung alle persönlichen Gegenstände abgenommen«, erklärte er. »Schmuck, Brieftaschen, Geld, Schlüssel, Handys ... Man muss alles auf einen Haufen legen. Und genauso sieht das hier aus. Wie bei einer Gefängnisaufnahme.«

Tessa nickte in Gedanken. »Könnte bedeuten, dass einer oder mehrere unserer Täter entsprechende Erfahrungen gemacht haben.«

»Leider wird dadurch der Kreis der Verdächtigen nicht kleiner«, meinte Wyatt trocken. »Wir tippen ja bereits auf Profigangster, und natürlich haben die meisten aus diesem Fach schon eingesessen. Wo sie ihre Ausbildung unter der Anleitung noch gewiefterer Gangster fortsetzen und Allianzen schmieden konnten, um nach ihrer Freilassung da weitermachen zu können, wo sie aufgehört haben.«

»An Zynismus leiden Sie nicht, oder?«

Wyatt schaute ihr ins Gesicht. »Und Sie sind wohl ein natürlicher Quell von Optimismus, was?«

Wieder dieses Lachen. Breiter und echter diesmal. Sie sah damit tatsächlich noch recht jung aus. Offenbar war sie von Haus aus sehr wachsam, auf der Hut vor Gefahren, von denen Wyatt nichts wusste. Gewiss steckte eine lange Geschichte dahinter.

»Pessimismus ist eine Berufskrankheit«, erwiderte sie. »Nun gut, gehen wir davon aus, dass mindestens einer der Täter im Knast gesessen hat. Das FBI wird auf diesen Gedanken wahrscheinlich auch schon gekommen sein, aber ich erinnere die Kollegen daran, wenn sie aus ihrem Kokon kriechen. Sonst noch etwas?«

»Wenn das Motiv der Täter, wie wir annehmen, Habgier ist, warum haben sie dann hier so viel Gold und Diamanten zurückgelassen? Wäre doch ein hübsches Extra gewesen.«

»Vielleicht haben wir es mit ungewöhnlich disziplinierten Ganoven zu tun«, spekulierte Tessa. »Die Kidnapper haben sich einen Plan zurechtgelegt und rücken keinen Millimeter davon ab. Ja, das kann einem Angst machen. Allein Libbys Diamanten sind an die hundert Riesen wert. Es wäre ein Leichtes gewesen, sie in einem unbeobachteten Moment einzustecken.«

Wyatt machte das Bauchschmerzen. Sie suchten nicht nur einen professionellen, disziplinierten Straftäter, sondern ein professionelles, diszipliniertes Team.

»Ich glaube, sie haben auch Libby und Ashlyn entführt, um besser Druck auf Justin ausüben zu können«, sagte er unvermittelt. »Justin scheint der geborene Fighter zu sein, aber wenn das Leben von Frau und Tochter auf dem Spiel steht, wird er sich wohl bändigen lassen.«

Tessa nickte. Sie hatte wieder ihre ernste Miene aufgesetzt. »Das schränkt ihn in seinen Möglichkeiten erheblich ein«, bestätigte sie. »Auch das zeigt wiederum, dass das Team seine Hausaufgaben gemacht hat und gut vorbereitet war.«

»Und es wurde immer noch kein Lösegeld gefordert?«

»So ist es. Kommen Sie, ich führe Sie nach oben.«

Sie gingen gleich bis zum zweiten Stock hinauf. Dort standen noch mehr Beweismittelschildchen auf dem Boden, die Kampfspuren markierten. Tessa erklärte ihm die Theorien der Bostoner Cops zum Tathergang. Er fand sie plausibel. Weiß der Himmel, er hatte noch nie Gelegenheit gehabt, anhand von Urintropfen eine Szene zu rekonstruieren.

Als sie nach dem kurzen Rundgang wieder treppab gingen und Tessa offenbar ins Parterre zurückkehren wollte, blieb Wyatt auf dem Absatz der zweiten Etage stehen.

»Was ist hier?«

»Wohnzimmer, Gästeschlafzimmer, Bibliothek.«

»Ich meine im Zusammenhang mit der Entführung.«

Sie schüttelte den Kopf. »Da war offenbar niemand.«

»Und ganz oben, unterm Dach?«

»Nichts.«

Wyatt runzelte die Stirn. »Das heißt, die Täter waren nur auf der zweiten Etage und im Foyer aktiv? Oben, um sich das Mädchen zu holen, im Eingangsbereich, um die Eltern zu überwältigen, und in der Küche, wo sie deren persönliche Gegenstände zurückgelassen haben?«

Tessa nickte.

Wyatt schaute sie an. »Ziemlich schnörkellos das Ganze, oder? Dieses Haus hier hat eine Wohnfläche von – ich schätze mal – gut fünfhundert Quadratmetern. Wie viele Etagen, wie viele Zimmer? Aber die Entführer scheinen keinen einzigen Schritt zu viel gemacht zu haben. Rein, raus, fertig.«

Tessa zögerte. Er sah ihr an, dass sie seinen Gedanken folgte. »Wir gehen davon aus, dass Insider die Tat begangen haben – oder zumindest jemand aus dem Umfeld der

Denbes, der Zugang zu den Sicherheitscodes hat. Aber was Sie da andeuten ...«

»Die Täter kannten das Haus in- und auswendig«, behauptete Wyatt. »Entweder waren sie schon einmal zu Gast, oder aber die Person, von der sie die Sicherheitscodes haben, hat sie gleich auch herumgeführt. Und zwar so gründlich, dass sie wussten, wo Ashlyn zu finden ist und an welcher Stelle sie die Eltern am besten abfangen konnten.«

»Das heißt, sie waren genau über die Gewohnheiten der Familie unterrichtet«, fügte Tessa hinzu. »Sie wussten, dass, wenn Libby das Auto gefahren hätte, sie und Justin von der Kellergarage kommen würden. Am Freitagabend aber saß Justin am Steuer, und sie benutzten beide den Hauseingang.«

»Wer könnte über solche Einzelheiten Bescheid wissen?«

»Die Haushälterin Dina Johnson. Vielleicht auch ein paar enge Freunde und Bekannte, zum Beispiel Justins Mitarbeiter, die wir letzte Nacht vernommen haben. Mir wurde gesagt, dass sie häufig hier zu Gast sind. Ich könnte mir zum Beispiel vorstellen, dass Justin ihnen die Codes selbst gegeben hat, etwa für den Fall, dass sie etwas für ihn im Haus besorgen sollten.«

»Mit anderen Worten, wir hätten einen ganz schön großen Pool an Verdächtigen«, sagte Wyatt.

Sie waren ins Foyer zurückgekehrt, wo sie Kevin nicht mehr am Boden kauernd vorfanden. Wahrscheinlich inspizierte er jetzt die Küche.

»Falls es darum gehen sollte, das Unternehmen zu retten – warum hätte man die Familie entführen sollen? Inwiefern könnte das helfen, Denbe Construction zu übernehmen?«

Wyatt dachte darüber nach. »Fehlt der Chef, läuft der Betrieb im Krisenmodus. Das heißt, das Management trifft die anstehenden Entscheidungen allein.«

»Und was bringt das, wenn wir Justin finden und er seinen Posten wieder einnimmt?«

»Es könnte aber auch gut sein, dass er dazu nicht mehr in der Lage ist, weil schwer verletzt ...« Wyatt legte eine Pause ein. »Oder tot.«

Tessa nickte stirnrunzelnd. »Möglich. Es wäre nicht der erste Auftragsmord an einem unbequemen Geschäftspartner. Es ist nicht immer leicht zu verstehen, was andere dazu bewegt zu töten.« In ihrer Tasche klingelte es. Sie zog ihr Handy hervor und warf einen Blick aufs Display. »Entschuldigen Sie mich, ich muss drangehen.«

Wyatt nickte und ging ins Wohnzimmer, wo er sich den Kaminsims von nahem ansah. Dann holte er einen Stoß Papiere aus seiner Tasche und fing zu lesen an.

Als er wieder aufblickte, stand Tessa Leoni neben ihm und wippte auf den Fußballen.

»Ich hab's!«

»Was?«

»Die Antwort auf meine Frage. Augenblick, ist das Ihr Beweisresümee? Sie zeigte auf die Unterlagen. »Haben Sie das dem FBI gezeigt?«

»Nein, aber den Bostoner Cops. Sie wissen ja, ich habe diesen Jackenschnipsel gefunden. Jetzt mische ich mich bei den Feds ein, wie die sich bei den Kollegen aus Boston eingemischt haben. Deren leitender Detective Neil Cap könnte das Gefühl haben, mir einen Gefallen schuldig zu sein.«

Tessa staunte. »Sie taktieren nicht schlecht.«

»Wo ich herkomme, gibt's nicht nur Bären und Elche«, entgegnete er in aller Bescheidenheit. »Wir haben es manchmal auch mit Füchsen zu tun. Verraten Sie mir jetzt, auf welche Antwort Sie gekommen sind?«

»Die Frage ist: Wer oder was hat Justins Affäre auffliegen lassen?«

Wyatt blinzelte. Daran hatte er noch gar nicht gedacht. »Die Tochter? Laut Anita Bennett kam sie ja manchmal ins Bürohaus.«

»Wohl eher nicht. Von Libbys Friseur wissen wir, dass Libby schon vor sechs Monaten ihrem Mann auf die Schliche gekommen ist. Ashlyn kam aber erst vor drei Monaten in die Lobby, um diese Kathryn zur Rede zu stellen. Wie also hat es Libby erfahren? Hat sie etwas gesehen oder gehört?«

»Spannen Sie mich nicht länger auf die Folter«, drängte Wyatt.

»Heute Morgen habe ich mir die Abschrift der Textnachrichten von Libbys Handy angesehen. Und jetzt halten Sie sich fest: Anfang Juni erhielt sie eine SMS, in der es heißt, sie solle doch auf ihren Mann besser aufpassen. Zwei Tage später fragt jemand per SMS, ob sie wisse, wie ihr Mann seine Mittagspausen verbringe. Tags drauf wird ihr in einer dritten SMS geraten, sich die Nachrichten auf dem Handy ihres Mannes anzusehen. Leider, leider lässt sich nicht feststellen, wer da so hinterhältig war, denn alle drei SMS stammen von einem Handy mit Prepaid-Karte ohne User-ID.«

»Da verwischt jemand seine Spuren«, sinnierte Wyatt.

Tessa lächelte wieder. Ihre blauen Augen leuchteten definitiv heller, so hell, dass er unwillkürlich den Atem anhielt, worüber er, als er sich dabei ertappte, den Kopf schüttelte.

»Interessant, dass Sie *seine* Spuren sagen, denn ich hatte zuerst eine Sie in Verdacht. Kathryn Chapman. Also habe ich einen Kollegen bei Northledge gebeten, Erkundigungen über sie einzuholen. Und jetzt kommt's: Mein überaus tüchtiger Kollege fand heraus, dass Kathryn Chapmans Onkel niemand anderer ist als der zweite Mann in der Hierarchie von Denbe Construction – Chris Lopez.«

Kapitel 24

Als ich Justin kennenlernte, arbeitete ich in der Boutique einer Freundin. Ich half dort an manchen Tagen aus und versuchte, mich nebenbei als Schmuckdesignerin selbständig zu machen. Von der Freundin bekam ich nur sehr wenig Geld, aber sie bot mir die Möglichkeit, meinen Schmuck in der Boutique auszustellen.

Als die Ladentür bimmelte, blickte ich von einem Wust von Schals auf, die ich neu arrangieren wollte, und erblickte Justin.

Von der ersten Viertelstunde unseres Zusammentreffens ist mir jede Einzelheit in Erinnerung geblieben: seine braunen Haare, die damals länger und dunkler waren und fast bubenhaft von der Seite über seine Stirn fielen; wie mich seine Größe und die breiten Schultern beeindruckten, die im wahrsten Sinne des Wortes die Sonne verdunkelten. Er trug Blue Jeans, nicht etwa Markenjeans, sondern eine billige, verschlissene, an den langen Beinen klebende Hose, dazu eine olivgrüne, halblange Jacke von L.L. Bean und ausgelatschte Stiefel.

Und dann dieses Lachen, spontan und offen. Er sah mich, grinste übers ganze Gesicht und sagte: »Dem Himmel sei Dank, ich bin gerettet.«

Ich war sofort hin und weg.

Am liebsten hätte ich ihm gleich in die Haare gegriffen. Ich wollte die feste Wand seiner Brust berühren, seinen Duft in mich aufsaugen. Ich wollte diese tiefe Stimme an meinem Ohr brummen hören, immer und immer wieder.

Er hatte nach einem Geschenk gesucht, für eine Freundin. Und natürlich schwatzte ich ihm eine meiner Ketten auf.

Mit meiner Telefonnummer auf dem Preisschildchen.

Was zu unserem ersten Date führte. Ich weiß noch, dass er einen etwas dämlichen Eindruck machte, als wir uns trafen, mir schüchtern eine einzelne gelbe Rose reichte und in seinen alten Range Rover half. Ich möge doch bitte den Schmutz und das Durcheinander im Wagen entschuldigen; er arbeite auf dem Bau, sagte er, da bleibe so etwas nicht aus.

Ich erinnere mich an seine Augen, als wir uns das erste Mal liebten, was nicht am selben Abend war, obwohl ich mir das durchaus gewünscht hätte. Dazu kam es erst nach unserem vierten Treffen. Sein Blick war ungemein intensiv, so sehr auf mein Gesicht fokussiert, auf jeden Seufzer, der mir über die Lippen kam, auf jede meiner Regungen, dass ich den Eindruck hatte, er wollte mich hypnotisieren.

Später gestand er mir, dass er schrecklich nervös gewesen war, und als ich schallend darüber lachte, schwor er, mir nie mehr ein Geheimnis anzuvertrauen.

Was er aber doch tat. Er gestand mir seine Liebe, ohne zu wissen, was ich für ihn empfand. Und bevor ich mir Gedanken über unsere Zukunft machte, sagte er, dass er mich heiraten wolle.

Nie werde ich vergessen, wie er an einem Donnerstagabend von einer besonders anstrengenden Geschäftsreise nach Hause zurückkehrte und ich ihn mit einem Bouquet pinkfarbener und blauer Luftballons sowie der Nachricht meiner Schwangerschaft begrüßte. Sein Gesichtsausdruck wechselte von müder Begriffsstutzigkeit über stirnrunzelnde Verwirrung hin zu allmählich aufkommender Freude, bis er schließlich vollkommen aus dem Häuschen war. Er ließ seine Reisetasche fallen und wirbelte mich im Kreis. Die Ballons rissen sich los und flogen durch die offene Haustür davon, während wir lachten und weinten. Den salzigen Schweiß auf seinen Wangen schmecke ich bis heute.

Erinnerungen an eine Ehe. Die Gesichter meines Mannes. So viele Momente, in denen ich ihn deutlich vor mir sah und in denen ich *wusste*, dass er auch mich wahrnahm.

Kommt es zwangsläufig dazu, dass mit der Zeit nicht zuletzt auch der Blick auf den anderen eintrübt? Wir standen immer weniger füreinander im Brennpunkt unserer Aufmerksamkeit und wurden mehr und mehr zu Möbelstücken, die im Verlauf des Alltags nach Belieben verrückt werden konnten. Während der vergangenen Monate saß ich meinem Mann oft gegenüber und versuchte, high wie ich war, ihn allein mit meinem Willen zu zwingen, dass er mich anschaute. Und wenn er weiter seelenruhig sein Abendessen in sich hineinschaufelte, schenkte ich mir ein weiteres Glas Wein ein, um die Leere damit zu füllen.

Die Erkenntnis, im eigenen Leben unsichtbar zu sein, schmerzt. Aber diese Blindheit beruhte wohl auf Gegenseitigkeit. Wären nicht diese drei Nachrichten auf meinem Handy aufgetaucht, hätte ich von Justins Seitensprung vielleicht nie etwas gemerkt. Mit anderen Worten, irgendwann im Laufe unseres Zusammenseins habe ich ihn kaum noch beachtet.

Aber jetzt betrachtete ich ihn voller Aufmerksamkeit.

Ich musterte die Schwellung seines rechten Auges, die fünf Risswunden auf der Wange. Aus der aufgeplatzten Unterlippe tropfte immer noch Blut. Auch die Blutergüsse an Hals und Schultern zeugten davon, wie schwer er misshandelt worden war.

Seine braunen, inzwischen grau melierten Haare waren schweißnass. Er verströmte einen unangenehmen Geruch, aber vielleicht war ich es auch, die stank.

Man wollte uns brechen, uns entmenschlichen und in Tiere verwandeln.

Doch das würde ich nicht zulassen. Damit kämen unsere Entführer, was mich betraf, nicht durch.

Ich schaute Justin an und sah wieder den guten Mann, der sich hatte schlagen lassen, um Frau und Tochter zu beschützen. Einen tapferen Mann, der große Schmerzen litt, aber kein Jammern von sich gab, als Ashlyn und ich ihn vorsichtig auf die untere Pritsche hoben.

Meinen Mann.

Ich schickte meine Tochter ins Bett. Sie musste sich ausruhen. Dann wischte ich Justin mit zitternder Hand und einigen Unterbrechungen, in denen ich immer wieder tief Luft holen musste, das Blut vom Gesicht.

Er stöhnte.

Ich küsste den Rand seiner Lippen.

Er stöhnte wieder. »Verzeih mir.«

»Alles wird gut.«

»Ich wünschte …«

»Pssst. Versuch dich zu entspannen.«

Er wurde ruhig. Ich saß auf der Kante der Pritsche, hielt die Hand meines Mannes und schlief darüber ein.

Am nächsten Morgen ließen sie uns in Ruhe. Vielleicht waren sie der Meinung, dass sie uns in der Nacht genug gefoltert hatten. Oder aber holten selbst Schlaf nach, was wahrscheinlicher war.

Durch unser schmales Fenster fiel Tageslicht. Ich erwachte mit einem steifen Hals, immer noch mit dem Rücken an den Bettpfosten gelehnt. Die Schmerzen waren abgeklungen, aber ich fühlte mich geschwächt.

Was mir Radar gegeben hatte, linderte die schlimmsten Entzugserscheinungen. Vicodin war es wohl nicht, denn das machte high und nahm allen Ecken die Schärfe. Davon spürte ich nichts. Aber immerhin hatten der Tremor, der Brechreiz und meine Verzweiflung nachgelassen.

Ich hätte Radar fragen sollen, was ich da geschluckt hatte, war mir aber nicht sicher, ob ich es wirklich wissen wollte. Für den Moment ging es mir besser, und in Anbetracht unserer Lage war wohl mehr nicht drin.

Ich ging aufs Klo, während meine Familie noch schlief, und füllte den Wasserkrug unter dem tröpfelnden Hahn. Vielleicht, dachte ich, vertrieben sich Häftlinge so ihre Zeit: indem sie darauf warteten, dass endlich genug Wasser zur Verfügung stand, um sich den Mund auszuspülen und das Gesicht zu waschen.

Ich versuchte, mit winzig kleinen Schlückchen meinen Durst zu löschen, schaute durch das Fenster in der Zellentür in den riesigen, grell beleuchteten Tagesraum und fragte mich, wo unsere Entführer stecken mochten.

Am linken Rand des Tagesraums befanden sich Duschen, zwölf weiß gefliese Kabinen. Diejenige ganz links war besonders groß und mit Haltegriffen an beiden Wänden ausgestattet. Behindertengerecht. Tja, dachte ich, in einem Gefängnis saßen eben nicht nur große, kräftige Kerle ein; es gab auch Gebrechliche und Kranke.

Einen Sichtschutz bot keine der Zellen, natürlich nicht. Alle waren voll einsehbar. Duschen im Gefängnis war offenbar so etwas wie ein Strip à la Full Monty.

Ich sehnte mich danach zu duschen. Die Haare klebten mir am Kopf. Der orangefarbene Overall war durchgeschwitzt. Ich spürte förmlich, wie sich auf meiner Haut eine Salzkruste gebildet hatte, und fragte mich, ob ich versuchen sollte, mich mit den paar Tropfen, die der Wasserhahn hergab, zu waschen.

Doch selbst darauf verzichtete ich aus Angst vor den unheimlichen Käfern, die jederzeit hereinspazieren mochten. Mich schauderte vor dem Gedanken, halb nackt vor Mick dazustehen, der mich aus seinen verrückten blauen Augen begaffen würde.

Ein Gefängnis habe Augen, hatte Justin gesagt.

Die waren ständig auf uns gerichtet. Auf mich.

Ich trank noch ein wenig Wasser, kehrte der Zellentür den Rücken und sah, dass Justin aufgewacht war und mich anstarrte.

»Ashlyn«, krächzte er.

»Sie schläft noch.« Ich brachte ihm den Wasserkrug und half ihm, sich aufzurichten und zu trinken. Er wimmerte, als ich ihn berührte, klagte aber nicht.

»Sie sind ... nicht wiedergekommen?«

Ich wusste nicht, was er meinte, und schaute ihn verwirrt an.

»Nachdem sie mich geholt haben. Sie haben nicht ... auch dich geholt?«

»Nein«, versicherte ich ihm.

»Ein Glück. Solange sie nur mich schlagen ... Aber dann war Z plötzlich nicht mehr da, und ich wusste nicht, was das bedeuten könnte.«

»Hier war er jedenfalls nicht.«

»Gut.«

»Justin ... Warum? Wenn es um Geld geht ...« Ich betrachtete sein geschundenes Gesicht. »Warum?«

»Ich weiß es nicht. Sie haben ständig zu mir gesagt, ich solle aufhören.« Justin nahm noch einen Schluck zu sich, sichtlich unter Schmerzen. »Als ich wissen wollte, womit, meinten sie nur, sie würden hier die Fragen stellen, und schlugen wieder zu.«

Ich versuchte, mir auf das, was er sagte, einen Reim zu machen. »Hast du ... etwas getan, was du besser nicht getan hättest?«

Mein Mann lächelte traurig. »Du meinst, von einem Seitensprung abgesehen?«

Errötend schaute ich weg.

»Ich habe mit ihr Schluss gemacht, Libby ... wie du es wolltest ... vor sechs Monaten. Ja, ich hätte gar nicht erst mit ihr anbändeln dürfen.«

»Vielleicht. Kann sonst noch etwas vorgefallen sein? In der Firma?«

Justin war noch nicht fertig. »Es tut mir leid. Das weißt du doch, oder?«

Ich antwortete nicht und starrte vor mich hin.

»Aber es quält dich noch immer, nicht wahr?«, fuhr er fort und verzog das Gesicht.

»Ich versuche, damit klarzukommen«, antwortete ich schließlich.

»Ich habe mich so auf unseren Restaurantbesuch am Freitag gefreut.«

»Ich mich auch.« Seinem Blick konnte ich immer noch nicht begegnen, und ich war auch nicht bereit für dieses Gespräch. Es wäre mir leichter gefallen, ihn zu verteufeln. Er hatte mich belogen und betrogen. Solange ich mich auf diese Vorwürfe beschränkte, hatte ich wenigstens keine Schuld am totalen Zusammenbruch meines Lebens.

Ich musste mir nicht meine eigenen Geheimnisse eingestehen, meinen Betrug und meine Unaufrichtigkeit. Wenn ich ihm nicht vergab, brauchte ich nichts zu bereuen.

»Wie kann ich Abbitte leisten?«, fragte er.

Ich lächelte matt. »Vielleicht, indem du uns hier herausholst.«

Er schien meinen Vorschlag ernst zu nehmen. »Libby, Schatz, ich habe diese Anlage gebaut. Glaub mir, auszubrechen ist unmöglich. Dafür haben wir auftragsgemäß gesorgt. Zwischen dieser Zelle und unserer Freiheit liegen sieben elektronisch gesteuerte Schranken. Auch von der Krankenstation oder der Küche aus kommt man nicht weit. Solange nur einer unserer Kidnapper im Kontrollraum sitzt, werden wir auf Schritt und Tritt überwacht. Jeder Versuch, hier herauszukommen, würde sofort vereitelt.«

»Und wenn wir sie überwältigen?«

»Du hast dich schon mit diesem Mick angelegt. Und was hat's gebracht? Ashlyn und ich wurden getasert, und du hast eine schwere Gehirnerschütterung davongetragen. Selbst wenn wir mit vereinten Kräften zuschlügen, richtig großes Glück hätten und Mick und Z irgendwie ausschalten könnten, wäre da immer noch Radar, der im Kontrollraum einfach ein paar Knöpfe drückt und uns an der Flucht hindert.«

»Was wäre, wenn wir Radar aus dem Kontrollraum herauslocken könnten?«, sagte ich. »Oder besser noch, wenn wir ihn besetzen würden. Dann säßen wir am längeren Hebel. Und könnten die Kerle im Tagesraum oder in einer Schleuse festsetzen. Wir würden den Spieß umdrehen.

Dann könnten wir Alarm schlagen«, fuhr ich fort, regelrecht berauscht von meinem Vorschlag. »Die hiesige Polizei würde kommen, oder? Ob dieser Knast nun eingemottet ist oder nicht. Sie würden kommen, uns befreien und unsere Kidnapper festnehmen. Fertig, aus!«

Justin schien darüber nachzudenken. »Nicht ausbrechen, sondern einbrechen«, fasste er zusammen und nickte, was aber offenbar sofort mit Schmerzen bestraft wurde. »Möglich. Es wird im Kontrollraum alles über einen Touchscreen gesteuert. Wer mit einem iPad umgehen kann, wird auch schnell herausgefunden haben, wie dieses System funktioniert. Außerdem ist der Kontrollraum selbst eine Art Schutzraum, ein Zufluchtsort für das Wachpersonal, falls eine Meuterei ausbrechen sollte. Die kugelsicheren Scheiben sind noch viermal stärker als das Glas in den Zellenfenstern. Z und seine Männer müssten eine volle Stunde mit all ihren Geschossen darauf einballern, ehe sie zu Bruch gehen. Vorher wäre längst die Kavallerie zur Stelle.«

»Wir müssten also nur herauskriegen, wer gerade in diesem Kontrollraum ist.« Ich rückte auf der Pritsche näher an meinen Mann heran. Wir hatten schon seit Monaten nicht mehr so viele Sätze miteinander gewechselt. Erinnerungen an früher wurden wach, an die ersten Ehejahre, als wir uns stundenlang unterhalten hatten, über die beste Vorschule für Ashlyn, irgendeine Ausschreibung, an der Justin teilnahm, oder darüber, wen wir zum Abendessen einladen sollten. Wir waren ein gutes Team damals. Zumindest hatte ich das gedacht.

»Wir sollten Z oder Mick bedrohen«, sagte ich, »sie nicht nur überwältigen, sondern so tun, als wollten wir sie töten. Radar würde dann den Kontrollraum verlassen und ihnen zu Hilfe kommen müssen.«

Justin hatte offenbar Bedenken. »Womit könnten wir sie bedrohen?«

»Mit einem Messer?« Etwas anderes fiel mir nicht ein.

»Woraus gemacht …? Wir haben weder einen Plastikkamm noch Zahnbürste oder Kugelschreiber. Außerdem scheinen Z und Mick einem genau ausgearbeiteten Plan zu folgen. Sie tragen keine tödlichen Waffen, die gegen sie gerichtet werden könnten.«

»Z hat doch diesen Gürtel mit den ganzen Taschen. Vielleicht ist da was drin?«

»In diese kleinen Dinger passt jedenfalls kein Messer oder eine Pistole.«

»Aber irgendetwas muss drinstecken.«

Justin lächelte. »Sicher. Aber wie sollten wir drankommen? Wir müssten beide, Z und Mick, überwältigen und entwaffnen. Ich habe zwar noch nicht in den Spiegel geschaut, kann mir aber vorstellen, dass ich heute nicht mehr so fit aussehe wie gestern.«

»Wir legen Feuer«, schlug ich als Nächstes vor. »In der Küche vielleicht. Öl auf dem Herd. Es sähe aus wie ein Unfall. Wir würden in Panik geraten, und anstatt zu löschen, würden wir die Flammen schüren, indem wir mit Handtüchern darauf einschlagen. Sie müssen dann alle mit anpacken, damit die Sache nicht aus dem Ruder läuft.«

»Die ganze Anlage hat ein ausgefeiltes Brandschutzsystem«, entgegnete Justin. »Wird auch vom Kontrollraum gesteuert. Ein Knopfdruck reicht, und das Feuer ist gelöscht. Und wer weiß, was uns dann blüht.«

»Aber es muss doch irgendeine Möglichkeit geben.« Ich war laut geworden und verzweifelt.

»Lösegeld«, sagte meine Tochter. Erschrocken schauten wir sie an. Wir hatten nicht bemerkt, dass Ashlyn aufgewacht war.

Ich überließ es meinem Mann, ihr zu antworten. Er überraschte mich, indem er ruhig sagte: »Ich fürchte, darauf sind sie nicht aus, mein Liebling. Es scheint, sie wollen etwas anderes, aber ich weiß nicht, was.«

»Ich aber«, entgegnete Ashlyn freiheraus. »So viel habe ich herausgehört. Hast du ihnen was von der Versicherung gesagt?« Beim Anblick meiner Tochter hatte ich wieder so ein Déjà-vu-Gefühl. Sie sah Justin ähnlich und hatte den gleichen Ausdruck wie er, wenn er während eines größeren Bauprojekts in eine Krise geriet und umso entschlossener seinen Willen durchzusetzen versuchte.

»Ja. Aber die Police beläuft sich nur auf vier Millionen. Unsere Gastgeber –«, er verwandte tatsächlich dieses Wort, »sind zu dritt. Ich glaube nicht, dass sich jeder Einzelne zufriedengeben würde mit etwas über einer Million.«

»Wir könnten doch was drauflegen«, sagte ich spontan. »Aus unserem Ersparten.«

»Schatz ...« Justin stockte. Das Schweigen zog sich in die Länge. »Wir ... Wir haben keine finanziellen Reserven.«

»Wie bitte?«

»Ich habe mir seit einiger Zeit kein Gehalt überweisen können, Libby. Genau gesagt, seit sechzehn Monaten nicht. Es sind mehrere größere Ausschreibungen an uns vorbeigegangen, die Firma ist klamm, und ... darum verzichte ich auf mein Gehalt, damit wir die Löhne bezahlen können.«

Ich war für eine Weile sprachlos. Nicht, weil mir Justins Worte Angst machten. Es hatte schon früher solche Engpässe gegeben, und ich wusste ja, dass die Mitarbeiter für Justin so etwas wie Familie waren. Wenn das Geld knapp wurde, stellte er seine Bedürfnisse immer hintan.

Nein, was mich zum Schweigen brachte, war, dass er kein Wort darüber verloren hatte. In sechzehn Monaten. Ich vermute, dass wir in diesem Zeitabschnitt tatsächlich auseinandergedriftet waren.

»Doch, wir haben noch Mittel«, sagte ich schließlich. »Antiquitäten, Schmuck, Autos, zwei Häuser. Wir könnten all das zu Geld machen ...«

»Wenn ich mich nicht irre, geht es bei Erpressungen meist um Bares.«

»Vielleicht könnte die Firma Gelder lockermachen. Es wäre für sie vielleicht schwer zu verkraften, aber letztlich leichter als dein Tod, oder? Ich meine ...«

Justin schaute mich auf merkwürdige Weise an. Doch plötzlich änderte sich sein Gesichtsausdruck. »Mein Tod«, murmelte er.

Ashlyn und ich musterten ihn verunsichert. »Was?«

»Libby, du hast recht. Mein Tod. Das könnte die Lösung sein.«

»Justin«, entgegnete ich, »wir werden dich doch nicht töten, um uns freizukaufen. Kommt gar nicht in Frage.«

»Das brauchst du auch nicht zu tun. Weder du noch Ashlyn oder ich. Das ist ja das Komische.« Er verzog seine geschwollenen Lippen. »Z und Mick haben bereits gute Vorarbeit geleistet. Zum Teufel mit ihnen. Wir werden uns selbst freikaufen. Und ich weiß auch schon, wie.«

Kapitel 25

Chris Lopez wohnte in South Boston, und zwar nicht in dem aufstrebenden, schicken Teil von Southie, sondern dort, wo die heruntergekommenen Dreigeschosser mit den morschen Veranden und billigen Kunststoffverkleidungen standen. Fußläufig waren natürlich mehrere Pubs zu erreichen, aber ansonsten ...

Tessa fuhr in ihrem Wagen und begleitet von Wyatt dorthin. Der andere Cop aus New Hampshire, Kevin, war zurückgeblieben, um Notaufnahmen und Methadonkliniken im Norden New Hampshires anzurufen und in Erfahrung zu bringen, ob sich Libby Denbe irgendwo gezeigt hatte.

Es behagte Tessa nicht, einen Beifahrer zu haben. Warum, war ihr selbst nicht klar. Ein Lexus SUV bot jede Menge Platz. Und Wyatt neigte definitiv nicht zu unaufgefordertem Smalltalk. Er saß ganz entspannt neben ihr, mit der Schulter an die Tür gelehnt, sodass genügend Abstand zwischen ihnen blieb.

Hin und wieder musste sie schnell auf den Verkehr reagieren, hier ausscheren und sich dort wieder einfädeln. Einmal stieß er einen anerkennenden Pfiff aus, als sie einem besonders aggressiven Fahrer geschickt auswich. Ansonsten hielt sich Wyatt bedeckt. Er schien nicht einmal besonders nervös zu sein.

»Gelobt seien die Berge«, murmelte er, was für sie wie eine Anspielung auf die Bostoner Autofahrer klang.

Auf ihrem Navigator hatte sie die Stimme des britischen Butlers eingestellt. Sie nannte ihn Jeeves. Er sprach mit einem Akzent, den Sophie, die sich darüber amüsierte, gern nachzuahmen versuchte. Es war außerdem irgendwie weniger ärgerlich, wenn man im Queen's English aufgefordert wurde, bei der nächsten Gelegenheit kehrtzumachen. Wyatt hatte grinsen müssen, als er die Stimme zum ersten Mal hörte. Er war also offenbar nicht humorlos. Das gefiel ihr.

Er hatte geduscht und trug eine frische Uniform. Auch das sprach für ihn.

Wie dem auch sei –

Sie parkten vor einer Bar, gingen zur Straßenecke und betrachteten das marode Haus, das Lopez als seine Privatadresse angegeben hatte.

»Was für Heimwerker«, bemerkte Wyatt. »Ich wette, in seiner Freizeit geht die Arbeit weiter. Er hat Ahnung und gute Beziehungen. Vielleicht zweigt er von seinen Baustellen auch das ein oder andere ab. Überschüssiges Material, das er hier selbst gut gebrauchen kann.«

Tessa nickte. Durchaus schlüssig, was er sagte, fand sie.

Im Haus brannte kein Licht. Sie hatten die Belegschaft von Denbe letzte Nacht in der Firmenzentrale lange vernommen, und es war anzunehmen, dass einige danach noch ein Bierchen getrunken und miteinander über den Fall geredet hatten, über ihre Sorgen, vielleicht auch Gewissensbisse und das Schicksal ihres verschleppten Chefs.

Ob man am Montag zur Tagesordnung zurückkehren und die Arbeit wieder aufnehmen würde, an welcher Baustelle auch immer?, fragte sie sich. Oder würden sie die Hände in den Schoß legen und abwarten? Das FBI hatte jedenfalls nicht verlangt, dass sich alle zur Verfügung zu halten hätten.

Aber vielleicht würde ein Gespräch mit Lopez daran etwas ändern.

Wyatt setzte sich in Bewegung, ging vorsichtig die morschen Verandastufen hinauf und machte Tessa auf Stellen aufmerksam, die sie besser umgehen sollte. Ihr fiel auf, dass er sehr still geworden war. Sie selbst, ein paar Schritte zurück, fühlte sich unwillkürlich in Alarmbereitschaft versetzt und war auf der Hut.

Um vier Uhr in der Früh war Sophie zu ihr ins Bett gekommen, ohne ein Wort zu sagen. Sie hatte sich einfach nur an sie geschmiegt. Als dann zwei Stunden später der Wecker klingelte, hatte sie unvermittelt kundgetan: »Mrs. Ennis sagt, du würdest einer Familie helfen.«

Tessa war schon aus dem Bett gestiegen, um sich fertig zu machen. »Ja, so ist es.«

»Warum braucht diese Familie denn Hilfe?«

»Sie ... hat sich verirrt.«

Ihre Tochter hatte sich im Bett aufgerichtet. »Sie ist entführt worden.«

»Wir wissen nichts Genaues.«

Sophie ließ nicht locker. »Jemand hat sie fortgeschafft. Haben sie ein kleines Mädchen?«

»Ein großes Mädchen, fünfzehn Jahre alt.«

»Kann sie sich wehren?«

»Man hat mir gesagt, die ganze Familie könnte sich gut wehren.«

»Die Entführer haben sie bestimmt in irgendein dunkles Loch gebracht. Das machen sie immer so. Sie sperren dich ein, wo es dunkel ist und kein anderer Mensch in der Nähe. Da müsstet ihr zuerst suchen.«

Tessa wandte sich von der Kommode ab, um dem ernsten Blick ihrer achtjährigen Tochter zu begegnen. Die Therapeutin hatte ihr geraten, Sophies Trauma offen anzusprechen: Was vorgefallen war, akzeptieren, zu Gesprächen darüber ermutigen und Hilfe zur Selbsthilfe an die Hand geben. Befürchtungen sollten auf keinen Fall verharmlost werden.

Sophie hatte auf schreckliche Weise erfahren müssen, dass Erwachsene sich nicht immer schützen konnten. Und es gab auch jetzt nicht viel, das Tessa ihr sagen oder anbieten konnte.

»Was würdest du mir sonst noch empfehlen?«, fragte sie.

»An den Fensterscheiben nach einem Hinweis suchen. Vielleicht dem Wort *Hilfe*. Wenn Glas dreckig ist, kann man darauf schreiben, mit Spucke. Du musst immer wieder den Finger ablecken, und das schmeckt dann nicht mehr so gut.«

»Verstehe.«

»Sie brauchen wahrscheinlich auch was zu essen. Du solltest ihnen was mitbringen. Kidnapper lassen Kinder oft hungern. Besonders böse Kinder. Aber wenn man Angst hat, ist es schwer, gut zu sein.«

Tessa verspürte einen schmerzlichen Stich im Herzen. Versuchte, nicht allzu sehr darüber nachzudenken, was ihre Tochter vor zwei Jahren durchgemacht hatte. Mit betont fester Stimme fragte sie: »Was sollte ich ihnen denn mitbringen?«

»Schokoladenkekse.«

»Okay. Ich packe Wolldecken und Schokoladenkekse ein. Vielleicht auch eine Thermosflasche mit Kakao?«

»Ja.«

»Danke, Sophie. Du bist mir eine große Hilfe.«

»Wirst du auf jemanden schießen müssen, Mommy?«

»Das habe ich eigentlich nicht vor.«

»Aber du trägst doch deine Pistole, oder?«

»Ja.«

»Gut. Das solltest du auch.«

Jetzt, da Tessa vor Lopez' Dreigeschosser stand und die schmutzigen Fensterscheiben sah, dachte sie, dass ein darübergeschmierter Finger, der einen Hilferuf geschrieben hätte, besonders schlecht schmecken würde.

Tessa fuhr mit der rechten Hand unter die offene Jacke und griff zur Pistole. Sie drehte sich zur Seite, um ein weniger großes Angriffsziel zu bieten, und nickte einmal kurz Wyatt zu, der daraufhin mit der Linken an die Tür klopfte.

Ein Labrador machte auf, ein älterer Hund mit ergrauter Schnauze, die einen scharfen Kontrast zum schwarzen Fell bildete. Er löste eine Schnur, die um den Türknauf gewunden war, setzte sich und blickte erwartungsvoll zu Tessa und Wyatt auf. Sein Schwanz trommelte ein freundliches Willkommen auf den Boden.

»Hallo?«, rief Tessa.

»Braver Hund«, meldete sich eine Männerstimme von oben. Chris Lopez.

»Braver Hund«, murmelte Tessa. Der wedelnde Schwanz schlug einen Takt schneller.

»Brav, Zeus«, rief die Stimme von oben.

Die Hand immer noch auf der Pistole, spähte Tessa in den dunklen Flur. »Brav, Zeus«, wiederholte sie leise.

Der Hund gähnte. Anscheinend überzeugte ihn ihre Stimme nicht.

»Chris Lopez?«, rief sie. »Ich bin's, Tessa Leoni, von Northledge Investigations. Ich würde Ihnen gern ein paar Fragen stellen.«

Ein paar Sekunden verstrichen in absoluter Stille. Dann knarrten die Stufen, und Lopez kam trapp-trapp-trapp die Treppe herunter. Als er auf dem Zwischenabsatz die Richtung wechselte und Wyatt erblickte, bremste er ab und ging nur zögernd weiter. Mit einem Lappen wischte er sich die Hände ab, die bis zu den Unterarmen mit feuchtem Gips beschmiert waren. Er umklammerte nun den Lappen und blieb auf der vorletzten Stufe stehen.

»Gibt es … Neuigkeiten?« Er sprach mit gepresster Stimme und schien zu ahnen, dass es keine guten Nachrichten geben konnte, wenn gleich zwei Polizisten auf der Matte standen.

»Nein. Wir haben nur ein paar Fragen. Dürfen wir reinkommen?«

»Ja, klar. Kommen Sie rein. Ich konnte nicht schlafen und … habe oben im Bad die Fliesen verfugt. Augenblick. Ich will mir nur schnell die Hände waschen.«

Tessa und Wyatt folgten ihm an der Treppe vorbei in die Küche. Zeus, der ältliche Wachhund, schien sich über Gesellschaft zu freuen und ging bei Fuß.

Eigentlich konnte von einer Küche kaum die Rede sein. Sie war bis auf den Blindboden freigelegt und bestand im Wesentlichen aus einem einsamen Kühlschrank, einer provisorisch montierten Spüle, einer auf zwei Böcken ruhenden Spanplatte, die als Anrichte diente, sowie einem alten blauen

Kartentisch für vier Personen. Chris deutete mit der Hand darauf. Also rückten sich Tessa und Wyatt je einen Klappstuhl aus Metall zurecht und nahmen Platz.

»Entschuldigen Sie die Unordnung«, sagte Lopez, als er den Wasserhahn aufgedreht hatte und seine Hände zu schrubben begann. »Ich habe das Haus vor zwei Jahren gekauft und gedacht, nach acht Monaten aus dem Gröbsten raus zu sein. Ja, man sollte meinen, dass ich es als Profi hätte besser wissen müssen.«

»Sie machen alles selbst?«, fragte Wyatt.

»Ja, fast alles. Für Elektrik, Wasser und Heizung habe ich Freunde, die dafür geradestehen, weil mir sonst die Bauordnung dazwischenfunken könnte. Aber im Grunde könnte ich das auch allein.«

»Schreinern Sie auch?«

»Ja, gern, wenn auch nicht besonders gut.«

Zeus tappte um den Tisch herum. Ein hübsches Tier mit großem Kopf und seidigen Ohren. Vor Tessa blieb er stehen und zog erwartungsvoll die Augenbrauen in die Stirn. Brian, Tessas Mann, hatte einen Schäferhund gehabt, in den er ganz vernarrt gewesen war. Im Unterschied zu ihr. Sie machte sich nicht viel aus Hunden. »Was will er?«

»Na, was will ein Männchen wohl von einem Weibchen? Dass es unsterblich in ihn verliebt ist und ihm den Rücken kratzt.«

Tessa streckte eine Hand aus. Der Hund führte seinen Kopf darunter, was sie als Aufforderung verstand, seine Ohren zu streicheln. Das alte Tier schloss die Augen und seufzte zufrieden.

»Sie sind doch sehr viel unterwegs. Wie verträgt sich das

mit der Verantwortung für einen Haushund?«, fragte sie. Lopez spülte gerade seine Hände ab.

»Zum einen ist Zeus mehr als ein Hund. Er hält sich selbst für einen Menschen. Zum anderen lebt Zeus bei meinen Nachbarn. Aber weil die am Wochenende arbeiten, ist er jetzt bei mir. Wir hämmern, schleifen Holzböden, rülpsen. Was Kerle halt so tun.«

»Er kann offenbar auch Türen öffnen«, sagte Wyatt.

»Wenn er mir nicht gerade Bier holt. Ja, das sind Fertigkeiten, die man zum Leben braucht.« Lopez drehte den Hahn zu, griff nach einer Rolle Haushaltspapier und trocknete sich die Hände.

Zeus öffnete ein Auge, als er ihn kommen hörte, widmete sich dann aber wieder voll und ganz dem Genuss, den ihm Tessas Hand bereitete.

»Ja, ja, ja«, murmelte Lopez. »So viel zum Thema Brüderlichkeit. Mach nur so weiter, und ich muss dich am Ende aus dem Haus jagen, Freundchen. Hat er also vor der hübschen Frau schon angegeben. Ja, er kann nicht nur Türen öffnen, sondern auch über Gitterstege gehen und Hängebrücken überqueren. Allerdings hat unser Tausendsassa Höhenangst, was mir einmal bitter aufgestoßen ist, als ich ihn über den Lion's Head Trail am Mount Washington tragen musste. Er zitterte wie ein Baby. Der Aufstieg war okay, aber als es dann wieder bergab ging ... Schwarze Labradore können regelrecht grün werden. Lassen Sie sich nichts anderes einreden.«

Zeus schien es nichts auszumachen, dass sein tiefstes, dunkelstes Geheimnis gerade gelüftet worden war. Er legte seine Schnauze auf Tessas Schenkel und seufzte abermals.

»Sie wandern?«, fragte Wyatt.

»Sooft ich kann. Leider lässt mir dieses Projekt hier wenig Zeit dazu.«

»In den White Mountains?«

»Ja.«

»Haben Sie irgendwelche Lieblingsrouten?«

Lopez zählte mehrere auf. Er schien sich auf der Presidential Range gut auszukennen. Interessant, da der Flicken aus Justin Denbes Jacke im Norden New Hampshires gefunden worden war.

Doch dass sich Chris Lopez möglicherweise verriet, schien ihm nicht bewusst zu sein.

»Aber Sie sind doch bestimmt nicht gekommen, um mit mir über meine Steckenpferde zu reden«, sagte er.

»Nein«, sagte Wyatt. »Natürlich nicht.«

»Was kann ich für Sie tun?«

Tessa beschloss, ohne Umschweife zur Sache zu kommen. »Erzählen Sie uns von Kathryn Chapman.«

Die Wirkung ihrer Frage blieb nicht aus. »Ach, du Schande. Sie meinen meine blöde Nichte? Beziehungsweise die noch blödere Ex-Geliebte meines Bosses?«

Chris' Schwester hatte ihn um einen Gefallen gebeten: Ob er ihrer Tochter Kate nicht einen Job bei Denbe Construction besorgen könne? Dummerweise gab es wegen der dürftigen Auftragslage zu dieser Zeit einen Einstellungsstopp. Chris hatte aber gehört, dass die im selben Bürohaus ansässige Reiseagentur eine Empfangsdame suchte. Perfekt. Er verabredete für seine Nichte ein Vorstellungsgespräch. Zwei Wochen später hatte Kate einen Job, und Chris' Schwester war glücklich.

»Ich wollte nur, dass sie eine Arbeit hat«, betonte Lopez und blinzelte mit seinen dunklen Augen. »Die hat sie gefunden, zwar nicht in meiner Firma, aber im selben Gebäude. Ende der Geschichte.«

Doch es war eben nicht ihr Ende.

Im Januar schöpfte Chris Verdacht. Während der vorangegangenen Urlaubstage war deutlich geworden, dass Kate einen neuen Freund hatte. Sie schaute ständig auf ihrem Handy nach und wurde jedes Mal rot, wenn sie zu ihrem Job befragt wurde. Es war so auffällig, dass sie unauffällig tat, dass Chris sie ein paarmal damit aufzog.

Dann, als Lopez eines Tages die Reiseagentur aufgesucht hatte, um zwei Flüge buchen zu lassen, sah er sie: seinen Boss Justin Denbe, wie er sich lächelnd über ihren Schreibtisch beugte, und Kate mit geradezu verzücktem Gesichtsausdruck. Chris hatte die beiden sofort durchschaut.

»Und es war weiß Gott nicht das erste Mal«, sagte er mit bitterem Unterton. »Justin? Scheiße ... Verzeihung –« Er warf Tessa einen scheuen Blick zu. »Ich habe vielleicht eine große Klappe, aber was soll's, ich bin dreiundvierzig Tage im Jahr unterwegs und verbringe einen Großteil meiner Zeit mit einem Haufen Typen, die Haare auf dem Rücken und gerade erst aufrecht zu laufen gelernt haben. Ich wäre froh, eine passende Frau zu finden, die mich auch will. Aber Justin ... Was soll ich Ihnen sagen? Dass der Apfel nicht weit vom Stamm fällt? Justin liebt Frauen, und Frauen lieben ihn. Aber meine Nichte? Ich meine ... meine *zwanzigjährige Nichte*?«

Lopez war merklich aufgebracht.

Nein, er habe Justin nicht zur Rede gestellt. Wozu auch?

Stattdessen hatte er Kate in die Mangel genommen und ihr den Kopf geradezurücken versucht. Justin würde seine Frau nie verlassen. Die Affäre war zum Scheitern verurteilt.

Doch das kümmerte Kate nicht. Sie hielt sich für was Besonderes. Sie sei die eine, und das mit absoluter Sicherheit.

Lopez hatte sich darüber immer mehr aufgeregt.

»Sie müssen verstehen«, sagte er, »meine Nichte ... Sie ist vielleicht nicht die Gescheiteste, aber ein liebes Mädchen. Vertrauensselig. Sie hat einen anderen Blick auf Justin als er auf sie. Er ist doppelt so alt und zwanzigmal so erfahren. Frauen zu vernaschen steckt ihm in den Genen, er kann nicht anders. Es ist eine Art Vermächtnis seines Vaters.«

Tessa merkte auf. »Wollen Sie damit sagen, dass Justin Libby genauso betrogen hat wie sein Vater seine Frau?«

»Ja. Und die Geliebte eines Denbe zu sein ist nicht gerade toll. Fragen Sie mal Anita Bennett.«

»Was?«

Tessa starrte Chris Lopez an und spürte, dass Wyatt an ihrer Seite leicht amüsiert reagierte.

»Anitas jüngster Sohn«, erklärte Lopez, »ist ihrem Ehemann nicht im Geringsten ähnlich, könnte aber dem Aussehen nach Justins jüngerer Bruder sein. Und wissen Sie, wer ihm das Studium am College finanziert hat? Die Denbes. Ich bin mir sicher, in der Firma weiß jeder Bescheid.«

Tessa hatte sich wieder gefasst. Natürlich. Anita Bennett und Justins Vater. Genau wie Wyatt angedeutet hatte. Der stupste sie in diesem Moment unter dem Tisch mit dem Fuß an. Sie stupste zurück.

»Justins Mutter war dafür bekannt, dass sie trank«, fuhr Lopez fort. »Vielleicht hat sie ihren Mann dazu getrieben, dass er sich anderweitig vergnügte. Ich will darüber nicht urteilen. Aber Libby? Sie ist schön, sie ist talentiert. Überaus freundlich. Sie lädt immer wieder zu sich nach Hause ein, die ganze Belegschaft. Es kommt nicht selten vor, dass manche von uns kurz vorher noch auf der Baustelle waren und in dreckigen, stinkenden Klamotten vor der Tür stehen, aber Libby heißt uns immer willkommen. Wie geht's, schön, dich zu sehen, wie war die Arbeit, was macht die Familie, ist mit den Kindern alles im Lot? Hey, wer hat Lust auf ein Bier, oder sollen wir heute Abend Wein trinken?

So ist sie. So eine tolle Frau hat Justin gar nicht verdient.«

Tessa hörte auf, den Hund zu streicheln. Sie war zu beschäftigt damit, Lopez zu mustern, der ganz offensichtlich in die Frau seines Bosses verliebt war.

Na, na, na.

»Haben Sie ihr deshalb diese SMS geschrieben?«, fragte sie leise. »Sie meinten, dass sie die Wahrheit wissen müsste?«

»Ja, zugegeben, ich konnte es einfach nicht länger mit ansehen. Und es war nur eine Frage der Zeit, dass Justin meiner Nichte das Herz brechen würde. Also dachte ich, es wäre bloß fair, ihn auffliegen zu lassen.«

»Hat es funktioniert?«

»Libby hat ihm die Hölle heißgemacht«, antwortete Lopez, was aber nicht sehr überzeugt klang. Er senkte seinen Blick, scharrte mit den Füßen über den Blindboden.

»Dass ich ihn angeschwärzt habe, weiß Justin nicht«, sagte er kleinlaut. »Er glaubt, Libby habe Verdacht geschöpft und sein Handy kontrolliert. Er und Kate haben einander gesimst. Ziemlich blöd, und das wusste er auch. Es gab jedenfalls eine Riesenszene. Geschrei, Tränen, Drama. Er musste in die Kellerwohnung umziehen.«

»Wissen Sie das von ihm?«, hakte Wyatt nach. »Oder von ihr?«

»Er hat es mir erzählt. Libby weiß nicht, dass ich es war, der ihr die Affäre gesteckt hat. Ich habe mir extra einen TracFone gekauft, um sie zu benachrichtigen.« Er verzog den Mund.

»Aber Justin hat mit Ihnen doch bestimmt über seine häusliche Situation gesprochen, oder?«, fragte Wyatt.

»Ja, und nicht nur mit mir. Es war ja ohnehin klar, dass der Haussegen schief hing. Am Montag danach kam Justin zur Arbeit und war völlig durch den Wind. Seltsam, denn wenn es um Frauen geht, ist er immer aalglatt. Ich glaube, er nimmt auch seine Ehe nicht wirklich ernst. Aber als die Kacke am Dampfen war ... Tja, plötzlich zeigte er sich reumütig. Bezeichnete sich als Idioten, der ebenso mies sei wie sein verfluchter Vater, aber jetzt wäre ihm ein Licht aufgegangen, und er würde alles tun, um seine Frau zu behalten.«

»Und, hat er?«, wollte Tessa wissen.

»Er hat meiner Nichte den Laufpass gegeben«, sagte Lopez. »Sie wie eine heiße Kartoffel fallen lassen. Und glauben Sie mir, ich weiß es aus erster Hand. Sie hat mich fünf, sechs, sieben Mal am Tag angerufen, hysterisch geheult und mich immer wieder gefragt, was sie tun soll, wie sie ihn zurückgewinnen kann. Himmel. Am Ende habe ich mein Handy ausgeschaltet, um arbeiten zu können. Ein Glück nur, dass sie mich nicht verraten hat.«

»Was macht Sie da so sicher?«, fragte Wyatt.

»Justin hätte mich zur Rede gestellt. Er ist nicht der Typ, der um den heißen Brei herumredet. Wenn er ein Problem mit dir hat, spricht er es an. Frontal, gerade ins Gesicht.«

»Hat Kate ihn zurückgewonnen, oder war die Affäre wirklich zu Ende?«, wollte Tessa wissen, denn Kathryn Chapmans Auslassungen hatten sie nicht restlos überzeugt. Es war ihr so vorgekommen, als hätte sie einiges verschwiegen.

»Soweit ich weiß, war es aus und vorbei.«

»Sie hatte doch bestimmt eine Meinung über seine Frau«, sagte Wyatt. »Ist nicht leicht, die erste große Liebe so zu verlieren.«

»Ach, lassen Sie Katie in Frieden. Sie ist ein naives Ding, wird aber auch noch dazulernen. Kann sein, dass sie ein paar törichte Versuche unternommen hat, Justin wieder auf sich aufmerksam zu machen, aber ich schätze, dass sie es dann irgendwann geschnallt hat. Die Sache ist ja schon im Juni aufgeflogen. Meine Schwester kann Ihnen bezeugen, dass Katie fast den ganzen Monat schluchzend in ihrem Zimmer verbracht hat. Danach ging es ihr ein bisschen besser. Und im August ... Ich wette, sie wird bald einen neuen Freund haben. Sie ist ein hübsches Mädchen und entwickelt allmählich auch Grips.«

»Hat sie zu irgendeinem Zeitpunkt Libby nachgestellt?«, fragte Tessa.

»Nicht, dass ich wüsste.«

»Und umgekehrt?«

»Auch davon weiß ich nichts.«

»War von Scheidung die Rede?«, fragte Wyatt. »Hat er oder sie einen Anwalt aufgesucht?«

Chris Lopez grinste. »Sie haben keine Ahnung, nicht wahr?«

Tessa und Wyatt hielten sich zurück.

Chris beugte sich vor und verschränkte seine Arme auf dem Tisch. »Ob Libby einen Anwalt eingeschaltet hat, weiß ich nicht, aber ich kann Ihnen verraten, was passieren würde, wenn sie es täte.«

»Klären Sie uns auf«, sagte Tessa.

»Es gibt einen Ehevertrag. Justin hat schon öfter damit angegeben. Nur eine Seite lang, und Libby hat bereitwillig unterschrieben. Sie verzichtet auf alle Ansprüche am Unternehmen und gibt sich im Scheidungsfall mit der Hälfte der persönlichen Vermögenswerte zufrieden, die während der Ehe zusammengekommen sind. Klingt vernünftig, oder? Die Firma ist Justins Ein und Alles; er hat sie von seinem Vater geerbt. Aber wenn man dann das Kleingedruckte liest ...«

Er legte eine Pause ein und machte es spannend.

Tessa kam als Erste auf den Trichter. »Es gibt keine persönlichen Vermögenswerte«, murmelte sie. »Alles steckt im Unternehmen.«

»Bingo, man gebe der Frau einen Preis. Das Bostoner Stadthaus, das Cottage am Cape, die Autos, die Möbel – der ganze Klumpatsch gehört Denbe Construction. Justin verzichtet sogar großzügig auf die Boni, die ihm zum Jahresabschluss zustehen, und belässt sie auf dem Firmenkonto. Würde Libby Justin verlassen, stünde sie mit leeren Händen da. Typisch Justin, der gütige Diktator. Verspricht seiner Frau, sie immer zu lieben – hier, ein Haus für fünf Millionen. Verspricht seinen Angestellten, sich immer um sie zu kümmern – seht, zugunsten der Firma verzichte ich sogar auf meine Boni. In Wirklichkeit aber denkt er nur an sich. Sowohl meine Nichte als auch Libby können ein Lied davon singen.«

Tessa und Wyatt saßen noch eine weitere halbe Stunde mit Lopez am Tisch. Wo er am Freitagabend gewesen sei?

»In einer Bar hier um die Ecke.« Zeugen? »Rund ein halbes Dutzend Stammgäste.«

Wann er Libby und/oder Ashlyn Denbe das letzte Mal gesehen habe?

»Ich sage Ihnen, Sie sind auf dem Holzweg. Nur weil es mir nicht schmeckt, wie mein Boss mit Frauen umgeht, werde ich ihm noch lange nicht schaden wollen.«

Aber er habe doch Zugriff auf den Sicherheitscode der Alarmanlage in der Denbe'schen Residenz gehabt.

»Ja. Den haben alle aus unserem Team. Justin ist nicht besonders gut organisiert, und es kommt nicht selten vor, dass er einen von uns zu sich nach Hause schickt, um irgendwas zu holen, was er vergessen hat. Wenn Libby zufällig da ist, gibt's Kaffee und Kuchen. Ich sage es noch einmal: Justin müsste mal wegen seiner Weibergeschichten zurechtgestutzt werden. Aber nicht seine Familie.«

Und Ashlyn?

Lopez glühte. »Über sie möchte ich nicht reden. Ich mag nicht einmal an sie denken. Überfallen im eigenen Haus ... Ich wüsste, wie unser Rechtsstaat ein bisschen was an Kosten einsparen könnte. Finden Sie die Kidnapper und sagen Sie mir Bescheid. Meine Jungs und ich werden sich um den Rest kümmern.«

Indem er Gebrauch machen würde von dem, was er als Army Ranger gelernt habe? Womöglich unterhalte er auch Kontakte zu Typen, die still und leise in ein Haus einbrechen und blitzschnell einen erwachsenen Mann, seine Frau und Tochter überwältigen können?

»Ich bin schon seit fünfzehn Jahren nicht mehr in dem Verein. Die Typen, die ich von damals kenne, spucken als Reservisten in irgendeiner Wüste Sand, oder sie wurden entlassen, weil sie jedes Mal in Deckung springen, wenn ein Auto eine Fehlzündung hat. Erstere sind viel zu weit weg und die anderen ständig betrunken. Wenn Sie in Ihren Ermittlungen vorankommen wollen, sollten Sie sich vielleicht mal mit Anita Bennett befassen. Sie hätte allen Grund, die ganze Familie ins Jenseits zu schicken. Unter anderem wäre dann ihr Sohn der einzige Denbe-Spross. Wenn ich mich nicht irre, waren früher in den Königshäusern solche Eingriffe in die Erbfolge gang und gäbe. Es geht hier schließlich um ein Hundert-Millionen-Dollar-Unternehmen.«

»Wir werden das in Erwägung ziehen«, versicherte Tessa. Sie warf einen Blick auf Wyatt, der mit seinen Notizen beschäftigt war. Weil auch er keine Fragen mehr zu haben schien, rückte sie mit ihrem Stuhl vom Tisch ab. Ihrem Gefühl nach war im Augenblick nicht mehr in Erfahrung zu bringen. Jedenfalls nicht, bevor sie Lopez' jüngste Auslassungen überprüft haben würden. Fürs Erste hieß es also das Feld räumen.

Der alte Labrador hatte es sich zu ihren Füßen auf dem Boden gemütlich gemacht. Er erhob sich und riss gähnend das Maul auf. Sie tätschelte ihm noch einmal den Kopf und verspürte plötzlich einen unerwarteten Stich. Die Gesellschaft eines solchen Tieres tat ihr gut. Sophie würde ein Hund gefallen. Vielleicht sollte sie sich bei Gelegenheit Gedanken darüber machen, einen anzuschaffen. Es mochte durchaus sein, dass sie und ihre Tochter dann endlich nachts durchschliefen.

Lopez führte sie und Wyatt zur Tür. Das Gespräch hatte ihn offenbar ziemlich aufgebracht. Ob es ihn frustrierte, dass seine Unschuldsbeteuerungen angezweifelt wurden, oder ob ihre Hartnäckigkeit ihn nervös machte, war für Tessa nicht zu unterscheiden.

Wyatt hatte in zweierlei Hinsicht recht behalten: Anita Bennett war die Geliebte von Justins Vater gewesen. Und ja, die Belegschaft von Denbe Construction bestand ausnahmslos aus Lügnern.

Schweigend entfernten sie sich vom Haus. Tessa rechnete damit, dass Wyatt auftrumpfen und betonen würde, genau richtig gelegen zu haben. Stattdessen überraschte er sie mit den Worten: »Mir scheint, Sie sind mir einen Schritt voraus.«

»Ich? Das waren Sie doch mit Ihrer Vermutung, was Anitas Verhältnis mit dem Senior angeht.«

»Könnte interessant sein, wenn sich die Gerüchte um ihren Sohn als wahr herausstellen. Aber Sie haben mich zum Nachdenken gebracht im Zusammenhang mit Justins Affäre. Die Sache zwischen Anita Bennett und Dale Denbe liegt mindestens zwanzig Jahre zurück. Der größere aktuelle Stressfaktor dürfte Justins Seitensprung sein.«

»Wovon Libby bereits vor sechs Monaten erfahren hat.«

»Weil einer aus Justins Führungsriege den Mund nicht halten konnte«, ergänzte Wyatt.

»Trotzdem scheint die Ehe noch zu halten. Nicht jedes Techtelmechtel führt zur Scheidung.«

»Vielleicht ist Libby weniger naiv, als Lopez glaubt. Es könnte sein, dass sie sich den Ehevertrag noch einmal durchgelesen und begriffen hat, was eine Scheidung finanziell für sie bedeuten würde.«

»Also veranlasst sie die Entführung ihrer Familie?«

»Das behaupte ich nicht. Ich frage mich nur, inwieweit die Affäre etwas mit den Ereignissen von Freitagnacht zu tun haben könnte.«

»Und was glauben Sie?« Sie hatten den Wagen erreicht.

»Nun, Lopez, Justins rechte Hand, ist wütend auf seinen Boss. Vielleicht gibt es auch Unstimmigkeiten, was die Unternehmensführung angeht ...«

»Und dann wäre da noch Anita Bennett«, nahm Tessa den Faden auf. »Sie war die andere Frau und hat wahrscheinlich ein Kind von Justins Vater. Trotzdem ist sie keinen Schritt weitergekommen. Die Affäre des Juniors hat womöglich alte Wunden wieder aufreißen lassen.«

»Schließlich wäre da Libby, die sich mit Vicodin volldröhnt, um ihren Kummer zu dämpfen. Und vielleicht will sie an ihrem Zustand etwas verändern.« Wyatt ließ sich auf den Beifahrersitz fallen, seine Notizen in der Hand. »Während Sie Lopez gelöchert haben, bin ich noch einmal meine Inventarliste der Gegenstände durchgegangen, die aus der Mülltonne der Denbes gefischt wurden. Der Inhalt ist allenfalls zwei Tage alt. Schauen Sie mal, was hier unter Nummer sechsunddreißig steht.«

Wyatt zeigte mit dem Finger auf die Stelle. Tessa las.

»Ein Schwangerschaftstest? Positiv?«

»Genau. Die Frage ist, weiß Justin Denbe, dass er wieder Vater wird? Oder ... ist er es womöglich nicht?«

Kapitel 26

Ist mein Mann ein chauvinistisches Schwein? Mit Blick auf unsere Ehe scheint er eher frauenfeindlich gepolt zu sein. Und doch ist er der Vater eines wundervollen fünfzehnjährigen Mädchens. Dem er beigebracht hat, sechsmal hintereinander ins Schwarze zu treffen. Und seit Ashlyns Geburt spricht er immer wieder davon, dass sie eines Tages das Familienunternehmen führen wird. Es noch mal zu versuchen und einen Sohn zu zeugen sei nicht nötig. Von dem Moment an, da er seine Tochter zum ersten Mal in den Armen hielt, war sie für ihn unübertrefflich.

Ich sah uns immer als Partner in einer traditionellen Rollenaufteilung. Mein Mann arbeitet, er liebt seinen Job und dreht mächtig auf, wenn es um millionenschwere Verträge geht. Auch ich liebe meinen Job, die Gestaltung unseres Hauses, mich um unser Kind zu kümmern und einen Lebensstil zu pflegen, der unserer Familie guttut.

Ich fand meine Rolle nie minderwertig, und es kam mir nie in den Sinn, dass Justin die Nummer eins wäre. Jedenfalls nicht bis vor sechs Monaten. Und selbst danach verstand ich mich nicht als die schwächere Hälfte unserer Ehe, allenfalls als jemand, der versagt hatte. Denn es gehörte schließlich zu meinem Job, die Familie zusammenzuhalten. Musste ich nicht etwas falsch gemacht haben, wenn sich mein Mann aushäusig amüsierte?

Tief im Innern weiß ich, dass eine meiner Qualitäten, die Justin von Anfang an am meisten geschätzt hat, meine Unabhängigkeit war. Nach achtzehn Ehejahren ist davon nicht viel übrig geblieben.

Es gibt tatsächlich Männer, die sich zu starken Frauen hingezogen fühlen. Aber sie wissen meist nicht, was sie mit uns anfangen sollen, wenn sie bei uns landen.

Nach meiner Einschätzung ist auch Justin ein starker Mann mit einer Affinität zu starken Frauen, in deren Nähe aber letztlich auf verlorenem Posten. Wenn mein Urteil herablassend klingt, bin ich vielleicht chauvinistisch. In Anbetracht der Familiengeschichte hat es mich nicht groß überrascht, von meinem Mann betrogen zu werden. Es hat mich nur beschämt, ihm nicht früher auf die Schliche gekommen zu sein. Und verletzt war ich, weil ich mir für uns etwas anderes vorgestellt hatte. Ich dachte, ich sei attraktiv und selbstbewusst genug, um Justins Interesse an mir auf Dauer aufrechterhalten zu können.

Liebe ist voller Risiken.

Ich ging sie ein und verbrannte mich daran.

Eines Tages wird meine Tochter die gleichen Risiken auf sich nehmen. Ich maße mir nicht an, ihr zu raten, den einfacheren Weg einzuschlagen. Denn es gibt tatsächlich Frauen, die sich zu Alphamännern hingezogen fühlen. Wir wissen nur nicht immer, was wir mit ihnen anfangen sollen, wenn wir bei ihnen gelandet sind.

Justin war überzeugt davon zu wissen, wie er mit Z fertigwerden konnte. Er wollte dafür sorgen, dass wir noch am Ende dieses Tages gegen eine Zahlung von Lösegeld auf freien Fuß gesetzt würden. Ashlyn und ich mussten ihm das ausreden. Wir hatten versucht, Feuer mit Feuer zu bekämpfen und den Aufstand zu wagen, uns aber nur Schläge damit eingehandelt und Brandwunden von der Elektroschockpistole.

Z und seine Männer waren beim Militär gewesen und hatten das Kriegshandwerk von der Pike auf gelernt.

Wir mussten anders vorgehen, auf eine Weise, auf die ein Alphatier mit seinen Verhaltensmustern nicht zu reagieren verstand. Ich hatte auch schon ein paar Ideen und Ashlyns Zustimmung. Justin war so geschwächt, dass er klein beigeben würde, wenn wir, Ashlyn und ich, nur entschieden genug aufträten. Meine Idee, unser Plan. Wir mussten als Team in Aktion treten, ein Familienprojekt initiieren, das erste seit sechs Monaten. Und wir würden uns durchsetzen. Davon war ich überzeugt. Es stand schließlich genug auf dem Spiel.

Am schwersten fiel es uns zu warten.

Mein Tremor machte mir wieder zu schaffen. Kopfschmerzen und Magenkrämpfe kehrten zurück, dazu kam diese lähmende Erschöpfung. Die von Radar verabreichten Pillen ließen in ihrer Wirkung nach, und die Entzugserscheinungen hatten freie Bahn.

Ich hätte Justin gestehen können, wie ich die vergangenen Monate verbracht, was für eine fragwürdige Gattin und Mutter ich gewesen war.

Aber wer eine Diskussion in Gang setzt, verliert immer an Boden.

Also schwieg ich.

Uns kam jedes Zeitgefühl abhanden. Draußen war es hell. In der Zelle brannte ständig Licht. War es morgens, vormittags?

Schließlich hörten wir Schritte. Zügige Schritte, aber nicht gehetzt. Trotzdem hielt ich die Luft an, und unwillkürlich ballten sich meine Hände. Ich sah, wie sich Ashlyn auf dem oberen Bett in eine Ecke zurückzog und ihre Arme um die angewinkelten Beine schlang.

Die Stahltür ging auf. Z und Radar standen im Rahmen. »Frühstück«, verkündete Z.

Und in diesem einen Wort erkannte ich unsere Chance.

Protokollgemäß verließ Justin, an den Händen gefesselt und von Z begleitet, als Erster die Zelle. Radar kam, um mich zu holen. Er kehrte der Tür den Rücken und versperrte, wie ich bemerkte, die Blickachse von Fensterschlitz und Überwachungskamera. Er schüttelte zwei flache, weiße Tabletten aus einem Fläschchen in meine Handfläche.

Es fiel kein einziges Wort. Kurz nahm ich die Tabletten in Augenschein, sah, dass auf ihren Rückseiten Zahlen eingeprägt waren, und schluckte sie dann trocken, ohne Fragen zu stellen. Blitzschnell hatte mich Radar gefesselt, und ich folgte meinem Mann in den Tagesraum. Radar kam mit Ashlyn nach. Z führte Justin am Arm voraus; Radar eskortierte mich und Ashlyn im Abstand von fünf oder sechs Schritten.

Wir boten keinerlei Widerstand und verhielten uns wie gefügige Geiseln, die in der Nacht zuvor ihre Lektion gelernt hatten.

Unsere Entführer hatten offenbar geduscht. Ihre Haare waren noch feucht. Z trug ein frisches schwarzes Outfit, Radar eine weite Jeans und ein neues dunkelblaues Flanellhemd.

In der Küche wurden uns die Fesseln abgenommen, damit wir unser Essen zubereiten konnten. Ich schaute kurz in der Vorrats- und Kühlkammer nach. Es war nichts hinzugekommen. Aber hätten sie auch Zeit gehabt, weitere Lebensmittel zu besorgen? Dass die Vorräte nicht aufgestockt worden waren, machte mir Mut, denn offenbar folgten unsere Entführer einem strikten Zeitplan. Sie wollten keine Ewigkeit hier im Gefängnis verbringen.

Ich holte Butter, Speck und Eier aus der Kühlkammer und aus der Vorratskammer das, was ich sonst noch brauchte. Nach den vielen Jahren Hausarbeit hatte ich kein Problem damit, ein Rezept aus dem Gedächtnis nachzukochen.

Ich ließ Justin den Speck knusprig braten und die Eier verrühren. Ashlyn wusste, was sie zu tun hatte, und deckte den Tisch so schön wie eben möglich.

Dann machte ich mich daran, Zimtschnecken zu backen.

Z war verschwunden und hatte Radar allein zurückgelassen. Der Junge saß neben einer der Anrichten aus Edelstahl und behielt vor allem Justin im Auge, der sich mit seinem zerschundenen Gesicht über die brutzelnde Pfanne beugte. Ich bereitete den Teig vor, streute ein wenig Mehl auf die stählerne Oberfläche und rollte die Masse zu einem dünnen Viereck aus, das ich mit zerlassener Butter bestrich. Darauf verteilte ich dann großzügig weißen und braunen Zucker sowie Zimt. Ich wickelte das Viereck zu einer dicken Wurst auf, die ich in zweifingerdicke Stücke aufteilte.

Die Enden waren mir misslungen. Ich schnitt sie ab und reichte Ashlyn ein Stück des rohen Teigs, weil ich wusste, dass sie darauf besonders scharf war. Das andere Stück gab ich Radar.

Er würdigte mich keines Blickes, nahm aber den Happen an und ließ ihn im Mund verschwinden. Einfach so.

Gewisse Verhandlungen kamen nur langsam voran, in Schritten, die so klein waren, dass die Gegenseite keine Kenntnis davon nahm, bis sie schließlich gezwungen war, deinem Freudentanz zuzusehen.

Ich machte zwei Dutzend Schnecken, denn nach meiner Einschätzung würden Z und Mick jede Menge davon verdrücken können, mindestens drei bis vier, und wenn sie die verschlungen hätten, wären sie nicht nur pappsatt, sondern auch einem Zuckerschock nahe.

Ashlyn liebte diese hefefreien Teilchen, dünn und flockig statt dick und teigig. Ich hatte mir das Rezept dafür vor zwölf Jahren aufgeschrieben, als meine Dreijährige noch zu ungeduldig gewesen war, stundenlang auf Selbstgebackenes zu warten. Mürbeteig verkürzte die Zubereitungszeit erheblich, ohne dass der Geschmack darunter litt. Unser Familiengebäck sollte nun mit den Kidnappern unserer Familie geteilt werden.

Während sich in der riesigen Küche der Duft von Zimt und karamellisierendem Zucker breitmachte, schaute ich mir an, wie Ashlyn den Tisch gedeckt hatte. Meine Tochter war immer schon kreativ gewesen, und ihr jüngstes Werk enttäuschte mich nicht.

Sie hatte eine der kürzeren Anrichten auf Rollen als Esstisch hergerichtet und dem grellen Farbschema eines Gefängnisses entsprechend sechs rote Tabletts darauf verteilt – als Ersatz für Platzdeckchen. Auf jedem der roten Tabletts stand ein weißer Kunststoffteller, darauf ein kleinerer Salatteller, auf den sie mit bunten Zutaten die Namen des jeweiligen Tischgenossen geschrieben hatte.

Das Z aus Ketchup war besonders beeindruckend. Aus gelbem Senf bestand der Name Radars. Für Mick hatte sie grünen Chutney verwendet, worüber wir beide heimlich lächelten, denn Ashlyn hasste Chutney. Abgrundtief.

Mitten auf dem Tisch stand eine Glasschale, in die Ashlyn bunte Linsen in Schichten gefüllt hatte. Gekrönt wurde das kunstvolle Arrangement von drei Eiern, einem Schneebesen und einem Streifen gebratenen Specks, stibitzt aus der Pfanne ihres Vaters. Plastikbecher, Besteck und hübsch gefaltete Servietten komplettierten die charmante Tischdekoration. Ein Stück Zuhause.

Die Schaltuhr des Ofens piepte. Die Zimtschnecken waren fertig. Justin löffelte Rührei und Speck auf eine Servierplatte. Es konnte gegessen werden.

Fünf Minuten später erschien Z.

Gemessenen Schritts kam er auf uns zu. Der Duft von frisch Gebackenem und knusprig gebratenem Speck musste ihn wie eine Keule getroffen haben, doch er verzog keine Miene.

Radar saß bereits am Tisch, auf dem vorderen Rand eines Metallstuhls. Er hatte einen leicht glasigen Blick und starrte auf die Zimtschnecken wie auf den letzten Wassertropfen in einer Wüste. Trotzdem rührte er sich nicht und ließ die Arme seitlich herabhängen.

Z näherte sich langsam und fixierte den Tisch. Dann warf er einen kurzen Blick auf uns, Justin, Ashlyn und mich, die wir hinter unseren Stühlen standen.

Er grinste, und ich sah, dass er mich durchschaute, genau verstand, was ich getan hatte und warum.

Z langte als Erster zu. Zwei Schnecken, ein Großteil des

Rühreis und ein halbes Dutzend Speckstreifen. Dann reichte er die Platte an Radar weiter, der seinen Teller füllte wie auch den für Mick, der wahrscheinlich im Kontrollraum Wache schob. Er stellte die Platte auf den Tisch, damit wir uns bedienten. Ich hatte vergangene Nacht das Abendessen versäumt, aber Justin und Ashlyn schienen auf etwas zu warten.

»Esst«, sagte Z, um wieder einmal klarzustellen, wer das Kommando hatte. Ich folgte Justins und Ashlyns Beispiel und setzte mich.

Mit dem zweiten Biss in seine Zimtschnecke fingen Zs Augen zu flackern an. Der buttrige Teig und der klebrige Zimtzucker gingen ihm ins Blut über und betäubten seine Sinne.

Ich fragte mich, woran er sich in diesem Augenblick erinnerte. An eine Mutter, eine Großmutter, an eine Zeit, in der er sich aufgehoben und geliebt gefühlt hatte? An die tröstende Wirkung einer guten Mahlzeit, die nicht nur den Bauch füllte, sondern auch eine besondere Stimmung hervorrief? Ja, ich war mir sicher, dass das Essen Zs Gedächtnis triggerte und einen assoziativen Zusammenhang zwischen dem von mir gemachten Gebäck und seiner eigenen Vorstellung von Wohlbefinden herstellte. Das wusste ich aus meiner achtzehnjährigen Erfahrung als Gastgeberin in unserem Haus. Nichts sorgte schneller für unsterbliche Verehrung als frisch Gebackenes. Sogar die raubeinigsten Raubeine verwandelten sich sekundenschnell in kleine Jungen, die einen Kinderwunsch erfüllt bekommen und mit Dankbarkeit und Bewunderung zum Spender dieser Wohltat aufschauen.

Ein bisschen Bewunderung tat mir ganz gut.

Auch Justin und Ashlyn aßen. Ich verzichtete auf den Speck und knabberte an einer Zimtschnecke. Vielleicht hätte ich herzhafter zulangen sollen, um wieder zu Kräften zu kommen, traute aber meinem Magen noch nicht. Außerdem wollte ich von dem wenigen, was unsere Entführer übrig ließen, meiner Tochter und meinem Mann nicht allzu viel wegessen.

»Du hast bestimmt eine Frage«, sagte Z an meine Adresse. Er hatte seine zweite Zimtschnecke verdrückt und griff nach der dritten. »Du glaubst, dass ich mich von deinem Essen und dem hübsch gedeckten Tisch korrumpieren lasse und zu allem ja sage.«

»Wir bitten um nichts, sondern geben Ihnen etwas.«

»Du kannst mir gar nichts geben. Und was das Essen angeht, hast du dich gründlich verkalkuliert. Wer so lecker kocht … Warum sollten wir den jemals gehen lassen?« Er warf meinem Mann einen Blick zu. Sein Gesichtsausdruck war nicht zu deuten.

»Sie haben in diese Operation schon so viel Zeit investiert«, erklärte ich ruhig. »Zeit, Geld, Ressourcen. Ich bin mir sicher, Sie und Ihr Team werden am Ende nicht mit leeren Händen dastehen wollen.«

»Es geht nicht um Geld. Habe ich das nicht schon gesagt?« Z warf einen Blick auf Justin, auf das zerschundene Gesicht, das geschwollene Auge.

»Mom«, flüsterte Ashlyn. Sie drückte sich an mich, doch ich achtete in diesem Moment nicht auf sie.

Z wandte sich mir wieder zu. »Übrigens, hat dir dein Mann noch nicht gesagt, dass es seiner Firma dreckig geht? Dass er sich selbst kein Gehalt mehr auszahlt? Ihr habt überhaupt kein Geld mehr, das ihr uns anbieten könntet.«

Ich ließ mir nichts anmerken. Er sagte mir nichts Neues, aber es überraschte mich trotzdem, dass er von diesen Dingen wusste.

»Hat er dir nicht gesagt, dass er verdammt unter Druck steht?«, fuhr Z mit gelangweilter Stimme fort. »Nebenbei bemerkt, ließen sich damit auch seine außerhäuslichen Umtriebe entschuldigen. Armer Justin, was tut er nicht alles, um sich wie ein großer Mann fühlen zu dürfen.«

Ich spürte, wie Justin das Bein neben meinem anspannte, als wollte er aufspringen. Um was zu tun? Auf den Tisch schlagen? Sich auf den größeren Kerl mit der Kobra-Tätowierung zu stürzen?

»Mom«, hauchte Ashlyn wieder. In ihren Augen flackerte Angst. Sie zitterte.

»Neun Millionen Dollar«, sagte ich.

Zum ersten Mal schien es mir, als hätte sich Z auf dem falschen Fuß erwischen lassen. Sein Gesicht gefror, die grüne Kobra starrte mich aus ihren Stecknadelkopfaugen an. Radar war weniger gefasst. Ihm fiel die Kinnlade herunter.

»Wir könnten sofort alles in die Wege leiten«, fuhr ich fort. »Spätestens morgen Nachmittag um drei wäre die Summe auf einem Konto Ihrer Wahl. Dafür lassen Sie uns frei. Unsere Forderung ist, dass wir sicher und heil nach Hause zurückkehren können.«

Z runzelte die Stirn und setzte damit die Schlange über seinem linken Auge in schaurige Bewegung.

»Neun Millionen Dollar«, wiederholte ich. »Garantiert. Sie verlassen dieses Gefängnis als gemachte Männer. Nicht schlecht für ein paar Tage Arbeit.«

Z zerriss seine dritte Schnecke und biss in eine der Hälften. Seine Mundwinkel waren voller Krümel. Er presste die Lippen aufeinander.

»Wie wollt ihr an so viel Geld herankommen?«, wollte er wissen.

»Über die Versicherung.«

»Und die Firma?«

»Ja. Als Eigentümer hat man einiges auf der hohen Kante. Justin verzichtet vielleicht auf sein Gehalt, aber die Einnahmen sind trotzdem nicht ohne.«

»Sie werden zahlen?«

»Dafür ist man versichert.«

Z kaute. Z schluckte. »Cash?«, fragte er.

»Überwiesen auf ein Depot Ihrer Wahl, wie gesagt.«

»Anonym?«

»Garantiert.«

»Ein falsches Wort ...«

»Wir werden uns hüten.«

»Neun Millionen.« Er schien sein Glück kaum fassen zu können.

»Geteilt durch drei. Oder fünf für Sie und jeweils zwei für Ihre Kumpel.«

Radar schien gegen diese Aufteilung keine Einwände zu haben. Z grinste. Und wieder schlängelte sich die Kobra auf seinem kahlrasierten Kopf.

»Im Hintergrundbericht ist nicht die Rede davon, dass ihr zu einem Problem werden könntet«, entgegnete er trocken.

»Möchten Sie noch eine Zimtschnecke?«

Z lächelte. Als er sich wieder meinem Mann zuwandte, erschreckte mich sein kalter Blick. Er verachtete ihn. Ich sah es deutlich: Dieser Hass war persönlich und darum unprofessionell.

Einen Moment lang zögerte ich. Vielleicht war das mit dem Lösegeld doch keine gute Idee. Der Austausch von Geld gegen Geiseln war immer mit Komplikationen verbunden. Es konnte so viel schiefgehen. Die winzigste Panne konnte katastrophale Folgen haben.

Insbesondere dann, wenn man mit einem Mann zu tun hatte, der seinen Kopf mit einer tödlichen Schlange schmückte.

»Radar.« Es war meine Tochter, die sich zu Wort meldete. Sie hing nicht mehr an meiner Seite, sondern beugte sich über den Tisch, den Blick auf den jüngsten Kidnapper gerichtet.

Radar? Was wollte Ashlyn von ihm?

Ich versuchte ihren Arm zu ergreifen, verfehlte ihn aber, weil sie plötzlich vom Stuhl rutschte und zu Boden ging. Auf Höhe ihrer Hüfte sickerte Blut durch den orangefarbenen Overall.

»Ashlyn!« Justin war schon auf den Beinen, hielt aber plötzlich inne. »Was …«

Ashlyn starrte zu mir auf. Ihre Augen, den meinen sehr ähnlich, waren voller Reue. »Es tut mir leid, Mom.«

Und ich sah jetzt plötzlich klar.

Die Männer wurden hektisch. Radar sprang auf. Z befahl Justin, ihm zu folgen, und forderte Radar auf, sich um uns zu kümmern.

Ich achtete nicht auf sie, hatte nur Augen für meine Tochter, die sich, wie ich mich erinnerte, erst gestern noch darüber beklagt hatte, dass wir überhaupt nicht mehr mit ihr sprachen. Mir wurde klar, wie sehr sie von unserer Ehekrise getroffen war, davon, dass wir zwar unter einem Dach lebten, aber unser Leben nicht mehr miteinander geteilt hatten.

Ich schaute ihr in die Augen und versuchte, sie zu trösten. Ich kniete auf dem Boden und hielt die Hand meiner Tochter, die eine Fehlgeburt erlitt.

Kapitel 27

Tessa und Wyatt hatten South Boston gerade erst hinter sich gelassen, als sein Handy klingelte. Nicole – oder vielleicht war es angemessener, sie mit Special Agent Adams anzureden – klang kurz angebunden und unterkühlt wie immer. Sie meldete, dass es zu einer Kontaktaufnahme gekommen sei. Kurz nach zehn. In einer Videobotschaft sei Justin Denbe zu sehen und zu hören, dass Lösegeld gefordert werde.

Tessa drückte aufs Gas. Sie beherrschte ihren Wagen. Waren es die Jahre im Polizeidienst, oder lag es einfach daran, dass sie mit dem Straßenverkehr in Boston vertraut geworden war? Weder die eine noch die andere mögliche Erklärung konnte Wyatt beruhigen. Er umklammerte den Haltegriff über der Beifahrertür und musste Dutzende von Schreckmomenten über sich ergehen lassen, bis sie endlich auf quietschenden Reifen in die Gasse hinter dem Stadthaus der Denbes einbogen, wo die mobile Einsatzzentrale des FBI stand.

In dem riesigen Gefährt saß Nicoles Partner Special Agent Hawkes vor einem Laptop und einem großen Flachbildschirm. Nicole tigerte im engen Mittelgang auf und ab. Als Tessa und Wyatt eintraten, deutete sie mit dem Kinn auf den großen Monitor. Sie hatte die Arme vor der Brust verschränkt und tippte nervös mit dem Mittelfinger auf ihren Ellbogen.

Sie war nicht nur aufgebracht, bemerkte Wyatt. Sie war außer sich.

Er und Tessa tauschten Blicke. Neben Hawkes war noch ein Stuhl frei. Wyatt bot Tessa an, darauf Platz zu nehmen, und blieb selbst neben Nicole stehen. Alle richteten die Augen auf den Monitor, als Hawkes auf seiner Tastatur eine Taste drückte und die Videobotschaft abspielen ließ.

Zu sehen war eine Aufnahme Justin Denbes oder vielmehr seines verbeulten, schwarz und blau unterlaufenen Gesichts. Das eine Auge war zugeschwollen, mit dem anderen starrte er in die Kamera, als er langsam die Forderungen der Kidnapper aufzählte. Neun Millionen Dollar, bis spätestens Montag, 15:00 Uhr Eastern Standard Time, zu überweisen auf ein Konto, das noch näher spezifiziert werde. Im Gegenzug würden er, seine Frau und seine Tochter auf freien Fuß gesetzt. Falls der Transfer nicht zustande komme, hätte die Familie schlimme Konsequenzen zu befürchten. Weitere Details würden in Kürze folgen.

Zum Ende des einundzwanzig Sekunden langen Clips hob Justin das Titelblatt einer Tageszeitung in die Höhe. Die Kamera zoomte das Datum der Ausgabe ein. Dann wurde der Bildschirm schwarz.

»*Union Leader*«, identifizierte Wyatt das in Manchester herausgegebene Blatt. »Sie sind also noch in New Hampshire.«

»Von Frau und Kind war kein Wort zu hören«, bemerkte Tessa, die so nah wie möglich an den Bildschirm herangerückt war, als wollte sie ihm Hinweise entlocken, die die Videonachricht nicht hergegeben hatte.

»Um zehn Uhr dreiundzwanzig heute Vormittag hat sich Justin Denbe per Telefon mit seiner Versicherung in Verbindung gesetzt«, informierte Nicole, die immer noch mit dem Finger auf den Ellbogen tippte. »Er wollte mit dem Geschäftsführer sprechen und sagte, dass er und seine Familie entführt worden seien. Er müsse um sein Leben fürchten und darum die für einen solchen Entführungsfall geltende Klausel seines Vertrags geltend machen. Darin heißt es sinngemäß: Wird der Versicherte Opfer einer Entführung und mit dem Tod bedroht, verpflichtet sich die Versicherung zur Zahlung der halben vertraglich festgesetzten Lebensversicherungssumme. Weil sein Tod die Versicherung zehn Millionen Dollar kosten würde, dürfte sie daran interessiert sein, schnellstens zu zahlen, vielleicht sogar mehr als den geforderten Betrag.«

Wyatt ließ sich das Gesagte durch den Kopf gehen. »Habe ich richtig verstanden, dass die Versicherung nicht nur die vier Millionen, die im Entführungsfall fällig sind, zu bezahlen hat, sondern auch fünf Millionen aus der Lebensversicherung?«

»Exakt.«

»Neun Millionen Dollar Lösegeld statt zehn Millionen im Todesfall«, murmelte Tessa. »Da zeigt sich wieder, dass die Entführer über Denbes persönliche Verhältnisse bestens informiert sind und genau wissen, wie hoch sie pokern können.«

»Es bestätigt unsere Vermutung, dass wir es mit Profis zu tun haben«, sagte Hawkes, der das Video wieder an den Anfang zurücksetzte. »Und von denen darf man erwarten, dass sie ihre Hausaufgaben machen, bevor sie ein solches Unternehmen in die Tat umsetzen.«

Unternehmen. Das Wort klang so klinisch, so geschäftsmäßig, fand Wyatt. Doch Justins Gesicht sprach eine andere Sprache. Er war brutal zusammengeschlagen worden. Am

Haaransatz der linken Schläfe klebte eine dicke Blutkruste. Die Unterlippe war aufgeplatzt und aufgequollen, das rechte Auge komplett zugeschwollen. Von den Blutergüssen und Platzwunden gar nicht erst zu reden. Der Mann war kaum wiederzuerkennen.

Und trotzdem sprach er auf diesem Video mit fester Stimme. Er hielt dem Terror, dem er ausgesetzt war, stand. Weil die Kidnapper seine Frau und seine Tochter verschonten? War sein Zustand eine Art Beweis dafür, dass der Rest seiner Familie lebte?

»Wir glauben, sie ist schwanger«, entfuhr es Wyatt unwillkürlich. Er starrte auf Justins zerschlagenes Gesicht und fragte sich, ob er davon überhaupt schon etwas wusste.

»Wie bitte?« Nicole war merklich überrascht.

»Bericht der Spurensicherung, letzte Seite, auf der die im Müll gefundenen Gegenstände aufgelistet sind –«

»Woher haben Sie den Bericht der Spurensicherung?«

Wyatt zuckte mit den Achseln und schaute sie an. »Warum haben Sie ihn nicht gelesen?«

Nicole verzog das Gesicht. Es entschuldigte sie vielleicht, dass der Bericht dreißig Seiten umfasste und sie als leitende Ermittlerin noch keine Zeit für diese Lektüre gefunden hatte. Trotzdem …

»Es handelt sich um einen dieser Streifen von Schwangerschaftstests, die man zu Hause machen kann«, fuhr er fort und spürte auch die Blicke von Tessa und Special Agent Hawkes auf sich gerichtet. »Das Ergebnis ist positiv.«

»Libby ist schwanger? Wenn der Streifen im Müll lag, könnte er von wer weiß wem stammen.«

Wyatt zog eine Braue in die Stirn. »Zum Beispiel von der sechzigjährigen Haushälterin?«

Die FBI-Agentin reckte ihr Kinn in die Höhe. »Oder von der Tochter. Sie ist fünfzehn. Alt genug.«

»Das stimmt. Weiß man, ob sie einen Freund hat oder vielleicht sogar mehrere?«

»Noch nicht, aber solche Sachen vertraut man nicht einmal den engsten Freunden an. Übrigens, Mafiosi zu vernehmen ist weniger problematisch als junge Mädchen. Sie machen entweder dicht oder erzählen unglaublichen Stuss. Wir brauchen zusätzliche Kräfte, ganz zu schweigen von den Überstunden, die nötig sind, um deren Geschichten zu überprüfen.«

»Was dem einen recht ist, ist dem anderen billig«, resümierte Wyatt. »Justin betrügt seine Ehefrau, sie betrügt ihn.«

»Und wird schwanger?« Die FBI-Agentin schien daran nicht recht glauben zu wollen.

»Außerdem ist sie von Vicodin abhängig. Die Kidnapper sind nicht zu beneiden.«

Nicole seufzte und massierte sich die Stirn. »Mit anderen Worten, wir haben womöglich vier Geiseln. Himmel hilf! Nun denn, sorgen wir dafür, dass es so schnell wie möglich zur Freilassung kommt.«

»Justins Anruf war nur kurz«, erklärte Nicole jetzt. »Und weil nicht damit zu rechnen war, dass er sich direkt an die Versicherung wendet, konnten wir keine Fangschaltung einrichten. Zum Glück wurde der Anruf routinemäßig aufgezeichnet. Unsere Experten versuchen, Hintergrundgeräusche herauszufiltern. In der Zwischenzeit werden wir uns an das Festnetz der Versicherung klemmen und außerdem ein paar Kollegen dort Posten beziehen lassen. Kommt es zu einem weiteren Anruf, wird ein Fachmann für solche Verhandlungen das Gespräch führen und uns die Möglichkeit geben, den Anruf zurückzuverfolgen.«

»Ich frage mich, warum Justin vorher angerufen hat und erst dann das Video geschickt wurde«, sagte Tessa.

»Es war ein Lebenszeichen«, erwiderte Hawkes. »Er weiß wohl, dass die Versicherung einen glaubwürdigen Beweis für eine echte Todesbedrohung braucht. Es geht schließlich um neun Millionen Dollar.«

Tessa fröstelte ein wenig.

»Es soll auch schon vorgekommen sein, dass abgetrennte Körperteile als Beweis herhalten mussten«, bestätigte Wyatt.

Nicole nickte kurz. »Die Kundenbetreuerin war offenbar schockiert, als der Anruf kam, reagierte aber richtig. Sie verlangte eine visuelle Bestätigung dafür, dass Justin und seine Familie am Leben sind. Justin fragte, ob es ausreiche, ein Video per E-Mail zu schicken. Sie war einverstanden, bestand aber auf einer Aufnahme, aus der hervorgeht, dass sie aktuell war. Sie einigten sich darauf, dass Denbe eine Tageszeitung in die Kamera hält. Dann nannte sie ihm ein Codewort, das er zu Beginn und am Ende der Aufzeichnung zitieren sollte – Jazz, den Namen ihres Kakadus – als eindeutigen Beleg dafür, dass das Video nach ihrem Gespräch aufgenommen wurde.

Zum Schluss des Gesprächs sagte Justin noch, dass sein Gesicht für sich sprechen werde. Jetzt wissen wir, was er damit meinte.«

»Wo hat die Versicherung ihren Sitz?«, fragte Wyatt.

»In Chicago.«

»Und die Mail mit dem Video ging dorthin?«

»Direkt an die Adresse der Frau, die sie ihm durchgegeben hat.«

»Wie viel Zeit lag zwischen dem Anruf und dem Eingang der Mail?«, wollte Tessa wissen.

»Ungefähr vierzig Minuten«, antwortete Hawkes und gab einen Befehl über die Tastatur ein. Auf dem Monitor erschien eine E-Mail. Er scrollte ans Ende, wo ein langer String technischer Details abgebildet war. »Sehen Sie das? So was hängt an jeder Mail. Darin sind nicht nur Datum und Uhrzeit verzeichnet, sondern auch die verschiedenen Serverstationen, über die die E-Mail vom Ausgangscomputer aus weitergeleitet wurde.«

»Soll das heißen, wir können die Mail zurückverfolgen?«, fragte Wyatt mit neu gewecktem Interesse. Computer waren nicht seine Sache, aber er liebte die Herausforderung, die Rätsel einer komplexen Straftat zu lösen. Technologie hingegen, digitale Kommunikation und dergleichen – das war eher Kevins Domäne.

Hawkes verzog das Gesicht. »In diesem Fall wohl kaum. Schauen Sie, diese Zeile hier – das ist die IP-Adresse, von der die Mail abgeschickt wurde. Mit den Zahlen an sich können wir nichts anfangen; sie werden erst dann relevant, wenn wir den dazugehörigen Computer sichergestellt haben. In der nächsten Zeile sind die einzelnen Server aufgeführt, die die Mail auf ihrem Weg vom Ausgangscomputer zur Versicherung passiert hat. Manche Server, zum Beispiel Hotmail oder Verizon, geben sich mit ihrem Namen zu erkennen. Aber hier haben wir wiederum nur Zahlensalat oder Phantasienamen, die uns nicht weiterhelfen.«

Hawkes wandte sich den Kollegen zu. »Ich bin mir sicher, der Absender hat diese Mail absichtlich in Spam verwandelt. Dafür sprechen die Domain-Namen FakeItMakeIt, HotEx und PrescriptMeds. Soweit ich weiß, sind das riesige Server, die auf der ganzen Welt verteilt sind und massenhaft Werbung für Viagra und sonstige Mittelchen verschicken. Denen kommt man nicht so leicht auf die Spur, und das hat sich unser Absender zunutze gemacht. Was darauf schließen lässt, dass sich wenigstens einer unserer Kidnapper in solchen Sachen sehr gut auskennt.

Nun, unsere Experten haben zwar einiges auf dem Kasten«, fuhr Hawkes schulterzuckend fort, »aber bevor die herauskriegen, wer diese Mail abgeschickt hat ...« Was zwischenzeitlich drohte, musste nicht ausgesprochen werden.

»Das Video scheint hausgemacht zu sein«, bemerkte Tessa. »Einfache Plansequenz, feststehende Brennweite.«

»Wir gehen davon aus, dass es mit einem Handy aufgenommen wurde«, erklärte Nicole. »Die Auflösung ist niedrig. Für den engen Bildausschnitt haben wir zwei Erklärungen: Zum einen baut Justin darauf, dass seine Verletzungen die Versicherung veranlassen, zusätzliche fünf Millionen zu zahlen; sie müssen also deutlich zu sehen sein. Zum anderen wird durch den gewählten Ausschnitt der Hintergrund verschleiert; es kommen also kaum Hinweise ins Bild, die uns verraten könnten, wo er sich aufhält.«

»Profis«, seufzte Wyatt.

»Einen Hinweis gibt's.« Hawkes ließ das Video noch einmal ablaufen, und alle starrten wie gebannt auf das verprügelte Gesicht der Geisel.

In der Höhe reichte der Bildausschnitt vom Hals bis zum Haaransatz, seitlich von Ohr zu Ohr. Die Ränder waren leicht abgedunkelt.

»Das Gesicht wurde nicht ausgeleuchtet«, sagte Hawkes. »Die Farbtemperatur lässt allerdings auf Kunstlicht schließen. Also vermute ich, dass die Aufnahme in einem geschlossenen Raum mit Deckenbeleuchtung gemacht wurde.«

»Auf Campingplätzen brauchen wir also nicht mehr zu suchen«, sagte Wyatt. »Über Winter ist bei den meisten der Strom abgeschaltet. In den Hütten müssten sie sich mit Kerzen begnügen …«

»Ich tippe auf eine moderne Lichtquelle«, erwiderte Hawkes. »Und wenn Justin nicht übers Festnetz angerufen hat, wird ein ausreichend starkes Funksignal zur Verfügung stehen. Somit kämen auch weite Teile des Nationalparks nicht in Betracht.«

»Guter Hinweis.«

»Mir gefällt nicht, dass weder Libby noch Ashlyn zu sehen sind«, murmelte Tessa.

»Vermutlich wurden sie voneinander getrennt«, meinte Wyatt. »Drei in Schach zu halten wäre zu schwierig. Ich glaube aber, dass es der Frau und dem Mädchen gut geht, denn Justin klingt besser, als er aussieht. Wahrscheinlich haben sie nur ihn in die Mangel genommen und die beiden anderen geschont. Anderenfalls würde er einen gestressteren Eindruck machen.«

Er wandte sich an Nicole. »Wird die Versicherung zahlen?«

»Darüber wird noch beraten. Sie hat jedenfalls versprochen, mit uns zu kooperieren. Zurzeit sind Kollegen auf dem Weg in die Geschäftszentrale. In zwanzig Minuten haben wir eine Leitung geschaltet. Justin wird noch einmal anrufen müssen, denn es stehen die Details für die Überweisung aus. Wenn er sich wieder meldet, hören wir mit.«

Kapitel 28

Wir schafften es in die Krankenstation, wo Radar, scheinbar ruhig und gelassen, Ashlyn auf die festgeschraubte Liege half.

Er fand, dass sich nicht viel machen ließ. Eine Fehlgeburt sei eine ganz natürliche Reaktion des Körpers, der abstoße, womit er nicht zurechtkomme. Er könne allenfalls Tylenol gegen die Schmerzen verabreichen und empfehle, viel Wasser zu trinken, um dem Blutverlust entgegenzuwirken. Ich solle später Ashlyns Temperatur messen. Wenn sie Fieber hätte, könnte das auf eine Infektion hindeuten. In dem Fall müsse sie ärztlich betreut werden.

Dazu ließ sich Radar nicht weiter aus. Würde Z etwa erlauben, dass ein Arzt seine Neun-Millionen-Dollar-Geiseln besuchte? Wohl kaum. Ich hatte das Gefühl, dass mein Vorschlag, Lösegeld zu fordern, vielleicht doch nicht so gut war. So wie Z Justin taxiert hatte ... War es uns wirklich gelungen, mit ihm zu verhandeln? Oder hatten wir ihm nicht vielmehr in die Hände gespielt?

Radar ging. Ich machte mich daran, Ashlyns blutbefleckten Overall zu waschen, und deckte sie mit einem Handtuch zu. In einem Winkel des Raums war eine Überwachungskamera installiert. Ich konnte den Gedanken kaum ertragen, dass Mick vom Kontrollraum aus das Leid meiner Tochter mitverfolgte, sich womöglich daran ergötzte. Vielleicht sollte ich irgendetwas auf das winzige Objektiv schmieren. Aber Z würde einen solchen Akt der Auflehnung wohl niemals tolerieren. Wir hätten Konsequenzen zu befürchten – und wie viele Zumutungen würden wir überhaupt noch ertragen können?

Ich spülte Ashlyns Unterhose im Waschbecken aus und versuchte, nicht genauer hinzusehen.

Unsere Entführer hatten nicht an frische Unterwäsche gedacht, und so musste ich meiner Tochter den noch feuchten Slip wieder anziehen. Zum Glück hatte uns Radar eine Binde gegeben. Davon habe er jede Menge, hatte er gesagt, denn sie eigneten sich gut für Druckverbände. Saubere Handtücher seien oben im Fach; die blutverschmierten kämen in die Wäschetonne. Ich versuchte wieder, meine Gedanken auszublenden.

Ich setzte mich neben Ashlyn und streichelte ihren Arm. Ihre Augenlider hatten zu flattern aufgehört. Sie schien eingeschlafen zu sein. Der Körper wisse am besten, was ihm guttut, hatte Radar gesagt.

Nach dreißig oder vierzig Minuten kam Radar zurück, der längsten Zeit, die Ashlyn und ich ohne Aufsicht und ungefesselt gewesen waren. Vor ein paar Stunden hätten wir das noch als positives Zeichen gedeutet. Aber jetzt …

Z wusste offenbar, dass von uns keine Gefahr mehr drohte, dass wir vielmehr ein leichtes Spiel für ihn waren. Uns brauchte man keiner Sonderbehandlung mehr zu unterziehen. Wir hatten uns mit unseren eigenen Geheimnissen gewissermaßen selbst gefesselt. Wie entgegenkommend von uns.

»Methadon«, sagte Radar. Ein Wort. Er sprach mit dem Rücken zur Kamera. Ich brauchte eine Weile, um zu begreifen, und beugte mich über meine Tochter. Die langen, klebrigen Haare fielen mir über die Lippen, und es müsste ausgesehen haben, als versuchte ich Ashlyn zu trösten. Man konnte uns sehen, aber nicht hören, also zählte der Anschein.

»Sind das die Pillen, die Sie auch mir gegeben haben?«

»Es ist ein synthetisch hergestelltes Opioid. Hilft beim Entzug, zum Beispiel von Vicodin.« Er wandte sich einem Metallschrank zu und öffnete eine der Schubladen, als suchte er etwas. »Macht allerdings auch abhängig. Du musst das Zeug später ausschleichen.«

Er gab mir Ratschläge. Für das Leben danach. Offenbar rechnete Radar damit, dass wir gegen die Zahlung des Lösegelds wieder auf freien Fuß kommen würden. »Wie viele Pillen soll ich nehmen?«

»Die erste Dosis, die ich dir gegeben habe, waren vier Tabletten mit einem Wirkstoff von jeweils zehn Milligramm. Heute Morgen schien es dir wieder schlechter zu gehen, also nimmst du jetzt am besten zwei Tabletten mehr. Das ist über den Daumen verabreicht. Bei einer klinischen Entgiftung würde man dich über mehrere Tage beobachten und die beste Dosierung ausrechnen.«

»Mir ist ... Ich fühle mich anders als mit Vicodin.«

»Klar, du bist nicht high«, entgegnete er unumwunden und kramte immer noch in der Schublade. »Methadon dämpft nur die schlimmsten Entzugssymptome, hält aber länger vor und wirkt gegen Depressionen, Brechreiz und Kopfschmerzen. Aber wie gesagt, du tauschst damit nur ein Problem gegen ein anderes aus. Das Zeug macht genauso abhängig wie Vicodin. Wenn du wirklich wieder klarkommen willst, solltest du zu einem Arzt gehen.«

»Sie scheinen sich wirklich gut auszukennen«, sagte ich.

Er zuckte mit den Achseln. »Drogenabusus ist ein Allerweltsproblem.«

»Sie sind ein guter Arzt, Radar. Ich bin Ihnen sehr dankbar. Dafür, dass Sie mir und meiner Tochter helfen.«

Mein Lob schien ihn befangen zu machen. Er sagte nichts.

Ich konnte nicht anders und fragte: »Warum tun Sie das? Warum arbeiten Sie mit Z und Mick zusammen? Sie können doch viel mehr, haben ein echtes Talent. Es wäre Ihnen mit Sicherheit ein Leichtes, einen Job zu finden, in einem Krankenhaus zum Beispiel –«

»Es reicht.«

Seine Entgegnung klang so bedrohlich, dass ich erschrak. Verunsichert hielt ich die Hand meiner Tochter.

Die Atmosphäre in dem kleinen Raum war jetzt spannungsgeladen. Was hatte ich anderes erwartet? Radar gehörte zu unseren Entführern; wir waren seine Opfer.

Aber ihm vertraute ich. Er war der, der sich um uns kümmerte, mir Methadon verschaffte, ganz offensichtlich an Z vorbei. Und er war gut zu Ashlyn. Kompetent, ja, sogar fürsorglich.

Andererseits – was hatte Z noch einmal über ihn gesagt? Radar würde seine eigene Mutter verkaufen, wenn nur genug dabei herausspränge.

Trotzdem, dieser junge Mann, eigentlich ein Junge noch, wusste Dinge über Ashlyn und mich, von denen Justin keine Ahnung hatte. Und nicht nur, dass er mein Geheimnis hütete, er schien mir auch wirklich helfen und mich auf das Leben jenseits dieser Gefängnismauern vorbereiten zu wollen.

Ich versuchte, mir mein altes Leben vorzustellen oder vielleicht das neue, das morgen nach 15:00 Uhr beginnen würde. In meinen eigenen Kleidern. In meinem eigenen Zimmer bei ausgeschaltetem Licht schlafen zu können. Wieder umgeben zu sein von Familie und Freunden, unter denen wahrscheinlich einer war, der unsere Entführung mitzuverantworten hatte. Ich würde also niemandem mehr trauen können.

Und plötzlich, ganz unerwartet, füllten sich meine Augen mit Tränen. Ich senkte den Kopf, weil ich nicht wollte, dass mich Radar weinen sah, geschweige denn Mick vom Kontrollraum aus. Oh, mein Gott, was sollte nur werden? Z und dieses Gefängnis und diese orangefarbenen Overalls waren gar nicht nötig, um uns zu brechen. Dafür hatten wir schon selbst gesorgt, verwöhnt, wie wir waren in unserem luxuriösen Bostoner Stadthaus und mit all den Privilegien, die wir tagtäglich genossen. Früher eine Familie, waren wir jetzt nur noch drei Witzfiguren: die medikamentensüchtige Frau, der untreue Ehemann und die schon mit fünfzehn Jahren schwangere Tochter.

Justin schien auf unsere Rettung fixiert zu sein, als ließe sich damit ein magischer Schalter umlegen. Unsere Entführer würden uns nach Zahlung des Lösegeldes freigeben, und das wäre es dann. Er stellte sich wohl vor, dass wir uns dann gegenseitig auf die Schultern klopften, einander zuflüsterten, dass es doch nirgends so schön sei wie zu Hause. Justin würde wieder arbeiten, Ashlyn zur Schule gehen und ich ...

Würde ich in eine Suchtklinik gehen und mich entgiften lassen? Oder würde ich sagen, was soll's, und bei der erstbesten Gelegenheit wieder zu meinem geliebten orangefarbenen Pillenfläschchen greifen?

Ich wusste es nicht. Ich wusste es wirklich nicht, und in diesem Moment fürchtete ich mich geradezu, nach Hause und zu all den ungelösten Problemen zurückzukehren. Es graute mir davor.

Hier, im Gefängnis, wussten wir wenigstens, wer der Feind war. Zu Hause jedoch ...

Neben mir schreckte Ashlyn plötzlich aus dem Schlaf. Sie riss die Augen auf, Panik stand ihr ins Gesicht geschrieben. »Mom!«

»Alles in Ordnung. Ich bin bei dir. Psst ...«

»Oh, Mom ...« Sie kam zu sich, legte unwillkürlich beide Hände auf den schlanken Bauch und starrte mich an. Ihr Ausdruck war noch jung, aber älter, als ich es mir gewünscht hätte.

»Ich weiß, Schatz«, flüsterte ich. »Ich weiß.«

»Verrate Daddy nichts«, hauchte sie wie ferngesteuert.

Ich musste lächeln, obwohl mir dazu nicht zumute war. »Er wird dich immer lieben, mein Schatz.«

»Nein, wird er nicht«, erwiderte sie bitter.

Ich wusste nicht, was ich dazu sagen sollte, und schwieg. Sie hatte mein Geheimnis gewahrt, und nun war es an mir, ihr Geheimnis zu wahren.

»Ich ... hmm ... Ich hole nur schnell einen neuen Overall«, sagte Radar sichtlich verlegen. Er ging und ließ uns wieder unbewacht und ungefesselt zurück.

Wir steckten ohnehin fest in unserem selbstverschuldeten Elend.

Ich wischte die Tränen von der Wange meiner Tochter, und gemeinsam warteten wir darauf, dass unser Schmerz abklingen würde.

Unsere Zeit auf der Krankenstation war begrenzt. Z hatte sich von Radar über Ashlyns Zustand informieren lassen und wollte uns wieder in der Zelle wissen. Radar und ich nahmen Ashlyn zwischen uns und führten sie zurück. Sie bewegte sich vorsichtig, brauchte aber kaum Hilfe. Mit fünfzehn erholt man sich beeindruckend schnell.

Sie verlangsamte ihre Schritte, als wir den riesigen Tagesraum betraten.

Ich konnte es ihr nachempfinden. Wie man Justin kannte, ging er keinem Konflikt aus dem Weg – was er auch jetzt wieder bestätigte, kaum dass die Zellentür hinter uns ins Schloss gefallen war.

»Ich will seinen Namen wissen.« Er stand mitten in der Zelle, die Arme über der Brust verschränkt, und sprach mit strenger, kalter Stimme. Er fragte nicht, sondern verlangte Aufklärung.

Ashlyn entzog mir ihre Hand und hob das Kinn. »Vielleicht ist sein Nachname Chapman. Wie zum Beispiel im Fall des jüngeren Bruders deiner Freundin. Er wäre ungefähr in meinem Alter, nicht wahr?«

Ich sperrte meine Augen auf, und Justin erbleichte.

Den Blick auf mich gerichtet, zischte er: »Wie konntest du dich unterstehen, ihr zu sagen –«

»Von mir weiß sie nichts.«

»So ist es!« Ashlyn brauste auf und schlug mit den Armen. Vor lauter Wut schien ihr dünner Körper fast zu schweben. »Ich habe auf deinem Handy nachgesehen, Dad. Ich habe die Mails gelesen. Interessant, was so abgegangen ist zwischen dir und einem Mädchen, das meine Schwester sein könnte. Ihre Eltern werden es wahrscheinlich auch nicht gern sehen, wenn sie sich der Reihe nach vernaschen lässt. Vielleicht sollte sie auf einen Jungen warten, der sie *ehrt* und *liebt* und *respektiert*. Du erinnerst dich, das sind deine Worte, mit denen du mir in den Ohren gelegen hast, aber dann gehst du zur Tür hinaus, betrügst deine Familie. Du verdammter Lügner!«

»Ashlyn!« Ich trat zwischen meine Tochter und meinen Mann, um ich weiß nicht wen zu schützen.

Justins ohnehin verbläutes Gesicht nahm die Farbe einer Aubergine an.

»Ich verbitte mir, dass du so mit mir sprichst, junge Frau!«

»Sonst was?«

»Hört auf.« Meine Stimme bebte. Ich räusperte mich, um einen energischeren Ton anzuschlagen. »Es reicht.«

Ashlyn wandte sich jetzt mir zu. »Warum? Hast du Angst, dass ich ihm von deinem Pillenproblem erzähle?«

»Wie bitte?«

Es fehlte nicht viel, und ich hätte laut losgelacht. Was aber ziemlich unpassend gewesen wäre. Ashlyns wutverzerrtes Gesicht, Justins entgeisterte Miene – der Kontrast war einfach zu komisch. Letztlich aber war mir doch wohl eher zum Heulen zumute.

Ashlyn, immer noch auf hundertachtzig: »Sie dröhnt sich seit Monaten zu. Und du hast nichts bemerkt? Den glasigen Blick? Dass sie eine Minute braucht, um auf eine Frage zu antworten? Also wirklich, Dad. Mir war nach zwei Wochen klar, dass sie sich mit Medikamenten vollstopft. Und ich bin ein Kind. Was für eine Entschuldigung hast du?«

Justin fehlten offenbar die Worte. Ich hielt eine Hand vor den Mund gepresst und fürchtete, in einen hysterischen Anfall auszubrechen.

»Zum Kotzen ist das. Du treibst dich mit diesem Mädchen rum, und Mom ist stoned. Da wollte ich natürlich auch ein bisschen Spaß haben. War sogar mal in eurem Bett. Ihr habt's ja nicht gebraucht.«

Justin holte zum Schlag aus. Ich warf mich dazwischen und umklammerte ihn mit beiden Armen. Nicht, dass das viel gebracht hätte. Er war doppelt so schwer wie ich und bewegte sich trotz des lädierten Zustands wie eine Lokomotive. Er brüllte etwas. Vielleicht, dass er ihn, den mythischen Knaben, umbringen würde. Und Ashlyn schrie. Vielleicht warf sie ihrem Vater an den Kopf, dass sie ihn hasste.

Er schlug nach ihr. Er versuchte, sich an unserer Tochter zu vergreifen. An unserem eigenen Baby, und ich spürte, wie sich hinter meinen Augen ein unglaublicher Druck aufbaute. Ein Schmerz, den keine Pille der Welt gelindert hätte.

Dann warf ich mich in den Kampf, stemmte mich mit aller Macht meinem Mann entgegen und schrie, so laut ich konnte:

»Du verdammter Schwachkopf! Ich habe mir nie etwas aus deinem Geld gemacht, wollte dein Haus nicht. Deine kostbare Firma ist mir einerlei. Ich wollte nur, dass du mich liebst. Verdammter Esel. Warum ... konntest du ... mich nicht einfach lieben?«

Wir stellten uns gegenseitig ein Bein. Die Hände vor seinem geschwollenen Gesicht, ging Justin krachend zu Boden. Ich fiel neben ihm auf die Knie und prügelte hysterisch schluchzend auf ihn ein, während Ashlyn auf ihrer Pritsche hockte und weinte.

»Und da war nicht nur sie, oder? Es gab noch andere Frauen. Viele andere. Himmel, du kommst wirklich nach deinem Vater. Und ich bin wie deine Mutter, nur dass ich nicht trinke, sondern Pillen schlucke. Dabei hätten wir es beide besser wissen müssen. Was ist passiert? Herrgott, was ist mit uns passiert, Justin? Wie konnte das aus uns werden, was wir am wenigsten wollten?«

Ich drosch immer weiter auf ihn ein, tobte wie ein Tier, das an der Kette gelegen hatte und nun frei war. Ich hasste meinen Mann. Ich hasste mein Leben. Aber am meisten hasste ich, dass wir beide gescheitert waren und unsere hochgesteckten Ziele, nämlich über den Dingen zu stehen, nicht erreicht hatten. Andere Sterbliche waren fehlbar, wir aber hatten an die Liebe geglaubt.

Und dann bemerkte ich, dass er schluchzte. Ich sah Tränen auf seinem Gesicht, das er zu verstecken versuchte.

Das war zu viel für mich. Ich schlang meine Arme um ihn, versprach, ihm zu verzeihen, ohne zu wissen, ob ich dazu tatsächlich imstande war. Aber in diesem Moment ... Wenn er nur wieder auf die Beine käme. Wenn wir nur wieder so tun könnten, als wären wir eine Familie ...

Ashlyn kauerte nun neben uns auf dem Boden, die Arme um uns beide gelegt und die feuchte Wange an meinen Hals geschmiegt. »Es tut mir leid, Mommy. Es tut mir so leid.«

Justin ächzte. Wir weinten umso mehr.

»Oh, gütiger Himmel.«

Z stand in der offenen Tür und starrte wie auf einen Verkehrsunfall.

»Hey, ihr ...« Er unterbrach sich, wusste offenbar nichts zu sagen.

Ich pflichtete ihm im Stillen bei. Wir spotteten jeder Beschreibung. Welche Familie hätte sich so verhalten? Wer liebte und quälte einander so?

»Morgen 15:00 Uhr, nicht früher, leider«, sagte er kopfschüttelnd. Er zeigte mit dem Finger auf mich. »Du. Aufstehen.« Dann zeigte er auf meine Tochter. »Das Gleiche gilt für dich.«

Ashlyn und ich mühten uns auf. Z durchbohrte uns mit seinen Blicken. Wir strafften die Schultern und nahmen soldatische Haltung an. Er grunzte zufrieden und wandte sich Justin zu, der noch am Boden lag.

»Was immer passiert ist, du hast es wohl verdient. Ladys. Ihr kommt mit mir.«

Wir setzten uns in Bewegung.

»Augenblick.« Justin hatte sich aufgerappelt.

Ashlyn ging weiter, ich aber blieb stehen. Ich konnte nicht anders. Diesen Mann hatte ich schließlich so viele Jahre geliebt. Die Nachmittage auf dem Schießstand, unser erstes Zuhause, die Geburt unserer Tochter, die Art, wie er mich betrachtete, wenn ich aufwachte. All diese Momente, in denen ich davon überzeugt gewesen war, dass er mich wirklich und wahrhaftig sah.

»Ich hatte keine Ahnung«, murmelte Justin. »Was Ashlyn und dich betrifft. Sie hat recht. Es hätte mir auffallen müssen. Ein guter Ehemann, ein aufmerksamer Vater ... Ich habe es verbockt, Libby. Wenn wir wieder zu Hause sind, und du willst dich scheiden lassen ... Sei's drum. Ich werde auch den Ehevertrag zerreißen. Das Haus, die Firma, was du willst, gehört dir. Du hast es verdient, und ich schäme mich, dass ich das nicht früher erkannt habe. Ich wünschte ... Die Familie wird mir fehlen, du wirst mir fehlen.«

Ich wartete darauf, dass er noch etwas sagte. Aber er schluckte nur und bekam kein Wort mehr heraus.

Es gab einiges, was ich hätte erwidern können. Verzeihung. Das Eingeständnis eigenen Fehlverhaltens. Oder wichtiger noch, dass auch er mir fehlen würde. Ich vermisste ihn schon seit Monaten, und keine Pille der Welt vermochte diese Leere zu füllen. Wie oft war ich nachts hinunter in den dunklen Keller gegangen, hatte meine Hände auf die geschlossene Tür gelegt und gehofft, dass er meine Gegenwart spüren und mir seine Tür öffnen würde.

Ich fragte: »Wie viele andere Frauen waren es, Justin?«

»Du bist die einzige, die ich liebe«, antwortete er.

Das sagte alles.

Ich kehrte ihm den Rücken und folgte meinem Entführer.

Kapitel 29

Während die Bostoner Cops und das FBI über mögliche Szenarien für die Lösegeldübergabe nachdachten, machten sich Tessa und Wyatt auf den Weg zum Haus von Anita Bennett. Sie wollten klären, ob ihr Sohn Justin Denbes Halbbruder war oder nicht.

Tessa fuhr, weil sie sich in der Gegend auskannte. Wyatt hing wieder lässig auf dem Beifahrersitz, doch diesmal blickte er düster drein.

»Was ist mit Ihnen?«, fragte Tessa, als sie vom Storrow Drive auf die Route 2 Richtung Lexington abbog.

»Ich bin sauer.«

»Aus privaten oder beruflichen Gründen?«

»Aus beruflichen. Privat gibt's nichts, worüber ich sauer sein könnte.«

»Wirklich nicht?«

»In meiner Freizeit schreinere ich gern. Ansonsten arbeite ich jede Menge. Ich habe weder Frau noch Kinder oder eine Freundin.«

»Okay.«

Er wandte ihr das Gesicht zu und musterte sie. »Und Sie? Wie unterscheidet sich das Leben einer Privatdetektivin von Ihren Tagen als State Trooper?«

»Bessere Dienstzeiten, bessere Bezahlung«, antwortete sie.

»Macht Ihnen Ihr Job denn auch Spaß?«

Sie ließ sich mit der Antwort Zeit. »Geht so«, sagte sie

schließlich. »Aber außerdem habe ich mehr von meiner Tochter.«

Tessa spürte seinen Blick auf sich gerichtet, was sie aber nicht befangen machte.

»Sie haben noch nicht nach meinem Mann gefragt«, sagte sie.

»Das geht mich nichts an.«

»Brian, mein Mann, wurde vor zwei Jahren erschossen«, erklärte sie unumwunden. »Ich habe die Tat auf mich genommen, wurde aber darüber hinaus angeklagt, meine Tochter getötet zu haben, die verschwunden war.«

»Offenbar ist sie wieder aufgetaucht und lebt.«

»Ich habe sie gefunden. Und mich dabei nicht immer im gesetzlich vorgeschriebenen Rahmen bewegt. Bei der Polizei wollte man mich deshalb nicht mehr haben. Aber ich habe meine Tochter wieder, und darauf kommt es an.«

»Ah ja«, entgegnete er schleppend. »Ich glaube, ich erinnere mich.«

Sie hielt unwillkürlich die Luft an und wappnete sich gegen die nie ausbleibenden Kommentare zu ihrer Treffsicherheit oder gar Witzeleien darüber, dass es ihr Mann nicht besser verdient habe.

Stattdessen fragte er: »Wie wird Ihre Tochter damit fertig?«

»Sie hat mir geraten, an kalten, dunklen Orten nach den Denbes zu suchen. Außerdem solle ich meine Waffe tragen und den Entführten Kekse mitbringen.«

»Kluges Kind.«

Sie nickte wie selbstverständlich und dachte, dass sie diesen Wyatt Foster mochte. Sehr sogar.

»Waren Sie jemals verheiratet?«, fragte sie.

»Ja. Ging voll daneben. Dabei habe ich gar nichts gegen Häuslichkeit. Und unter uns gesagt, an Kindern habe ich einen Narren gefressen. Ich weiß, so was von einem Kerl zu hören kommt nicht gut an. Klingt für manche Ohren sogar irgendwie unheimlich. Und da ich weiß, wie gut Sie mit einer Waffe umgehen, möchte ich lieber nicht, dass Sie mich falsch verstehen.«

»Ich gehe nur selten aus.« Das kommt davon, dachte sie, wenn man allzu lange auf die Gesellschaft von Erwachsenen verzichtet. Der erste aufmerksame Zuhörer, und ihr fiel nichts Besseres ein. »In meinem Leben dreht sich alles um meine Tochter und darum, ihr ein sicheres, stabiles Zuhause zu schaffen. Das bin ich ihr schuldig.«

»Aha, deshalb tun Sie wohl auch Ihren Haaren mit dieser Frisur Gewalt an –«

»Das höre ich schon zum zweiten Mal in zwei Tagen. Was ist falsch an meinen Haaren?«

»Sie sind noch zu jung, um sich so alt zu machen«, erklärte Wyatt nüchtern. »Außerdem wirkt der strenge Look bei mir nicht. Ich sehe etwas, das gewaltsam nach hinten gezwungen wird, und bin neugierig, wie es wohl aussieht, wenn es frei herabfällt. Vorzugsweise nach einem netten Abendessen, gefolgt von ein paar Gläsern Wein. So was in der Art.«

Statt auf die Straße zu achten, starrte Tessa ihren Beifahrer an und glaubte zu erröten. Ja, ihr wurde heiß im Gesicht, um Himmels willen!

»Aber ich nehme an, wenn Sie im Dienst sind, kommt so etwas nicht in Frage«, fuhr er gelassen fort.

»Genau«, gelang es ihr zu sagen; sie schaute wieder nach vorn.

Es blieb eine Weile still zwischen ihnen.

»Sie sind also mies drauf«, sagte sie nach ein paar Minuten.

»Ja. Die Kidnapper geben sich zu erkennen. Sie rufen an, kaufen Tageszeitungen und haben wahrscheinlich auch Medikamente besorgt, um eine Frau zu behandeln, die unter Entzug leidet. Trotzdem kommen wir ihnen nicht auf die Spur. Das ärgert mich.«

»Uns fehlen einfach Hinweise«, versuchte Tessa zu entschuldigen. »Wir haben noch nicht einmal eine Beschreibung der Kidnapper, mit der wir an die Öffentlichkeit gehen könnten. Was sollen wir machen? An allen Tankstellen im Norden fragen, ob Fremde eine Zeitung gekauft haben? Aber klar, wir treten auf der Stelle. Und das kann einen wirklich sauer machen.«

»Ich habe mein Büro angerufen und meine Kollegen aufgefordert, sich bei den örtlichen Netzbetreibern zu erkundigen, in welchen Gegenden schlechte bis keine Funksignale zu empfangen sind«, sagte Wyatt. »Außerdem lässt sich unser Suchgebiet erheblich eingrenzen, wenn wir die extremen Höhen- und tiefen Tallagen ausklammern, die für die Entführer und deren Geiseln ohnehin nicht zugänglich wären.«

»Wollen wir hoffen, dass wir im Ausschlussverfahren zu einem positiven Ergebnis kommen.«

»Die Forstaufseher machen Fortschritte, wie es scheint. Bis morgen Abend werden sie wohl sämtliche Campingplätze abgeklappert haben.«

»Der Heuhaufen schrumpft. Prima.«

Wyatt grinste. »Von der Frisur abgesehen, gefallen Sie mir«, sagte er. »Ich werde Sie demnächst zum Essen einladen. Aber nicht heute. Heute konzentrieren wir uns auf die Denbes.«

»Viel Zeit bleibt uns heute nicht mehr«, murmelte sie und verließ auf Anweisung ihres Navigators die Lexington, um auf die Straße zum Haus von Anita Bennett einzuschwenken.

»Stimmt.« Er trommelte mit den Fingern auf die Mittelkonsole. »Stimmt genau.«

Anita Bennett öffnete die Tür nach dem ersten Gong. Sie musterte Tessa, die eine schwarze Hose von Ann Taylor und dazu ein tailliertes weißes Hemd trug, und runzelte die Stirn. Als sie Wyatt in brauner Sheriffuniform erblickte, die allen Nachbarn auffallen musste, verzog sie das Gesicht.

»Kommen Sie rein«, sagte sie nicht einladend, sondern vielmehr im Befehlston.

Sie trug einen langen dunklen Rock, schwarze Stiefel und einen lavendelfarbenen Pullover. Passend zum weiß gestrichenen Haus mit seinen schwarzen Fensterläden, wie Tessa fand. Ganz im Stil der feinen Lebensart Neuenglands. Anita zupfte an einer langen Perlenkette und schien mit ihren Gästen nichts anfangen zu können.

»Wir haben noch ein paar Fragen«, bot Tessa zur Erklärung an.

»Die könnten Sie mir auch in meinem Büro stellen. Wir kommen gerade von der Kirche.«

»Es dauert nicht lange.«

Ein letzter finsterer Blick, dann schien Anita aufzugeben.

Sie ließ die Schultern fallen und forderte die beiden mit einer Handbewegung auf, ihr zu folgen.

»Schatz, wer ist da?«, tönte eine Männerstimme durch den Flur. Ohne zu antworten, führte sie sie an einer Küche mit Kirschholzschränken und Anrichten aus schwarzem Granit vorbei, dann an einem Esszimmer und schließlich in ein kleineres Wohnzimmer mit offenem Kamin und einer antiken Garnitur aus zwei Sesseln und einem Sofa, die mit Seide bezogen waren.

Interessant, fand Tessa. Im Unterschied zu Anitas Büro war ihre Wohnung traditionell-klassisch eingerichtet. Sie fragte sich, inwiefern sich die arbeitende Anita sonst noch von der häuslichen unterschied.

Ein älterer Mann in schwarzer Hose und burgunderrotem Pullover saß vor dem Kaminfeuer. Er erhob sich langsam und hob grüßend die Hand. Er hatte dichtes graues Haar und ein breites freundliches Gesicht mit randloser Brille.

»Daniel Coakley«, stellte er sich vor. »Ich bin Anitas Mann. Und wer sind Sie?«

»Zwei Ermittler, die nach Justin und seiner Familie suchen«, sagte Anita kurz angebunden. Tessa bemerkte, dass sich Anitas Miene aufhellte, als sie den Blick auf ihren Mann richtete. Sie legte eine Hand auf seinen Arm, was fast wie eine schützende Geste wirkte. »Es ist alles in Ordnung, Dan. Sie möchten mir nur noch ein paar Fragen stellen. Entschuldigst du uns bitte?«

Er nickte den beiden zu und verließ mit vorsichtigen Schritten das Zimmer.

»Er hatte einen Infarkt«, antwortete Anita auf eine unausgesprochene Frage. »Letztes Jahr. Auf dem Weg ins Krankenhaus musste er zweimal wiederbelebt werden. Sie ahnen nicht, wie sehr einen das wieder ans Leben bindet.«

Sie bat die beiden, in den dunkelgrünen Sesseln Platz zu nehmen. Anita setzte sich kerzengerade auf die Kante des Sofas und umfasste mit den Händen ihre Knie. Ihre Haltung verriet, dass sie auf der Hut war.

Bennetts Unbehagen schien Tessa durchaus nützlich. Sie ließ sich Zeit, und während sich das Schweigen in die Länge zog, suchte sie im Zimmer nach Familienfotos. Auf Anhieb entdeckte sie zwei größere, gerahmte Drucke. Einer zeigte drei Jungen im Schulalter und mit strahlenden Gesichtern vor dem Hintergrund eines Bergrückens. Dann war da das klassische Familienfoto: eine jüngere Anita in einem der Lehnsessel, die drei Jungen, jetzt im Teenageralter, auf den Knien davor und ein merklich größerer, gesünderer Daniel Coakley stehend dahinter und mit einer Hand auf ihrer Schulter.

Auf dem Foto hatte Anitas Mann noch blonde Haare, die zu seiner hellen Gesichtsfarbe passten. Auch Anita war vom Typ her blass und hatte, bevor sie grau wurde, rotblonde Haare gehabt. Der jüngste Sohn aber war auffällig dunkler pigmentiert, was ihn vom Rest der Familie abhob.

Tessa und Wyatt tauschten Blicke. Er hatte es sich auf einem der Lehnsessel bequem gemacht, die Ellbogen an den Seiten aufgestützt und die Beine übereinandergeschlagen. Auch er zeigte kein Interesse daran, Anita Bennett aus ihrer Verlegenheit zu helfen, und schien vielmehr darauf zu warten, dass sie von sich aus zu reden anfing.

Wie effektiv er in seiner Ruhe und Gelassenheit war, hatte Tessa gerade erst im Auto erlebt, als sie unaufgefordert ihre Geschichte vorgetragen hatte.

»Es hat eine Lösegeldforderung gegeben«, sagte sie.

Anita hatte damit offenbar nicht gerechnet. Die Betriebsleiterin sprang auf und nestelte wieder an ihren Perlen. »Wann? Wie viel? Geht es Justin und seiner Familie gut?«

»Die Entführer verlangen neun Millionen. Justin hat mit seiner Versicherung eine Sonderregelung vereinbart, nach der in Fällen extremer Gefahr eine zusätzliche Prämie ausgezahlt wird.«

»Oh, mein Gott.« Anita schlug eine Hand vor den Mund. »Ist er ... Ist alles in Ordnung mit ihm? Mit Ashlyn? Libby?«

»Den Umständen entsprechend ja. Das behauptet jedenfalls Justin. Eine Bestätigung dafür haben wir nicht.«

»Wird die Versicherung zahlen?«

»Darüber entscheidet sie jetzt, da wir miteinander reden.«

»Natürlich wird sie zahlen«, sagte Anita wie zu sich selbst, denn sie schaute die beiden nicht an. »Dazu ist sie verpflichtet. Wann kommt es zum Austausch?«

»Bald. Hoffen wir.«

Anita setzte sich wieder. Sie hatte ihre anfängliche Vorsicht abgelegt und schien nun ganz Ohr zu sein. »Also, was wollen Sie von mir? Wie kann ich helfen?«

Tessa und Wyatt wechselten einen weiteren Blick. Falls Anita ein Interesse am Verschwinden der Denbes hatte, ließ sie sich davon nichts anmerken. Es sei denn, die überbrachte Nachricht war nicht wirklich neu für sie. Vielleicht verlief alles nach Plan und in ihrem Sinn.

Tessa wählte den Frontalangriff. »Erzählen Sie uns von Ihrem jüngsten Sohn.«

Anita Bennett erstarrte. Für einen Moment sah es so aus, als wollte sie energisch protestieren, doch dann nickte sie einmal kurz und sagte: »In der Gerüchteküche ist offenbar wieder einmal Hochbetrieb.«

Tessa und Wyatt warteten.

»Sie wollen wissen, warum ich Ihnen gestern nicht alles gesagt habe«, fuhr sie fort. »Sie glauben wohl, ich müsste, kaum dass Sie mein Büro betreten, meine dreckige Wäsche waschen und sämtliche Leichen aus dem Keller holen. Als hätte Justins Verschwinden etwas mit meinem Sohn zu tun ...«

Tessa und Wyatt schwiegen.

»Er weiß nicht einmal Bescheid«, sagte Anita unvermittelt. »Timothy, meine ich. Daniel weiß es. Ja, wir haben deswegen große Probleme miteinander. Aber die Ehe hat gehalten. Daniel liebt Timmy. Für ihn ist er ebenso sein Sohn wie die beiden anderen. Und dabei belassen wir es. Daniel ist glücklich, Timmy ist glücklich, und warum sollten wir unsere Familie aufs Spiel setzen?«

»Weiß Justin Bescheid?«, fragte Wyatt.

Anita zuckte mit den Achseln. »In der Firma wird darüber natürlich seit Jahren getuschelt, obwohl ich nie ausdrücklich erklärt habe, dass Timmy Dale Denbes Sohn ist. Um ehrlich zu sein, war ich mir während der ersten zehn Jahre selbst nicht sicher. Aber dann wurde die Familienähnlichkeit unübersehbar ...«

»Weiß Justin Bescheid?«, hakte Wyatt nach.

Anita schien mit sich zu ringen. »Er wird bestimmt etwas ahnen«, antwortete sie schließlich. »Aber wie gesagt, Timmy zuliebe und weil es zum Besten aller ist, werde ich den Mund halten.«

»Timmy zuliebe?«, wiederholte Tessa und ließ in ihrer

Stimme anklingen, dass sie daran nicht glauben konnte. »Es kann doch nicht in seinem Sinn sein, dass er von der Erbfolge eines Hundert-Millionen-Dollar-Unternehmens ausgeschlossen bleibt.«

Anita lächelte matt. »Wissen Sie, was er auf dem College studiert?«

Sie schüttelten die Köpfe.

»Viehzucht. Er will sich später in Vermont niederlassen und eine biologisch einwandfreie, umweltschonende Milchwirtschaft betreiben. An einem Hundert-Millionen-Dollar-Unternehmen, das Gefängnisse oder Krankenhäuser baut, ist er nicht interessiert. Er hat ganz andere Vorstellungen.«

»Er wird also seine Anteile verkaufen und in seine eigene Farm investieren.«

»Welche Anteile?«, entgegnete Anita ruhig. »Dale hat als alleinigen Eigentümer seiner Firma namentlich Justin bestimmt. Selbst wenn ich darauf bestehen und unseren Familien zumuten würde, dass Dales Vaterschaft anerkannt wird, hätte das in der Erbfolge keine Auswirkung. Außerdem glaube ich nicht, dass die Firma in ihrem gegenwärtigen Zustand das Drama überleben wird. Noch einmal, warum sollte ich die Eigentumsverhältnisse in Frage stellen? Justin ist der rechtmäßige Nachfolger Dales. Er liebt sein Unternehmen. Mein Sohn hat eigene Träume. So soll es bleiben.«

Tessa glaubte ihr nicht. »Sie bringen Ihren Sohn um seine Herkunftsfamilie und lassen ihn nicht selbst entscheiden, ob er am Unternehmen beteiligt sein will oder nicht –«

»Entschuldigen Sie. *Ich* bin das Unternehmen. Timmy hat in den Büros von Denbe Construction ebenso viel Zeit zugebracht wie meine beiden anderen Söhne. Wenn er irgendwann einmal am Baugewerbe Interesse gezeigt hätte, könnte er mich auf meinem Posten ablösen und den Betrieb leiten. Aber das kommt für ihn überhaupt nicht in Frage.«

»Und wie steht Justin dazu?«, fragte Wyatt, der ebenso skeptisch klang wie Tessa.

»Wir haben nie darüber gesprochen. Timmy war noch ein Baby, als Dale starb. Ab zehn wurde er seinem Halbbruder äußerlich immer ähnlicher, und jeder konnte sehen, dass Daniel nicht sein Vater ist. Gerüchte machten die Runde. Aber Justin hat mich nie darauf angesprochen, und von mir aus habe ich nichts gesagt.«

»Aber Denbe hat die Collegeausbildung für Timothy bezahlt. Das war ein einmaliger Fall.«

Anita zögerte. Sie senkte den Blick. »Der Vorschlag kam von Justin«, murmelte sie. »Der Firma ging es zu diesem Zeitpunkt gut. Was hätte ich dagegen haben sollen?«

»Also weiß er Bescheid«, drängte Wyatt.

»Wir haben nie darüber gesprochen«, wiederholte Anita hartnäckig. Leugnen gehörte für sie offenbar zum Geschäft.

Daniel war zurückgekehrt und stand in der Tür.

»Ja, Justin weiß Bescheid«, sagte er. Seine Stimme war belegt. Er räusperte sich und schien noch etwas sagen zu wollen, doch Anita war schon bei ihm.

»Sie wollten gerade gehen, Liebling.«

Daniel rührte sich nicht vom Fleck. »Justin weiß Bescheid«, sagte er wieder, diesmal mit fester Stimme. »Er zahlt dir Boni und beteiligt dich am Erfolg. Wie auch seine Mutter, der er regelmäßig Schecks zukommen lässt.«

Anita errötete, entgegnete aber nichts.

Tessa und Wyatt musterten Daniel neugierig.

»Warum sagen Sie das?«, fragte Tessa.

»Eines muss man Dale lassen: Er ist immer seinen Verpflichtungen nachgekommen. Das Gleiche trifft auf Justin zu. Er kümmert sich um seine Mutter und beteiligt sie am Geschäftserfolg, obwohl sie seit Jahren kein Wort mehr mit ihm gesprochen hat. Ebenso kümmert er sich um seinen Halbbruder, auch wenn er als solcher gar nicht existiert.«

»Was weißt du denn?«, empörte sich Anita.

»Du legst Geld für ihn zur Seite«, erklärte Daniel. »Du überweist ihm Jahr für Jahr einen Anteil deiner Sondervergütungen, während Jimmy und Richard leer ausgehen. Glaubst du, ich wüsste nicht, warum? Glaubst du, Tim wird nicht eines Tages eine Begründung von dir verlangen?«

Anita war mit der Situation sichtlich überfordert.

»Justin weiß Bescheid«, wiederholte Daniel. »Aber er bedrängt dich nicht mit Fragen. Das Arrangement funktioniert, und warum sollte er daran rühren?«

»Stellt denn Tim keine Fragen?«, wollte Tessa wissen.

»Nein, Ma'am.«

»Und auch Justin kommt nie auf dieses Thema zu sprechen?«, hakte Wyatt nach.

»Nicht, dass ich wüsste.«

»Wir werden uns nach Ihren finanziellen Verhältnissen erkundigen müssen«, warnte Tessa und fasste Anita fest ins Auge. »Möchten Sie uns doch noch etwas sagen, was wir früher oder später ohnehin erfahren?«

Anita wurde wieder rot. »Ich habe nichts zu verbergen und erst recht nichts zu tun mit Justins Entführung.«

»Haben Sie einen Verdacht, wer dahinterstecken könnte?«, fragte Wyatt.

Anita musterte ihn verstört. »Von uns jedenfalls niemand. Da Lösegeld gefordert wird, liegt es doch auf der Hand, dass Kriminelle dahinterstecken … Justin ist vermögend, das ist kein Geheimnis. Er hat Häuser, Autos, das Unternehmen. Ich würde sagen, er wurde genau deshalb das Opfer von Erpressern und nicht aufgrund seines beruflichen Umfelds.«

»Die Entführer kennen den Sicherheitscode seines Hauses«, gab Tessa zu bedenken. »Sie waren bestens informiert über den Alltag der Familie und deren Zuhause und wussten um den besten Zeitpunkt für einen Überfall. Die Täter stammen aus seinem engsten Bekanntenkreis, und ich bin mir sicher, dass auch Justin inzwischen davon überzeugt ist. Das heißt, sobald er wieder frei ist … Nun, er wird die Sache bestimmt nicht zu den Akten legen, oder?«

Jetzt war Anita bleich geworden. Sie schüttelte den Kopf.

»Es wird ein Krieg ausbrechen«, fuhr Tessa fort. »Justin wird die gesamte Belegschaft aufmischen, auch auf die Gefahr hin, dass die Firma endgültig den Bach runtergeht. Seine engsten Mitarbeiter dürften seine Aufklärungswut am ehesten zu spüren bekommen. Darum rate ich Ihnen, Anita, reden Sie. Wir sind bereit, Ihnen zuzuhören. Justin dagegen, der seine Frau und seine Tochter hat leiden sehen …«

»Ich weiß von nichts«, beteuerte Anita. »Ich würde Justin niemals schaden wollen und erst recht nicht seiner Familie. Und ich kann mir auch nicht vorstellen, dass irgendein Mitarbeiter dazu imstande wäre.«

»Selbst diejenigen nicht, die mit dem von Justin eingeschlagenen Kurs ihre Probleme haben?«, fragte Wyatt. »Die überzeugt davon sind, dass sie die Geschäfte besser führen könnten?«

Anita zögerte ein wenig, sagte dann aber: »Sie sollten sich mit Ruth Chan unterhalten.«

»Mit der Finanzchefin?«, fragte Tessa. »Die im Urlaub ist?«

»Wir haben heute Morgen miteinander gesprochen. Sie wollte sich sofort auf den Weg zum Flughafen machen und mit der nächsten Maschine zurückkehren. Als ich ihr sagte, was passiert ist … Nun, was soll ich sagen –«

Tessa und Wyatt warteten.

Anita blickte auf. »Dass Justin und seine Familie entführt worden sind, schien sie nicht wirklich überrascht zu haben.«

Kapitel 30

Z führte Ashlyn und mich durch ein Labyrinth aus breiten Korridoren. Anfangs dachte ich, wir müssten in der Küche das Mittagessen zubereiten, aber als wir an der Küche vorübergingen, gab ich es auf, über unser Ziel zu spekulieren, und folgte ihm einfach.

Er hatte darauf verzichtet, uns zu fesseln, ging auch nicht zwischen uns, sondern marschierte mehrere Schritte voraus. Er wirkte entspannt, fast wie auf einem Sonntagsspaziergang.

Glaubte er, dass er keinen Fluchtversuch mehr zu befürchten hatte? Jetzt, wo sich das Glücksrad für ihn drehte? Oder war er sich so sicher, dass wir zwei keine Chance gegen ihn hatten?

Ashlyn kam nur langsam voran. Sie hätte noch im Bett ausruhen sollen, statt durch dieses riesige Gebäude zu laufen. Wenn wir wieder zu Hause wären, würde ich sofort mit ihr zu einem Arzt gehen. Und ein längst fälliges Gespräch unter vier Augen mit ihr führen.

Z blieb vor einer schweren Stahltür stehen, öffnete sie und ließ uns in einen Raum eintreten, dessen Stirnwand, vor der sich ein Podest befand, vom Boden bis zur Decke mit Holz vertäfelt war. An der Wand hing ein goldenes Kreuz. Wir hatten die Gefängniskapelle erreicht.

Radar war schon da. Er hatte sämtliche Lichter eingeschaltet und machte Fotos mit seinem iPhone. Als wir den Raum betraten, blickte er auf, ließ aber keine Regung erkennen.

»Ich finde, wir sollten dort anfangen«, sagte er zu Z und zeigte auf das Podest. »Das Licht wird reichen, und der Hintergrund ist neutral. Damit beide aufs Bild kommen, muss ich ein bisschen auf Abstand gehen. Man wird also auch einen Teil der Wand sehen, doch die verrät nichts.«

»Willst du sie in den Overalls aufnehmen?«, fragte Z.

Radar richtete das Handy auf Ashlyn und mich. »Natürlich nicht. Das Orange wäre deutlich sichtbar.«

Z nickte. Er hatte mit dieser Antwort offenbar gerechnet und deutete in eine Ecke, in der Kleidungsstücke auf dem Boden lagen. Unsere Kleider vom ersten Tag. War es gestern oder vorgestern, dass wir sie hatten ablegen müssen? Wenn man rund um die Uhr künstlichem Licht ausgesetzt ist, verlässt einen das Zeitgefühl. Ich fragte mich, wie Lebenslängliche damit zurechtkamen.

»Nur die Oberteile«, sagte Z zu uns. »Ihr zieht sie einfach über die Overalls, und dann sehen wir mal, ob's hinhaut.«

Ich ahnte endlich, was sie vorhatten und worum es ihnen ging. Sie wollten Aufnahmen von uns machen, die keine Rückschlüsse auf unseren Aufenthaltsort zuließen. Die Polizei würde die Fotos oder das Video genauestens auswerten und nach Hinweisen auf unser Versteck suchen. Unsere Entführer ließen uns darum in unseren persönlichen Sachen vor der Wand Aufstellung nehmen, die am allerwenigsten nach Gefängnis aussah.

Z hatte offenbar wieder einmal an alles gedacht.

Ich reichte Ashlyn ihr hellblaues Nachthemd. Die Arme zu heben bereitete ihr offenbar Schmerzen, also half ich ihr beim Anziehen. Das enge Strickteil spannte sich über den Overall und ließ im Halsausschnitt den orangefarbenen Kragen erkennen.

Z schüttelte den Kopf. »Der Overall muss runter, zumindest die obere Hälfte.«

Ashlyn und ich schauten uns um. Einen Winkel, in dem wir uns unbeobachtet hätten umziehen können, gab es nicht.

»Nicht vor Ihren Augen«, erklärte ich.

Z starrte uns an, und mir schien, als zischte seine Kobra. »Warum nicht? Radar hat doch schon alles gesehen, und meine Neugier hält sich in Grenzen. Macht keine Zicken.«

Wir blieben stehen und starrten ihn an. Wäre es nur um mich gegangen, hätte ich nachgegeben. Aber dass sich meine Tochter vor diesen Kerlen ausziehen sollte, die uns ohnehin schon so viel Unerträgliches zumuteten – Ashlyn hatte die Schultern eingezogen, als wollte sie sich klein machen. Ich stellte mich vor sie, verschränkte die Arme vor der Brust und forderte Z heraus.

»Nicht vor Ihren Augen«, wiederholte ich.

Z seufzte. »Dann will ich dir mal erklären, wie das jetzt hier abläuft«, sagte er wie zu zwei kleinen Kindern. »Du tust genau das, was ich dir sage. Und keine Widerworte. Anderenfalls –«, er schaute mir direkt ins Gesicht, »wird Mick deine Tochter zu Brei schlagen.« Er richtete den Blick auf Ashlyn. »Für dich gilt das Gleiche. Wenn du nicht spurst, schlägt Mick deine Mutter zu Brei. Und jetzt los!«

»Ist schon gut, Mom«, flüsterte Ashlyn hinter mir. »Weißt du noch, als ich klein war, am Strand? Wir kriegen das hin.«

Vor Jahren war ich mit ihr häufiger am Strand gewesen. Ashlyn hatte die vollen Umkleidekabinen gescheut und schon gar nicht Schlange stehen wollen. Also hielt ich ihr ein Handtuch hin, wenn sie ihren Badeanzug an- oder ablegte. Ich legte mich einfach in den Sand, deckte mich mit dem Badetuch zu und wechselte darunter meine Sachen, während sie über meine Verrenkungen kicherte.

Wir gegen den Rest der Welt. Das war lange her, aber meine Tochter hatte recht. Wir hatten es bis hierher geschafft. Was hinderte uns daran, auch diese Herausforderung zu meistern?

Sie zog die Arme aus den Ärmeln des Overalls, griff unter ihr T-Shirt und wand sich, nachdem sie den Reißverschluss aufgezogen hatte, aus der Gefängniskluft, deren obere Hälfte sie von der Taille herabhängen ließ. So würde sie nicht mit ins Bild kommen.

Nun war ich an der Reihe. Die champagnerfarbene Wickelbluse, mit der ich gekommen war, würde sich nie und nimmer über den Overall streifen lassen. Ich kehrte Z und Radar den Rücken, schlüpfte aus dem Oberteil des Overalls und legte schützend meine Arme über Kreuz auf die Brust. Ashlyn reichte mir mein Top.

Ich nahm plötzlich den Duft von Orangen wahr, und meine Augen gingen über vor Sehnsucht, bevor mir auffiel, dass es lediglich an der Zitrusnote meines Parfüms lag, die der seidene Stoff verströmte. Grüße aus einem anderen Leben, das noch gar nicht so lange zurückliegen konnte, und doch erschien es mir schon völlig fremd.

Ich sträubte mich dagegen, ein so edles Kleidungsstück über meine verschwitzte Haut zu streifen, mich nach Tagen in einem übergroßen Overall in feine Seide zu hüllen. Meine Haare waren in einem scheußlichen Zustand, die Fingernägel dreckig. In einer Gefängniszelle ließ sich dieser Schmutz noch hinnehmen. Aber zu einem Besuch in der Vergangenheit, mit dieser Zierde im Abgrund …

»Mom? Lass mich mal.«

Ich versuchte, das Bündchen der Wickelbluse zu schließen, aber meine Finger zitterten so sehr, dass ich damit nicht zurande kam. Ashlyn kam mir zu Hilfe.

Ich bewunderte ihre Fingerfertigkeit wie ihren Mut. Als Familie hatten wir versagt, und doch hielt sich jeder von uns auf seine Weise aufrecht. Meine fünfzehnjährige, nicht mehr unschuldige Tochter war nicht zusammengebrochen. Sie hatte sich im Griff und funktionierte. Wir alle funktionierten.

Wir würden es schaffen, redete ich mir ein. Überleben und nach Hause zurückkehren.

Wir würden uns wieder zusammentun, einander verzeihen und vergessen. Genau das konnte man doch von einer Familie erwarten, oder? Dass sie sich in allen Lebenslagen behauptete und über die Runden kam, mit Ach und Krach, wenn es sein musste.

Ashlyn und ich waren mit unseren Vorbereitungen fertig. Sie trug ihr T-Shirt, ich meine Bluse. Radar wies uns einen Platz auf dem Podest an, worauf Z mir eine Zeitung in die Hand drückte, die Sonntagsausgabe. Ich klemmte sie mir unter den Arm, als er jedem von uns ein bedrucktes Blatt Papier reichte, die unbeschriebene Seite nach oben.

Er sagte: »Bei drei fängt Radar zu filmen an. Ihr lest dann abwechselnd Zeile für Zeile. Ashlyn fängt an. Und wehe, ihr weicht vom Text ab. Dafür würde die jeweils andere büßen, denkt daran.«

Mir wurde flau.

»Eins.«

Warum durften wir den Text nicht vorher lesen?

»Zwei.«

Warum drohte er uns mit Mick?

»Drei.«

Radar nickte. Wir drehten unsere Blätter um, und wieder einmal geriet mein Herz ins Stocken.

»Mein Name ist Ashlyn Denbe«, flüsterte meine Tochter. Z gestikulierte. Wir sollten lauter sprechen.

»Mein Name ist Libby Denbe«, las ich mit fester Stimme, wie verlangt.

Ashlyn räusperte sich. »Heute ist Sonntag.«

Unserem Skript entsprechend, nannte ich das Datum, faltete hastig die Zeitung auseinander und hielt die Titelseite in die Höhe.

»Wir sind hier mit meinem Vater, Justin Denbe«, erklärte meine Tochter.

»Für unsere Freilassung müssen neun Millionen Dollar auf folgendes Konto überwiesen werden.« Ich las eine längere Zahlenreihe vor, leckte meine Lippen und wiederholte die Kontonummer, wie im Text verlangt.

»Morgen, um 15:00 Uhr Eastern Standard Time, werden wir anrufen«, sagte meine Tochter.

»Über das Handy von Justin Denbe«, las ich. »Per Face-Time. Sie sehen uns, wir sehen Sie.«

»Sie werden also feststellen, dass wir leben«, ergänzte Ashlyn. Sie warf mir einen aufgeregten Blick zu.

»Ihnen bleiben dann genau zehn Minuten, um das Geld zu überweisen.«

»Nach Eingang der Zahlung«, las Ashlyn, »wird Ihnen der Ort genannt, an dem Sie uns unbeschadet abholen können.«

»Falls der volle Betrag von neun Millionen Dollar nicht bis spätestens elf Minuten nach 15:00 Uhr auf dem genannten Konto eingegangen ist ...«

»Wird das erste Mitglied unserer Familie ...« Ashlyn stockte und schaute zu Z, der ihr mit seiner Miene zu verstehen gab, was sie zu erwarten hatte, wenn sie nicht weiterlas. »Wird das erste Mitglied unserer Familie getötet«, flüsterte Ashlyn.

»Das Los entscheidet, wer«, vervollständigte ich ebenso leise.

»Die Forderung ist nicht verhandelbar.«

»Es wird keinen weiteren Kontakt geben.«

»Wenn Sie nicht zahlen ...«, murmelte Ashlyn.

»Werden wir sterben, einer nach dem anderen.«

»Zahlen Sie!«, las Ashlyn mit flacher Stimme.

»Wir wollen am Leben bleiben.« Mir schien, dass ich tatsächlich einen flehentlichen Ton angeschlagen hatte.

»Jazz«, sagte Ashlyn.

Ich runzelte die Stirn und fand dasselbe Wort in meinem Skript. »Jazz«, wiederholte ich.

Und plötzlich steckte Radar sein Handy weg. Die Show war vorüber.

Ashlyn und ich sagten kein Wort mehr. Wir verzogen uns wieder in die Ecke des Raums, wo wir aus den Sachen schlüpften, die uns einmal gehört hatten, uns jetzt aber wie Kleidungsstücke anderer Leute vorkamen.

Radar hatte den Raum bereits verlassen. Wahrscheinlich, um das Video zu verschicken. Per E-Mail? Ich hatte keine Ahnung, aber er schien zu wissen, was zu tun war.

Z wartete auf uns an der Tür, die Hände tief in den Taschen seiner schwarzen Cargohose versteckt. Er verzichtete auf neugierige Blicke, während wir uns umzogen, es schien, als wären wir Luft für ihn. Von unseren Entführern war er derjenige, aus dem ich am wenigsten schlau wurde. Fest stand nur, dass er das Sagen hatte. Die beiden anderen standen vor ihm stramm.

Ein ehemaliger Militär. Jetzt ein Söldner? Bezahlt von dem, der an uns neun Millionen zu verdienen versuchte?

Aber ging das nicht gegen die Söldnerehre?

Der Gedanke interessierte mich. Er brachte mich auf eine Idee. Aus dem, was wir wussten – dass nämlich die Entführer unsere Gewohnheiten und unser Haus aufs Beste kannten –, hatten wir gefolgert, dass jemand aus unserem Bekanntenkreis Z und sein Team angeheuert haben musste. Wir kamen aber nicht dahinter, wer das sein mochte und warum er uns hatte entführen lassen. Was die logische Frage aufwarf, ob diese Person, die in unser Verschwinden investiert hatte, wirklich daran interessiert sein konnte, dass wir nach Hause zurückkehrten. Für Z, Radar und Mick ergab die Lösegeldforderung Sinn, denn jeder von ihnen dürfte sich eine Million Anteil ausrechnen. Aber was führte der mysteriöse Auftraggeber im Schilde? Was hatte der von der ganzen Sache?

Ihm war doch bestimmt daran gelegen, dass wir nie wieder auftauchten. Dafür sprach nicht zuletzt das eindeutige Entweder- oder der Lösegeldforderung. Ashlyn und ich hatten vorlesen müssen, dass sie unverhandelbar sei, dass man sich auf nichts anderes einlassen werde. Morgen um 15:00 Uhr musste gezahlt werden, oder es ging uns an den Kragen.

Mir schien, als wartete Z nur auf einen Vorwand, uns zu töten.

Vielleicht hatte er genau diesen Auftrag. Und meinem Gefühl nach war Z jemand, der sich, so seltsam es auch klang, an Verabredungen hielt. Ein Mann, der zu seinem Wort stand, der Versprechen einlöste.

Ich fing wieder zu zittern an und konnte mich nicht beruhigen.

Vierundzwanzig Stunden, dachte ich.

In vierundzwanzig Stunden würde entweder ein Wunder geschehen und unsere Rückkehr nach Hause bevorstehen ...

Oder wir wären so gut wie tot.

Kapitel 31

Wyatt war alles andere als zufrieden. Seinen Kollegen erging es ähnlich. Auf die Nachricht einer weiteren Kontaktaufnahme hin waren er und Tessa wieder zu den Denbes gefahren. Die Versicherungsgesellschaft hatte zuvor eine Mail mit angehängter Videobotschaft erhalten, die sie nun in der hinterm Haus parkenden mobilen Leitstelle des FBI auf einem Bildschirm anschauten. Schon zum dritten Mal. Doch mit jeder Wiederholung verschlechterte sich ihre Stimmung.

Es gab keine Kontaktinformationen und damit auch nicht die Möglichkeit, Fragen oder eigene Forderungen zu stellen, etwa die nach der vorzeitigen Freilassung des jüngsten Familienmitglieds als Zeichen des guten Willens. Verhandlungen wurden ausdrücklich ausgeschlossen. Entweder die Versicherung zahlte, oder die Polizei würde Leichen zu bergen haben.

»Wer garantiert uns, dass die Denbes nicht getötet werden, wenn das Geld überwiesen ist?« Nicole wickelte sich eine blonde Strähne um den Finger. Wyatt kannte diesen nervösen Tick, den sie zwar selbst nicht leiden, aber trotzdem nicht ablegen konnte.

»Niemand«, erwiderte ihr FBI-Kollege Hawkes. »Es scheint, der Austausch wird sich, wenn es überhaupt dazu kommt, in größerer Entfernung vollziehen. Wir zahlen, die Denbes nennen eine Adresse, und da können wir sie dann abholen.«

»Sie versuchen's offenbar auf die idiotensichere Tour ›KISS‹ – Keep It Simple, Stupid«, meinte Wyatt.

»Und genau das wird der Versicherung nicht schmecken«, warnte Nicole.

»Wenn sie sich querstellt, wird Denbe Construction klagen«, entgegnete Tessa. Sie stand unmittelbar neben Wyatt. Ihr Haar duftete nach Erdbeeren, und er hätte ihr am liebsten das Gummi vom Pferdeschwanz gezogen, um zu sehen, wie es ihr über die Schulter fiel. Solchen Gedanken nachzuhängen war zu diesem Zeitpunkt vielleicht unpassend, und trotzdem waren sie da. »Immerhin steht diese Klausel im Vertrag, und das Video beweist, dass ihnen der Tod droht, wenn das Geld nicht überwiesen wird. Daran gibt es nichts zu drehen.«

»Wir sollten trotzdem auf Verhandlungen bestehen«, fuhr Nicole fort. »Zum Beispiel fordern, dass sie das Mädchen freilassen. So weit kommt's noch, dass wir uns derart herumkommandieren lassen. Dass wir alle Risiken auf uns nehmen und sie auch noch dafür belohnt werden.«

Wyatt hob seine Hand. »Konzentrieren wir uns auf das, was wir aus dem Video ableiten können.« Er begann, an den Fingern seiner Hand abzuzählen: »Wir haben es mit erfahrenen Profis zu tun.«

»Das wissen wir längst.« Nicole drehte immer noch an ihren Haaren.

»Bisher haben wir nur an angeheuerte Kriminelle gedacht, die früher aller Wahrscheinlichkeit nach beim Militär waren. Aber was, wenn sie mit Lösegelderpressung bereits Erfahrung gemacht haben? Vielleicht sind sie früher schon einmal aufgefallen und aktenkundig. Es wird jedenfalls nicht schaden, einen Blick auf die entsprechenden Datenbestände zu werfen.«

Nicole krauste die Stirn, widersprach aber nicht. Sie gab Hawkes einen Wink, der darauf in die Computertasten griff.

»Sie benutzen ein iPhone«, setzte Tessa das Brainstorming fort. »Sonst hätten sie für morgen keine FaceTime ankündigen können. Sie wählen die Nummer von Justins Handy, und wenn wir antworten, sind wir sozusagen über eine Videokonferenz miteinander verbunden. Wir können uns gegenseitig sehen und hören.«

»Wahrscheinlich wurde auch das Video mit einem iPhone aufgenommen«, sagte Hawkes. »FaceTime setzt ein 3G-Netz voraus beziehungsweise einen Wi-Fi-Hotspot.«

»Könnten wir den Anruf zurückverfolgen?«, fragte Wyatt, der nur Bahnhof verstand.

»Ja, aber nur, wenn das Signal unverschlüsselt ist und wir in Reichweite sind. Es gibt da Werkzeuge, die uns zum Sender führen könnten. Das klappt aber nur, wenn sich zum Beispiel das Wi-Fi-Signal als dasjenige identifizieren lässt, das von unseren Tätern ausgeht, und zwar von einem Standort, der höchstens ein-, zweihundert Meter entfernt ist.«

Wyatt interpretierte die Antwort als Nein. »Was ist mit dem iPhone?«

»Wir haben keine Nummer, die wir zurückverfolgen könnten. Die Kennung wurde blockiert. Weil wir es mit Profis zu tun haben, vermute ich, dass es sich um ein geklautes Gerät handelt. Der Schwarzmarkt ist voll davon.« Hawkes zuckte mit den Achseln. »An deren Stelle würde ich mir ein paar Einweghandys besorgt haben.«

»Das Mädchen wirkte überrascht«, bemerkte Tessa. »Justin hatte bei seinem Anruf allem Anschein nach noch aus dem

Stegreif gesprochen, aber auf diesem Video ist jedes Wort gewählt, so, als hätten Libby und Ashlyn einen vorformulierten Text abgelesen. Die Todesdrohung ... Ashlyn musste sich wiederholen.«

»Und sie blieb trotzdem gefasst«, murmelte Wyatt, das entsetzte Gesicht des Mädchens vor Augen.

»Jedenfalls sind die beiden unverletzt und nicht wie Justin zusammengeschlagen worden«, sagte Nicole. »Außerdem machen sie einen beherrschten Eindruck. Es scheint also, dass sie besser behandelt werden als er.«

»Verprügelt wären sie auch nicht mehr wert«, meinte Wyatt. »Justin schon. Aber ich glaube auch, dass die Entführer Druckmittel einsetzen, die die beiden Frauen zur Kooperation zwingen, ohne dass sie hysterisch werden.«

»Profis«, wiederholte Tessa, was sich als gesicherte Erkenntnis vermerken ließ.

Wyatt rückte näher an den Bildschirm heran. »Der Hintergrund sieht nach einer Holzvertäfelung aus«, stellte er fest.

»Sehe ich auch so«, bestätigte Hawkes.

»Wie in vielen Hütten.« Wyatt versuchte, die Logik der Entführer nachzuvollziehen. »Sobald das Geld überwiesen ist, soll die Adresse durchgegeben werden«, dachte er laut. »Das heißt, die Kidnapper müssen warten, bis ihre Forderungen erfüllt sind, und auf die Geiseln aufpassen, während sie mit uns telefonieren. Sobald das Geld auf dem angegebenen Konto eingeht, wird zweierlei gleichzeitig passieren: Die Polizei nähert sich dem Versteck, und die neureichen Kidnapper machen sich vom Acker. Für mich heißt das, dass sie sich definitiv im Norden New Hampshires aufhalten.«

Drei Augenpaare musterten ihn mit unverhohlener Skepsis.

»Ich weiß, Sie als City-Cops sind es gewohnt, dass Dutzende uniformierter Kollegen innerhalb weniger Minuten an jedem beliebigen Ort in der Stadt zugreifen können. Aber da, wo ich herkomme, sind die nächsten Hilfstruppen mindestens zwanzig, wenn nicht vierzig Minuten weit entfernt. Jede Menge Zeit für erfahrene Kidnapper, das Feld zu räumen, bis wir zur Stelle sind.

Wir sollten also«, er richtete sich wieder auf, »sämtliche Ausfallstraßen ins Visier nehmen. Allerdings ist damit zu rechnen, dass die Kidnapper Umwege einschlagen werden. Vielleicht suchen sie auch ein neues Versteck auf, irgendeine Hütte oder einen Campingplatz, der in der Nähe möglicher Fluchtwege liegt ... Ich brauche eine Karte. Aber bitte keine digitale Bildschirmausgabe, sondern eine handfeste, unmöglich wieder zusammenfaltbare Landkarte, die sich mit Leuchtmarkern beschreiben und mit Kaffee bekleckern lässt.«

»Verstanden«, sagte Nicole und steuerte auf einen Spind im hinteren Teil der mobilen Leitstelle zu, in dem das FBI offenbar die von Wyatt beschriebenen Antiquitäten aufbewahrte.

Wyatt nutzte ihre Abwesenheit, um zu fragen: »Haben die Vernehmungen von Ashlyns Freundinnen irgendetwas gebracht?«

Hawkes antwortete: »Ja und nein. Ashlyns beste Freundin Lindsay Edmiston behauptet, Ashlyn habe keinen Freund und wäre auch nicht der Typ für eine schnelle Nummer. Allerdings ...«

Wyatt und Tessa schauten ihn erwartungsvoll an.

»Lindsay sagt, ihre Freundin habe in letzter Zeit sehr geheimnisvoll getan. Als deren Eltern Freitagabend ausgehen wollten, habe sie Ashlyn zu sich nach Hause eingeladen. Aber sie wollte nicht. Das sei, wie Lindsay meint, sehr ungewöhnlich gewesen, zumal sich Ashlyn nicht gern allein zu Hause aufhalte. Lindsay hat sofort an einen Jungen gedacht und geglaubt, dass Ashlyn am Freitagabend vielleicht Besuch in ihrem Schlafzimmer gehabt haben könnte.«

»Sie hatte einen Freund bei sich?«, fragte Tessa.

Hawkes blickte zu ihr auf. »Kann sein. Wenn ja, war es allerdings kein Junge aus der High School, sagt Lindsay.«

Nicole und Hawkes wollten noch weitere Personen vernehmen. Sie gingen und ließen Tessa und Wyatt allein zurück. Wyatt widmete sich dem Studium der Landkarte. Ashlyn Denbe ging ihm nicht aus dem Kopf. Wie sie kurz aufgeblickt hatte, sichtlich erregt von dem Versprechen, dass sie und ihre Familie freigelassen würden. Wie sich ihre Miene dann aber wieder verdüsterte, als sie und ihre Mutter weiter vorlesen mussten, was im Einzelnen zu erwarten war, wenn den Forderungen der Entführer nicht stattgegeben würde. Dass das erste Mitglied der Familie Denbe sterben müsse.

Wyatt telefonierte mit Gina, seiner Stellvertreterin, die sich gerade von den regionalen Netzbetreibern darüber hatte informieren lassen, in welchen Bergregionen kein Funkverkehr möglich war. Dann erkundigte er sich bei der Forstbehörde und beim Amt für Gewässerschutz nach deren Stand der Ermittlungen, was die vielen Campingplätze und Wanderwege betraf, und klärte sie über die neuesten Entwicklungen auf.

Am Ende hatte er die Karte mit einem Schnittmuster aus gestrichelten Linien überzogen und das aktuelle Suchgebiet auf schlappe hunderttausend Hektar eingegrenzt. An den Hauptverkehrsadern identifizierte er drei Städte, denen er besonders Aufmerksamkeit widmen wollte: Littleton, durch das die Interstate 93 von Boston nach Vermont führte; Colebrook, eine entlegene Ortschaft an der Grenze zu Vermont, die über die Routen 3, 26 und 145 erreichbar war; und schließlich Berlin im äußersten Nordosten New Hampshires mit Anschluss an die Route 16, aber auch ganz in der Nähe von Route 2, die nach Maine führte. Letztere war die größte und mit ihren stillgelegten Fabriken am weitesten heruntergekommene Stadt, die sich als Versteck für Kriminelle geradezu anbot.

Aus dem Bauch heraus schoss sich Wyatt auf diese Ortschaft ein und umkringelte sie mehrfach, obwohl ihm selbst klar war, dass er damit eine rein spekulative Wahl traf.

Er legte den Stift hin und seufzte.

Tessa konnte ihm nachempfinden. »Morgen, drei Uhr. Es wird nicht funktionieren«, sagte sie.

»Das fürchte ich auch«, stimmte er ihr zu. »Selbst wenn die Versicherung zahlen sollte … Die Entführer werden ihre Geiseln nicht freigeben.«

»Wir müssen sie finden.«

»Ja.« Er warf einen Blick auf seine Uhr. »Dazu bleiben uns rund vierundzwanzig Stunden.«

»Ich will wissen, wer Ashlyns mysteriöser Freund ist«, murmelte Tessa. »Zufälliger Zeuge oder noch jemand, der den Code für die Alarmanlage des Hauses hat?«

»Gute Frage.«

»Schließe ich von mir auf andere, oder drängt sich auch Ihnen der Verdacht auf, dass jedes Mitglied dieser Familie ein Geheimnis hat?«

Wyatt zuckte mit den Schultern. »Zeigen Sie mir eine Familie, in der das nicht der Fall ist.«

»Guter Einwand.« Aber nach Scherzen war ihr nicht zumute.

Wyatt schaute sich um. Sie waren allein in der mobilen FBI-Leitstelle. Alle anderen folgten irgendwelchen Spuren oder suchten nach weiteren Informationen, wohl nicht zuletzt auch aus eigenen Quellen. Zielreduktion war das Zauberwort der Ermittlungsarbeit, für die nicht viel Zeit blieb. Aber es frustrierte, wenn andere Fragen nachgingen, auf deren Antworten man selbst am meisten brannte.

»Das FBI beschäftigt sich mit Ashlyn«, sagte er. »Wir hätten es also nur noch mit Denbe Construction zu tun. Mit all den Lügnern im Management.«

Tessas Miene heiterte sich auf. »Ich frage mich, ob Ruth Chans Maschine schon gelandet ist.«

»Gute Frage.«

»Dann mal los.«

Kapitel 32

Mick holte uns zum Essen ab. Justin verkrampfte, als er zur Tür hereinkam. Ohne uns abgesprochen zu haben, nahmen wir Ashlyn schützend in unsere Mitte.

Mick machte einen entspannten Eindruck und grinste breit, als er uns mit einer Handbewegung aufforderte, die Zelle zu verlassen. Ohne dass er uns vorher gefesselt hätte. Wie Z übernahm er die Führung und ließ uns drei folgen. Druck machte er nicht, aber seine Rechte lag auf dem an der Hüfte geholsterten Taser. Davon abgesehen, spazierte er vor uns her, als wäre es das Selbstverständlichste von der Welt.

Waren ihm die versprochenen neun Millionen zu Kopf gestiegen? Oder freute er sich einfach auf den Countdown? In spätestens vierundzwanzig Stunden würde alles vorbei sein. Wir wären weg, so oder so. Vielleicht war Mick weniger scharf auf das Lösegeld als auf die Gelegenheit, endlich mit uns abzurechnen. Dass uns Radar kaltblütig erschießen würde, konnte ich mir nicht vorstellen. Mick dagegen hätte mit Sicherheit seinen Spaß daran.

Z würde die Sache ruhig und schnell erledigen. Nichts für ungut. Ist nichts Persönliches.

Mir fehlte Radar. Unter anderem deshalb, weil mich wieder Brechreiz quälte, ganz zu schweigen von meinem allgemeinen Befinden in dieser entsetzlichen Lage. Ich brauchte meine Pillen. Aber wollte ich sie?

Mein wunderschönes, orangefarbenes Arzneifläschchen. Zwei, drei, vier Hydrocodon-Tabletten. Die Welt mochte aus den Fugen geraten, Hauptsache, sie hatte keine scharfen Kanten mehr. Mach dir keine Sorgen, zerbrich dir nicht den Kopf und lass dich einfach treiben.

Methadon konnte mir gestohlen bleiben. Ich wollte echte Drogen.

Wir erreichten die Großküche. Mick breitete die Arme aus.

»Die Zimtschnecken waren nicht schlecht«, sagte er. »Zauber uns wieder was Leckeres.«

Ich durchsuchte Kühl- und Vorratskammer und gab mich beflissen, hätte aber am liebsten die ganze Bande vergiftet. Halbgare Hamburger? Falsch zubereitetes Hühnerfleisch? Es kam immer wieder vor, dass einem vom Essen schlecht wurde. Ich würde mir bestimmt was einfallen lassen können.

Aber wir aßen ja alle dasselbe. Was hätte ich am Ende gewonnen? Sechs Patienten mit Brechdurchfall? Womöglich würde der Austausch aufgeschoben, und wir blieben eine weitere Nacht in der Hölle. Damit war uns nicht geholfen.

Nein. Kein Giftgemisch. Im Gegenteil, es sollte eine aufbauende Mahlzeit geben, reich an Proteinen und Kohlenhydraten, die meine Familie stärkten, damit wir morgen, wenn es drauf ankam, in Form sein würden.

Ich beschloss, Hamburger zu machen, konnte aber die Zutaten dafür nicht finden. Seltsam, ich hätte schwören können, gefrorene Burger-Scheiben gesehen zu haben, als ich am Morgen den Speck fürs Frühstück aus der Kühlkammer holte. Hatten sie sich selbst Hamburger gegrillt?

Also begnügte ich mich mit Dosenfleisch, ging dann in die Vorratskammer zurück, weil ich auch Käse brauchte, musste aber feststellen, dass auch davon nichts übrig geblieben war. Hatten sie auch den verputzt?

Mir dröhnte der Schädel. Das grelle Licht, das von allen blanken Oberflächen widerspiegelte, brannte mir in den Augen. Trotzdem zwang ich mich, von den Vorräten noch einmal den Bestand aufzunehmen. Sie waren definitiv weniger geworden. Entweder hatten Z und seine Männer in der Zwischenzeit Unmengen verschlungen, oder … sie packten zusammen.

Unsere Entführer beseitigten ihre Spuren. Sie bereiteten sich auf das Ende vor.

»Hallo?«, rief Mick, und seine Stimme klang drohend. Ich beeilte mich und kehrte mit mehreren Konserven zur Anrichte in der Küche zurück.

Ashlyn rümpfte prompt die Nase, als ich ihr zwei Dosen Spinat zum Öffnen vorsetzte. Ich selbst machte mich an den eingeweckten Zwiebeln und Möhren zu schaffen.

Mick glotzte mich an. »Daraus werden aber keine Zimtschnecken.«

»Wie wär's mit Quiche?«

»He?«

»Ist eine Art Auflauf.«

Ich ließ Justin aus einer Fertigmischung Kartoffelpüree herstellen und machte das Konservenfleisch mit einem Schuss Olivenöl und abgetropften Silberzwiebeln in einer Pfanne heiß. Es sah aus wie Hundefutter, roch aber nicht schlecht. Ich erinnerte mich an die kalten Ravioli, die ich als Kind aus der Dose hatte essen müssen, und an unsere alte Nachbarin, die Katzenfutter gegessen hatte, weil es billiger war als Thunfisch und sie Geld sparen musste, um Wodka kaufen zu können.

Ashlyn hatte inzwischen das Gemüse abtropfen lassen und gab es auf meine Bitte hin zum Fleisch. Ich würzte großzügig mit Knoblauchpulver und Worcestersoße, was Ashlyn und Mick wiederum veranlasste, die Nase zu rümpfen.

Als Nächstes kramte ich eine große Auflaufform aus dem Geschirrschrank. Darin verteilte ich zuerst eine Schicht Fleischeintopf und darüber die Stampfkartoffeln, bestreut mit Butterflocken. Das Ganze kam in den Ofen. Nun machte ich mich daran, den Teig für die Brötchen zu kneten, während Justin das Geschirr spülte und Ashlyn den Tisch deckte.

»Ist das dein Ernst?«, fragte Mick.

»Was?«

»Das ... Essen.«

Ich zuckte mit den Achseln. »Frische Hamburger und frische Kartoffeln wären besser, aber ich kann nur mit dem arbeiten, was da ist.«

»Eklig ist das.«

»Sie brauchen es nicht zu essen.«

»Hey, ich habe mich jahrelang von Kantinenfraß ernährt. Das kriege ich auch noch runter.«

»Dann beklagen Sie sich nicht.«

»Was ist los? Hausmütterchen auf dem Kriegspfad?«

»Erraten. Seien Sie also lieb, sonst setzt's was.«

Mick lachte. Es hätte mir gefallen, wenn seine Augen nicht so hell und sein Lachen weniger anhaltend gewesen wären. Ashlyn suchte hinter ihrem Vater Zuflucht, während ich auf die andere Seite der Anrichte auswich und den Teig auszurollen begann.

Im Unterschied zu den Zimtschnecken löste mein Notauflauf nur wenig Begeisterung aus. Aber Mick hatte recht; Soldaten waren sehr bescheidene Standards gewöhnt.

Er hielt sich dennoch zurück, füllte seinen Teller nur zur Hälfte und machte ein Gesicht dabei, als äße er nur mir zum Trotz. Z inspizierte die Schichten des Auflaufs mit Chirurgenaugen, zuckte dann kurz mit den Schultern und langte zu. Für Radar wurde eine Portion abgezweigt, dann durften wir uns bedienen. Justin lud sich so viel wie Mick auf den Teller. Ashlyn seufzte und begnügte sich mit einer Portion, die wohl nicht einmal ein Vögelchen hätte satt machen können.

»Spinat.« Sie schüttelte sich.

»Eisen«, korrigierte ich meine Tochter, die den Tag mit einem massiven Blutverlust begonnen hatte.

»Spinat«, maulte sie.

Ich ging nicht weiter auf sie ein und dachte zur Abwechslung mal an mich. Das Essen schmeckte gar nicht so schlecht. Es enthielt vielleicht das Vierhundertfache der empfohlenen Tagesmenge an Kochsalz, ganz abgesehen davon, dass das Gemüse matschig und fad war, das Fleisch zäh und sehnig, aber ansonsten ...

Allzu gern hätte ich eine Pille genommen oder ein Glas Wein getrunken. Irgendetwas.

»Ihr spielt häufiger die Gastgeber?«, fragte Z unvermittelt. Er schaute Justin dabei an.

»Wie bitte?«

»In eurem Haus. Du hast eine Firma und musst Aufträge an Land ziehen. Es wird nicht schaden, wenn du die richtigen Leute zum Essen einlädst.«

»Kommt vor«, antwortete Justin. Er saß steif am Tisch, und sein geschwollenes Gesicht verriet, wie angespannt er war.

»Und dann kocht sie?« Z stach mit der Gabel in meine Richtung.

»Meine Frau kocht vorzüglich. Das haben Sie ja selbst schon feststellen können.«

»Was ist ihr Lieblingsgericht?«

»Wie bitte?«

»Ihr Lieblingsgericht. Ich wette, sie weiß, was du am liebsten isst.« Z richtete seinen Blick auf mich.

»Beef Wellington«, klärte ich ihn auf.

Z wandte sich wieder Justin zu. »Und?«

Justin hielt seinem Blick stand. »Frische Orangen«, sagte er langsam. »Auf unserer Hochzeitsreise haben wir welche direkt vom Baum gepflückt. So etwas bekommt man nicht im Supermarkt.«

Er hatte recht. Ich liebte Orangen. Sie erinnerten mich an schönere Tage. Und sie waren der Beigeschmack meiner Schmerzen.

Ich schaute auf meinen Teller und wünschte, die beiden würden sich nicht über mich unterhalten.

»Hast du ihr einen Orangenbaum gepflanzt?«, fragte Z meinen Mann.

»In Boston?«

»Stell ihr ein Treibhaus in den Garten. Das müsstest du doch noch hinkriegen, oder?«

Justin biss die Zähne aufeinander. Ich konnte mir nicht erklären, warum er so gereizt reagierte.

Plötzlich schaute Z wieder mich an. »Wirst du ihn verlassen?«

Ich hob den Kopf. Alle Blicke waren auf mich gerichtet, einschließlich Ashlyns.

»Wenn ihr wieder zu Hause seid, morgen Abend«, insistierte Z. »Dann kommt die Zeit der Entscheidung.«

Ich bot ihm die Stirn. »Das geht Sie nichts an.«

»Die Katze lässt das Mausen nicht.«

»Gibt es nicht noch andere, die Sie kidnappen können?«

Er lächelte matt, und ich hätte schwören können, dass sich die Kobra auf seinem Kopf hin und her wand. »Ich weiß nicht. Ihr werdet schwer zu toppen sein. Die meisten jammern viel zu viel. Mit euch macht es mehr Spaß.«

Jetzt sprach er Ashlyn an: »Hast du einen Freund, oder bist du einfach nur 'ne Schlampe?«

Sie folgte meinem Beispiel. »Das geht Sie nichts an.«

Ich glaube, meinen Mann hätte eine Antwort darauf genauso interessiert wie mich. Aber vielleicht dachte sie ähnlich, was uns betraf.

»Ein hübsches Mädchen wie du sollte höhere Ansprüche haben.«

Meine Tochter ließ sich keine Regung anmerken. »Wirklich? Was soll ich von dem Rat eines Arschlochs halten? Sie kidnappen uns, um uns Ihre Lebensweisheiten aufzutischen?«

Z lächelte, und sein Lächeln wirkte auf mich noch gruseliger als Micks Lachen. Er lehnte sich zurück und legte seine Gabel auf den Teller.

»Familie«, meinte er schließlich, »was für eine Zeitvergeudung.«

Er betrachtete wieder mich, und ich sah in seinen Augen alles. Entschlossenheit und Bedauern.

Wir waren so gut wie tot.

Morgen um 15:00 Uhr würden sie ihr Geld kassieren und uns anschließend töten. Business. Schlicht und schnörkellos. Erst recht, wenn man es mit einem Mann zu tun hatte, auf dessen Kopf sich eine tätowierte Schlange mit aufgerissenem Maul kringelte.

Niemand sprach ein Wort.

Z ging. Wir räumten die Küche auf. Radar kam, um zu essen, und legte zwei Tabletten unter seine Serviette, die ich unauffällig einsteckte, als ich ihm frische Brötchen servierte. Den Rest des Auflaufs brachte ich in die Kühlkammer, wo ich die Tabletten trocken herunterschluckte und inständig hoffte, dass es sich um Hydrocodon handelte.

Mick führte uns schließlich zurück in unsere Zelle. Auch diesmal verzichtete er darauf, uns zu fesseln. Wir fühlten uns fast frei.

Eine todgeweihte Familie.

Als die Zellentür hinter uns ins Schloss fiel, sah ich ihn durch den Schlitz breit grinsen. Er zwinkerte mir zu, wackelte mit der ausgestreckten Zunge und hauchte mir *bald* zu.

Nach einem kurzen Blick auf die immerfort wachsame Kamera verschwand er.

Ashlyn schlief innerhalb weniger Minuten ein. Sie war wirklich fix und fertig. Justin und ich mussten miteinander reden.

»Sie werden uns nicht laufenlassen«, sagte ich ohne große Vorrede und rutschte unruhig auf der unteren Pritsche hin und her. »Sobald das Geld überwiesen ist, werden sie uns töten.«

»Unsinn.« Justin lag ausgestreckt, die Hände hinter dem Kopf verschränkt, auf seiner Pritsche und starrte nach oben. »Das sind Profis. Die lassen sich die Chance auf neun Millionen nicht entgehen.«

»Natürlich nicht. Aber was sollte sie davon abhalten, uns umzubringen, wenn das Geld auf ihrem Konto ist? Ich meine, wir sind hier nach wie vor in einem Gefängnis. In deren Hand.«

»Wir werden im Kontrollraum sein, wo niemand an uns rankommt. Das habe ich mit Z vereinbart. Morgen zur verabredeten Zeit werden wir von Radars Handy mein Handy anrufen. Aller Wahrscheinlichkeit nach antwortet irgendein Agent des FBI. Wir sehen ihn, er sieht uns. Danach bringt Z uns in den Kontrollraum, schließt ab und sorgt so für unsere Sicherheit, während er darauf wartet, dass das Geld überwiesen wird. Sobald es auf dem Konto ist, verlassen Z und sein Team die Bühne. Wir warten auf die Polizei, die uns nach Boston zurückbringt.«

»Und wenn sich die Versicherung weigert, das Geld auszuzahlen? Außerdem bin ich mir sicher, dass die Polizei verhandeln will ...«

»Verhandelt wird nicht. Es gelten Zs Bedingungen, und das hat er allen klar zu verstehen gegeben. Ich würde es an seiner Stelle genauso machen und möglichst viel Druck auf die Versicherung ausüben.«

»Und wenn sie kein Geld lockermacht –«

»Sie wird, Libby. Dazu ist sie vertraglich verpflichtet. Ich habe meine Beiträge immer pünktlich gezahlt, und jetzt ist der Notfall eingetreten, gegen den ich versichert bin. Der verlangte Beweis ist erbracht, und ich denke, auch die Polizei wird ihr Druck machen. Es ist im größtmöglichen Interesse aller, wenn der morgige Tag so abläuft wie geplant. Vertrau mir, in vierundzwanzig Stunden werden wir das alles hinter uns lassen können.«

Was er sagte, beruhigte mich nicht. Meine Hände zitterten. Ich hatte Methadon genommen, das angeblich die Entzugserscheinungen lindern sollte, doch meine Ängste und unheilvollen Ahnungen ließen nicht nach.

»Wir wissen nicht einmal, warum sie uns entführt haben«, murmelte ich.

»Ist das nicht egal?«

»Sie haben dich geschlagen.«

»Halb so schlimm.«

»Sie haben Ashlyn terrorisiert.«

»Sie ist ein starkes Mädchen.«

»Wie kannst du so ruhig sein –«

Justin richtete sich so plötzlich auf, dass er mit dem Kopf fast unter die obere Pritsche stieß, als er herumfuhr und mich anstarrte. »Hast du kein Vertrauen zu mir, Libby?«

Ich öffnete den Mund, brachte aber keinen Laut hervor.

»Wir kehren nach Hause zurück. Alles andere ist einerlei. Morgen um 15:00 Uhr werden du und Ashlyn auf dem Weg nach Boston und in Sicherheit sein.«

Allmählich kam ich meinen unguten Gefühlen auf den Grund. Die Körpersprache und ein gewisser Unterton in der Stimme meines Mannes brachten mich darauf. Er hatte eine Entscheidung getroffen, eine, die Ashlyns und meine Sicherheit über seine stellte.

»Ich hoffe, du wirst nichts Dummes tun«, hörte ich mich

sagen. »Wir wollen alle nach Hause zurück, Justin. Wir sind eine Familie.«

Er lächelte, was aber kaum mehr war als ein freundliches Lippenzucken. »Familie? Ich habe meine Frau betrogen und keinen blassen Schimmer davon gehabt, was in meiner Tochter vorgeht. Sei ehrlich, Libby. Wäre es wirklich so schrecklich, wenn ich nicht mit zurückkehrte?«

»Ich will davon nichts hören. Deine Tochter braucht dich.«

»Und du, Libby? Was brauchst du?«

Ich hätte ihm gern geantwortet, dass alles gut werden würde, wenn wir erst wieder zu Hause wären. Tatsächlich aber sah ich meine Zukunft in einem orangefarbenen Arzneifläschchen, bis zum Rand gefüllt mit frischen weißen Tabletten …

Z hatte recht. Familie war eine schreckliche Vergeudung von Zeit, und genau derer hatten wir uns schuldig gemacht. Durch Streiterei und wechselseitigen Betrug.

Wir würden nach Hause zurückkehren, doch statt Trost zu finden, wären wir mit den Scherben unseres Lebens konfrontiert.

Und wieder traten mir Tränen in die Augen, während ich meinen Mann betrachtete. Den Mann, der mich betrogen hatte und von mir belogen worden war. Ich weinte um unser Zuhause und um unsere Ehe, von der wir uns so viel erhofft hatten. Um die Zukunft, für die ich unserer Tochter den Weg hatte ebnen wollen.

Justin stand auf. Er nahm mich in den Arm und drückte mich an seine Brust. »Ruhig, Libby«, flüsterte er. »Ich sorge dafür, dass alles in Ordnung kommt. Vertrau mir. Morgen werde ich alles richtig machen.«

Ich ließ mich von meinem Mann festhalten und schöpfte Hoffnung aus der Kraft seiner Arme und seinem Herzen, das ich schlagen spürte. Ich drückte ihm meine Stirn an die Brust und wusste doch, dass ich für ihn nie mehr würde so empfinden können wie früher.
Montag, 15:00 Uhr.
Eine todgeweihte Familie.

Kapitel 33

Tessa und Wyatt fanden Ruth Chan an der Gepäckausgabe von Terminal E, eine zierliche Frau mit großer Sonnenbrille, braun gebrannt und ein Nervenbündel, wie es schien. Als sie Wyatt in seiner Sheriffuniform auf sich zukommen sah, zuckte sie regelrecht zusammen.

Dann aber straffte sie die Schultern, zog ihren Koffer vom Fließband und marschierte auf die beiden zu.

»Haben Sie was von Justin oder seiner Familie gehört?«, fragte sie.

Tessa schätzte die Frau auf Ende vierzig, Anfang fünfzig. Sie war offenbar asiatischer Herkunft, hatte aber auch noch einen anderen Einschlag. Eine exotische Schönheit, selbst in der schlichten schwarzen Hose und dem cremefarbenen Top. Trotz der übergroßen Sonnenbrille fiel auf, dass sie geweint hatte. Auf den Wangen zeichneten sich feuchte Spuren ab, und ihre Stimme klang belegt.

»Wir haben ein paar Fragen«, hob Tessa an.

»Bitte nicht im Büro«, entgegnete die Finanzchefin von Denbe Construction. »Da möchte ich jetzt nicht hin. Lieber an einen neutralen Ort.«

Ruth hatte noch nicht gegessen. Sie schlug vor, ins Legal Sea Foods zu gehen, obwohl sich das Restaurant in einem anderen Terminal befand. Aber es hatte Sitznischen, die sich für ein vertrauliches Gespräch eigneten. Wyatt wollte ihr den kleinen Koffer abnehmen, aber Ruth lehnte ab und schritt energisch voraus. Es schien, als müsste sie in Bewegung bleiben, um Fassung bewahren zu können.

Fünfzehn Minuten später wurden sie in einem sparsam beleuchteten Restaurant zu einer weit hinten gelegenen Sitznische geführt. Ruth holte einen schlanken Laptop aus ihrem Koffer und schaltete ihn ein.

Sie müsse schnell noch etwas erledigen, sagte sie entschuldigend. Tessa und Wyatt ließen ihr Zeit und bestellten sich eine Muschelsuppe. Ruth nahm gegrillten Lachs und ein Glas Weißwein.

Schließlich holte sie tief Luft und blickte von ihrem Laptop auf. Sie hatte die Sonnenbrille abgenommen und war, von nahem betrachtet, ein Wrack. Welke Haut, aufgequollene Augen, verhärmter Ausdruck. Entweder war ihr der Urlaub nicht bekommen, oder die Nachricht vom Verschwinden ihres Bosses hatte ihr einen schweren Schlag versetzt.

Ruth ergriff das Wort. »Anita sagt, sie seien Freitagnacht entführt worden.«

»Justin Denbe und seine Familie werden seit Freitagnacht vermisst«, präzisierte Tessa.

»Haben sie sich gemeldet? Konnte Kontakt aufgenommen werden? Haben Sie eine Spur?«

»Es wurde Lösegeld gefordert. Neun Millionen Dollar, fällig morgen um 15:00 Uhr.«

Ruth erschrak. »So viel Geld kann die Firma nicht flüssigmachen.«

»Justin ist versichert. Auch für den Fall, dass ihm ein gewaltsamer Tod droht.«

»Ach ja«, erinnerte sich Ruth. »Die halbe Lebensversicherung plus Sonderklausel. Verstehe. Wird die Versicherung zahlen?«

»Darauf haben wir keinen Einfluss.«

»Sie wird zahlen«, sagte Ruth wie zu sich selbst. »Das muss sie. Wenn Justin etwas zustößt ... Schlechte Publicity und einen Rechtsstreit kann sie nicht in Kauf nehmen. Sie zahlt.«

Tessa und Wyatt betrachteten sie stumm.

»Nun.« Ruth ließ einen Schwall aufgestauter Luft ab und entspannte sich. »Es handelt sich also wohl um einen klassischen Fall von Erpressung. Justin ist ein vermögender Mann. Leider macht ihn das zum Ziel von Gangstern.«

Tessa und Wyatt sagten auch dazu nichts.

»Es ist nur ... Als ich davon hörte, als Anita anrief ... da dachte ich spontan ...« Ruth holte wieder tief Luft, und weil das zur Beruhigung ihrer Nerven offenbar nicht reichte, trank sie einen Schluck Wein. »Ich dachte, es sei noch etwas Schlimmeres passiert. Dass Justin ... dass ihn vielleicht jemand ausschalten will. Und ... und dass ich schuld daran wäre.«

Das Essen kam. Eine Tasse Muschelsuppe für Tessa, eine Schale Muschelsuppe für Wyatt und Lachs für Ruth.

Wyatt löffelte drauflos. Als Ruth nach Messer und Gabel griff, zitterten ihre Hände so sehr, dass sie sich lieber wieder auf den Wein konzentrierte.

»Fangen wir doch am Anfang an«, schlug Tessa vor. »Erzählen Sie uns alles. Es wäre das Beste, wenn Sie Justin helfen wollen.«

»Ich habe keinen Urlaub gemacht«, erklärte Ruth. »Ich war geschäftlich auf den Bahamas. Justin hat mich dorthin geschickt. In der Firma sind größere Summen veruntreut worden. Ich sollte der Geldspur folgen.«

Tessa holte ihr Handy aus der Tasche und aktivierte die Aufnahme-App.

Im August war Ruth ein Zahlendreher in der Buchführung aufgefallen. Einem Lieferanten, der Anspruch auf einundzwanzigtausend Dollar hatte, waren nur zwölftausend gutgeschrieben worden. Denbe Construction schuldete ihm also noch neuntausend. Aber als Ruth den Fehler bemerkt hatte, war die Zahlungsfrist bereits abgelaufen.

Also beschloss sie, den Lieferanten anzurufen, sich zu entschuldigen und ihm zu versprechen, den noch geschuldeten Betrag unverzüglich per Scheck nachzureichen. Doch unter der Nummer, die sie wählte, bekam sie keinen Anschluss. Und als sie den Namen der Firma googelte, musste sie feststellen, dass es dieses Unternehmen überhaupt nicht zu geben schien.

Um sicherzugehen, folgte sie der Absenderadresse der Rechnung aus New Jersey. Weitere Nachforschungen ergaben, dass in der angegebenen Straße eine UPS-Filiale niedergelassen war und die Hausnummer mit einem Postfach korrespondierte.

Die Sache schien klar. Die Adresse war falsch, ebenso wie die Telefonnummer, und den Lieferanten gab es nicht. Denbe Construction war betrogen worden.

Ruth wollte der Angelegenheit auf den Grund gehen. Ihren Unterlagen entnahm sie, dass der Lieferant DDA, LLC im Laufe der vergangenen drei Jahre insgesamt sechzehn Rechnungen in Gesamthöhe von fast vierhunderttausend Dollar ausgestellt hatte. Alle Lieferungen bezogen sich auf den Bau einer größeren Seniorenresidenz, ein Projekt mit einem Umfang von fünfundsiebzig Millionen. Vierhunderttausend Dollar, auf sechzehn Rechnungen verteilt, waren in dem Zusammenhang Peanuts. Spezifiziert waren auf den Rechnungen verschiedene Bauteile und Installationskosten, nichts Ungewöhnliches.

Auf den ersten Blick ließ sich nichts beanstanden, und die relativ kleinen Beträge erregten keinerlei Verdacht. Aber was hatte es mit dieser DDA, LLC eigentlich auf sich?

Bei der Vielzahl laufender Bauprojekte und der umfänglichen Inanspruchnahme von Subunternehmen kam es immer wieder vor, dass auf neue Lieferanten zugegriffen werden musste. Zugelassene Rechnungen erhielten eine Kennzahl für den Verwendungszweck. Als technischer Leiter war es meist Chris Lopez, der dem Rechnungssteller diese Kennzahl zukommen ließ. Auf den Rechnungen von DDA, LLC war immer der Verwendungszweck in Form einer solchen Kennzahl ausgewiesen, und auch deshalb gab es für Ruth und ihre Mitarbeiter keinen Grund, sie in Frage zu stellen.

Einmal im Monat, so die Regel, legte Ruth sowohl Chris als auch Justin einen Bericht über die Einnahmen und Ausgaben der verschiedenen Projekte zur Prüfung vor. Ihnen hätte also der Name DDA, LLC ins Auge springen können. Andererseits fielen in diesen meist umfangreichen Berichten, die eine Unmenge von Namen und Zahlen enthielten, kleinere Beträge und seltener in Anspruch genommene Lieferanten nicht weiter auf.

Ruth ahnte, dass die Betrügereien genau darauf spekulierten. Statt größere Summen auf einen Schlag abzukassieren, setzte man auf kleinere Beträge in Folge. Zwanzigtausend hier, fünfzehntausend dort. Viel Geld für den Einzelnen, aber für ein Unternehmen wie Denbe nicht mehr als ein paar Rundungsfehler.

Eine kriminelle Masche, die langsam, aber stetig ordentlich Gewinn einbrachte.

Ruth hatte bei der Hausbank nachgefragt, um mehr über die ausgelösten Schecks zu erfahren. Der Stempelaufdruck auf der Rückseite eines jeden dieser Schecks verwies auf eine Offshore-Bank. Auf den Bahamas.

Der falsche Zulieferer hatte also eine Briefkastenadresse in New Jersey und ein Konto auf den Bahamas. Und über drei Jahre hatte niemand etwas bemerkt.

Vor vier Wochen hatte Ruth Justin abends in seinem Büro aufgesucht, als alle anderen Mitarbeiter schon gegangen waren, und ihn über den Betrugsfall aufgeklärt. Er reagierte wütend, wie erwartet, und betroffen darüber, dass man ihn bestohlen hatte.

Ruth schlug vor, das FBI einzuschalten, denn nur die Feds konnten Druck auf eine Offshore-Bank ausüben. Ob sie aber letztlich kooperieren und mit Informationen über ihren betrügerischen Kunden herausrücken würde, war fraglich. Bekanntermaßen hielten sich Banken mit solchen Auskünften diskret zurück, auch jetzt noch, da der Kampf gegen den Terrorismus die Regeln der Geheimhaltung aufzulösen begann.

Justin aber wollte zu diesem Zeitpunkt noch keine Einmischung der Polizei. Stattdessen hoffte er, sie selbst irgendwie über den Tisch ziehen zu können.

»Er bat mich, auf die Bahamas zu fliegen. Von unserer Hausbank wusste ich, auf welches Konto unser Geld transferiert worden war. Letzten Freitag also sollte ich in diese Bank auf den Bahamas spazieren, das DDA-Konto auflösen und mit dem Geld, das unseres ist, wieder gehen.«

Ruth blickte die beiden erwartungsvoll an.

»Wie soll das gehen, ein fremdes Konto aufzulösen?«, fragte Tessa. »Hatten Sie dazu eine Vollmacht oder dergleichen?«

»Ich wollte so tun als ob. Wir vermuten, dass, wer hinter den Betrügereien steckt, selbst nie in Person auftritt. Ich bin Finanzbuchhalterin und nicht auf den Mund gefallen. Es wäre mir schon irgendwie gelungen, das Geld auf unser Konto zurückzuüberweisen. Dazu hatte ich immerhin Justins Vollmacht.«

»Er wollte dem, der Ihre Firma bestohlen hatte, eine Art Lektion erteilen?«, staunte Tessa.

»Exakt.«

»Und hat es funktioniert?«, wollte Wyatt wissen.

Ruth schüttelte den Kopf. »Ich kam einen Tag zu spät. Unser Widersacher hatte das Geld bereits am Donnerstag in Sicherheit gebracht. Und jetzt kommt's: Als ich den Sachbearbeiter darüber aufklärte, dass diese Transaktion ein Irrtum gewesen sei, und ihn fragte, wer ihm den Auftrag dazu gegeben habe, wurde er nervös und wollte wissen, ob auch mit den anderen Konten etwas nicht in Ordnung sei. DDA hatte bei dieser Bank nicht nur ein, sondern mehrere Konten, fünfzehn insgesamt. Mit einem Gesamtguthaben von elf Komma zwei Millionen Dollar.«

»Das wäre also ein bisschen mehr als vierhunderttausend«, meinte Tessa trocken.

Ruth hatte ihren Lachs immer noch nicht angerührt. Sie saß da und drehte ihr Weinglas zwischen den Fingern.

»Ich habe Justin am Freitagnachmittag angerufen und ihm mitgeteilt, dass das Konto aufgelöst und ich zu spät gekommen sei. Von den anderen Konten habe ich nichts gesagt. Nicht, dass ich etwas zu verheimlichen versucht hätte, es ist nur ... Ich hatte einen Verdacht, wollte aber niemanden zu Unrecht belasten, schon gar nicht in dieser Situation. Ich sagte Justin, dass ich noch ein paar Tage für Recherchen brauchte und ihn dann am Montag wieder anrufen würde.«

»Wie hat er darauf reagiert?«, fragte Wyatt.

Ruth zuckte mit den Achseln. »Er war verärgert darüber, dass wir nicht an das Geld herangekommen sind. Aber ... Wir wussten ja, wie wenig Aussicht darauf bestand. Es wurmte ihn zwar, dass der Firma vierhunderttausend Dollar gestohlen worden waren, aber einen solchen Verlust, über drei Jahre gestreckt, konnten wir durchaus verkraften.«

»Aber der Betrüger hat doch, wie Sie sagen, über elf Millionen ergaunert«, erinnerte Tessa.

Ruth seufzte. Sie sah wirklich elend aus. »Freitagnacht habe ich kein Auge zugemacht. Ich bin die ganzen Listen unserer Zulieferer durchgegangen, von A bis Z, habe die kleineren herausgesucht und gegoogelt. Kurzum, wir sind sechs weiteren Scheinfirmen aufgesessen. Die ganze Sache zu prüfen wird Monate dauern, aber ich sage schon jetzt voraus, dass alle elf Komma zwei Millionen von Denbe Construction kommen. Sie wurden uns dreist gestohlen.«

Tessa sperrte die Augen auf und sah, dass Wyatt ähnlich überrascht war. »Ihnen gehen in drei Jahren elf Millionen durch die Lappen, und Sie merken das nicht?«

»Das ist es ja. Die Rechnungen, die falschen Zulieferer. Es waren immer Kleckerbeträge, in manchen Fällen nur ein-, zweitausend Dollar. Solche Summen fallen schnell unter den Tisch.«

»Aber elf Millionen –«
»Genau.«
Tessa ging ein Licht auf. »Sie sprechen nicht nur von den letzten drei Jahren.«
»Nein.«
»Sondern? Zehn, fünfzehn Jahre?«
»Womöglich noch mehr.«
»Zwanzig?« Tessa geriet ins Schleudern.
»Es ging damit wahrscheinlich schon vor meiner Zeit los«, sagte Ruth. »Und dann kamen für die Firma sehr erfolgreiche Jahre. Als Justin die Geschäftsführung übernahm, landete er gleich drei Zweihundert-Millionen-Projekte auf einmal. Sie können sich vorstellen, was das für die Buchhaltung bedeutete, zumal sie noch mit einem ziemlich antiquierten Computersystem auskommen musste. In diesen fetten Jahren hat sich der Betrüger wohl am meisten bereichert.«
»Fünfzehn bis zwanzig Jahre«, murmelte Tessa.
»Vor der Zeit von Chris Lopez«, bemerkte Wyatt.
»Die meisten unserer jetzigen Mitarbeiter waren damals noch nicht an Bord«, sagte Ruth. »Außer ...« Sie senkte ihren Blick, nahm das Glas in die Hand und leerte es. Ihre Hand zitterte immer noch. Ihr war sichtlich unwohl.
Ein langjähriger Mitarbeiter. Jemand in führender Position. Und als Frau in einem von Männern dominierten Geschäft wahrscheinlich eine enge Vertraute des Geschäftsführers.
Anita Bennett. Die Betriebsleiterin von Denbe Construction und ehemalige Geliebte des Chefs.

Kapitel 34

Ich nickte ein und träumte von einer ausgiebigen Dusche in meinem eigenen Badezimmer hinter dicht schließenden Glastüren, auf denen sich der Wasserdampf niederschlug, während ich heiße Kaskaden auf meinen nackten Körper prasseln ließ. Ich seifte mich mit meinem Lieblingsshampoo ein und sah die schaumige Lauge über meine Arme fließen, die mich von Schmutz und verkrustetem Schweiß befreite.

Im Traum war mir, als schlüpfte ich aus meiner Haut wie aus einer Larvenhülle. Gefängnisgitter, Betonsteinwände und nackter Estrich lösten sich auf und gingen als grauer Schlamm den Abfluss hinunter.

Ich wusste, wenn ich den Blick darauf richtete, würde ich Mick, Radar und Z sehen, die wie Dorothys böse Hexe zerschmelzen und durch die Bostoner Sielen gespült würden, wohin sie auch gehörten.

Aber ich schaute nicht hin. Ich wollte es nicht sehen. Sie anzuschauen hätte den Schrecken wieder aufleben lassen. Und dies war mein Traum, mein Duschbad. Das nach Orangen duftete, frisch vom Baum gepflückt. Wo ich nicht länger in meinem Stadthaus in Back Bay weilte, sondern an einem Strand in Key West. Und wenn ich die Dusche verließe, würde ich meinen Mann im Bett finden, der auf mich wartete und nun mit einem kühlen weißen Laken bedeckt war.

Orangen. Er würde mir davon zu essen geben. Ein Versprechen auf Wonne.

Der Geschmack meiner Schmerzen.

Plötzlich hörte das Wasser zu fließen auf. Aus dem Duschkopf tropften stattdessen Pillen, Hunderte, Tausende länglicher Tabletten. Hydrocodon. Meine kostbaren Helfer gegen Schmerzen. Zusammen mit den orangefarbenen Fläschchen natürlich.

Das Versprechen auf Wonne.

Der Geschmack meiner Schmerzen.

Ich ließ mich auf die harten Fliesen fallen und von den Pillen begraben.

Ich schreckte aus dem Schlaf. Das Deckenlicht blendete mich. Ich blinzelte und spürte mein Herz rasen. Justin stand vor der Zellentür. Anscheinend hatte ich Geräusche von mir gegeben, denn er starrte mich an.

»Alles in Ordnung?«, fragte er.

Seltsame Frage von einem Mann, dessen Gesicht wie ein weich geklopftes Stück Fleisch aussah. Das eine Auge war immer noch dick zugeschwollen.

»Ashlyn?«, erkundigte ich mich.

»Schläft.«

Meine zweifelnde Miene veranlasste ihn nachzusehen. Er nickte und bestätigte, dass Ashlyn fest schlafe. In letzter Zeit tat unsere Tochter manchmal nur so.

Ich stand auf und schleppte mich zum Waschbecken, um ein wenig zu trinken.

»Warum ist der Wasserdruck eigentlich so mies hier?«, fragte ich, und sei es nur, um das Schweigen zu brechen.

»Großer Komplex, Kilometer von Wasserleitungen. Eine effizientere Installation hätte sehr viel mehr gekostet. Aber wozu?«, Justin zuckte mit den Achseln. »Die Insassen haben nichts Besseres zu tun, als zu warten.«

Er stellte sich hinter mich und massierte mir den Nacken, wie er es früher oft getan hatte.

»Ich habe davon geträumt zu duschen«, murmelte ich. »Unter heißem Wasser und mit Unmengen Seife.«

Er lächelte. »Rieche ich so schrecklich?«

»Nicht schlimmer als ich.«

»Wir haben das alles bald hinter uns, Libby. Morgen um diese Zeit kannst du so ausgiebig duschen, wie du willst.«

Ich wollte ihm glauben, war dankbar dafür, dass er mir Mut zu machen versuchte, und trotzdem …

»Wärst du nicht besser noch eine Weile im Bett geblieben?«, fragte ich. »Um wieder zu Kräften zu kommen?«

»Ich hab's versucht, kann's auf dieser schmalen Pritsche aber einfach nicht lange aushalten. Vielleicht liegt es auch an den engen Mauern. Das macht mich völlig verrückt.«

»Du hast sie hochgezogen.«

»Ja, aber für andere. Ich brauche offene Weite.«

So war es. Kälte, Regen, Schnee machten Justin nichts aus. In freier Natur fühlte er sich am wohlsten.

»Bist du dir sicher, dass Ashlyn schläft?«

»Wie ein Baby«, antwortete er, fand den Vergleich aber offenbar selbst unpassend und verzog das Gesicht.

Ich schaute zu Boden. Für einen Vater war es wahrscheinlich noch schwerer als für die Mutter, erfahren zu müssen, dass die minderjährige Tochter Geschlechtsverkehr hatte. Insbesondere für Justin, der Ashlyn auf einen Thron gesetzt hatte. Daddys kleine Prinzessin. Sein perfektes Mädchen.

Ich fragte mich, was ihm mehr zu schaffen machte, der Schrecken oder sein Schmerz.

»Wusstest du Bescheid?«, fragte er im Flüsterton. »Ich meine, hast du irgendetwas geahnt?«

Ich schüttelte den Kopf.

»Hat sie nie von einem Jungen gesprochen? War sie in letzter Zeit häufig unterwegs, hat sie sich neue Kleider gekauft? Ich weiß nicht. Wie verhält sich ein Mädchen, wenn ein Junge ihm den Kopf verdreht hat?«

»Was hast du vor, Justin? Wirst du deine Flinte laden?«

»Vielleicht.«

»Ich habe keine Ahnung.«

»Aber –«

»Und du? Du bist ihr Vater. Hast du nichts geahnt?«

Er kniff die Brauen zusammen und trat nervös von einem Bein aufs andere. »Natürlich nicht. Väter sind vielleicht auf diesem Auge blind. Sie können sich nicht vorstellen, dass ihre Töchter ...«

»Wie heißt ihre beste Freundin?«

»Linda.«

»Lindsay.«

»Ich war nah dran.«

»Wirklich?« Ich zuckte mit den Achseln. »Ashlyn ist fünfzehn Jahre alt. Angeblich hat sie uns seit sechs Monaten nachspioniert, weil wir nicht mehr mit ihr gesprochen haben. Sie ist einsam, verletzlich, und wir ... haben als Eltern versagt.«

Er ließ sich deutlich ansehen, dass er mit meiner Einschätzung nicht einverstanden war, widersprach mir aber nicht. Stattdessen ging er in die Offensive.

»Seit wann nimmst du diese Tabletten?«

Ich hielt seinem Blick stand. »Seit wann betrügst du mich?«

»Das ist nicht dasselbe. Du trägst die Hauptverantwortung für Haus und Familie, und das weißt du. Mit anderen Worten, du hast seit sechs Monaten deinen Job vernachlässigt.«

»Im Unterschied zu dir, der seine Mittagspausen mit Schäferstündchen verbringt? Willst du mit mir wirklich darüber streiten, wer sich von uns beiden größerer Pflichtverletzungen schuldig gemacht hat?«

»Du hast mich mit der Sache konfrontiert, wolltest eine Erklärung –«

»In einer Sache. Ich wette, du hattest weitere Affären.«

»Ich glaube, ich habe ein Recht darauf zu erfahren, wie du an diese Medikamente herankommst. Empfängst du Dealer in unserem Haus? Jemanden, für den sich Ashlyn womöglich interessiert hat? Vielleicht jemanden, der Mick oder Radar oder Z kennt?«

Mir klappte die Kinnlade herunter. Ich spürte Wut in mir aufsteigen und wollte spontan nein schreien, ihm sagen, wie lächerlich sein Verdacht sei. Meine Tabletten verschaffe ich mir ganz legal – indem ich Ärzte belog, die mir dann ein Rezept ausstellten. Stattdessen aber hörte ich mich sagen: »Aids, Herpes, Syphilis, Gonorrhö. Hast du die zu uns ins Haus eingeladen? Erpressung, Lug und Trug. Vielleicht ist eine deiner Gespielinnen mit Mick oder Z oder Radar bekannt.«

»Libby –«

»Justin! Du hast mich hintergangen. Und nicht nur einmal.

Viele Male. Findest du das in Ordnung? Meinst du, mit einer Entschuldigung wäre es getan? Ich weiß nicht, wie es mit uns weitergehen soll. Ich habe dich *geliebt*, Justin. Du warst mir mehr als ein Ehemann, du warst meine Familie. Dass mein Vater auf einen Sturzhelm verzichtet und meine Mutter nicht aufgehört hat zu rauchen, ist nicht einfach zu vergessen. Sie haben versagt, und auch auf dich kann ich mich nicht mehr verlassen. Ja, ich habe damit angefangen, Pillen zu schlucken, denn auch wenn du mir sagst, dass es dir leidtut, bin ich ... zutiefst verletzt.«

»Es ist also meine Schuld, ja? Du bist tablettenabhängig wegen mir.«

»Das habe ich nicht gesagt.«

»Gibst du dir etwa selbst die Schuld daran, dass ich mit diesem Mädchen geschlafen habe?«

Ich konnte es nicht länger ertragen, wich seinem Blick aus und wünschte mich an einen anderen Ort. Raus aus dieser Zelle, weg von diesem Gespräch. Im Grunde wollte ich nicht mehr leben, was wohl die eigentliche Erklärung dafür war, dass ich Tabletten nahm.

»Antworte mir«, setzte Justin unerbittlich nach. »Glaubst du, wenn du dich nur anders verhalten hättest, vielleicht ein bisschen abenteuerlicher im Bett, wäre ich nicht untreu geworden?«

Ich schlug die Hände vors Gesicht. »Bitte, hör auf.«

»Ich liebe dich, Libby. Für die andere habe ich nicht annähernd so empfunden wie für dich.«

»Trotzdem bist du zu ihr gegangen, hast mir einen Teil von dir entzogen und ihr gegeben.«

»Soll ich dir sagen, warum?«

»Nein.« *Ja.*

»Weil sie mich so angesehen hat wie du früher einmal. Ich habe dieses verdammte Flugticket gebucht, und sie ... Ich kam mir in ihren Augen wichtig vor. Und ich erinnerte mich, dass ich genauso empfand, als wir uns damals näherkamen. Ich brauchte nur in der Tür zu erscheinen, und du ... Du hast gestrahlt. Es ist lange her, dass ich dich das letzte Mal so habe lächeln sehen. Es ist lange her, dass ich den Eindruck hatte, von dir so gesehen zu werden.«

»Ich bin also doch selbst schuld, von dir betrogen worden zu sein.«

»Nein, das bist du ebenso wenig, wie ich schuld daran bin, dass du Pillen schluckst.«

»Ich verstehe das alles nicht einmal mehr.«

Justin zuckte mit den Schultern. Er zeigte sich nicht mehr unerbittlich, sondern nur noch müde. »Wie soll man das auch verstehen? Wir sind verheiratet, Libby, seit achtzehn Jahren eng miteinander verbunden. Zu sagen, dass wir uns nicht mehr so viel bedeuten ... Das ergibt doch keinen Sinn. Eine Ehe ist mehr als eine Rechnung, die man untereinander aufmacht. Aber es ist wohl so, dass jeder von uns in letzter Zeit vor allem an sich gedacht hat. Da lächelt ein hübsches Mädchen, und ich verhalte mich egoistisch. Du warst verletzt und, weil ich nicht zur Verfügung stand, auf dich selbst zurückgeworfen. Wir haben einander vergessen. Das passiert, wenn man selbstsüchtig ist.«

»Du wirst mich wieder betrügen«, flüsterte ich. »Wie von einem Schürzenjäger nicht anders zu erwarten.«

»Und du wirst eine neue Quelle für deine Pillen auftun«,

entgegnete er ebenso leise. »Wie von einer Drogenabhängigen nicht anders zu erwarten.«

Ich ließ den Kopf hängen und empfand in vollem Ausmaß die seit sechs Monaten fällige Scham. Es war wohl so, wie ich zu Anfang geglaubt hatte: dass es leichter war, meinen Mann zu hassen, das Naheliegende außer Acht zu lassen, wie zum Beispiel den Umstand, dass achtzehn Jahre ihren Tribut verlangten und nicht alles wie selbstverständlich so weitergehen konnte wie gehabt. Bis eines Tages ...

»Warum hast du ihre SMS nicht gelöscht?«, fragte ich unvermittelt. »Du musst doch damit gerechnet haben, dass ich sie irgendwann entdecke.«

Jetzt wich er meinem Blick aus.

»Du wolltest erwischt werden«, murmelte ich ahnungsvoll. »Du wolltest, dass ich dahinterkomme.«

»Gab es für dich in den letzten Monaten nicht auch Momente, in denen du dir fest vorgenommen hast, keine Pillen mehr zu nehmen? Dich am Riemen zu reißen und Ordnung in dein Leben zu bringen?«

Ich nickte langsam.

Justin hob den Kopf und schaute mir in die Augen. »Die gab es für mich auch und nicht selten. Es war schrecklich für mich zu lügen, dir weh zu tun. Ich weiß nicht ... Ich kann es mir selbst nicht erklären. Vielleicht werden wir mit den Jahren unseren Eltern immer ähnlicher. Vielleicht ist es auch nur die eigene Schwäche. Wie dem auch sei, ich bin einem Mädchen begegnet ... Und eins kam zum anderen. Dann, unmittelbar darauf, fühlte ich mich hundsmiserabel. Als Lügner, Betrüger. Das war nicht auszuhalten. Ja, mag sein, dass ich erwischt werden wollte. Dass ich gezwungen sein würde, mich wieder unter Kontrolle zu halten. Meiner Verantwortung gerecht zu werden. Ich hoffte, du würdest mir nach einer Weile verziehen haben und ich müsste mich dann nicht mehr so elend fühlen.«

Justin blickte mir noch immer in die Augen. »Weißt du, was meine Mutter kurz nach der Beerdigung meines Vaters getan hat?«

Ich schüttelte den Kopf.

»Sie goss eine halbe Flasche Wodka über seinem Grab aus. So sehr hat sie ihn gehasst, Libby. Abgrundtief. Ich will nicht, dass du mich auch so hasst. Es ist mir eine schreckliche Vorstellung, dass du erleichtert wärst, wenn ich tot bin.«

Justin seufzte. Er legte mir seine Hände auf die Schultern und schaute mich ernst an. Geradezu düster. Hatte ich ihn jemals mit einer solchen Miene gesehen? Nach achtzehn Jahren konnte ich mich nicht erinnern, und doch …

»Ich liebe dich, Libby. Ich war ein Narr und habe versagt. Aber ich liebe dich. Das sollst du wissen, was immer auch jetzt geschehen mag.«

Seine Worte versetzten mir einen Stich. »Sprich nicht so.«

»Und bitte versprich mir, keine Pillen mehr zu nehmen. Du müsstest doch jetzt schon ein wenig davon losgekommen sein, oder?«

»Ja –«

»Versprich mir, auf dich achtzugeben. Und auf Ashlyn. Du hast recht, unsere Tochter braucht uns.«

Ich verspürte einen zweiten Stich. Er klang wie jemand, der einen Entschluss gefasst hatte und sich darauf vorbereitete, die Konsequenzen zu tragen. »*Uns*, Justin«, betonte ich.

»Wir, alle drei, kehren morgen nach Hause zurück. Tu nichts Überstürztes. Wir brauchen dich, Justin.«

Sein Blick war immer noch auf mich gerichtet. »Willst du aufhören?«

Ich dachte an Orangen, an den Geschmack meiner Schmerzen. »Ja.«

Er zog mich an seine Brust. »Das ist gut«, flüsterte er in meine Haare. »Mach dir um alles andere keine Gedanken. Egal was geschieht, morgen werden du und Ashlyn in Sicherheit sein. Das verspreche ich dir, Libby. Ich schwöre es.«

Kapitel 35

Um 22:15 Uhr standen zwei dunkel gekleidete FBI-Agenten vor der Tür von Anita Bennetts Haus und forderten sie auf, ihnen in ihr Bostoner Büro zu folgen. Sich ihnen zu widersetzen war ausgeschlossen. Nervös verabschiedete sich Anita mit einem Kuss von ihrem Mann und sagte, sie werde bald wieder zurück sein.

Das Ermittlerteam – Special Agent Adams, Special Agent Hawkes, Tessa und Wyatt – erwartete sie im sogenannten Viewing Room, einem großen Raum mit einer Trennwand aus Glas, hinter der weitere FBI-Agenten Platz genommen hatten. Dass diese Anita zusätzlich verunsicherten, war beabsichtigt.

Es handelte sich um Kollegen vom Betrugsdezernat, spezialisiert auf Wirtschaftskriminalität und Geldwäsche. Sie an der Vernehmung zu beteiligen hatte Special Agent Adams vorgeschlagen. Ihnen würden gezieltere Fragen zur geschäftlichen Situation von Denbe Construction einfallen. Außerdem standen die Chancen nicht schlecht, dass sich Anita in Widersprüche verwickeln würde, wenn sie ihre Geschichte vor anderen noch einmal zu wiederholen hatte, Widersprüche, die darüber Aufschluss gäben, was tatsächlich geschehen war.

In einem waren sich alle einig: Die Zeit drängte.

In knapp siebzehn Stunden sollte das Lösegeld ausgezahlt werden. Das Versicherungsunternehmen hatte zwar in Anbetracht der nur vage formulierten Austauschmodalitäten

Skepsis angemeldet, sich aber dennoch einverstanden erklärt zu kooperieren.

Wyatt hatte bereits zum Ausdruck gebracht, was nun am meisten zu befürchten stand. Dass nämlich die Entführung gar keine Entführung im üblichen Sinne und die Lösegeldforderung nur eine Nebelbombe war, um von den eigentlichen Motiven abzulenken. Es schien, dass Anita Bennett seit zwei Jahrzehnten Geld veruntreute. Justin hatte wahrscheinlich Wind davon bekommen und seine Frau Libby ins Vertrauen gezogen. Deshalb mussten er und seine Familie verschwinden, und zwar möglichst so, dass der Verdacht auf andere fiel. Darum die Entführung und Lösegeldforderung. Wie oft hatte Anita zu betonen versucht, dass Justins Verschwinden nichts mit der Firma zu tun habe, dass er einzig und allein seines Vermögens wegen Ziel einer Entführung geworden sei?

In solchen Erpressungsfällen lief bekanntlich nicht immer alles nach Plan. Manchmal konnten die Opfer nur noch tot geborgen werden. Womöglich würde es morgen heißen, Justin, Libby und Ashlyn seien bei einem gescheiterten Rettungsversuch auf tragische Weise ums Leben gekommen.

Das Unternehmen würde unter Anita Bennetts Geschäftsführung weitermachen, deren erste Amtshandlung Ruth Chans Kündigung wäre. Dann hätte sie die Firma allein in der Hand, und auch das Elf-Millionen-Dollar-Geheimnis bliebe ihres.

Ein handfestes Mordmotiv. Familien waren schon aus geringeren Gründen ausgelöscht worden.

Anita Bennett betrat das Vernehmungszimmer. Die Agenten Bill Bixby und Mark Levesco würden die Vernehmung leiten. Anita erklärte sich mit einer Videoaufnahme einverstanden. Sie war über ihre Rechte aufgeklärt worden und hatte bestätigt, verstanden zu haben, dass alles, was sie sagte, vor Gericht gegen sie verwendet werden konnte. Ihr wurde die Möglichkeit eingeräumt, die Vernehmung jederzeit abzubrechen und einen Anwalt einzuschalten. Anita unterschrieb ein entsprechendes Schriftstück. Es konnte losgehen.

Bill war ein älterer Agent, Mark sein jüngeres Pendant mit einer rosa-grau gestreiften Krawatte. Bill schlug einen freundlichen Ton an und entschuldigte sich bei Anita dafür, ihren Feierabend gestört zu haben. Er bedankte sich für ihre Kooperation und ihr Verständnis dafür, dass die Zeit drängte und alles dafür getan werden müsse, dass Justin, Libby und Ashlyn in Sicherheit gebracht würden.

Anita nickte. Sie trug immer noch ihre Gottesdienstgarderobe vom Vormittag: eine graue weite Hose und einen weinroten Rollkragenpullover. Tessa hatte den Eindruck, dass sie seit dem Vortag um Jahre gealtert war. Auch wirkte sie sehr scheu, und ihre Miene verriet, dass sie auf das Schlimmste gefasst war.

Das FBI hatte diesen Moment in nur sechs Stunden vorbereiten müssen, aber seine Hausaufgaben gut gemacht. Kaum dass Nicole Adams von Tessa und Wyatt über deren Gespräch mit Ruth Chan informiert worden war, hatte sie sich auf den Weg ins Bostoner Büro gemacht und mit den Kollegen vom Betrugsdezernat konferiert. Weitere Kollegen waren hinzugezogen worden, um Informationen über Anita einzuholen: Kontoauszüge, Quittungen für größere Anschaffungen und natürlich Belege ihrer Reisen auf die Bahamas. Aber zu sehen war bislang nur die Spitze des Eisbergs, wie sich Special Agent Adams ausdrückte. Und so hatte sie beschlossen, die Tatverdächtige unter Druck zu setzen und möglichst schnell vorzuladen.

Mehr als an einem Geständnis gemeinschaftlicher Erpressung waren die Agenten interessiert an einem klaren Hinweis darauf, wo Familie Denbe gefangen gehalten wurde.

Um an diese Informationen heranzukommen, hatten sie sich auch schon ein paar Tricks zurechtgelegt.

Anitas erste Reaktion entsprach in etwa Tessas Erwartungen. Bill, der freundliche Cop, hielt sich zurück und überließ es seinem jüngeren Kollegen Mark, ein paar ausgewählte Unterlagen der Buchhaltung von Denbe Construction auf den Tisch zu knallen. Was Anita von dieser Transaktion wisse? Ob sie jenen Lieferanten kenne? Ob sie jemals etwas über das Unternehmen XY gehört habe? Wo sie am 12. Juni 2009 gewesen sei? Was es mit dem Projekt YZ auf sich habe, wie sie an ihr neues Fahrzeug gekommen sei, wie sie sich diese Überweisung erkläre, ob sie 2012 tatsächlich zweimal auf den Bahamas gewesen sei – und so weiter.

Anita stritt anfangs alles ab, zeigte sich dann verwirrt und war schockiert, als Levesco schließlich Stück für Stück des Erpressungspuzzles auf sie einhageln ließ. Sechzehn Jahre gefälschte Rechnungen von nicht existierenden Lieferanten.

»Was? Damit habe ich nicht das Geringste zu tun.«

Über elf Millionen Dollar, abgezweigt von Denbe Construction und auf Konten einer Offshore-Bank transferiert.

»Ich weiß nicht einmal, wie man so etwas anstellen könnte. Ich bin für die operativen Abläufe in der Firma zuständig, nicht für Finanzen. Ich habe nicht einmal mehr Einblick in unser Rechnungswesen.«

Anita hatte sich mehrere Autos und ein Haus gekauft und jedes Mal bar bezahlt.

»Mein Mann und ich machen keine Schulden. Wenn Sie sich meine Jahresboni anschauen, werden Sie sehen, dass all diese Anschaffungen aus meinem rechtmäßigen Einkommen getätigt wurden.«

Drei Kinder, denen ein College-Studium finanziert wurde.

»Ich verdiene halt gut. Werfen Sie einen Blick auf meine Steuerunterlagen. Sechshunderttausend Dollar im Jahr sollten doch wohl reichen, um drei Kindern eine Ausbildung zu ermöglichen.«

Und das Stipendium für Ihren Jüngsten?

Sie errötete. »Darüber habe ich schon mit den beiden Detectives gesprochen. Es war Justins Entscheidung, meinen Jüngsten zu unterstützen, nicht meine.«

Leider war der Gönner nicht zugegen, um die Aussage zu bestätigen.

»Fragen Sie Ruth Chan! Sie hat die Schecks jedes Mal ausgefüllt und von Justin unterschreiben lassen. Sie kann es bezeugen. Und nicht nur sie. Jeder in der Firma wusste von diesem Arrangement.«

Und acht Urlaubsflüge auf die Bahamas in den vergangenen sechs Jahren?

»Wir lieben warmes Wetter. Außerdem war Justin so freundlich, uns zu erlauben, von seinem Timesharing Gebrauch zu machen.«

Die Denbes hatten ein Ferienwohnrecht auf den Bahamas? Das war neu. Aber es konnte ja eigentlich nicht überraschen, dass bei der Hast der Ermittlungen einiges übersehen worden war.

Anita Bennetts letzter Besuch auf den Bahamas lag vierzehn Tage zurück.

»Mein Mann muss sich immer noch von einer Operation am offenen Herzen erholen. Der Urlaub hat ihm gutgetan.«

Eine Krankenhausrechnung von über hunderttausend Dollar?

»Was die für eine Lücke gerissen hat, sehen Sie auf meinen Kontoauszügen.«

Korrekt. So schön es auch gewesen wäre nachzuweisen, dass Anita elf Millionen Dollar auf einer Bank parkte, sahen ihre Finanzen zurzeit eher bescheiden aus. Andererseits hatte das Geld nach Auskunft von Ruth Chan noch bis vor fünf Tagen auf Offshore-Konten von Scheinfirmen gelegen. Ein Betrüger, der gescheit und diszipliniert genug war, seine unrechtmäßigen Gewinne versteckt zu halten, würde wohl kaum sein Sparkonto damit auffüllen. Wahrscheinlich war das ganze Geld auf ein neues Konto irgendeiner anderen Offshore-Bank transferiert worden. Das FBI würde ihm auf die Spur kommen, was aber viel Zeit in Anspruch nahm.

Poker oder Black Jack?

»Wie bitte?«

Quittungen. Die erste wurde vor zehn Jahren ausgestellt. Vom Mohegan Sun Resort und dessen Casino.

»Das waren Besuche mit Kunden. Ich spiele nicht. Ich arbeite im Baugewerbe, und das ist riskant genug.«

2008 ein nagelneuer Lexus. Bar bezahlt.

»Für meinen ältesten Sohn. Ein Geschenk zum College-Abschluss.«

2011 ein nagelneuer Cadillac Escalade.

»Für Dan. Das Vorgängerauto war sieben Jahre alt.«

2010 wurde eine Ferienwohnung in Florida erworben, vor nur vier Monaten ein Mazda Miata. Levesco zählte eine Anschaffung nach der anderen auf. Tessa hatte erwartet, dass sich die Betriebsleiterin immer weiter in die Defensive würde treiben lassen. Aber stattdessen bestimmte sie ihr Tempo selbst und bot dem jungen FBI-Agenten erfolgreich Paroli. Sehr beeindruckend. Nicht nur die Summen, die Denbe Construction Jahr für Jahr an falsche Lieferanten ausgezahlt hatte, sondern auch die schnörkellose Art und Weise, wie Anita ihr Einkommen verwendete. Und ja, das Geld kam ihrer Familie zugute. In Form von Häusern, Autos, Urlaubsreisen. Sie arbeitete schwer, und ihre Liebsten lebten gut. Nichts, wofür sie sich hätte schämen müssen.

Und auf diese Tour ging es weiter. Sie bestritt jeglichen Betrug und konnte jede größere Anschaffung erklären. Bis Tessa schließlich Special Agent Adams einen Blick zuwarf und einmal kurz mit dem Kopf nickte. Sie griff zu ihrem Handy und rief die beiden Agenten, die sich im Raum nebenan befanden.

Sie hatten Daniel Coakley in ihrer Mitte, der eine Viertelstunde nach seiner Frau von zu Hause abgeholt worden war, und kamen durch den Korridor just in dem Moment, als Bill, der ältere FBI-Agent, gerade die Tür öffnete, weil er sich angeblich etwas zu trinken holen wollte.

Anita blickte auf, sah ihren gebrechlichen Mann vorbeigehen und erstarrte.

»Was ... Was macht er hier? Was wollen Sie von ihm?«

»Elf Millionen Dollar wurden veruntreut«, erklärte Mark. »Eine dreiköpfige Familie ist verschwunden. Glauben Sie wirklich, wir ließen auch nur einen Stein unaufgedeckt?«

»Aber Dan ist schwer krank. Sie können ihn nicht vernehmen. Sein Herz. Er ermüdet schnell und braucht Ruhe.«

»Wir brauchen Antworten, Anita. Und zwar vor morgen 15:00 Uhr. Und wir lassen nicht eher locker, bis wir sie haben.«

Tessa, die von der anderen Seite der gläsernen Trennwand aus zuschaute, hatte in diesem Moment Mitleid mit Anita Bennett. Sie fühlte sich sogar ein wenig schuldig, weil es ihre Idee gewesen war, Dan vorzuladen. Doch wer geglaubt hatte, die ältere Frau würde einknicken und ein volles Geständnis ablegen, sah sich getäuscht.

Anita Bennett schüttelte den Kopf. »Ich kann Ihnen leider keine Antworten geben. Ich habe das Geld nicht veruntreut und wusste auch nicht, dass die Firma betrogen wird. Ich habe keine Ahnung, was mit Justin passiert ist. Für mich gehört er zur Familie, und meine Familie geht mir über alles. Davon haben Sie sich doch anhand meiner Kontoauszüge selbst überzeugen können. Ich arbeite hart und kümmere mich um die, die ich liebe. Ich kann mir das, was Sie wollen, doch nicht aus den Rippen schneiden, Mister.«

Sie schaute die beiden Agenten flehentlich an.

Und Tessa, die sonst niemandem traute, glaubte ihr jetzt.

»Verdammt«, fluchte sie leise vor sich hin.

Wyatt, der neben ihr saß, konnte ihr nur beipflichten.

Die Vernehmung endete kurz vor Mitternacht, ohne dass Anita Bennett von ihrer Geschichte und der ihres Mannes abgewichen wäre. Nicole Adams fuhr sie persönlich nach Hause zurück. Die Mitglieder der Sonderkommission hatten sich an den Tisch des Konferenzraums gesetzt, doch keiner hatte etwas zu sagen.

»Wir graben weiter«, beschloss Nicoles Partner Special Agent Hawkes. »Ich schlage vor, wir schicken einen Kollegen auf die Bahamas. Er soll sich nach der Person erkundigen, die diese Konten aufgelöst hat. Daraus ergäben sich wahrscheinlich neue Hinweise, aber denen nachzugehen dauert natürlich.«

Niemand sprach aus, was allen ohnehin klar war. Sie hatten dazu keine Zeit mehr.

»Sprechen wir vom Telefonat morgen«, meinte Wyatt.

Hawkes ging sofort darauf ein. »Ich schätze, der Anruf auf Justin Denbes Handy wird von einer unterdrückten Rufnummer kommen, wahrscheinlich von einem iPhone mit FaceTime-Funktion. Justins Handy-Provider ist angewiesen, den Anrufer zu lokalisieren, wozu mehrere Minuten nötig sind. Wir werden also die Verbindung so lange wie möglich zu halten versuchen, Fragen stellen, so tun, als hätten wir die Kontonummer nicht richtig verstanden, um Wiederholung bitten und so weiter.«

»Uns bleiben maximal zehn Minuten«, hob Tessa hervor. »Sie erinnern sich: Um elf nach drei muss die Überweisung vorgenommen worden sein. Wenn nicht, wird die erste Geisel ...«

»Sie wollen den Anruf im Haus der Denbes entgegennehmen?«, fragte Wyatt Special Agent Hawkes.

»Das hatten wir vor.«

Wyatt war einen Moment lang still. »Warum?«

Hawkes krauste die Stirn. »Warum nicht?«

»Wir glauben, dass sich die Entführer mit ihren Geiseln im Norden New Hampshires aufhalten. Hier wären Sie, wenn der Anruf kommt, mindestens drei Stunden vom eigentlichen Geschehen entfernt. Wir könnten aber auch Justins iPhone mit in mein Büro nehmen und wären dann womöglich ganz in der Nähe.«

Tessa merkte auf. Daran hatte sie noch gar nicht gedacht. Der Vorschlag gefiel ihr. »Richtig. Die Entführer haben mit keinem Wort erwähnt, wo der Anruf entgegenzunehmen ist. »Nichts hält uns davon ab, hoch in den Norden zu fahren.«

Nicole Adams war zurück und stand in der Tür. »Wir dürfen sie nicht irritieren«, warnte sie. »Eine weitere Kontaktaufnahme wird es wahrscheinlich nicht geben. Wenn wir etwas für sie Unerwartetes tun, auch wenn es nicht unbedingt gegen ihre Bedingungen verstößt ...« Sie schenkte sich den Rest.

»Wer würde sich, wenn neun Millionen Dollar winken, so leicht irritieren lassen?«, entgegnete Wyatt.

»Wir folgen einfach ihrem Beispiel«, unterbrach Tessa aufgeregt. »Wenn sie in ihrer Videobotschaft einen Ausschnitt wählen, der vom Hintergrund nichts erkennen lässt, können wir das auch. Wir hängen eins von den Bildern im Haus der Denbes ab – zum Beispiel den großen Farbdruck mit den roten Blumen im Wohnzimmer. Davor stellen wir uns dann in Ihrem Büro«, sie warf einen Blick auf Wyatt, »und nehmen den Anruf entgegen. Könnte sogar von Vorteil sein, wenn die Kidnapper glauben, dass wir uns in Boston aufhalten, obwohl wir drei Stunden weiter nördlich sind.«

»Prima Idee«, murmelte Wyatt.

»Es sei denn, sie verlangen etwas von uns, was wir nur hier in Boston ausführen können«, warnte Hawkes.

Wyatt zuckte mit den Achseln. »Sie haben doch jede

Menge Kollegen in der Stadt, die für uns einspringen könnten.«

»Nun, so gesehen ...«

Sie schauten einander an.

»Endlich habe ich den Eindruck, dass wir nicht mehr bloß Katz und Maus spielen«, sagte Wyatt. »Bislang waren die Kidnapper am Drücker. Sie sagten ›spring‹, und wir fragten, ›Wie hoch?‹. So schmeckt es mir besser. Auch wenn es nur eine kleine Verschiebung ist.«

Die anderen pflichteten ihm bei.

Sie verabredeten sich für morgen früh um acht im Stadthaus der Denbes, wo sie die Handys und eines der Bilder einsammeln wollten, um sich anschließend für die Videokonferenz im Sheriffbüro im Norden vorzubereiten.

In weniger als fünfzehn Stunden sollte der Austausch des Geldes gegen die Geiseln stattfinden. Die Sonderkommission würde nach den Kidnappern fahnden. Auf dem Spiel stand eine Familie, unter anderem ein fünfzehnjähriges Mädchen, das die Forderungen der Erpresser hatte vorlesen müssen, nicht zuletzt auch deren Morddrohungen.

Es würde alles laufen wie geplant. Lösegeldüberweisung, Bekanntgabe des Aufenthaltsortes der Denbes und schließlich ihre Rettung.

Es sei denn, deren Entführung ging letztlich doch auf die Veruntreuung von 11,2 Millionen Dollar zurück.

In dem Fall stand zu befürchten, dass man die Denbes nicht lebend wiedersehen würde.

Kapitel 36

Sie ließen auf sich warten. Hinter dem schmalen Fenster in der Außenwand war es bereits hell geworden. Ich wachte auf, drehte mich auf die andere Seite und döste wieder ein, nur um von angreifenden Kobras und orangefarbenen Arzneifläschchen zu träumen. Nach dem zweiten Erwachen richtete ich mich auf und konfrontierte mich mit der Betonrealität unserer Zelle. Ich konnte Ashlyn auf der Pritsche über mir hören; sie schlief fest, aber murmelte etwas unter angehaltenem Atem.

Justin war nicht in seinem Bett. Den Rücken an die Zellentür gelehnt, hockte er auf dem Boden und schien Wache zu halten. Ich fragte mich, wie lange er dort schon saß. Er war wach, hatte den Kopf erhoben und die Arme um die angewinkelten Knie geschlungen. Er schien in Gedanken versunken zu sein oder ein Problem zu wälzen und tippte unablässig mit den Fingern der linken auf die rechte Hand.

Ich versuchte zu schätzen, wie spät es war. Das helle Licht von draußen ließ auf acht, neun oder zehn Uhr schließen. Wenn wir den heutigen Tag heil überstehen, dachte ich, werde ich vielleicht einen Kurs in Sachen Überlebenstraining absolvieren, als älteste Pfadfinderin aller Zeiten lernen, wie man am Moosbewuchs der Bäume die Himmelsrichtung bestimmt oder die Uhrzeit anhand des Schattens, den ein Baum wirft. Ich würde mir ein paar neue Fertigkeiten aneignen, denn meine bisherigen hatten mir nicht besonders geholfen.

Ich ging zur Toilette. Justin kehrte mir diskret den Rücken.

Als er danach immer noch mit sich selbst beschäftigt und Ashlyn weiter zu schlafen schien, wusch ich mir das Gesicht. Dann füllte ich einen der leeren Plastikbecher mit Wasser, beugte mich über das winzige Waschbecken und spülte meine klebrigen Haare. Dass ich dabei auch den Boden bekleckerte, kümmerte mich nicht. Wie wild fuhr ich mit den Fingerspitzen über die juckende Kopfhaut, um mich endlich von Schmutz und üblem Geruch zu befreien.

Ich schrubbte und schrubbte und schrubbte. Vielleicht wollte ich mich auch meiner Haut entledigen, aus meiner erbärmlichen Existenz schlüpfen. Oder DNA-Spuren hinterlassen für den Fall, dass Z und seine Kumpane irgendwann gefasst und vor Gericht gestellt werden würden. Hautschuppen, verteilt über das winzige Waschbecken einer winzigen Zelle in einem riesigen Gefängnis.

Mir fehlte Seife, das angenehme Gefühl weichen Schaums und der Duft von Frische und Sauberkeit. Trotzdem machte ich mich weiter an meinen Haaren zu schaffen, schüttete mir langsam einen zweiten und dritten Becher Wasser über den Kopf und ließ es über die schulterlangen Strähnen rinnen. Schließlich wusch ich mir auch den Hals und die Arme, nachdem ich die Ärmel hochgekrempelt hatte. Am Ende war mein Overall durchnässt und die Wand hinter dem Waschbecken und der Boden rings um meine Füße voller Spritzer. Und ich fühlte mich schon sehr viel besser. Vorbereitet auf den Tag.

»Kann ich jetzt?«, fragte Ashlyn, die mir offenbar von ihrer Pritsche aus zugesehen hatte.

Wortlos füllte ich den Becher wieder auf.

»Willst dich wohl für unsere Retter schön machen«, grummelte Justin.

»Was dich betrifft, wird da Wasser nicht ausreichen.« Ich gab meiner Tochter den Becher.

Der Vormittag zog sich hin und zerrte an unseren Nerven. Ich tigerte zwischen den Stockbetten auf und ab. Die Haare waren bald wieder trocken. Auch mein Overall. Richtig sauber fühlte ich mich immer noch nicht, allenfalls ein bisschen weniger schmutzig.

Justin spritzte sich ein paar Tropfen Wasser ins geschwollene Gesicht und über die kurzen Haare. Und weil es im Aufenthaltsraum, abgesehen von dem ewigen Surren der Neonbeleuchtung, still blieb, fing er mit einem leichten Fitnesstraining an. Liegestützen, Bauchmuskelübungen und Klimmzügen am Stockbett.

Ashlyn betrachtete uns wie zwei Geistesgestörte. Sie lag wie ein Fötus zusammengerollt unter ihrer Decke am Rand der hohen Pritsche, von wo aus sie uns im Blick hatte. Alles andere als entspannt, erinnerte sie mich an eine Katze, die nur auf eine Gelegenheit wartete, um ihre Krallen auszufahren.

Ich nötigte ihr einen Schluck Wasser auf. Nach dem, was geschehen war, brauchte sie dringend Flüssigkeit. Zu essen konnte ich ihr leider nichts geben.

Ich selbst hatte wieder Appetit, und mein Magen knurrte, während ich in der engen Zelle auf und ab ging. Es passte irgendwie ins Bild, dass ich ausgerechnet zu dem Zeitpunkt Hunger verspürte, als sich unsere Entführer nicht weiter um uns kümmerten.

Wollten sie uns schwächen, ermüden, im Ungewissen lassen? Vielleicht gehörte das zu Zs psychologischer Kriegsführung. 15:00 Uhr rückte näher, und wir würden alles tun, was er verlangte, solange er uns nur ein bisschen Hoffnung machte.

Oder war ihnen irgendetwas dazwischengekommen? War einer von ihnen krank geworden, oder hatte sich jemand verletzt? Sie würden uns doch nicht einfach zurücklassen, oder? Davonfahren, verschwinden? Niemand wusste, wo wir waren. Wir würden verrotten, wie Tiere im Käfig verenden. Klar, mit dem Wasser würden wir vielleicht eine Woche über die Runden kommen. Aber dann wäre endgültig Schluss …

Da war ein Geräusch, das ich noch nicht kannte. Ein Schnapplaut, woraufhin die Lichter plötzlich zu flackern anfingen. Das Surren verstummte, und die Lampen gingen aus. In unserer Zelle wurde es plötzlich dunkel. Das Tageslicht, das durch das schmale Fenster sickerte, ließ nur noch Grautöne erkennen. Der Aufenthaltsraum jenseits unserer Zellentür war düster.

»Sie haben den Strom abgeschaltet«, murmelte Justin.

Unsere Entführer machten anscheinend klar Schiff und bereiteten ihren Abgang vor.

Wie viel Uhr war es? Am Einfallswinkel des Lichts ließ sich nichts ablesen.

Aber bestimmt ging es auf die drei Uhr zu.

Ich blieb stehen, kletterte auf die obere Pritsche und drückte die Hand meiner Tochter.

Wenig später kam Justin zu uns. Wir saßen beieinander, Arm in Arm, und warteten auf das, was als Nächstes geschehen sollte.

Tessa wachte um halb sechs auf. Es war noch dunkel in ihrem Zimmer. Sie hatte drei, höchstens vier Stunden geschlafen und konnte sich nicht erklären, weshalb sie wach geworden war. Dann aber sah sie, wie die Tür lautlos aufging und Sophies bleiche Gestalt in Erscheinung trat.

Ihre Tochter kam näher, so leise, dass Tessa noch zu träumen glaubte. Aber wie sie wusste, schlafwandelte Sophie manchmal. Manchmal redete oder schrie sie auch im Schlaf.

Jetzt trat sie mit weit aufgerissenen Augen an Tessas Bett heran.

»Mommy?«

»Ja.«

»Hast du die Familie gefunden?«

»Noch nicht.« Tessa schlug die Decke zurück. Sophie krabbelte zu ihr.

»Hast du an den kalten, dunklen Stellen nachgesehen?«

»An einigen, ja.«

»Und in den Bergen? Hast du in allen Hütten nachgeschaut?«

»Das machen wir morgen ... oder vielmehr heute noch. Ich fahre hoch in den Norden. Da werden wir uns gründlich umsehen.«

»Pack Kekse ein.«

»Ganz bestimmt.«

Sophie schmiegte sich an sie. »Das Mädchen braucht dich.«

Tessa zögerte. Ihre Tochter identifizierte sich mit dem Opfer, und wie die Dinge lagen ... Als Mutter hätte sie sich mit ihren Andeutungen zurückhalten und die Erwartungen ihrer Tochter vorsichtiger lenken sollen. Aber war das in einem Fall wie diesem überhaupt möglich? Sie sagte: »Dein

Verschwinden war das Schlimmste, was mir je passiert ist, Sophie. Ich kam von der Arbeit zurück und musste feststellen, dass du nicht zu Hause warst. Das hat schrecklich weh getan. So als hätte mir jemand in den Magen geboxt.«

»Ich wollte ja nicht weg. Sie haben mich gezwungen.«

»Natürlich. Du hättest mich nie freiwillig verlassen. So wie ich dich nie freiwillig gehen lassen würde.«

»Ich weiß, Mommy. Ich wusste auch, dass du mich holen kommst und dass die anderen dann nichts mehr zu lachen haben.«

Tessa schlang ihre Arme um die knochigen Schultern ihrer Tochter. »Auch wenn es komisch klingt, wir haben Glück gehabt, Sophie. Wir haben einander wieder, und das macht uns glücklich.«

»Und Mrs. Ennis.«

»Und Mrs. Ennis.«

»Und Gertrude.«

Sophies Puppe. Mit dem sorgfältig wieder angenähten Auge. »Ich will, dass auch diese Familie wieder glücklich sein kann, Sophie. Ich werde alles tun, um ihr zu helfen. Jetzt gerade arbeiten jede Menge Detectives daran, die drei zu finden und in Sicherheit zu bringen. Aber manchmal braucht man ein bisschen Glück.«

»Kalte, dunkle Orte.«

»Das habe ich verstanden.«

»Nimm Kekse mit.«

»Ja.«

»Und steck deine Pistole ein.«

»Ja.«

»Und dann komm bitte schnell nach Hause. Du fehlst mir schon jetzt, Mommy.«

Wyatt verzichtete darauf, ins Bett zu gehen. Er beschäftigte sich mit seinem Handy und nahm über die eingegangenen Textnachrichten endlich zur Kenntnis, was seine Kollegen zwischenzeitlich in Erfahrung gebracht hatten. In der Nacht von Samstag auf Sonntag war in eine Methadonklinik in Littleton eingebrochen worden. Vielleicht gab es einen Zusammenhang mit dem Entführungsfall, vielleicht auch nicht. Am Samstagmorgen hatte ein Tankwart gemeldet, zwei raue Typen in einem weißen Lieferwagen bedient zu haben. Sie hätten ihn nervös gemacht, sagte er. Vielleicht seien es Drogenkuriere gewesen. Der eine habe unter dem linken Auge drei tätowierte Tränen und bestimmt schon mal im Knast gesessen. Sie seien auf der 93 Richtung Norden gefahren.

Das Forstamt hatte bei Crawford North einen abseits von der Straße geparkten Lieferwagen entdeckt. Älteres Modell, dunkelblau lackiert. Der Laderaum voller leerer Bierdosen. Es habe darin nach Marihuana gestunken. Nach professionellen Gangstern klang das allerdings kaum.

Und so ging es weiter. Dutzende von Hinweisen, vielleicht auch die eine oder andere Spur, wenn überhaupt zwischen Hinweis und Spur unterschieden werden konnte.

Um zwei Uhr legte Wyatt sein Handy weg und starrte auf die Landkarte an der Wand. Er schlief im Sitzen ein und träumte unter anderem von Ashlyn Denbe, die ihn aufforderte, sich zu beeilen, weil nicht mehr viel Zeit bleibe.

Um sechs ging er unter die Dusche und zog seine Uniform an. Unten traf er Kevin. Sie tauschten sich aus, tranken Kaffee und fuhren dann zum Stadthaus der Denbes, das sie eine halbe Stunde vor dem verabredeten Zeitpunkt erreichten. Trotzdem waren sie die Letzten, die eintrafen.

Special Agent Hawkes hatte bereits das Handy der Familie eingesteckt. Verpackt war auch schon ein großformatiges Bild.

Es gab nichts Neues zu berichten. Mehrere Agenten sichteten immer noch Finanzunterlagen, während zwei uniformierte Kollegen Anita Bennetts Haus observierten.

Feds hatten sich in der Hauptverwaltung des Versicherungsunternehmens in Chicago eingefunden, und die Telefongesellschaft wartete auf den für 15:00 Uhr angekündigten Anruf.

Alle wussten, was es zu wissen gab.

Sie fuhren nach Norden und erreichten gegen elf das Sheriffbüro. Eine Stunde später hing das Bild der Denbes an der Wand. Es war verabredet, dass Nicole den Anruf entgegennehmen würde. Alle anderen sollten in Bereitschaft stehen.

Um halb eins legten sie eine Lunchpause ein.

Um eins hatte Wyatt die örtliche Polizei und die Kollegen der Landesbehörde auf den neusten Stand gebracht. Man hielt Leitungen frei, um jederzeit füreinander erreichbar zu sein.

Wyatt studierte noch einmal die Landkarte.

Halb zwei, zwei Uhr. Zwei Uhr fünfzehn. Halb drei.

Woran war nicht gedacht worden? Irgendetwas wurde immer vergessen, so gründlich die Vorbereitungen auch gewesen sein mochten.

Wyatt brütete wieder über der Karte.

Zwei Uhr vierzig. Achtundvierzig. Zweiundfünfzig. Fünfundfünfzig.

Was, wenn der Anruf ausbliebe? Was, wenn der Fall so endete, nicht mit Glanz und Gloria, sondern in absoluter

Funkstille? Wenn die Geiseln bereits tot wären und die Täter nun ihre Spuren verwischten? Wenn nichts mehr zu retten wäre und nur noch die traurige Suche nach den Opfern bliebe, die sich Wochen, vielleicht Monate oder sogar Jahre hinziehen mochte?

Drei Uhr.

Eine Minute nach drei.

Zwei Minuten nach drei.

Justin Denbes Smartphone klingelte.

Kapitel 37

Z tauchte vor unserer Zellentür auf. Seit Beginn unserer Tortur machte er zum ersten Mal einen angespannten Eindruck, der sofort auch an unseren Nerven zerrte. Er hielt einen schwarzen Müllsack in der Hand, der, wie sich herausstellte, unsere Sachen enthielt. Er stopfte sie durch den Schlitz in der Tür und verlangte mit knappen Worten, dass wir die Kleider wechselten.

War das der erste Schritt zurück in unseren Alltag?, fragte ich mich. Es kamen mir jedoch sofort Zweifel, weil Z zu erkennen gab, dass wir uns für die Videobotschaft umziehen sollten. Offenbar sollte unsere Aufmachung nicht verraten, dass wir in einem Gefängnis untergebracht waren.

Wenn das Lösegeld überwiesen wäre, würde die Polizei früh genug erfahren, wo wir uns aufhielten. Es gehörte wohl zu Zs Stil, dass er vorher keinen Trumpf aus der Hand gab.

Als wir uns umgezogen hatten, bellte Z in Justins Richtung: »Du zuerst!«

Justin musste die Hände durch den Schlitz stecken und sich wieder mit einem Kabelbinder fesseln lassen. Dann kamen ich und Ashlyn an die Reihe. Auf einen Wink Zs hin schnarrte das Schloss, und die Stahltür ging auf.

Z ließ Justin nicht aus den Augen, der mit gestrafften Schultern und trotziger Miene die Zelle verließ.

Die Anspannung wuchs.

Jetzt nur ja keine Dummheiten machen, ermahnte ich mich.

Aber was hätten wir schon tun können? Wir waren gefesselt und hilflos. Was erwartete uns jetzt? Konnten wir Z vertrauen, dass er Wort hielt? Oder würden sie jedem von uns eine Kugel verpassen, sobald die geforderte Summe auf ihrem Konto ausgewiesen war?

Wir waren auf uns allein gestellt, und ich spürte, wie sich mir das schmale Plastikband in die Handgelenke einschnitt.

Z hielt Justin beim Ellbogen gepackt und forderte Ashlyn und mich auf vorauszugehen. Angsterfüllt tappten wir durch den dunklen Aufenthaltsraum, dicht gefolgt von den beiden. In Justin sah er offenbar die alleinige Gefahr für sich, vor der er jederzeit auf der Hut sein musste. Ich hätte ihn gern eines anderen belehrt und mir eingebildet, als Letzte lachen zu können. Stattdessen aber verspürte ich zunehmende Panik. Es fehlte nicht viel, und ich hätte mir in einem hysterischen Anfall Büschel meiner frisch gewaschenen Haare vom Kopf gerissen.

Vor der Schleuse mussten wir stehen bleiben. Ich fragte mich, wer sich im Kontrollraum aufhielt. Mick oder Radar? Z winkte in die Überwachungskamera, worauf sich die erste Schiebetür öffnete. Wir betraten die Schleuse. Hinter uns ging die Tür wieder zu. Es wurde stockdunkel. Nur ein paar grüne Notlichter leuchteten am Boden. Ashlyn rückte näher an mich heran. Ich spürte, dass sie zitterte.

Dann glitt die zweite Tür auf, nervtötend langsam. Ein breiter Flur öffnete sich vor uns. Auch dort brannte nur eine Notbeleuchtung. Wahrscheinlich hatten wir diesen Flur schon einmal passiert, doch er war ohne das grelle Neonlicht nicht wiederzuerkennen. Ich kam mir vor wie in einem verhexten Verlies und fühlte mich so isoliert, dass ich unwillkürlich die Schultern einzog und den Kopf senkte, als müsste ich mich durch einen niedrigen, engen Stollen zwängen.

»Weiter«, drängte Z, und wir, Ashlyn und ich, tasteten uns vorsichtig voran.

Wir folgten den grünen Lichtern am Boden zu einer weiteren Tür, einer zweiten Schleuse. Es klapperte und schnarrte wieder, als sich die Schiebetür vor uns öffnete und hinter uns schloss. Die Geräusche gingen mir unter die Haut. Ich wollte sie nie wieder hören.

Wir warteten im Dunkeln. Neben mir wippte Ashlyn nervös auf den Fußballen, bis endlich auch die zweite Tür zur Seite wegglitt. Hatte es diesmal wirklich länger gedauert, oder bildete ich mir das nur ein? Wahrscheinlich befand sich Mick im Kontrollraum, und es gefiel ihm, uns zu verunsichern.

Ich versuchte, mir nichts anmerken zu lassen. Er sollte auf keinen Fall sehen, wie sehr ich mich fürchtete.

Z scheuchte uns voran. Auf meinen Orientierungssinn war im dunklen Labyrinth der Korridore längst kein Verlass mehr. Aber dann wurde es allmählich heller. Wir durchquerten einen Flur mit hohen Fensteröffnungen, durch die Tageslicht fiel, und gelangten schließlich in einen Raum, dessen Fenster vergittert waren.

Die Kontrollzentrale. Das musste sie sein. Ich sah eine Vielzahl von Monitoren und elektronischen Geräten, von denen ich nichts verstand, vielleicht aber mein Mann.

Es schien, dass man uns tatsächlich gegen Lösegeld auf freien Fuß setzen wollte. Sie würden neun Millionen einstecken und wir nach Hause zurückkehren.

Nach Hause.

Ich blickte durch die geöffnete Tür in den leeren Raum, der uns Sicherheit und Freiheit versprach.

Ich machte einen Schritt nach vorn und spürte plötzlich Zs Hand an meinem Arm. Er hielt mich zurück.

»Nicht so schnell«, sagte er.

Ich erschrak und spürte, wie mein Herz zu rasen anfing.

»Es ist genau fünf vor drei«, fuhr Z fort. »Ihr geht jetzt in den Kontrollraum. Mit einem Handy, das ich euch gebe.«

Z ließ seinen Blick von Ashlyn und mir zu Justin wandern. »Sobald ich dir die Fesseln abgenommen habe, kannst du machen, was du willst. Sogar das ganze Gefängnis verrammeln und mich darin einsperren. Aber denk dran, Radar und Mick sind bereits draußen. Schwer bewaffnet. Ich schätze, sie könnten an die drei bis vier Dutzend Cops ausschalten, wenn es sein muss. Und dabei würden sie nicht mal ins Schwitzen kommen. Ich weiß, dir ist alles egal –« Sein Blick wurde hart, und die Kobra bewegte sich, als er die Stirn runzelte. »Aber ich vertraue darauf, dass dir die Ladys ins Gewissen reden.« Er schaute uns kurz an. »Seid vernünftig, und die Sache geht glimpflich für euch aus. Andernfalls werden nächsten Freitag jede Menge Tote zu bestatten sein. Mich legst du nicht aufs Kreuz, Denbe. Ich weiß, wo ich dich finde.«

Justin sagte nichts.

Ich trat vor und stellte mich zwischen die beiden. »Sagen Sie, was Sie von uns wollen.«

Z richtete seine Aufmerksamkeit auf mich. »Nicht viel. Du wählst gleich die Handynummer deines Mannes und schaltest auf FaceTime. Es wird sich die nette FBI-Agentin melden, die sich von eurer sicheren Heimkehr einen Karriereschub erhofft. Der winkt ihr artig zu. Wiederholt die von uns diktierten Zahlungsmodalitäten. Radar hat unser Konto im Auge. Sobald uns der Betrag gutgeschrieben wurde, sind wir weg. Ist das Geld um elf nach drei noch nicht auf dem Konto, tritt Plan B in Kraft.«

Z blickte Justin an. »Weißt du, worauf sich Radar am besten versteht? Auf Abrisse. Der Kontrollraum hier hat zwar kugelsichere Scheiben, aber glaub mir, die sind kein Problem für Radar. Er knackt jeden Panzer. Ich wünsche dir, dass das FBI keine Fehler macht. Es käme euch teuer zu stehen.«

Daran hatte ich bislang keinen einzigen Gedanken verschwendet. Dass auch die Polizei falsch taktieren könnte, machte mir noch mehr Angst. »Augenblick. Wir haben doch keinen Einfluss darauf, was die andere Seite tut oder lässt. Was, wenn sie das Geld nicht überweisen? Daraus können Sie uns doch keinen Strick drehen!«

Z hob nur kurz die massigen Schultern und schob uns durch die offene Tür in den Kontrollraum. Ich wollte mich widersetzen. Darin eingesperrt zu werden gefiel mir ganz und gar nicht. Ich hatte mich vor unüberlegten Reaktionen meines Mannes gefürchtet. Musste ich mir jetzt auch noch Sorgen um die Polizei machen?

»Wenn wir elf Minuten nach drei das Geld nicht haben, wird's laut krachen. Ihr könnt versuchen, den Kopf einzuziehen oder in Deckung zu gehen. Wäre allerdings bloß eine sinnlose, sportive Geste.«

Z zog ein Messer. Kein Grund, in Panik zu geraten und laut aufzuschreien.

Er schnitt unsere Fesseln auf und reichte Justin ein Handy.

Dann war Z verschwunden. Die schwere Tür des Kontrollraums fiel hinter ihm zu.

Wir waren allein, ohne Fesseln und zum ersten Mal im Besitz des Gefängnisses.

Ich stand stocksteif auf der Stelle, wie gelähmt vom ersten Geschmack unserer vermeintlichen Freiheit.

Ganz anders mein Mann.

»Okay«, erklärte er. »Wir werden jetzt Folgendes tun.«

Das iPhone klingelte zum wiederholten Mal. Plötzlich setzte sich Nicole in Bewegung. Mit einem Handzeichen forderte sie die Kollegen auf, ihre Positionen einzunehmen.

Sie stellte sich vor das Bild aus dem Wohnzimmer der Denbes, das nun knapp dreihundert Kilometer von Boston entfernt an der Wand eines Sheriffbüros hing, nahm den Anruf entgegen und schaltete auf FaceTime.

Hawkes hatte einen großen Bildschirm angeschlossen, sodass alle die Videokonferenz mitverfolgen konnten.

Justin Denbe kam ins Bild. Sein Gesicht war fürchterlich zugerichtet, trotzdem zeigte er sich beherrscht und entschlossen.

»Justin Denbe. Ich bin hier mit meiner Frau Libby und meiner Tochter Ashlyn.« Ein Schwenk des Aufnahmegeräts brachte die beiden ins Bild. Libby Denbe wirkte wie versteinert, während das fünfzehnjährige Mädchen aufgeregt herumzappelte. »Uns geht es gut. Bitte überweisen Sie bis spätestens zehn nach drei die geforderte Lösegeldsumme. Wenn nicht, wird man uns in die Luft sprengen.«

Hawkes ließ seinen Zeigefinger in der Luft kreisen, um

anzuzeigen, dass das Gespräch in die Länge gezogen werden sollte. Nicole bestätigte, verstanden zu haben, indem sie einmal mit dem Fuß auftippte.

»Ich bin Nicole Adams vom FBI. Wir sind froh, Sie zu sehen, Justin, und dass es Ihnen gut geht.«

»Sie haben noch acht Minuten«, entgegnete Justin.

»Verstehe. Die Nummer des Kontos, auf das das Geld überwiesen werden soll, lautet …« Nicole las eine Zahlenreihe vor und wiederholte. Hawkes hackte furios auf seine Tastatur ein und tauschte sich mit dem Provider aus, der die vom Anrufer ausgehenden Funksignale zu orten versuchte. Tessa, die neben Wyatt stand, hielt unwillkürlich den Atem an.

»Ihre Versicherung will, dass wir eine Million Dollar zuschießen, sozusagen als Good-Will-Einlage«, fuhr Nicole fort. »Den Restbetrag von acht Millionen wird sie erst dann freigeben, wenn Ihre Sicherheit garantiert ist.«

»Noch sechs Minuten«, zischte Justin. »Entweder ist das Geld dann überwiesen, oder wir fliegen in die Luft.«

»Sind Sie noch in der Gewalt Ihrer Entführer, Justin?«, fragte Nicole ruhig. »Könnte ich mit einem von ihnen reden?«

»Nein.«

»Warum nicht?«

»Weil sie nicht mehr hier sind. Wir sind allein im Kontrollraum, hinter verschlossenen Türen. Einen direkten Angriff haben wir nicht mehr zu befürchten, aber, wie gesagt, es wurden offenbar Sprengladungen angebracht …« Er klang merkwürdig, nicht gerade nervös, wie Tessa fand, eher verbissen, wie jemand, der genau Bescheid wusste.

Neben ihr formte Wyatt das Wort Kontrollraum mit den Lippen. Er musterte sie. Tessa zuckte mit den Achseln.

»Libby und Ashlyn sind bei Ihnen, aber Ihre Entführer nicht. Habe ich richtig verstanden?«, fragte Nicole. Ihrer Miene war nichts anzumerken, aber ihre Beine zitterten. Sie pokerte hoch. Auf dem Spiel stand eine dreiköpfige Familie.

»Noch fünf Minuten«, sagte Justin, und zum ersten Mal war das ein Zittern in seiner Stimme. »Ich weiß, dass Sie den Anruf zurückzuverfolgen versuchen. Und das wissen auch unsere Entführer. Ich sage Ihnen, für solche Umwege reicht die Zeit nicht. Meine Familie und ich sind in Sicherheit, aber nur noch für die nächsten fünf Minuten. Mehr kann ich nicht bieten. Überweisen Sie endlich das verfluchte Geld. Wenn nicht, werden Sie als Nächstes nur noch Fetzen von uns sehen.«

»Verstehe. Ihre Sicherheit hat Priorität. Natürlich sind wir auf die Zusammenarbeit mit Ihrer Versicherung angewiesen –«

»Schluss jetzt! Wir verhandeln hier nicht. Ich habe keinen Kontakt zu den Entführern. Sie hören uns nicht, halten aber irgendwo in sicherer Entfernung einen Zünder in der Hand. Sie überwachen die Bewegungen auf ihrem Konto. Wenn das Geld nicht spätestens um zehn nach drei eingegangen ist, drücken sie auf den roten Knopf.«

»Kontrollraum«, flüsterte Wyatt und stupste Tessa an, als müsste sie wissen, was das zu bedeuten hatte. »Die persönlichen Gegenstände auf der Küchenseite – Brieftasche, Schmuck …«

»Justin«, sagte Nicole. »Ich verstehe, dass Sie sich Sorgen machen. Vertrauen Sie uns, wir sind auf Ihrer Seite. Aber wenn Ihre Entführer mit Sprengsätzen drohen, wie können wir sicher sein, dass sie die nicht zünden, so oder so?«

»Sicher ist nur, dass wir in die Luft fliegen, wenn das Geld ausbleibt.«

Tessa ging ein Licht auf. Mit weit geöffneten Augen wandte sie sich zu Wyatt und flüsterte: »Gefängnis. Gefängnisse haben Kontrollräume. Aber wie schmuggelt man eine dreiköpfige Familie in ein Gefängnis? Es sei denn ...«

Wyatt war ihr schon einen Schritt voraus. »Das neue Staatsgefängnis«, erwiderte er. »Letztes Jahr fertiggestellt, wird aber wohl nie in Betrieb genommen. Ein Millionengrab. Die Anwohner sind stinksauer wegen der Verschwendung von Steuergeldern und weil das Versprechen auf Arbeitsplätze nicht eingelöst worden ist. Was wetten wir –«

»Es wurde von Denbe Construction gebaut.«

»Justin weiß also, wo er ist. Und dass er uns das noch nicht mitgeteilt hat ...«

»Er hat Angst.«

»Die Täter haben vielleicht tatsächlich Sprengsätze gelegt.« Wyatt schnappte sich einen Notizblock und schrieb mit einem großen schwarzen Filzstift »sofort überweisen« darauf. Er hielt ihn Nicole vor die Nase.

Ohne mit der Wimper zu zucken, sagte sie ins Telefon: »Gute Nachrichten, Justin. Die Versicherung hat die volle Summe bereitgestellt. Das Geld ist auf dem Weg. Ein paar Minuten noch, dann sind Sie und Ihre Familie in Sicherheit.«

Tessa und Wyatt waren nicht mehr zu halten. Sie stürmten hinaus. Wyatt hatte sein Handy am Ohr und forderte

Verstärkung an. Sekunden später saß er am Steuer seines Streifenwagens, Tessa auf dem Beifahrersitz.

»Rund fünfzig Kilometer«, sagte er. »Müsste in zwanzig Minuten zu schaffen sein.«

Er ließ die Sirene aufheulen und trat aufs Gaspedal.

Kapitel 38

Justin telefonierte. Er redete und redete.

Neben ihm trat Ashlyn nervös von einem Bein aufs andere. In ihrem alten Pyjama sah sie sich selbst wieder ähnlicher, auch wenn die Ängstlichkeit, die sie ausstrahlte, untypisch für sie war.

Und was mich betrifft ... Die vielleicht letzten zehn Minuten meines Lebens vor Augen, ging ich im Kontrollraum ziellos auf und ab. Er war größer, als ich ihn mir vorgestellt hatte. In der Mitte stand ein tiefer, hufeisenförmiger Tisch voller Steuerungsinstrumente. An der fensterlosen Seitenwand hing eine Reihe von Funkgeräten auf Ladestationen. Mehrere Türen führten, wie ich vermutete, zu Abstellräumen. Ich fand auch die berühmt-berüchtigte Schlüsselklappe, ein Metallrohr, in das im Notfall sämtliche Schlüssel geworfen wurden, damit meuternde Insassen nicht an die in den Safes aufbewahrten Waffen und Munition herankommen konnten.

Ich wandte mich wieder dem riesigen Kontrollpult zu und fuhr mit der Hand über die glatte, weiße Kunststoffoberfläche, in die verschiedene, schräg gestellte Flachbildschirme eingebaut waren. Wie Unkraut sprossen etliche Mikrophone aus dem Tisch. In diesem Raum war, wie ich mir vorstellte, das Wachpersonal eingeschlossen, isoliert in seiner Kontrollmacht. Kleine Zauberer von Oz, die alles sahen und lenkten, aber letztlich hinter Gittern saßen.

Über mir hingen vier Flachbildschirme von der Decke

herab. Sie waren ausgeschaltet, aber ich vermutete, dass unsere Entführer uns über diese Monitore beobachtet hatten, die mit Bildern Dutzender, wenn nicht Hunderter Überwachungskameras gespeist werden konnten. Sie hatten uns weinen und streiten sehen. Sie waren Zeuge unserer Zerrüttung gewesen und hatten uns in unserer Not beobachtet.

Plötzlich überkam mich eine heillose Wut. Darüber, dass sie hier in diesem Raum gesessen und womöglich Wetten abgeschlossen hatten. Zehn Dollar, dass die Frau gleich losheult; fünf Dollar, dass das Mädchen vor den Augen seiner Eltern nicht pinkeln kann.

Ich hasste sie. Abgrundtief. Leidenschaftlich. Was seltsamerweise den Wunsch in mir auslöste, sie zu sehen. Ich wollte den Spieß umdrehen. Wenn sie uns wie Tiere im Zoo begafft hatten – nun, jetzt waren wir am Drücker. Und niemand hatte uns verboten, die sich hier bietenden Überwachungsmöglichkeiten zu nutzen.

Ich beugte mich über den Tisch und schaltete das System ein, als mein Mann irgendeine FBI-Agentin anschnauzte, weil sie nicht getan hatte, was von ihr verlangt worden war.

»Mom?« Ashlyn war an meiner Seite aufgetaucht.

»Ich probiere hier mal was aus, Schatz. Was würdest du sagen? Wie lassen sich wohl die Außenkameras einschalten?«

Ashlyn fuhr mit der Hand über den Touchscreen und tippte auf einen weißen Button, der ein Menüfenster öffnete.

In der unteren rechten Ecke des Bildschirms war eine Uhr, die 3:09 Uhr anzeigte. In zwei Minuten würden unsere Entführer die Geduld verlieren und Ernst machen. Uns womöglich in die Luft jagen, wie Justin angedeutet hatte.

Daran glaubte ich eher nicht. Der Kontrollraum war vermutlich bombensicher. Aber ich zweifelte keinen Augenblick daran, dass Z imstande wäre, die Tür aufzusprengen, seine Glock zu ziehen und uns aus nächster Nähe niederzuschießen. Ohne viel Munition zu verschwenden.

Plötzlich war auf dem Monitor ein weißer Lieferwagen zu sehen, der größer und größer wurde, bis er fast den ganzen Bildschirm ausfüllte. Ich traute meinen Augen kaum, als ich Radar am Steuer sitzen sah. Die Kamera war offenbar über dem Haupttor des Gebäudekomplexes angebracht. Radar ließ sie außer Acht und schaute zum Beifahrerfenster hinaus, als erwartete er jemanden.

Seine Kumpane offenbar, Z und Mick.

Hätte er nicht auf dem Dach sein sollen, bis zu den Zähnen bewaffnet, um die anrückende Polizei unter Beschuss zu nehmen?

Oder war das Lösegeld gezahlt worden? Überwiesen auf das genannte Konto? Neun Millionen Gründe für einen schnellen Abgang.

Die Uhr zeigte 3:10 Uhr.

Radar hatte ein Handy am Ohr und bewegte die Lippen.

Ich warf einen Blick auf Justin. »Hat die Versicherung gezahlt? Ist das Geld überwiesen?«

Mein Mann sprach in das Smartphone: »Es ist jetzt elf nach. Wurde das Geld überwiesen?«

Ich hörte die klare, energische Stimme der Agentin: »Justin, mir ist soeben versichert worden, dass die Versicherung das Geld auf den Weg gebracht hat.«

Radar tippte auf seinem Handy herum und hielt es wieder ans Ohr.

»Justin, können Sie uns sagen, wo Sie sind? Polizei steht in Bereitschaft, um Sie und Ihre Familie zu holen.«

»Mom!«, rief Ashlyn. Sie ergriff meinen Arm und machte einen Luftsprung. Wir waren gerettet.

Justin klang plötzlich müde. Es schien, als ob ihn die gute Nachricht mehr Kraft kostete als unsere Bedrohung. »Wir sind im neuen Staatsgefängnis bei –«

Es donnerte.

Ich fuhr herum und starrte auf die Tür in Erwartung Zs, den ich im Geiste durch rauchende Trümmer steigen sah, als Terminator, entschlossen, kurzen Prozess zu machen.

Tür und Fenster des Kontrollraums waren unbeschadet geblieben. Z zeigte sich nicht. Es gab auch keine rauchenden Trümmer.

»*Mom!*«, schrie meine Tochter und zerrte an meinem Arm.

Ich folgte ihrem entsetzten Blick und sah Mick vor einer der Türen stehen, hinter denen ich Stauräume vermutet hatte. Er grinste übers ganze Gesicht und war Zs Worten getreu bis an die Zähne bewaffnet.

»Ihr habt mich schon vermisst, nicht wahr?«, kicherte er.

Dann hob er seine Halbautomatik und ließ es krachen.

Während Wyatt fuhr, telefonierte Tessa mit Chris Lopez und ließ sich von ihm berichten, was er auf die Schnelle an Informationen über das von Denbe Construction gebaute Staatsgefängnis im Norden New Hampshires herausbekommen konnte.

Es war von zweihundertfünfzigtausend Hektar Berglandschaft und Sümpfen umgeben, dreißig Kilometer von der nächsten

Ortschaft entfernt. Der nächste Polizeiposten war noch weiter weg. Wäre die Anstalt in Betrieb genommen worden, wozu es wegen gestrichener Finanzmittel nicht gekommen war, hätte sie über eine eigene Schutztruppe verfügen sollen.

Der entlegene Ort war von Polizeikräften frühestens in fünfzehn bis zwanzig Minuten zu erreichen.

Währenddessen traf per Funk eine Meldung nach der anderen ein. Über Justin Denbes Smartphone waren Schüsse zu hören. Schreie von Frauen. Dann war die Verbindung plötzlich wie abgerissen.

»Schneller«, drängte Tessa Wyatt.

»Festhalten. Wir Sheriffs können nicht nur schneller fahren, wir kennen auch die besten Abkürzungen.«

Abrupt bog er links ab auf einen Pfad, den Tessa allenfalls für einen Wildwechsel gehalten hätte. Sie hielt die Luft an und klammerte sich mit beiden Händen am Griff über der Beifahrertür fest, während er Gas gab.

»Hier bei uns ist die kürzeste Verbindung zwischen zwei Punkten in den seltensten Fällen asphaltiert. Aber wenn man genau hinschaut, findet man fast immer eine Schotterpiste. In zehn Minuten«, versprach er, »sehen wir das Gefängnis vor uns.«

»Die Tür!«, brüllte Justin. »Die Tür, die Tür!«

Ich wusste nicht, was er meinte. Justin lag am Boden, der erste Schuss aus Micks Waffe hatte ihn wie einen Baum gefällt. Auf dem Hemd über der rechten Schulter breitete sich ein roter Fleck aus. Ashlyn war schreiend hinter mir in Deckung gegangen. Ich stand vor dem riesigen Steuerpult, Mick dahinter, hämisch grinsend.

Er richtete die Waffe auf mich. Ich duckte mich, hörte ihn aufschreien und sah, wie er zur Seite taumelte. Justin, obwohl angeschossen, konnte sich noch wehren und hatte ihm vor die Knie getreten.

»Die Tür!«, brüllte er wieder.

Ich schaltete endlich. Wir waren eingesperrt, und Mick würde uns innerhalb weniger Sekunden niedergemäht haben. Uns blieb eine einzige Chance: ins Gefängnis zurück und auf getrennten Wegen zu fliehen.

Mit eingezogenem Kopf wischte ich hastig über den Touchscreen auf der Suche nach der Steuerung für die Türen. Auf dem Sicherheitsmenü hatte ich ein Tür-Icon gesehen. Wie fand ich dorthin zurück?

Es krachte wieder. Zwei, drei, vier Mal. Unwillkürlich zuckte ich zusammen und hörte das letzte Geschoss an meinem Ohr vorbeipfeifen.

Meine Tochter hatte sich aufgerichtet und einen Sessel auf Rollen in die Höhe gestemmt. Mit wildem Blick und fliegenden Haaren stieß sie ihn Mick entgegen.

»Ich hasse dich, ich hasse dich!«, schrie sie.

Ein zweiter Sessel flog durch die Luft. Mick war hinter dem Pult abgetaucht, wo ihn Justin mit einem zweiten Fußtritt von den Füßen holte.

Da! Das Icon. Der Schalter. Ich stach mit dem Zeigefinger auf das hellrote Zeichen für die Tür. »Sind Sie sicher?«, fragte mich ein Dialogkästchen. Der Schalter öffnete sämtliche Türen, innen und außen …

Ja, ja, ja, ja!

Ashlyn hatte sich eines der Funkgeräte von der Wand geschnappt. Zehn oder zwölf weitere standen noch auf ihren an der Wand montierten Ladestationen. Sie verwandelte sie nun in Wurfgeschosse und schleuderte eins nach dem anderen in Micks Richtung. Er fluchte und ging in Deckung.

Die Tür des Raums schwang genau in dem Moment auf, als Ashlyn das letzte Funkgerät geworfen hatte. Justin war nicht zu sehen, doch ich hörte ihn. »Raus mit euch, lauft, lauft!«

Ich musste mir das nicht zweimal sagen lassen. Wir hatten unsere Vereinbarung getroffen. Einer von uns war unersetzlich. Allein um Ashlyn ging es.

Ich packte meine Tochter bei der Hand und rannte mit ihr nach draußen.

Hinter uns ließ Mick wieder seine Waffe krachen.

Mit rasender Geschwindigkeit steuerte Wyatt über die Hügelkuppe. Für einen Moment waren alle vier Räder in der Luft, und zum ersten Mal sah Tessa den riesigen Gebäudekomplex vor sich, an die fünfzehn Kilometer weit entfernt und weiträumig umzäunt.

Der Streifenwagen setzte auf. Der Aufprall ließ beide aufstöhnen. Wyatt hatte Mühe, das Fahrzeug auf der Schotterpiste zu halten, die nun durch dichtes Gehölz führte. Nach einer scharfen Rechtskurve in Richtung Norden ging sie in eine frisch asphaltierte Straße über. Sie rasten durch einen langen, grünen Tunnel aus Laub.

»Die Anlage ist ja riesig!«, rief Tessa. »Wie sollen wir sie darin finden?«

»Wir orientieren uns an den Schüssen. Haben Sie eine Weste dabei?«

»Ja.«

Das ganze Team hatte sich um halb drei entsprechend ausstaffiert und für den Ernstfall gerüstet.

Tessa dachte unweigerlich an Sophie, ihre Tochter, die schon einen Elternteil verloren hatte, und an ihre Worte: *Du musst an kalten, dunklen Orten suchen.* Was könnte kälter und dunkler sein als ein eingemottetes Gefängnis?

Sophie hatte auch gesagt, dass Ashlyn sie brauche. Dass die ganze Familie sie dringend brauche.

»Ich will das Gewehr«, sagte Tessa.

Wyatt drückte das Gaspedal wieder bis zum Anschlag durch.

Wir liefen durch den Hauptflur.

»Dad«, keuchte Ashlyn, die ich immer noch an der Hand hielt.

»Nichts wie raus, wir müssen weg.«

»Dad!« Sie versuchte tatsächlich, mich zu bremsen und zurückzuhalten.

Ich blieb stehen und schaute ihr ins Gesicht, offenbar so wütend, dass sie die Luft anhielt. »Vergiss ihn, Ashlyn Denbe. Vergiss auch mich, wenn es sein muss. Du musst hier raus. Das ist ein Befehl.«

»Mom –«

»Sei still jetzt. Er kommt. Lauf!«

Sie gehorchte und rannte auf den Ausgang zu. Ich hätte mir gern eingebildet, dass sich Ashlyn von meinen Worten hatte überzeugen lassen, aber wahrscheinlich war es Micks schauriges, geradezu unmenschliches Gebrüll, das sie in Bewegung gesetzt hatte.

Er war aus dem Kontrollraum in den Flur gewankt, ein

Bär von Mann mit einer blutigen Platzwunde im Gesicht, die ihm anscheinend Ashlyn mit ihren Wurfgeschossen zugefügt hatte. Die Weste über seiner schwarzen Montur war mit Waffen und Munition gespickt. Um den Oberschenkel hatte er sich ein Jagdmesser geschnallt. Ich sah ihm an, dass er mich liebend gern damit aufschlitzen würde.

Aber jetzt zielte er mit der Waffe auf mich. Ich stand wie angewurzelt auf der Stelle. Er drückte den Abzug. Ein erfahrener Schütze wie er konnte sein Ziel auf eine Distanz von knapp fünfzehn Metern nicht verfehlen. Der Bolzen machte klick.

Ich musste grinsen, obwohl mir danach gar nicht zumute war.

Mick warf die Waffe zu Boden und lief auf mich zu.

Ich rannte meiner Tochter nach. Wenn wir erst einmal draußen sein würden, gäbe es viele Versteckmöglichkeiten. Und die Polizei war alarmiert. Sie hatte das Telefonat mitverfolgt, alles gesehen und alles gehört. Bestimmt war sie schon auf dem Weg.

Wenn wir es nur bis nach draußen schafften.

Ashlyn hatte den Ausgang erreicht, eine doppelte Glasschiebetür, die sich wie eine Wasserwand vor ihr öffnete. Ich sah sie in helles Sonnenlicht eintauchen.

Micks schwere Laufschritte wurden lauter hinter mir.

Ich versuchte, an Tempo zuzulegen, eine fünfundvierzigjährige Frau auf Entzug, völlig entkräftet, die einen Teil ihrer verlorenen Jugend zurückzugewinnen versuchte.

Ich würde es nicht schaffen. Mick war durchtrainiert und fit. Ihm hatte ich nichts entgegenzusetzen. Mein Herz schlug mir bis zum Hals. Mir war schwindlig und kotzübel. Da waren keine Reserven, die ich hätte mobilisieren können. Dein ganzer Körper ist auf Droge, dachte ich. Eine viermonatige Diät aus Schmerzmitteln tat einem nicht gut.

Die Glastür, so nah – wenn ich nur durch sie hindurchschlüpfen könnte …

Ich hatte es fast geschafft. Die Tür öffnete sich automatisch.

Vor mir stand Z mit ausdrucksloser Miene. Ich rannte direkt auf ihn zu. Er hatte Ashlyn fest im Griff und ihr den Arm auf den Rücken gedreht, sodass sie vor Schmerzen das Gesicht verzog. Im Hintergrund wartete Radar im Lieferwagen mit laufendem Motor und geöffneter Seitentür.

Natürlich, ich hatte ihn doch vorfahren sehen. Wie dumm von mir. Wir waren unseren Entführern geradewegs in die Arme gelaufen.

Ich konnte mir nicht mehr helfen und schrie aus Frustration, Wut und Erschöpfung.

Und weil ich nichts mehr zu verlieren hatte, fiel ich in meiner Verzweiflung über Z her, der meine Tochter in seiner Gewalt hatte, und zielte auf seine Augen.

»Wo können sie sein, wo?«, wollte Tessa wissen. Sie hatten ein erstes Verkehrsschild passiert, das Autofahrern davon abriet, Anhalter mitzunehmen. Das nächste Schild informierte sie darüber, auf dem Gelände einer staatlichen Institution zu sein. Dann erreichten sie den mit NATO-Draht bewehrten Maschendrahtzaun und gelangten schließlich an ein Wachhaus neben der Einfahrt zum Anstaltsgelände.

Bislang war nichts zu sehen.

Der Himmel blieb still. Von dem in Concord gestarteten

FBI-Hubschrauber war nichts zu hören, auch keine Sirene der örtlichen Polizei, die ebenfalls auf dem Weg hierher sein musste wie auch das SWAT-Team, die schnelle Eingreiftruppe der Staatspolizei.

»Das Gewehr«, sagte Wyatt.

Tessa holte es aus der Halterung im Heck, als Wyatt mit einer scharfen Rechtswende in die Einfahrt die Reifen quietschen ließ.

Z ging zu Boden. Ich weiß nicht, was er erwartet hatte. Wahrscheinlich, dass ich mich ergeben oder vor ihm zusammenbrechen würde. Dass ich ihn attackierte, aber wohl eher nicht.

Ashlyn sprang zur Seite, und schon grub ich ihm die Fingernägel ins Gesicht und suchte mit den Daumen seine Augäpfel. Die Kobra über dem linken Auge zischte mich an, doch ich ignorierte sie und war einzig und allein darauf aus, weh zu tun, ihn zu verletzen, bluten zu lassen.

Wenig später wurde ich ganz unspektakulär von Z abgepflückt. Mick hatte mich mit seinen Pranken gepackt. Ich hörte meine Wickelbluse reißen. Er warf mich durch die Luft, und ich landete so hart auf dem Asphalt, dass mir der Atem stockte.

Z sprang vom Boden auf und hielt sich mit einer Hand das linke Auge, während Mick sein Messer aus der Scheide am Schenkel zog und auf mich und meine Tochter losging.

Die Klinge war riesig und gezackt. Und Mick sah so aus, als würde er Gebrauch von ihr machen wollen. Er verschmierte das Blut aus der Platzwunde an der Stirn und grinste.

Meine Tochter lag noch neben mir am Boden.

Mick warf das Messer von der rechten in die linke Hand und wieder zurück. Beeindruckend, seine kleine Show.

Z kehrte langsam zum Lieferwagen zurück, immer noch mit der Hand auf dem Auge. Er glaubte wohl, dass Mick allein mit uns fertig werden würde.

»Wenn ich dir gleich ein Zeichen gebe«, flüsterte ich meiner Tochter zu, die unsicher auf die Beine gekommen war, »läufst du zurück ins Gefängnis. Du verschwindest, versteckst dich irgendwo. Die Polizei ist gleich zur Stelle. Du musst nur ein bisschen Zeit schinden.«

Ashlyn sagte nichts. Aber natürlich durchschaute sie meine Entscheidung. Sie hätte vielleicht protestiert, aber dieses Messer, diese riesige Stahlklinge, die von einer Hand in die andere flog ...

Ich wünschte, Mick hätte seine Munition nicht verschossen. Eine Kugel wäre mir lieber gewesen, als mit diesem Messer attackiert zu werden. Aber ich würde mich wehren und damit Ashlyn die Möglichkeit zur Flucht geben. Justin hatte seinen Teil im Kontrollraum geleistet. Jetzt war ich an der Reihe.

Ich fragte mich, ob in Micks Weste noch eine Pistole steckte. Wenn ich sie zu fassen bekäme und abfeuern könnte ...

Ich hatte noch keine Antwort gefunden, als Mick auf mich zustürmte.

Diesmal ohne Gebrüll.

Ich sah das Messer blitzen, hörte Ashlyn schreien, und plötzlich gab es für mich nichts anderes mehr als neunzig Kilo wüster Angriffsmasse.

Hatte meine Tochter Reißaus genommen? Ich hoffte, dass sie verschwunden war.

Ich tat, wovon ich glaubte, dass es meine einzige Chance sein würde, halbwegs ungeschoren davonzukommen. Ich hatte auf irgendeiner Website davon gelesen, oder vielleicht war es auch eine Geschichte, die ich in Justins Schützenverein aufgeschnappt hatte. Es war jedenfalls eine Empfehlung, und die lautete: Im Kampf Mann gegen Mann die Lücke zwischen sich und dem Gegner schließen, um ihn daran zu hindern, mit voller Kraft zuzuschlagen.

Ich warf mich also Mick entgegen, der, in seinem Schwung plötzlich abgebremst, ins Wanken geriet. Es muss kurz ausgesehen haben, als umarmten sich zwei Liebende. Tatsächlich aber suchte ich verzweifelt mit beiden Händen nach irgendeinem Gegenstand in seinen Westentaschen, der mir helfen könnte.

Mit Schusswaffen wusste ich umzugehen. Mit dem Finger am Abzug und aus nächster Nähe ...

Mick packte meine Schultern und stieß mich von sich. Ich versuchte dagegenzuhalten, aber mit meinen lächerlichen fünfzig Kilo ...

Er schleuderte mich zu Boden. Ich schlitterte über den Asphalt und spürte, wie sich scharfe Steinkanten in meine Handflächen einbrannten. Noch während ich versuchte, wieder aufzustehen, hatte sich Mick wieder in Position gebracht. Im Ausfallschritt, die Knie gebeugt, stand er vor mir und ließ die Klinge in seiner Rechten blitzen.

Ich hatte keinen Trumpf mehr im Ärmel, hob einfach nur den Kopf und wartete auf den Todesstoß.

Plötzlich ging die Glastür auf.

Justin stürmte ins Freie. Sein blaues Lieblingshemd war blutdurchtränkt, sein Gesicht mit den gefletschten Zähnen eine grausige Grimasse. Er sah mich, sah Mick.

Und stürzte sich kopfüber dem messerschwingenden Koloss entgegen, der seine Familie bedrohte.

»Neiiin!«

Es war Justin, der schrie. Und ich selbst. Wir, achtzehn Jahre eng miteinander verknäuelt, so auch in diesem vielleicht letzten Moment.

Überrascht und in die Defensive gedrängt, holte Mick mit dem Messer aus.

Justin griff an und rannte geradewegs in die Klinge.

Ein Aufschrei, diesmal von Ashlyn. Sie war zurückgekehrt und stand in der Tür, ein fünfzehnjähriges Mädchen, immer noch davon überzeugt, dass sein Vater Drachen töten konnte.

Dann war etwas anderes zu hören, aus der Ferne, leise.

Sirenengeheul. Endlich kam die Polizei.

Zu spät für Justin.

Aber vielleicht ...

Ich schaute mich um und erblickte Z im Lieferwagen. Seine Miene verriet Bedauern. Er bedauerte allerdings nicht etwa meinen Mann, sondern die verpasste Gelegenheit, uns alle zu töten.

Justin war zusammengebrochen und hatte Mick mit sich zu Boden gerissen. Z sprang aus dem Lieferwagen. Unter dem Eindruck der lauter werdenden Sirenen im Hintergrund schien er einen Entschluss gefasst zu haben. Statt seinem Kumpan aufzuhelfen, packte er Justin, der sich mit einem Arm in Micks Weste verfangen hatte, und schleifte ihn auf den Lieferwagen zu. Mick schleppte sich hinterher. Wenig später gingen die Türen hinter ihnen zu.

Radar ließ den Motor aufheulen.

Der Lieferwagen raste davon. Einfach so. Darin drei Männer, die neun Millionen Dollar reicher waren, und ein getöteter Familienvater.

Meine Tochter war verstummt und in Schockstarre verfallen.

Ich ging auf sie zu und schlang meine Arme um ihre zitternden Schultern. Obwohl unsere Rettung nahte, bezweifelte ich, mich jemals wieder sicher fühlen zu können.

Kapitel 39

Tessa sah Libby und Ashlyn als Erste. Die beiden standen unter dem Vordach des Haupteingangs. Der Mutter hing die blutverschmierte Bluse in Fetzen vom Leib; das Mädchen schien unverletzt zu sein, starrte aber mit ausdrucksloser Miene vor sich hin. Schock, Trauma, Stress.

Wyatt brachte zehn Meter vor ihnen den Wagen zum Stehen. Mit gezogenen Waffen stiegen er und Tessa aus.

»Libby und Ashlyn?«, fragte er aus der Deckung hinter der geöffneten Fahrertür.

Die Frau antwortete. Die Stimme war heiser, klang aber überraschend fest. »Ja.«

»Wer hält sich im Gebäude auf?«

»Niemand. Sie sind alle weg. Mit meinem Mann. Verschwunden …« Die Worte blieben ihr im Hals stecken. Sie drückte das versteinert wirkende Mädchen an sich. Ob sie die Tochter zu trösten versuchte oder sich selbst, war nicht zu unterscheiden.

Wyatt und Tessa tauschten Blicke. Sie wussten, was zu tun war. Wyatt ging zum Kofferraum und holte Wolldecken, Wasser und Schokoladenriegel. Wortlos ging Tessa auf die Frau zu, während ihr Kollege mit gezogener Waffe das Gefängnis betrat.

»Mein Name ist Tessa Leoni«, stellte sie sich mit ruhiger Stimme vor. »Ich war im Auftrag von Denbe Construction an der Suche nach Ihnen beteiligt.«

Libby und Ashlyn starrten sie an. Von nahem sah Tessa,

dass das Mädchen unnatürlich bleich war. Und es zitterte am ganzen Körper. Wenn nicht bald Hilfe käme, würde sich Ashlyns Zustand verschlechtern. Tessa warf ihr zwei dunkle Wolldecken über die Schultern, reichte ihr eine Flasche Wasser und forderte sie auf zu trinken.

Libby Denbe streichelte der Tochter den Rücken. Ihre Hände waren aufgeschürft, das Gesicht und der Hals voll blauer Flecken. Und doch schien sie letztlich besser dran zu sein als das Mädchen.

»Ashlyn?«, fragte Tessa vorsichtig. »Ashlyn, schau mich bitte an. Du stehst unter Schock. Dagegen müssen wir schnellstens was tun. Du musst trinken und was essen …«

Das Mädchen starrte sie bloß an.

Tessa versuchte es ein weiteres Mal: »Ashlyn, kannst du mir sagen, wie alt du bist?«

Sie blinzelte, und es schien, als fokussierten sich allmählich die großen, haselnussbraunen Augen. Auf der Stirn bildeten sich Falten.

»Fünfzehn«, flüsterte sie, was fast wie eine Frage klang.

»Ich bin hier mit einem Polizisten, Ashlyn. Siehst du den uniformierten Officer dort drüben? Er ist vom hiesigen Sheriffbüro. Gleich werden wir weitere Sirenen hören. Sie kommen alle deinetwegen, Ashlyn. Wegen dir und deiner Familie. Wir wollen euch in Sicherheit bringen.«

»Mein Vater …«, hauchte Ashlyn.

Sie schaute ihre Mutter an, und Tessa sah, dass Tränen über Libbys Gesicht rannen.

»Er hat uns gerettet«, erklärte Libby heiser. »Mick war im Kontrollraum versteckt. Er hatte eine Pistole, Messer und noch andere Waffen. Er hat auf Justin geschossen, als wir aus dem Kontrollraum gelaufen sind … Dann ist er uns nach mit dieser gezackten Klinge. Ein riesiger Kerl, viel stärker als ich. Ich sagte Ashlyn, sie solle sich verstecken. Ich wollte nicht, dass sie sieht … Und dann war plötzlich Justin da, obwohl er von einer Kugel in der Schulter getroffen worden war. Er hatte geschworen, uns zu schützen. Um jeden Preis. Er wollte uns auf gar keinen Fall im Stich lassen.«

»Mick hat ihn niedergestochen«, platzte es aus Ashlyn heraus. Er hat sein Messer gezogen und … und … Ich hasse ihn, hasse ihn! Wir haben uns gewehrt und ihn geschlagen. Warum fällt so einer nicht einfach tot um?«

Der Damm war gebrochen. Schluchzend warf sich Ashlyn ihrer Mutter in die Arme. Libby drückte sie an sich, und so hielten sie einander fest, zwei Übriggebliebene einer Familie, die aus dreien bestanden hatte.

Tessa sagte nichts. In jener verschneiten Nacht vor Jahren hatten sie und Sophie selbst einander in den Armen gelegen. Im Grunde taten sie das immer noch, denn es gab Schmerzen, die blieben. Aber zu wissen, dass sie wenigstens sich hatten, machte es leichter, sie zu ertragen.

Wyatt kehrte zurück und flüsterte ihr ins Ohr: »Reifenspuren, die bergab führen. Sie werden inzwischen auf der Hauptstraße sein.«

Tessa verstand. »Libby. Ich kann mir vorstellen, wie Ihnen und Ihrer Tochter zumute ist. Aber wir brauchen jetzt Ihre Hilfe. Die Täter sind auf der Flucht. Es ist doch bestimmt auch in Ihrem Interesse, dass wir sie fassen, oder?«

Die beiden merkten auf. Tessa führte sie in Wyatts Streifenwagen und versorgte sie mit weiteren Decken und Wasser. Ashlyn ließ sich auch einen Schokoriegel anbieten.

Libby gab Auskunft. Weißer Lieferwagen. An besondere Merkmale konnte sie sich nicht erinnern, da sie nur einen flüchtigen Blick auf das Fahrzeug geworfen hatte. Die Entführer konnte sie in allen Einzelheiten beschreiben. Drei Männer. Ein großer Kerl mit einer über den Kopf tätowierten Kobra, der zweite ebenso groß, mit gespenstisch hellblauen Augen und schachbrettmusterartig gefärbtem Kurzhaar; und schließlich der Kleinere, schlau und undurchsichtig.

Libby und Ashlyn sprachen miteinander. Wyatt gab per Funk die Beschreibungen an alle Einsatzkräfte durch.

Weitere Fahrzeuge, Streifenwagen und unmarkierte Limousinen kamen aus dem Tal über die kurvenreiche Zufahrt zur Gefängnisanlage herauf.

Tessa wusste, dass die Feds gleich das Ruder übernehmen würden. Ihr Auftrag hätte sich erledigt. Vielleicht würde sie zusammen mit Wyatt noch aufräumen dürfen. Die Entführer aber waren entkommen, brutale Kerle, die auch nach der Auszahlung von neun Millionen Dollar Lösegeld nicht vor dem Versuch zurückgeschreckt waren, ihre Geiseln zu töten.

Die schwarze Limousine der Feds tauchte aus der letzten Kurve auf.

Den Blick auf Libby Denbe gerichtet, traf Tessa eine Entscheidung.

Sie ging vor ihr in die Hocke und ergriff Libbys Hände. »Sie sind stark. Ihre Tochter ist stark. Glauben Sie mir, es gibt nicht viele, die sich in vergleichbarer Lage so tapfer halten wie Sie. Erlauben Sie mir bitte, dass ich Ihnen noch ein paar Fragen stelle. Meinen Sie nicht auch, dass die Täter über Sie als Familie und Ihr Umfeld bestens Bescheid gewusst haben müssen?«

Libby verstand auf Anhieb. »Ein Insider-Job«, murmelte sie. »Sie haben die Alarmanlage außer Kraft gesetzt, wussten alles über uns.«

»Glauben Sie, dass es sich um Profis handelt?«

»Ja, sie waren früher beim Militär.«

»Sind sie Ihnen früher schon einmal über den Weg gelaufen?«

»Nein. Ich vermute, sie wurden angeheuert, um uns zu entführen.«

Tessa nickte. Sie hatte nichts anderes erwartet; auch wenn ihr die Antwort nicht schmeckte, war doch anzunehmen, dass der Auftraggeber nicht glücklich sein würde, wenn die Denbes nach Boston zurückkehrten.

»Ja«, sagte Libby, als hätte Tessa ihre Gedanken laut ausgesprochen. »Ich glaube, deshalb wollte Mick uns töten. Das war wohl der eigentliche Auftrag. Abkassiert haben sie dann auch noch, weil sie zu dem vielen Geld nicht nein sagen konnten.«

Ashlyn, die neben Libby saß, rührte sich nicht. Was einiges aussagte über die vergangenen drei Tage.

Die Limousine hielt hinter Tessa an. Sie hörte Wagentüren aufgehen.

Die Zeit drängte. »Sie haben ein Medikamentenproblem. Wie sind Sie damit zurechtgekommen?«

Libby errötete, gab aber bereitwillig Antwort: »Der Jüngere – sie nennen ihn Radar – hat Erfahrung als Sanitäter. Er hat sich um mich gekümmert und mir Methadon verabreicht.«

Tessa krauste die Stirn. Da war etwas, das sie nicht losließ.

Die Wagentüren fielen ins Schloss.

Tessa flüsterte: »Haben Sie Ihren Mann betrogen? Ich brauche einen Namen —«

»Nein! Wie können Sie nur fragen? Unsere Ehe —«

»Wer ist dann schwanger?«

Libby riss die Augen auf und warf unwillkürlich ihrer Tochter einen Blick zu.

Jetzt war Tessa doch überrascht. Nicht die Mutter, sondern die Tochter, die minderjährige Tochter. Das hieß ...

»Ashlyn —«

»Libby Denbe, Ashlyn Denbe? Ich bin Special Agent Nicole Adams, und das ist mein Kollege Special Agent Hawkes. Wir sind vom FBI.« Nicole baute sich neben Tessa auf und gab ihr deutlich zu verstehen, dass es für sie an der Zeit war, das Feld zu räumen.

Tessa erhob sich und lächelte den Denbes aufmunternd zu. Als sie zur Seite trat, nahm Nicole ihren Platz ein und versprach den beiden medizinische Betreuung.

Tessa ging auf Wyatt zu, der immer noch mit seinem Funkgerät beschäftigt war.

»Irgendwelche guten Nachrichten?«, fragte sie.

»Negativ. Hoffen lässt uns allenfalls, dass es nur eine Straße zum Gefängnis gibt. Wir haben überall Leute postiert. Außerdem sind Hubschrauber auf dem Weg. Es dürfte nicht allzu schwer sein, einen weißen Lieferwagen ausfindig zu machen.«

Tessa nickte. Ihre nächste Frage kam mit einer kleinen Verzögerung. »Sind Sie sicher?«

»Nein«, antwortete er unumwunden.

Sie sahen weitere Streifenwagen aufs Gelände kommen, denen auf der angeblich einzigen Zufahrt das Fluchtfahrzeug eigentlich hätte begegnen müssen.

»Sie kennen sich in der Gegend gut aus«, murmelte Tessa. »Libby meint, ihre Entführer seien Profis. Und sie hätten sich gründlich vorbereitet. Sie werden sich also auch das Gefängnis und die Umgebung genauestens angesehen haben.«

»Oder sie wurden umfassend instruiert von jemandem, der sich auskennt, jemandem von Denbe Construction«, entgegnete Wyatt. »Einer Person, die ihnen Zugang zu dieser Anlage verschafft und womöglich auch einen Fluchtweg gezeigt hat, eine Straße vielleicht, die eigens für den Baustellenbetrieb geschaffen wurde.«

Tessa seufzte. Was auf der Hand lag, musste nicht ausgesprochen werden. Wahrscheinlich würde der weiße Lieferwagen unentdeckt bleiben. Wieder waren ihnen die Kidnapper einen Schritt voraus.

»Ist Justin Denbe tot?«, fragte Wyatt, der von Tessas Gespräch mit Libby und Ashlyn nur Wortfetzen mitbekommen hatte.

»Sieht so aus, dass er sich für seine Familie geopfert hat und von einem dieser Typen namens Mick abgestochen wurde.«

»Und seine Leiche?«

»Die haben sie mitgenommen. Vielleicht, um Spuren zu verwischen. Keine Ahnung. Ich konnte keine weiteren Fragen mehr stellen.«

Wyatt wusste warum und lächelte flüchtig. Dann wurde er wieder ernst. »Das Lösegeld wurde gezahlt, und trotzdem haben sich die Täter an den Denbes vergriffen.«

»Libby glaubt, dass die Kidnapper den Auftrag hatten, sie zu töten, und dass das Lösegeld nur ein willkommenes Extra gewesen ist.«

»Alle zu töten oder nur Justin?«, fragte Wyatt nach. »Angenommen, Anita Bennett steckt dahinter und will die Firma übernehmen. Dann hätte sie doch nur Justin aus dem Weg schaffen lassen.«

Tessa folgte dem Gedankengang. »Das Gleiche gilt für den mysteriösen Betrüger, der fürchten musste, dass Justin ihm auf die Schliche kommt.« Der unbestimmte Verdacht, der schon vorher in ihr aufgekeimt war, nahm Gestalt an. »Einer der Entführer ist ausgebildeter Sanitäter und hat sich um Libby gekümmert, ja ihr sogar Methadon gegeben. Wieso hat er sich all die Mühe gemacht, wenn doch die ganze Familie ohnehin dran glauben sollte.«

»Im Grunde war also Justin das alleinige Ziel«, folgerte Wyatt. »Die Entführung der Familie sollte nur davon ablenken und die eigentliche Absicht verschleiern. Justin starb, weil bei der Auslösung etwas schiefgelaufen ist, und was wirklich dahintersteckt, interessiert keinen mehr.«

»Alles sehr raffiniert«, sagte Tessa stirnrunzelnd.

»Nicht raffinierter als die Veruntreuung von elf Millionen über einen Zeitraum von fast zwei Jahrzehnten.«

»Stimmt. Wir suchen also einen Täter, der viel Geduld hat. Er kennt die Familie Denbe aus nächster Nähe, hat Einblick in die Finanzen der Firma und weiß von dem Gefängnisprojekt. Außerdem unterhält er Beziehungen zu ehemaligen Militärs. Er beauftragt seine Söldner, Justin zu töten, aber Frau und Kind zu verschonen.« Tessa unterbrach sich. »Die Antwort liegt doch auf der Hand, oder bilde ich mir da was ein?«

Wyatt zeigte sich ebenso irritiert. »Aber mit den Betrügereien ging es doch schon vor seiner Zeit los«, gab er zu bedenken.

»Trotzdem.«

»Chris Lopez«, seufzte Wyatt.

»Chris Lopez«, meinte auch Tessa.

Montagnachmittag, 15:22 Uhr. Ein weißer Lieferwagen ohne Beschriftung steuerte Richtung Westen. Nicht auf der Zufahrt zur Gefängnisanlage, sondern über eine von schweren Lastkraftwagen gewalzte Fahrrinne, die während der Bauarbeiten entstanden ist.

Nachdem er den Strom abgeschaltet hatte, war Mick eine Weile damit beschäftigt gewesen, eine Lücke in den Außenzaun zu schneiden, groß genug, um mit dem Lieferwagen hindurchfahren zu können. Als nun Radar am Steuer die Öffnung passiert hatte, hielt er kurz an und ließ Mick das ausgeschnittene Segment wieder einhängen. Von nahem betrachtet, würde der Eingriff natürlich zu sehen sein, doch darum kümmerten sie sich nicht. Ihnen ging es nur darum, in den nächsten dreißig Minuten unentdeckt zu bleiben. Mehr Zeit brauchten sie nicht. Eine halbe Stunde, während der die Polizei die Frau und das Mädchen befragen, sich beraten und auf Unterstützung warten würde.

Erst dann würde die eigentliche Jagd beginnen.

Was ihnen egal sein konnte, denn dann wären sie längst über alle Berge.

Der weiße Lieferwagen steuerte auf den Wald zu. Schweres Gerät hatte die Hügelkuppe abgetragen, um Raum für das Fundament der Gefängnisanlage zu schaffen, und eine Schneise durch den Wald geschlagen, die als Fuhrweg genutzt worden war. Der Untergrund war so stark verdichtet, dass erst jetzt, zwei Jahre nach den Bauarbeiten, wieder Unkraut wucherte, das sich den Rädern des Lieferwagens widerstandslos beugte und hinter ihnen wieder aufrichtete.

Der erste Zwischenstopp war zehn Kilometer entfernt, am Fuß eines Hügels, den Radar wochenlang erkundet hatte, bevor er sich für ihn entschied. Auch hier waren früher Steine gebrochen worden wie an vielen Stellen des Landes, weshalb New Hampshire der »Granit-Staat« genannt wurde.

Am Ziel angekommen, rangierte Radar das Fahrzeug rückwärts zwischen zwei Felsvorsprünge. Zufrieden damit, dass es von drei Seiten geschützt war, schaltete er den Motor aus. Die nächste Phase der Operation konnte beginnen.

Alles, was die drei Männer brauchten, befand sich im Lieferwagen. Z hatte eine Menge Tricks auf Lager, genauso wie Mick. Als der Unscheinbarere führte Radar nur ein kleines Bündel mit sich.

Z fing damit an, dass er sich mit Seife den kahlrasierten Schädel schrubbte und die grüne Kobra so spurlos verschwinden ließ, als hätte sie nie existiert. Danach tauschte er seine schwarze Kampfmontur gegen Jeans, ein T-Shirt und einen übergroßen Kapuzensweater mit dem Logo der Red Sox aus. Darüber kam eine noch größere Wetterjacke von L. L. Bean. Auf den frisch gewaschenen Kopf setzte er eine Baseballkappe seines Lieblingsvereins. Als er schließlich noch ein Paar abgenutzte Wanderstiefel angezogen hatte, unterschied ihn nichts mehr von einem durchschnittlichen weißen Neuengländer. Er sah aus wie ein x-beliebiger Typ, der in den Bergen darauf wartete, dass sich die Möglichkeit ergab, einen anderen, besseren Ort aufzusuchen, zum Beispiel einen Strand in Brasilien.

Micks Transformation gestaltete sich noch einfacher. Die beiden hellblauen Kontaktlinsen waren im Handumdrehen raus und hinterließen zwei warme braune Augen, umrahmt von überraschend dichten Wimpern. Ein elektrischer Haarschneider entfernte das Schachbrettmuster vom Kopf und brachte die glatte Schwarte darunter zum Vorschein. Entsprach Z dem typischen Hinterwäldler, zeigte sich Mick nun im modischen Schick mit schwarzen Röhrenjeans, einem burgunderroten Pullover und einem leicht zerknitterten dunklen Sportjackett. Man hätte ihn für einen kanadischen Touristen halten können, zumal er von Haus aus Französisch sprach. In der schwarzen Ledertasche, die er über die Schulter hängen konnte, befanden sich ein gültiger Personalausweis und das Zertifikat eines neueröffneten Kontos, dem jüngst anderthalb Millionen Dollar gutgeschrieben worden waren. Sein Anteil. Der von Radar war gleich. Als Kopf der Operation hatte sich Z zwei Millionen überweisen lassen. Was die restlichen vier Millionen betraf – nun, es gab Köpfe, und es gab Vordenker, und Vordenker waren besonders teuer.

Mick beklagte sich nicht. Jede Operation war nur so gut wie die vorausgegangene Planung, und noch nie hatte er derart schnell und leicht anderthalb Millionen eingesackt.

Als Letzter entledigte sich Radar seiner Verkleidung. Er wechselte einfach von Jeans, Flanellhemd und Baseballkappe zu einer Stoffhose, einem weißen Herrenhemd und einer Designerbrille mit Nickelrand. In dieser Aufmachung sah er aus wie ein MIT-Absolvent und Berufseinsteiger mit gutdotierter Anstellung in einer Softwarefirma. Darin hätte er bestimmt auch glänzen können, wenn ihm denn an regelmäßiger Arbeit gelegen gewesen wäre.

Er packte nun wie die anderen seine alten Sachen in den Lieferwagen. Sie häuften sich zu einem Berg von Beweismitteln, ganz zu schweigen von dem blutigen Messer und all den übrigen Spuren. Sie entfernten sich vom Fahrzeug.

Z hatte nicht gelogen. Auf Sprengung und Zerstörung verstand sich Radar besonders gut.

Und weil Kriminaltechniker auch in einem gesprengten Lieferwagen jede Menge Spuren sicherzustellen verstanden, ging Radar noch einen Schritt weiter. Er wollte ihn unter einer Lawine von Felsgeröll verschwinden lassen und zu diesem Zweck einen kleinen Erdrutsch auslösen, wie er im Granit-Staat bekanntlich fast täglich irgendwo geschah. Aller Wahrscheinlichkeit nach würde der Lieferwagen mitsamt allen belastenden Spuren auf ewig verschollen bleiben.

Die drei Männer setzten Schutzbrillen auf. Es wäre ja auch allzu dumm, jetzt noch Gefahr zu laufen, von einem Steinsplitter im Auge getroffen zu werden.

Z gab das Signal. Radar drückte den Knopf. Die Detonation war nicht besonders laut. Bei Sprengstoffen kam es nicht nur auf die wirksame Energiemenge an, sondern vor allem auch auf die richtige Platzierung, und Radar hatte sich die Schwachstellen des Terrains genau angesehen. Es klang fast wie ein Ächzen, als die obere Hälfte des Felshangs nachgab und den weißen Lieferwagen unter sich begrub. Glas splitterte, Metall kreischte, und noch Minuten später rollten ein paar Steine herab. Dann war es wieder still.

Die Männer ließen sich Zeit, denn es wäre wiederum dumm gewesen, noch in dieser letzten Phase der Operation irgendetwas zu überhasten.

Als sich der Staub gelegt hatte, inspizierten sie das Ergebnis der Sprengung. Der Lieferwagen war komplett verschüttet, und das Geröll bildete einen perfekten Grabhügel.

Z führte ein Telefonat.

»Männer«, erklärte er schließlich. »*Vamos.*«

Auftrag erfüllt. Die drei bestiegen jeweils einen der Geländewagen, die für sie bereitstanden. Ihre Wege trennten sich, und jeder schlug seinen eigenen Kurs ein, von dem die anderen nichts wussten. Sie würden sich unter neuen Namen in fremder Umgebung einrichten und wahrscheinlich nie mehr voneinander hören. Sie hatten gut zusammengearbeitet, würden aber nur allein überleben können.

Radar träumte immer noch von tropischen Stränden und vollbusigen Frauen. Was die anderen vorhatten, interessierte ihn nicht.

Er fuhr als Erster davon. Die beiden anderen setzten sich wenig später in Bewegung.

Montagnachmittag, 16:05 Uhr. Drei Geländewagen entfernten sich voneinander. Sie mieden Hauptstraßen und Lichtungen, auf denen sie zum Beispiel von Polizeihubschraubern aus hätten gesehen werden können.

Zwei fuhren nach Norden beziehungsweise Nordwesten, auf Vermont oder Kanada zu.

Der dritte Mann erreichte dreißig Minuten später sein eigenes Fahrzeug, das er schon zehn Tage zuvor in einem Versteck abgestellt hatte, und steuerte es geradewegs nach Süden.

Zurück nach Boston, wo er noch etwas zu erledigen hatte.

Kapitel 40

Die FBI-Agenten führten Ashlyn von mir fort. Ich protestierte und versuchte, sie zurückzuhalten, doch man sagte mir, sie müsse ärztlich untersucht werden, und schließlich sei ich es gewesen, die den Arzt bestellt habe. Mir blieb nichts anderes übrig, als sie gehen zu lassen, zumal ich völlig entkräftet war und fürchten musste zusammenzubrechen.

Ich bekam kaum ein Wort heraus und konnte auf die Fragen, die mir gestellt wurden, nur mit Mühe antworten. Meine Sicht trübte sich ein, bis mir schwarz vor Augen wurde.

Sanitäter halfen mir in einen Krankenwagen. Sie fühlten mir den Puls, attestierten mir einen viel zu niedrigen Blutdruck und versorgten die Schürfwunden an meinen Händen. Ich litt unter Entzugserscheinungen und stand unter Schock, war aber nicht ernstlich verletzt.

Ich sah meinen Mann vor mir, wie er sich in wilder Entschlossenheit auf Mick gestürzt hatte und in dieses riesige, gezahnte Messer gelaufen war. Er hatte versprochen, Ashlyn und mich zu beschützen, und wieder einmal bewiesen, dass er ein Mann war, der zu seinem Wort stand.

Mein moderner Höhlenmann, der mir nicht hatte treu sein können, aber für mich zu sterben bereit gewesen war.

Die Sanitäter gaben mir Ratschläge zur Entgiftung und empfahlen mir, mit meinem Hausarzt über Therapiemöglichkeiten zu reden. Einer von ihnen zeigte sich skeptisch. Er schien aus Erfahrung zu wissen, dass in Fällen wie dem meinen Hopfen und Malz verloren waren.

Fast vermisste ich Radar. Ihm hätte ich mich nicht erklären müssen. Er kannte meine tiefsten, dunkelsten Geheimnisse, und die konnten ihn nicht schockieren.

Ashlyn tauchte aus dem anderen Krankenwagen auf. Ein Sanitäter reichte ihr die Hand, doch sie stieg ohne Hilfe aus. Ich sah, wie sie über den Parkplatz mit erhobenem Kopf und geradem Rücken auf mich zukam. Ihr war anzumerken, dass sie Schmerzen hatte. Aber sie ging mit resolutem Schritt, ganz die Tochter ihres Vaters, und das zu sehen tat mir weh.

Die Feds ließen uns auf der Rückbank der schwarzen Limousine Platz nehmen, worauf wir in einem beeindruckenden Konvoi aus Polizeifahrzeugen davongebracht wurden.

Unser Ziel war ein Besprechungszimmer im Sheriffbüro, wo wir Polizisten aus verschiedenen Behörden – Landkreis, Staat und Bund – Rede und Antwort stehen mussten. Eine blonde Agentin erklärte, unsere Entführer seien flüchtig, und deshalb dränge die Zeit; wir würden doch bestimmt auch wollen, dass diese Schweine schnell geschnappt würden, ganz zu schweigen davon, dass Justin Denbes Leichnam geborgen werden müsse.

Justins Leichnam. Ich fragte mich, ob Z und Mick ihn womöglich in diesem Moment irgendwo verscharrten.

Der Ermittler des Sheriffbüros, der uns entdeckt und mit Decken versorgt hatte, war auch da. Ich konzentrierte mich auf ihn, denn während mir die forsche Agentin – Adams? – auf die Nerven ging, strahlte Officer Wyatt eine Ruhe aus, von der ich mir selbst gern eine Scheibe abgeschnitten hätte.

Privatdetektivin Tessa Leoni hielt sich wie er zurück. Mir fiel auf, dass sie dichter neben ihm stand als nötig und dass beide von den anderen im Raum Abstand hielten. Anscheinend wollten sie sich von vornherein als Randfiguren verstanden wissen, die mit dem ganzen Theater nicht wirklich etwas zu tun hatten.

Ashlyn bat um etwas zu essen. Ein Deputy verschwand und kehrte mit mehreren Speisekarten von Restaurants zurück, die ihr Essen auch lieferten. Sie schüttelte den Kopf und fragte, ob es in der Nähe einen Automaten gebe. Zwei Snickers, zwei Tüten Kartoffelchips und eine Dose Diät-Coke später war meine Tochter zufrieden.

Ich begnügte mich mit einer Tasse Kaffee, Wasser und einem Ausflug ins Badezimmer, wo ich mir noch einmal gründlich die Hände und das Gesicht wusch.

Als ich mich aufrichtete und in den Spiegel blickte, tastete ich unwillkürlich mit zitternder Hand nach meinem Abbild, denn diese erschöpfte, verhärmte, diese *alte* Frau konnte doch unmöglich ich sein. Die Wangen waren eingefallen, unter den Augen machten sich Blutergüsse breit. Meine Erschöpfung hatte sich förmlich ins Gesicht geschnitten.

Als ich die Badezimmertür öffnete, sah ich Tessa im Flur stehen. Sie hatte offenbar auf mich gewartet und lächelte matt. Es schien, dass sie mir nachempfinden konnte und ahnte, was mir durch den Kopf ging.

»Es wird wieder«, sagte sie leise. »Auch wenn Sie das jetzt kaum für möglich halten.«

»Wie wollen Sie das wissen?«

»Mein Mann wurde vor zwei Jahren getötet, und fast hätte ich auch noch meine Tochter verloren. Sie heißt Sophie und hat sich große Sorgen um Sie und Ihre Familie gemacht. Sie hat mir aufgetragen, an kalten, dunklen Orten nach Ihnen zu suchen und Ihnen heißen Kakao und Kekse mitzubringen.«

Ich lächelte. »Ein heißer Kakao hätte mir gutgetan.«

»Hat Ashlyn einen Freund?«

Ich schüttelte den Kopf. Keine der Fragen, die man mir stellte, konnte mich noch erschüttern. »Nicht dass ich wüsste.«

»War ihre Schwangerschaft eine Überraschung für Sie?«

»Wir haben erst durch die Fehlgeburt im Gefängnis davon erfahren. Mein Mann, Ashlyn und ich sind uns in letzter Zeit aus dem Weg gegangen, weil es familiäre Probleme gab.«

Sie schien sich mit meiner Erklärung zu begnügen. »Und einer der Entführer hat sich um Sie gekümmert?«

»Ja.«

»Sie mögen ihn, nicht wahr? Wenn Sie von ihm sprechen, klingt Respekt an.«

Ich zuckte mit den Achseln und hatte seltsamerweise das Gefühl, Radars Vertrauen zu missbrauchen. »Er hat für uns gesorgt, wenn wir ihn brauchten. Und dafür bin ich ihm dankbar.«

»Haben Sie die beiden anderen auch gemocht?«

Mir schauderte, wenn ich an sie dachte, nicht so sehr wegen Z, der trotz seiner scheußlichen Tätowierung eine geradezu bewundernswerte Autorität ausstrahlte. Aber: »Mick, der mit dem Schachbrettmuster, ist wohl krank im Kopf. Er versprach uns, zuerst meiner Tochter und dann mir weh zu tun.«

»Sie sagten, er sei wahrscheinlich beim Militär gewesen«, fuhr Tessa fort. »Könnte es sein, dass er unehrenhaft entlassen wurde?«

Ich nickte und ahnte, worauf sie abzielte.

»Und Chris Lopez?«, fragte sie unvermittelt.

Ich stutzte. »Was ist mit ihm?«

»Er mag Sie.«

Ich schüttelte den Kopf. »Er arbeitet für meinen Mann, gehört zum Bautrupp und ist einer dieser großen Jungs, die man nicht wirklich ernst nehmen kann. Für mich sind sie Justins Kumpel, mehr nicht. Tüchtig allesamt, ja, aber nicht ganz dicht.«

»Wussten Sie, dass Lopez der Onkel von Kathryn Chapman ist?«

»Wie bitte?«

»Dass er es war, der Ihnen vor sechs Monaten diese SMS geschickt hat?«

Ich traute meinen Ohren nicht und war wie vom Donner gerührt. Die Detektivin musterte mich aufmerksam. Anscheinend interessierte sie meine Reaktion auf ihre Frage mehr als eine Antwort darauf.

Unten im Flur öffnete sich die Tür des Besprechungszimmers wie zur Erinnerung daran, dass die Sonderkommission auf unsere Rückkehr wartete.

Tessa steckte mir ihre Visitenkarte zu. »Rufen Sie mich bitte an, wenn Ihnen etwas einfällt. Oder auch, wenn Sie das Bedürfnis haben zu reden. Ich kann Ihnen nicht versprechen, alles zu verstehen, wohl aber das meiste, und das aus eigener Erfahrung mit meiner Familie.«

Sie schenkte mir ein letztes aufmunterndes Lächeln und führte mich zurück ins Besprechungszimmer. Kaum hatte ich Platz genommen, verkündete die blonde FBI-Agentin, dass nun Ashlyn und ich getrennt voneinander befragt werden müssten. Natürlich könne ich einen Rechtsbeistand oder ein Familienmitglied zur Unterstützung hinzuziehen, allerdings gelte es, Zeit zu sparen, und man müsse nun endlich zur Sache kommen.

Ich blickte zu meiner Tochter. In ihren Mundwinkeln klebten Schokoladenreste, was mich daran erinnerte, wie sie sich mit vier Jahren das Gesicht mit Nougatcreme verschmiert und versucht hatte, mit der Zunge die Nasenspitze abzulecken. Ich hatte mich gekringelt vor Lachen, während Justin die Szene mit seiner Videokamera aufnahm. Wie glücklich waren wir damals gewesen ...

Ich musste wohl einen Laut von mir gegeben haben, einen Ausdruck von Verärgerung, denn meine Tochter streckte den Arm über den Tisch und drückte meine Hand.

»Geht schon klar, Mom. Mach dir keine Sorgen. Das schaffen wir auch noch.«

Sie stand auf und folgte zwei Agenten nach draußen. Ich ballte meine Hände im Schoß, weil ich mein Baby gehen lassen musste.

Special Agent Adams wollte alles noch einmal von Anfang an wissen. Wie wir in unserem Haus überfallen worden waren, wohin uns unsere Entführer gefahren hatten. Was sie über uns wussten und was wir über sie in Erfahrung bringen konnten.

Ich erwähnte Radars medizinische Fachkenntnisse und einige Andeutungen seinerseits, die darauf schließen ließen, dass er beim Militär gedient hatte, und zitierte Justin in seiner anfänglichen Einschätzung, dass unser Leben nicht wirklich bedroht sei, weil unsere Entführer nur mit Elektroschockpistolen bewaffnet seien. Ich berichtete auch davon, wie mich Mick angegriffen hatte und von Z mit dem Taser aufgehalten worden war.

Und davon, dass dieser Z Justin aus der Zelle geholt und zusammengeschlagen hatte, ohne ein Wort darüber zu verlieren.

Als ich dies sagte, tauschten die Ermittler fragende Blicke.

»Verstehe ich richtig«, fragte Special Agent Adams, »dass nicht gleich zu Beginn der Entführung von Lösegeld die Rede war?«

»Ja. Das war im Grunde unsere Idee. Nachdem er zusammengeschlagen worden war, meinte Justin, sich auf eine Klausel seiner Lebensversicherung berufen zu können, die bei unmittelbarer Lebensgefahr in Kraft treten und uns auf insgesamt neun Millionen Dollar aufwerten würde. Diese Summe könnten wir ihnen anbieten, damit sie uns im Gegenzug freiließen.«

»Haben Sie sich in den Tagen vor der Entführung irgendwie bedroht gefühlt? Hat Sie jemand beobachtet? Sind Ihnen fremde Personen auf der Straße aufgefallen?«

Ich schüttelte den Kopf.

»Wussten Ihre Entführer von Justins Affäre?«

Ich wand mich innerlich und konnte nicht so recht erkennen, inwiefern diese Frage von Belang war. Aber dann wiederum ... »Z schien ... davon zu wissen.« Ich versuchte, mir meine Verbitterung nicht anmerken zu lassen. Vergeblich.

»Wie würden Sie den Zustand Ihrer Ehe beschreiben?«

Ich zuckte müde mit den Schultern. »Angeschlagen. Voller Spannungen. Aber wir haben uns Mühe gegeben. Am vergangenen Freitag waren wir zusammen zum Essen aus.

Bevor man uns dann …« Der Geschmack von Orangen mischte sich mit dem von Champagner auf meinen Lippen.

»Haben Sie, als Sie Ihrem Mann auf die Schliche kamen, an Scheidung gedacht und vielleicht einen Anwalt zu Rate gezogen?«

Ich schüttelte den Kopf.

»Warum nicht?«

Die Frage verwirrte mich. »Wir haben eine Tochter. Wir leben zusammen. Vielleicht geben andere auf nach … einem solchen Fehler, aber das ist nicht meine Art.«

»Sind Sie sich über die Bedingungen Ihres Ehevertrags im Klaren?«, wollte der zweite FBI-Agent wissen. Special Agent Hawkes.

Ich nickte, ohne zu wissen, worauf er hinauswollte. »Ja. Ich verzichte im Scheidungsfall auf jegliche Anteile an Justins Firma und beanspruche nur die Hälfte unseres privaten Vermögens. Justin hat die Firma von seinem Vater geerbt, und zwar vor unserer Heirat. Die Bedingungen sind fair, wie ich finde.«

Die blonde Agentin musterte mich. »Ist Ihnen bewusst, dass Sie und Ihr Mann keine privaten Vermögenswerte besitzen? Dass Ihre Häuser, Ihre Autos, die Möbel, einfach alles Eigentum der Firma ist?«

Mir schwindelte. Ich schüttelte den Kopf. Die Befragung verlief anders als erwartet. Ich hatte gehofft, man würde sich mehr für die Männer interessieren, die uns überfallen und meinen Mann getötet hatten. Stattdessen … »Für die Finanzen war Justin zuständig. Ich habe ihm vertraut. Und im Gefängnis hat er sogar vorgeschlagen, den Ehevertrag zu zerreißen und mir alles zu geben. Ihm tat leid, was geschehen war.«

»Sie wollten die Scheidung also doch«, hakte der zweite FBI-Agent nach.

»Nein, aber es war davon die Rede, und Justin sagte, dass er mich und unsere Familie vermissen würde.«

»Nun, die Frage hat sich ja wohl erledigt.« Special Agent Adams klang nicht harsch, sondern einfach nur sachlich.

»Er hat versprochen, uns zu beschützen«, flüsterte ich. »Justin war sich darüber im Klaren, dass er kein perfekter Ehemann und Vater war. Er arbeitete viel zu viel, war zu häufig unterwegs und nicht immer treu. Aber er stand zu uns. Wir waren seine Familie, und die hätte er nie im Stich gelassen.«

Ich schaute in die Runde und drohte mit meinen Blicken: Wehe, ihr beschmutzt das Ansehen meines toten Mannes. Wehe, ihr stellt eine Ehe und ein Leben in Frage, die mich schon so viel gekostet haben.

Sie taten es nicht.

Stattdessen ergriff ein anderer Ermittler, der mit der Nickelbrille, zum ersten Mal das Wort. »Was können Sie uns über die verschwundenen elf Millionen Dollar sagen?«

Ich starrte ihn fassungslos an und spürte, wie mir der Boden unter den Füßen weggezogen wurde.

Als Ashlyn in den Raum zurückkam, war auch meine Befragung zu Ende. Ich konnte einfach nicht mehr; hatte keine Kraft mehr, mich auf weitere »Wahrheiten« über mich, meinen Mann und die Firma einzulassen. Geld war veruntreut worden. Eine Menge. Über viele Jahre. Offenbar hatte Justin erst vor wenigen Wochen davon erfahren und Gegenmaßnahmen einzuleiten versucht.

Aber mir gegenüber hatte er kein Wort darüber verloren. Vielleicht, weil er in den letzten Wochen unten im Keller geschlafen hatte, vertrieben aus dem Ehebett.

Die wirtschaftliche Lage der Firma sei prekär, hatte man mir gesagt. Und weil ich wusste, dass ihr mein Haus, mein Auto und meine Möbel gehörten, hätte ich mir vielleicht Sorgen machen müssen, wenn auch nicht meinetwegen, so doch zumindest mit Blick auf Ashlyn. Allerdings fürchtete ich, einen weiteren Schock nicht ertragen zu können.

Mein Mann war tot. Jemand, der uns nahestand, hatte uns jahrelang betrogen. Und es schien, dass ebendiese Person Z und sein Team auf uns angesetzt hatte, nicht um Lösegeld zu erpressen, sondern um Justin aus dem Weg zu räumen, bevor er das volle Ausmaß des Betrugs aufdecken konnte.

Z und seine Männer hatten sich bestimmt ins Fäustchen gelacht. Schon dafür bezahlt, Justin zu töten und uns zu entführen, um die Polizei auf eine falsche Fährte zu locken, waren ihnen auch noch von uns zusätzliche neun Millionen in Aussicht gestellt worden. Was für ein Irrsinn zu glauben, dass sie sich davon würden einwickeln lassen. Dass sie auf das Kopfgeld für Justin verzichten würden.

Z war ein böses Genie, und ich wünschte fast, ins Gefängnis zurückkehren und ihm den Garaus machen zu können. Ich würde in der Küche Feuer legen und den ganzen Laden mitsamt der Bande abfackeln.

Ich verachtete ihn. Es war mir nachträglich ein Graus, dass er mir gegenüber Respekt gezeigt hatte. Wegen seiner Hintergrundberichte, aus denen angeblich hervorgegangen war, dass wir ihm keine Scherereien machen würden …

Er hatte mich belogen.

Mein Mann hatte mich belogen.

Nur hatte er sich schlussendlich für mich geopfert.

Meine Gedanken waren ein Tohuwabohu. Mir dröhnte der Schädel, und ich war müde. Unendlich müde.

Die Feds wollten uns in einem Hotel unterbringen, an einem sicheren Ort. Unsere Kidnapper waren schließlich nach wie vor frei. Der weiße Lieferwagen war nirgends entdeckt worden, nur ein Loch im Zaun, durch das die Kerle wahrscheinlich hatten entwischen können. Darum hielt es Special Agent Adams für ratsam, uns bis auf weiteres zu verstecken.

Ich sah den Ausdruck im Gesicht meiner Tochter, die offenbar ähnlich empfand wie ich.

Nach allem, was wir in den letzten Tagen und Nächten durchgemacht hatten ... Und wieder hatte ich dieses Bild vor Augen, meinen Mann, das Messer, das Messer, wie es sich in seine Brust bohrte ...

Wir wollten nach Hause, egal, ob wir dort in Sicherheit sein würden oder nicht.

Es wurde weiter beratschlagt. Mit der Bostoner Polizeizentrale telefoniert. Diskutiert.

Und schließlich erlaubte man uns großzügigerweise, in unser Haus zurückzukehren. Es müssten natürlich Vorkehrungen für unseren Schutz getroffen werden, weil Z und seine Männer wussten, wo wir wohnten, und ihren Job womöglich zu Ende zu bringen versuchten. Ich sollte sofort die Passwörter unserer Alarmanlage ändern. Außerdem würde die Bostoner Polizei einen uniformierten Officer zu unserer Bewachung abstellen und in der Nachbarschaft verstärkt Streife fahren lassen.

Special Agent Adams riet mir davon ab, Freunde und Bekannte zu uns nach Hause einzuladen. Für den Fall, dass ich dringend mit jemandem sprechen müsse, schlug sie vor, dass ich mich mit der betreffenden Person tagsüber an einem öffentlichen Ort verabredete.

Schließlich habe uns jemand, dem wir vertrauten, nach Strich und Faden betrogen.

Ich war einverstanden. Wir wollten nicht nur nach Hause zurück, sondern auch allein sein. Nicht mehr unter ständiger Beobachtung.

Zwei von drei waren übrig geblieben. Geschunden, erschöpft und tief verletzt, aber immerhin noch der Rest einer Familie.

Kurz nach zehn ließen uns die Cops endlich gehen. Die Feds boten uns Geleitschutz in einer schwarzen Limousine auf der dreistündigen Fahrt nach Boston. Ashlyn schlief auf der Rückbank. Ich glaube, ich nickte ein- oder zweimal ein.

Endlich waren wir zurück in unserem Haus, das sich wohl nie mehr wie unser Zuhause anfühlen würde. Ein Siegel der Polizei klebte an der Tür, und im Flur standen immer noch die kleinen Markierungsschildchen der Spurensicherung.

Mein Ehering lag unter einem Berg von Gegenständen auf der Kücheninsel. Ich zog ihn hervor, streifte ihn über den Finger und spürte eine erste Welle von Trauer, die mich wie eine Wand traf.

Aber ich würde mich nicht geschlagen geben. Noch nicht, nicht jetzt.

An der Steuerung unserer Alarmanlage folgte ich den Instruktionen, die mir Justin gegeben hatte. Ich musste mir einen Code einfallen lassen, eine Zahlenreihe, an die ich mich erinnern würde. Ich entschied mich für ein Datum: den Tag, an dem ich meine Mietwohnung verlassen und den ersten Schritt in Richtung auf ein besseres Leben getan hatte. Wenn ich nur damals schon gewusst hätte, was ich heute wusste ...

Ich verabschiedete die Agenten, aktivierte das Sicherungssystem und hörte die Schlösser klicken.

Ashlyn stand noch im Flur und blickte auf die Stelle, an der ich mich übergeben hatte. Vor drei Tagen, die mir im Nachhinein wie eine Ewigkeit vorkamen.

»Kann ich in deinem Zimmer schlafen?«, fragte mich meine fünfzehnjährige Tochter.

»Ja.«

»Ich möchte eine Pistole haben.«

»Ich auch.«

»Geladen und unterm Kopfkissen.«

»Was man auf keinen Fall machen sollte, wie wir gelernt haben«, entgegnete ich.

»Genau.«

»Pistole und Magazin sind getrennt in der Schublade des Nachttischchens aufzubewahren.«

»Okay.«

»Ashlyn ... ich bin stolz auf dich.«

Meine Tochter starrte unverwandt auf den getrockneten Kotzfleck. »Ich habe mit Chris Lopez geschlafen. Er mag dich, hat dich schon immer gemocht. Und weil er dich nicht haben kann, hat er mich genommen. Ich wusste, dass das falsch ist, aber mir war's egal. Du und Dad ... Ihr wart so weit weg, und ich brauchte jemanden, der mir das Gefühl gibt, was Besonderes zu sein.«

Ich öffnete den Mund. Machte ihn wieder zu. »Oh, mein Liebling.«

»Ich will nichts mehr davon wissen. Behalte es bitte für dich. Es soll … einfach verschwinden.«

»Hast du's der Polizei gesagt?«

»Natürlich nicht. Ich möchte nicht mehr daran denken. Bitte, es soll verschwinden. Aber ich sehe es immer vor mir, Dads Gesicht, das Messer, das Blut! Er hat sich für uns geopfert. Für mich!«

Ashlyn ließ sich auf die untere Stufe der Treppe fallen und schlug die Hände vors Gesicht, als versuchte sie, die schrecklichen Erinnerungen auszublenden. Ich konnte ihr nachempfinden, denn auch mir setzten diese Bilder zu. Und all die ungewollten Offenbarungen. Chris Lopez, Justins rechte Hand, hatte mit unserer minderjährigen Tochter geschlafen. Hatte mich Tessa Leoni deswegen zu ihm befragt? Ahnte sie, dass er womöglich hinter unserer Entführung steckte? Immerhin hatte er sich in meine Ehe eingemischt und dann auch noch meine fünfzehnjährige Tochter verführt.

Herrje, wenn Justin noch lebte …

Und plötzlich fiel es mir wie Schuppen von den Augen. Mir wurde klar, warum Justin, mein moderner Höhlenmann, hatte sterben müssen.

Ich ging zu meiner Tochter. »Es ist okay, Ashlyn. Wir haben es bis hierher geschafft und werden auch alles Weitere durchstehen«, wiederholte ich unwillkürlich, was ich schon im Büro des Sheriffs gesagt hatte. Ich drückte sie an mich, ging dann zum Telefon und wählte Tessa Leonis Nummer.

Kapitel 41

Chris Lopez wurde geweckt vom Lauf einer Pistole, deren Mündung auf seine rechte Schläfe drückte.

»An Ihrer Stelle würde ich mich jetzt nicht bewegen«, sagte Tessa. Sie saß auf der Bettkante. Mit einem Stemmeisen hatte sie eines der Fenster zum Hinterhof aufgebrochen und war im Schein ihrer Taschenlampe durch das Treppenhaus nach oben geschlichen. Zeus, der ältliche Labrador, hatte schlafend im Flur gelegen, nur einmal kurz den Kopf gehoben und sich dann wieder seufzend ausgestreckt.

Im großen Ganzen fühlte sich Tessa nicht unwohl, was ihr nächtliches Abenteuer anging, und das war gut so, denn sie stand mächtig unter Dampf.

Im Plauderton fragte sie jetzt: »Wann hat Ashlyn Ihnen gesagt, dass sie schwanger ist?«

»Was?«

Lopez versuchte, sich aufzurichten, worauf sie ihn mit einer harten Linken auf den Solarplexus wieder langlegte.

Er rang nach Luft.

»Ein fünfzehnjähriges Mädchen? Die Tochter Ihres Bosses? Ein Mädchen, für das sie angeblich selbst väterliche Gefühle hegen? Wie pervers ist das bitte?«

Lopez stöhnte. »Ich weiß, ich weiß. Ich bin ein mieses Schwein. Drücken Sie doch ab. Ich habe es nicht anders verdient.«

Keine Spur von Zynismus. Das war reinstes Selbstmitleid, und das machte Tessa noch wütender. Sie schlug ein zweites Mal zu. Er zuckte zusammen.

»Ich weiß ... Ich hätte nie ... Ich *bin* pervers. Was habe ich mir nur dabei gedacht?« Er schien zu heulen. Gütiger Himmel. Tessa schaltete die Nachttischlampe ein.

Tatsächlich, Lopez flennte.

»Und jetzt mal von Anfang an«, sagte sie streng. »Ich will alles wissen. Kann sein, dass ich am Ende nicht abdrücke.«

»Es gibt keinen Anfang. Ich meine, es ist nicht so, dass ich irgendetwas geplant hätte.« Lopez schien sich wieder im Griff zu haben. Diesmal hinderte sie ihn nicht daran, sich aufzurichten. Er trug ein verschlissenes weißes T-Shirt und graue Boxershorts.

Zeus war wach geworden und kam ins Zimmer getappt. Er setzte sich neben Tessa und winselte leise. Sie tätschelte seinen Kopf, worauf er sich zufrieden vor ihre Füße legte.

»Ashlyn ist dahintergekommen, dass ihr Vater eine Affäre hat. Ich bin mir nicht sicher, wie. Vielleicht hat sie ihre Eltern belauscht, weiß der Henker. Jedenfalls fand sie heraus, dass es sich bei der anderen Frau um meine Nichte Kate handelt. Mir kam zu Ohren, dass Ashlyn versucht hat, sie in der Lobby zur Rede zu stellen, und von ihr vor die Tür gesetzt wurde. Meine Nichte hat mich noch am selben Abend angerufen und gesagt, das verrückte Mädchen sei wieder da, es stehe vor ihrer Tür und lasse sich nicht abwimmeln. Was hätte ich tun sollen? Ich bin hin, um zu vermitteln.«

»Vermitteln?«, fragte Tessa mit spöttischem Unterton.

Lopez wurde rot. »Ich bin mit ihr in ein Café an der Ecke gegangen und habe versucht, sie zur Vernunft zu bringen, sagte ihr, dass Justin längst Schluss gemacht habe und dass sich ihre Eltern wieder zusammenraufen würden. Sie solle ihnen ein bisschen Zeit und Raum dafür geben. Ashlyn hatte sich dann irgendwann beruhigt. Ich habe sie nach Hause gefahren und geglaubt, das Problem wäre gelöst.«

»Aber?«

Er zuckte mit den Achseln und machte wieder einen befangenen Eindruck. »Sie rief mich an, sagte, sie brauche jemanden zum Reden. Mit ihren Eltern könne sie nicht sprechen, und ihren Freundinnen wollte sie sich nicht anvertrauen. Ich aber wüsste ja ohnehin Bescheid. Also schüttete sie mir ihr Herz aus. Sie hat ihre Eltern regelrecht vergöttert und konnte es nicht ertragen, dass sie eben auch fehlbar sind. Das hat sie umgehauen.«

Tessa sagte nichts und starrte ihn nur an.

Er errötete wieder. »Na ja, eines Tages kam sie zu mir, nach der Schule. Sie hatte sich mit ihrer besten Freundin gestritten und weinte sich bei mir aus. Um sie zu trösten, habe ich ihr einen Arm um die Schulter gelegt, und plötzlich, mir nichts, dir nichts, küsste sie mich. Ich …«

Er unterbrach sich und schlug die Augen nieder. »Ich habe sie nicht verführt, wenn es das ist, was Sie denken. Es war vielmehr umgekehrt; sie hat mich benutzt. Um sich an ihrem Vater zu rächen, der mit einer viel jüngeren Frau rummachte. Um ihm eins auszuwischen, hat sie es drauf angelegt, mit einem viel älteren Mann ins Bett zu gehen.«

»Das haben Sie sich schön zurechtgelegt«, meinte Tessa trocken. »Können Sie mit der Ausrede wenigstens wieder gut schlafen?«

Lopez' Kopf fuhr hoch. »Was glauben Sie, weshalb ich nachts mein Badezimmer renoviere? Wer behauptet, dass ich schlafen kann?«

»Also, wie haben Sie erfahren, dass sie schwanger war?«

»Wovon reden Sie? Ich habe keine Ahnung, ehrlich.«

»Sie hatte eine Fehlgeburt. Während sie von Ihrem Schlägertrupp im Gefängnis festgehalten wurde. Interessant, nicht wahr? Man sollte doch meinen, ein *Gentleman* wie Sie hätte darauf bestanden, dass die Ladys verschont würden. Justin hingegen ...«

»Ich habe keinen Schlägertrupp. Und was soll das heißen, sie hatte eine Fehlgeburt? Was zum Teufel soll das alles?«

Tessa ließ sich mit der Antwort Zeit und betrachtete ihn nachdenklich. Wyatt hatte recht behalten. Das Management von Denbe Construction bestand aus lauter Lügnern. Anita Bennett. Chris Lopez. Und beide waren erstaunlich gute Schauspieler, es sei denn, sie wussten wirklich nicht alles.

»Lösegelderpressung«, warf sie in den Raum.

»Ich habe bloß gehört, dass es zu einer telefonischen Kontaktaufnahme gekommen ist. Mehr haben wir nicht erfahren.«

»Die Versicherung hat gezahlt«, fuhr sie fort, ohne ihn aus den Augen zu lassen.

Er setzte sich gerade hin. »Sie sind also freigelassen worden? Wieder zu Hause? Himmel.« Er fuhr sich mit der Hand durchs Haar und wirkte aufgeregt und erleichtert zugleich. »Wie geht es Libby?«

»Ernsthaft? Sie schlafen mit der Tochter, sind aber in Wirklichkeit in die Mutter verliebt?«

»Wie gesagt, ich bin ein mieses Schwein.«

Tessa deckte ihre letzte Karte auf. »Hoffentlich ein mieses Schwein mit gültigem Reisepass, denn Justin weiß, dass Sie seine Tochter geschwängert haben. Sie hatte zwar eine Fehlgeburt, was aber nichts daran ändert, dass er Sie fertigmachen wird.«

Lopez wurde bleich. Er ließ die Schultern hängen und hob das Kinn.

»Ich werde mit ihm reden, gleich morgen früh. Ohne Umschweife. Ich bekenne mich schuldig und nehme meine Strafe entgegen.«

»Mist, verdammter!«

Tessa stand auf und wirbelte herum. Der Hund schreckte aus dem Schlaf. Sie stopfte die Pistole zurück in ihr Schulterholster. Lopez starrte sie verwirrt an.

»Justin Denbe ist tot«, sagte sie wütend.

»Was?«

»Die Kidnapper wollten ihre Geiseln trotz Lösegeldzahlung verschwinden lassen. Er starb, um Libby und Ashlyn zu retten.«

Ihm fiel die Kinnlade herunter. »Aber Sie sagten doch ...«

»Das war gelogen. Ich wollte Ihnen auf den Zahn fühlen. Sie wissen wirklich nicht, was gestern kurz nach 15:00 Uhr passiert ist?«

»Im Augenblick schwirrt mir einfach nur der Kopf. Bitte: Geht es Libby und Ashlyn gut?«

»Den Umständen entsprechend. Ashlyn hatte eine Fehlgeburt, und Libby weiß, dass Sie der Vater sind.«

Wenn ihm Justins Wut Angst gemacht hatte, ließ Lopez nun erkennen, dass er sich schämte, Libby verletzt zu haben.

»Oh«, sagte er, um Worte verlegen.

Tessa setzte sich auf einen Stuhl. Der alte Labrador winselte nervös. Sie kraulte ihm die Ohren, war aber in Gedanken woanders.

»Ich verstehe das nicht«, bekannte sie schließlich.
Lopez schwieg.

»Wer hinter dem Überfall auf die Denbes steckt, verfügt über Kontakte, die nötig sind, um drei professionelle Söldner anzuheuern. Aller Wahrscheinlichkeit nach hat dieselbe Person Firmengelder veruntreut, und das über einen Zeitraum von fünfzehn bis zwanzig Jahren –«

»So lange bin ich noch nicht dabei«, unterbrach Lopez stirnrunzelnd.

»Deshalb hatten wir zunächst Anita Bennett in Verdacht.«

»Ausgeschlossen, sie würde die Firma nie bestehlen. Sie hängt an ihr. Und sie würde auch Justin nicht hintergehen. Er ist ein vierter Sohn für sie. Wenn ihr Jüngster vielleicht tatsächlich sein Halbbruder ist, wäre das ein Grund mehr für sie, sich der Familie zugehörig zu fühlen. Ich behaupte nicht, alles zu durchschauen, aber so stehen die Dinge nun einmal.«

»Wer dann? Es muss ein Mitarbeiter sein, der seit fast zwei Jahrzehnten in der Firma ist, sich bestens auskennt im Haus der Denbes, über die Finanzen der Firma Bescheid weiß und am Bau des Gefängnisses in New Hampshire beteiligt war. Wer könnte Zugang …«

Tessa stockte. Ihr ging ein Licht auf. Die Antwort auf die Frage nach dem Täter war so naheliegend, dass keiner sie in Erwägung gezogen hatte. Und dennoch …

Lopez musterte sie mit leerem Blick.

Sie stand auf und hielt kurz inne, um Zeus einen Kuss auf den Kopf zu drücken. Sie sollte sich selbst einen Hund anschaffen, wegen Sophie. Aber etwas anderes war jetzt wichtiger:

»Ich brauche den Zugangscode für die Büroräume von Denbe Construction. *Sofort.*«

Wyatt hatte Verständnis für Libby Denbe, denn auch er wollte endlich nach Hause. Dabei war er bloß seit achtundvierzig Stunden auf den Beinen, und das nicht etwa in Geiselhaft. Trotzdem sehnte er sich zurück in seine vier Wände, nach einer heißen Dusche, einem selbst zubereiteten Essen (okay, selbst zubereitet in der Mikrowelle) und einer guten Mütze Schlaf.

Aber es gab im Leben eines Polizisten Dinge, von denen man erst etwas erfuhr, wenn man den Beruf längst gewählt hatte: jede Menge Kleinarbeit, zum Beispiel Berichte schreiben und Rechenschaft darüber ablegen, was man so alles getan hatte.

Er hatte also Papierkram zu erledigen. Wie Kevin auch, aber Kevin tat das gern. Was Wyatt störend an ihm fand.

Gegen zwei klingelte sein Handy. Nicole Adams. Sie war nicht nur scharf auf die nächste Beförderung, sondern eine Agentin, die sich tatsächlich in ihrem Job engagierte. So lange ein Fall ungelöst war und Fragen aufwarf – und dieser Fall warf etliche Fragen auf –, ließ sie nicht locker.

Aus Respekt vor ihrem professionellen Eifer und ein bisschen auch der guten alten Zeiten wegen nahm er den Anruf entgegen.

»Habt ihr den Lieferwagen gefunden?«, fragte sie sofort. Die Fahndung ging über sein Büro.

»Nein. Weder den Wagen noch die Schurken oder eine Leiche.«

»Ernsthaft jetzt. Ihr bewacht doch sämtliche Straßen.«

»Ich fürchte, die Truppe hat nicht nur Muskeln, sondern auch Grips.«

Nicole seufzte tief. »Ich mache mir wegen der Leiche Gedanken«, sagte sie. »Die werden den Toten doch nicht mit sich herumkutschieren. Damit würden sie schließlich sofort auffliegen, ganz abgesehen davon, dass er zu stinken anfängt.«

»Ich glaube nicht, dass sie immer noch mit dem Lieferwagen unterwegs sind. Da sie vom Radar verschwunden sind, nehme ich an, dass ein anderes Fahrzeug auf sie gewartet hat. Wir werden morgen Taucher losschicken, die die Seen und Teiche in der näheren Umgebung absuchen sollen. Wahrscheinlich werden wir den Lieferwagen unter Wasser finden, mit Denbes Leiche im Heck. Würde zu den Typen passen.« Wyatt erlaubte sich nun selbst, eine Frage zu stellen. »Irgendeine Spur von den veruntreuten Geldern?«

»Nein. Unsere Spezialisten haben Anita Bennetts Finanzen von innen nach außen gekehrt. Fehlanzeige. Es ist natürlich möglich, dass sie ihre Beute unter falschem Namen auf einem anderen Offshore-Konto versteckt hält. Aber im Augenblick hecheln wir unserem eigenen Schwanz hinterher.«

»Libby und Ashlyn?«, fragte er.

»Sind wieder zu Hause.« Wo ihnen zu wünschen war, dass ein Wunder geschähe und sie ihren Alltag wieder aufnehmen mochten. Aber das ließ Nicole unausgesprochen.

»Wirst du sie wiedersehen?«, fragte sie plötzlich.

»Wen?«

»Tessa Leoni. Die Frau, die zu allen Abstand hält außer zu dir. Ist mir aufgefallen.«

Wyatt glaubte zu erröten. Er hob unwillkürlich die Hand vors Gesicht. »Warum fragst du?«

»Es ist spät. Ich bin müde. Und neugierig.«

»Tessa ist eine interessante Person.«

»Du wirst dich mit ihr verabreden.« Nicole fragte nicht, sie stellte fest, ohne dabei eingeschnappt zu klingen. Im Gegenteil.

»Wie heißt er?«, fragte Wyatt.

Jetzt errötete Nicole. Zumindest redete er sich das ein.

»Ach, wo du gerade davon sprichst …«

Sie gestand, vor sechs Monaten einen Finanzplaner kennengelernt zu haben. Sie waren glücklich miteinander. Das zu hören erleichterte Wyatt zu seiner eigenen Überraschung. Nicht, dass sie einander etwas schuldig geblieben waren, doch … Es war schließlich immer beruhigend, den anderen wohlauf zu wissen. Ende gut, alles gut.

»Du rufst an, wenn ihr den Lieferwagen gefunden habt, ja?«, bat Nicole. »Oder besser noch, wenn ihr wisst, wo sich die Dreierbande aufhält.«

»Klar. Und umgekehrt?«

»Selbstverständlich.«

»Dann schlaf jetzt mal schön. Wenigstens einer von uns beiden sollte das hinbekommen.«

Wyatt steckte das Handy weg. Er faltete die Hände hinter dem Kopf, lehnte sich zurück und runzelte die Stirn. Dass jeder Hinweis auf die verschwundenen Gelder fehlte, störte ihn. Ein Lieferwagen, der sich mit drei Männern und einer Leiche in Luft auflöste, ergab noch irgendwie Sinn. Ein Tümpel, eine Schlucht im Wald, dichtes Brombeergestrüpp. In der Wildnis New Hampshires gab es unzählige Möglichkeiten, ein Fahrzeug verschwinden zu lassen. Aber veruntreute Gelder? Elf Millionen Dollar, seit über fünfzehn Jahren auf diverse Bankdepots verteilt, plötzlich ohne jede Spur?

»Kevin«, rief er. Auf der anderen Seite der Wachstube blickte der Kollege von seiner Schreibarbeit auf.

»Was ist?«

»Du bist doch ein cleveres Kerlchen. Wo würdest du elf Millionen verstecken?«

»In meiner Matratze«, antwortete prompt der Vordenker vom Dienst. »Dazu brauche ich keine Unterschrift zu leisten, mit der ich mich belasten könnte.«

»Aber die Gelder waren noch vor einer Woche auf den Bahamas«, entgegnete Wyatt. »Auf echten Bankkonten. Zumindest hat das Ruth Chan so angegeben. Sie war dort, um das Geld zurückzuklauen, und musste feststellen, dass es sogar noch mehr solcher Konten gab als angenommen.« Wyatt hatte sich mit diesen Worten auf einen anderen Gedanken gebracht. »Was ist schwerer zu glauben, Kevin? Dass es gelingt, über sechzehn Jahre unbemerkt ein größeres Unternehmen zu bescheißen? Oder dass man in der ganzen Zeit keinen Cent davon anrührt?«

Kevin zeigte sich interessiert. Er stand vom Schreibtisch auf und ging auf Wyatt zu. »Letzteres würde bedeuten, dass das Geld nicht gebraucht wurde. Der Betrüger wäre demnach kein Drogenabhängiger oder Spieler, der eine Sucht zu finanzieren hat, sondern wohl eher ein unzufriedener Mitarbeiter, der auf schlechtere Zeiten spart.«

Kevin rührte an einen wichtigen Punkt. Die meisten Betrugsfälle ließen sich auf eine akute Notlage zurückführen, auf Suchtprobleme, fällige Krankenhausrechnungen oder Unterhaltszahlungen, die aus eigenen Mitteln nicht mehr zu begleichen waren. Wer aber so große Summen veruntreute, musste ein leitender Angestellter mit Vollmachten sein, also eine intelligente, respektierte und vertrauenswürdige Person. Und ohne zwingendes Motiv oder eine überzeugende Selbstrechtfertigung ließe sich kaum jemand dazu hinreißen, sich auf die schiefe Bahn zu begeben.

»Wir sprechen also von einer Person, die sich Geduld leisten kann, weil sie finanziell gut aufgestellt ist. Vor ungefähr sechzehn Jahren hat sie ihre erste Scheinfirma gegründet«, rekapitulierte Wyatt. »Als sie damit nicht aufgeflogen ist, hat sie weitergemacht, Jahr für Jahr Gelder abgezweigt, immer relativ kleine Beträge, die nicht weiter auffallen. Sehr diszipliniert. Sehr gerissen.«

Wyatt ließ sich seine Wortwahl noch einmal durch den Kopf gehen und war zufrieden damit. »Wir sprechen von einer Person, die zu einem bestimmten Zeitpunkt wahrscheinlich nur der Veruntreuung wegen veruntreut hat. Nur um sich zu beweisen, dass sie dazu in der Lage ist. Sie hütet wie Rumpelstilzchen ihr kleines persönliches Geheimnis. Ach, wie gut, dass niemand weiß …

Aber irgendwann fliegt alles auf. In unserem Fall kam es dazu im August, als Ruth Chan rein zufällig auf die erste Scheinfirma stieß. Sie geht der Sache nach, zählt eins und eins zusammen und erstattet Justin Bericht. Das war vor vier Wochen.«

Kevin krauste die Stirn. »Seit vier Wochen wusste er davon?«

»Ja und nein«, musste sich Wyatt korrigieren. »Zu diesem Zeitpunkt hatte Ruth Chan nur eine fehlende Summe von vierhunderttausend ausgerechnet, die für ein so großes Unternehmen zwar ärgerlich, aber nicht bedrohlich ist. Justin befand den Betrag offenbar für so gering, dass er darauf verzichtet hat, die Polizei einzuschalten. Stattdessen wollte er sich das Geld selbst zurückholen und schickte Ruth Chan zu diesem Zweck auf die Bahamas. Dummerweise war am Tag zuvor das Konto geräumt worden.«

»Und seit wann kannte Justin das volle Ausmaß der Veruntreuung?«, fragte Kevin.

»Er ... hat es gar nicht erfahren«, murmelte Wyatt, dem plötzlich der Kopf schwirrte.

»Hä?«

»Du hast richtig verstanden. Ruth Chan rief ihn Freitagnachmittag an. Sagte, dass das Konto aufgelöst sei, erwähnte aber sonst nichts. Sie bat ihn nur um etwas mehr Zeit, um eigene Nachforschungen anstellen zu können. Dann ... Wenige Stunden später wird Familie Denbe aus ihrem Stadthaus entführt.«

Kevin starrte den Kollegen an. »Um die Veruntreuung zu vertuschen«, erklärte der Vordenker, was eigentlich auf der Hand lag. »Damit Justin nicht mehr dahinterkommen kann, dass von seiner Firma satte elf Millionen abgezweigt worden sind.«

»Vielleicht.« Der Zeitablauf gab Kevin recht. Ruth Chan fand heraus, dass der Schaden für die Firma tatsächlich zwanzigmal höher war als angenommen, und kurz darauf wurde Justin gekidnappt. An einen Zufall zu glauben verbot sich. Beides hatte miteinander zu tun. Und doch ...

»Ruth Chan!«, platzte es aus Kevin heraus. »Sie hat sich an dem Geld bereichert und, um die Spuren zu verwischen, den Auftrag erteilt, Justin zu entführen. Und dass sie außer Landes war, hat ihr auch noch ein schönes Alibi verschafft.«

Wyatt runzelte die Stirn. »Ohne sie wüsste niemand etwas

von sechzehn Jahren falscher Buchungen. Seit wann zeigt ein Betrüger seine eigenen Betrügereien an?«

»Vielleicht wollte sie der Gefahr ausweichen, selbst in Verdacht zu geraten«, meinte Kevin.

Wyatt verdrehte die Augen und schüttelte den Kopf. »Wer wusste davon? Auf diese Frage brauchen wir eine Antwort. Wer wusste, dass Ruth Chan diese Scheinfirmen aufgedeckt hat? Wer wusste, dass sie am Freitagmorgen auf den Bahamas das erste Konto plündern wollte? Wer hatte die Möglichkeit, ihr um einen Tag zuvorzukommen und das Geld in Sicherheit zu bringen?«

»Ruth Chan hat es jemandem gesagt«, erwiderte Kevin. »Jemandem, dem sie fälschlicherweise vertraute.«

»Und wenn Chan den Mund gehalten hat? Sie wollte ja nicht einmal mehr mit Justin darüber reden. Nicht bevor sie sich selbst schlaugemacht hatte. So ist sie, die gute Ruth Chan, gewissenhaft und diskret. Dem haben wir zu wenig Beachtung geschenkt. Und da bleibt nur einer, der Bescheid wissen konnte. Was eigentlich lief – und wie weit die Sache aufgeflogen war. Und das ist Justin selbst. Verdammt, ich muss unbedingt telefonieren.«

Kapitel 42

Ashlyn schaffte es nicht bis ins Schlafzimmer. Sosehr sie sich auch danach gesehnt hatte, wieder im eigenen Bett zu schlafen, war sie, nachdem sie geduscht hatte, noch mit nassem Haar und nur mit einem T-Shirt bekleidet, auf der Couch im Wohnzimmer buchstäblich zusammengebrochen.

Ich hatte, während sie duschte, telefoniert und mit Tessa Leoni gesprochen. Sie war freundlicher und sanfter gewesen als erwartet und hatte mir versichert, die Sache mit Chris persönlich zu klären. Diskret natürlich. Aber auch mit dem nötigen Nachdruck. Sie hatte glaubwürdig geklungen, was sie mir noch sympathischer machte.

Ich wollte Genugtuung, mich als erschütterte Mutter und enttäuschte Freundin entschädigt wissen. Wie oft hatte ich ihn zum Essen eingeladen! Ja, natürlich, irgendwann war mir aufgefallen, dass er wie ein Schuljunge für mich schwärmte. Noch deutlicher wurde es, nachdem ich von Justins Affäre erfahren hatte. Chris ließ sich immer häufiger blicken und bot mir seine Schulter, damit ich mich daran ausweinte.

Aber ich nahm dieses Angebot nicht an und tröstete mich stattdessen mit meinen Mittelchen.

Auch ich ging unter die Dusche, wusch mir die Haare immer und immer wieder, seifte mich ein, spülte mich ab und wiederholte das Ganze mehrmals. Es war schon nach zwei, aber statt endlich ins Bett zu gehen, gönnte ich mir noch eine Haarkur und cremte mich von oben bis unten ein.

Ich wollte glauben, dass das Schlimmste hinter uns lag, doch nach den Strapazen am Abend war mir klar, dass sich die Polizeivernehmungen fortsetzen würden. Schon morgen Vormittag. Weitere Fragen. Womöglich verlangten sie von Ashlyn sogar, schriftlich zu erklären, dass sie ein Verhältnis mit Chris hatte, dass sie sich ärztlich untersuchen ließ. Vielleicht sollte ich darüber nachdenken, einen Anwalt hinzuzuziehen.

Welche Rechte hatte man eigentlich als Opfer einer Entführung und anderer Verbrechen? Würde man mir raten, Chris anzuzeigen, weil er eine Minderjährige verführt hatte? Was, wenn Ashlyn dagegen war und ihre Aussage verweigerte? Würde sie nicht womöglich, wenn man sie dazu zwänge, noch zusätzlich traumatisiert werden?

Ich spülte mir gerade die Haarkur aus, als es mich wie ein Keulenschlag traf.

Mein Mann war tot. Ich war allein. Jetzt und für immer, ohne Partner an meiner Seite, dem ich solche Fragen stellen könnte. Ich musste mich ohne seine Unterstützung um unsere Tochter kümmern.

Mein Mann war tot.

Ich war alleinerziehende Mutter.

Justin ... mit einem Messer in der Brust.

Ich sank auf die Knie und rang nach Luft, während das Wasser auf meinen Rücken prasselte.

Momente einer Ehe. All die Momente, in denen ich ihn ansah und mir wünschte, von ihm gesehen zu werden. Als wir das erste Mal miteinander schliefen. Der Priester, der uns zu Mann und Frau erklärte. Er, Justin, wie er ein schreiendes Neugeborenes in den Armen hielt. Wie er vor meinen

Augen starb. Und ich hatte weder Angst noch Schrecken in seinem Gesicht gesehen, nur Reue.

Ich würde euch vermissen, hatte er gesagt. Er würde, wenn ich es wollte, in eine Scheidung einwilligen, aber die Familie würde ihm fehlen.

Weinte ich? Schwer zu sagen bei dem vielen Wasser, das mir über den Kopf und ins Gesicht lief.

Ich musste mir Gedanken um die Beerdigung machen. Aber wie plante man so etwas, wenn es keine Leiche gab? Wahrscheinlich würde ich darauf warten müssen, dass die Polizei ihn fand. Dass der Sheriff und seine Deputys mir meinen Mann zurückgaben. Und ich musste an Ashlyn denken. Sie würde sich von ihrem Vater verabschieden und einen Schlussstrich ziehen wollen wie ich vor dreißig Jahren.

Der Gedanke versetzte mir wieder einen Stich. Sosehr mir auch immer daran gelegen gewesen war, hatte ich meinem Kind am Ende meinen eigenen tiefsten Schmerz nicht ersparen können. Wie ich hatte sie ihren Vater verloren. Jetzt musste ich als Mutter allein für uns geradestehen, was unter anderem bedeutete, die Geschäfte zu ordnen, mit denen es nicht zum Besten bestellt zu sein schien.

Was, wenn wir unser Haus aufgeben und in eine Mietwohnung umziehen müssten? Würde Ashlyn womöglich nicht studieren können und dafür büßen müssen, dass ihr Vater keine Vorsorge getroffen hatte?

Mir schnürte sich der Hals so zu, dass ich kaum Luft bekam. Hatte ich drei Tage in einem entlegenen Gefängnis um mein Leben fürchten müssen, nur um jetzt im eigenen Badezimmer den Geist aufzugeben?

Und plötzlich war da wieder die Versuchung. Hydrocodon.

Mein orangefarbenes Pillenfläschchen. Vielleicht befand sich noch eins in meiner Handtasche unten auf der Kücheninsel. Wenn nicht, hatte ich auch noch andere Depots. Eine Frau wie ich sorgte vor. Ein halbes Dutzend Pillen lag ganz hinten im Besteckkasten, zehn weitere waren im Schmuckköfferchen für die Reise, vier oder fünf in der Kristallvase im Geschirrschrank. Insgesamt an die zwei Dutzend Notpillen.

Ich stand auf, schmeckte Orangen und kümmerte mich nicht weiter darum. Ich musste raus aus diesem Badezimmer, nach unten und das erste Depot räumen. Natürlich nur dieses eine Mal. Nach den letzten Tagen hatte ich mir diesen Trost verdient.

Ich spülte mir noch einmal die Haare aus.

Tu's nicht, dachte ich. Ich hatte Justin versprochen, unserer Tochter zuliebe stark zu bleiben. Er hatte mich in der Zelle beschworen, wahrscheinlich schon geahnt, dass mit dem Austausch etwas schiefgehen würde, und mir deshalb dieses Versprechen abgenommen.

Nur zwei Pillen, dachte ich, gerade mal genug, um dem Schmerz die Schärfe zu nehmen. Mir taten sämtliche Glieder weh, und ich brauchte Ruhe. Um eine gute Mutter sein zu können, musste ich ausgeruht sein.

Ich erinnerte mich an den Ausdruck im Gesicht meiner Mutter und fragte mich, ob sie ähnlich empfunden hatte, wenn sie ihren Blick auf eine Zigarettenpackung richtete. Wohl wissend, dass sie sie nicht anrühren sollte, auch wenn sie noch so sehr als alleinstehendes Elternteil belastet war. Auch sie hatte ein wenig Trost verdient.

Justin hatte sich für uns geopfert.

Sollte ich nicht ihm zuliebe auf Vicodin verzichten?

Ich drehte das Wasser ab.

Eine Pille. Nur … eine. Als Hilfe beim Entzug. War doch nur vernünftig.

Ja.

Nein.

Ich öffnete die Tür der Duschkabine, um nach einem Handtuch zu langen.

Und sah einen Mann im Badezimmer stehen.

Es dauerte einen Moment, vielleicht eine ganze Minute, während der ich tropfnass und stocksteif in der Kabine stand. Er grinste anzüglich, und das verriet ihn, obwohl seine Augen die falsche Farbe hatten – dunkelbraun statt wahnsinnig blau. Und der Schädel war glatt rasiert. Schließlich seine Kleider. Statt der schwarzen Kampfmontur trug er teure Klamotten.

Aber sein Gesicht, dieses gemeine, erbarmungslose Gesicht, hatte sich kein bisschen verändert, und über dem linken Auge blühte der Bluterguss vom Aufprall des Funkgeräts, mit dem ihn meine Tochter beworfen hatte.

Ich schnappte mir ein Handtuch und hielt es schützend vor mich. Deckung bot es mir nicht. Ich war in meinem eigenen Badezimmer dem Mann ausgeliefert, der meinen Mann getötet hatte.

»Du hast mich vermisst, stimmt's?«, feixte Mick. Er lehnte am Türrahmen und versperrte mit seinen massigen Schultern den Ausgang. Ihm war wohl klar, dass ich nirgendwohin ausweichen konnte. Und er schien das zu genießen.

»Wie …?« Ich musste mir die Lippen lecken, um sprechen zu können. Meine Kehle war wie ausgetrocknet, meine

Gedanken rasten. Ashlyn schlief unten auf dem Sofa. Ich betete, dass sie weiterschlafen würde.

Sie hatte nach einer Waffe verlangt. Warum war ich nicht sofort zum Waffenschrank im Keller gegangen? Warum hatte ich nicht Pistolen für uns geholt, bevor ich unter die Dusche gegangen war?

»Ich habe den Sicherheitscode geändert …«

»Wir haben unseren eigenen, der euren unwirksam macht. Du hättest die ganze Anlage neu programmieren müssen, aber das wusstest du natürlich nicht. Mein Nachrichtendienst ist besser als deiner.« Er grinste über einen Witz, den nur er verstand. »Das nennt man wohl Ironie, Schätzchen, oder?«

»Die Polizei bewacht unser Haus«, stammelte ich.

»Ja. Zwei Zivilstreifen, in unterschiedlichen Abständen auf Patrouille, mal vor, mal hinterm Haus. Kein Problem, weil ich nur sechzig Sekunden brauche, um meinen Code einzugeben, die Garagentür zu öffnen und wieder zuzuziehen. Keiner merkt was, und alle sind glücklich.«

»Wenn Sie sich da mal nicht täuschen. Es kommen gleich zwei Detectives, die noch ein paar Fragen haben. Deshalb habe ich schnell geduscht, was bitter nötig war.«

Er schien kurz irritiert, beäugte mich mit kritischem Blick und neigte den Kopf zur Seite.

»Du bluffst«, erklärte er. »Netter Versuch. Vielleicht sollte ich mir was darauf einbilden, dass ich die Mühe wert bin.«

Urplötzlich sprang er auf mich zu, so schnell, dass ich nicht einmal mehr nach Luft schnappen konnte. Und es gab für mich kein Ausweichen, es sei denn zurück in die enge Duschkabine, wo ich auch nicht sicher vor ihm sein würde.

Ich ließ mein Handtuch schnalzen und wurde belohnt mit einem spitzen Aufschrei, den er ausstieß, getroffen im Gesicht, hoffentlich auf dem Bluterguss. Ich schlug noch einmal zu wie mit einer Peitsche, doch er bekam nun einen Zipfel zu fassen und zerrte daran.

Ich ließ los, für ihn offenbar unerwartet, denn er verlor das Gleichgewicht und taumelte rückwärts. Ich rannte los, auf die Tür zu, und versuchte, ihm einen Ellbogen gegen die Schläfe zu rammen.

Er erwischte mich am Handgelenk, das aber noch so nass war, dass es ihm entglitt. Ich war frei, flog durchs Schlafzimmer und warf alles hinter mich, was ich zu packen bekam.

Ich wusste nicht, wohin und was tun, rannte planlos nach unten zum Foyer. Die Polizei war draußen. Dass ich nichts anhatte, kümmerte mich nicht. Wenn ich nur zur Haustür käme und auf die Straße hinauslaufen könnte …

Ashlyn, sie schlief im Wohnzimmer. Ich durfte sie nicht alleinlassen.

Ich hörte polternde Schritte hinter mir auf der Treppe, mein eigenes unterdrücktes Schluchzen, während ich noch schneller zu rennen versuchte, schneller, schneller. Hatte es heute nicht schon einmal diesen Wettlauf gegeben? Und hatte ich ihn nicht verloren?

Unten angekommen, wirbelte ich um den Treppenpfosten herum und blickte auf. Für einen kurzen Moment sah ich Justin. Wild entschlossen, die Zähne aufeinandergepresst. Warte, nein, nicht Justin, sondern Ashlyn, meine Tochter.

»Duck dich«, zischte sie.

Das tat ich, als sie mit einem der Golfschläger ihres Vaters auf Mick eindrosch, der die Treppe heruntergestürmt kam.

Er versuchte auszuweichen, wurde aber an der Schulter getroffen. Vor Wut und Schmerzen brüllend, riss er meiner Tochter den Schläger aus der Hand und holte selbst damit aus, beidhändig und die Arme hoch über den Kopf gereckt.

Ich warf mich ihnen entgegen und schlang ihm, als er die vorletzte Stufe erreichte, meine Arme um die Knie.

Er stolperte und ließ den Golfschläger fallen, um sich am Geländer festhalten zu können.

Ashlyn und ich waren wieder in Bewegung. Nicht in Richtung Haustür, denn die hatte zu viele Schlösser. Sie alle zu öffnen würde viel zu lange dauern. Von irgendwelchen primitiven Instinkten gesteuert, rannten wir in die Küche, den Raum, der am meisten hergab an Gegenständen, die sich als Waffe nutzen ließen.

Ich hatte einmal gelesen, dass Frauen nie zum Messer greifen sollten, weil man uns mit leichter Hand überwältigen und das Messer gegen uns richten könne. Vielleicht empfahl sich darum die Bratpfanne. Sie dem Gegner über den Schädel zu ziehen sollte wohl auch mir gelingen.

Ich hatte noch von meiner Mutter eine gusseiserne Pfanne und wollte sie gerade aus dem unteren Fach des Küchenschranks ziehen, als ich Ashlyn schreien hörte.

Sie stand vor der Kücheninsel und schleuderte Mick meine Handtasche entgegen. Doch der duckte sich und bekam den Saum ihres viel zu großen T-Shirts zu fassen. Meine Tochter wehrte sich. Sie schlug auf ihn ein, trat mit den nackten Beinen aus und schrie wie am Spieß.

Ich stand drei Schritte entfernt und sah, dass Mick an dieser Szene seinen Spaß hatte.

Meine tastende Hand fand im Schrank den Pfannenstiel. Ich zog das schwere Teil hervor, richtete mich auf und stellte mich dem Mann, den ich verachtete.

Er musterte meinen nackten Körper vom Scheitel bis zur Sohle.

Dann, wie jemand, der Müll wegwirft, stieß er meine Tochter vor die Kücheninsel und kam auf mich zu.

»Woher weißt du, dass ich es gernhab, wenn es ein bisschen handfester zugeht?«, griente er.

Ashlyn war mit dem Kopf auf die granitene Platte geprallt, und am Blickfeldrand sah ich, wie sie schlaff zu Boden ging.

Nicht hinsehen. Nicht ablenken lassen. Ein Gegner, eine Chance, das Richtige zu tun.

Mick ging zum Angriff über.

Zu früh, zu schnell, dachte ich, und statt mit der Pfanne auszuholen, wich ich zur Seite aus. Ich rannte an meiner bewusstlosen Tochter vorbei zur Küche hinaus und ins Wohnzimmer. Wenn ich die Stehlampe umstieße oder irgendwie dafür sorgen könnte, dass man von der Straße aus sah, was hier vor sich ging, wäre vielleicht einer unserer Aufpasser alarmiert.

Mick bewegte sich. Mit einem Ausfallschritt nach rechts, dann nach links; er zog den Kopf ein, sprang nach vorn und wieder zurück. Sein Hin und Her verwirrte mich. Ich hielt die Bratpfanne hoch erhoben und war auf alles gefasst, als er plötzlich wegtauchte und mir wie ein Footballspieler die Schulter vor die Hüfte rammte. Wir stürzten beide zu Boden.

Ich schlug hart auf, hielt aber die Pfanne gepackt und wuchtete sie auf seinen Kopf, immer und immer wieder. Was aber keine Wirkung zeigte, weil er mir zu nah war und meinen Hieben der Schwung fehlte. Er hatte sein Gesicht zwischen meine Brüste gepresst und lachte über meine fruchtlosen Versuche, ihm weh zu tun.

»Nur weiter so, streng dich an, *kämpf*!«

Gegen ihn kam ich nicht an. Er war zu groß, zu stark, zu gerissen und fand meine Gegenwehr offenbar nur komisch.

Plötzlich richtete er sich auf, packte meine Handgelenke und drückte so fest zu, dass ich vor Schmerzen aufschrie. Die Pfanne fiel krachend zu Boden.

Das war's dann wohl.

Er stand auf, griff mir unter die Arme und hievte mich in die Höhe. Aus der Nähe sah ich, dass seine braunen Augen genauso wahnsinnig blitzten wie die blauen. Er vergnügte sich, er genoss jede Sekunde und grinste angesichts der Möglichkeiten, die er zu haben glaubte.

Hinter ihm öffnete sich plötzlich die Kellertür. Im dunklen Ausschnitt tauchte eine Männergestalt auf, nicht weniger groß und kräftig als Mick. Lautlos kam er herbei und hielt den gestreckten Zeigefinger vor die Lippen. Z. Ohne Kobra auf dem Kopf und ohne seine schwarze Montur.

Ich rührte mich nicht, gab keinen Mucks von mir. Wie versteinert stand ich auf der Stelle, als sich Z näherte, eine Pistole hob und auf Micks Kopf abfeuerte.

Mick kippte seitlich weg.

Z drückte zwei weitere Male auf ihn ab.

Danach wurde es in meinem Haus totenstill.

Z drückte mir die Waffe in die rechte Hand und schloss meine Finger um den Knauf.

»Die Nachbarn haben die Schüsse bestimmt gehört«, sagte er. »Gleich wird die Polizei hier sein.«

Er griff hinter mich, zog eine Decke vom Sofa und legte sie mir über die Schultern.

»Ich bin nicht hier gewesen. Du hast dich allein gewehrt. Tüchtig.«

»Sie haben ihn umgebracht.«

»Er hatte in unsere Abmachung eingewilligt: Du und Ashlyn, ihr bleibt ungeschoren. Gegen diese Regel hat er zweimal verstoßen, und in unserem Gewerbe bleiben solche Verstöße nicht ohne Konsequenzen.«

»Sie … Sie wussten, dass er zurückkommt?«

»Ich hatte so eine Ahnung.«

»Ich kapier das nicht. Justin sollte getötet werden und wir, Ashlyn und ich, verschont bleiben?«

»Das war unser Auftrag«, erklärte Z. Er zog ein zerknittertes Blatt Papier aus der Tasche und reichte es mir. »Das soll ich dir von Radar geben. Behalt's für dich. Es nützt dir allerdings nur in den nächsten vierundzwanzig Stunden.«

Er drehte sich um und steuerte auf die Kellertür zu.

»Augenblick.«

Er ging weiter.

»Ich will den Code wissen, mit dem Sie in unser Haus kommen.«

Er ließ sich nicht aufhalten.

Er kam, sah, siegte und verschwand wieder. Ich kochte vor Wut, verzweifelt über meine Ohnmacht. Aber dann fiel mir ein, dass ich ja gar nicht so hilflos war.

Ich hob die Pistole, die mir Z in die Hand gedrückt hatte, und zielte damit auf seinen Hinterkopf »Stehen bleiben!«

Z gehorchte und drehte sich um. »Um deine Tochter sollte sich vielleicht ein Arzt kümmern«, empfahl er.

»Ich bin es leid, rumgeschubst zu werden.«

Er sagte, ruhig wie immer: »Dann drück doch ab.«

Meine Arme zitterten, mein ganzer Körper, wie ich jetzt spürte. Und plötzlich war ich nicht mehr erschöpft. Ich war voller Wut. Auf diesen Mann, der in mein Haus eingedrungen war und mich und meine Tochter bedrohte. Auf mich selbst, weil ich, gütiger Himmel, fast wieder rückfällig geworden wäre. Vor allem aber irrsinnigerweise auf Justin, weil er sich hatte umbringen lassen und nicht mehr da war, obwohl ich ihn immer noch liebte und immer noch hasste. Und was um alles in der Welt sollte ich tun mit diesen widerstreitenden Gefühlen? Wie sollte ich damit fertig werden?

Z betrachtete mich geduldig, prüfend, wie es schien. Und offenbar kam er zu dem Ergebnis, dass ich ihm keinen Ärger machen würde.

Ich drückte ab.

Der Bolzen klickte hohl. Natürlich, Z, der Allwissende, hatte sich vorgesehen und seine Waffe exakt mit drei Geschossen bestückt, die jetzt in Micks Schädel steckten. Mir hatte er eine nutzlose Pistole in die Hand gedrückt.

Ich erwartete, dass er mich spöttisch belächelte. Stattdessen aber sagte er nur: »Gratuliere. Hast den ersten Schritt zurück ins Leben geschafft.«

Gleich darauf war er verschwunden.

Ich schaute nach meiner Tochter, die immer noch reglos am Boden lag, wählte den Notruf und verlangte nach der Polizei und einem Krankenwagen. Schließlich ging ich nach oben, um mir einen Bademantel überzuziehen. Ich hatte die Pistole immer noch in der Hand, als ich Radars Nachricht unter meinem Kissen versteckte und auf das Eintreffen der Polizei wartete.

Kapitel 43

Wyatt brauchte drei Versuche, bis er Tessa Leoni endlich am Telefon hatte. Es war inzwischen vier Uhr geworden. Egal. Aufgeklärt über das Wer, Was, Wann, Wo, Warum und Wie und von Adrenalin unter Strom gesetzt, fuhr er in seinem Streifenwagen Richtung Osten.

»Chris Lopez war es nicht«, erklärte er ohne lange Vorrede, kaum dass Tessa seinen Anruf entgegengenommen hatte.

»Kein Scheiß. Ich habe dem Mann eine Pistole an den Kopf gedrückt – das bleibt unter uns, verstanden? –, und er plädierte trotzdem auf unschuldig.«

»Ja, er war's nicht. Und das mit der Pistole habe ich nicht gehört.«

»Er hat mit Ashlyn geschlafen«, sagte Tessa, »will aber im Protokoll festgehalten wissen, dass *sie* ihn benutzt hat –«

»Sie wollen mir doch jetzt nicht sagen, dass Sie ihn abgeknallt haben, oder?«

»Ich bitte Sie. Für so einen Mistkerl verschwende ich doch keine teure Munition.«

»Da bin ich erleichtert.«

»Wir hatten allerdings eine interessante Unterhaltung darüber, wer Justin Denbe so nahestand, dass er gegen ihn und seine Familie ein Komplott schmieden konnte.«

»Komisch, Kevin und ich hatten dasselbe Thema.«

»Passen Sie auf: Während wir uns also alle über dasselb unterhalten haben, ist einer der Kidnapper in das Haus de

Denbes zurückgekehrt, wo er Libby und Ashlyn attackiert hat, offenbar um eine unerledigte Sache zu Ende zu bringen.«

Wyatt bog gerade in die Auffahrt zur 93 nach Süden ein und nahm vor Schreck die Kurve ein bisschen zu scharf. »Wie bitte?«

»So ist es. Libby hat ihn als diesen Mick identifiziert. Die Bostoner Polizei vergleicht in diesem Moment die Fingerabdrücke. Er hat sich im Gefängnis offenbar in sie verguckt, war aber dort von seinem Befehlshaber an die kurze Leine gelegt worden. Jetzt, da der Auftrag ausgeführt und Z untergetaucht ist, dachte Mick wohl, dass er sich sein Mütchen kühlen könnte. Er verschaffte sich unbemerkt von der Patrouille Zutritt zum Haus und überraschte Libby im Schlafzimmer. Sie wich ihm aus, Ashlyn kam hinzu, und gemeinsam jagten sie ihn durchs Haus, bis Libby eine geladene 22er in die Hände bekam, die sie neben dem Sofa deponiert hatte –«

»Sie hatte eine geladene Waffe im Wohnzimmer?« Wyatt war überrascht und beeindruckt zugleich. Er erinnerte sich an die Schießübungen der Familie Denbe. Trotzdem, dass sie eine geladene Waffe im Haus aufbewahrten, hätte er nicht gedacht.

»Mit Blick auf das, was geschehen ist«, versuchte Tessa zu erklären, »und ganz davon abgesehen, dass Special Agent Adams immer wieder darauf hingewiesen hat, dass alle drei Männer auf freiem Fuß sind ...«

»Verstehe.«

»Kurzum, Mick ist tot. Drei Schüsse in die linke Schläfe, aus nächster Distanz. Profiarbeit.«

Wyatt war verblüfft über Tessas Wortwahl.

»Was soll das heißen?«

»Auf der Waffe sind ihre Fingerabdrücke, aber seltsamerweise hat sie keinerlei Schmauchspuren an der Hand.«

»Obwohl sie dreimal abgedrückt hat?«

»Sie behauptet, sich gleich danach die Hände gewaschen zu haben.«

»So leicht lassen sich solche Spuren nicht entfernen, jedenfalls nicht gänzlich.«

»Wem sagen Sie das? Aber sie hält an ihrer Story fest.«

»Sind Ashlyns Hände untersucht worden? Vielleicht versucht Libby, ihre Tochter zu decken.«

»Ashlyn ist mit dem Kopf auf die Anrichte geknallt und war die ganze Zeit bewusstlos. Trotzdem, ja, die Spurensicherung hat sich ihre Hände angesehen. Aber da war nichts.«

»Und es waren wirklich nur die beiden Frauen im Haus?«, fragte Wyatt.

»Exakt.«

Tessas Tonfall sprach für sich. Möglicherweise war Mick nicht von Libby, sondern von jemand anderem erschossen worden, den sie zu decken versuchte. Und wenn dieser Jemand nicht ihre Tochter war ...

Wyatt holte tief Luft und erklärte: »Ich glaube, es war Justin Denbe selbst, der von seiner Firma Geld abgezweigt hat. Und das seit sechzehn Jahren. Wahrscheinlich hat er seiner Geliebten Kathryn Chapman davon erzählt, die sich um Ruth Chans Geschäftsreisen kümmerte. Sie ließ die Konten räumen, bevor Chan die Bahamas erreichte, und gab dann der Auftrag, Justin und seine Familie zu kidnappen, weil sie die Chance witterte, elf Millionen für sich behalten zu können.«

»Da könnten Sie recht haben, zum Teil jedenfalls«, erwiderte Tessa Leoni. »Ich glaube auch, dass Justin sich an den Firmengeldern vergriffen hat. Und ich glaube, er ist sogar quicklebendig.«

»Wer hatte sonst noch Zugriff?«, fragte Tessa wenig später. »Wir suchen jemanden, der seit mindestens sechzehn Jahren . aus dem Effeff kennt, den Sicherheitscode, das Haus und die Routinen der Familie. Eine Person, die eventuell Kontakt zu Militärkreisen unterhält, zu Ehemaligen, die sich als Handlanger anheuern lassen. Wir haben ja schon festgestellt, dass ein Großteil der Belegschaft aus ebensolchen Typen besteht. Und diese Person muss einiges auf dem Kasten haben, um einen solchen Plan auszubrüten und durchzuziehen. Ich würde sagen, da kommt nur einer in Betracht, und das ist Justin Denbe.«

Wyatt mochte ihr nicht widersprechen. Im Gegenteil, ihre Worte, laut ausgesprochen, ließen das Licht, das ihm selbst aufgegangen war, umso heller leuchten. »Die Kidnapper sollten Libby und Ashlyn schonen«, murmelte er in sein Handy. »Deshalb wurde Mick getasert, als er sich an Libby vergriffen hat. Wahrscheinlich kam der Befehl dazu von Justin. Er hatte zwar nichts dagegen, dass Frau und Tochter zu Tode geängstigt würden, körperlicher Schaden sollte ihnen aber nicht zugefügt werden.«

»Und er *brauchte* sie«, betonte Tessa. »Wenn er nur *seine* Entführung und seinen Tod vorgetäuscht hätte, wäre er damit womöglich nicht durchgekommen. Damit er unbehelligt ein neues Leben beginnen konnte, musste die ganze Familie entführt werden. Libby und Ashlyn können bezeugen, dass Mick ihn vor ihren eigenen Augen getötet hat.«

»Mit einem Messerstich in die Brust. Das lässt sich auch mit künstlichem Blut vortäuschen. Und nach seiner Leiche suchen wir wahrscheinlich vergebens.«

»Exakt.«

»Ich vermute mal, er hat seine Frau öfter betrogen«, meinte Wyatt. »Das erste Mal vielleicht schon vor sechzehn Jahren, was dazu geführt hat, dass er sich an der Firmenkasse bediente. Sie muss damals schwanger mit Ashlyn gewesen sein. Eine schwierige Zeit für jede Ehe. Er wurde schwach und machte es wie sein Vater. Dass der Apfel nicht weit vom Stamm fällt, hat ihm womöglich selbst am allerwenigsten gepasst. Er machte sich Sorgen, denn Libby hätte im Unterschied zu seiner Mutter nicht beide Augen zugedrückt, sondern ihn verlassen und die Scheidung verlangt.«

»Fünfzig Prozent des Privatvermögens«, sagte Tessa.

»Darum hat er das Stadthaus im Namen der Firma gekauft und darauf verzichtet, privates Vermögen anzuhäufen. So war er aber dummerweise immer knapp bei Kasse. Also schaffte er Geld beiseite, auf ein Offshore-Konto. Warum auch nicht? Aus seiner Sicht war es ja sein Geld. Aber Unternehmen wie seines werden natürlich geprüft, und er konnte die Buchhaltung schließlich nicht veranlassen, ihm einen Scheck auszustellen. Er ließ sich was einfallen, erfand einen Lieferanten, der seiner Firma Rechnungen schrieb, und steckte sich das Geld ein. Kleine Beträge, die niemandem auffallen, aber in der Summe genug, um davon schön leben zu können. Wirklich genial.«

»Libby kam ihm nicht auf die Schliche«, griff Tessa den Faden auf. »Er gab die Affäre auf, und sie wurde Mutter. Sie hätten von nun an glücklich und zufrieden sein können, doch dann lernte er eine andere Frau kennen –«

»Und fälschte wieder Rechnungen.«

»So setzte er sein Doppelleben fort als liebender Gatte und Filou, Geschäftsführer und Betrüger.«

»Soll vorkommen«, meinte Wyatt.

In der Tat. Angesichts einer Straftat drucksten Unschuldige immer herum und fragten sich, wie konnte er oder sie nur, warum habe ich nichts bemerkt. Unschuldige hatten ein Gewissen, und das ging anderen, etwa einem Justin Denbe, ab.

»Sechzehn Jahre«, grübelte Tessa. »Doch dann flog alles auf. Libby kam hinter seine jüngste Affäre, und Justin plante seinen Abgang. Obwohl sich Libby – und das ist die Ironie des Ganzen – gar nicht scheiden lassen wollte.«

»Es wäre auf das Gleiche hinausgelaufen«, entgegnete Wyatt. »Wo sind Sie jetzt?«

»In der Zentrale von Denbe Construction. Ich suche nach Justin.«

»Da ist er nicht.«

»Das weiß ich inzwischen selbst, ich bin ja schließlich vor Ort. Allerdings frage ich mich, wieso Sie das wissen.«

»Libby wollte Justin nicht verlassen. Sie haben es selbst gehört. Sie war entschlossen, an der Ehe festzuhalten. Mit anderen Worten ...« Er stockte.

»Er wollte sie verlassen«, führte Tessa den Gedanken weiter aus.

»Und wie kommt jemand dazu, sich nach achtzehn Jahren von seiner Frau zu trennen?«, fragte Wyatt.

»Verdammt. Er bildet sich wohl ein, Kathryn Chapman

zu lieben.«

»Und das heißt ...«

»Er hält sich in ihrem Haus versteckt. Die beiden packen womöglich ihre Koffer, um sich abzusetzen.«

»Wer von uns beiden als Letzter da ist, gibt dem anderen ein Abendessen aus.«

»Einverstanden. Ich bin schon in der Stadt.«

»Ich auch.«

Kathryn Chapman wohnte in Mattapan, im Haus ihrer Mutter, einem weiß gestrichenen Dreigeschosser. Tessa wusste die Adresse von Chris Lopez. Wyatt hatte sie sich über Funk durchgeben lassen. Dank seines im Fahrzeug eingebauten Computersystems, zu dem er auch noch einen Navigator nutzte, schaffte er es, wenige Sekunden vor ihr am Ziel zu sein, genauer gesagt, drei Blocks entfernt, um Kathryn Chapman oder Justin Denbe nicht aufzuschrecken. Tatsächlich schnappte er Tessa den letzten Parkplatz vor der Nase weg und winkte ihr munter.

Tessa warf ihm einen giftigen Blick zu und musste sich eine andere Parkmöglichkeit suchen, was in Boston besonders viel Spaß machte.

Zwei Blocks weiter fand sie schließlich eine Lücke und trottete zurück zu Wyatt, der lässig an seinem Streifenwagen lehnte und auf sie wartete. In seiner braunen Sheriffuniform sah er, wie sie fand, besonders gut aus.

»Das Abendessen geht auf Sie«, erklärte er.

»Dann habe ich auch die Wahl des Restaurants.«

»Einverstanden.«

»Ich werde auf Absätzen kommen. Vielleicht eine Blus

tragen.«

»Na schön, in dem Fall zahle ich.«

»Nein, wie gesagt, das Abendessen geht auf mich. Aber ich erwarte Sie in einem Jackett. Vielleicht mit einer Krawatte.«

»Und Sie auf Absätzen?«, vergewisserte er sich.

»Ja.«

»Abgemacht.«

Sie gingen auf Kathryn Chapmans Haus zu, eine Doppelhaushälfte im Dunkeln. 5:00 Uhr. Bald würde die Sonne aufgehen. In manchen Häusern der Umgebung brannte bereits Licht. Es war nicht die beste Tageszeit für heimliche Aktionen.

»Wie gehen wir vor?«, fragte sie.

»Tja. Wir haben keinerlei richterliche Befugnis.«

Tessa zuckte mit den Achseln. »Mehr Ihr Problem als meines. Und unsere Stadt liegt nicht einmal in Ihrem Zuständigkeitsbereich.«

»Stimmt. Also sollten wir vielleicht lieber zuständige Kollegen einschalten.«

Sie warf ihm einen geringschätzigen Blick zu.

»Oder«, fuhr er fort, »ich mache beide Augen zu, und falls ich die Tür öffnen lassen sollte, hätte ich einen Grund, mich um die Sicherheit der Bewohner zu sorgen.«

»Und als gewissenhafter Polizist müssen Sie natürlich nachsehen.«

»Natürlich.«

»Geben Sie mir drei Minuten«, sagte Tessa und setzte sich in Bewegung.

Sie spürte seinen Blick im Rücken. Was sich gar nicht

schlimm anfühlte, eher wie ein Versprechen auf gute Zeiten.

Tessa sah sich das Haus an. Die Eingangstür war verriegelt. Sie aufzubrechen würde zu lange dauern. Sie ging um das Haus herum und nahm die Hintertür in Augenschein. Sie hatte ein älteres Schloss, das zu knacken ihr nicht schwerfiel, zumal sie mit ihrem Besteck immer besser umzugehen verstand.

Sie schlich in eine Küche. Am Himmel dämmerte es. Die Schatten schwanden, und das helle Tageslicht kam gefährlich nahe.

An manchen Stellen löste sich der Kunststoffbelag des Bodens.

Im oberen Geschoss hörte sie eine Diele knarren.

Da war wohl jemand wach und auf den Beinen. Kathryn Chapman wahrscheinlich, vielleicht auch Justin. Ein Mann, der mit Waffen umzugehen verstand und elf Millionen auf die Seite geschafft hatte.

Vorsichtig tastete sich Tessa voran und prüfte mit den Zehenspitzen jedes der alten, knarrenden Bodenbretter.

Sie schaffte es bis zur Eingangstür vor dem Treppenaufgang. Oben rauschte die Klospülung. Schritte im Korridor.

Komm bitte nicht herunter, bitte nicht …

Sie löste die Vorhängekette, drehte den Schlüssel in Schloss, dann den Knauf …

Quietschend ging die Tür auf. Deutlich vernehmbar. Oben war es still. Muckmäuschenstill. Was nichts Gutes verhieß. Da spitzte jemand die Ohren. Justin, Kathryn oder beide ahnten, dass Besuch vor der Tür stand.

Wyatt trat über die Schwelle. Er bewegte sich vorsichtig

die rechte Schulter voraus, um ein möglichst kleines Ziel abzugeben. Tessa hob den Zeigefinger an die Lippen, deutete nach oben und schloss leise die Tür.

»Ich glaube, sie haben uns gehört«, flüsterte sie. »Gibt es noch einen Ausgang?«

»Eine Feuertreppe«, antwortete Wyatt tonlos. »Im ersten und zweiten Stock. Könnte sein, dass ich die Sprossen eingefettet habe. Aber das bleibt unter uns.«

Tessa war beeindruckt. Ein Trick, der sich vielleicht auch von ihr bei Gelegenheit anwenden ließ.

»Wir müssen uns beeilen«, murmelte sie.

»Dass Chris Lopez noch am Leben ist, verdankt er doch Ihrer Zurückhaltung, oder?«

Sie nickte.

»Ich würde sagen, er schuldet Ihnen was. Kathryn ist immerhin seine Nichte.«

Tessa verstand, worauf er anspielte. Sie rief Lopez an. Eine Minute später dröhnte dessen Stimme durch den voll hochgefahrenen Lautsprecher ihres Handys.

»Kate. Ich weiß, dass du wach bist. Mach keinen Quatsch und komm runter. Ich habe gerade erfahren, was Justin getan hat. Gleich werden die Cops hier sein. Wir müssen verabreden, was wir denen sagen. Komm runter ...«

Absolute Stille.

»Kate! Ich meine es ernst. Entweder du sprichst mit mir, oder das war's dann. Ich will mit der Sache nichts zu tun haben und werde der Polizei sagen, was ich weiß. Ja, meine Nichte hat mit meinem Boss geschlafen. Ja, sie wollte, dass er sich von seiner Familie trennt. Ich habe dich ausdrücklich sagen hören, dass du dir seine Frau und Tochter tot wünschst ...«

Plötzlich meldete sich von oben eine Frauenstimme. »Onkel Chris?«

»Ja.«

»Du klingst so komisch.«

»Aber du hörst mich. Zieh dir was an und komm runter!«

Tessa hörte wieder Dielen knarren und Geflüster. Sie hielt die Luft an, zwang sich, langsam auszuatmen, und zog ihre Waffe.

Schritte im Korridor.

»Onkel Chris?«

»In der Küche«, rief er durch den Lautsprecher.

Eine Stufe ächzte. Tessa und Wyatt wichen in einen schattigen Winkel zurück.

Wenig später tauchte Kathryn Chapman auf. Sie trug Jeans und eine eng geschnittene blaue Bluse. Aus dem Bett kam sie damit nicht. Sie sah eher aus, als wollte sie verreisen.

Als sie sich der Küche zuwandte, trat Wyatt von hinten an sie heran und hielt ihr mit einer Hand den Mund zu.

Kathryn erbleichte und riss die Augen auf. Sie sah Tessa und versuchte, sich zu wehren. Offenbar erkannte sie in ihr eine Gefahr, was darauf schließen ließ, dass sie bei ihrer ersten Vernehmung gelogen hatte.

»Er ist oben, nicht wahr?«, fragte Tessa leise.

Kathryn wollte den Kopf schütteln, wurde aber von Wyatt, der immer noch seine Hand auf ihren Mund gepresst hielt, daran gehindert.

»Er hat Geld auf die Seite geschafft und will mit Ihnen verschwinden.«

Kathryn wurde jetzt rot.

»Vergessen wir für einen Moment, dass dieser Mann seine Frau betrogen hat. Er lässt auch sein Kind im Stich. Und mit so einem wollen Sie durchbrennen?«

Kathryns Augen blitzten. Für Tessa ein klares Ja.

Von dieser Frau war keine Hilfe zu erwarten. Also griff Tessa auf Plan B zurück.

»Nein, Mick«, brüllte sie aus vollem Hals. »Fassen Sie mich nicht an. Ich weiß nicht, wo er ist. Nein, Mick, nein!«

Schritte, polternd, eilig. Der Name des Söldners hatte Justin Denbe auf Trab gebracht. Er kam die Treppe heruntergelaufen und wirbelte herum, eine Pistole im Anschlag.

Sein Blick pendelte zwischen der Geliebten, die von hinten festgehalten wurde, und Tessa hin und her. Sie hatte ihre Waffe auf ihn gerichtet.

»Justin Denbe«, sagte sie. »Lassen Sie die Waffe fallen. Sie sind festgenommen.«

Justin rührte sich nicht. Er verharrte in geduckter Haltung und schien die Lage einschätzen zu wollen. Sein Blick ging zur geöffneten Tür.

»Wir wissen Bescheid«, sagte Tessa, ohne mit der Wimper zu zucken und mit ruhigem Finger am Abzug. Das Ziel war nicht zu verfehlen. Im Plauderton fuhr sie fort: »Übrigens, Mick ist letzte Nacht tatsächlich zurückgekehrt. Er hat Ihre Frau und Ashlyn attackiert.«

Justin richtete sich auf und schenkte ihr nun seine volle Aufmerksamkeit.

»Was? Ist den beiden was passiert? Ich habe klare Anweisungen gegeben ...«

»Dass Frau und Kind nicht zu Schaden kommen«, ergänzte Tessa. Wyatt neben ihr fesselte Kathryn die Hände auf dem Rücken. »So war's abgemacht, nicht wahr? Sie heuern diese Männer an, um Sie und Ihre Familie zu entführen. Ihrer Frau und Ihrer Tochter soll nichts geschehen, aber Sie lassen sich Prügel gefallen. Schließlich ist jede Menge Geld drin. Auch für die Männer. Denen haben Sie doch wenigstens einen Teil des Lösegeldes angeboten, oder? Für Sie bleibt mehr als genug aus den Unterschlagungen.«

Justin Denbe, ebenfalls reisefertig in Jeans, Hemd und Lederschuhen: »Geht es Ashlyn und Libby gut?«

»Abgesehen davon, dass sie psychisch schwer geschädigt sind? Im Ernst, was kümmert's Sie eigentlich noch nach allem, was Sie ihnen zugemutet haben?«

»Sie sollten nicht zu Schaden kommen«, wiederholte er stur.

Wyatt schob Kathryn von sich weg. »Sechzehn Jahre«, erklärte er. »Sie haben sechzehn Jahre lang Geld von Ihrer eigenen Firma abgezweigt.«

»Lächerlich«, entgegnete Justin, den Blick auf die offenstehende Tür zum Garten gerichtet. »Man kann sich schließlich nicht selbst bestehlen.«

»Oh doch«, korrigierte ihn Tessa, die Pistole fest im Griff »Die eigene Familie allemal. Alles, was Sie sich persönlich gutgeschrieben haben, sollte Ihrer Frau verlorengehen, die Ihnen auf die Schliche gekommen ist und die Scheidung einreichen wollte. Sie haben jede Menge Geld verschwinden lassen. In sechzehn Jahren elf Millionen Dollar, unterschlagen einer vom Bankrott bedrohten Firma und einer betrogenen Frau War wohl höchste Zeit, das Weite zu suchen, nicht wahr?«

Justin schwieg. Er mied den Blick auf Kathryn Chapman

und schaute stattdessen immer wieder zur Tür.

»Wann geht der Flieger?«, fragte Tessa.

Er zuckte zusammen.

Erst jetzt sah er Kathryn flüchtig an. Sie schaute zu Boden.

»Tja, das ist Ihr Freund«, sagte Tessa. »Ein Mann, der seinen eigenen Tod vortäuscht und die Familie im Stich lässt. Aber was soll's? Er gehört jetzt Ihnen.«

Wyatt sagte: »Mick ist tot. Ihre Frau hat ihn erschossen.«

Justin riss die Augen auf, erschreckt, wie es schien.

»Und Ihre Tochter hat eine schwere Gehirnerschütterung erlitten«, setzte Tessa nach. »Sie braucht Sie. Ihre wundersame Rückkehr aus dem Totenreich wäre womöglich genau das Richtige für eine rasche Genesung.«

Interessant, dachte sie mit Blick auf den gequälten Ausdruck auf Justins Gesicht. Er rang mit sich. Sollte er der Tochter beistehen, die er vergötterte, und wieder Verantwortung übernehmen oder sich einfach aus dem Staub machen? Ein freier Mann ohne Verpflichtungen und mit elf Millionen in der Tasche.

Er schaute Tessa an.

Er blickte zu Kathryn und gab kehlige Geräusche von sich, die wie ein Flehen klangen.

Und dann ...

Er rannte auf die Tür zu. Sprang über die Schwelle. Kam bis zur Terrasse. Tessa schrie seinen Namen. Sie hob die Waffe, drückte aber nicht ab. Einen Mann in den Rücken zu schießen kam nicht in Frage. Wyatt stieß Kathryn beiseite und nahm die Verfolgung auf.

Irgendwo im Hintergrund krachte ein Gewehr. Tessa warf

sich instinktiv auf den Boden, und auch Wyatt ging in Deckung. Beide sahen sie, wie Justin Denbes Kopf explodierte.

Von jetzt auf gleich.

Er sackte in sich zusammen.

Kathryn fing zu schreien an.

Ein zweiter Schuss blieb aus. Der erste hatte gereicht.

Eine Ewigkeit später rappelte sich Tessa auf. Wyatt war vor ihr auf den Beinen. Sie betrachteten Justins leblose Gestalt.

Von Wyatt war zu hören: »Sagte ich doch, mindestens einer der angeheuerten Söldner hat nicht nur Muskeln, sondern auch Grips.«

Sie riefen Special Agent Adams an. Sollte sie sich um alles Weitere kümmern. Weder Tessa noch Wyatt hatten die Befugnis und waren darum auch zum Glück befreit von der anfallenden Papierarbeit. Kathryn, die immer noch schrie, wurde abgeführt, wahrscheinlich in eine Klinik, denn sie stand unter Schock.

Uniformierte Kollegen zogen währenddessen in der Nachbarschaft von Haus zu Haus. Auf einer Dachterrasse zwei Häuser weiter fanden sie ein Gewehr und eine einzelne Messinghülse. Vom Gewehr war die Seriennummer abgefeilt worden. Wahrscheinlich würden auch keine Fingerabdrücke sicherzustellen sein.

»Wieder Profiarbeit«, sagte Nicole, was allen anderen ohnehin klar war.

»Tote können nicht mehr singen«, bemerkte Wyatt.

»Einer der Kidnapper?«

»Sieht ganz danach aus«, antwortete Tessa schulterzuckend. »Sie mussten fürchten, von Justin angeschmiert zu werden.«

Nicole seufzte. Sie kehrte zu ihrem Fahrzeug zurück, um eine Ringfahndung einzuleiten. Wyatt und Tessa verzogen sich, weil sie ohnehin nicht mehr gebraucht wurden.

»Ob Libby und Ashlyn endlich in Sicherheit sind?«, fragte er.

»Ich hoffe. Aber wenn Justin hier im Haus war, als Mick Frau und Tochter überfallen hat ...«

Wyatt nickte. »Daran dachte ich auch gerade. Einer der Bande, vielleicht ihr Anführer, hat den eigenen Mann zur Strecke gebracht.«

»Interessantes Gewerbe. Mit sehr strengen Regeln. Immerhin hat dieser mutmaßliche Anführer Libby und Ashlyn letztlich in Ruhe gelassen. Ja, hoffentlich kommen sie bald wieder auf die Füße.«

»Ist Ihnen das gelungen?«, fragte er.

»Mehr oder weniger«, antwortete sie.

Sie erreichten ihren Lexus.

»So«, sagte er.

»So«, erwiderte sie.

»Jetzt wird es schwierig. Theoretisch sind Sie mir ein Abendessen schuldig, dabei würde ich Sie viel lieber einladen.«

»Aber anschließend mit zu mir geht nicht«, warnte sie.

»Habe ich auch nicht erwartet.«

»Meine Tochter ist zu Hause, und da gibt's nicht viel Platz.«

»Kann ich mir vorstellen.«

»Übrigens, ich glaube, Highheels stehen mir ganz gut«,

sagte sie nach einer Pause.

»Und ich habe mir sagen lassen, dass ich in Jackett und Krawatte richtig was hermache.«

»Auf die Krawatte können Sie verzichten.«

Seine Miene entspannte sich. »Aber Sie kommen hochhackig?«

»Versprochen.«

»Freitagabend?«

»Freitagabend. Ich möchte mich in der nächsten Zeit Sophie ein bisschen mehr widmen.«

»Verstehe.«

Wyatt beugte sich plötzlich vor und flüsterte ihr ins Ohr. »Und Sie tragen Ihre Haare offen, ja?«

Dann drehte er sich um und schlenderte die Straße entlang. Tessa blieb noch eine Weile neben ihrem Fahrzeug stehen. Sie lächelte und dachte an Familien, alte und junge, und an Überlebende, damals und heute.

Schließlich stieg sie in ihren Lexus und fuhr nach Hause zu ihrer Tochter.

Kapitel 44

Folgendes weiß ich nun:

Mein Mann hatte vor sechzehn Jahren damit begonnen, seine eigene Firma zu plündern. Er schaffte Geld beiseite, um für den Notfall finanziell abgesichert zu sein. Die Finanzexperten des FBI schätzen, dass er über dreizehn Millionen Dollar veruntreut hat. Er gründete Dutzende von Scheinfirmen, die seinem Unternehmen Rechnungen für fiktive Leistungen ausstellten.

Aus E-Mails auf seinem Computer geht hervor, dass er im Juni, wenige Tage nachdem ich von seiner Affäre erfahren hatte, einen konkreten Ausstiegsplan fasste. Als Ruth Chan im August Verdacht schöpfte, hatte er die ersten Schritte zur Umsetzung dieses Plans bereits gemacht. Er schickte sie nur deshalb auf die Bahamas, um freie Hand zu haben. Nach seiner Ermordung fand die Polizei einen gefälschten Pass, der in seiner Tasche steckte und auf den Namen Tristan Johnson ausgestellt war. Unter diesem Namen hatte er bereits einen Flug in die Dominikanische Republik gebucht sowie ein neues Bankkonto eröffnet, auf das er wohl das ergaunerte Geld überweisen wollte.

Es ist noch nicht aufgetaucht und liegt wahrscheinlich auf irgendeinem Bankkonto mit falschem Namen. Das FBI fahndet danach.

Schließlich die groß angelegte Flucht: Mein Mann beauftragte drei Profis, ihn und seine Familie zu kidnappen. Er nannte ihnen einen Sicherheitscode, mit dem sie in unser

Haus einbrechen konnten (er entsprach dem Datum des Tages, an dem ich Kathryn Chapmans SMS auf Justins Handy entdeckte; das weiß ich von Paulie, Justins Werkschutzbeauftragten, der das System überprüft hat). Justin instruierte diese Männer, wie sie uns zu überfallen und wohin zu verschleppen hatten.

Er gab ihnen klare Anweisungen: Sie sollten mir und unserer Tochter nichts antun. Offenbar war er einverstanden, dass sie ihn mit einem Taser niederstreckten und gehörig in die Mangel nahmen. Die Entführung und sein Tod mussten schließlich echt aussehen, nicht nur weil er von der Bildfläche verschwinden, sondern auch die neun Millionen von der Versicherung als Lösegeld einkassieren wollte. So viel Geld konnte Denbe Construction nicht flüssigmachen, und natürlich kam für ihn nicht in Frage, dass er seine Geheimfonds anzapfte.

Z und sein Team leisteten hervorragende Arbeit. Im Nachhinein scheint es mir allerdings, als habe Z immer mehr die Lust daran verloren, für einen Mann zu arbeiten, der die Unverfrorenheit hatte, seine Frau und seine Tochter terrorisieren zu lassen. Damit erklärt sich auch seine hasserfüllte Miene, die mir immer wieder an ihm aufgefallen war.

Hatten er und/oder Radar meinen Mann deshalb letzten Endes zur Strecke gebracht? Daran zweifle ich. Wenn Z Justin töten wollte, hätten sich am letzten Tag im Gefängnis bessere Gelegenheiten geboten. Außerdem machte er auf mich den Eindruck eines durch und durch beherrschten Mannes, eines Vollprofis eben. Er machte seinen Job, ob er ihm passte oder nicht. Ich glaube vielmehr, dass Radar den Auftrag hatte, Justin auf den Fersen zu bleiben und seine Flucht abzusichern, während Z ein Auge auf Mick halten sollte. Als der mich überfiel, strafte er ihn als unverlässlichen Partner ab, so wie Radar einen ebenfalls unverlässlichen Partner aus dem Spiel nahm, als die Polizei Justin gestellt hatte. Die beiden machten sich, wie Justin vorhergesehen hatte, mit neun Millionen aus dem Staub.

Anhand der Fingerabdrücke konnte Mick als Michael Beardsley identifiziert werden, ein ehemaliger Marineinfanterist, der fünf Jahre zuvor unehrenhaft entlassen worden und bekannt dafür war, dass er anschließend im »privaten Sektor« arbeitete. Anfangs bekamen Ashlyn und ich fast täglich Besuch von FBI-Leuten, die uns Fotos von Menschen aus Micks Bekanntenkreis vorlegten, weil sie hofften, wir würden Z oder Radar darauf wiedererkennen. Was bislang nicht der Fall war. Die Polizei sucht – immer noch vergeblich – auch nach E-Mails oder anderen Hinweisen darauf, wie Justin und Z miteinander kommunizierten.

Zweifellos hat Z vorab etliche Vorkehrungen getroffen. Und weil ich ihm am Ende verdanke, dass ich noch lebe, habe ich der Polizei wohlweislich Informationen vorenthalten, die zu seiner Ergreifung führen könnten. Ashlyn weiß, was in jener Nacht geschehen ist, und teilt meine Auffassung. Wir kümmern uns also um unsere eigenen Angelegenheiten. Sollen sich die Cops um ihre kümmern. Ich glaube kaum, dass sie es schaffen, Z oder Radar zu fassen. Und ich bin mir sicher, dass uns die beiden nicht mehr behelligen werden. Sie haben ihren Job getan und sind weitergezogen. Vielleicht werden wir eines Tages die ganze Geschichte ebenfalls abschließen können.

Ich vermisse meinen Mann. Vielleicht ist das verrückt.

Aber wenn man einen Menschen fast zwanzig Jahre lang geliebt hat, kann das Gefühl von Verlust doch nicht ausbleiben, wenn er nicht mehr da ist. Ja, mit dem Ehevertrag hatte ich mich einverstanden erklärt, keine Ansprüche auf Denbe Construction zu erheben; dafür war mir im Fall einer Scheidung die Hälfte des Privatvermögens zugesichert worden. Und ja, Justin hatte die Sache so gedreht, dass ich, wenn wir geschieden würden, leer ausginge.

Er hat mich getäuscht. Physisch, emotional und auch finanziell. Nicht einmal in der Hinsicht darf ich mich als etwas Besonderes ansehen, denn wie sich herausstellte, hatte er auch alle anderen betrogen. Nicht zuletzt seine Mitarbeiter um ein engagiert geführtes Unternehmen. Auf seine Art versuchte er seinen Betrug an ihnen zu kompensieren, indem er großzügige Boni verteilte, wenn die Geschäfte gut liefen. Trotzdem ... Er zweigte dreizehn Millionen ab und verwehrte sogar den nächsten und loyalen Mitarbeitern Anteile an der Firma, während er sich gleichzeitig zum tollen Typ und wohlwollenden Chef stilisierte.

Ich glaube, es gab letztlich zwei Justins. Einen, den ich als meinen Ehemann wertschätzte, den Ashlyn als ihren Vater verehrte und der von seinen Mitarbeitern in hohem Maß respektiert wurde.

Und dann gab es den anderen, der uns alle über den Tisch zog und seinen Ausstieg plante. Dreizehn Millionen waren ihm offenbar wichtiger als die Liebe seiner Familie und die Bewunderung der Belegschaft.

Diesen Justin verstehe ich nicht. Es ist mir einfach unbegreiflich, wie jemand, dem es an nichts mangelt, Familie und Freunde des Geldes wegen im Stich lässt. Ich kann mir allenfalls vorstellen, dass er frei sein wollte. Frei von Verantwortung, von Verpflichtungen und vom Zwang, Entscheidungen treffen zu müssen. Schade, dass er sich nicht hat helfen lassen. Er hätte die Firma an sein Team verkaufen und mit mir und Ashlyn auf Bora Bora ein neues Leben anfangen können. Wir wären mitgegangen. So sehr haben wir ihn geliebt – oder zumindest so sehr zu lieben geglaubt.

Eben das macht Ashlyn und mir am meisten zu schaffen. Der Justin, den wir kannten, stand für hohe moralische Standards, die er nicht zuletzt von sich selbst einforderte. Der Mann aber, der seine Familie betrog, seiner Frau und seiner Tochter all diese Schrecken zumutete, um sich aus dem Staub machen zu können ...

Hätte er je zurückgeblickt? Uns vermisst? Um uns getrauert?

Wir trauern um ihn. Wir können gar nicht anders. Wir trauern um den Mann, den wir zu kennen glaubten, um den Vater, der Ashlyn mit einer Bohrmaschine umzugehen beigebracht hat, um den Mann, der mich nachts in seinen Armen hielt. Um den Mann, der vor unseren Augen starb, angeblich, um uns zu retten.

Denn an den haben wir geglaubt, und den vermissen wir.

Die Staatsanwaltschaft erhob Anklage gegen Chris Lopez. Er bekannte sich schuldig in allen Punkten und ersparte meiner Tochter den Stress einer Verhandlung. Ich frage mich, ob er, der ein verletzliches, fünfzehnjähriges Mädchen verführte, sich deshalb womöglich noch für edelmütig hält.

Ich habe kein Wort mit ihm gewechselt und wüsste, um ehrlich zu sein, auch nicht, was ich ihm zu sagen hätte.

Ich arbeite an mir und versuche, unabhängig davon, ob mein Mann ein Lügner war oder nicht, ein Versprechen einzulösen: keine Tabletten mehr zu nehmen und für meine Tochter da zu sein. Ich nehme die Hilfe eines Spezialisten für Entgiftung in Anspruch und entwöhne mich derzeit von meiner Methadonkur. Zusammen mit Ashlyn bin ich durchs Haus gegangen. Ich habe ihr alle Depots gezeigt, sie mit ihr ausgeräumt und sämtliche Tabletten meinem Arzt gegeben.

Leicht ist es nicht. Ich träume ständig von Orangen, wache auf mit dem Geschmack von Geburtstagskuchen im Mund und fühle mich unendlich schuldig, weil ich meine Familie nicht habe retten können. Selbst nachdem ich Justin und seiner Affäre auf die Schliche gekommen war, selbst nachdem ich zum ersten Mal zu Tabletten gegriffen hatte, glaubte ich fest daran, dass wir es irgendwie schaffen. Dass wir unsere Probleme lösen, uns verzeihen und vergessen könnten. Wir, Justin, Ashlyn und ich, gegen den Rest der Welt.

Ich habe einen ausgezeichneten Therapeuten, der mich unter anderem über Warum-Fragen nachdenken lässt. Warum zum Beispiel hätte meine Familie intakt bleiben sollen? Warum waren wir glücklich? Warum haben wir uns geliebt und einander gutgetan?

Probleme hatte nicht nur Justin. Ich war tablettenabhängig geworden, und meine minderjährige Tochter ließ sich mit einem vierzigjährigen Mann ein. Vielleicht funktionierte es zwischen uns dreien nicht wirklich. Vielleicht.

Vielleicht kommen wir zu zweit nun besser miteinander zurecht.

Ashlyn und ich reden viel miteinander. Wir sprechen über unseren Kummer, aber auch von unseren Hoffnungen und Träumen. Praktisch ist meine Tochter jetzt eine vermögende junge Frau. Dem Vorbild seines Vaters entsprechend, hat Justin ihr die Firma vermacht. Sie besitzt nun eines der größten Bauunternehmen des Landes, ganz zu schweigen von den beiden Häusern und einer hübschen Autosammlung.

Doch darauf legt sie keinen Wert. Wir arbeiten zusammen mit Anita Bennett und Ruth Chan an dem Vorhaben, die Belegschaft von Denbe Construction zu einundfünfzig Prozent an der Firma zu beteiligen. Was unser Bostoner Stadthaus betrifft, so möchte sich Ashlyn am liebsten davon trennen.

Wir finden beide, dass es für uns zu groß und allzu sehr mit schmerzlichen Erinnerungen verbunden ist.

Wir spielen mit dem Gedanken, Boston zu verlassen und nach Westen zu ziehen, nach Seattle oder Portland. Dort könnten wir ein kleines Haus kaufen, vielleicht mit einer Garage, die sich in ein Atelier umbauen ließe. Ich würde darin Schmuck entwerfen. Ashlyn möchte töpfern lernen.

Wir könnten es uns gemütlich machen. Weniger haben, weniger tun.

Uns überraschen lassen.

Es gefällt mir, eine gut abgesicherte ältere Frau zu sein, die sich zum ersten Mal in ihrem Leben leisten kann zu tun, was ihr gefällt. Was auf dem Zettel stand, den Z mir im Auftrag von Radar zukommen ließ? Die Nummer eines Kontos, das Justin bei einer Offshore-Bank eingerichtet hat. Das richtige Passwort zu finden war nicht schwer; ich wusste von dreien, die Justin immer wieder verwendete. Schon mit dem zweiten Versuch hatte ich Erfolg. Ich transferierte 12,8 Millionen Dollar auf das neueröffnete Konto einer Firma, die ich mir aus dem Ärmel geschüttelt hatte. Aus Justins Ausstiegsfonds wurde meine Witwenkasse.

Man stelle sich vor: Nach seinem Willen wäre ich völlig leer ausgegangen, und nun hatte ich alles.

Ob er sich wohl jetzt im Grab umdreht?

Manchmal, muss ich gestehen, amüsiert mich dieser Gedanke.

Ich wiederhole mich: Schmerzen haben einen Geschmack
Das Gleiche gilt für Hoffnungen.

Anmerkungen und Danksagungen

Ich habe schon immer eine Familie entführen wollen. Es war eine dieser Ideen, die mir jahrelang durch den Kopf schwirrten. Eines Tages hatte ich Gelegenheit, ein neugebautes Gefängnis zu besichtigen, und als Schriftstellerin verliebte ich mich auf Anhieb.

Endlose Spiralen NATO-Draht. Feste Gitter aus gehärtetem Stahl. Schmale Türfenster aus kugelsicherem Glas. Ein riesiges, seelenloses Gebäude, in dem Schritte gespenstisch lange nachhallen und das Krachen zuschlagender Türen einem durch Mark und Bein geht.

Ja, ich habe mich auf Anhieb verliebt.

Deshalb bin ich vor allem Michael Duffy dankbar, der mir den Rundgang durch die Anlage ermöglichte, die seine Firma gebaut hat. Er klärte mich auch darüber auf, dass landesweit etliche Strafanstalten leer stehen, weil wegen der andauernden Haushaltskrise das Geld fehlt, um sie in Betrieb zu nehmen.

Das Gefängnis, das ich besichtigen durfte, ist seiner Bestimmung inzwischen überführt worden. Die in diesem Roman beschriebene Anlage ist frei erfunden. Ich habe aus dem, was ich gesehen und durch Lektüre erfahren habe, zusammengetrickt, was mir am besten gefiel. Es ist schön, Autor zu sein und aus Wörtern alles Mögliche bauen zu können.

Etwaige Baumängel gehen einzig und allein auf meine Kappe.

Ich fand, es war für diesen Roman an der Zeit, einen

neuen Helden zu schaffen, den grundehrlichen Polizisten aus New Hampshire. Wie einzigartig die dortigen Sheriffbüros sind, vermittelte mir Lieutenant Mike Santuccio, der sich viel Zeit für mich nahm. Seine kenntnisreichen Auskünfte haben mir sehr geholfen, ganz zu schweigen von seiner Geduld, die er für meine neugierigen Fragen aufbrachte. Danke, Lieutenant, für einen faszinierenden Einblick in die Polizeiarbeit auf dem Land. Für die Männer und Frauen, die in der gebirgigen Wildnis New Hampshires ihren Dienst verrichten, habe ich seitdem großen Respekt. Wiederum sei darauf hingewiesen, dass für Fehler allein ich verantwortlich bin.

Sarah Luke half mir mit Informationen zur Suchtproblematik, während mich Joseph Finder, der ebenfalls Krimis schreibt und einer meiner Lieblingsautoren ist, über die Verhältnisse des Bostoner Wohnviertels Back Bay aufklärte.

Glückwunsch an Michael Beardsley, der von seiner Frau Catherine, Gewinnerin des vorjährigen Wettbewerbs »Kill a Friend, Maim a Buddy« auf LisaGardner.com, als Todeskandidat nominiert wurde. Glückwunsch auch an Stuart Blair, der die internationale Ausgabe für sich entschied und seine Braut Lindsay Edmiston für einen ruhmreichen Auftritt nominierte. Da im vorliegenden Roman keine weibliche Person stirbt (ein Novum für mich), begnügte sich Lindsay großzügigerweise mit der Rolle der besten Freundin Ashlyns. Keine Sorge, der nächste Wettbewerb für literarische Unsterblichkeit hat auf meiner Website schon begonnen. Vielleicht kannst du 2014 eine Person deiner Wahl fiktional verstümmeln lassen.

Apropos liebende Zuneigung. Aus der letzten Auktiovon »Rozzie May Animal Alliance« ging Kim Beals als Höchstbietende hervor. Mit ihrer großzügigen Spende an Rozzie May, mit der sie die Sterilisation von Hunden und Katzen unterstützt, ehrte sie ihren Stiefvater Daniel J. Coakley. Ihre einzige Bitte war, dass er im Roman einen anständigen Kerl gibt, denn das ist er auch im wirklichen Leben. Ich hoffe, ihr beide habt Gefallen an der fiktiven Gestalt.

Als Tierliebhaberin spendiere ich die Möglichkeit, bei einer Versteigerung auf die Unsterblichkeit eines Bewohners meines hiesigen Tierheims »Animal Rescue League« zu setzen. Die vorjährigen Gewinner Michael Kline und Sal Martignetti baten mich, ihres geliebten schwarzen Labradors Zeus zu gedenken, der während der Arbeit an diesem Buch gestorben ist. Zeus zählte zu jenen erstaunlichen Hunden, die in ihrem Verhalten fast menschliche Züge offenbaren. Seine Herrchen meinen, dass sich der Spürhund Zeus durchaus auch als Detektiv hätte hervortun können.

Von Herzen dankbar bin ich meinen Lektoren Ben Sevier von Dutton und Vicki Mellor von Headline. Wie es manchmal so kommt, wenn man schreibt, war ich an einem Punkt meiner Arbeit so frustriert, dass ich mit dem Gedanken spielte, das Manuskript zu verbrennen oder zu schreddern oder erst zu schreddern und dann zu verbrennen. Meine Lektoren aber halfen mir mit Vorschlägen, die den Text erheblich verbesserten. Man sollte nie vergessen: Der erste Entwurf ist nur ein erster Entwurf.

Romane zu schreiben ist ein einsamer und nicht immer erbaulicher Zeitvertreib. Umso glücklicher schätze ich mich, eine wunderbare Familie zu haben, die mich unterstützt und selbst dann Verständnis aufbringt, wenn ich beim Essen am

Tisch Selbstgespräche führe und Löcher in die Luft starre. Und da wären dann noch die besten Freunde, die man haben kann: Genn, Sarah, Michelle und Kerry. Sie wissen, wie man mich zum Lachen bringt und wann es einfach angebracht ist, Wein nachzuschenken.

Zu großem Dank verpflichtet bin ich schließlich auch Meg Ruley, der besten Agentin, die man sich vorstellen kann. Sie ist unfassbar freundlich, kompetent und fähig. Ich habe großes Glück, sie an meiner Seite zu wissen.

Oh, und noch etwas, für den Fall, dass es sich noch nicht herumgesprochen hat: Herzlichen Dank auch an meine großartige Leserschaft, die mich mit all den Mühen der Schreiberei versöhnt.